IMPERIUM
KOŚCI
SŁONIOWEJ

W cyklu
„Temeraire"
ukazały się

Smok Jego Królewskiej Mości

Nefrytowy tron

Wojna prochowa

Imperium kości słoniowej

Naomi Novik

IMPERIUM KOŚCI SŁONIOWEJ

Przełożył
Jan Pyka

DOM WYDAWNICZY REBIS
POZNAŃ 2008

Tytuł oryginału
Empire of Ivory

Copyright © 2007 by Temeraire LLC
All rights reserved

This translation published by arrangement with
Ballantine Books, an imprint of Random House
Ballantine Publishing Group, a division of Random House, Inc.

Copyright © for the Polish edition by REBIS Publishing House Ltd.,
Poznań 2008

Redaktor merytoryczny
Jarosław Kotarski

Redaktor
Krzysztof Tropiło

Opracowanie graficzne serii i projekt okładki
Jacek Pietrzyński

Ilustracja na okładce
© Dominic Harman / ARENA

Wydanie I

ISBN 978-83-7510-176-8

Dom Wydawniczy REBIS Sp. z o.o.
ul. Żmigrodzka 41/49, 60-171 Poznań
tel. 061-867-47-08, 061-867-81-40; fax 061-867-37-74
e-mail: rebis@rebis.com.pl
www.rebis.com.pl

Skład ZAPIS
Gdańsk, tel. 058-347-64-44

Dla Franceski,
obyśmy zawsze uciekały
przed lwami razem

Część I

Rozdział 1

Wystrzel następną, niech cię diabli, wystrzel wszystkie naraz, jeśli będziesz musiał – krzyknął Laurence z wściekłością do biednego Callowaya, który wcale nie zasłużył na tak ostre słowa. Wypuszczał race tak szybko, że całe ręce miał osmalone i poparzone. Ponieważ nie tracił czasu na wycieranie dłoni przed odpaleniem każdej z nich, w miejscach, gdzie proch przywarł do palców, skóra mu popękała i schodziła płatami, ukazując jasnoczerwone ciało.

Jeden z małych francuskich smoków znowu rzucił się do przodu i chlasnął pazurami w bok Temeraire'a, przecinając część prowizorycznej uprzęży transportowej. Pięciu uczepionych do niej ludzi poleciało z krzykiem w dół, gdzie natychmiast pochłonęła ich ciemność panująca poza obszarem rozjaśnionym przez blask latarni; długi sznur, skręcony z jedwabnej, zarekwirowanej zasłony o pasiastym wzorze, rozwinął się łagodnie na wietrze i poleciał z łopotem za nimi. Wśród pruskich żołnierzy, wciąż kurczowo trzymających się uprzęży, dał się słyszeć głośny jęk, który przerodził się w gniewne mamrotanie po niemiecku.

Wszelkie uczucia wdzięczności, jakie ci żołnierze mogli żywić za uwolnienie z oblężonego Gdańska, dawno się rozwiały: trzy dni lotu w lodowatym deszczu, bez jedzenia, oprócz tego, które zdołali upchnąć po kieszeniach w ostatnich chwilach gorączko-

wej krzątaniny przed odlotem, bez odpoczynku, bo przecież nie
można nim nazwać tych kilku godzin, które spędzili na zimnym
i bagnistym skrawku holenderskiego wybrzeża, a teraz ten francuski patrol nękający ich przez tę ciągnącą się bez końca noc.
Ludzie tak przerażeni mogli w chwili paniki zrobić wszystko;
wielu z nich wciąż miało karabiny i szable, a na grzbiecie i pod
brzuchem Temeraire'a leciało ich ponad stu, czyli trzy razy więcej niż członków jego załogi.

Laurence jeszcze raz omiótł niebo uzbrojonym w lunetę
okiem, wypatrując mignięcia skrzydeł lub sygnału, który byłby odpowiedzią na ich race. Brzeg był już w zasięgu wzroku,
noc spokojna: przez lunetę widział blask świateł, którymi były
usiane małe zatoczki ciągnące się wzdłuż szkockiego wybrzeża,
a z dołu dobiegał coraz głośniejszy szum przyboju. Światła ich
flar od dawna powinny być już widoczne w Edynburgu, a mimo
to nie przybyły żadne posiłki. Nie pojawił się nawet żaden smok
kurierski, żeby zbadać sytuację.

– Sir, to była ostatnia – powiedział Calloway i rozkaszlał
się w chmurze szarego dymu, która niczym wieniec oplotła mu
głowę.

Raca z gwizdem poleciała w górę i rozbłysła bezgłośnie nad
ich głowami, a jej jaskrawoniebieskie światło zmieniło mknące
po niebie chmury w lśniący relief i odbiło się we wszystkich
kierunkach od łusek smoków: Temeraire był cały czarny, ale
w trupim blasku flary jaskrawe kolory pozostałych przeszły w różne odcienie szarości. Niebo było pełne ich skrzydeł: lecące na
przedzie odwracały głowy, żeby spojrzeć do tyłu, i widać było,
jak zwężają się błyszczące źrenice ich oczu, za nimi podążały
inne, wszystkie były obciążone ludźmi i nie mogły dorównać
zwrotnością kilku małym francuskim smokom patrolowym, które
śmigały między nimi.

Wszystko to było widoczne tylko przez chwilę w błysku rakiety, po czym, tylko nieco opóźniony, rozległ się huk, i gasnąca raca odpłynęła w czerń. Laurence policzył do dziesięciu, potem to powtórzył, ale wciąż nie było żadnej odpowiedzi z wybrzeża.

Ośmielony niedawnym sukcesem francuski smok znowu zaatakował. Temeraire zamachnął się na niego i gdyby trafił, zmiótłby małego Poux-de-Ciela z nieba. Jednak z lęku, że przy okazji zrzuci kolejnych pasażerów, wyprowadził to uderzenie bardzo powoli i niewielki wróg uniknął ciosu ze wzgardliwą łatwością, po czym odleciał, żeby poczekać na następną okazję.

– Laurence – odezwał się Temeraire, rozglądając się dookoła – gdzie oni są? Victoriatus jest w Edynburgu; przynajmniej on powinien przybyć. W końcu pomogliśmy mu, kiedy był ranny. Nie chodzi o to, żebym j a potrzebował pomocy przeciwko tym małym smokom – dodał i wyprostował gwałtownie szyję – ale niebyt wygodnie mi się walczy, kiedy niosę tych wszystkich ludzi.

Wyraźnie nadrabiał miną, gdyż w rzeczywistości nie mogli zbyt dobrze się bronić, a Temeraire, na którego skierowana była większość ataków, krwawił już z wielu małych ran, których z uwagi na panujący tłok załoga nie była w stanie opatrzyć.

– Jedyne, co możemy teraz zrobić, to lecieć dalej w stronę wybrzeża – odparł Laurence z braku lepszej odpowiedzi. – Nie wyobrażam sobie, żeby ten patrol ścigał nas dalej nad lądem – dodał, ale z wahaniem, gdyż nie wyobrażał sobie do tej pory także tego, że francuski patrol może bezkarnie podlecieć tak blisko do wybrzeża, a nad tym, jak pod gradem bomb wysadzi na ziemię tysiąc wystraszonych i wyczerpanych ludzi, nie chciał się nawet zastanawiać.

– Staram się. Żeby tylko one przestały walczyć – odparł znużonym głosem Temeraire i pomachał energiczniej skrzydłami.

Miał na myśli Arkadego i jego zbieraninę górskich smoków, które rozwścieczone zaciekłymi atakami próbowały zawracać w powietrzu i ścigać nieuchwytnych przeciwników; w rezultacie tych nagłych zwrotów do morza spadło więcej nieszczęsnych pruskich żołnierzy, niż wróg zdołałby zabić w normalnej walce. Ta ich niedbałość nie wynikała ze złej woli; dzikie smoki nie przywykły do ludzi, znały ich tylko jako pasterzy zazdrośnie strzegących stad owiec i bydła, i swoich pasażerów uważały tylko za niewygodne brzemię. Niezależnie jednak od tego, czy robiły to złośliwie, czy też nie, ludzie i tak ginęli. Temeraire, starając się temu zapobiegać, musiał zachowywać stałą czujność. Teraz też zawisł w powietrzu nad całą grupą, i na zmianę groźnie sycząc i schlebiając smokom, nakłaniał je do tego, żeby nie zwracały uwagi na zaczepki przeciwnika i leciały dalej.

– Nie, nie, Gherni – krzyknął w pewnej chwili i rzucił się ku małej niebiesko-białej smoczycy, która wskoczyła na grzbiet bardzo zaskoczonego Chasseur-Vocifère'a: ledwie czterotonowego smoka kurierskiego, który nie był w stanie utrzymać nawet jej niewielkiego ciężaru i mimo rozpaczliwego machania skrzydłami spadał do wody. Gherni zdążyła już wbić zęby w szyję przeciwnika i szarpała nią gwałtownie, podczas gdy uczepieni jej uprzęży pruscy żołnierze machali bezradnie nogami tuż nad głowami francuskiej załogi, a było ich tak wielu, że ani jeden strzał ze strony Francuzów nie mógł chybić.

Próbując oderwać ją od przeciwnika, Temeraire odsłonił się z lewej i Poux-de-Ciel szybko wykorzystał nadarzającą się okazję; tym razem odważył się zaatakować grzbiet większego smoka. Jego pazury uderzyły tak blisko, że kiedy znowu odleciał, Laurence, który zaciskał bezradnie dłoń na rękojeści pistoletu, zobaczył ślady krwi Temeraire'a lśniące czernią na krawędzi rany.

– Och, pozwólcie mi, puśćcie mnie! – krzyczała Iskierka, szarpiąc się wściekle z rzemieniami, którymi była przywiązana do grzbietu Temeraire'a.

Mała smoczyca rasy Kazilik już wkrótce miała być siłą, z którą będzie należało się liczyć; na razie jednak, ledwie miesiąc po wykluciu się z jaja, była jeszcze zbyt młoda i niedoświadczona, żeby stanowić poważne zagrożenie dla kogokolwiek z wyjątkiem siebie samej. Próbowali ją zabezpieczyć najlepiej, jak mogli, rzemieniami, łańcuchami i kazaniami, ale te ostatnie ignorowała, a rzemienie i łańcuchy na niewiele się zdawały, gdyż mimo nieregularnych posiłków rosła tak szybko, że tylko w ciągu jednego dnia przybyło jej kolejne pięć stóp długości.

– Uspokoisz ty się wreszcie, na litość boską? – krzyknął zdesperowany Granby, który zawisł całym ciężarem na rzemieniu, próbując skłonić ją do pochylenia głowy.

Allen i Harley, młodzi obserwatorzy zajmujący miejsca na barku Temeraire'a, musieli się odsunąć, żeby uniknąć kopnięcia, bo próbująca się uwolnić smoczyca rzucała Granbym w lewo i prawo. Laurence poluźnił klamry uprzęży i wstał, zapierając się piętami na fałdzie silnych mięśni u podstawy szyi Temeraire'a. Chwycił Granby'ego za pas uprzęży, gdy Iskierka znowu nim rzuciła, i zdołał go utrzymać, ale rzemień napiął się jak struna skrzypiec.

– Ale ja go mogę zatrzymać! – upierała się smoczyca, wykręcając głowę w bok.

Płomienie lizały jej szczęki, gdy raz za razem próbowała rzucić się na nieprzyjacielskiego smoka, ale Poux-de-Ciel, choć mały, wciąż był wiele razy od niej większy i zbyt doświadczony, by obawiać się tych małych ogniowych pokazów; syknął tylko szyderczo i machając do tyłu skrzydłami, ukazał jej jako cel swój pokryty cętkami brązowy brzuch.

– Och!

Rozwścieczona tym gestem obraźliwego lekceważenia Iskierka zwinęła się ciasno, a z cienkich wyrostków na jej wężowym ciele trysnęła para. Następnie potężnym szarpnięciem uwolniła się z części krępujących ją więzów i stanęła na tylnych łapach.

Przy okazji tak gwałtownie wyrwała rzemienie z dłoni Laurence'a, że ten syknął z bólu i odruchowo przycisnął rękę do piersi. Granby poleciał w górę i zawisł bezradnie, trzymając się grubej obroży smoczycy, podczas gdy ona wypuściła z pyska strumień ognia: wąski, jasnożółty, tak gorący, że powietrze wokół niego zdawało się ustępować przed żarem. Na tle nocnego nieba ogień wyglądał jak sztandar jakichś piekielnych mocy.

Ale francuski smok sprytnie ustawił się pod silny wiatr ze wschodu, po czym złożył skrzydła i opadł w dół, a palące płomienie zostały zwiane z powrotem na bok Temeraire'a. Temeraire, który wciąż rugał Gherni i poganiał ją, żeby zajęła swoje miejsce w szyku, krzyknął z przestrachem i szarpnął się gwałtownie, gdy na jego lśniącą czarną skórę spadł deszcz ognistych kropel, w niektórych miejscach niebezpiecznie blisko transportowej uprzęży z jedwabiu, płótna i sznurów.

– *Verfluchtes Untier! Wir werden noch alle verbrennen* – krzyknął ochrypłym głosem jeden z pruskich oficerów, wskazując Iskierkę, po czym drżącą ręką zaczął grzebać w ładownicy.

– Dosyć tego; zostaw ten pistolet – ryknął do niego przez tubę Laurence.

Porucznik Ferris i dwaj topmani pospiesznie odpięli się od uprzęży i zsunęli na dół, żeby wyrwać broń z ręki oficera. Jednak mogli do niego dotrzeć jedynie po ciałach innych pruskich żołnierzy, którzy, choć bali się puścić uprzęży, utrudniali im przejście na wszelkie inne sposoby, odpychając łokciami czy też odtrącając gwałtownymi ruchami bioder. Ci ludzie dawno już przestali ukrywać swoją niechęć, a nawet wrogość.

Z tyłu rozkazy wydawał porucznik Riggs.

– Ognia! – Jego okrzyk przebił się ponad narastający gwar niezadowolonych Prusaków.

Kilka karabinów przemówiło jednocześnie, rozjaśniając noc błyskami wystrzałów i wypełniając nosy gorzkim zapachem prochu. Francuski smok zapiszczał z bólu i oddalił się, lecąc trochę niezdarnie; krew płynęła strumykami z dziury w jego skrzydle, gdzie kula szczęśliwym trafem przebiła twardą skórę w okolicy stawu.

Ta chwila wytchnienia przyszła niemal za późno, część Prusaków zaczęła się już bowiem wspinać na grzbiet Temeraire'a, chwytając się dla większego bezpieczeństwa skórzanej uprzęży, do której były przypięte karabińczyki awiatorów. Jednak uprząż nie mogła utrzymać ich ciężaru, nie tak wielu ludzi; gdyby sprzączki puściły lub popękały niektóre rzemienie i całość się przesunęła, mogłaby się zaplątać w skrzydła Temeraire'a i wtedy wszyscy razem runęliby do morza.

Laurence wepchnął za pas pistolety, które tymczasem zdążył naładować na nowo, wyjął szablę i znowu wstał. Zaryzykował życie swojej załogi, żeby uwolnić tych ludzi z pułapki, i miał szczery zamiar dowieźć ich bezpiecznie na brzeg; ale nie pozwoli na to, żeby ogarnięci histerycznym strachem narazili Temeraire'a na niebezpieczeństwo.

– Allen, Harley – powiedział do młodzieńców – przejdźcie jak najszybciej do strzelców i powiedzcie panu Riggsowi, że jeśli nie będziemy mogli ich zatrzymać, ma odciąć uprząż transportową, całą. Pamiętajcie o przypinaniu się, kiedy będziecie do niego szli. Może lepiej by było, gdybyś został tutaj z nią, John – zwrócił się do Granby'ego, który wyraźnie chciał mu towarzyszyć: Iskierka uspokoiła się chwilowo, gdy jej wróg ustąpił z pola, ale wciąż zwijała się i rozwijała nerwowo, mamrocząc coś do siebie z rozczarowaniem.

– Jeszcze czego! – odparł Granby, wyciągając szablę; od kiedy został kapitanem Iskierki, zrezygnował z pistoletów, gdyż bawienie się przy niej prochem było ze zrozumiałych względów zbyt ryzykowne.

Laurence był zbyt niepewny swego, żeby się sprzeczać; Granby w gruncie rzeczy przestał już być jego podwładnym, a poza tym z nich dwóch był znacznie bardziej doświadczonym awiatorem, jeśli policzyć lata na służbie. Teraz też ruszył przodem po grzbiecie Temeraire'a, poruszając się ze zręcznością i pewnością siebie kogoś, kto ćwiczył takie rzeczy od siódmego roku życia; za każdym krokiem Laurence podawał mu swój rzemień, który Granby przypinał za niego do uprzęży, a że robił to z dużą wprawą jedną ręką, poruszali się szybciej.

Ferris i topmani wciąż szarpali się z pruskim oficerem w stale gęstniejącej masie coraz bardziej agresywnych ludzi, co jakiś czas niemal całkowicie znikając pod ich ciałami; widać było tylko płową czuprynę Martina. Bliscy paniki żołnierze bili się i kopali nawzajem, myśląc tylko o tym, żeby jakoś wydostać się na górę, uciec nieuniknionej, jak im się zdawało, śmierci.

Laurence zbliżył się do jednego żołnierza, młodzieńca o szeroko otwartych, zmąconych szaleństwem oczach, czerwonej od wiatru twarzy i gęstym wąsie, wilgotnym od potu, który próbował wsunąć rękę pod pas głównej uprzęży.

– Wracaj na swoje miejsce! – krzyknął Laurence, wskazując najbliższą pustą pętlę uprzęży transportowej.

W tym samym momencie rozdzwoniło mu się w uszach, nozdrza wypełnił mu zapach kwaśnych wiśni i ugięły się pod nim nogi. Powoli, z niedowierzaniem dotknął czoła; było wilgotne. Nie spadł, gdyż trzymały go rzemienie jego własnej uprzęży, boleśnie uciskając żebra. Prusak uderzył go butelką, która się rozbiła, zalewając mu twarz wiśniówką.

Uratował go instynkt; uniósł rękę, żeby zasłonić się przed drugim uderzeniem, po czym chwycił dłoń napastnika i wykręciwszy ją, pchnął szyjkę rozbitej butelki w jego twarz. Żołnierz krzyknął coś po niemiecku i wypuścił swoją prowizoryczną broń. Mocowali się jeszcze przez chwilę, aż w końcu Laurence chwycił przeciwnika za pas, uniósł go i mocno pchnął. Żołnierz zamachał rękami, usiłując się czegoś złapać; na ten widok Laurence zapanował nad gniewem i rzucił się do przodu, wyciągając się na całą długość. Zrobił to jednak za późno i z pustymi rękami padł ciężko na bok Temeraire'a; żołnierz tymczasem zniknął już z pola widzenia.

Głowa nie bolała go zbyt mocno, ale Laurence czuł się dziwnie słabo i zrobiło mu się niedobrze. Temeraire, który zapanował w końcu nas resztą dzikich smoków, leciał znowu w stronę wybrzeża, wspomagany przez coraz silniejszy wiatr. Laurence przytrzymał się uprzęży, czekając, aż miną mu mdłości i odzyska pełną sprawność. Po boku Temeraire'a wspinali się kolejni żołnierze; Granby próbował ich powstrzymać, ale było ich tylu, że spychali go do tyłu, chociaż przez cały czas walczyli ze sobą równie zaciekle jak z nim. Jeden z nich, usiłując się chwycić uprzęży, wspiął się zbyt wysoko, poślizgnął się i spadł z takim impetem na ludzi w dole, że pociągnął ich za sobą. Niczym splątana masa o wielu rękach i nogach runęli z krzykiem w ciemną pustkę, ale niektórzy wpadli w luźne pętle uprzęży transportowej. Stłumiony trzask ich pękających kości przypominał odgłos, jaki się słyszy, gdy ktoś łakomie rozrywa na kawałki pieczonego kurczaka.

Granby, który wisiał na rzemieniach swojej uprzęży, próbował stanąć pewnie na nogach; posuwając się bokiem, Laurence podszedł do niego i podał mu rękę. W dole zobaczył fale przyboju, białe na tle czarnej wody; w miarę jak zbliżali się do brzegu, Temeraire leciał coraz niżej.

– Ten przeklęty Poux-de-Ciel znowu się zbliża – wysapał Granby, kiedy już pewnie stanął.

Francuzom udało się jakoś założyć opatrunek na dziurę w skrzydle smoka, chociaż był on o wiele za duży w stosunku do rany oraz przymocowano go byle jak. Poux-de-Ciel leciał niezgrabnie, ale dzielnie zmierzał w ich stronę; jego załoga na pewno spostrzegła, że Temeraire jest osłabiony i do pewnego stopnia bezbronny. Laurence wiedział, że jeśli przeciwnicy zdołają złapać uprząż i ściągnąć ją, rozmyślnie dokończą to, co rozpoczęli ogarnięci paniką żołnierze, a szansa strącenia ciężkiego smoka, tym bardziej tak cennego jak Temeraire, z pewnością skłoni Francuzów do podjęcia tak wielkiego ryzyka.

– Będziemy musieli odciąć żołnierzy – powiedział Laurence, cicho i z bólem. Spojrzał na skórzane pasy uprzęży, do których były przymocowane pętle nośne. Nie był jednak pewien, czy udźwignie ciężar odpowiedzialności za posłanie na śmierć setki ludzi, i to na kilka minut przed bezpiecznym lądem, ani czy po takim czynie zdoła spojrzeć w oczy generałowi Kalkreuthowi. Kilku młodych, lecących na Temerairze adiutantów generała spisywało się bardzo dzielnie i robiło, co w ich mocy, żeby uspokoić żołnierzy.

Riggs i jego ludzie strzelali krótkimi, pospiesznymi salwami; Poux-de-Ciel trzymał się tuż poza zasięgiem kul, czekając na okazję do ataku. Wtedy Iskierka znowu się uniosła i wypuściła następny strumień ognia: Temeraire leciał z wiatrem, więc płomienie tym razem nie zostały zdmuchnięte na niego, ale każdy człowiek przywarł do jego ciała, żeby uniknąć ognistej strugi, która wypaliła się, zanim dosięgła francuskiego smoka.

Poux-de-Ciel natychmiast zaatakował, nie czekając, aż załoga znowu skupi na nim swoją uwagę; Iskierka szykowała się do kolejnego strzału i strzelcy nie mogli się podnieść.

– Chryste – krzyknął Granby.

Zanim jednak zdążył do niej dotrzeć, rozległo się głuche dudnienie przypominające przetaczający się w dali grzmot, a pod nimi rozkwitły dymem oraz błyskami prochu małe czerwone paszcze; do walki włączyły się baterie artylerii nadbrzeżnej. Oświetlona żółtym blaskiem ognia Iskierki dwudziestoczterofuntowa kula przeleciała obok nich i trafiła francuskiego smoka prosto w pierś; złożył się jak kulka papieru, gdy pocisk przebił mu żebra, i runął na skały w dole. Byli już nad brzegiem, nad ziemią, i płoszyli owce o gęstym runie, które uciekały przed nimi po ośnieżonej trawie.

Mieszkańcy małego miasteczka portowego Dunbar byli na przemian przerażeni lądowaniem całej kompanii smoków w ich spokojnej osadzie i zachwyceni sukcesem odniesionym przez ich nową baterię nadbrzeżną, ustawioną zaledwie dwa miesiące wcześniej i jeszcze nigdy nie wypróbowaną. Pół tuzina odpędzonych smoków kurierskich i jeden zabity Poux-de-Ciel w ciągu jednej nocy zmieniło się w Grand Chevaliera i kilka Flammes-de-Gloire, które, jak przysięgali naoczni świadkowie, zginęły od ognia armat dzielnych artylerzystów. W miasteczku mówiono tylko o tym, a oddziały lokalnej milicji, które krążyły dumnie po jego uliczkach, jeszcze bardziej rozpalały patriotyczne nastroje.

Ten ogólny entuzjazm mieszkańców gwałtownie przygasł, gdy Arkady zjadł cztery z ich owiec. Pozostałe dzikie smoki okazały się tylko odrobinę bardziej powściągliwe, a Temeraire schwytał dwie żółte włochate krowy rasy górskiej, wielokrotnie nagradzane na różnych konkursach, jak się później niestety okazało, i pożarł je całe, zostawiając tylko rogi i kopyta.

— Były bardzo smaczne – powiedział przepraszająco do Laurence'a i odwrócił głowę, żeby wypluć trochę sierści.

Laurence nie miał najmniejszego zamiaru skąpić jedzenia smokom po ich długim i męczącym locie, i tym razem bez najmniejszych wyrzutów sumienia przedłożył ich dobro nad szacunek dla cudzej własności. Niektórzy z farmerów domagali się zapłaty, ale Laurence nie zamierzał zaspokajać nienasyconych apetytów dzikich smoków z własnej kieszeni. Oficerowie Admiralicji mogą sięgnąć do swoich, jeśli nie mają nic lepszego do roboty od siedzenia przy kominkach i pogwizdywania, kiedy za ich oknami toczy się bitwa i giną pozbawieni pomocy ludzie.

– Nie będziemy wam ciężarem zbyt długo. Spodziewam się, że jak tylko usłyszą o nas w Edynburgu, zostaniemy wezwani do tamtejszej kryjówki – odpowiedział kategorycznie na protesty miejscowych.

Posłaniec na koniu natychmiast wyruszył w drogę.

Mieszkańcy miasta byli bardziej serdeczni w stosunku do Prusaków, w większości młodych żołnierzy, wybladłych i wymizerowanych po długim locie. Generał Kalkreuth jako jeden z ostatnich znalazł się na ziemi; był tak wyczerpany, że trzeba go było spuścić z grzbietu Arkadego na linie z pętlą, i tylko dzięki czarnej brodzie nie widać było, że jego skóra przybrała odcień niezdrowej bladości. Miejscowy medyk, który go zbadał, kręcił początkowo z powątpiewaniem głową, ale w końcu upuścił mu miskę krwi i kazał przenieść do najbliższego domu, gdzie generał miał leżeć w cieple i pić dużo brandy z wodą.

Inni żołnierze mieli mniej szczęścia. Odcięte uprzęże transportowe pospadały na ziemię, tworząc brudne, poplątane sterty, obciążone przez trupy, które już zaczynały zielenieć. Część z tych biedaków zginęła podczas francuskich ataków, inni ponieśli śmierć z rąk własnych, ogarniętych paniką towarzyszy, lub umarli z pragnienia czy też zwykłego przerażenia. Jeszcze tego dnia w długim, płytkim grobie, wyrąbanym z mozołem w zamarzniętej ziemi, pochowano sześćdziesięciu trzech ludzi z tysiąca, który opuścił Gdańsk, część z nich bezimiennie. Wszyscy, którzy przeżyli, brudni, w niewystarczająco oczyszczonych mundurach, uczestniczyli w pogrzebie. Nawet dzikie smoki, choć nie rozumiały języka, oglądały z dala ceremonię, zachowując pełną szacunku ciszę.

Ledwie kilka godzin później nadeszła wiadomość z Edynburga, ale rozkazy były tak dziwaczne, że wręcz niezrozumiałe.

Początek był dosyć sensowny: Prusacy mają zostać w Dunbar i znaleźć sobie kwatery w mieście, a smoki polecieć do Edynburga. Nie zaproszono tam jednak generała Kalkreutha czy jego oficerów; wręcz przeciwnie, Laurence'owi zakazano zabierać ze sobą pruskich oficerów. Co do smoków, nie wolno im było wylądować w dużej, wygodnej kryjówce, nawet Temeraire'owi: zamiast tego Laurence miał je zostawić śpiące na uliczkach wokół zamku, a sam rano zameldować się u admirała w dowództwie.

Stłumił pierwszą reakcję i spokojnie przekazał ustalenia majorowi Seiberlingowi, chwilowo najwyższemu stopniem z Prusaków; spróbował mu zasugerować najlepiej, jak tylko mógł, bez posuwania się jednocześnie do kłamstw, że Admiralicja zamierza poczekać z oficjalnym powitaniem, aż generał Kalkreuth odzyska zdrowie.

– Och, naprawdę musimy znowu lecieć? – zapytał Temeraire, po czym wstał ze znużeniem i poszedł do drzemiących dzikich smoków, żeby je obudzić: po obfitych posiłkach wszystkie ogarnęła wielka senność.

Lecieli powoli, a że dni były już bardzo krótkie, do Edynburga dotarli po zmroku; Laurence uświadomił sobie nagle, że do Bożego Narodzenia został zaledwie tydzień. Tylko zamek na skalistym wzgórzu, rozjarzony blaskiem pochodni i świec, górujący nad niewidoczną w mroku kryjówką i otoczony wąskimi domami starej, średniowiecznej części miasta, świecił, jakby był przyzywającą ich latarnią morską.

Temeraire zawisł w powietrzu nad ciasnymi i krętymi uliczkami, patrząc niepewnie w dół; było tam wiele wież z iglicami i ostro zakończonych dachów, i niezbyt wiele miejsca między nimi.

– Nie wiem, jak mam tam wylądować – powiedział z wahaniem. – Jestem pewny, że rozwalę któryś z tych domów. Dlaczego te ulice są takie wąskie? W Pekinie było znacznie wygodniej.

– Jeśli nie możesz tego zrobić, nie czyniąc sobie krzywdy, polecimy gdzie indziej i do diabła z rozkazami – odparł Laurence, którego cierpliwość już się wyczerpała.

Jednak w końcu Temeraire zdołał się opuścić na plac przed starą katedrą, zrzucając przy okazji tylko kilka kamiennych ozdób. Dzikie smoki, które były znacznie od niego mniejsze, miały mniej kłopotów z wylądowaniem. Były jednak zaniepokojone tym, że musiały odlecieć z pastwisk pełnych owiec i krów, i rozglądały się podejrzliwie po nowym otoczeniu; Arkady pochylił się nisko i przez otwarte okno jednego z domów zaglądał do pustej izby, zadając jednocześnie sceptycznym tonem wiele pytań Temeraire'owi.

– Tam śpią ludzie, prawda, Laurence? – powiedział Temeraire, próbując ostrożnie ułożyć ogon w wygodniejszej pozycji. – To coś jak pawilon. A czasem w takich domach sprzedają klejnoty i inne ładne rzeczy. Ale gdzie są ludzie?

Laurence był pewny, że wszyscy mieszkańcy uciekli. Najzamożniejszy kupiec Edynburga, do którego należał ten dom, spędzi noc w rynsztoku, jeśli nie znajdzie lepszego łoża w nowej części miasta, z dala od stada smoków, które wtargnęły na jego ulice.

W końcu smoki poukładały się w miarę wygodnie; dzikie, przyzwyczajone do spania w jaskiniach, były nawet zadowolone z tego, że pod brzuchami mają gładkie kamienie brukowe.

– Nie mam nic przeciwko spaniu na ulicy, Laurence, naprawdę – powiedział pocieszająco Temeraire, chociaż głowę miał w jednej uliczce, a ogon w drugiej. – Jest zupełnie sucho i jestem pewny, że rano wszystko to będzie wyglądać bardzo interesująco.

Ale Laurence miał dużo przeciwko; to nie było powitanie, którego mieli prawo oczekiwać po roku spędzonym z dala od domu i podróży przez pół świata. Trudne warunki zakwaterowania podczas kampanii wojennej, kiedy nikt nie mógł oczekiwać szczególnych wygód i był zadowolony, mając choćby obórkę do dyspozycji, to było jedno. Ale być rzuconym jak bagaż na zimne, niezdrowe kamienie, ciemne od ulicznych ścieków, było czymś zupełnie innym; smokom powinno się przynajmniej pozwolić na odpoczynek na otwartych polach poza miastem.

I nie było w tym żadnej świadomej złośliwości: tylko powszechne przekonanie, że smoki to po prostu kłopotliwe, choć rozumniejsze od innych, zwierzęta i można je wykorzystywać, nie zwracając uwagi na ich uczucia. Poglądy te były tak głęboko zakorzenione, że sam Laurence dopiero wtedy uznał je za oburzające, kiedy zobaczył, jak drastycznie kontrastują one ze stosunkami panującymi w Chinach, gdzie smoki traktowano jak pełnoprawnych członków społeczeństwa.

– Cóż – zaczął rozsądnym tonem Temeraire, kiedy Laurence rozłożył już koc wewnątrz domu, przy którym znalazła się głowa smoka – znamy tutejsze stosunki, a więc nie powinniśmy być bardzo zaskoczeni. Poza tym nie przybyłem tu po to, żeby było mi wygodniej. Gdybym chciał tylko tego, zostałbym w Chinach. Musimy poprawić warunki życia naszych wszystkich przyjaciół. To nie znaczy – dodał – że nie chciałbym mieć własnego pawilonu, ale gdybym musiał wybierać, wolałbym mieć wolność. Dyer, wydłub mi, proszę, ten kawałek chrząstki spomiędzy zębów. Nie mogę tam sięgnąć pazurem.

Wyrwany z półsnu Dyer zsunął się z grzbietu Temeraire'a i wyciągnąwszy z bagażu mały oskard, wgramolił się posłusznie do otwartego pyska smoka, żeby zeskrobać mu z zębów resztki posiłku.

– Łatwiej byłoby ci zdobyć to drugie, gdyby było więcej ludzi gotowych dać ci to pierwsze – odparł Laurence. – Nie mam zamiaru cię zniechęcać; nie wolno nam się poddawać. Ale liczyłem na to, że po naszym powrocie będziemy się cieszyć większym szacunkiem, a nie mniejszym; to by bardzo pomogło naszej sprawie.

Temeraire poczekał, aż Dyer wyjdzie z jego pyska, i dopiero wtedy odpowiedział:

– Jestem pewny, że będą musieli nas wysłuchać i uznać, że nasze propozycje zasługują na rozważenie.

Było to dosyć śmiałe założenie i Laurence nie podzielał wiary smoka w rozsądek ludzi.

– Będą musieli to uznać – ciągnął Temeraire – zwłaszcza gdy porozmawiam z Maksimusem i Lily i uzyskam ich poparcie. I może jeszcze Ekscidiuma, który brał udział w tak wielu bitwach, że wszystkim imponuje. Jestem pewny, że o n i zgodzą się z moimi argumentami, uznają ich słuszność. O n i nie będą tak głupi jak Eroica i reszta.

W ostatnich słowach Temeraire'a dało się wyczuć lekką niechęć. Pruskie smoki, równie mocno jak ich opiekunowie przywiązane do rygorystycznych tradycji militarnych swojego kraju, potraktowały z lekceważeniem jego próby przekonania ich o zaletach większej wolności i edukacji i wyśmiewały jako dekadencki sposób myślenia, który Temeraire przyswoił sobie w Chinach.

– Wybacz mi szczerość, ale obawiam się, że nawet jeśli pozyskasz serca i umysły wszystkich smoków w Brytanii, niewiele to zmieni – odparł Laurence. – Jako partia nie macie zbyt wielkich wpływów w parlamencie.

– Być może nie, ale myślę, że gdybyśmy się wybrali do parlamentu, zwrócono by na nas uwagę.

Obraz, który odmalował tymi słowami Temeraire, był wielce przekonujący, choć mało prawdopodobne było, żeby wzbudził ten rodzaj zainteresowania, którego pragnął smok.

Laurence powiedział mu o tym i dodał:

– Musimy znaleźć sposób na zyskanie poparcia dla waszej

sprawy u tych, którzy mają tak duże wpływy, że będą w stanie doprowadzić do politycznych zmian. Żałuję tylko, że nie mogę się zwrócić o radę w tej sprawie do ojca. Wiesz, jak wyglądają stosunki między nami.

– Cóż, ja tam wcale tego nie żałuję – odrzekł Temeraire, kładąc krezę na kark. – Jestem pewny, że nie zechciałby nam pomóc i że poradzimy sobie bez niego.

Niezależnie od tego, że żywił urazę do wszystkich, którzy traktowali Laurence'a chłodno, smok nie bez racji uważał, iż zastrzeżenia, jakie lord Allendale miał w stosunku do Korpusu Powietrznego, były w istocie zastrzeżeniami wobec niego samego; i chociaż się nigdy nie spotkali, nie lubił starszego pana, tak jak nie lubiłby każdego, kto chciałby go rozdzielić z Laurence'em.

– Mój ojciec niemal przez całe życie zajmuje się polityką – stwierdził Laurence; lord Allendale szczególnie mocno zaangażował się po stronie abolicjonistów, ruchu, który początkowo wzbudził równie wielką niechęć społeczną, jaką zgodnie z przewidywaniami Laurence'a wzbudzi program Temeraire'a. – Zapewniam cię, że jego rady byłyby dla nas wręcz nieocenione, a ponieważ zamierzam dokonać pewnych napraw, może znajdę czas, by się z nim skonsultować.

– Wolałbym ją zatrzymać dla siebie – mruknął Temeraire, mając na myśli elegancką czerwoną wazę, którą Laurence kupił w Chinach jako prezent dla ojca. Od tego czasu przebyła wraz z nimi ponad pięć tysięcy mil i smok przywiązał się do niej jak do każdego ze swoich cennych przedmiotów, a teraz ciężko westchnął, wiedząc, że ostatecznie odjedzie wraz z krótkim, przepraszającym listem Laurence'a.

Ale Laurence był aż nadto świadomy trudności, które ich czekały; i tego, że brak mu kompetencji, by rozpocząć batalię w tak wielkiej i skomplikowanej sprawie. Był jeszcze chłopcem, kiedy jako gość jednego z politycznych przyjaciół ojca odwiedził ich dom Wilberforce, który od niedawna z zapałem zwalczał handel niewolnikami i rozpoczynał właśnie parlamentarną kampanię, żeby doprowadzić do jego zakazu. Od tego dnia upłynęło już ponad dwadzieścia lat i mimo najbardziej heroicznych wysiłków ludzi zdolniejszych, bogatszych i potężniejszych od niego, nie mniej niż dwadzieścia milionów nieszczęśników zakuto w tym czasie w kajdany i wywieziono z ojczystej ziemi.

Temeraire wykluł się w roku tysiąc osiemset piątym; mimo całej inteligencji nie potrafił jeszcze w pełni zrozumieć, jak nużąco powolnej walki wymagało przekonanie ludzi do przyjęcia poglądów, które, nieważne jak moralne i sprawiedliwe, byłyby choć w najmniejszym stopniu sprzeczne z ich własnymi interesami. Laurence życzył mu dobrej nocy, nie drążąc już dalej tematu, żeby go nie przygnębić, ale gdy zamknął okiennice, które zaczęły delikatnie stukać, poruszane oddechem smoka, odległość do kryjówki za murami zamku wydała mu się trudniejsza do przebycia niż te tysiące mil, które pokonali w drodze z Chin do domu.

Rano ulice Edynburga były nienaturalnie spokojne i opustoszałe, i z wyjątkiem smoków rozciągniętych na starych szarych kamieniach nie widać było na nich nikogo. Wielkie cielsko Temeraire'a leżało przed katedrą o murach oszpeconych plamami sadzy, a jego ogon skrywał się w uliczce tak wąskiej, że ledwie się w niej mieścił. Niebo było czyste i bardzo niebieskie. Tylko kilka tarasowych chmur płynęło ku morzu, a światło porannego słońca barwiło kamienie złotem o lekkim odcieniu różu.

Kiedy Laurence wyszedł z domu, Tharkay już nie spał, zresztą jako jedyny; siedział, kuląc się z zimna w jednym z wąskich wejść do eleganckiego domu, przez którego otwarte drzwi widać było hol wejściowy, zdobny tapiseriami i pusty. W ręce trzymał filiżankę herbaty, parującej w chłodnym powietrzu ranka.

– Masz ochotę na herbatę? – zapytał. – Jestem pewny, że właściciele nie pożałowaliby ci jednej filiżanki.

– Nie, muszę iść na górę – odparł Laurence, którego obudził posłaniec z zamku z wezwaniem, żeby się tam natychmiast stawił.

Był to kolejny przejaw nieuprzejmości wobec nich; przybyli tak późno wieczorem, że należał im się dłuższy wypoczynek. Na domiar złego chłopiec nie potrafił mu odpowiedzieć, czy przygotowano jakieś jedzenie dla głodnych smoków. Laurence wolał nie myśleć, co powiedzą Arkady i jego paczka, kiedy się obudzą.

– O nic się nie martw; jestem pewny, że zadbają o siebie – zapewnił go Tharkay, niezbyt jednak radując się tą wizją, po czym w ramach pociechy podał mu swoją filiżankę.

Laurence westchnął i szybko ją opróżnił, wdzięczny za mocny, gorący napój. Następnie oddał filiżankę Tharkayowi i zawahał się; jego rozmówca patrzył na drugą stronę placu przed katedrą z dziwnym wyrazem twarzy – jego usta wykrzywiły się w jednym kąciku.

– Dobrze się czujesz? – zapytał Laurence, uświadomiwszy sobie nagle, że ostatnio tak się niepokoił o Temeraire'a, iż zaniedbał swoich ludzi, a o Tharkayu niemal zapomniał.

– Och, tak; czuję się jak u siebie w domu – odparł Tharkay. – Od mojego ostatniego pobytu w Brytanii upłynęło sporo czasu, ale wtedy dość dobrze poznałem sąd najwyższy.

Wskazał głową widoczny po drugiej stronie placu budynek parlamentu, w którym odbywały się posiedzenia Najwyższego Sądu Cywilnego Szkocji, osławionego kotła zawiedzionych nadziei, ciągnących się w nieskończoność procesów, sporów o szczegóły formalne i wielkie posiadłości; obecnie opuszczonego przez wszystkich adwokatów, sędziów i interesantów. Laurence wiedział, że chociaż ojciec Tharkaya posiadał duży majątek ziemski, on sam nie miał nic. Jako syn Nepalki był zapewne w niekorzystnej sytuacji, stając przez brytyjskimi sądami, i każde proceduralne uchybienie w jego pozwach można było łatwo wykorzystać przeciwko niemu.

W każdym razie nie sprawiał wrażenia szczególnie rozentuzjazmowanego powrotem do domu; jeśli w ogóle uważał tę ziemię za swój dom.

– Cieszę się – powiedział niepewnie Laurence, a potem z pewnym skrępowaniem zasugerował Tharkayowi, żeby się zastanowił nad przedłużeniem kontraktu, kiedy załatwi delikatną kwestię zapłaty za wyświadczone już usługi.

Wprawdzie Tharkay otrzymał już pieniądze za przeprowadzenie ich z Chin starym szlakiem jedwabnym, ale później zwerbował dzikie smoki, zasługując tym samym na nagrodę, która znacznie przerastała możliwości kieszeni Laurence'a. Co więcej, w żadnym razie nie można było zrezygnować teraz z jego usług, przynajmniej do czasu, aż dzikie smoki znajdą sobie miejsce w Korpusie, gdyż poza Temeraire'em tylko on potrafił wypowiedzieć więcej niż kilka słów w ich dziwnym języku.

– Chętnie porozmawiam o tym z admirałem Lentonem w Dover, jeśli nie masz nic przeciwko temu – dodał Laurence.

Po tym, jak ich potraktowano w Edynburgu, nie miał najmniejszego zamiaru omawiać tak nietypowej kwestii z oficerem, który tu dowodził. Obojętne, kim on był.

Tharkay wzruszył tylko obojętnie ramionami.

– Twój posłaniec się niecierpliwi – odparł, wskazując głową chłopaka, który wiercił się z nieszczęśliwą miną w narożniku placu, czekając na Laurence'a.

Chłopak poprowadził go skrótem na wzgórze do bram zamku; tam Laurence'a przejął bardzo gorliwy żołnierz piechoty morskiej w czerwonym mundurze, który eskortował go aż do gabinetu admirała drogą wijącą się wokół budowli po kamiennych średniowiecznych dziedzińcach, pustych o tej porze dnia. Ponieważ drzwi były otwarte, Laurence wszedł do środka, sztywnym krokiem i z wyprostowanymi ramionami. Przybrał jednocześnie chłodną, wyrażającą dezaprobatę minę.

– Sir – powiedział, wbiwszy wzrok w punkt wysoko na ścianie; gdy popatrzył niżej, dodał ze zdumieniem: – Admirał Lenton?

– Laurence; tak. Siadaj, siadaj. – Lenton odprawił żołnierza i kiedy zamknęły się za nim drzwi, zostali we dwóch w pachnącej stęchlizną i pełnej książek komnacie.

Lenton siedział przez chwilę w milczeniu za biurkiem, na którego blacie leżała tylko mała mapa i garść dokumentów.

– Bardzo się cieszę, że cię widzę – odezwał się w końcu. – Naprawdę bardzo.

Laurence był zaszokowany jego wyglądem. W ciągu roku, który upłynął od ich ostatniego spotkania, Lenton bardzo się postarzał: włosy mu zupełnie posiwiały, policzki obwisły, a w przekrwionych oczach widać było ogromne znużenie.

– Mam nadzieję, że dobrze się pan czuje, sir – powiedział Laurence z głębokim współczuciem i przestał się zastanawiać, dlaczego Lentona przeniesiono na północ do Edynburga, na spokojniejszy posterunek. Interesowało go już tylko, jaka to choroba tak bardzo go wyniszczyła i kto został na jego miejsce dowódcą Dover.

– Och... – Lenton machnął ręką i umilkł. – Przypuszczam, że jeszcze ci niczego nie powiedziano – odezwał się po chwili. – Nie, to dobrze; zgodziliśmy się, że nie wolno dopuścić, by wieść się rozeszła.

– Tak, sir – odparł Laurence, w którym na nowo rozpalił się gniew. – Niczego nie słyszałem i o niczym mnie nie poinformowano. Musiałem świecić oczami przed naszymi sojusznikami, którzy codziennie pytali mnie, czy nie mam jakichś wieści o Korpusie, aż w końcu zrozumieli, że nie ma sensu dalej pytać.

Udzielił gwarancji pruskim dowódcom; przysięgał, że Korpus Powietrzny ich nie zawiedzie, że obiecana kompania smoków, która mogłaby odwrócić bieg wypadków w tej ostatniej, katastrofalnej kampanii przeciwko Napoleonowi, przybędzie lada moment. Kiedy smoki jednak się nie pojawiły, on i Temeraire zostali i ryzykując życie swoje oraz całej załogi, walczyli zamiast nich w coraz bardziej beznadziejnej sprawie.

Lenton nie odpowiedział od razu, ale siedział, kiwając głową i szepcząc cicho:

– Tak, to prawda, oczywiście.

Zabębnił palcami w stół i popatrzył z roztargnieniem na jakieś papiery, nawet ich nie czytając.

Laurence dodał ostrzejszym tonem:

– Sir, trudno mi uwierzyć, że mógł się pan zgodzić na tak zdradzieckie i krótkowzroczne posunięcie. Gdybyśmy wysłali dwadzieścia obiecanych smoków, zwycięstwo Napoleona wcale nie byłoby takie pewne.

– Co? – Lenton oderwał wzrok od papierów i spojrzał na niego. – Och, Laurence, co do tego nie ma żadnych wątpliwości. Absolutnie żadnych. Przykro mi z powodu tajemnicy, ale nie wysłaliśmy smoków nie dlatego, że nie chcieliśmy. Po prostu nie mogliśmy tego zrobić.

Boki Victoriatusa poruszały się w delikatnym, miarowym tempie. Nozdrza miał rozdęte i zaczerwienione, okryte na brzegach łuszczącymi się strupami, a w kącikach jego pyska widać było przyschniętą, różowawą pianę. Oczy miał zamknięte, ale co kilka oddechów otwierały się one nieznacznie. Spoglądał wtedy wokół zamglonym, niewidzącym z wyczerpania wzrokiem, jego cielskiem wstrząsał płytki, zgrzytliwy kaszel, a na ziemię przed jego pyskiem spadał nowy deszcz drobnych kropelek krwi. Następnie smok znowu zapadał w półsen, który trwał do kolejnego ataku. Jego kapitan, Richard Clark, leżał na polowym łóżku obok niego. Był nieogolony, w brudnym mundurze, jedną ręką zakrywał oczy, a drugą położył na przedniej łapie smoka. Nie poruszył się nawet wtedy, gdy się do niego zbliżyli.

Po kilku chwilach Lenton dotknął ramienia Laurence'a.

– To wystarczy, chodźmy stąd.

Odwrócił się powoli, opierając się ciężko na lasce, i poprowadził Laurence'a po zielonym wzgórzu z powrotem do zamku. Kiedy wracali do jego gabinetu, korytarze nie były już puste, ale ludzie poruszali się po nich w milczeniu, a na ich twarzach widać było niezmierne przygnębienie.

Laurence odmówił kieliszka wina, zbyt otępiały, żeby myśleć o piciu czegokolwiek.

– To rodzaj suchot – odezwał się Lenton, patrząc przez okno wychodzące na podwórzec kryjówki; wraz z Victoriatusem leżało tam dwanaście innych wielkich smoków, wszystkie pooddzielane od siebie starymi wiatrochronami, stosami gałęzi i porośniętymi bluszczem kamieniami.

– Jak szeroko choroba się rozpowszechniła...? – zapytał Laurence.

– Jest wszędzie – odparł Lenton. – W Dover, Portsmouth, Middlesbrough. W walijskich stacjach rozpłodowych, w Halifaksie, w Gibraltarze. Wszędzie, gdzie docierały smoki kurierskie, wszędzie. – Odwrócił się od okna i usiadł na krześle. – Byliśmy niewymownie głupi. Widzisz, myśleliśmy, że to tylko przeziębienie.

– Ale wieść o tym dotarła do nas podczas podróży na wschód, jeszcze zanim okrążyliśmy Przylądek Dobrej Nadziei – powiedział przerażony Laurence. – Czy to trwa tak długo?

– Zaczęło się to w Halifaksie we wrześniu roku piątego – odrzekł Lenton. – Medycy sądzą teraz, że to był amerykański smok, ten wielki, indiański. Trzymano go tam, a jako pierwsze zachorowały smoki, które przetransportowano wraz z nim do

Dover. Potem choroba zaczęła się rozprzestrzeniać w Walii, kiedy go wysłano do tamtejszych stacji rozpłodowych. O n jest całkowicie zdrowy, nie kaszle i nie kicha; i tylko on nam pozostał w całej Anglii, z wyjątkiem kilku świeżo wyklutych smocząt, które ukryliśmy w Irlandii.

– Wie pan, że sprowadziliśmy tutaj dwadzieścia innych? – zapytał Laurence, licząc, że informacje o tym zapewnią chwilową ucieczkę od strasznej rzeczywistości.

– Tak, te z Turkiestanu – odparł Lenton, który też chętnie oderwał myśli od sytuacji, w jakiej znalazł się Korpus. – Czy dobrze zrozumiałem twój list; to szajka górskich rozbójników?

– Powiedziałbym raczej, że zazdrośnie strzegły swego terytorium – odrzekł Laurence. – Nie są zbyt piękne, ale nie są złośliwe i nie żywią złych zamiarów; chociaż jaki może być pożytek z zaledwie dwudziestu smoków... nie osłonią całej Anglii... – Zamilkł na chwilę, po czym dodał: – Admirale, przecież na pewno coś można zrobić... coś należy zrobić.

Lenton pokręcił tylko głową.

– Zwykłe leki trochę pomagały, na początku – odparł. – Łagodziły kaszel i tak dalej. Smoki mogły wciąż latać i chociaż nie miały apetytu, niezbyt się tym przejmowaliśmy; przecież przeziębienie to dla nich zazwyczaj błahostka. Ale to ciągnęło się tak długo, a po jakimś czasie te wszystkie lecznicze napoje przestały działać... i stan części smoków zaczął się pogarszać...

Umilkł i dopiero pod dłuższej chwili dodał z trudem:

– Obversaria nie żyje.

– Dobry Boże! – krzyknął Laurence. – Sir, jestem wstrząśnięty tą wieścią... i głęboko zasmucony.

To była okropna strata. Obversaria służyła z Lentonem od czterdziestu lat, od dziesięciu była flagowym smokiem w Dover i mimo względnie młodego wieku złożyła już cztery jaja. Chyba najlepiej latała w całej Anglii i tylko kilka innych smoków próbowało jej dorównać.

– To było, niech pomyślę, w sierpniu – mówił dalej Lenton, jakby nie usłyszał słów Laurence'a. – Po Inlacrimasie, ale przed Minacitusem. Niektóre z nich przechodzą to gorzej niż inne. Najmłodsze trzymają się najlepiej, w starych życie jakoś się tli; umierają te w wieku średnim. W każdym razie umierają jako pierwsze; myślę, że w końcu wszystkie odejdą.

Rozdział 2

Kapitanie – powiedział Keynes – przykro mi, ale każdy tępak może zabandażować ranę po kuli, i pewnie przydzielą ci na moje miejsce jakiegoś tępaka. Ale nie mogę pozostać z najzdrowszym smokiem w całej Brytanii, kiedy objęte kwarantanną kryjówki są pełne chorych.

– Doskonale to rozumiem, panie Keynes, i nie musi pan nic więcej mówić – odparł Laurence. – Nie poleci pan z nami do Dover?

– Nie. Victoriatus nie przeżyje tego tygodnia. Poczekam i przeprowadzę sekcję razem z doktorem Harrowem.

Laurence wzdrygnął się, usłyszawszy to brutalnie praktyczne wyjaśnienie.

– Mam nadzieję – podjął Keynes – że dowiemy się czegoś o tej chorobie. Niektóre ze smoków kurierskich wciąż latają; jeden z nich zabierze mnie stąd.

– Cóż – powiedział Laurence i uścisnął rękę lekarza. – Mam nadzieję, że wkrótce będziesz z nami.

– A ja mam nadzieję, że tak się nie stanie – odparł Keynes z typową dla siebie bezpośredniością. – Jeśli mnie zobaczycie, to tylko dlatego, że zabraknie mi pacjentów, co, sądząc po przebiegu tej choroby, będzie znaczyło, że wszyscy są już martwi.

Laurence nie mógł powiedzieć, że decyzja Keynesa go

przygnębiła; był już w tak kiepskim nastroju, że trudno mu było wyobrazić sobie coś, co by go jeszcze pogorszyło. Ale było mu przykro. Smoczy lekarze na ogół nie byli tak nieudolni jak medycy floty i wbrew przewidywaniom Keynesa Laurence nie obawiał się niekompetencji jego ewentualnego następcy, ale ze smutkiem myślał o utracie dobrego członka załogi, który nie raz wykazał się odwagą i zdrowym rozsądkiem i którego wszystkie dziwactwa były już dobrze znane. Wiedział też, że Temeraire'owi nie spodoba się ta wiadomość.

– Czy coś mu dolega? – naciskał Temeraire, kiedy się dowiedział o odejściu Keynesa. – Czy jest chory?

– Nie, Temeraire, ale jest potrzebny gdzie indziej – odpowiedział Laurence. – Jest bardzo doświadczonym lekarzem. Na pewno zgodzisz się ze mną, że powinien teraz pomagać tym z twoich towarzyszy, którzy zapadli na tę chorobę.

– Cóż, jeśli Maksimus lub Lily go potrzebują... – mruknął zrzędliwie Temeraire i narysował kilka kresek, a właściwie bruzd, na piasku. – Czy będę mógł ich zobaczyć? Jestem przekonany, że nie mogą być bardzo chorzy. Maksimus to największy smok, jakiego kiedykolwiek widziałem; z pewnością szybko wyzdrowieje.

– Nie, mój drogi – odparł z trudem Laurence, po czym przekazał Temeraire'owi najgorsze wieści: – Żaden z chorych smoków nie wyzdrowiał i musisz zachować największą ostrożność. Nie wolno ci się zbliżać do terenów objętych kwarantanną.

– Ale ja tego nie rozumiem – powiedział Temeraire. – Jeśli one nie zdrowieją, to... – Urwał.

Laurence tylko odwrócił wzrok. Temeraire miał wszelkie powody, by tego od razu nie zrozumieć. Smoki były twardymi i odpornymi stworzeniami, które często żyły ponad sto lat. Temeraire mógł się spodziewać, że jeśli wojna ich szybciej nie zabierze, będzie znał Maksimusa i Lily dłużej, niż trwało życie przeciętnego człowieka.

– Ale ja mam im tyle do powiedzenia... – odezwał się w końcu niemal oszołomiony. – Chciałem, żeby się dowiedzieli, że smoki mogą czytać, pisać, posiadać majątek i robić inne rzeczy, a nie tylko walczyć.

– Napiszę do nich list od ciebie, który wyślemy razem z twoimi pozdrowieniami – odparł Laurence. – Na pewno bardziej uszczęśliwi ich wiadomość, że jesteś zdrowy i bezpieczny, niż twoje towarzystwo.

Temeraire nie odpowiedział. Zastygł w bezruchu, a głowę zwiesił tak nisko, że niemal dotykała jego klatki piersiowej.

– Będziemy blisko nich – podjął Laurence po chwili milczenia – i jeśli zechcesz, będziesz mógł do nich pisać codziennie; kiedy już wykonamy nasze zadania.

– Patrole, jak sądzę – powiedział Temeraire z niezwykłą u niego goryczą w głosie – i inne głupie ćwiczenia formacyjne; podczas gdy oni wszyscy są chorzy i nie możemy nic dla nich zrobić.

Laurence nie znalazł żadnych słów pociechy i spuścił wzrok na kolana, na których, owinięta w ceratę, leżała paczka dokumentów. Między innymi były tam też ich nowe rozkazy: wyrażone szorstkim, wojskowym językiem polecenia, żeby natychmiast wyruszyli do Dover, gdzie przypuszczenia Temeraire'a spełnią się zapewne co do joty.

Nie dodało mu otuchy to, że kiedy natychmiast po wylądowaniu w Dover poszedł się zameldować do dowództwa, musiał czekać pół godziny przed gabinetem nowego admirała, słuchając głosów, które mimo ciężkich dębowych drzwi nie były w żadnym razie niewyraźnie. Rozpoznał krzyki Jane Roland; głosy, które jej odpowiadały, były mu nie znane. Kiedy w końcu drzwi się otworzyły, Laurence zerwał się gwałtownie na nogi. Na korytarz wypadł wysoki mężczyzna w marynarskim mundurze. Na jego twarzy malowało się wzburzenie i nawet bujne bokobrody nie mogły przesłonić rumieńca, którym płonęły mu policzki. Nie przystanął, tylko rzucił wściekłe spojrzenie na Laurence'a przed odejściem.

– Wejdź, Laurence, wejdź – zawołała ze środka Jane.

Wszedł zatem i zobaczył ją stojącą z admirałem, starszym mężczyzną ubranym dość zdumiewająco w czarny surdut, bryczesy i buty z klamrami.

– Nie miałeś jeszcze okazji poznać doktora Wappinga, jak sądzę – mówiła dalej Jane. – To jest kapitan Laurence, na Temerairze.

– Sir – powiedział Laurence, próbując ukryć konsternację i niepokój.

Pomyślał, że w sytuacji, gdy wszystkie smoki są objęte kwarantanną, oddanie kryjówki pod dowództwo lekarza było posunięciem, które mogło mieć jakiś sens dla zwykłych ludzi. Podobnie jak pomysł przedstawiony mu kiedyś przez jednego z przyjaciół rodziny, który chciał wykorzystać jego wpływy, żeby załatwić krewnemu – nawet nie lekarzowi marynarki – dowództwo okrętu szpitalnego.

– Kapitanie, jestem zaszczycony, że mogę pana poznać – odezwał się doktor Wapping. – Pani admirał, pójdę już. Proszę o wybaczenie, że stałem się przyczyną tak nieprzyjemnej sceny.

– Bzdura; te typy z zaopatrzenia to banda łotrów, których należałoby powiesić, i z radością pokażę im, gdzie ich miejsce; miłego dnia, doktorze – odparła Jane, a kiedy Wapping zamknął za sobą drzwi, powiedziała: – Czy uwierzysz, Laurence, że tym draniom nie wystarczy, że te biedne stworzenia jedzą tyle co ptaszki? Nie, im jeszcze za mało i dlatego przysyłają nam chore, wychudłe sztuki.

Po chwili oznajmiła:

– Ale to tak powinnam cię powitać w domu. – Chwyciła go za ramiona i pocałowała mocno w oba policzki. – Nie najlepiej wyglądasz. Co się stało z twoim mundurem? Napijesz się wina? – Nalała im obojgu, nie czekając na jego odpowiedź. Laurence wziął od niej kieliszek, wciąż zszokowany i jakby odrętwiały. – Mam twoje wszystkie listy – mówiła dalej – więc wiem mniej więcej, co porabiałeś, ale musisz mi wybaczyć moje milczenie, Laurence. Wolę raczej nic nie pisać niż ograniczać się do kwestii, które nie mają żadnego znaczenia.

– Nie; to znaczy tak, oczywiście – wykrztusił w końcu i usiadł z nią przy kominku.

Jej frak mundurowy leżał przerzucony przez poręcz fotela; teraz, gdy mu się przyjrzał, zobaczył czwartą admiralską belkę na ramionach, a z przodu sute szamerowanie. Jej twarz także się zmieniła, ale nie na lepsze. Jane straciła sporo na wadze, a jej ciemne, krótko przystrzyżone włosy były przyprószone siwizną.

– Cóż, przykro mi, że jestem taką ruiną – powiedziała z żalem, ale zaraz roześmiała się, widząc, że zamierza ją przepraszać. – Nie, wszyscy tu się rozkładamy, Laurence; nie ma co temu przeczyć. Widziałeś, jak sądzę, biednego Lentona. Trzymał się bohatersko przez trzy tygodnie po jej śmierci, ale potem znaleźliśmy go na podłodze jego gabinetu. Atak apopleksji. Przez tydzień bełkotał niezrozumiale. Potem wydobrzał, ale teraz jest cieniem samego siebie.

– Przykro mi z tego powodu – wtrącił Laurence – niemniej wypiję teraz za twój awans. – Dzięki wysiłkowi godnemu Herkulesa zdołał to powiedzieć, nie jąkając się.

– Dziękuję, mój drogi – odparła. – Myślę, że pękałabym z dumy, gdyby sytuacja wyglądała inaczej i gdyby jeden kłopot nie gonił drugiego. Kiedy pozostawiają nas samym sobie, radzimy sobie względnie dobrze, ale ja muszę się jeszcze użerać z tymi idiotami z Admiralicji. Mówi się im, zanim tu przybędą, potem mówi się im jeszcze raz, a i tak mizdrzą się do mnie i gruchają, jakbym nie siedziała na grzbiecie smoka, kiedy oni bawili się jeszcze w piaskownicach, a potem gapią głupio, kiedy ich besztam za to, że zachowują się jak całujący po rękach lalusie.

– Pewnie trudno im się przystosować do tej sytuacji – powiedział Laurence, współczując w duchu tym biedakom. – Zastanawiam się, czy Admiralicja powinna...

Poniewczasie przerwał, czując, że się zapędził i stąpa po grząskim gruncie. Nikt nie kwestionował konieczności chwytania się wszelkich sposobów w celu nakłonienia Longwingów, chyba najniebezpieczniejszych z brytyjskich smoków, do wstąpienia do Korpusu; a że te stworzenia akceptowały tylko kobiety jako opiekunki, trzeba się było z tym godzić. Laurence ubolewał, że szlachetnie urodzone niewiasty zmuszone były rezygnować z życia w społeczeństwie i wszystkiego, co się z tym wiązało, i narażały się na niebezpieczeństwo, ale przynajmniej wychowywano je z myślą o takich zadaniach. Kiedy to było konieczne, mogły nawet dowodzić formacjami, ale od tego daleko jeszcze było do stopnia oficera flagowego, nie mówiąc już o dowodzeniu największą i chyba najważniejszą kryjówką w Brytanii.

– Z pewnością nie chcieli mi tego dać, ale nie mieli wyboru – powiedziała Jane. – Portland nie chciał wrócić z Gibraltaru, gdyż podróż morska była ponad siły Laetificat. A więc zostaliśmy ja i Sanderson, a on zupełnie się załamał; chowa się po kątach i płacze jak kobieta, jakby to mogło w czymkolwiek pomóc. Uwierzysz? On, zaprawiony w bojach żołnierz, uczestnik wielu bitew. – Przerwała na chwilę, przeczesała palcami swoje dość rozczochrane włosy i westchnęła. – Mniejsza z tym, nie słuchaj mnie, Laurence. Jestem niecierpliwa, a jego Animosia bardzo cierpi.

– A co z Ekscidiumem? – wtrącił Laurence.

– To stary, twardy wyga i wie, jak oszczędzać siły. Ma na tyle zdrowego rozsądku, żeby jeść, chociaż stracił apetyt. Pożyje jeszcze długo, a jak wiesz, ma już za sobą blisko sto lat służby. Wiele innych smoków w jego wieku już dawno wycofałoby się z tego interesu i wybrało spokojne życie w stacjach rozpłodowych. – Uśmiechnęła się, ale nie do końca szczerze. – Jak widzisz, jestem dzielna. Przejdźmy do przyjemniejszych spraw. Przyprowadziłeś dwadzieścia smoków i jak mi Bóg miły, bardzo się przydadzą. Chodźmy je zobaczyć.

– Jest dosyć trudna – przyznał cichym głosem Granby, kiedy przyglądali się zwiniętemu, wężowemu ciału Iskierki i ledwie widocznym obłoczkom pary, które wydobywały się z kolczastych wypustek na jej grzbiecie – i jeszcze na niej nie leciałem, sir... och, przepraszam.

Iskierka urządziła się już ku swemu zadowoleniu, aczkolwiek tylko swemu. Na polance, na której ją umieszczono, wykopała pazurami głęboki dół i wypełniła go żarem uzyskanym z mniej więcej pół tuzina drzew, które bezceremonialnie wyrwała z korzeniami i spaliła. Dorzuciła potem do tego całą masę najróżniejszych kamieni, a kiedy się lekko rozżarzyły, ułożyła się wygodnie w swoim gorącym gnieździe. Łuna ognia była widoczna z daleka, nawet z gospodarstw leżących w pobliżu kryjówki, w których niepotrzebnie podniesiono alarm przeciwpożarowy, co już kilka godzin później zaowocowało pierwszymi skargami.

– Och, zrobiłeś wystarczająco dużo, nakłaniając ją do przyjęcia uprzęży w terenie, gdzie nie miałeś pod ręką stada bydła, którym mógłbyś ją przekonać – odparła Jane i poklepała drzemiącą Iskierkę po boku. – Niech ci, którzy się boją zionącego ogniem smoka, biadolą sobie, ile chcą, ale ty możesz być pewny, iż we flocie wszyscy będą wznosić okrzyki na twoją cześć, kiedy się dowiedzą, że nareszcie mamy swojego. Dobra robota; naprawdę dobra, i z radością zatwierdzam twój nowy stopień, kapitanie Granby. Czy zechcesz poprowadzić uroczystość, Laurence?

Większość członków załogi Laurence'a już przedtem zgromadziła się na polance Iskierki, zajmując się gaszeniem rozżarzonych węgielków, które niesione podmuchami wiatru wylatywały z jej dołu i stwarzały zagrożenie dla całej kryjówki. Zmęczeni i od stóp do głów pokryci popiołem, ustawili się w szeregu na rozkaz rzucony półgłosem przez młodego porucznika Ferrisa, żeby popatrzeć, jak Laurence przypina drugą parę złotych belek na ramionach munduru zarumienionego Granby'ego. Kiedy skończył, zebrani krzyknęli nowo mianowanemu kapitanowi trzy razy hurra, szczerze, choć nieco przyciszonymi głosami, a Ferris i Riggs podeszli do niego, żeby uścisnąć mu rękę.

— Będziemy się musieli zastanowić nad przydzieleniem panu załogi, chociaż teraz jest dla niej jeszcze za wcześnie – powiedziała Jane po ceremonii, kiedy szli do dzikich smoków, z którymi chciała się poznać. – Ludzi mi nie brakuje, niestety. Niech pan ją karmi dwa razy dziennie, kapitanie. Może uda się nadrobić to, czego z braku żywności nie zyskała na wadze podczas waszej podróży. A kiedy nie będzie spała, zaczniemy ją przyuczać do manewrów Longwingów. Nie wiem, czy Iskierka może się sama poparzyć, jak one własnym jadem, ale nie musimy tego odkrywać metodą prób i błędów.

Granby skinął głową. Nie wydawał się wcale skonsternowany tym, że rozkazy wydaje mu kobieta. Podobnie jak Tharkay, którego namówiono, żeby został przynajmniej jeszcze przez jakiś czas, jako że był jednym z niewielu ludzi mających jakikolwiek wpływ na dzikie smoki. Ponieważ Jane nalegała, żeby zaprowadzono ją do nich natychmiast, Laurence nie miał czasu uprzedzić go o tej wizycie. Kiedy tam przyszli, Tharkay rzucił mu tylko pytające spojrzenie, a potem, nie okazawszy żadnego zaskoczenia, najwyraźniej rozbawiony na swój skryty sposób, ukłonił się grzecznie i spokojnie dokonał prezentacji.

Arkady i jego banda dokonali na polankach niewiele mniejszych spustoszeń niż Iskierka na swojej, zwalając większość rosnących między nimi drzew i układając je w wielką stertę. Grudniowy chłód wcale nie dawał się dzikim smokom we znaki, gdyż przywykły do znacznie ostrzejszych warunków panujących w Pamirze, ale narzekały na wilgoć, a gdy zrozumiały, że mają przed sobą dowódcę kryjówki, zażądały od niej natychmiast wywiązania się z obietnicy oficera jednej krowy dziennie na łeb, którą skuszono je do wstąpienia na służbę.

– Chcą podkreślić, że jeśli zdarzy im się nie zjeść wszystkich krów danego dnia, te nie zjedzone zostaną potraktowane jak dług, którego spłaty będą żądać w przyszłości – wyjaśnił Tharkay, pobudzając Jane do śmiechu.

– Niech pan im powie, iż w każdej sytuacji będą miały do jedzenia tyle, ile zechcą, a jeśli są zbyt podejrzliwe i moja obietnica ich nie zadowoli, sporządzimy rejestry – odparła Jane, bardziej rozbawiona niż urażona tym, że musi prowadzić takie negocjacje. – Niech zaniosą po jednym z pni drzew, które tu zwaliły, do zagród ze zwierzętami, i zaznaczają je za każdym razem, kiedy będą brały sobie krowę. Proszę także je zapytać, czy zgodzą się na zamianę jednej krowy na dwie świnie lub dwie owce, gdybyśmy chcieli wprowadzić jakieś urozmaicenie w ich posiłkach.

Dzikie smoki skupiły się w gromadę i pomrukując, sycząc oraz pogwizdując, rozpoczęły naradę, która była poufna tylko dzięki egzotyczności ich języka. W końcu Arkady odwrócił się i oświadczył, że jest skłonny przyjąć propozycję z tym zastrzeżeniem, że gdyby zamiana miała dotyczyć kóz, to za jedną krowę powinno być ich trzy, gdyż nie przepadają za tymi zwierzętami, które łatwiej złapać w ich dawnej ojczyźnie i które często są wychudłe.

Jane złożyła mu ukłon, potwierdzając zawarcie porozumienia, a on pochylił przed nią łeb z wyrazem głębokiego zadowolenia na pysku, który dzięki czerwonej łacie ciągnącej się od jednego z jego oczu w dół szyi miał naprawdę zbójecki wygląd.

– Są bandą zbirów, bez dwóch zdań – podsumowała Jane – ale nie mam wątpliwości, że świetnie latają. Gdy patrzę na te twarde, silne mięśnie, wiem, że gdy przyjdzie co do czego, poradzą sobie z każdym przeciwnikiem w ich kategorii wagowej lub wyższej, i dlatego chętnie napełnię im brzuchy.

– Nie, sir, to nie będzie kłopot – odparł dość cichym głosem zarządca budynku z kwaterami na pytanie, czy znajdą się pokoje dla Laurence'a i jego oficerów, chociaż przybyli znikąd i bez zawiadomienia. Większość innych kapitanów i oficerów, mimo chłodu i wilgoci, obozowała na terenie objętym kwarantanną wraz z chorymi smokami i budynek był niemal pusty, a panująca w nim cisza była nawet głębsza niż w czasach kryzysu przed Trafalgarem, kiedy to prawie wszystkie formacje poleciały na południe, żeby pomóc w pogromie floty francuskiej i hiszpańskiej.

Wypili razem za zdrowie Granby'ego w klubie oficerskim, ale przyjęcie szybko się skończyło, a Laurence nie był w nastroju, żeby potem tam pozostać, z kilkoma żałośnie wyglądającymi porucznikami, którzy w milczeniu siedzieli przy ciemnym stole w rogu, i starszym kapitanem chrapiącym w fotelu, z pustą butelką po brandy przy łokciu. Zjadł zatem kolację samotnie w swojej kwaterze, przy kominku, gdyż był tam zimno.

Było już dosyć późno, gdy usłyszał lekkie pukanie do drzwi. Otworzył je, spodziewając się, że to może być Jane lub jeden z jego ludzi z wiadomością od Temeraire'a, ale zamiast tego zobaczył Tharkaya.

– Proszę, wejdź – powiedział zaskoczony i poniewczasie dodał: – Mam nadzieję, że wybaczysz mi mój wygląd.

W pokoju panował jeszcze nieporządek, a on pożyczył sobie szlafrok z zaniedbanej garderoby jednego z kolegów; był o wiele za szeroki w pasie i bardzo pognieciony.

– Przyszedłem się pożegnać – powiedział Tharkay i pokręcił głową, gdy zakłopotany Laurence zapytał go o powód. – Nie, nie mam się na co skarżyć, ale nie należę do twojej kompanii. Nie mam ochoty tu zostać tylko po to, żeby być tłumaczem. To rola, która na pewno szybko mi się znudzi.

– Chętnie porozmawiam z admirał Roland... może jakiś patent oficerski...

Laurence przerwał, gdyż nie wiedział, jak się takie sprawy załatwia w Korpusie. Przypuszczał jedynie, że cała procedura była znacznie mniej sformalizowana niż w armii lub flocie, ale nie chciał składać obietnic, które mogły być całkowicie niezsiszczalne.

– Już z nią rozmawiałem – odparł Tharkay – i dała mi coś, choć może nie to, co miałeś na myśli. Dostałem zadanie. Wracam do Turkiestanu i przyprowadzę więcej dzikich smoków, jeśli uda mi się je przekonać do służby u was na podobnych warunkach.

Laurence byłby znacznie bardziej zadowolony, gdyby smoki, które już u nich służyły, były choć trochę wyćwiczone i zdyscyplinowane, czyli miały umiejętności, których po wyjeździe Tharkaya raczej sobie nie przyswoją. Nie mógł się jednak sprzeciwić jego decyzji; trudno mu było sobie wyobrazić, że duma pozwoli temu niezwykłemu człowiekowi pełnić przez dłuższy czas podrzędną rolę tłumacza, nawet jeśli jego niespokojny duch nie pogna go wcześniej w dalszą drogę.

– Będę się modlił o twój bezpieczny powrót – powiedział i zamiast przedstawić zastrzeżenia, zaproponował Tharkayowi kieliszek porto i kolację.

– Ależ dziwnego gościa nam znalazłeś, Laurence – powitała go Jane, kiedy następnego ranka wszedł do jej biura. – Gdyby nie biadolenie Admiralicji, powinnam mu dać tyle złota, ile sam waży. Wyczarował z niczego dwadzieścia smoków, jak Merlin, a może święty Patryk? Mniejsza z tym. Przykro mi, że pozbawiam cię jego pomocy, i mam nadzieję, że nie uważasz mnie za niewdzięczną, chociaż masz prawo do narzekania na to, jak cię tu przyjęto. To prawdziwy cud, zważywszy na harce, jakie Bonaparte wyprawia na całym kontynencie, że zdołałeś dostarczyć nam Iskierkę i jedno całe jajo, a co dopiero naszą wesołą bandę rozbójników. W obecnej sytuacji nie mogę jednak zrezygnować z szansy ściągnięcia kolejnych, niezależnie od tego, jak bardzo mogą być złośliwe czy też wychudzone.

Na stole leżała mapa Europy z zaznaczonymi miejscami postoju formacji smoków. Widać je było wszędzie, od zachodnich krańców dawnego terytorium Prus aż po granice Rosji.

– Od Jeny do Warszawy w trzy tygodnie – powiedziała z nieukrywanym podziwem, gdy jeden z jej ordynansów nalewał im wino. – Nie dałabym złamanego pensa za te wieści, gdyby nie to, że sam je przyniosłeś, Laurence. A gdybyśmy nie otrzymali ich także od floty, wysłałabym cię do lekarza.

Laurence pokiwał głową.

– Mam ci także wiele do powiedzenia o taktyce walki powietrznej Bonapartego, która się całkowicie zmieniła. W starciu z nim nasze formacje będą zupełnie nieskuteczne. Pod Jeną Prusacy zostali rozgromieni, całkowicie rozgromieni. Musimy natychmiast rozpocząć opracowywanie sposobów przeciwdziałania tej nowej taktyce.

Ale ona tylko pokręciła głową.

– Czy wiesz, Laurence, że nie mam nawet czterdziestu zdolnych do lotu smoków? A on, jeśli nie jest szalony, uderzy na nas z co najmniej setką. Nie będzie potrzebował żadnej wyrafinowanej taktyki, żeby nas pokonać. Tutaj nie ma już nikogo, kto mógłby się czegoś nowego nauczyć.

Umilkli, przytłoczeni rozmiarem katastrofy: zaledwie czterdzieści smoków do patrolowania wybrzeża kanału i zapewnienia osłony okrętom utrzymującym blokadę kontynentalnych portów.

– Najbardziej teraz potrzebujemy czasu – ciągnęła Jane. – W Irlandii mamy kilkanaście świeżo wyklutych smocząt, które udało nam się uchronić przed chorobą, i dwa razy więcej jaj, z których w ciągu najbliższych sześciu miesięcy powinny się wylęgnąć inne. Jeśli nasz przyjaciel Bonaparte będzie uprzejmy dać nam rok, sytuacja znacznie się poprawi: reszta tych nowych baterii nadbrzeżnych zostanie już rozlokowana, młode smoki będą miały za sobą podstawowe szkolenie, a twoje dzikusy osiągną pełną formę. Poza tym będziemy także mieli Temeraire'a i Iskierkę, nasz nowy zionący ogniem nabytek.

– Ale czy on nam da rok? – powiedział cicho Laurence, patrząc na znaczki reprezentujące baterie rozmieszczone wzdłuż wybrzeża kanału.

Nie było ich jeszcze zbyt wiele, a sam widział, jak szybko teraz, gdy do transportu żołnierzy i sprzętu Francuzi zaczęli wykorzystywać smoki, może się poruszać napoleońska armia.

– Nie da nam nawet minuty, jeśli usłyszy o naszym żałosnym stanie – odparła Jane. – Niemniej jednak... hm, dochodzą nas słuchy, że w Warszawie bardzo się zaprzyjaźnił z polską hrabiną, która jest podobno olśniewająco piękną kobietą, i że chciałby się ożenić z siostrą cara. Życzymy mu szczęścia w zalotach i mamy nadzieję, że przystąpi do nich spokojnie, bez pośpiechu. Jeśli jest rozsądny, będzie chciał przekroczyć kanał zimową nocą, a dni robią się już coraz dłuższe. Możesz być jednak pewny – mówiła dalej – że jeśli się dowie o tym, jak słabi jesteśmy na ziemi i w powietrzu, natychmiast zapomni o damach i wróci tu szybko jak błyskawica. Tak więc naszym najważniejszym obecnie zadaniem jest utrzymywanie go nadal w nieświadomości co do naszych sił. Za rok będziemy mogli już coś zdziałać, ale do tego czasu wszyscy musicie tylko...

– Och, znowu to patrolowanie – westchnął Temeraire z nutą rozpaczy w głosie, kiedy Laurence przyniósł rozkazy.

– Przykro mi, mój drogi – odparł Laurence – naprawdę mi przykro, ale jeśli mamy się choć trochę przysłużyć naszym przyjaciołom, to właśnie w taki sposób. Biorąc na siebie te obowiązki, których oni nie są już w stanie wypełniać.

Temeraire milczał, wyraźnie przygnębiony. Aby go pocieszyć, Laurence dodał:

– Ale nie musimy wcale porzucać twojej sprawy. Napiszę do matki i tych znajomych, którzy mogą najlepiej poradzić, jak powinniśmy się do tego zabrać.

– Jaki to może mieć sens – powiedział żałośnie Temeraire – kiedy wszyscy nasi przyjaciele są chorzy i nic nie można dla nich zrobić? To, że komuś nie wolno odwiedzić Londynu, nie ma żadnego znaczenia, jeśli ten ktoś nie może nawet przez godzinę utrzymać się w powietrzu. A Arkadego wolność zupełnie nie obchodzi; jedyne, czego chce, to krowy. Niech tam, równie dobrze możemy patrolować albo nawet ćwiczyć loty w formacjach.

W takim to nastroju wznieśli się w górę, a za nimi poderwało się z ziemi kilkanaście dzikich smoków, bardziej zajętych kłótniami między sobą niż tym, co się dzieje na niebie. Temeraire nie był w najmniejszym stopniu skłonny przywoływać ich do porządku, a po odejściu Tharkaya garstka nieszczęsnych oficerów na ich grzbietach miała raczej niewielkie szanse narzucenia im dyscypliny.

Tych młodych ludzi wybrano spośród wielkiej rzeszy kandydatów – awiatorów, których choroba przypisanych im smoków przykuła do ziemi – z uwagi na ich zdolności lingwistyczne. Dzikie smoki były już zbyt stare, żeby łatwo opanować nowy język, więc postanowiono, że to oficerowie powinni nauczyć się ich mowy. Słuchanie, jak pogwizdując, sycząc i cmokając, próbują wymówić trudne sylaby języka durzagh, szybko przestało być zabawne i zaczęło być uciążliwe dla uszu. Trzeba to jednak było jakoś wytrzymać, gdyż oprócz Temeraire'a i kilku młodszych oficerów Laurence'a, którzy liznęli trochę tej mowy podczas podróży do Stambułu, nikt jej nie znał.

Laurence musiał nawet poświęcić dla sprawy dwóch członków swojej i tak już uszczuplonej załogi. Dunne, jeden ze strzelców, i Wickley, jeden z bellmanów, poznali durzagh na tyle dobrze, że mogli przekazywać podstawowe sygnały w sposób zrozumiały dla dzikich smoków, i dlatego wylądowali na grzbiecie Arkadego w wielce teoretycznej roli dowódców. Teoretycznej, gdyż nie było między nimi a smokiem tej naturalnej więzi, która powstaje, kiedy po raz pierwszy nakłada mu się uprząż, a na dodatek kapryśny i zmienny Arkady znacznie częściej działał pod wpływem impulsów, niż słuchał ich rozkazów. Co więcej, nie robił sekretu z tego, że jego zdaniem latanie nad oceanem jest czymś absurdalnym, gdyż żadnego rozsądnego smoka nie może zainteresować to wodne pustkowie, i istniało duże prawdopodobieństwo, że w każdej chwili porzuci formację i popędzi gdzieś na poszukiwanie lepszej rozrywki.

Na tę pierwszą wyprawę Jane wyznaczyła im trasę wiodącą wzdłuż wybrzeża. Tak blisko lądu nie groziło spotkanie z przeciwnikiem, ale przynajmniej Arkady i jego kompani zainteresowali się klifami oraz ożywionym ruchem statków w pobliżu Portsmouth, któremu zresztą chętnie przyjrzeliby się z bliska, gdyby Temeraire nie przywołał ich do porządku. Po jakimś czasie minęli Southampton i lecieli prosto na zachód w kierunku Weymouth, poruszając się w dość wolnym tempie z powodu dzikich smoków, które z nudów wyczyniały najdziksze harce. Wzbijały się na taką wysokość, że gdyby nie to, iż przedtem żyły w najwyższych górach świata, powinno im się zakręcić w głowach, po czym nurkowały na złamanie karku i wznosząc wodną kurzawę, wyrównywały lot tak nisko nad falami, że niemal je muskały. Było to godne pożałowania marnowanie energii, ale dzikie smoki, tak dobrze wykarmione jak nigdy dotąd, miały jej nadmiar i Laurence był nawet zadowolony, że dają jej ujście w tak powściągliwy sposób, chociaż trzymający się rozpaczliwie ich uprzęży oficerowie zapewne nie zgodziliby się z tą oceną.

– Może spróbujemy złapać kilka ryb – zaproponował Temeraire, rozglądając się dokoła, kiedy nagle dobiegł ich z góry ostrzegawczy krzyk Gherni.

Świat zawirował, gdy Temeraire gwałtownie skręcił, uskakując przed Pêcheur-Rayé, który przemknął obok, a huk karabinów, które zasypały ich kulami z jego grzbietu, zabrzmiał jak trzask korków wyskakujących z butelek szampana.

– Na stanowiska – krzyknął zupełnie niepotrzebnie Ferris, gdyż wszyscy członkowie załogi i tak w szalonym pośpiechu zajmowali swoje miejsca, gotując się do walki, a bellmani już zrzucali bomby na wyrównującego w dole lot francuskiego smoka.

Temeraire zatoczył koło i zaczął się wznosić. Arkady i jego towarzysze, krążąc w podnieceniu, nawoływali się przez chwilę przeraźliwie skrzekliwymi głosami, po czym rzucili się z zapałem na przeciwnika: mały zwiadowczy oddział składający się z najwyżej sześciu smoków – tylko tylu udało się Laurence'owi doliczyć pośród nisko płynących chmur – z których Pêcheur był największy, a pozostałe lekkie lub kurierskie. To, że w tak małej liczbie zapędziły się w pobliże brytyjskich brzegów i jeszcze zaatakowały znacznie silniejszą formację, świadczyło o dużej lekkomyślności i nierozwadze ich kapitanów.

Lekkomyślności lub świadomie podjętym ryzykiem, pomyślał ponuro Laurence. Przecież francuskie dowództwo musiało zwrócić uwagę na to, że podczas ich ostatniego starcia z angielskich kryjówek nie nadeszła pomoc.

– Laurence, ja ruszam za tym Pêcheurem; Arkady i inni zajmą się resztą – powiedział Temeraire, odwracając głowę, mimo że już nurkował.

Choć niezdyscyplinowane i kłótliwe, dzikie smoki nie były w żadnym razie płochliwe i miały spore doświadczenie w powietrznych potyczkach; Laurence uznał, że można im powierzyć zadanie rozprawienia się ze słabszym przeciwnikiem.

– Nie wdawajcie się w długie walki – krzyknął przez tubę. – Odegnajcie ich tylko od brzegu, tak szybko, jak tylko będziecie... – Przerwał, gdyż jego głos utonął w głuchym huku wybuchających bomb.

Bez przewagi, jaką dawało mu zaskoczenie, Pêcheur wiedział, że nie ma szans na zwycięstwo w starciu z Temeraire'em, który był od niego zwinniejszy w powietrzu i znacznie cięższy. On i jego kapitan najwyraźniej nie byli skłonni ponownie spróbować szczęścia, gdy raz już postawili wszystko na jedną kartę i przegrali. Ledwie Temeraire przeszedł do lotu nurkowego, Pêcheur opadł tuż nad powierzchnię morza i bijąc mocno skrzydłami, szybko się wycofał, chroniony przez swoich strzelców, którzy gradem kul osłaniali jego odwrót.

Laurence zwrócił teraz swoją uwagę w górę, skąd dobiegały wściekłe skrzeki dzikich smoków. Były ledwie widoczne, gdyż udało im się zwabić Francuzów na wysokość, na której dzięki większej swobodzie przy poruszaniu się w rozrzedzonym powietrzu, miały nad nimi przewagę.

– Gdzie jest, do diabła, moja luneta? – warknął Laurence, po czym wziął ją od Allena.

Dzikie smoki prowadziły z francuskimi coś w rodzaju zabawy w berka, rzucając się na nie i odskakując z głośnymi wrzaskami, ale niewiele w tym było prawdziwej walki. Taka taktyka, pomyślał

Laurence, zapewne sprawdziłaby się zupełnie nieźle, gdyby chodziło o odstraszenie konkurencyjnej bandy w dziczy, zwłaszcza tak słabej liczebnie, ale nie wydawało mu się, żeby Francuzi tak łatwo dali się rozproszyć. I rzeczywiście w tej samej chwili zobaczył, jak pięć nieprzyjacielskich smoków, małych Poux-de-Cieli, utworzyło zwartą formację i bezzwłocznie uderzyło na grupę Arkadego.

Dzikie smoki, wciąż udające zuchów, rozproszyły się zbyt późno, żeby umknąć przed ogniem karabinów, i teraz niektóre z ich przenikliwych krzyków wyrażały prawdziwy ból. Temeraire, bijąc wściekle skrzydłami, wzbijał się w górę. Jego masywna pierś falowała, gdy z trudem łapał dech, aby się wznieść na wysokość, na której toczyła się walka, ale jasne było, że nie przyjdzie mu to łatwo, a kiedy już ją osiągnie, znajdzie się wobec mniejszych francuskich smoków w niekorzystnej sytuacji.

– Daj im sygnał, żeby zeszli niżej – zawołał Laurence do Turnera, bez większej nadziei na sukces, ale gdy tylko sygnalista machnął flagami, dzikie smoki natychmiast runęły w dół i aż nadto skwapliwie skupiły się wokół Temeraire'a.

Kipiący oburzeniem Arkady mruczał coś pod nosem, poszturchując z niepokojem swoją zastępczynię Tłuczkę, której ciemnoszarą skórę szpeciły strumienie jeszcze ciemniejszej krwi. Kilka kul trafiło ją w tułów, a jedna, szczególnie pechowa, ukośnie w prawe skrzydło, wyorując w delikatnej błonie długą, paskudną bruzdę. Starała się je oszczędzać i dlatego podczas lotu przechylała się niezdarnie w powietrzu.

– Poślij ją na brzeg – powiedział Laurence przez tubę, choć prawie wcale jej nie potrzebował, gdyż smoki skupiły się tak blisko, że mogliby rozmawiać, jakby byli na polanie, a nie w powietrzu. – I proszę, powiedz im jeszcze raz, żeby trzymały się z dala od karabinów. Przykro mi, że dostały tak bolesną nauczkę. Trzymajmy się razem i... – Ale na to było już zbyt późno, gdyż Francuzi spadali z góry w formacji o kształcie grotu strzały, a dzikie smoki, wypełniając aż nazbyt dokładnie jego pierwsze polecenie, rozpierzchły się na wszystkie strony.

Francuskie smoki także się natychmiast rozdzieliły, gdyż nawet w zwartej formacji nie mogły się mierzyć z Temeraire'em, którego na pewno rozpoznały, i dlatego starannie go unikały, szukając raczej szczęścia w starciach z przybyszami z Pamiru. Musiało to być dla nich dziwne doświadczenie; Poux-de-Ciele były najlżejszymi z francuskich smoków bojowych, ale w walce z dzikimi przeciwnikami, które chociaż dorównywały im rozpiętością skrzydeł i długością, były chudymi stworzeniami o zapadłych brzuchach, mogły się czuć tak, jakby należały do wyższej kategorii wagowej.

Dzikie smoki były teraz ostrożniejsze, ale i bardziej zaciekłe. Rozwścieczone tym, co spotkało Tłuczkę, jak również drobniejszymi, piekącymi ranami, które same odniosły, nauczyły się szybko, jak udawanymi napadami prowokować salwy, a potem uderzać naprawdę. Najmniejsze z nich, Gherni i różnobarwny Lester, atakowały razem jednego Poux-de-Ciela, wspomagane przez sprytnego Hertaza, który doskakiwał od czasu do czasu i uderzał pazurami, pociemniałymi już od krwi. Pozostałe walczyły pojedynczo i aż nadto dobrze dotrzymywały pola przeciwnikom, ale Laurence szybko dostrzegł grożące im niebezpieczeństwo. Temeraire też to zauważył i zawołał:

– Arkady! *Bnezh s'li taqom...* – i przerwał, żeby powiedzieć: – Laurence, oni nie słuchają.

– Tak, i za chwilę będą w poważnych tarapatach – zgodził się Laurence.

Francuskie smoki, choć na pozór zdawały się również walczyć niezależnie, zręcznie manewrowały, żeby się ustawić razem. W gruncie rzeczy, niby to ustępując przed atakami przeciwników, zbierały się w formacji, która powinna im umożliwić dokonanie kolejnego niszczycielskiego przelotu.

– Czy możesz rozerwać ich szyki, kiedy się ustawią?

– Nie wiem, jak mógłbym to zrobić, nie raniąc naszych przyjaciół – odparł zaniepokojony Temeraire, który zawisł w powietrzu, chlastając nerwowo ogonem. – Są tak blisko wroga, a niektórzy z nich są tacy mali.

– Sir – odezwał się Ferris i Laurence popatrzył na niego. – Proszę o wybaczenie, sir, ale zawsze nas uczono, wbijano nam do głowy jako regułę, że lepiej zostać posiniaczonym niż dostać kulę. Nawet jeśli mocno oberwą, nic złego im się nie stanie, a my jesteśmy tak blisko, że gdyby coś poszło źle, każdego z nich będziemy mogli donieść do brzegu.

– Bardzo dobrze, dziękuję, panie Ferris – powiedział Laurence z aprobatą.

Nadal był bardzo zadowolony z tego, że Iskierka zaakceptowała Granby'ego, tym bardziej teraz, gdy smoków było tak mało, ale dotkliwie odczuwał utratę porucznika, zwłaszcza że obnażyła ona wszystkie braki w jego wyszkoleniu, które siłą rzeczy było pospieszne i skrócone. Ferris bohatersko starał się stawać na wysokości zadania, ale kiedy zaledwie przed rokiem opuszczali Anglię, był dopiero dowódcą topmanów, osiemnastolatkiem, od którego nawet dwanaście miesięcy później nie można było oczekiwać, że wesprze swego kapitana z pewnością siebie doświadczonego oficera.

Temeraire spuścił łeb, wziął głęboki wdech, po czym rzucił się w gęstniejącą gromadę smoków i przebił się przez nią niczym kot spadający na stado niczego nie podejrzewających gołębi. Przyjaciele i wrogowie rozlecieli się na wszystkie strony, niektórzy koziołkując, a dzikie smoki ogarnęło jeszcze większe podniecenie. Przez chwilę zdezorientowane latały w kółko, skrzecząc przeraźliwie, a w tym czasie francuskie odzyskały równowagę. Dowódca formacji machnął flagą sygnałową i Poux-de-Ciele zawróciły razem, po czym uciekły.

Dzikie smoki nie ścigały ich, ale latały radośnie nad Temeraire'em, na zmianę skarżąc się, że je poturbował, i chełpiąc się swoim zwycięstwem, które, jak dawał do zrozumienia Arkady, osiągnęły pomimo jego podjętej z zazdrości o ich sukces ingerencji.

– To nieprawda, beze mnie byłoby już po was – odpowiedział rozgniewany Temeraire.

Następnie podniósł z oburzeniem krezę, odwrócił się do nich tyłem i poleciał w stronę lądu.

Znaleźli Tłuczkę na środku pola, gdzie lizała zranione skrzydło. Kilka strzępów zakrwawionej, porośniętej wełną skóry oraz nastrój jatki, który zdawał się utrzymywać w powietrzu, świadczyły, że znalazła sobie jakąś pociechę, ale Laurence postanowił tego nie dostrzegać. Arkady przybrał natychmiast bohaterską pozę i paradując przed nią tam i z powrotem, zaczął zdawać relację z walki. Z tego, co zrozumiał Laurence, przedstawił wydarzenia tak, jakby bitwa toczyła się ze dwa tygodnie i brało w niej udział kilkaset nieprzyjacielskich bestii, które Arkady pokonał w pojedynkę. Temeraire parskał i pogardliwie machał ogonem, ale pozostałe dzikie smoki chętnie przyklaskiwały tej nieco zrewidowanej wersji wypadków, choć od czasu do czasu się wtrącały, żeby opowiedzieć o własnych wspaniałych wyczynach.

Laurence tymczasem zszedł na ziemię. Dorset, jego nowy lekarz, chudy i nerwowy młodzieniec w okularach, który miał skłonność do jąkania się, badał już Tłuczkę.

– Czy zdoła dolecieć do Dover? – zapytał Laurence.

Zranione skrzydło wyglądało kiepsko. Smoczyca nerwowo próbowała trzymać je złożone, opierając się wysiłkom lekarza, ale na szczęście teatralne popisy Arkadego tak ją rozpraszały, że Dorsetowi udało się jakoś założyć jej prowizoryczny opatrunek.

– Nie – odparł Dorset, po czym autorytatywnym tonem, nie zająknąwszy się ani razu, dodał: – Musi spokojnie leżeć przez dzień lub dwa z kompresami na ranach, a te kule trzeba wyjąć z jej barku jak najszybciej, chociaż nie teraz i nie tutaj. Pod Weymouth jest kryjówka smoków kurierskich, od pewnego czasu niewykorzystywana i dlatego wolna od choroby. Musimy znaleźć jakiś sposób, żeby się tam dostać.

Puścił skrzydło i odwrócił się do Laurence'a, mrugając załzawionymi oczami.

– Dobrze – odparł Laurence, skonsternowany zmianą sposobu zachowania młodzieńca oraz pewnością siebie pobrzmiewającą w jego głosie. – Panie Ferris, czy ma pan mapy?

– Tak, sir, ale od kryjówki w Weymouth dzieli nas dwanaście mil lotu nad wodą – odparł z wahaniem Ferris, pochylając się nad skórzaną torbą z mapami.

Laurence pokiwał głową w zadumie.

– Jestem pewny, że Temeraire zdoła ją tam zanieść – powiedział w końcu i odprawił ich machnięciem ręki.

Waga Tłuczki stanowiła mniejszy problem niż niepokój, jaki wzbudziła w niej ta propozycja, oraz nagły napad zazdrości Arkadego. Zaproponował siebie w zastępstwie Temeraire'a, co nie miało szans powodzenia, gdyż smoczyca była od niego cięższa o kilka ton i nie zdołaliby się razem podnieść nawet na kilka stóp nad ziemię.

– Proszę, nie bądź niemądra – powiedział Temeraire, gdy Tłuczka wyraziła z powątpiewaniem swoje zastrzeżenia co do planu. – Nie upuszczę cię, jeśli tylko mnie nie ugryziesz. Masz tylko spokojnie leżeć; droga jest bardzo krótka.

Rozdział 3

Jednak do Weymouth dotarli dopiero tuż przed zmrokiem, wszyscy mocno wzburzeni. Po drodze Tłuczka kilka razy chciała zeskoczyć z Temeraire'a i lecieć dalej sama. Potem, kręcąc się niespokojnie, przypadkowo go podrapała i zrzuciła z jego grzbietu dwóch topmanów, których życie uratowało tylko to, że karabińczyki ich uprzęży były zapięte. Po wylądowaniu obaj, posiniaczeni i obolali, zeszli z pomocą kolegów i zostali odprowadzeni do małego budynku koszar, gdzie raczyli się brandy, której im nie żałowano.

Tłuczka narobiła szczególnego zamieszania, kiedy nadszedł czas wyjmowania kul. Odsuwała się tyłem przed Dorsetem, który próbował się do niej zbliżyć z nożem w ręku, i uparcie twierdziła, że nic jej nie jest, ale Temeraire był już tak poirytowany, iż nie miał więcej cierpliwości dla jej wykrętów; jego niski pomruk, rezonujący w suchej, mocno zbitej ziemi, sprawił, że rozpłaszczyła się potulnie i poddała zabiegowi, przeprowadzonemu w świetle zawieszonej w górze latarni.

– I po wszystkim – powiedział Dorset, wyciągnąwszy trzecią, ostatnią z kul. – Teraz powinna dostać trochę świeżego mięsa i dobrze przespać noc. Ta ziemia jest za twarda – dodał z dezaprobatą, schodząc z barku smoczycy z trzema zakrwawionymi kulami, grzechoczącymi w małej misce.

– Nie obchodzi mnie, czy jest to najtwardsza ziemia w całej Brytanii; dajcie mi tylko, proszę, krowę i idę spać – odezwał się ze znużeniem Temeraire i spuścił głowę tak nisko, że Laurence mógł głaskać go po pysku, podczas gdy Dorset opatrywał jego skaleczenia.

Krowę zjadł w trzech ogromnych kęsach, z rogami i kopytami, unosząc głowę do tyłu, żeby ostatni kawał jej zadu wpadł mu prosto do gardła. Rolnik, którego namówiono do przyprowadzenia kilku zwierząt do kryjówki, stał niczym sparaliżowany i otworzywszy szeroko usta, patrzył na to z chorobliwą fascynacją, a oczy jego dwóch synów niemal wyszły z orbit. Laurence wcisnął kilka gwinei w bezwładną dłoń mężczyzny i pospiesznie ich odprawił; szerzenie się nowych i drastycznych opowieści o smoczym okrucieństwie na pewno nie przysłużyłoby się sprawie Temeraire'a.

Dzikie smoki rozmieściły się wokół rannej Tłuczki, osłaniając ją przed wiatrem, i poukładały jeden na drugim tak wygodnie, jak tylko mogły. Mniejsze z nich wpełzły na grzbiet Temeraire'a, gdy tylko zasnął.

Było zbyt zimno, żeby spać na zewnątrz, a na patrol nie zabrali ze sobą namiotów. Laurence zamierzał zostawić koszary, tak małe, że z czystym sumieniem nie mógł wydzielić w nich dla siebie części kapitańskiej, swoim ludziom, a samemu udać się do oberży, jeśli jakaś jest w miasteczku. Byłby także zadowolony, gdyby mógł przekazać pocztą wiadomość do Dover, żeby ich nieobecność nie wzbudziła niepokoju. Nie miał jeszcze takiego zaufania do dzikich smoków, by wysłać któregoś samotnie w tę drogę, zwłaszcza że ich oficerowie dopiero się z nimi poznawali.

Kiedy Laurence wypytywał o oberżę kilku ludzi z obsługi kryjówki, podszedł do niego Ferris.

– Sir, za pozwoleniem, moja rodzina mieszka w Weymouth

i jestem pewny, że moja matka będzie bardzo szczęśliwa, jeśli zechce pan przenocować w naszym domu – powiedział, po czym dodał, rzucając mu przy tym szybkie, pełne niepokoju spojrzenie, które zadało kłam swobodnemu tonowi zaproszenia: – Chciałbym ją tylko uprzedzić.

– To bardzo uprzejme z pana strony, panie Ferris – odparł Laurence. – Byłbym bardzo wdzięczny, tylko nie chciałbym jej sprawiać kłopotu.

Zaniepokojenie młodego oficera nie uszło jego uwagi. Przez kurtuazję Ferris najprawdopodobniej czuł się zobowiązany go zaprosić, nawet jeśli jego rodzina miała jedynie jakiś mały kąt na strychu i ostatni kawałek chleba, którym mogłaby się podzielić. Większość młodych, a w gruncie rzeczy i starych oficerów Korpusu, wywodziła się raczej z biednych warstw społeczeństwa, i Laurence wiedział, że mają o nim znacznie wyższe mniemanie niż on sam o sobie. Jego ojciec miał wielką posiadłość, jasne, ale on, od czasu gdy wyruszył na morze, spędził w niej w sumie nie więcej niż trzy miesiące, bez większego żalu u żadnej ze stron, może z wyjątkiem matki, i był bardziej przyzwyczajony do spania w hamaku niż we dworze.

Ze współczucia dla Ferrisa oszczędziłby mu wstydu, gdyby nie to, że znalezienie jakiegoś innego noclegu mogło być trudne, a poza tym był tak znużony, iż myślał tylko o spoczynku, nawet gdzieś w kącie na strychu, nawet z kromką suchego chleba na kolację. Teraz, gdy zgiełk dnia miał już za sobą, ogarnęło go przygnębienie, z którego jakoś nie potrafił się otrząsnąć. Dzikie smoki zachowały się tak źle, jak się tego spodziewał, i zdał sobie sprawę, że strzeżenie kanału z takim towarzystwem będzie zadaniem wręcz niemożliwym do wykonania. Kontrast między nimi a równymi szeregami brytyjskich formacji nie mógł być większy. Zdziesiątkowanymi obecnie szeregami brytyjskich formacji, powtórzył w duchu; teraz jeszcze dotkliwiej odczuł ich brak.

Ferris wysłał zatem wiadomość i wezwał powóz, który czekał już na nich przed bramą kryjówki, zanim zebrali swoje rzeczy i doszli do niej długą dróżką, wiodącą od smoczych polan.

Po dwudziestu minutach jazdy dotarli na peryferia Weymouth. Ferris z każdą chwilą był coraz bardziej zgarbiony i wyglądał tak żałośnie, że Laurence mógłby pomyśleć, iż zemdliło go z powodu ruchu. Mógłby tak pomyśleć, gdyby nie wiedział, że przyczyną złego samopoczucia młodego oficera, który bez najmniejszych kłopotów radził sobie na grzbiecie Temeraire'a podczas przelotów przez burze czy też na pokładzie statku podczas tajfunu, nie może być kołysanie wygodnej, dobrze resorowanej dwukółki. W pewnej chwili powóz zakręcił, po czym wjechał w gęsto zadrzewioną aleję, a Laurence uświadomił sobie swoją pomyłkę, kiedy drzewa się rozstąpiły i zobaczył dom. Była to okazała, rozległa budowla w stylu gotyckim, której poczerniałe ze starości kamienie były ledwie widoczne pod narosłym przez stulecia bluszczem, a wszystkie okna jaśniały złocistym światłem. Padało ono na strumyk, który, jako dodatkowa ozdoba, wił się przez obsadzony krzewami i drzewami trawnik przed frontem budynku.

– Bardzo piękny widok, panie Ferris – odezwał się Laurence, gdy przejeżdżali przez mostek. – Musi być panu przykro, że nie bywa pan w domu częściej. Od jak dawna mieszka tu pańska rodzina?

– Och, od wielu wieków – odparł markotnie Ferris, unosząc głowę. – Zbudował to jakiś krzyżowiec czy ktoś taki. Nie wiem.

Laurence milczał przez jakiś czas, a potem z pewnym wahaniem powiedział:

– Mój ojciec i ja nie zgadzamy się w wielu sprawach i z tego powodu, przykro mi to mówić, nieczęsto bywam w domu.

– Mój nie żyje – odrzekł Ferris. Po chwili, uświadomiwszy

sobie, że nazbyt gwałtownie uciął tym rozmowę, dodał z wysiłkiem: – Mój brat Albert jest dobrym człowiekiem, jak sądzę. Jest starszy ode mnie o dziesięć lat i dlatego nigdy nie byliśmy sobie tak naprawdę bliscy.

– Aha – mruknął Laurence, ale nadal nie miał pojęcia, co było przyczyną niepokoju Ferisa.

Temu, jak ich powitano, z pewnością nie można było niczego zarzucić. Laurence przygotował się w duchu na oznaki lekceważenia czy braku zainteresowania, na to, że może zostaną poprowadzeni prosto do wyznaczonych pokojów, by nie zobaczył ich nikt z reszty towarzystwa. Był tak zmęczony, że nawet miał nadzieję, iż spotka go taki afront. Jednak nic takiego nie nastąpiło. Na podjeździe stało w dwóch szeregach kilkunastu lokajów z latarniami w rękach, a dwóch innych czekało ze schodkiem, który podstawili pod powóz, gdy tylko się zatrzymał. Pomimo zimna i zapewne licznych obowiązków związanych z utrzymaniem tak wielkiego domu na dwór wylęgła jeszcze duża część służby, co było już zupełnie niepotrzebną ostentacją.

Kiedy powóz się zatrzymywał, Ferris palnął desperacko:

– Sir... ufam, że nie weźmie pan sobie do serca, jeśli moja matka... ona chce dobrze...

Lokaj otworzył drzwiczki powozu i speszony Ferris zamknął usta.

Wprowadzono ich prosto do salonu, gdzie zebrało się grono pragnących ich powitać osób, niezbyt liczne, ale zdecydowanie wytworne. Wszystkie kobiety miały na sobie suknie uszyte w nie znanym Laurence'owi stylu, co było całkowicie zrozumiałe, gdyż przez długie okresy, czasem sięgające roku, żył odcięty od elity towarzyskiej i nie śledził najnowszych trendów w modzie, a kilku dżentelmenów było ubranych w tak eleganckie stroje, że graniczyło to z dandyzmem. Laurence zauważył machinalnie, jak bardzo z nimi kontrastował w swych poplamionych spodniach i butach do kolan, ale nie przejął się tym zbytnio, nawet gdy zobaczył innych dżentelmenów w bardziej oficjalnych strojach. Dostrzegł wśród nich dwóch oficerów, pułkownika Królewskiej Piechoty Morskiej, którego pociągła, pociemniała od słońca twarz wydała mu się znajoma, co najprawdopodobniej znaczyło, że musieli kiedyś zjeść razem obiad na tym lub innym okręcie, oraz wysokiego kapitana o zapadniętych policzkach i niebieskich oczach, w czerwonym mundurze piechoty.

– Henry, mój drogi! – Wysoka kobieta, która wstała ze swego miejsca i podeszła do nich z wyciągniętymi na powitanie rękami, miała to samo wysokie czoło co Ferris, jego rudawobrązowe włosy, i podobnie jak on trzymała głowę bardzo prosto, przez co jej szyja wydawała się dłuższa. – Jakże się cieszymy, że nas odwiedziłeś!

– Matko – powiedział drewnianym głosem Ferris, po czym pochylił się, żeby pocałować ją w policzek, który mu podstawiła. – Przedstawiam ci kapitana Laurence'a. Sir, to jest lady Catherine Seymour, moja matka.

– Kapitanie Laurence, jestem zachwycona, że mogę pana poznać – odparła, podając mu rękę.

– Łaskawa pani – rzekł Laurence, składając jej formalny ukłon – przepraszam za to najście. Mam nadzieję, że wybaczy nam pani, że przybyliśmy tu prosto z drogi, w brudnych ubiorach.

– Zapewniam pana, kapitanie – oświadczyła – że każdy oficer Korpusu Powietrznego Jego Królewskiej Mości jest mile widziany w t y m domu, o każdej porze dnia lub nocy. Nawet jeśli przybędzie bez żadnej zapowiedzi, zostanie serdecznie powitany.

Laurence nie wiedział, co na to odrzec; dla niego przyjście do obcego domu bez zapowiedzi było czymś równie nie do pomyślenia jak obrabowanie go. Pora była późna, ale jeszcze nie nieprzyzwoita, a on pojawił się tu wraz z jej synem, tak więc te zapewnienia były nie całkiem na temat. Nie mógł tego inaczej potraktować po tym, gdy został zaproszony i powitany, postanowił zatem ograniczyć się do ogólnikowego:

– To bardzo uprzejme z pani strony.

Reszta towarzystwa nie była tak wylewna. Starszy brat Ferrisa, Albert, obecny lord Seymour, gdy tylko Laurence wyraził podziw dla jego domu, poinformował go bez zwłoki, że jest to Heytham Abbey, od czasów Karola II w posiadaniu rodziny, której głowy na przestrzeni wieków stale pięły się w górę drabiny społecznej, przechodząc drogę od rycerza poprzez baroneta do barona.

– Gratuluję panu – powiedział Laurence. Nie potraktował jednak słów rozmówcy jako okazji do pochwalenia się swoim pochodzeniem; był awiatorem i dobrze wiedział, że w oczach świata to jedno zło przeważa nad wszelkimi innymi względami. Dziwiło go jednak, że ci ludzie przeznaczyli Ferrisa do służby w Korpusie. Nic nie wskazywało na to, żeby posiadłość była obciążona długami, co mogłoby być tego przyczyną; chociaż same pozory dałoby się utrzymać dzięki kredytom, to już tak dużej liczby służących na pewno nie.

Wkrótce ogłoszono, że kolacja została podana. Zaskoczyło to Laurence'a, który liczył jedynie na skromny, zimny posiłek, a nawet myślał, że i na to przybyli zbyt późno.

– Och, nie ma o czym mówić – powiedziała lady Catherine, widząc jego zdziwione spojrzenie. – Zrobiliśmy się nowocześni i nawet gdy przebywamy na wsi, często kładziemy się spać tak jak w mieście. Bywa u nas wielu gości z Londynu, którzy nie przywykli do wczesnych kolacji i irytują się, kiedy odesławszy na wpół zjedzone dania, mają potem znowu na nie ochotę. A teraz dajmy sobie spokój z ceremoniami. Muszę mieć u boku Henry'ego, bo pragnę usłyszeć o wszystkim, co robiłeś, mój drogi, a pan, kapitanie Laurence, dotrzyma towarzystwa lady Seymour.

Laurence'owi pozostało tylko uprzejmie się ukłonić i podać damie ramię, chociaż lord Seymour niewątpliwie powinien zrobić to przed nim, niezależnie od tego, co powiedziała lady Catherine. Jej synowa wyglądała przez chwilę tak, jakby chciała się cofnąć, ale potem wsunęła mu rękę pod ramię bez dalszego wahania.

– Wie pan, Henry jest moim najmłodszym dzieckiem – powiedziała lady Catherine do siedzącego po jej prawej ręce Laurence'a, kiedy podano drugie danie. – Drudzy synowie tej rodziny zawsze szli do piechoty, a trzeci do Korpusu, i mam nadzieję, że to się nigdy nie zmieni. – Laurence, widząc, gdzie było zwrócone jej spojrzenie, pomyślał, że ta wypowiedź była przeznaczona dla uszu jego towarzyszki, ale lady Seymour nie dała niczym po sobie poznać, że coś usłyszała, i nadal prowadziła spokojną rozmowę z dżentelmenem siedzącym po jej prawej stronie, kapitanem piechoty, który był bratem Ferrisa, Richardem. – Jestem bardzo zadowolona, kapitanie, że poznałam dżentelmena, którego rodzina ma w tej sprawie takie same poglądy jak ja.

Laurence, którego rozgniewany ojciec niemal wyrzucił z domu, kiedy się dowiedział o zmianie profesji przez syna, nie mógł z czystym sumieniem przyjąć tego komplementu, i z pewnym zakłopotaniem odrzekł:

– Łaskawa pani, proszę o wybaczenie, ale muszę wyznać, że nie zasłużyliśmy na tę pochwałę. Młodsi synowie w naszej rodzinie zwykle zostają duchownymi, ale ja tak szaleńczo pragnąłem pójść na morze, że nie godziłem się na nic innego.

Następnie opowiedział o tym, jak całkowicie przypadkowo zdobył smocze jajo, jak Temeraire pozwolił mu się zaprząc i jak w wyniku tego wszystkiego musiał przejść do Korpusu Powietrznego.

– Nie cofnę moich słów – odpowiedziała zdecydowanie lady Catherine. – To nawet lepiej o nich świadczy, że wpoili panu zasady, dzięki którym wypełnił pan swój obowiązek, kiedy nadarzyła się okazja. Wzgarda okazywana żołnierzom Korpusu przez tak wiele naszych najznakomitszych rodzin jest czymś godnym pożałowania, i ja z pewnością nigdy czegoś takiego nie poprę.

Kiedy nadmiernie donośnym głosem wygłaszała tę mowę, służba sprzątała właśnie ze stołu talerze i Laurence zauważył, że większość potraw wracała do kuchni niemal nietknięta. Jedzenie było wyśmienite, a więc przyczyną nie mogło być to, że im nie smakowało. Po chwili zastanowienia doszedł do wniosku, że wyjaśnienie mogło być tylko jedno: kolację zjedli wcześniej, a wszystkie zapewnienia lady Catherine były blagą. Zaczął skrycie obserwować biesiadników, gdy podano następne danie, i zauważył, że rzeczywiście, szczególnie damy dłubią w talerzach bez entuzjazmu, rzadko unosząc do ust jakiś kąsek; z mężczyzn tylko pułkownik Prayle pałaszował z zapałem. Pochwycił spojrzenie Laurence'a i mrugnął do niego nieznacznie, po czym wrócił do jedzenia w stałym rytmie łakomczucha, z jakim zawodowy żołnierz pochłania posiłki, kiedy tylko ma okazję.

Laurence był zmuszony przesiedzieć jeszcze kilka dań, w pełni świadomy, że nie są one przyjemnością dla niemal nikogo z obecnych. Ferris jadł ze spuszczoną głową i niewiele, chociaż zwykle był tak żarłoczny jak każdy dziewiętnastolatek, który nie jest pewny pory następnego posiłku. Kiedy damy wyszły do salonu, lord Seymour z przesadną serdecznością zaczął częstować panów cygarami i porto, ale Laurence przyjął od niego tylko najmniejszy kieliszek, jaki musiał wziąć ze względów grzecznościowych. Nikt nie zgłosił sprzeciwu, kiedy padła propozycja, żeby szybko dołączyć do dam, z których większość zaczęła już przysypiać przy kominku, chociaż nie upłynęło jeszcze nawet i pół godziny.

Nikt nie zaproponował gry w karty lub muzyki, a rozmowa się nie kleiła.

— Jacy dziś jesteście nudni! – próbowała ich ożywić lady Catherine, która z nerwową energią grała rolę pani domu. – Kapitan Laurence nabierze o nas złego mniemania. Jak sądzę, nieczęsto bywa pan w Dorsetshire, kapitanie.

– Nie mam tej przyjemności, łaskawa pani – odparł Laurence. – Mój wuj mieszka w Wimbourne, ale od wielu lat go nie odwiedziłem.

– Och! To może zna pan rodzinę pani Brantham?

Wspomniana dama, która kiwając głową, podrzemywała przy kominku, ocknęła się i z brakiem taktu typowym dla kogoś, kto jeszcze nie całkiem się zbudził, rzuciła:

– Jestem pewna, że nie zna.

– To mało prawdopodobne, łaskawa pani – odparł po chwili niezręcznego milczenia Laurence. – Mój wuj ma niewielu znajomych spoza kręgu jego politycznych sojuszników. Tak czy inaczej, z uwagi na moje obowiązki służbowe nie mogłem się cieszyć przyjemnościami życia towarzyskiego, szczególnie w ostatnich latach.

– Ale mógł się pan za to cieszyć innymi przyjemnościami – powiedziała lady Catherine. – Jestem pewna, że to musi być cudowne podróżować na smoku, bez lęku, że utonie się w jakimś sztormie, i o wiele szybciej niż morzem.

– Chyba że twój statek znudzi się podróżą i zje ciebie – zaśmiał się kapitan Ferris, trącając młodszego brata łokciem.

– Richard, co za nonsens – skarciła go lady Catherine. – Jakby istniało choć najmniejsze niebezpieczeństwo, że coś takiego się wydarzy. Nalegam, żebyś cofnął swoje słowa. Nasi goście mogą się obrazić.

– W żadnym razie, łaskawa pani – powiedział skonsternowany Laurence. Gwałtowność jej reakcji dodała niepotrzebnej wagi żartowi, który zniósł o wiele łatwiej niż jej komplementy. Nie mógł bowiem oprzeć się wrażeniu, że są przesadne i nieszczere.

– To bardzo miłe, że jest pan tak tolerancyjny – odparła. –

Oczywiście Richard tylko żartował, ale byłby pan zbulwersowany, gdyby pan wiedział, jak wiele osób z towarzystwa mówi takie rzeczy i wierzy w nie. Jestem pewna, że strach przed smokami świadczy o wielkiej bojaźliwości.

– Obawiam się, że to tylko naturalna konsekwencja – powiedział Laurence – niefortunnej sytuacji panującej w naszym kraju, w którym izoluje się smoki w ich odległych kryjówkach jakby z zamiarem uczynienia z nich budzących grozę straszydeł.

– A co innego można z nimi zrobić? – wtrącił lord Seymour. – Umieścić je na rynkach miasteczek?

Własna sugestia wyraźnie go rozbawiła. Miał zarumienioną twarz, gdyż obowiązki gospodarza podczas drugiej kolacji, które wypełnił bohatersko, wspomagając się porto, mocno go wyczerpały. Teraz też trzymał w ręce kolejny kieliszek, nad którym parsknął śmiechem.

– W Chinach mogą przebywać na ulicach wszystkich miast – odpowiedział Laurence. – Śpią w pawilonach, które stoją nie dalej od ludzkich rezydencji niż jeden dom mieszkalny w Londynie od drugiego.

– Wielkie nieba! Nie zmrużyłabym tam oka – rzuciła pani Brantham i wzdrygnęła się. – Jakże okropne są te cudzoziemskie zwyczaje.

– Wydaje mi się, że to wielce osobliwy układ – uznał lord Seymour, tak marszcząc czoło, że jego brwi zbliżyły się do siebie. – Jak to znoszą konie? Kiedy wiatr wieje od strony kryjówki, mój woźnica musi nadkładać milę, bo zwierzęta stają się płochliwe.

Laurence musiał uczciwie przyznać, że nie znoszą. Z wyjątkiem specjalnie ćwiczonych kawaleryjskich wierzchowców na ulicach chińskich miast nieczęsto widać konie.

– Ale zapewniam was – dodał – że ich braku się nie odczuwa. Oprócz wozów ciągniętych przez muły wykorzystują smoki jako swego rodzaju żywe dyliżanse, a bogatszych mieszkańców tego kraju przenoszą smoki kurierskie, ze znacznie, jak sobie państwo możecie wyobrazić, większą prędkością. Bonaparte już zaadaptował ten system, przynajmniej w swoich obozach wojskowych.

– Aha, Bonaparte – odparł Seymour. – Nie, na szczęście my tutaj zorganizowaliśmy to wszystko bardziej sensownie. Miałem zamiar pogratulować panu, kapitanie. Zwykle nie ma miesiąca, żeby moi dzierżawcy nie skarżyli się na patrole latające nad głowami, straszące im stada i zostawiające wszędzie swoje... – machnął wymownie ręką z uwagi na obecność dam – ale ostatnie pół roku nic. Przypuszczam, że wyznaczyliście nowe trasy przelotów, na co był już najwyższy czas. Byłem już niemal zdecydowany, żeby poruszyć tę sprawę w parlamencie.

Laurence, w pełni świadomy powodów zmniejszenia się częstotliwości lotów patrolowych, nie potrafił odpowiedzieć na to uprzejmie, więc nie odpowiedział wcale i odszedł napełnić znowu swój kieliszek.

Potem stanął przy najdalszym od kominka oknie, żeby orzeźwić się w chłodnym powietrzu, które przez nie wpadało. Siedziała tam już lady Seymour, która przyszła z tego samego powodu; odstawiła kieliszek do wina i wachlowała się. Po chwili dość krępującego milczenia z widocznym wysiłkiem podjęła próbę nawiązania rozmowy:

– A więc przeszedł pan z Królewskiej Marynarki do Korpusu Powietrznego... To musiało być bardzo trudne. Jak przypuszczam, poszedł pan na morze w młodym wieku.

– Miałem dwanaście lat, łaskawa pani – odparł Laurence.

– Och!... Ale od czasu do czasu wracał pan do domu, prawda? I dwanaście lat to nie siedem; nikt nie może powiedzieć, że nie ma tu różnicy. Jestem pewna, że pańska matka nigdy nie pomyślała o wysłaniu pana z domu w takim wieku.

Laurence zawahał się, świadomy, że większość z grona obecnych, w każdym razie ci, którzy jeszcze się nie zdrzemnęli, przysłuchuje się ich rozmowie.

– Miałem to szczęście, że na ogół udawało mi się zaokrętować, a zatem nieczęsto bywałem w domu – odpowiedział możliwie obojętnym tonem. – I zgadzam się z panią. Dla mojej matki to musiało być trudne.

– Trudne! Oczywiście, że to jest trudne – wtrąciła lady Catherine. – I co z tego? Powinniśmy być gotowi wysyłać naszych synów, jeśli oczekujemy, że będą mieli odwagę odejść. I nie może to być takie wymuszone poświęcenie, kiedy wysyłamy ich za późno, zbyt dużych, żeby mogli się przyzwyczaić do nowego życia.

– Przypuszczam – odpowiedziała z gniewnym uśmiechem lady Seymour – że moglibyśmy również głodzić nasze dzieci, żeby poznały, co to niedostatek, i kazać im sypiać w chlewie, żeby nauczyły się znosić brud i chłód... jeśli tak mało nam na nich zależy.

Inne rozmowy zupełnie teraz ucichły. Policzki lady Catherine poczerwieniały, a lord Seymour chrapał przy kominku, roztropnie zamknąwszy oczy. Biedny porucznik Ferris wycofał się do najdalszego kąta pokoju i wbił wzrok w ciemność za oknem, gdzie nic nie było widać.

Laurence, zmartwiony, że nieopatrznie dał się wciągnąć w kłótnię, którą najwyraźniej ta rodzina żyła od jakiegoś czasu, spróbował uratować sytuację.

– Proszę mi pozwolić powiedzieć, że moim zdaniem nie najlepsza opinia o służbie w Korpusie jest w dużej mierze niezasłużona. Na co dzień nie jest wcale bardziej niebezpieczna czy też nieprzyjemna niż w innych rodzajach sił zbrojnych. Z własnego doświadczenia wiem, że na przykład obowiązki naszych marynarzy są znacznie cięższe, jestem też przekonany, że kapitan

Ferris oraz pułkownik Prayle zaświadczą, jak pełna wyrzeczeń jest służba w piechocie morskiej i wojskach lądowych. – Uniósł kieliszek w stronę obu dżentelmenów.

– Racja! – potwierdził Prayle, dobrodusznie przychodząc mu z pomocą. – Nie tylko awiatorom jest ciężko. My także zasługujemy na wasze współczucie. Oni przynajmniej mają najnowsze wiadomości o tym, co się w każdej chwili dzieje. Pan, kapitanie Laurence, musi wiedzieć lepiej od każdego z nas o sytuacji na kontynencie. Czy Bonaparte przygotowuje się do inwazji, teraz, gdy posłał Rosjan do domu?

– Błagam, nie mówcie o tym potworze – odezwała się pani Brantham. – Nigdy jeszcze nie słyszałam niczego równie okropnego jak wieść o tym, co uczynił biednej królowej Prus. Zabrał jej obu synów do Paryża!

– Jakżeż ona musi cierpieć – wybuchła wciąż zaczerwieniona na twarzy lady Seymour. – Jej serce musi krwawić! Moje by pękło, jestem pewna.

– Przykro mi to słyszeć – powiedział Laurence do pani Brantham, przerywając kłopotliwe milczenie, które zapadło po słowach lady Seymour. – To byli bardzo dzielni chłopcy.

– Henry powiedział mi, kapitanie Laurence, że podczas służby miał pan zaszczyt poznać ich i królową – odezwała się lady Catherine. – Zgodzi się pan na pewno, że niezależnie od tego, jak bardzo pękałoby jej serce, o n a nigdy nie poprosiłaby synów, by zachowali się jak tchórze i schowali za jej suknią.

Na tak kategoryczne stwierdzenie nie mógł nic odpowiedzieć; pochylił tylko głowę w ukłonie. Lady Seymour patrzyła przez okno, wachlując się gwałtownie. Zdawkowa rozmowa toczyła się jeszcze przez jakiś czas, aż w końcu Laurence uznał, że spełnione zostały wymogi grzeczności, i usprawiedliwiając się tym, że rano musi wstać, przeprosił obecnych i udał się na spoczynek.

Wprowadzono go do ładnego pokoju, w którym widać było ślady pospiesznego sprzątania, a czyjś grzebień pozostawiony przy umywalce świadczył o tym, że do niedawna, być może do tego wieczoru, mieszkał w nim ktoś inny. Laurence pokręcił głową na ten kolejny dowód nadmiernej troskliwości, zmartwiony, że któryś z gości z jego powodu musiał się przenieść gdzie indziej.

Zanim minął kwadrans, do drzwi zapukał nieśmiało porucznik Ferris. Po wejściu próbował wyrazić żal, nie precyzując jednak powodu, czego oczywiście nie mógł zrobić.

– Pragnę tylko tego, żeby ona przestała tak o tym myśleć – mówił, bawiąc się nerwowo zasłoną i patrząc przez okno, żeby uniknąć spojrzenia Laurence'a. – Nie chciałem jechać, to prawda, a ona nie może zapomnieć, że płakałem. Ale ja tylko bałem się, tak jak bałoby się każde dziecko, które na zawsze opuszcza dom. Teraz tego wcale nie żałuję i za nic w świecie nie zostawiłbym Korpusu.

Chwilę później pożegnał się i znowu uciekł, zostawiając Laurence'a ze smętną myślą, że otwarta wrogość jego ojca może być jednak lepsza od takiego powitania, pozornie serdecznego, a w gruncie rzeczy przygnębiającego.

Zaraz po odejściu Ferrisa do drzwi zapukał lokaj, którego przysłano po to, żeby pomógł gościowi w rozbieraniu się, ale okazało się to niepotrzebne. Laurence, który przywykł do samodzielności, zdążył już powiesić mundur na wieszaku i zdjąć buty, ale chętnie oddał je do wypastowania.

Położył się do łóżka i zaczął już zasypiać, kiedy obudził go jazgot psów miotających się w psiarni i rżenie przerażonych koni. Podbiegł do okna: w stajniach zapalano światła, a gdzieś z wysoka dobiegły go słabe gwizdy, które mimo odległości były dobrze słyszalne.

– Przynieś mi natychmiast buty, proszę, i powiedz wszyst-

kim, żeby pozostali w domu – powiedział lokajowi, który przy-
biegł, wezwany jego dzwonkiem.

Zszedł na dół, niezupełnie ubrany; wciąż wiązał krawat, co
przychodziło mu z pewnym trudem, gdyż w jednej ręce trzymał flarę.

– Uciekajcie stamtąd – krzyknął do grupki służących, którzy
zgromadzili się na dziedzińcu przed domem. – Znikajcie! Smoki
będą potrzebowały miejsca do lądowania.

Po tej wiadomości dziedziniec opustoszał. Na zewnątrz wybiegł pospiesznie Ferris ze świecą i niebieską racą sygnałową,
którą, uklęknąwszy najpierw, wysłał w niebo. Poleciała z sykiem
i wybuchła wysoko. Noc była pogodna, a księżyc był tylko wąskim sierpem; niemal natychmiast rozległy się znowu gwizdy,
tym razem głośniejsze. Krótko potem na dziedzińcu wylądowała
z szumem skrzydeł Gherni.

– Henry, czy to twój smok? Gdzie wy wszyscy siedzicie? – zapytał kapitan Ferris, schodząc ostrożnie po schodach.

Gherni, której głowa nie sięgała okien pierwszego piętra,
rzeczywiście miałaby kłopot z uniesieniem więcej niż czterech
lub pięciu osób. Chociaż żadnego smoka nie można było tak
naprawdę nazwać czarującym, jej niebiesko-białe ubarwienie
było bardzo eleganckie, a ponieważ ciemność skryła jej pazury
i zęby, nie wyglądała szczególnie groźnie. Laurence'owi otuchy
dodał widok kilkorga innych gości, którzy mniej lub bardziej
ubrani zebrali się na tarasie, żeby ją zobaczyć.

Usłyszawszy słowa kapitana, przechyliła głowę i powiedziała
coś pytającym tonem w smoczym języku, zupełnie niezrozu-
miałym dla wszystkich, po czym przysiadła na tylnych łapach
i przenikliwym krzykiem odpowiedziała na jakieś zawołanie
z góry, które tylko ona usłyszała.

Wszyscy usłyszeli za to grzmiący głos Temeraire'a, który
chwilę później wylądował na szerokim trawniku za Gherni;

światła lamp lśniły tysięcznymi odblaskami w jego obsydiano-wych łuskach, uderzenia potężnych skrzydeł wznosiły tumany kurzu i grad kamyczków, które z grzechotem biły w ściany domu. Wygiął wdzięcznie wężową szyję, zniżając głowę z wysokości sięgającej dachu budowli, i powiedział:

– Pospiesz się, Laurence, proszę. Przyleciał kurier i zrzucił wiadomość, że Fleur-de-Nuit nęka okręty pod Boulogne. Wysłałem Arkadego i innych, żeby go odpędzili, wątpię jednak, czy sobie tam beze mnie poradzą.

– Masz rację – odparł Laurence i odwrócił się, żeby uścisnąć na pożegnanie dłoń kapitana Ferrisa, ale nikogo nie zobaczył. Oprócz Ferrisa i Gherni nie było tam już żywej duszy, a wszystkie okiennice zostały dokładnie zamknięte.

– Mamy problem, to pewne – odpowiedziała Jane, kiedy na polanie Temeraire'a wysłuchała raportu Laurence'a: o potyczce pod Weymouth, o mozolnym odganianiu Fleur-de-Nuita i o jeszcze jednym alarmie, kiedy to obudzono ich po zaledwie kilku godzinach snu, i to zupełnie niepotrzebnie, bo gdy dotarli na miejsce, tuż przez świtem, zobaczyli jedynie znikającego nad horyzontem pojedynczego francuskiego smoka kurierskiego, którego ścigały pomarańczowe języry salw nieustraszonej baterii nadbrzeżnej, niedawno rozlokowanej w Plymouth.

– Żaden z nich nie był prawdziwym atakiem – odparł Laurence. – Nawet ta potyczka, chociaż to oni ją sprowokowali. Gdyby nas pokonali, nie mogliby w żaden sposób wykorzystać tego zwycięstwa, nie z tak małymi smokami.

Jego ludzie byli tak zmęczeni, że pozwolił im się przespać w drodze powrotnej, a i jego oczy zamknęły się raz lub dwa razy podczas lotu. Jednak wszystko to było niczym w porównaniu z widokiem niemal szarego z wyczerpania Temeraire'a, którego złożone skrzydła zwisały bezwładnie przy ciele.

– Nie, nie był; oni badają naszą obronę, ale bardziej agresywnie, niż się spodziewałam – powiedziała Jane. – Boję się, że nabrali podejrzeń. Ścigali was aż do Szkocji i nie widzieli po drodze ani śladu innych smoków. Francuzi nie są głupi, na pewno nie przeoczyli tego faktu, niezależnie od tego, jak źle się ta walka dla nich skończyła. Jeśli któryś z tych smoków przedostanie się nad ląd i przeleci nad kryjówkami objętymi kwarantanną, gra będzie skończona. Dowiedzą się, że mają wolną rękę.

– Jak przedtem udawało ci się nie budzić ich podejrzeń? – zapytał Laurence. – Przecież musieli zauważyć nieobecność naszych patroli.

– Ukrywaliśmy naszą sytuację, jak dotąd, wysyłając chore smoki na krótkie patrole w pogodne dni, kiedy dobrze je widać z dużej odległości – odpowiedziała. – Wiele z nich wciąż może latać, a nawet przez chwilę walczyć, ale żaden nie nadaje się do dłuższych podróży; zbyt szybko się męczą i bardziej odczuwają chłód, niż powinny. Narzekają na ból w kościach, a zima tylko pogorszyła sprawę.

– Och! Jeśli przez cały czas leżą na gołej ziemi, to wcale się nie dziwię, że nie czują się dobrze – wtrącił Temeraire, unosząc głowę. – To oczywiste, że odczuwają chłód. Sam go czuję, kiedy ziemia jest tak twarda i zamarznięta, a wcale nie jestem chory.

– Mój drogi – odpowiedziała Jane. – Przyspieszyłabym nadejście lata, gdybym mogła, ale nie mogę, a one przecież muszą gdzieś spać.

– Muszą mieć pawilony – oznajmił Temeraire.

– Pawilony? – zapytała Jane.

Laurence sięgnął do marynarskiego kufra i wyjął z niego gruby pakunek, który przebył z nimi całą drogę z Chin, owinięty wielokrotnie ceratą i związany sznurkiem. Zewnętrzne warstwy tego opakowania były tak brudne, że niemal czarne, ale wewnętrzne pozostały czyste. Rozwinął to wszystko i na koniec wyjął plik kartek z cienkiego papieru ryżowego z planami smoczego pawilonu.

– Już widzę, jak Admiralicja płaci za coś takiego – powiedziała oschłym tonem Jane, ale przyglądała się szkicom bardziej z życzliwą zadumą niż krytycznie. – To bardzo zmyślny projekt i ośmielę się powiedzieć, że smokom byłoby w takich pawilonach o wiele wygodniej niż na zimnej, wilgotnej ziemi. Dochodzą mnie słuchy, że tym w Loch Laggan polepsza się, kiedy leżą na kamieniach podgrzanych przez ciepło z podziemnych łaźni, a Longwingi, które umieściliśmy w dołach piaskowych, trzymały się lepiej od innych. Inna rzecz, że wcale im się tam nie podoba.

– Jestem pewny, że gdyby miały pawilony i trochę smaczniejsze jedzenie, wkrótce by wydobrzały – powiedział Temeraire. – Kiedy byłem przeziębiony, wcale nie chciało mi się jeść, dopóki Chińczycy nie zaczęli przygotowywać dla mnie posiłków.

– To prawda – potwierdził Laurence. – Przedtem prawie nic nie jadł. Keynes mówił, że jego zdaniem dzięki przyprawom korzennym odzyskał, do pewnego stopnia, zdolność odczuwania zapachów i smaków.

– No cóż, na taką próbę mogłabym wysupłać kilka gwinei – odparła Jane. – Ostatnio na proch wydaliśmy mniej niż połowę tego, co wydajemy normalnie. Jeśli jednak mamy karmić dwieście głodnych smoków zaprawionym przyprawami jedzeniem, pieniędzy nie starczy na długo. Nie mam także pojęcia, gdzie szukać kucharzy, którzy poradzą sobie z takim zadaniem. Ale jeśli ich znajdziemy i jeśli zauważymy jakąś poprawę, może uda nam się przekonać ich lordowskie mości do tego projektu.

Rozdział 4

Gong Su zabrał się tak energicznie do pracy, że niemal opróżnił swoje szkatułki z przyprawami, szczególnie te z pieprzem i najostrzejszymi paprykami. Jego entuzjazm nie udzielił się pastuchom, którzy ku swemu wielkiemu niezadowoleniu zostali oderwani od zwykłych obowiązków, polegających głównie na przeprowadzaniu krów z zagród do rzeźni, i zmuszeni do mieszania w kotłach, z których unosiły się gryzące opary.

Rezultat tych działań był wyraźnie zauważalny. Smoki nagle odzyskały apetyt i wiele z nich, dotychczas sennie leżących na ziemi, zaczęło się głośno domagać jedzenia. Zapasów przypraw nie dało się jednak łatwo uzupełnić i Gong Su kręcił z niezadowoleniem głową nad tym, co mogli mu dostarczyć kupcy z Dover, którzy żądali zresztą astronomicznych sum za ten kiepski towar.

– Laurence – zaczęła Jane przy kolacji, na którą zaprosiła go do swojej kwatery. – Ufam, że wybaczysz mi tę podłą zagrywkę, czyli wysłanie cię do Londynu w naszej sprawie. Ja nie chciałabym zostawiać na tak długo Ekscidiuma samego, a nie mogę go tam zabrać, tak zasmarkanego i kichającego. Poradzimy sobie z wysłaniem kilku patroli, kiedy cię nie będzie, a Temeraire sobie trochę odpocznie, co mu się i tak należy. Co? Nie, dzięki

Bogu, tego Barhama, który przyczynił ci tylu kłopotów, już nie ma. Jego miejsce zajął Grenville, nie najgorszy jegomość, jak mi się wydaje. Wprawdzie nie ma pojęcia o smokach, ale który z nich je ma.

– I powiem ci jeszcze, prywatnie, na ucho – dodała później tego wieczoru, sięgając po kieliszek wina stojący przy łóżku i kładąc się wygodnie na ramieniu Laurence'a, wciąż zdyszanego i spoconego – że nie postawiłabym nawet dwóch szpilek na to, że uda mi się go do czegokolwiek namówić. Uległ ostatecznie Powysowi w sprawie mojej nominacji, ale niemal się ze mną nie kontaktuje. Skreślenie kilku słów do mnie wydaje się zadaniem ponad jego siły. W istocie kilka razy wykorzystałam to jego zażenowanie, wydając rozkazy, których tak naprawdę nie miałam prawa wydać i którym on chętnie by się sprzeciwił, gdyby mógł to zrobić, nie wzywając mnie do siebie. Mamy jedną szansę na sto, że uda nam się ich przekonać, i dlatego znacznie lepiej będzie, jeśli to ty przedstawisz tam nasze propozycje.

Okazało się jednak, że nie do końca miała rację, gdyż jej raczej nie można by było odmówić dostępu do Pierwszego Lorda Admiralicji, tak jak Laurence'owi odmówił jeden z sekretarzy do spraw floty, wysoki, chudy i nadgorliwy urzędnik, który zwrócił się do niego niecierpliwie:

– Tak, tak, mam wasze liczby przed sobą i może być pan pewny, że zauważyliśmy wzrost zamówień na bydło. Ale czy któryś z nich wyzdrowiał? Nic o tym nie piszecie. Ile z tych, które nie mogły wznieść się w powietrze, teraz lata i jak długo?

Tak jakby, pomyślał z niechęcią Laurence, wypytywał o poprawę dzielności morskiej okrętu po wymianie olinowania lub żagli.

– Lekarze są zdania, że dzięki stosowaniu tych środków możemy mieć nadzieję na powstrzymanie dalszych postępów choroby – odparł ogólnikowo, gdyż nie mógł twierdzić, że któryś ze smoków wyzdrowiał. – Co już samo w sobie jest dobrą wiadomością, a z tymi pawilonami być może...

Sekretarz pokręcił głową.

– Jeśli one nie będą w lepszym stanie, niż są obecnie, nie mogę wam niczego obiecać. Wciąż ustawiamy te baterie nadbrzeżne wzdłuż całego wybrzeża, a jeśli myślicie, że smoki są drogie, to tylko dlatego, że nie wiecie, ile kosztują działa.

– Tym bardziej należy dbać o nasze smoki i wydać trochę więcej na ochronę tych sił, które im jeszcze pozostały – odparł Laurence i nie mogąc opanować frustracji, dodał: – Zwłaszcza że im się to od nas należy, za ich służbę. To są myślące stworzenia, a nie konie kawaleryjskie.

– Och, romantyczne wyobrażenia – powiedział lekceważąco sekretarz. – No dobrze, kapitanie. Z żalem informuję pana, że jego lordowska mość jest dziś zajęty. Mamy jednak pański raport. Może być pan pewny, że jego lordowska mość odpowie panu, kiedy będzie miał czas. Mogę pana umówić na spotkanie w przyszłym tygodniu, jeśli nic nie stanie na przeszkodzie.

Laurence z trudem się pohamował, żeby nie odpowiedzieć na tę nieuprzejmość tak, jak jego zdaniem należało, i wyszedł, myśląc, iż w sumie spisał się znacznie gorzej, niż zrobiłaby to Jane. Jego nastroju nie poprawił nawet widok admirała Nelsona, świeżo mianowanego księciem, którego zobaczył na dziedzińcu. Wyglądał wspaniale w galowym mundurze z rzędem zniekształconych medali na piersi. Wszystkie na wpół wtopiły mu się w skórę pod Trafalgarem, kiedy zionący ogniem hiszpański smok zaatakował jego okręt flagowy, a on sam, okropnie poparzony, niemal stracił życie. Laurence ucieszył się, widząc księcia w tak dobrej formie. Różowa blizna po poparzeniu zaczynała się na jego szczęce i biegła w dół po szyi, skrywając się za wysokim kołnierzem munduru, ale nie przeszkadzało mu to w ożywionej rozmowie, a właściwie przemawianiu do grupki słuchających go z uwagą oficerów, w czym pomagał sobie, gestykulując ręką.

Tłum gapiów, którzy zebrali się w pewnej odległości, próbując podsłuchać jego słowa, zatarasował Laurence'owi drogę. Aby wyjść na ulicę, musiał się przez nich przepchnąć, przepraszając tak cicho, jak tylko mógł. Innym razem sam zostałby, żeby posłuchać, ale teraz musiał jak najszybciej wrócić, ulicami pokrytymi ciemną mazią na wpół zamarzniętego lodu i błota, w której nawet w butach marzły mu nogi, do londyńskiej kryjówki, gdzie Temeraire czekał niecierpliwie na wiadomości.

– Przecież musi być jakiś sposób na to, żeby do niego dotrzeć – powiedział Temeraire. – Nie mogę znieść myśli, że naszym przyjaciołom może się pogorszyć, kiedy mam pod ręką tak proste remedium.

– Będziemy musieli sobie radzić w ramach funduszy, które nam przyznano – odparł Laurence. – Może już samo pieczenie albo duszenie mięsa przyniesie jakiś rezultat. Nie popadajmy w rozpacz, mój drogi, i zdajmy się na pomysłowość Gong Su.

– Nie przypuszczam, żeby ten Grenville jadł codziennie surową wołowinę ze skórą, ale za to bez soli, a potem kładł się spać na gołej ziemi – odrzekł Temeraire. – Chciałbym zobaczyć, jak robi to przez tydzień, a potem nam odmawia. – Zirytowany chlastał ogonem już ogołocone z liści i gałązek korony drzew na obrzeżu polany.

Laurence także tego nie przypuszczał, ale w tej chwili przyszło mu do głowy, że Pierwszy Lord Admiralicji najprawdopodobniej nie jada w domu. Zawołał Emily, kazał jej przynieść papier i napisał szybko kilka liścików. Sezon się jeszcze nie rozpoczął, ale było prawdopodobne, że niektórzy z jego znajomych, a poza tym członkowie rodziny, są już w mieście, czekając na początek obrad parlamentu.

– Szansa, że zdołam do niego dotrzeć, jest bardzo mała –

ostrzegł Temeraire'a, żeby nie robił sobie zbyt wielkich nadziei – a jeszcze mniejsza, że mnie wysłucha, jeśli mi się to uda.

Nie był też pewny, czy naprawdę chce, żeby mu się udało. Bał się, że w obecnym stanie umysłu nie zdoła nad sobą zapanować, gdy znowu ktoś rzuci mimochodem jakąś nieprzemyślaną i obraźliwą uwagę na widok jego munduru awiatora, przez co każde spotkanie towarzyskie zapowiadało się raczej na mordęgę niż przyjemność. Jednak godzinę przez kolacją otrzymał odpowiedź od dawnego towarzysza z *Leandera*, który odszedł z marynarki i został członkiem parlamentu. W liście poinformował, że spodziewa się spotkać Grenville'a wieczorem na balu u lady Wrightley, która, jak sobie przypomniał Laurence, była jedną z bliskich przyjaciółek jego matki.

Przed frontem wielkiego domu doszło do absurdalnej kraksy, której powodem był ślepy upór dwóch woźniców, nie chcących ustąpić sobie miejsca. Oba powozy się sczepiły, blokując wąską drogę, tak że nikt inny nie mógł nią przejechać. Laurence był zadowolony, że przybył na miejsce staroświecką lektyką, nawet jeśli zrobił to z powodów praktycznych: nigdzie w pobliżu kryjówki nie mógł wynająć konnego powozu. Dotarł do schodów, nie ochlapawszy błotem ani oficerskiego munduru, który, chociaż zielony, był przynajmniej nowy, z pierwszorzędnego materiału, i dobrze skrojony, ani spodni i pończoch, które pozostały śnieżnobiałe. Biorąc to wszystko pod uwagę, uważał więc, że nie ma powodu wstydzić się swojego wyglądu.

Podał lokajowi wizytówkę i został przedstawiony gospodyni, damie, którą osobiście spotkał tylko raz, na jednym z przyjęć wydanych przez jego matkę.

– Proszę mi powiedzieć, co nowego u pańskiej matki; jak przypuszczam, udała się na wieś, prawda? – powiedziała zdawkowo lady Wrightley, podając mu rękę. – Lordzie Wrightley, to jest kapitan William Laurence, syn lorda Allendale'a.

Dżentelmen, który właśnie wszedł i stał obok lorda Wrightleya, wciąż z nim rozmawiając, usłyszał te słowa, odwrócił się i poprosił, żeby go przedstawić Laurence'owi. Nazywał się Broughton i był z Ministerstwa Spraw Zagranicznych.

Po dopełnieniu formalności Broughton uścisnął z wielkim entuzjazmem dłoń Laurence'a i powiedział:

– Kapitanie, pragnę złożyć panu najszczersze gratulacje. Albo Waszej Wysokości, jak zapewne powinniśmy się teraz do pana zwracać, ha, ha!

Pospiesznie rzucone przez Laurence'a: – Proszę, nie... – pozostało całkowicie zignorowane, gdy zaskoczona lady Wrightley, poprosiła o wyjaśnienie.

– Cóż, ma pani chińskiego księcia na swoim przyjęciu, łaskawa pani. Wspaniałe posunięcie, kapitanie, naprawdę mistrzowskie. Wiemy już wszystko od Hammonda. Jego list był tak rozchwytywany, że niemal rozleciał się na strzępy, a my wszyscy chodziliśmy wniebowzięci i opowiadaliśmy sobie o tym nawzajem, choćby tylko dla przyjemności powtarzania tego wciąż od nowa. Ależ Bonaparte musiał zgrzytać zębami!

– To nie miało ze mną nic wspólnego, zapewniam pana – odparł zdesperowany Laurence. – To wszystko było sprawką pana Hammonda... zwykłą formalnością...

Było już jednak za późno. Broughton raczył już lady Wrightley i kilku innych zainteresowanych gości opowieścią zarówno barwną, jak i wielce niedokładną, o adopcji Laurence'a przez cesarza, adopcji, która w rzeczywistości nie była niczym innym jak tylko sposobem zachowania twarzy. Chińczycy musieli jakoś usprawiedliwić oficjalną zgodę na to, żeby pozostał towarzyszem Niebiańskiego, co było przywilejem zarezerwowanym wyłącznie dla członków rodziny cesarskiej. Laurence był także całkowicie pewny, że ci sami Chińczycy zapomnieli o jego istnieniu już w chwili, gdy opuścił ich kraj, i teraz, gdy wrócił do domu, nie miał najmniejszego zamiaru wykorzystywać faktu adopcji dla poprawienia swojej pozycji społecznej.

Ponieważ sczepione przed wejściem pojazdy powstrzymywały napływ gości, przyjęcie, które zresztą dopiero się zaczęło, rozkręcało się bardzo powoli, co sprawiło, że niemal wszyscy z obecnych zapragnęli usłyszeć egzotyczną opowieść, która i tak była skazana na sukces dzięki bajkowej kolorystyce, jaką uzyskała w ustach Broughtona. Tak oto Laurence stał się przedmiotem powszechnego zainteresowania, a lady Wrightley z przyjemnością stwierdziła, że człowiek, którego przyjęła, żeby wyświadczyć przysługę starej przyjaciółce, stał się główną atrakcją wieczoru.

Laurence najchętniej by wyszedł, ale ponieważ Grenville jeszcze nie przybył, zacisnął zęby i znosił jakoś zażenowanie, jakie budziło w nim to, że jest oprowadzany po sali i przedstawiany coraz to nowym ludziom.

– Nie, w żadnym wypadku nie mam prawa do następstwa tronu – tłumaczył wciąż i wciąż od nowa, w duchu dodając, że chciałby zobaczyć reakcję Chińczyków na taką sugestię. Kiedy był wśród nich, więcej niż raz dali mu do zrozumienia, że jest niepiśmiennym barbarzyńcą.

Nie spodziewał się, że będzie miał okazję zatańczyć, gdyż ludzie z wyższych sfer byli wiecznie niepewni, czy awiatorzy są godni szacunku, a on nie chciał przekreślić szans jakiejś panny lub narazić się na to, iż jej opiekunka będzie się starała go zniechęcić. Jednak przed pierwszym tańcem lady Wrightley rozmyślnie przedstawiła go jednej z młodych kobiet jako odpowiedniego partnera, a więc, chociaż go to bardzo zaskoczyło, musiał ją oczywiście poprosić. To był być może drugi lub trzeci sezon panny Lucas, pulchnej, atrakcyjnej dziewczyny, wciąż gotowej dobrze się bawić na balu. Była bardzo pogodna i usta jej się nie zamykały.

– Świetnie pan tańczy! – pochwaliła go pod koniec pierwszego tańca z lekkim zaskoczeniem w głosie, które uczyniło z tej uwagi coś więcej niż zwykły komplement, po czym zarzuciła go pytaniami o życie na chińskim dworze. Pytaniami, na które nie potrafił odpowiedzieć z tego prostego powodu, że nie widzieli tam ani jednej damy, gdyż starannie je od nich oddzielono. Zabawił ją w zamian trochę opisem spektaklu teatralnego, ale że pod koniec został ranny, jego wspomnienia nie były zbyt dokładne. Z drugiej strony nawet gdyby nie odniósł tej rany, to i tak niewiele mógłby powiedzieć o samej sztuce, gdyż odegrano ją po chińsku.

Ona z kolei opowiedziała mu o swojej rodzinie mieszkającej w Hertfordshire oraz swych udrękach z harfą, dzięki czemu on mógł wyrazić nadzieję, że kiedyś usłyszy jej grę, po czym wspomniała o młodszej siostrze, której debiut towarzyski odbędzie się w przyszłym sezonie. A zatem ma dziewiętnaście lat, domyślił się, i nagle uświadomił sobie, że Catherine Harcourt w tym wieku była już kapitanem Lily i brała udział w bitwie pod Dover. Popatrzył na uśmiechniętą, ubraną w muśliny dziewczynę z dziwnie pustym uczuciem, jakby nie była całkiem rzeczywista, po czym odwrócił wzrok. W imieniu swoim i Temeraire'a napisał już dwa listy, jeden do Catherine, a drugi do Berkleya, ale na żaden nie otrzymał odpowiedzi. Nic nie wiedział o tym, jak im się wiedzie. Ani ich smokom.

Powiedział potem coś grzecznie, odprowadził ją do matki i, ponieważ zaprezentował się publicznie jako odpowiedni partner, był zmuszony jeszcze wiele razy wystąpić w tej roli, zanim wreszcie około jedenastej wieczorem do sali wszedł Grenville, z małą grupą towarzyszących mu osób.

– Oczekują mnie jutro w Dover, sir, inaczej nie przeszkadzałbym panu tutaj – powiedział z determinacją Laurence, zbliżywszy się do niego. Nie znosił narzucać się komukolwiek i gdyby nie był przed laty przedstawiony Grenville'owi, nie zdołałby się zapewne do tego zmusić.

– Laurence, no tak – odparł z roztargnieniem Grenville, który miał taką minę, jakby chciał odejść.

Nie był wielkim politykiem. Jego brat był premierem, a on został Pierwszym Lordem Admiralicji z uwagi na swoją lojalność, a nie błyskotliwość czy też ambicję. Słuchał bez entuzjazmu starannie sformułowanych propozycji, które Laurence musiał przedstawić bardzo ogólnikowo ze względu na przysłuchujących się rozmowie ludzi, którzy nie powinni znać prawdy o epidemii. Gdyby ogół społeczeństwa dowiedział się o dziesiątkującej smoki chorobie, nie można by już ukryć tego przed nieprzyjacielem.

– Jest tu warunek – mówił Laurence – przewidujący dbałość o szczątki zmarłych oraz zabezpieczenie potrzeb chorych i rannych, szczególnie że taka opieka może zachować je oraz ich potomstwo do dalszej służby, a także dodać otuchy zdrowym. Ten plan, sir, przygotowano z myślą o takich właśnie praktycznych rozwiązaniach, wprowadzonych już dawno temu przez Chińczyków, których cały świat uznaje za lud najlepiej rozumiejący naturę smoków.

– Oczywiście, oczywiście – odparł Grenville. – Dobro naszych dzielnych marynarzy i awiatorów, a nawet naszych dobrych smoków, jest zawsze przedmiotem najwyższej troski Admiralicji.

Był to frazes bez znaczenia dla każdego, kto choć raz odwiedził szpital lub, jak Laurence, przeżył jakiś czas w warunkach uznawanych za odpowiednie dla dzielnych marynarzy, zmuszanych do jedzenia gnijącego mięsa, sucharów z robakami i popijania tego rozcieńczanym wodą i cuchnącym octem napojem, który uchodził za wino. Często także spotykał się z prośbami o wsparcie ze strony byłych członków swoich załóg lub wdów po nich, którym pod byle, często wręcz absurdalnym, pozorem odmawiano rent.

– Czy mogę mieć zatem nadzieję, sir – zapytał Laurence – że zaaprobuje pan nasze działania w tym kierunku?

Liczył na publiczne oświadczenie, z którego nie będzie się można wycofać bez utraty twarzy, ale Grenville był na to zbyt sprytny i chociaż otwarcie nie odmówił, uchylił się od podjęcia jakichkolwiek zobowiązań.

– Zanim coś będzie można zrobić, kapitanie, musimy szczegółowo rozważyć te propozycje i poważnie się nad nimi zastanowić – powiedział. – Trzeba także zasięgnąć opinii naszych najlepszych lekarzy.

Mówił dalej bez przerwy w tym tonie do chwili, gdy mógł już zwrócić się do kolejnego znajomego, który podszedł do niego, i poruszyć z nim inny temat. Była to wyraźna odprawa i Laurence zrozumiał, że nic nie zostanie zrobione.

Dotarł do kryjówki tuż przed świtem, kiedy niebo na wschodzie zaczynało już jaśnieć. Temeraire leżał pogrążony w głębokim śnie i pewnie coś mu się śniło, gdyż jego ogon co jakiś czas lekko drgał. Część członków załogi znalazła sobie miejsca na nocleg w budynku koszar, inni spali oparci o boki smoka, gdzie może nie wyglądali zbyt poważnie, ale na pewno było im cieplej. Laurence wszedł do małego domku oddanego mu do dyspozycji i usiadłszy z ulgą na łóżku, zdjął buty, nowe i sztywne, które mocno poobcierały mu stopy.

Rano wszyscy byli przygaszeni i nieskłonni do rozmów. Oprócz zakończonej niepowodzeniem próby przedstawienia planu Grenville'owi, o czym wiadomość rozeszła się jakoś po całej kryjówce, chociaż Laurence przekazał ją tylko Temeraire'owi, był tego jeszcze jeden powód: poprzedniego dnia dał wszystkim przepustki. Jak można było sądzić po przekrwionych oczach i wymizerowanych twarzach, załoga dobrze je wykorzystała. Wszyscy byli wyraźnie przemęczeni i poruszali się tak niezdarnie, że Laurence z niepokojem patrzył, jak zdejmują z ognia wielkie garnki z owsianką na śniadanie.

Temeraire tymczasem skończył dłubać w zębach wielką kością udową, pozostałością jego śniadania, czyli całego kotła delikatnej cielęciny duszonej z cebulą, i odłożył ją.

– Laurence, czy nadal zamierzasz wybudować jeden pawilon, nawet jeśli Admiralicja nie da nam pieniędzy?

– Tak – odpowiedział Laurence.

Większość awiatorów otrzymywała jedynie niewielkie pryzowe, gdyż Admiralicja płaciła dużo mniej za pojmanie smoka niż za zdobycie statku. Było to nawet zrozumiałe, jako że dużo łatwiej było wykorzystać ponownie statek niż smoka, ale takie wyjaśnienie nie stanowiło dużej pociechy dla ludzi, którzy musieli wydawać spore sumy na utrzymanie. Laurence jeszcze podczas służby w marynarce zgromadził znaczny kapitał, którego nie nadszarpnął, gdyż oficerska pensja zwykle wystarczała na jego potrzeby.

– Muszę się jeszcze naradzić z dostawcami, ale mam nadzieję, że jeśli trochę zaoszczędzę na materiałach i nieco zredukuję wielkość pawilonu, może będzie mnie stać na zbudowanie jednego dla ciebie.

– W takim razie – odrzekł stanowczo Temeraire, robiąc bohaterską minę – zbuduj go, proszę, na terenie kwarantanny. Jakoś poradzę sobie na mojej polanie w Dover i wolałbym raczej, żeby Maksimus i Lily mieli wygodniej.

Laurence był zaskoczony: wielkoduszność nie była cechą typową dla smoków, które zwykle zazdrośnie strzegły wszystkiego, co uważały za swoją własność i oznakę statusu.

– Dobrze, jeśli jesteś całkowicie pewny, że tego chcesz, mój drogi. To szlachetna myśl.

Temeraire bawił się w zadumie kością udową i nie wyglądał na całkowicie pewnego, ale w końcu wyraził ostateczną zgodę.

– Gdy już go postawimy – dodał – może Admiralicja dostrzeże, jakie to korzystne, i wtedy dostanę bardziej okazały. To nie byłoby miłe, mieć mały i ciasny, kiedy wszyscy inni dostali ładniejsze. – Ta myśl wyraźnie go pocieszyła i z zadowoleniem rozgryzł kość.

Załoga, przywrócona do życia mocną herbatą i śniadaniem, zaczęła zakładać Temeraire'owi uprząż na drogę powrotną do Dover, trochę tylko wolniej niż zwykle. Ferris, po tym, gdy Laurence szepnął mu coś cicho do ucha, dokładał szczególnych starań, żeby wszystkie klamry były zabezpieczone.

– Sir – powiedział Dyer, kiedy wraz z Emily przynieśli pocztę, którą mieli zabrać do Dover – idą tu jacyś panowie.

Temeraire uniósł głowę znad ziemi w chwili, gdy na teren kryjówki weszli lord Allendale i niski, drobny, dość skromnie ubrany mężczyzna.

Ujrzawszy wielki łeb patrzącego na nich pytająco smoka, zatrzymali się w miejscu, a Laurence był bardzo wdzięczny za tę chwilę opóźnienia, którą zyskał na zebranie myśli. Nawet wizytą króla byłby mniej zaskoczony, a jednocześnie byłaby ona dla niego o wiele przyjemniejsza. Mogło być tylko jedno wyjaśnienie: na balu musiało być więcej znajomych jego rodziców i wieść o zagranicznej adopcji dotarła do uszu ojca, który mógł teraz mieć do niego uzasadnione pretensje. Laurence nie chciał tylko wysłuchiwać tych pretensji przy swoich oficerach, a co dopiero Temerairze, który mógłby różnie zareagować, widząc go w opałach.

Podał Emily kubek, który trzymał w ręce, sprawdził ukradkiem stan swego ubrania, wdzięczny losowi za zimny poranek, dzięki czemu nie podkusiło go, żeby zrezygnować z włożenia fraka mundurowego i zawiązania krawata.

– Jestem zaszczycony, widząc cię tutaj – powiedział. – Napijecie się panowie herbaty? – dodał, przemierzając polankę, żeby uścisnąć rękę ojca.

– Ja dziękuję, jesteśmy już po śniadaniu – odparł oschle lord Allendale, nie spuszczając wzroku z Temeraire'a, po czym z najwyższym trudem odwrócił się, żeby przedstawić Laurence'owi swego towarzysza, pana Wilberforce'a, jedną z głównych postaci ruchu walczącego o zniesienie niewolnictwa.

Laurence spotkał go tylko raz, dawno temu. W ciągu tych minionych lat twarz Wilberforce'a spoważniała, ale choć patrzył teraz z niepokojem na Temeraire'a, w kształcie jego ust wciąż było coś ciepłego, przyjaznego, a w oczach dobrotliwość, potwierdzająca pierwsze, wielce korzystne wrażenie, które Laurence nosił w pamięci i którego świadectwem była także działalność publiczna tego niepozornie wyglądającego człowieka. Dwadzieścia lat miejskiego powietrza i bezustannej walki zniszczyło mu zdrowie, ale nie złamało jego charakteru. Parlamentarne intrygi grup przedsiębiorców z Indii Zachodnich podkopały dzieło jego życia, ale on nie ustawał w wysiłkach i oprócz tego, że niezmordowanie walczył z niewolnictwem, przez cały czas był także nieugiętym reformatorem.

Nie było chyba innego człowieka, którego Laurence bardziej pragnąłby zapytać o radę, jak należałoby propagować sprawę Temeraire'a, i w innych okolicznościach, gdyby udało mu się osiągnąć to zbliżenie z ojcem, na które tak liczył, z pewnością poprosiłby go o przedstawienie Wilberforce'owi. To, że może stać się coś odwrotnego, nie mieściło mu się w głowie. Nie mógł sobie nawet wyobrazić powodu, dla którego ojciec miałby przyprowadzić Wilberforce'a do kryjówki, chyba że chodziło tu o ciekawość i chęć przyjrzenia się z bliska smokowi.

Jednak mina, z jaką ten dżentelmen przyglądał się Temeraire'owi, nie wyrażała entuzjazmu.

– Natomiast ja bardzo chętnie napiłbym się herbaty... w jakimś spokojnym miejscu, jeśli to możliwe – powiedział i po chwili wahania zapytał niepewnym głosem: – Czy to stworzenie jest całkiem oswojone?

– Nie jestem o s w o j o n y – odparł z oburzeniem Temeraire, który nie miał żadnych kłopotów z podsłuchaniem tej niezbyt cichej wymiany zdań – ale z pewnością nie zrobię ci żadnej krzywdy, jeśli o to pytasz. Już bardziej powinieneś się bać tego, że nadepnie na ciebie koń.

Smagnął się z irytacją ogonem w bok i o mało co nie strącił na ziemię dwóch topmanów zajętych ustawianiem podróżnego namiotu na jego grzbiecie. Jednak zarówno samo machnięcie ogonem, jak i fakt, że zrzucając tych dwóch członków załogi, Temeraire zadałby kłam własnym słowom, umknęły jakoś uwagi jego zafascynowanych słuchaczy.

– To zaiste wspaniałe – powiedział pan Wilberforce, porozmawiawszy z nim jeszcze przez chwilę – kiedy odkrywa się tak głębokie zrozumienie u istoty tak różnej od nas samych. Można by to nawet nazwać cudem. Widzę jednak, że szykujecie się do odlotu, poproszę więc o wybaczenie twoje – tu ukłonił się Temeraire'owi – i twoje, kapitanie, za to, że tak niegrzecznie przejdę od razu do sprawy, która nas tu sprowadziła. Chodzi o to, że potrzebujemy pańskiej pomocy.

– Ufam, że będzie pan mówił tak otwarcie, jak pan zechce – rzekł Laurence i poprosił ich, żeby usiedli, przepraszając przy tym wielokrotnie za warunki.

Emily i Dyer przynieśli dla nich krzesła z jego domku, jako że sam budyneczek w żadnym razie nie nadawał się do przyjmowania gości, i dla ciepła ustawili je przy pełnym żaru palenisku.

– Pragnąłbym najpierw wyjaśnić – zaczął Wilberforce – że

nie ma nikogo, kto nie zdawałby sobie sprawy z wagi zasług, jakie Jego Wysokość położył w służbie swojego kraju, lub nie zazdrościłby mu sprawiedliwych nagród, jakie za to otrzymał, i szacunku zwykłych ludzi...

– Raczej ślepego uwielbienia zwykłych ludzi – wtrącił lord Allendale z wyraźną dezaprobatą w głosie. – I niektórych nie tak znowu zwykłych, co już dużo trudniej zrozumieć. To przerażające, jaki wpływ ten człowiek ma na Izbę Lordów. Każdego dnia, kiedy nie jest na morzu, zdarza się nowa katastrofa.

Dopiero teraz, po kilku chwilach dezorientacji, Laurence zrozumiał, że mówią o samym lordzie Nelsonie.

– Proszę o wybaczenie – rzekł Wilberforce – tak dużo rozmawialiśmy ze sobą o tych sprawach, że teraz zbyt szybko przeskakujemy z tematu na temat. – Zamyślił się, masując podbródek, po czym powiedział: – Zapewne słyszał pan już coś o kłopotach, na które natrafiliśmy w naszych staraniach o zniesienie handlu niewolnikami.

– Słyszałem – odparł Laurence.

Już dwa razy zwycięstwo wydawało się w zasięgu ręki. Wcześniej Izba Lordów zablokowała rezolucję, zaaprobowaną już przez Izbę Gmin, pod pretekstem konieczności przesłuchania jakichś świadków. Za drugim razem ustawa wprawdzie przeszła, ale z poprawkami, które zmieniły abolicję na s t o p n i o w ą abolicję: tak stopniową, że nawet teraz, po piętnastu latach, nie widać żadnych oznak, żeby była wprowadzana w życie. Terror we Francji przekształcił tymczasem słowo „wolność" w swoje krwawe zaprzeczenie, czystą karykaturę, dając handlarzom niewolników możliwość nazwania jakobinami wszystkich abolicjonistów. I tak przez wiele lat nie osiągnięto żadnego postępu.

– Ale podczas ostatniej sesji – kontynuował Wilberforce – byliśmy bliscy uzyskania istotnego środka ustawodawczego w postaci aktu zabraniającego wykorzystywania wszystkich nowych statków w handlu niewolnikami. To powinno przejść; mieliśmy już niezbędne głosy... ale wtedy ze wsi wrócił Nelson, który dopiero co wstał z łoża boleści i uznał za stosowne zwrócić się do parlamentu w sprawie naszego aktu. Już sam zapał, z jakim wyraził swój sprzeciw, wystarczył, żeby sprawa przepadła w Izbie Lordów.

– Przykro mi to słyszeć – powiedział Laurence, choć nie był zaskoczony.

Nelson całkiem często wypowiadał się publicznie na ten temat. Jak wielu oficerów Królewskiej Marynarki uważał wprawdzie niewolnictwo za zło, ale konieczne dla rozwoju floty, natomiast abolicjonistów miał za gromadę entuzjastów i donkiszotów, którzy dążyli do podkopania morskiej potęgi Anglii i zagrażali jej władzy nad koloniami w czasach, kiedy tylko ta dominacja pozwalała jej trzymać się mocno w obliczu narastającego zagrożenia ze strony Napoleona.

– Bardzo mi przykro – kontynuował Laurence – ale nie wiem, do czego mógłbym się wam przydać. Nie łączy nas żadna znajomość, na którą mógłbym się powołać i próbować go przekonać...

– Nie, nie. Nie mieliśmy takich nadziei – przerwał mu Wilberforce. – Wypowiedział się już zbyt zdecydowanie na ten temat. Także wielu jego wielkich przyjaciół, i niestety wierzycieli, to właściciele lub handlarze niewolników. Przykro mi to mówić, ale takie względy mogą sprowadzić na manowce nawet najlepszych i najmądrzejszych ludzi.

Szukali raczej, wyjaśniał dalej, podczas gdy lord Allendale przybrał posępną i niechętną minę, kogoś, kto w oczach ludzi mógłby rywalizować z Nelsonem i wzbudzić podobne zainteresowanie oraz uwielbienie. Słuchając tych wyjaśnień, Laurence stopniowo zrozumiał, że to on miałby być tą postacią, dzięki swej niedawnej, egzotycznej wyprawie i tej samej adopcji, za którą spodziewał się ojcowskiego potępienia.

– Do naturalnego zainteresowania, jakie wzbudzi w ludziach pańska ostatnia przygoda – mówił dalej Wilberforce – doda pan autorytet oficera, który sam walczył przeciwko Napoleonowi. P a ń s k i głos zyska odpowiednią wagę i będzie mógł pan zakwestionować twierdzenia Nelsona, że koniec handlu niewolnikami oznacza ruinę kraju.

– Proszę pana – zaczął Laurence, nie wiedząc, czy jest mu przykro, że nie będzie mógł wyświadczyć takiej przysługi panu Wilberforce'owi, czy też cieszy się, iż musi mu odmówić. – Ufam, że nie uzna pan, że nie darzę pana szacunkiem, czy też nie podzielam pańskich przekonań, ale w żaden sposób nie pasuję do takiej roli i nie mógłbym jej przyjąć, nawet gdybym chciał. Jestem oficerem w czynnej służbie i nie dysponuję własnym czasem.

– Ale teraz jest pan w Londynie – zaznaczył łagodnie Wilberforce – i z pewnością, dopóki stacjonuje pan nad kanałem, mógłby pan od czasu do czasu znaleźć okazję.

Laurence nie mógł temu łatwo zaprzeczyć, nie zdradzając sekretu epidemii, który do tej pory znali jedynie żołnierze Korpusu i najwyżsi rangą oficerowie Admiralicji.

– Wiem, że to nie może być dla pana ponętna propozycja, kapitanie, ale nasza praca jest Bożym dziełem. Powinniśmy bez skrupułów wykorzystywać dla sprawy każde narzędzie, jakie On umieści na naszej drodze.

– Na litość boską, masz tylko chodzić na przyjęcia, może częściej niż zwykle, i nie zasłaniaj się, z łaski swojej, błahymi przeszkodami – wtrącił szorstko lord Allendale, stukając niecierpliwie palcami o poręcz krzesła. – Oczywiście takie samochwalstwo i nabieranie ludzi nie jest czymś przyjemnym, ale ty znosiłeś już znacznie gorsze upokorzenia i robiłeś z siebie o wiele większe widowisko, niż będziesz musiał, spełniając tę prośbę: ostatniego wieczoru na przykład...

– Nie powinieneś tak mówić do Laurence'a – wtrącił Temeraire chłodno i tak niespodziewanie, że obaj mężczyźni podskoczy-
li: zdążyli już zapomnieć o jego obecności i o tym, że przysłuchuje
się ich rozmowie. – W ostatnim tygodniu cztery razy odpędziliśmy
Francuzów i odbyliśmy dziewięć patroli. Jesteśmy bardzo zmęczeni i przylecieliśmy do Londynu tylko dlatego, że nasi przyjaciele są
chorzy i umierają z zimna, ponieważ Admiralicja nie chce niczego
zrobić, by choć trochę poprawić im warunki bytu.

Zakończył niskim pomrukiem, który narastał mu w gardle
niczym zapowiedź boskiego wiatru i brzmiał echem nawet wtedy, kiedy już przestał mówić. Przez chwilę nikt się nie odzywał,
po czym zamyślony Wilberforce powiedział:

– Wydaje mi się, że nasze cele wcale nie muszą być sprzeczne. Może uda nam się posunąć naprzód w a s z ą sprawę, kapitanie, wraz z naszą.

Wyglądało na to, że mieli zamiar go zaprezentować przy okazji
jakiegoś wydarzenia towarzyskiego, przyjęcia, o którym wspomniał lord Allendale, lub nawet balu. Wilberforce zaproponował
teraz, żeby zamiast tego zorganizować składkowe przyjęcie.

– Jego celem – oznajmił – będzie zebranie funduszów dla
chorych i rannych smoków, weteranów bitew pod Trafalgarem
i Dover... czy wśród chorych są tacy weterani? – zapytał.

– Są – odparł Laurence.

Nie powiedział, że wszystkie te smoki są weteranami; wszystkie z wyjątkiem Temeraire'a.

Wilberforce pokiwał głową.

– W tych mrocznych czasach, kiedy widzimy, jak gwiazda
Napoleona wschodzi nad kontynentem, będziemy sławić ich
imiona. Ułatwi nam to także przedstawienie pana jako bohatera
narodowego, którego słowa mogą być przeciwwagą dla tego, co
głosi Nelson.

Laurence zżymał się w duchu, słysząc taki opis siebie samego, i to w porównaniu z Nelsonem, który dowodził flotą podczas czterech wielkich bitew, zniszczył marynarkę wojenną Napoleona i zapewnił Wielkiej Brytanii całkowite panowanie na morzu; który zasłużenie otrzymał książęcą koronę za męstwo i chwalebne czyny wojenne, a nie został mianowany zagranicznym księciem dzięki różnym wybiegom i machinacjom politycznym.

– Panie Wilberforce – rzekł, z trudem powstrzymując się od naprawdę gwałtownej odmowy – proszę, żeby pan tak nie mówił. Tu nie może być sprawiedliwego porównania.

– W rzeczy samej, nie może – wtrącił energicznie Temeraire. – Nie jestem zachwycony Nelsonem, jeśli on pochwala niewolnictwo. Jestem pewny, że nie dorasta Laurence'owi do pięt, bez względu na to, ile bitew wygrał. Nigdy nie widziałem niczego tak okropnego jak ci biedni niewolnicy w Cape Coast. Będę bardzo zadowolony, jeśli zdołamy im pomóc, jak również naszym przyjaciołom.

– I to są słowa smoka – powiedział z ogromną satysfakcją Wilberforce, podczas gdy skonsternowanemu Laurence'owi odebrało mowę. – Czy ktokolwiek może nie odczuwać litości w stosunku do tych nieszczęsnych dusz, kiedy budzi się ona w sercu takiego stworzenia? Co więcej – zwrócił się do lorda Allendale'a – myślę, że powinniśmy zorganizować to przyjęcie tutaj, gdzie właśnie siedzimy. Jestem przekonany, że lepiej spełni swoją rolę, jeśli chodzi o wywołanie sensacji, a poza tym – dodał z figlarnym błyskiem w oku – chciałbym zobaczyć dżentelmena, który spróbuje nie wziąć pod uwagę argumentu smoka, kiedy ten smok będzie stał przed nim.

– Na dworze, o tej porze roku? – zapytał zdumiony lord Allendale.

– Moglibyśmy to zorganizować jak obiady pawilonowe w Chinach: długie stoły, pod którymi będą doły z żarem węglowym, ogrzewającym gości – zasugerował Temeraire, podejmując z entuzjazmem pomysł Wilberforce'a, podczas gdy coraz bardziej zrozpaczony Laurence mógł tylko słuchać, jak przypieczętowywany jest jego los. – Będziemy musieli zwalić część drzew, żeby zrobić miejsce, ale z tym łatwo sobie poradzę. Jeśli na pozostałych powiesimy panele z jedwabiu, będzie to wyglądało jak wielki pawilon, a poza tym w środku utrzyma się ciepło.

– Wyśmienity pomysł – powiedział Wiberforce i wstał z krzesła, żeby popatrzeć na szkice, które Temeraire kreślił pazurem na ziemi. – To nada całości orientalny charakter, a tego właśnie potrzebujemy.

– Cóż, jeśli tak uważasz – odparł lord Allendale. – Ja mogę tylko powiedzieć, że będzie to niewątpliwie parodniowa sensacja towarzyska, nawet jeśli przyjdzie tu tylko kilku ciekawskich.

– Od czasu do czasu będziemy mogli się bez ciebie obejść przez jeden dzień – powiedziała Jane, odbierając Laurence'owi ostatnią nadzieję na wyrwanie się z potrzasku. – Teraz, gdy nie mamy żadnych smoków kurierskich, które moglibyśmy posłać w akcjach zwiadowczych, nasze rozpoznanie jest do niczego, ale flota robi niezłe interesy z francuskimi rybakami, którzy mówią, że na ich wybrzeżu nic się jeszcze nie dzieje. Oczywiście mogą kłamać – dodała – ale gdyby przybyło tam smoków, zaczęłyby zjadać więcej bydła i świń, co podniosłoby ceny ryb.

Służąca przyniosła herbatę i napełniła mu filiżankę.

– Przestań, proszę, już na to narzekać – ciągnęła Jane, nawiązując do odmowy Admiralicji w sprawie przydzielenia im większych funduszów. – Może to wasze przyjęcie coś nam da w tej sprawie, a Powys napisał do mnie, że już coś tam dla nas wyskrobał, urządzając składkę wśród emerytowanych oficerów. Jest tego za mało na jakieś ekstrawagancje, ale wystarczy na zakup pieprzu i papryki, dzięki czemu jeszcze przez jakiś czas utrzymamy te biedne stworzenia przy życiu.

Czekając na dalszy rozwój wypadków, zabrali się do budowy eksperymentalnego pawilonu. Perspektywa zdobycia tak poważnego zamówienia skusiła kilku śmielszych dostawców i rzemieślników budowlanych do odwiedzenia kryjówki w Dover. Przywitawszy ich przy bramie wraz z grupą członków załogi, Laurence zaprowadził ich do Temeraire'a, który skulił się, żeby ich nie wystraszyć i wyglądać na jak najmniejszego, co w wypadku osiemnastotonowego smoka nie było łatwe, i niemal rozpłaszczył krezę na karku. Kiedy jednak zaczęła się dyskusja o konstrukcji pawilonu, nie zdołał się pohamować i wtrącił się do rozmowy. Co ciekawe, jego uwagi okazały się bardzo potrzebne, gdyż Laurence nie miał najmniejszego pojęcia, jak przeliczyć chińskie jednostki miar na angielskie.

– Chcę mieć taki! – powiedziała nagle Iskierka, która podsłuchała dużą część tej dyskusji z sąsiedniej polany. Mimo protestów Granby'ego przecisnęła się między drzewami na polanę Temeraire'a, strząsając po drodze całe tumany popiołu i strasząc biednych dostawców ognistą czkawką, przez którą z jej pyska tryskały płomienie, a z kolczastych wypustek strumienie pary. – Też chcę spać w pawilonie. Wcale nie lubię tej zimnej ziemi.

– Cóż, nie możesz go mieć – odparł Temeraire. – Zbudujemy go dla naszych chorych przyjaciół, a poza tym nie masz kapitału.

– No to go zdobędę – oświadczyła. – Gdzie można dostać kapitał i jak on wygląda?

Temeraire z dumą pogłaskał swój platynowy wisior z perłą.

– To jest kawałek kapitału – odparł – i dał mi go Laurence. On sam go dostał za zdobycie w bitwie okrętu.

– Och! To bardzo łatwe – rzekła na to Iskierka. – Granby, weźmy sobie jakiś okręt, a potem będę mogła mieć pawilon.

– Boże, nie możesz mieć niczego takiego, nie bądź niemądra – odpowiedział Granby, który wszedł na polanę szlakiem wyznaczonym przez połamane przez nią gałęzie i krzewy. Skinął przepraszająco głową do Laurence'a i zwrócił się do Iskierki: – Spaliłabyś ten pawilon w jednej chwili. Ma być zbudowany z drewna.

– A nie można go zrobić z kamienia? – zapytała, patrząc na jednego z rzemieślników, którzy wybałuszali na nią oczy.

Nie była jeszcze bardzo duża, mimo dwunastu stóp, o które, dzięki stałej diecie, powiększyła się jej długość, od kiedy osiedli w Dover. Jej ciało było raczej smukłe niż masywne, jak to u Kazilików, i przy Temerairze wyglądała jak nieco przerośnięty wąż. Jednak z bliska była absolutnie przerażająca, zwłaszcza dla nienawykłych do takiego widoku ludzi. Szczególne wrażenie robił ten sykliwy bulgot jakiegoś wewnętrznego mechanizmu, dzięki któremu zdawała się mówić ogniem, i tryskające z wypustek strumienie pary, białe w chłodnym powietrzu.

Odpowiedział jej tylko starszy mężczyzna, pan Royle, który był architektem.

– Z kamienia? Nie, odradzam. Cegła będzie znacznie praktyczniejsza – wyraził swoją opinię. Od czasu gdy dostał plany, nie uniósł znad nich głowy. Był tak krótkowzroczny, że studiował je za pomocą lupy jubilerskiej, którą trzymał zaledwie cal od załzawionych, niebieskich oczu, i na pewno nie widział żadnego ze smoków. – Głupi orientalny styl, ten dach. Czy upieracie się, żeby było tak samo?

– To wcale nie jest głupi orientalny styl – odparł Temeraire – to bardzo eleganckie. To projekt pawilonu mojej matki i jest bardzo modny.

– Przez całą zimę będziecie musieli trzymać na nim chłopców do zrzucania śniegu i nie dałbym złamanego grosza za rynny po dwóch sezonach – powiedział pan Royle. – Dobry pochyły dach to jest to, zgodzi się pan, panie Cutter?

Pan Cutter nie miał nic do powiedzenia, gdyż cofnął się już

pod drzewa, i pewnie dawno by już czmychnął, gdyby Laurence roztropnie nie rozstawił wokół polany całej naziemnej załogi, żeby zapobiec właśnie takim ucieczkom.

– Chętnie wysłucham wszystkich pańskich rad, żeby jak najlepiej i jak najrozsądniej zaplanować budowę tego pawilonu – odparł Laurence, podczas gdy Royle rozglądał się dookoła, mrugając oczami i czekając na odpowiedź Cuttera. – Temeraire, nasz klimat jest dużo wilgotniejszy i musimy się do tego dostosować.

– No dobrze, pewnie masz rację – mruknął Temeraire, patrząc tęsknie na wygięte do góry naroża dachu i pomalowane na jaskrawe kolory drewno.

Iskierka tymczasem doznała olśnienia i zaczęła planować zdobycie kapitału.

– Czy wystarczy, żebym spaliła okręt, czy też muszę go przyprowadzić? – zapytała.

Rozpoczęła piracką karierę już następnego ranka od pokazania Granby'emu małej łodzi rybackiej, którą w nocy porwała z portu w Dover.

– No co, nie mówiliście wcale, że to musi być f r a n c u s k i statek – odpowiedziała z rozdrażnieniem na ich oskarżenia, po czym nadąsała się i zwinęła w kłębek. Następnej nocy Gherni odniosła łódź pod osłoną ciemności, niewątpliwie ku wielkiemu zdumieniu właściciela.

– Laurence, czy nie uważasz, że moglibyśmy zgromadzić więcej kapitału, zdobywając francuskie statki? – zapytał zamyślony Temeraire ku zaniepokojeniu Laurence'a, który dopiero co skończył łagodzić skutki ostatniego nieporozumienia.

– Francuskie okręty liniowe są zamknięte w portach przez blokadę kanału, dzięki Bogu, a my nie jesteśmy korsarzami, żeby atakować ich linie żeglugowe – odpowiedział Laurence. – Twoje życie jest zbyt cenne, żeby je ryzykować w tak samolubnych przedsięwzięciach. Poza tym, gdy już zaczniesz się zachowywać w tak niezdyscyplinowany sposób, możesz być pewny, że Arkady i jego banda natychmiast pójdą za twoim przykładem i zostawią całą Brytanię bez obrony, nie wspominając już o tym, jaką to będzie zachętą dla Iskierki.

– Nie wiem, co mam z nią zrobić – odezwał się znużonym głosem Granby tego wieczoru w klubie oficerskim, gdzie przy kieliszku wina spotkał się z Laurence'em i Jane. – Sądzę, że to z powodu tego ciągania tam i z powrotem, kiedy była jeszcze w jaju, i tego całego zamieszania, które jej zawsze towarzyszyło. Jednak nie mogę się tym tłumaczyć przez cały czas. Muszę jakoś nad nią zapanować, a jestem w kropce. Nie zdziwiłbym się wcale, gdybym pewnego ranka zobaczył płonący port, bo ona doszła do wniosku, że nie będziemy musieli bronić miasta, jeśli się całe spali. Nie potrafię jej nawet skłonić do tego, żeby siedziała nieruchomo przez czas potrzebny na założenie jej pełnej uprzęży.

– Nie martw się; przyjdę jutro i zobaczę, co mogę zrobić – powiedziała Jane, przysuwając mu znowu butelkę. – Różne autorytety powiedzą ci, że jest trochę za młoda do pracy. Ja jednak uważam, że lepiej jakoś wykorzystać jej energię, niż dłużej się trapić. Czy wybrałeś już swoich poruczników, Granby?

– Wezmę Lithgowa na pierwszego, jeśli nie masz nic przeciwko temu, i Harpera na drugiego, a także na dowódcę strzelców – odparł. – Nie chcę brać zbyt wielu ludzi, kiedy jeszcze nie wiemy, jak duża urośnie.

– Chodzi ci o to, że nie chcesz ich potem odrzucać, kiedy najprawdopodobniej nie będą mogli dostać innego stanowiska – powiedziała łagodnym głosem Jane. – Wiem, że będzie bardzo ciężko, jeśli do tego dojdzie, nie możemy jednak dać jej zbyt nielicznej załogi, nie teraz, kiedy jest jeszcze taka dzika. Weź jeszcze Rowa na dowódcę bellmanów. Jest na tyle stary, że przejdzie na emeryturę, jeśli trzeba go będzie zwolnić, i ma tak duże doświadczenie, że bez mrugnięcia okiem zniesie jej wszystkie wyskoki.

Granby skinął głową, a następnego ranka Jane przyszła na polanę Iskierki w stroju galowym, w trójgraniastym kapeluszu z kitą, rzadko noszonym przez awiatorów, ze wszystkimi medalami na piersi oraz pozłacaną szablą i pistoletami za pasem. Nowa załoga Granby'ego oddała jej honory z głośnym szczękiem broni, a Iskierka aż się skręcała z podniecenia. Ponad drzewami widać było głowy dzikich smoków, a nawet Temeraire'a, z zainteresowaniem obserwujących wszystko, co się działo.

– No cóż, Iskierko, twój kapitan mówi mi, że jesteś gotowa do służby – odezwała się Jane i wsunąwszy kapelusz pod pachę, spojrzała surowym wzrokiem na małego Kazilika – ale co mają znaczyć te raporty na twój temat, które do mnie docierają? O tym, że nie słuchasz rozkazów. Nie możemy cię wysłać do boju, jeśli nie potrafisz wykonywać rozkazów.

– Och! To nieprawda! – zaprotestowała Iskierka. – Potrafię wykonywać rozkazy tak jak każdy inny, tylko że nikt nie wydaje mi d o b r y c h. Każą mi tylko siedzieć, nie walczyć, i jeść trzy razy dziennie. Nie chcę już więcej tych głupich krów! – zakończyła rzeczywiście gorąco, gdyż z pyska trysnął jej ogień.

Dzikie smoki, którym te ostatnie słowa przetłumaczyli ich oficerowie, zareagowały na nie głośnym szmerem niedowierzania.

– Powinniśmy wykonywać nie tylko miłe nam rozkazy, ale też te, które nas irytują – odparła Jane, kiedy wrzawa ucichła. – Czy myślisz, że kapitan Granby chciałby siedzieć w nieskończoność na tej polanie, czekając, aż się ustatkujesz? A może wolałby raczej wrócić do służby z Temeraire'em i powalczyć trochę samemu?

Oczy Iskierki zrobiły się tak wielkie jak talerze, a ze wszystkich jej wypustek niczym z pieca strzeliły z sykiem strumienie pary.

W jednej chwili owinęła się zazdrośnie wokół Granby'ego, stwarzając realne zagrożenie, że ugotuje go na parze jak homara.

– On by tego nie zrobił! Nie zrobiłbyś, prawda? – zaapelowała do niego. – Będę walczyć tak samo dobrze jak Temeraire, obiecuję, i będę słuchać nawet najgłupszych rozkazów; jeśli mogłabym dostawać także trochę miłych – zastrzegła pospiesznie.

– Jestem przekonany, że w przyszłości będzie bardziej rozważna, pani admirał – zdołał wykrztusić Granby, którego przemoczone włosy zdążyły się przylepić do czoła i karku. – Uspokój się, proszę – zwrócił się do Iskierki. – Nigdy bym cię nie zostawił, tylko że jestem już cały mokry – dodał żałośnie.

– Hm – mruknęła Jane z taką miną, jakby się poważnie nad czymś zastanawiała. – Skoro Granby przemówił w twojej obronie, to damy ci szansę – powiedziała w końcu – i może pan od razu wydać jej pierwsze rozkazy, kapitanie, a my zobaczymy, czy je wykona, i, oczywiście, czy pozostanie nieruchoma przez czas konieczny do założenia jej uprzęży.

Iskierka natychmiast puściła Granby'ego i wyciągnęła się na ziemi, żeby załodze naziemnej było wygodnie. Uniosła tylko nieco głowę, żeby zobaczyć opatrzony czerwoną pieczęcią pakiet, który zawierał sformułowany w bardzo ozdobnym i oficjalnym języku rozkaz odbycia szybkiego godzinnego patrolu do Guernsey i z powrotem.

– Możesz też zabrać ją do tej kupy gruzów w Castle Cornet, gdzie wybuch prochu wysadził wieżę, i powiedzieć, że to francuski posterunek, który może podpalić z wysoka – dodała Jane półgłosem do Granby'ego, nie chcąc, żeby Iskierka to usłyszała.

Założenie uprzęży Iskierce było rzeczywiście trudnym zadaniem, gdyż kostne wypustki były rozmieszczone dość przypadkowo na jej ciele, na dodatek bardzo śliskim z powodu często wypuszczanej pary. Prowizoryczna konstrukcja z krótkich skórzanych pasów i licznych sprzączek łatwo się plątała i trudno się było dziwić, że ją to nudziło. Jednak z uwagi na perspektywę zbliżającej się akcji oraz tłum obserwatorów znosiła to cierpliwiej niż zazwyczaj. Wreszcie została prawidłowo zaprzężona i Granby powiedział z ulgą:

– No proszę, trzyma całkiem dobrze. A teraz potrząśnij tym, moja droga, żeby sprawdzić, czy coś się nie poluźniło.

Uderzyła kilka razy mocno skrzydłami, po czym zaczęła się wykręcać to w lewo, to w prawo, żeby się przyjrzeć uprzęży.

– Jeśli jesteś zadowolona, powinnaś powiedzieć: „Wszystko leży dobrze" – podpowiedział jej głośnym szeptem Temeraire, kiedy już spędziła kilka minut na tej zabawie.

– Aha, rozumiem – odparła, po czym stanęła nieruchomo i oświadczyła: – Wszystko leży dobrze. A teraz ruszajmy.

Pod pewnymi względami trochę się poprawiła, chociaż nikt w żadnym razie nie powiedziałby, że zrobiła się wzorem posłuszeństwa. Ku utrapieniu Granby'ego niezmiennie przedłużała swoje patrole, latając dalej, niż on chciał, w nadziei, że natrafi na bardziej wymagającego przeciwnika od starych, opuszczonych fortyfikacji lub stad ptaków.

– Ale przynajmniej bierze udział w szkoleniu i prawidłowo się odżywia, co ja nazywam zwycięstwem – powiedział pewnego dnia Granby. – No i chociaż przysparza nam wielu trosk, żabojadom przysporzy ich dwa razy więcej. Wiesz, Laurence, namówiliśmy ludzi z Castle Cornet, żeby ustawili dla niej żagiel, i ona podpaliła go z osiemdziesięciu jardów. To dwa razy więcej niż zasięg Flamme-de-Gloire'a. Co więcej, ona może zionąć ogniem przez pięć minut bez przerwy. Nie mam pojęcia, jak oddycha, kiedy to robi.

Sporo kłopotów sprawiało im niedopuszczenie jej do bezpośredniego udziału w walce, zwłaszcza że Francuzi coraz agresywniej prowadzili loty nękające i zwiadowcze nad wybrzeżem. Jane częściej wykorzystywała chore smoki do patroli, żeby oszczędzać Temeraire'a, który wraz z Arkadym i jego bandą wypatrywał przez większość dnia na klifach ostrzegawczej racy lub nasłuchiwał odgłosu wystrzału działa sygnałowego. W ciągu dwóch tygodni starli się cztery razy z małymi grupami nieprzyjaciół, a raz dzikie smoki, wysłane w ramach eksperymentu na samodzielny patrol, podczas gdy Temeraire urwał sobie kilka godzin odpoczynku, z najwyższym trudem odparły Poux-de-Ciela, który odważnie próbował się prześliznąć między nadbrzeżnymi bateriami w Dover i został powstrzymany zaledwie milę od terenów kwarantanny.

Po tym niełatwym, ale samodzielnie odniesionym zwycięstwie dzikie smoki były bardzo z siebie zadowolone, a Jane sprytnie wykorzystała tę okazję, żeby obdarować Arkadego długim łańcuchem. Był niemal bezwartościowy, bo wykonany tylko z mosiądzu, z wielkim platerem, na którym wygrawerowano jego imię, ale Arkady zaniemówił ze zdumienia, kiedy założono mu go na szyję. Ale tylko na chwilę. Potem wybuchł radosną powodzią słów i pyszniąc się straszliwie, nalegał, żeby każdy z jego kompanów obejrzał z bliska tę wspaniałą nagrodę. Nie ominęło to także Temeraire'a, który po zrobieniu tego najeżył się lekko i wycofał z godnością na własną polanę, gdzie z większym niż zwykle wigorem zaczął polerować swój platynowy wisior.

– Nie można ich porównywać – zaczął ostrożnie Laurence – tamto to tylko świecidełko, które ma połechtać jego dumę i zachęcić ich do większych wysiłków.

– Och, z pewnością – odparł Temeraire, bardzo wyniośle – mój jest znacznie ładniejszy. Wcale nie chcę czegoś tak pospolitego jak mosiądz. – Milczał przez chwilę, po czym mruknął pod nosem: – Ale jego jest bardzo duży.

– Za tę cenę, to okazja – powiedziała następnego dnia Jane, kiedy Laurence złożył jej raport, że choć raz tego ranka nic się nie wydarzyło, dzikie smoki paliły się do walki bardziej niż zwykle i były dość rozczarowane, że nie natknęły się na nieprzyjaciół. – Robią duże postępy, tak jak na to liczyliśmy.

W jej głosie jednak brzmiało zmęczenie. Spojrzawszy na jej twarz, Laurence nalał mały kieliszek brandy i zaniósł jej do okna, przy którym stała, patrząc na dzikie smoki, które pochłonąwszy z apetytem obiad, wyprawiały radosne harce w powietrzu nad swoimi polanami.

– Dziękuję, chętnie się napiję. – Wzięła kieliszek, ale nie uniosła go do ust od razu. – Conterrenis odszedł – powiedziała nagle – pierwszy Longwing, którego straciliśmy. To było okropne.

Usiadła ciężko i pochyliła głowę.

– Lekarze mówią, że się ciężko przeziębił i miał krwotok do płuc. W każdym razie kaszlał bez przerwy i nie mógł powstrzymać własnego kwasu, który tryskał i tryskał, paląc jego własną skórę, aż w końcu przeżarł mu szczękę do kości. – Umilkła, po czym dodała: – Gardenley zastrzelił go dziś rano.

Laurence usiadł na krześle obok niej, ale nie miał najmniejszego pojęcia, jak mógłby ją pocieszyć. Po chwili wypiła brandy, odstawiła kieliszek i wróciła do map, żeby omówić z nim trasy patroli na następny dzień.

Wyszedł od niej, zawstydzony swoim lękiem przed przyjęciem, do którego zostało jeszcze tylko kilka dni, i zdecydowany, że bez względu na to, jakie to dla niego będzie żenujące, weźmie w nim udział, jeśli dzięki temu pojawi się choć najmniejsza szansa poprawienia warunków życia chorych smoków.

...i tuszę, że pozwoli mi pan zasugerować [napisał Wilberforce], iż jakikolwiek orientalny akcent w pańskim odzieniu, nawet najmniejszy, który wyróżni pana z tłumu, byłby wielce pomocny. Z radością donoszę, że udało nam się wynająć kilku

Chińczyków jako służących na ten wieczór. Wydaliśmy na to sporo pieniędzy w portach, gdzie czasem można ich znaleźć na statkach Kompanii Wschodnioindyjskiej. Nie są, oczywiście, odpowiednio wyszkoleni, ale będą tylko nosić talerze z kuchni i z powrotem do niej, i pouczyliśmy ich jak najsurowiej, żeby nie okazywali strachu na widok smoków, co, jak mam nadzieję, pojęli. Niepokoję się jednak trochę, czy dobrze zrozumieli, co ich czeka, i dlatego dobrze by było, gdyby pan przybył wcześnie, żebyśmy mogli sprawdzić hart ich ducha.

Laurence nie pozwolił sobie na westchnienie, złożył list i posłał swój chiński kaftan krawcowi do odnowienia. Następnie zapytał Jane, czy zgodzi się na to, żeby odleciał do Londynu kilka godzin wcześniej, niż to zaplanowali.

Chińscy służący rzeczywiście narobili wielkiego zamieszania po ich przybyciu, ale polegało to tylko na tym, że zostawili pracę i zbiegli się ze wszystkich stron, by paść twarzą na ziemię przed Temeraire'em. Niektórzy w swej gorliwości rzucali mu się wręcz pod łapy, starając się w ten sposób okazać mu szacunek, jaki w powszechnym mniemaniu wszystkich Chińczyków należał się smokowi Niebiańskiemu, symbolowi cesarskiej rodziny.

Brytyjscy robotnicy, którzy zakładali ostatnie dekoracje w kryjówce, nie byli ani trochę tak grzeczni i znikli co do jednego, zostawiając wielkie panele z haftowanego jedwabiu, wykonane bez wątpienia wielkim kosztem, na gałęziach drzew, z których krzywo zwisały, lub na ziemi.

Wilberforce, który wyszedł powitać Laurence'a, był zaniepokojony, ale Temeraire wydał rozkazy chińskim służącym, a ci zabrali się do pracy z wielką energią i z pomocą obsługi kryjówki szybko ją ukończyli, tak że kiedy przybyli pierwsi goście, ich oczom ukazał się piękny, choć nieco zaskakujący obraz. Rolę chińskich papierowych latarni grały mosiężne lampy zawieszone na gałęziach drzew, a wzdłuż stołów rozmieszczono małe piecyki węglowe, które miały ogrzewać zebranych.

– Może nam się nawet udać, jeśli tylko nie zacznie padać śnieg – powiedział pesymistycznie lord Allendale, który zjawił się wcześnie, żeby sprawdzić stan przygotowań. – Szkoda, że twoja matka nie mogła tu przybyć – dodał – ale dziecko nie przyszło jeszcze na świat i ona nie chce zostawić Elizabeth samej. – Miał na myśli żonę najstarszego brata Laurence'a, która właśnie miała obdarzyć go piątym potomkiem.

Wieczór był pogodny, choć chłodny. Goście, którzy przybywali małymi grupkami, trzymali się z dala od Temeraire'a, który rozsiadł się na swojej polanie, na końcu długiego rzędu stołów, i nie zachowując nawet pozorów, przyglądali mu się przez operowe lornetki. Wszyscy członkowie załogi Laurence'a stali natomiast obok niego, sztywni z niepokoju, w mundurach galowych, nowych, na szczęście, gdyż Laurence wysłał ich do najlepszych krawców w Dover i sam zapłacił za naprawy, których ich uniformy wymagały po długim pobycie w obcych krajach.

Tylko Emily wydawała się zadowolona, gdyż z okazji tego wydarzenia dostała pierwszą jedwabną suknię, i jeśli nawet trochę się potykała o jej rąbek, i tak wyglądała na uszczęśliwioną, zwłaszcza gdy dłońmi w dziecinnych rękawiczkach dotykała sznura pereł, który podarowała jej Jane.

– Trochę już późno, żebym ją nauczyła, jak się nosi suknie – powiedziała Jane. – Nie przejmuj się, Laurence. Mówię ci, nikt nie będzie podejrzliwy. Wiele razy zrobiłam z siebie publiczne widowisko, a i tak nikomu nawet nie przyszło do głowy, że mogę być awiatorką. Ale jeśli ma cię to uspokoić, możesz powiedzieć, że jest twoją bratanicą.

– Nie mogę, bo będzie tu mój ojciec, a mogę cię zapewnić, że on zna wszystkie swoje wnuki – odparł Laurence.

Nie powiedział jej, że gdyby wygłosił takie kłamstwo, ojciec doszedłby natychmiast do wniosku, iż Emily jest jego nieślubną córką. Dlatego też postanowił w duchu, że nakaże dziewczynie, by przez cały czas trzymała się blisko Temeraire'a, przy którym będzie mało widoczna; nie miał bowiem wątpliwości, że niezależnie od perswazji Wilberforce'a, większość gości i tak nie zbliży się do smoka.

Te perswazje przybrały jednak najbardziej niepożądaną postać, gdy pan Wilberforce powiedział:

– Popatrzcie państwo na to dziewczę, które wcale nie lęka się stać blisko smoka. Rozumiem, że łaskawa pani da się wyprzedzić wyćwiczonemu awiatorowi, ale tuszę, że nie pozwoli pani, by zrobiło to dziecko.

Kiedy to mówił, Laurence z zamierającym sercem zobaczył, że jego ojciec odwraca się i wyraźnie zdumiony lustruje spojrzeniem Emily, potwierdzając tym samym jego najgorsze obawy.

Lord Allendale nie miał też żadnych oporów przed podejściem do niej i rozpoczęciem przesłuchania. Emily bez cienia złośliwości odpowiedziała swoim czystym, dziewczęcym głosem:

– Och, kapitan udziela mi lekcji codziennie, chociaż teraz to Temeraire uczy mnie matematyki, bo kapitan Laurence nie lubi analizy matematycznej. Ale ja wolałabym raczej ćwiczyć szermierkę – dodała szczerze i na jej twarzy pojawił się wyraz niepewności, gdy dwie damy, które ośmielone jej przykładem zbliżyły się do wielkiego smoka, zaśmiały się głośno po tych słowach i nazwały ją kochaniem.

– Mistrzowskie posunięcie, kapitanie – wymamrotał cicho Wilberforce – gdzie pan ją znalazł?

Nie poczekawszy na odpowiedź, zaczepił kilku mężczyzn, którzy odważyli się podejść bliżej, i zaczął ich przekonywać w podobny sposób, dodając do swych perswazji stwierdzenie, że jeśli pani Taka-i-Taka zbliżyła się do Temeraire'a, to oni z pewnością nie powinni okazywać wahania.

Temeraire był bardzo zainteresowany wszystkimi gośćmi, szczególnie podziwiając obwieszone klejnotami panie. Udało mu się przez przypadek sprawić przyjemność markizie Carstoke, leciwej damie w sukni z głębokim dekoltem, zakrytym jedynie przez wulgarny naszyjnik z osadzonych w złocie szmaragdów, kiedy ją poinformował, że jego zdaniem wygląda o wiele lepiej od królowej Prus, którą widział tylko w stroju podróżnym. Kiedy kilku dżentelmenów poprosiło, żeby wykonał dla nich proste dodawania, zamrugał lekko ze zdziwienia, po czym, po podaniu im prawidłowych odpowiedzi, zapytał, czy to rodzaj gry towarzyskiej prowadzonej na przyjęciach i czy powinien im się zrewanżować jakimś problemem matematycznym.

– Dyer, przynieś mi, proszę, mój stolik piaskowy – polecił. Kiedy go ustawiono, naszkicował pazurem niewielki rysunek i zadał im pytanie odwołujące się do twierdzenia Pitagorasa, dostatecznie trudne, by wprawić w zażenowanie większość z obecnych panów, których matematyczne umiejętności nie wykraczały poza zdolność liczenia punktów przy stolikach do kart.

– Ale to bardzo proste zadanie – powiedział nieco zmieszany, widząc ich miny, po czym zapytał głośno Laurence'a, czy to jakiś żart, którego nie zrozumiał.

Kłopotliwe milczenie przerwał w końcu członek Towarzystwa Królewskiego, który przybył na przyjęcie z zadaniem przyjrzenia się pewnym aspektom anatomii smoka Niebiańskiego i któremu udało się rozwiązać zagadkę.

Po jakimś czasie, gdy Temeraire odezwał się kilka razy po chińsku do służących, porozmawiał płynnie po francusku z niektórymi gośćmi i nikogo nie zjadł ani nie zmiażdżył, narastająca fascynacja zaczęła w końcu przeważać nad strachem, ściągając ku niemu coraz więcej z obecnych. Laurence już wkrótce stwierdził, że ponieważ jest znacznie mniej interesujący od smoka, mało kto zwraca na niego uwagę. Byłby z tego bardzo zadowolony, gdyby nie musiał prowadzić kłopotliwej rozmowy z ojcem, który wykorzystał sytuację i wypytywał go oschłym tonem o matkę Emily. Wykręcanie się od odpowiedzi nie było wyjściem, gdyż wyglądałby tylko na jeszcze bardziej winnego, ale kiedy powiedział zgodnie z prawdą, że Emily jest nieślubną córką Jane Roland, damy mieszkającej w Dover, i że on zajmuje się jej edukacją, powstało całkowicie mylne wrażenie, którego, mimo wysiłków, nie mógł jakoś skorygować. Jego ojciec też nie potrafił się zdobyć na zadanie pytania, które rozwiałoby wątpliwości.

– To dobrze wychowana dziewczyna, jeśli zważyć na jej pozycję społeczną, i mam nadzieję, że niczego jej nie zabraknie – rzekł w końcu lord Allendale w nieco okrężny sposób. – Jeśli będą jakieś trudności ze znalezieniem jej przyzwoitej posady, kiedy dorośnie, twoja matka i ja chętnie pomożemy.

Laurence robił, co mógł, żeby wyjaśnić, iż ta wspaniałomyślna oferta jest niepotrzebna, i w pewnej desperacji posunął się nie tyle do kłamstwa, ile lekkiego niedopowiedzenia.

– Ona ma przyjaciół – zapewnił ojca – którzy nie dopuszczą do tego, żeby kiedykolwiek znalazła się w prawdziwej nędzy. O ile mi wiadomo, poczyniono już pewne przygotowania dotyczące jej przyszłości.

Nie podał żadnych szczegółów, a jego ojciec, usatysfakcjonowany tym wyjaśnieniem, nie zadawał więcej pytań. Na szczęście, gdyż te przygotowania, czyli szkolenie przygotowujące do służby w Korpusie, raczej by mu się nie spodobały. Chwilę później Laurence'owi przyszła do głowy niewesoła myśl, że jeśli Ekscidium umrze, Emily nie odziedziczy smoka, a co za tym idzie wcale nie będzie miała zapewnionej przyszłości; chociaż w Loch Laggan leżało kilka otoczonych czułą opieką jaj Longwingów, w Korpusie służyło o wiele więcej kobiet, które mogły się zająć nowo wyklutymi smoczętami.

Przeprosił w końcu ojca, mówiąc, że Wilberforce czegoś od

niego chce, i odszedł. Wilberforce ucieszył się z jego towarzystwa, choć nie zabiegał jeszcze o nie, i ująwszy Laurence'a pod rękę, zaczął go oprowadzać wśród zebranych i przedstawiać swoim znajomym, których wyławiał w tym dziwnie wymieszanym tłumie. Większość obecnych przybyła tylko po to, by się zabawić i zobaczyć smoka; albo, tak naprawdę, żeby mieć prawo mówić, iż to zrobiła. Niektórzy dżentelmeni byli już w chwili przybycia dobrze podchmieleni i teraz rozmawiali ze sobą tak głośno, że w mniejszym pomieszczeniu zagłuszyliby wszystkich. Panie i panów aktywnych w ruchu abolicyjnym lub w różnych kołach ewangelickich łatwo można było rozpoznać po ich wyraźnie większej powściągliwości, zarówno w strojach, jak i w zachowaniu; rozdawane przez nich broszurki zazwyczaj lądowały na ziemi, gdzie je po prostu rozdeptywano.

Zjawiło się też wielu patriotów powodowanych albo prawdziwymi uczuciami, albo pragnieniem ujrzenia swych nazwisk na liście ofiarodawców, która, jak to zaaranżował Wilberforce, miała się ukazać w gazetach ze słowem „Trafalgar" na górze, bez wchodzenia w szczegóły, czy wspomnianymi w niej weteranami są ludzie czy też smoki. Dlatego też wśród obecnych byli reprezentanci wszystkich ugrupowań politycznych i co chwilę wybuchały gorące dysputy, podsycane winem i entuzjazmem. Pewien korpulentny i czerwony na twarzy dżentelmen, zidentyfikowany przez Wilberforce'a jako członek parlamentu z Bristolu, oświadczył bladej i żarliwej młodej damie, która próbowała mu wręczyć broszurkę, że „wszystko to nonsens; podróż odbywa się w całkowicie zdrowych warunkach, gdyż w interesie handlarzy leży dbanie o ich towar. Zresztą czarnemu nie może się przydarzyć nic lepszego od przewiezienia do chrześcijańskiego kraju, gdzie może porzucić swoje pogańskie wierzenia i przyjąć prawdziwą wiarę".

— To doskonały powód, by głosić dobrą nowinę w Afryce, ale

znacznie gorsze usprawiedliwienie zachowania chrześcijan, którzy dla zysku porywają Afrykanów – usłyszał w odpowiedzi.

Nie powiedziała tego jednak owa młoda dama, ale czarny dżentelmen, który stał za nią i pomagał jej rozdawać broszurki. Po jednej stronie jego twarzy biegła blizna o szerokości rzemienia, a na nadgarstkach spod mankietów koszuli wyłaniały się dwie inne, różowe i przez to dobrze widoczne na tle ciemnej skóry.

Dżentelmen z Bristolu nie był najwyraźniej aż tak bezczelny, żeby bronić idei handlu niewolnikami, stojąc twarzą w twarz z jedną z jego ofiar. Wybrał odwrót, przyjąwszy wyniosłą minę człowieka obrażonego tym, że zwrócił się do niego ktoś, kogo mu nie przedstawiono, i byłby się odwrócił bez odpowiedzi, gdyby nie Wilberforce, który pochylił się do przodu i rzekł z ledwie wyczuwalną nutą złośliwości w głosie:

– Panie Bathurst, pozwoli pan, że przedstawię mu wielebnego Josiaha Erasmusa, który przybył niedawno z Jamajki.

Erasmus ukłonił się, Bathurst odpowiedział krótkim i gwałtownym skinieniem głowy, po czym tchórzliwie oddał pola, wymamrotawszy jakieś usprawiedliwienie, którego nikt nie zrozumiał.

Erasmus był pastorem ewangelickim.

– I mam nadzieję, że wkrótce misjonarzem – dodał, ściskając dłoń Laurence'a – na moim ojczystym kontynencie.

Porwano go z tego kontynentu w wieku sześciu lat i jako mały chłopiec miał okazję poznać zdrowe warunki wyżej wspomnianej podróży, którą odbył przykuty łańcuchami do sąsiadów za nadgarstki i kostki u nóg, mając tylko tyle miejsca, że ledwie mógł się położyć.

– To bardzo nieprzyjemne, gdy się jest skutym łańcuchami – powiedział cicho Temeraire, kiedy mu przedstawiono Erasmusa – a ja przynajmniej wiedziałem, że je zdejmą, kiedy sztorm się skończy. Poza tym byłem pewny, że mógłbym je zerwać, gdybym chciał.

Łańcuchy, o których mówił, założono w rzeczywistości dla jego bezpieczeństwa, żeby był dobrze przymocowany do pokładu podczas trzydniowego tajfunu. Zdarzyło się to jednak krótko po tym, gdy był świadkiem brutalnego traktowania partii niewolników w Cape Coast, i ten widok pozostawił w jego sercu niezatarte wspomnienie.

– To samo myśleli niektórzy z nas – odpowiedział prosto Erasmus – kajdany nie były zbyt dobrze wykonane. Ale nie mieli dokąd uciec. Mogli się tylko zdać na łaskę rekinów. My nie mieliśmy skrzydeł.

Mówił to bez nienawiści, która byłaby całkowicie zrozumiała i wybaczalna, a kiedy Temeraire wyraził złowieszczym tonem myśl, że zamiast nich w wodzie mogliby wylądować handlarze niewolników, Erasmus pokręcił głową i odparł:

– Zła nie należy zwalczać złem. Osądzenie ich należy do Pana. Moją odpowiedzią na ich zbrodnie będzie głoszenie bliźnim słowa Bożego. I mam nadzieję, że już wkrótce, kiedy wszyscy będziemy braćmi w Chrystusie, nastąpi koniec tych okropnych praktyk, tak by zarówno handlarz niewolników, jak i jego ofiara dostąpili wspólnie zbawienia.

Temeraire wysłuchał tej chrześcijańskiej mowy z powątpiewającą miną, a kiedy Erasmus odszedł od nich, mruknął:

– Handlarze niewolników nic mnie nie obchodzą, a Bóg powinien ich szybciej osądzić.

Laurence zbladł, lękając się, że te bluźniercze słowa dotrą do Wilberforce'a, ale jego uwagę na szczęście odwróciła narastająca wrzawa, która dobiegała z drugiego końca długiej polany, gdzie gromadził się coraz większy tłum.

– Zastanawiałem się, czy on przyjdzie – powiedział Wilberforce.

To był Nelson we własnej osobie. Wkroczył na polanę w towarzystwie grupy przyjaciół, także oficerów Królewskiej Marynarki, wśród których Laurence dostrzegł kilku znajomych, i składał właśnie wyrazy uszanowania lordowi Allendale'owi.

– Oczywiście nie pominęliśmy go przy wysyłaniu zaproszeń, ale tak naprawdę nie spodziewałem się, że z niego skorzysta – mówił dalej Wilberforce. – Może zrobił to dlatego, że wysłaliśmy je w twoim imieniu. Proszę o wybaczenie, ale oddalę się na jakiś czas. Jestem szczęśliwy, że przyszedł i uświetni blaskiem swej chwały nasze przyjęcie, ale zbyt wiele powiedział publicznie, bym mógł prowadzić z nim teraz swobodną rozmowę.

Laurence był jeszcze bardziej uszczęśliwiony, kiedy się okazało, że Nelson w najmniejszym stopniu nie czuje się urażony tym, iż mniej lub bardziej otwarcie zaczęto już ich ze sobą porównywać. Admirał był najwyraźniej w pogodnym nastroju i podając mu rękę, powiedział:

– William Laurence. Przebyłeś długą drogę od naszego ostatniego spotkania. O ile pamiętam, zjedliśmy razem obiad na pokładzie *Vanguarda* w dziewięćdziesiątym ósmym, przed bitwą w zatoce Abukir. Wydaje się, że to było wczoraj, a przecież upłynęło tyle czasu.

– Rzeczywiście, sir; jestem zaszczycony, że Wasza Książęca Mość pamięta – odparł Laurence, a kiedy admirał wyraził chęć poznania Temeraire'a, z pewnym niepokojem w sercu zaprowadził go do niego, i widząc, że smok po usłyszeniu nazwiska przybysza podniósł groźnie krezę, dodał: – Mam nadzieję, że powitasz serdecznie Jego Wysokość, mój drogi. To bardzo uprzejme z jego strony, że zaszczycił nas swoją obecnością.

Temeraire, który nigdy nie był zbyt taktowny, nie zrozumiał niestety tak subtelnej aluzji i zapytał chłodno:

– Co się stało z twoimi medalami? Są całkiem zniekształcone.

To było oczywiście zamierzone jako zniewaga, ale Nelson, który słynął z tego, że wolał zdobywać kolejne tytuły do chwały, niż mówić o tym, co już zyskał, był wielce zadowolony z okazji do podyskutowania o bitwie, wielokrotnie omówionej publicznie, zanim wyleczył się z ran, ze słuchaczami choć raz nieświadomymi wszystkich szczegółów.

– Cóż, dosięgnął ich jeden z płomieni tego przeklętego smoka ogniowego, którego Hiszpanie mieli pod Trafalgarem – odpowiedział, po czym usiadł na jednym z wielu pustych krzeseł przy pobliskim stole i zaczął ustawiać bułki jak okręty. – Przysporzył nam tam nielichych kłopotów.

Temeraire, który na przekór sobie poczuł rosnące zainteresowanie, pochylił się, żeby z bliska móc obserwować manewry flot na obrusie. Nelson nawet nie drgnął, chociaż pozostali widzowie, niemal wszyscy, cofnęli się o kilka kroków. Admirał, posługując się widelcem, opisywał ze wszystkimi, nawet najbardziej drastycznymi szczegółami naloty hiszpańskich smoków, po czym zyskał kolejny punkt w oczach Temeraire'a, mówiąc na koniec:

– Bardzo żałuję, że nie miałem tam ciebie. Jestem pewny, że bez kłopotu przepędziłbyś to stworzenie.

– Cóż, ja też jestem tego pewny – powiedział szczerze Temeraire i przyjrzał się medalom ponownie, tym razem z większym podziwem. – Ale czy Admiralicja nie mogła dać ci nowych? To niezbyt miłe z ich strony.

– Po co? Uważam, że te przynoszą mi większą chwałę, mój drogi, i nie wystąpiłem o wymianę – odparł Nelson. – Laurence, nie wiem, czy dobrze pamiętam, ale wydaje mi się, że czytałem w „Gazette", iż ten właśnie twój smok zatopił ostatnio francuski okręt, *Valérie*, jak sądzę, w jednym przelocie?

– Tak, sir; o ile mi wiadomo, kapitan Riley z *Allegiance* opisał to w swoim raporcie, który wysłał w zeszłym roku – odpowiedział niepewnie Laurence.

Raport pomniejszał raczej wagę tego wydarzenia i chociaż on sam był dumny z możliwości Temeraire'a, nie było to coś, co jego zdaniem wpłynęłoby uspokajająco na cywilnych gości, tym bardziej gdyby któryś z nich dowiedział się, że Francuzi też mają teraz swojego Niebiańskiego i że ta sama straszna moc może być skierowana przeciwko ich własnym okrętom.

– Zdumiewające, coś niesamowitego – rzekł Nelson. – Co to był za okręt, korweta?

– Fregata, sir – odpowiedział Laurence, z nawet większą niechęcią. – Czterdziestoośmiodziałowa.

Zapadło milczenie.

– Nie jest mi przykro, chociaż żal mi biednych marynarzy – przerwał ciszę Temeraire – ale to nie było zbyt szlachetne z ich strony, takie podkradanie się do nas w nocy, kiedy ich smok mógł widzieć w ciemnościach, a ja nie.

– Z pewnością – odrzekł Nelson, podnosząc głos, żeby nie zagłuszył go szmer rozmów zebranych; najszybciej przezwyciężył zaskoczenie i w jego oczach pojawił się wojowniczy błysk – z pewnością. Gratuluję ci. Muszę chyba odbyć kilka rozmów w Admiralicji o panu, kapitanie, o zadaniach, które pan obecnie wypełnia. Pełni pan teraz służbę w ochronie wybrzeża, mam rację? To marnotrawstwo sił i środków, wielkie marnotrawstwo. Zapewniam pana, że jeszcze ode mnie usłyszą w tej sprawie. Jak pan sądzi, czy on zdołałby to samo zrobić z okrętem liniowym?

Laurence nie mógł mu wytłumaczyć, nie ujawniając jednocześnie tajemnicy, że zmiana ich przydziału jest niemożliwa, udzielił więc nieco wymijającej odpowiedzi, wyrażając jednocześnie wdzięczność za zainteresowanie Jego Wysokości.

– Bardzo sprytnie – powiedział ponuro lord Allendale podczas rozmowy z nim i Wilberforce'em, kiedy Nelson opuścił przyjęcie, żegnając się wielce przyjaźnie z wszystkimi, którzy pragnęli zwrócić na siebie jego uwagę. – Przypuszczam, że powinniśmy uznać za sukces to, że chciałby cię odesłać gdzieś daleko stąd.

– Sądzę, że jesteś w błędzie – odparł chłodno Laurence. – Nie dopuszczam myśli, że w tym względzie nie chodzi mu tylko o jak najlepsze wykorzystanie możliwości Temeraire'a.

– Latanie wzdłuż wybrzeża jest bardzo nudne – wtrącił Temeraire – i gdybyśmy nie byli tu potrzebni, wolałbym robić coś ciekawszego, na przykład walczyć z tymi smokami ogniowymi; ale musimy wypełniać nasz obowiązek – dokończył nieco melancholijnie, po czym zainteresował się znowu gośćmi, którzy idąc za przykładem Nelsona, gromadzili się wokół niego i niemal każdy z nich chciał z nim porozmawiać. Przyjęcie z całą pewnością było sukcesem.

– Laurence, czy możemy przelecieć na terenem kwarantanny i zobaczyć, jak posuwa się budowa pawilonu? – zapytał następnego ranka Temeraire, kiedy przygotowywali się do lotu powrotnego do Dover.

– Jeszcze nie będzie tam wiele do oglądania – odparł Laurence.

Ukryty motyw Temeraire'a, czyli chęć zobaczenia Maksimusa i Lily, był dla niego dość oczywisty. Nie otrzymali żadnych odpowiedzi na listy, które wysłał do nich i ich kapitanów, i Temeraire zaczynał wypytywać o ich zdrowie z coraz większą niecierpliwością. Laurence bał się, jak zareaguje, kiedy zobaczy wyniszczonych przez chorobę przyjaciół, ale nie potrafił wymyślić żadnego dobrego powodu, żeby nie spełnić jego prośby.

– Ale ja chciałbym go oglądać na wszystkich etapach budowy – upierał się Temeraire – a gdyby popełnili jakiś błąd, moglibyśmy go wcześnie naprawić – dokończył tryumfalnie, z miną kogoś, kto znalazł niezbity argument.

– Czy jest jakiś powód, żeby się lękać zakażenia w powietrzu? – zapytał Laurence dyskretnie Dorseta na stronie. – Czy będzie mu groziło niebezpieczeństwo, jeśli przeleci nad terenem objętym kwarantanną?

– Nie, dopóki będzie się trzymał daleko od chorych smoków. Chorobę z pewnością przenoszą humory we flegmie. Jeśli nie stanie bezpośrednio przed kaszlącym lub kichającym smokiem, nie sądzę, żeby mu coś groziło, nie w powietrzu – odpowiedział z roztargnieniem Dorset, nie poświęciwszy pytaniu większej uwagi, przez co nie rozwiał wcale wątpliwości Laurence'a.

Jego słowa pomogły jednak wymóc na Temerairze obietnicę, że będzie się trzymał wysoko, dzięki czemu może nie dostrzeże najgorszych spustoszeń, jakich choroba dokonała w organizmach jego przyjaciół, i że nie zbliży się do żadnego smoka w powietrzu.

– Oczywiście, że obiecuję – odparł Temeraire i dodał niezbyt przekonująco. – Przecież ja tylko chcę zobaczyć pawilon. Nie chodzi mi wcale o przyglądanie się smokom.

– Musisz być tego pewny, mój drogi, bo inaczej pan Dorset nie pozwoli na naszą wizytę; nie wolno nam zakłócać spokoju chorych smoków, które potrzebują wypoczynku – nalegał Laurence, uciekając się do fortelu, dzięki któremu uzyskał w końcu niechętną, poprzedzoną westchnieniami zgodę Temeraire'a.

Laurence tak naprawdę nie spodziewał się ujrzeć jakiegoś smoka w powietrzu. Chore coraz rzadziej wzbijały się z ziemi na krótkie patrole, dzięki którym Jane udawało się utrzymywać przed Francuzami iluzję siły. Dzień był chmurny i ponury, i kiedy zmierzali w stronę wybrzeża, natrafili na mżawkę niesioną przez wiatr wiejący od kanału; lot w tych warunkach był ponad siły wyczerpanych chorobą smoków.

Teren kwarantanny znajdował się w głębi lądu, za samym Dover, a jego granice wyznaczały płonące pochodnie i wielkie czerwone flagi. Były to pofałdowane łąki, na których kulące się z zimna smoki nie miały prawie żadnej osłony od wiatru, szarpiącego mocno flagami. Kiedy jednak Temeraire zbliżył się do zakazanego terytorium, Laurence dostrzegł trzy plamki, które się szybko powiększały, zmieniając się w sylwetki trzech smoków. Leciały wysoko w powietrzu, energicznie machając skrzydłami, przy czym dwa najwyraźniej ścigały trzeciego, znacznie mniejszego.

– Laurence – odezwał się Temeraire – jestem pewny, że to są Auctoritas i Caelifera, z Dover, ale nie znam tej małej smoczycy. Nigdy nie widziałem takiego smoka.

– Och, do diabła, to Plein-Vite – krzyknął Ferris po jednym spojrzeniu przez pożyczoną od Laurence'a lunetę.

Trzy smoki były już dokładnie nad terenem kwarantanny i mimo mgły francuska smoczyca mogła sobie dokładnie obejrzeć wielkie cielska nieszczęsnych, chorych stworzeń, które leżały w przesiąkniętym ich własną krwią błocie. Próbujące ją zatrzymać Auctoritas i Caelifera, zupełnie już wyczerpane, zaczęły odstawać i opadać ku ziemi, a ich malutka przeciwniczka przyspieszyła, zakręciła i uderzając z całej siły skrzydłami, pomknęła w stronę kanału.

– Za nią, Temeraire – krzyknął Laurence i rzucili się w pościg.

Ogromne skrzydła Temeraire'a uderzały raz na jej pięć machnięć, ale to wystarczało, żeby odległość między nimi zmniejszała się z każdą chwilą.

– Nie są zbyt wytrzymałe i wykonują tylko zadania kurierskie na małych odległościach, mimo że są szybkie jak błyskawica – zawołał Ferris, przekrzykując wiatr. – Musieli ją w nocy podwieźć łodzią gdzieś w pobliże brzegu, żeby miała siły na powrót.

Laurence tylko skinął głową, oszczędzając gardło. Bonaparte przypuszczalnie liczył na to, że tak mały smok kurierski przedostanie się tam, gdzie większe nie zdołały.

Uniósł tubę i ryknął:

– *Rendez-vous!*

Nie przyniosło to jednak żadnego skutku. Race, które wystrzelili przed nos małego smoka, były sygnałem, którego nie można już było nie zauważyć lub źle zrozumieć, ale uciekinier nie zmniejszył szaleńczego tempa ucieczki. Plein-Vite miał tylko jednego pilota, chłopca niewiele starszego od Emily czy Dyera, którego bladą, wystraszoną twarz Laurence zobaczył wyraźnie przez lunetę, gdy ten spojrzał za siebie na zbliżającą się w pościgu ogromną czarnoskrzydłą bestię. Chłopiec odwrócił się, żeby dodać otuchy swojej smoczycy, która zrzucała w locie fragmenty uprzęży. On sam ściągnął nawet buty i cisnął w bok pas z szablą i pistoletem, z pewnością swoimi bezcennymi skarbami, które zamigotały w promieniach słońca, kiedy koziołkując, poleciały w dół. Podniesiona na duchu przykładem swojego opiekuna mała smoczyca przyspieszyła z wysiłkiem i zaczęła się oddalać. Jej większa szybkość, a także mały opór, jaki stawiała wiatrowi, dawały jej przewagę nad Temeraire'em.

– Musimy ją strącić na ziemię – powiedział ponuro Laurence, opuszczając lunetę.

Widział, jaki był skutek działania boskiego wiatru na nieprzyjacielskie smoki bojowe, a także na żołnierzy, i nie miał ochoty ani myśleć, ani być świadkiem tego, co się stanie z tak małym i bezbronnym celem, kiedy spadnie na niego tak potężny cios. Nie mieli jednak wyboru i musieli spełnić swój obowiązek.

– Temeraire, musisz ich zatrzymać. Nie możemy pozwolić im uciec.

– Laurence, ona jest taka mała – sprzeciwił się ze smutkiem Temeraire, odwracając głowę tylko odrobinę, żeby być słyszalnym; wciąż z całych sił starał się ją dogonić, ale widać już było, że ona się nie da złapać.

– Nie możemy próbować abordażu – odpowiedział Laurence – bo ona jest za mała i za szybka. Dla każdego, kto chciałby na nią skoczyć, byłby to wyrok śmierci. Jeśli się nie podda, musi być strącona. Oddala się; trzeba to zrobić teraz.

Temeraire zadrżał, po czym podjąwszy ostateczną decyzję, wciągnął powietrze i ryknął, ale uderzenie boskiego wiatru skierował ponad małą smoczycą, a nie w jej stronę. Zaskrzeczała przeraźliwie ze strachu i zaczęła bić skrzydłami do tyłu, jakby chciała zawrócić, i w krótkim czasie niemal całkowicie wytraciła szybkość. Gwałtownym rzutem do przodu Temeraire znalazł się nad nią i złożywszy skrzydła, runął w dół, spychając ją ku jasno-żółtym wydmom z miękkiego piasku, które ciągnęły się na ziemi. Mała smoczyca spadła, koziołkując, a chwilę później Temeraire rozorał ziemię tuż za nią, wzbijając w górę tumany piasku.

Przejechali po wydmie ze sto jardów. Oślepiony Laurence próbował osłonić usta przed piaskiem, słuchając syczącego z irytacją Temeraire'a i wrzasków francuskiej smoczycy. Potem Temeraire powiedział tryumfalnie:

– Ha! *Je vous ai attrapé; il ne faut pas pleurer;* och, przepraszam, bardzo mi przykro.

Laurence, który otarł wreszcie piasek z twarzy oraz nosa, kasząc gwałtownie, wyostrzył wzrok i stwierdził, że patrzy prosto w żółtopomarańczową, wąską źrenicę oka Longwinga.

Ekscidium odwrócił głowę, żeby kichnąć, i rozpylił przy okazji chmurę kropelek kwasu, które po opadnięciu, dymiły przez chwilę, zanim zostały wchłonięte przez piasek. Ogarnięty przerażeniem Laurence patrzył, jak wielka głowa obraca się z powrotem w jego stronę, po czym usłyszał zachrypły głos Ekscidiuma:

– Co wyście zrobili? Nie powinniście tu przylatywać.

Tymczasem chmura piasku osiadła, ukazując leżącą obok niego Lily, która właśnie wysunęła głowę spod skrzydła, i kilka innych Longwingów, przytulonych do siebie w piaszczystym dole, ich miejscu kwarantanny.

Rozdział 5

N a izolowanej łące nie mieli żadnych towarzyszy oprócz małej Sauvignon, francuskiej smoczycy, której odebrano nawet tę pociechę, jaką byłaby obecność jej kapitana. Biednego chłopaka zakuto w kajdany w celu zagwarantowania jej posłuszeństwa. Kiedy go odprowadzano, krzyczała żałośnie, przytrzymywana mocno, aczkolwiek niechętnie, przez Temeraire'a, którego wielka łapa niemal rozpłaszczyła ją na ziemi.

Gdy chłopiec zniknął z jej pola widzenia, skuliła się na ziemi, i dopiero po jakimś czasie Temeraire'owi udało się ją stopniowo namówić do tego, żeby coś zjadła i porozmawiała z nim.

– *Voici un cochon* – odezwał się Temeraire, podsuwając jej jedną z pieczonych na rożnie i polewanych ciemnym pomarańczowym sosem świń, które przyrządził dla niego Gong Su. – *Votre capitaine s'inquiétera s'il apprend que vous ne magnez pas, vraiment.*

Ugryzła kilka kęsów i już po chwili, gdy tylko Temeraire wyjaśnił jej, że przepis był *à la Chinois*, zaczęła pałaszować świnię z większym entuzjazmem. Jej naiwna uwaga, że je *comme la Reine Blanche*, oraz parę innych informacji, które wymknęły się jej podczas rozmowy, utwierdziły Laurence'a w przeświadczeniu, że Lung Tien Lien, ich zacięty wróg, była już w Paryżu, gdzie ustaliła swoją pozycję zaufanej doradczyni Napoleona. Mała kurierka, pełna uwielbienia dla Niebiańskiej, w żadnym razie nie ujawniłaby jakichś tajnych planów, gdyby je znała, ale Laurence wcale tego nie potrzebował. Wiedział, że Lien z pewnością będzie namawiać do inwazji, jakby Napoleon potrzebował jakichś dodatkowych zachęt, i że będzie dążyć do tego, by jego uwaga była stale skupiona na Wielkiej Brytanii, a nie żadnej innej części świata.

– Ona mówi, że Napoleon poszerza ulice, żeby Lien mogła chodzić po całym mieście – powiedział zdegustowany Temeraire – i że już zbudował jej pawilon obok swego pałacu. To nie w porządku, że my natykamy się tutaj na takie trudności, podczas gdy ona potrafi we wszystkim postawić na swoim.

Laurence burknął coś w odpowiedzi. Niewiele go już obchodziły te wielkie sprawy, kiedy Temeraire'owi groziło, że umrze tak jak Victoriatus, doszczętnie wyniszczony chorobą, dusząc się własną krwią. Tak okropnej śmierci Lien nie zdołałaby dla niego zaplanować, nawet gdyby sięgnęła do najgłębszych pokładów swej nienawiści.

– Byliście z nimi tylko kilka chwil; miejmy nadzieję – powiedziała Jane.

Nie dodała jednak nic więcej i w tej małomówności Laurence zobaczył wyrok śmierci dla Temeraire'a, podpisany i opatrzony pieczęcią. Ten dół był z pewnością prawdziwym siedliskiem zarazy. Longwingi spędziły w nim już większą część roku i przez ten czas ich wszystkie wydzieliny wsiąkały w piasek.

Laurence zrozumiał, poniewczasie, dlaczego nie widział żadnego ze swych dawnych kolegów, dlaczego Berkley i Harcourt nie odpowiadali na jego listy. Granby odwiedził go tylko raz; żaden z nich nie zdołał wykrztusić więcej niż kilka słów, boleśnie zdawkowych. Granby świadomie unikał tematu swojej zdrowej Iskierki, a Laurence absolutnie nie chciał mówić o szansach Temeraire'a, zwłaszcza w miejscu, gdzie smok mógł to usłyszeć i też pogrążyć się w rozpaczy. Jak dotąd Temeraire nie martwił się o siebie, całkowicie ufając w swoje siły, a Laurence nie chciał mu psuć tego dobrego samopoczucia, zanim stanie się to, co nieuniknione, i zrobi to za niego sama choroba.

– *Je ne me sens pas bien* – powiedziała Sauvignon rankiem czwartego dnia, budząc siebie i ich gwałtownym napadem kichania. Odprowadzono ją, żeby dołączyła do innych chorych smoków, a oni zostali sami, czekając na pierwszego zwiastuna choroby.

Jane przychodziła do niego każdego dnia ze słowami otuchy, dopóki chciał ich słuchać, i z brandy, kiedy już nie mógł. Jednego z tych ponurych dni, kiedy siedział bez ruchu, pogrążony w najczarniejszych myślach, odezwała się z wahaniem:

– Jest mi piekielnie przykro, że mówię tak otwarcie, bez ogródek, Laurence, ale musisz mi wybaczyć. Jak sądzisz, czy Temeraire zaczął już myśleć o rozpłodzie?

– O rozpłodzie – powtórzył z goryczą Laurence i odwrócił wzrok.

To było oczywiście naturalne, że chcieli zachować linię najrzadszą ze wszystkich ras, zdobytą z tak wielkim trudem, która obecnie była także w posiadaniu ich nieprzyjaciela. Dla niego jednak była to tylko chęć zastąpienia tego, co powinno być niezastąpione.

– Wiem – odparła łagodnie – ale musimy się spodziewać, że objawy wystąpią lada dzień, a większość z nich nie ma już na to ochoty, kiedy zachorują. I trudno im się dziwić.

Przypomniał sobie jej odwagę i poczuł wyrzuty sumienia. Cierpiała nie mniej niż on i nie okazywała tego po sobie, nie mógł przy niej poddać się własnym uczuciom. Zresztą i tak nie mógł się w tej sprawie uciec do żadnych półprawd; musiał wyznać, że Temeraire „bardzo polubił pewną smoczycę Cesarską, kiedy byli w Pekinie".

– Cóż, miło mi to słyszeć – odpowiedziała Jane. – Muszę zapytać, czy wyświadczyłby nam tę przysługę i połączył się w parę ze smoczycą, którą mu przedstawimy, i to jak najszybciej. Najlepiej jeszcze dziś wieczorem. Felicita nie czuje się najgorzej i dwa dni temu powiadomiła swojego kapitana, że najprawdopodobniej ma w sobie kolejne jajo. Zanim zachorowała, dała nam już dwa, dobre stworzenie. Jest tylko Yellow Reaperem, smokiem średniej wagi. Wiem, że żaden rozsądny hodowca nie pomyślałby nawet o takiej krzyżówce, ale sądzę, że krew Niebiańskiego musi być lepsza od innych, a poza tym mamy bardzo mało smoczyc, które byłyby w stanie złożyć jajo.

– Ale ja jej nawet nigdy nie widziałem – zaprotestował zdziwiony Temeraire, kiedy zadano mu to pytanie. – Dlaczego miałbym chcieć się z nią połączyć?

– To coś zbliżonego do kojarzenia małżeństw koronowanych głów – rzekł na to Laurence, nie wiedząc, jak odpowiedzieć. Propozycja poniewczasie wydała mu się bardzo ordynarna, jakby Temeraire był rasowym ogierem, który ma ot tak pokryć klacz. – Nie musisz robić niczego, co ci się nie będzie podobało – dorzucił szybko. Wiedział już, że w żadnym razie nie zgodzi się, by Temeraire'a zmuszono do czegoś takiego, tak jak i sam nigdy by się nie dał wykorzystać w takiej roli.

– Cóż, to nie jest tak, że miałbym coś przeciwko temu – powiedział Temeraire – jeśli ona bardzo by tego chciała, zwłaszcza że bardzo się nudzę, siedząc tu bezczynnie całymi dniami – dodał z mniejszą skromnością niż szczerością – tylko zupełnie nie rozumiem, dlaczego ona miałaby tego chcieć.

Jane roześmiała się, kiedy Laurence przyniósł jej tę odpowiedź, i przyszła na polanę.

– Chciałaby mieć od ciebie jajo, Temeraire – wytłumaczyła.

– A h a. – Temeraire wypiął z zadowoleniem pierś, postawił krezę i z łaskawą miną pochylił głowę. – W takim razie wyświadczę jej oczywiście tę grzeczność – oświadczył i gdy tylko Jane odeszła, zażądał, żeby go umyto oraz przyniesiono i założono mu chińskie pochwy na pazury, które jako mało praktyczne w codziennym życiu, złożono w magazynie.

– Jest tak cholernie szczęśliwa, że może się do czegoś przydać, iż chce mi się płakać – powiedział Brodin, kapitan Felicity, ciemnowłosy Walijczyk niewiele starszy od Laurence'a, o ponurej, pobrużdżonej zmarszczkami twarzy.

Zostawili oba smoki przed polaną Felicity, żeby załatwiły sprawę po swojemu, co, jak można było sądzić po odgłosach, robiły z wielkim entuzjazmem, pomimo trudności, jakie nieodłącznie towarzyszyły związkom istot tak różniących się wielkością.

– I wiem, że nie mam na co narzekać – dodał z goryczą Brodin. – Czuje się lepiej niż dziewięć dziesiątych Korpusu, a lekarze oceniają, że jeśli nic nie wpłynie na przyspieszenie postępów choroby, pożyje jeszcze nawet dziesięć lat.

Nalał sobie sporo wina i zostawił butelkę na stole. Obok czekały jeszcze dwie. Siedzieli do późna w nocy, niewiele rozmawiając, ale za to dużo pijąc. W końcu, kiedy byli już nieźle wstawieni, smoki się uspokoiły, a osikowe drzewa przestały się trząść. Laurence wprawdzie nie zasnął całkowicie, ale nie mógł nawet pomyśleć o ruszeniu się z miejsca czy uniesieniu głowy, która mu tak ciążyła, jakby przygniatał ją gruby, duszący koc.

Brodin obudził go nad ranem.

– Zobaczymy się znowu wieczorem? – zapytał zmęczonym głosem, gdy Laurence wstał z krzesła i odgiął ramiona do tyłu, żeby rozluźnić zesztywniałe mięśnie.

– Tak będzie najlepiej, o ile mi wiadomo – odparł Laurence i z pewnym zdumieniem popatrzył na palce rąk: trzęsły się.

Poszedł po Temeraire'a, który przywitał go z wyrazem tak głębokiej i niestosownej satysfakcji na pysku, że kiedy indziej pewnie by się zarumienił. Teraz jednak, w tych okolicznościach, nie był skłonny krytykować żadnych przyjemności, których smok chciałby jeszcze zaznać.

– Ona złożyła już d w a, Laurence – rzekł senny, ale i roz-
radowany Temeraire, układając się na swojej polanie – i jest
zupełnie pewna, że będzie miała jeszcze jedno. Powiedziała, że
żadną miarą nie mogła rozpoznać, że to był mój pierwszy raz.

– Ale czy naprawdę? – zapytał Laurence, zdumiony i nieco
ogłupiały. – Czy ty i Mei nie...? – Poniewczasie zdał sobie sprawę
z niestosowności tego pytania i umilkł.

– To nie miało nic wspólnego z j a j a m i – odparł zdawkowo
Temeraire – to było coś zupełnie innego.

Owinął się ogonem i zasnął, a Laurence był tym bardziej
zdezorientowany, że nie wyobrażał sobie, iż mógłby go dalej
wypytywać.

Powtórzyli wizytę następnego wieczoru. Laurence popatrzył na butelkę, ale jej nie podniósł. Zamiast tego z pewnym
wysiłkiem wciągnął Brodina w rozmowę o innych sprawach:
obyczajach Chińczyków i Turków, o ich morskiej podróży do
Chin, o kampanii w Prusach i wielkiej bitwie pod Jeną, którą
mógł dość dokładnie odtworzyć, jako że obserwował tę katastrofę
z grzbietu Temeraire'a.

Nie był to być może najlepszy sposób rozładowania napięcia. Kiedy już opisał przebieg tej błyskawicznej i miażdżącej
ofensywy, a głębokie szeregi pruskiej piechoty w postaci łupin
orzechów zostały zmiecione ze stołu, on i Brodin popatrzyli
na siebie, po czym kapitan Felicity wstał i zaczął niespokojnie
krążyć po małej chacie.

– Chciałbym, żeby jak najszybciej przekroczył kanał, dopóki
niektórzy z nas mogą jeszcze walczyć – wybuchnął. – Chciałbym, żeby to się stało, nawet gdybyśmy nie mieli żadnych szans
w tym boju.

Taka nadzieja na inwazję z dość jasnym, choć niewypowie-
dzianym pragnieniem poniesienia śmierci w walce była czymś
okropnym, niebezpiecznie bliskim, pomyślał zaniepokojony

Laurence, śmiertelnego grzechu. Był to także wyraz skrajnego egoizmu, nawet jeśli wcale nie oznaczało, że Anglia będzie potem zupełnie bezbronna. Mimo to stwierdził z niepokojem, że nie tylko współczuje Brodinowi, ale go też rozumie.

– Nie wolno nam tak mówić – odezwał się. – One nie boją się śmierci i niech Bóg broni, żebyśmy je tego nauczyli albo okazywali mniejszą od nich odwagę.

– Czy myślisz, że do końca nie wiedzą, co to strach? – Brodin zaśmiał się nieprzyjemnie i krótko. – Obversaria pod koniec życia niemal nie poznawała Lentona, a on przecież wyjął ją ze skorupy jaja własnymi rękami. Błagała tylko o wodę i możliwość odpoczynku, a on nie mógł jej dać ani tego, ani tego. Możesz mnie uważać za pogańskiego psa, jeśli chcesz, ale za jej czystą, szybką śmierć w bitwie podziękowałbym Bogu, Bonapartemu, a nawet samemu diabłu.

Nalał sobie wina, a kiedy skończył, po butelkę sięgnął też Laurence.

– Hodowcy preferują dwa tygodnie – powiedziała Jane – ale my chcielibyśmy, żeby to robił, dopóki będzie czuł się na siłach.

Tak Laurence zwlókł się z łóżka następnego dnia, niewyspany z powodu wina, które wypił przy stole Brodina, i czasu, który poświęcił wczesnym rankiem Temeraire'owi, i wytrzymał jakoś do wieczora, nadzorując zupełnie niepotrzebne naprawy uprzęży i lekcje Emily oraz Dyera, aż w końcu nadszedł czas, żeby znowu iść na polanę Felicity. Powtórzyli to jeszcze dwa razy i wtedy, piątego dnia, kiedy siedział bezmyślnie, zapatrzony tępo w szachownicę, Brodin uniósł nagle głowę i zapytał:

– Czy on jeszcze nie zaczął kaszleć?

– No, może trochę drapie mnie w gardle – odpowiedział roztropnie Temeraire.

Laurence siedział z głową pochyloną tak nisko, że niemal dotykała kolan, z najwyższym trudem unosząc ciężar nadziei, który tak niespodziewanie spadł mu na barki, podczas gdy Keynes i Dorset łazili po Temerairze jak małpy: osłuchiwali mu płuca za pomocą wielkiego papierowego stożka, który przykładali do klatki piersiowej, i wsuwali głowy do pyska, żeby zbadać jego język, który pozostał zdrowy i idealnie czerwony.

– Myślę, że musimy mu upuścić trochę krwi – powiedział w końcu Keynes, sięgając do medycznej torby.

– Ale ja czuję się doskonale – zaprotestował Temeraire, odsuwając się na widok złowieszczo zakrzywionego noża do amputacji. – Nie wydaje mi się, żeby należało zmuszać do poddawania się kuracji kogoś, kto nie jest chory – dodał niezadowolony i zabieg udało się przeprowadzić tylko dzięki temu, że dał się przekonać, iż odda w ten sposób wielką przysługę chorym smokom.

Mimo to potrzebnych było kilkanaście prób: Temeraire wciąż w ostatniej chwili cofał nogę, dopóki Laurence nie namówił go, żeby patrzył w inną stronę do czasu, gdy trzymana przez Dorseta miska będzie pełna. W końcu Keynes powiedział: – Gotowe – i szybko przyłożył do nacięcia czekające w ogniu żegadło.

Odnieśliby misę pełną parującej krwi bez słowa, gdyby Laurence ich nie dogonił i zażądał, by zdradzili mu, co sądzą o stanie Temeraire'a.

– Nie, oczywiście nie jest chory i z tego, co mogę stwierdzić, nie będzie – odparł Keynes. – Teraz nic więcej nie powiem, bo mamy pracę.

Odszedł, a Laurence mało sam się nie pochorował z wrażenia. Czuł się jak człowiek, który uniknął szubienicy. Lęk, w którym żył od dwóch tygodni, zniknął nagle, zastąpiony przez tę prawie druzgocącą ulgę. Trudno mu było nie poddać się tak silnym emocjom, kiedy Temeraire powiedział:

– To bardzo niemiłe, kiedy cię tną, a poza tym nie rozumiem, co dobrego to może dać. – Obwąchiwał malutką i zamkniętą już rankę, a chwilę później trącił go już nosem, przestraszony. – Laurence? Laurence, nie martw się, proszę. To wcale tak bardzo nie boli i popatrz, już przestało krwawić.

Jane zaczęła pisać rozkazy, zanim Keynes dotarł do połowy swojego raportu. Jej twarz pojaśniała energią, a szary całun smutku i znużenia, który ją przez cały czas okrywał, stał się w pełni widoczny dopiero teraz, gdy zniknął.

– Nie róbmy zamieszania, proszę – powiedział prawie gniewnie Keynes. Jego dłonie były wciąż poplamione krwią; przyszedł prosto z laboratorium, gdzie porównywał pod mikroskopem różne jej próbki. – Nie potrafię tego wyjaśnić. To może być skutek jakiejś różnicy fizjologicznej albo cechy indywidualnej. Powiedziałem tylko, że jest niewielka możliwość, warta zbadania... ale bez wielkich oczekiwań...

Jego protesty były nieskuteczne; ani na chwilę nie przestała pisać. Keynes wyglądał tak, jakby chciał jej wyrwać pióro.

– Nonsens. Małe zamieszanie to właśnie to, czego nam potrzeba – odparła Jane, nie unosząc nawet głowy – a ty napiszesz najbardziej krzepiący raport, jaki kiedykolwiek widziano, jeśli łaska. Nie dasz Admiralicji żadnych pretekstów do odmowy.

– W tej chwili nie rozmawiam z Admiralicją – rzucił zdenerwowany Keynes – i nie chcę budzić w nich bezzasadnych nadziei. Najprawdopodobniej on nigdy nie był chory... dzięki jakiejś naturalnej odporności charakterystycznej tylko dla jego rasy, a to przeziębienie, które złapał w zeszłym roku, to zwykły zbieg okoliczności.

Nadzieja rzeczywiście opierała się na bardzo wątłych przesłankach. Temeraire niedomagał w drodze do Chin, ale jego dolegliwości ustąpiły same po kilku dniach spędzonych w Kapsztadzie i dlatego uznano, że się po prostu przeziębił. Dopiero jego obecna odporność na zarazę wzbudziła w Keynesie podejrzenie, że zapadł wtedy na tę samą chorobę, która dziesiątkowała teraz smoki w całej Anglii. Ale nawet jeśli miał rację, mogło nie być lekarstwa; jeśli istniało lekarstwo, mogło być trudne do znalezienia; a jeśli mimo wszystko udałoby się je odkryć, mogło się to stać zbyt późno, żeby uratować wiele chorych smoków.

– No i istnieje jeszcze wcale nie najmniej prawdopodobna możliwość – dodał opryskliwie Keynes – że nie ma żadnego czynnika leczniczego; stan wielu suchotników poprawia się na jakiś czas w cieplejszym klimacie.

– Gwiżdżę na to, czy chodzi tu o klimat, wodę czy jedzenie – odpowiedziała Jane. – Jeśli będę musiała przewieźć statkami wszystkie smoki z Anglii do Afryki, żeby tam się wyleczyły, możesz być pewny, że to zrobię. Jestem niemal tak samo zadowolona z tego, że mam wreszcie coś, co pomoże mi wszystkich podnieść na duchu, jak z tego, że może jest jakaś szansa znalezienia lekarstwa, i nie pozwolę ci wpędzić ich znowu w przygnębienie. – Wiedziała, że nawet mała nadzieja jest darem z niebios dla kogoś, kto nie miał już żadnej, i dlatego warto ją krzepić za pomocą wszelkich dostępnych środków. – Laurence, ty i Temeraire musicie się tam udać, chociaż jest mi to ogromnie nie na rękę w obecnej sytuacji – dodała, wręczając mu pospiesznie napisane i niemal nieczytelne rozkazy. – Ważne, żeby sobie przypomniał, co mu wtedy najbardziej smakowało, gdyż ten czynnik leczniczy może być składnikiem tego, co jadł. Dzikie smoki sprawują się dobrze, dzięki Bogu, a po schwytaniu tego ostatniego szpiega może dopisze nam szczęście i Bonaparte nie będzie się spieszył z wysłaniem następnego. Wysyłam z wami całą waszą formację. – One najbardziej potrzebują kuracji, jako że były pośród tych, które zachorowały na samym początku. Jeśli z pomocą boską wyleczycie je i sprowadzicie z powrotem, będziecie w stanie utrzymać kanał do czasu, aż my wyleczymy pozostałe.

– A więc teraz m o g ę zobaczyć znowu Maksimusa i Lily – powiedział radośnie Temeraire, kiedy usłyszał wieści, i zaczął nalegać, żeby polecieli do nich natychmiast.

Ledwie opadli na ziemię przed nagą polaną, na której spał Maksimus, zobaczyli Berkleya, który wybiegł im naprzeciw i chwyciwszy Laurence'a za ramiona, zaczął nim potrząsać i mówić gorączkowo:

– Na litość boską, powiedz, że to prawda, a nie jakaś cholerna bajeczka.

Kiedy Laurence skinął głową potwierdzająco, odwrócił się w bok i zasłonił dłońmi twarz.

Laurence udawał, że tego nie widzi.

– Temeraire, mam wrażenie, że twoja uprząż poluźniła się tam, na lewym boku. Może się tym zajmiesz? – powiedział stanowczym tonem, zauważywszy, że smok nie może oderwać wzroku od pochylonych ramion Berkleya.

– Ale pan Fellowes dopiero co ją dopasowywał, ledwie kilka dni temu – odparł Temeraire, który odwrócił głowę i na próbę szturchał uprząż nosem. Następnie wziął jej kawałek delikatnie w zęby i pociągnął. – Nie, leży idealnie. Wcale nie czuję, żeby była choć trochę luźna.

– Niech no na ciebie popatrzę – przerwał szorstko Berkley, który tymczasem zdołał się opanować. – Dobre dwanaście stóp więcej od czasu, gdy popłynąłeś do Chin, co? I ty też dobrze wyglądasz, Laurence. Spodziewałem się zobaczyć obdartego włóczęgę.

– I takiego byś zobaczył, gdybyśmy się spotkali zaraz po moim powrocie – odparł Laurence, ściskając mu rękę.

Nie mógł odpowiedzieć takim samym komplementem. Berkley stracił na wadze ze czterdzieści funtów, na pierwszy rzut oka, i nie dodało mu to urody, zwłaszcza gdy się spojrzało na jego zupełnie już obwisłe policzki.

Maksimus zmienił się jeszcze bardziej i wyglądał wręcz okropnie. Jego pokryta łuskami czerwono-złota skóra zwisała luźno na klatce piersiowej i zebrała się w fałdy u podstawy szyi. Masywne kręgi i kości ramion niczym maszty namiotu podtrzymywały resztę, napinaną także na wychudzonych bokach przez pęcherze powietrzne. Oczy miał niemal zupełnie zamknięte, oddychał chrypliwie z otwartą paszczą, pod którą zbierała się kałuża śliny; zaschnięte wydzieliny całkowicie zapchały mu nos.

– Niedługo się obudzi i ucieszy się, kiedy was obu zobaczy – powiedział Berkley – ale nie chcę go budzić, kiedy może choć trochę odpocząć. To przeklęte przeziębienie nie pozwala mu się dobrze wyspać i je tylko czwartą część tego, co powinien jeść.

Temeraire wszedł za nimi na polanę, poruszając się tak cicho, jak tylko mógł, po czym przysiadł, wyginając szyję do tyłu, jak gotowy do uderzenia wąż, i siedział tam absolutnie nieruchomo, nie spuszczając wzroku z Maksimusa, który nadal spał, chrypiąc i chrypiąc. Laurence i Berkley rozmawiali tymczasem po cichu, omawiając szczegóły morskiej podróży.

– Jak można sądzić po naszej ostatniej podróży, do Kapsztadu dotrzemy w mniej niż trzy miesiące – powiedział Laurence – a my stoczyliśmy jeszcze bitwę po wypłynięciu z kanału, która opóźniła rejs.

– Nieważne, jak długo – odparł Berkley. – Lepiej być na statku i mieć jakiś cel, niż tak leżeć i czekać. Do rana będziemy spakowani, a ten niezguła przynajmniej raz porządnie zje, choćbym miał mu wprowadzić krowy prosto do gardła.

– Wybieramy się gdzieś? – zapytał sennie Maksimus bardzo zachrypłym głosem, po czym odwrócił głowę, zakaszlał kilka razy i odpluł flegmę do małego, zakrytego liśćmi dołu, który właśnie po to wykopano. Potarł przednią łapą oczy, żeby usunąć śluz, i ujrzawszy Temeraire'a, powoli się rozpromienił. – Wróciłeś; czy Chiny były interesujące? – zapytał.

– Były, och, były – wybuchnął Temeraire – ale jest mi przykro, że nie było mnie w domu, kiedy zachorowałeś; jest mi tak bardzo przykro – dokończył i zwiesił żałośnie głowę.

– Coś ty, to tylko przeziębienie – odparł Maksimus i znowu się rozkaszlał, po czym dodał, jakby nic się nie stało: – Jestem pewny, że już wkrótce będę zupełnie zdrowy; tylko teraz jestem taki zmęczony.

Zamknął oczy niemal natychmiast po tym, gdy skończył mówić, i znowu pogrążył się w półśnie.

– One znoszą to najgorzej – wyjaśnił ze smutkiem Berkley, odprowadzając Laurence'a; idący za nimi Temeraire znowu starał się poruszać bardzo cicho, żeby nie obudzić Maksimusa. – Wszystkie Regal Coppery. To ta ich cholerna waga; nie jedzą, nie mogą więc utrzymać masy mięśniowej, a potem pewnego dnia nie mogą już oddychać. Straciliśmy już cztery, a Laetificat nie dożyje do lata, chyba że znajdziemy twoje lekarstwo. – Nie dodał, że Maksimus pójdzie wkrótce w jej ślady, a może nawet ją wyprzedzi; nie musiał.

– Znajdziemy je – powiedział z pasją Temeraire – znajdziemy, znajdziemy.

– Mam nadzieję, że po powrocie znajdę cię w dobrym zdrowiu, ciebie i twoją podopieczną – powiedział Laurence, ściskając rękę Granby'ego.

Za jego plecami panował wielki rozgardiasz, gorączka ostatnich przygotowań; wypływali następnego dnia z wieczornym odpływem, jeśli wiatr będzie pomyślny, i rano musieli już być na pokładzie, zaokrętowani z innymi smokami i ich załogami. Emily i Dyer pakowali jego ubrania do starego marynarskiego kufra, który ledwie przetrwał ich ostatnią podróż, a Ferris mówił właśnie ostrym tonem:

– Czy pan myśli, panie Allen, że nie widzę tej butelki? Może pan sobie z niej nalać otwarcie, słyszy pan?

Laurence miał wielu nowych członków załogi, następców nieszczęśników, którzy stracili życie podczas ich rocznej nieobecności. Jane przysłała ich wszystkich na próbę, do jego akceptacji, ale z powodu lęku, w którym żył przez ostatnie dwa tygodnie, oraz ciężkiej pracy, jaka go pochłaniała wcześniej, zaznajomił się z nimi tylko przelotnie, nie poświęcając im większej uwagi. Teraz nagle nie było już czasu i musiał wyruszyć z tymi, których mu przydzielono. Dlatego żal było mu się rozstawać z człowiekiem, którego charakter znał i rozumiał i na którym, jak dobrze wiedział, zawsze mógł polegać.

– Spodziewam się, że po powrocie zastaniecie nas wszystkich w rozsypce – odparł Granby. – Połowa Anglii będzie w ogniu, a Arkady i jego banda będą świętowali na ruinach, piekąc krowy. Poza tym wszystko będzie cudownie.

– Powiedz Arkademu ode mnie, że mają się zachowywać poprawnie – wtrącił Temeraire, unosząc ostrożnie głowę, żeby nie zrzucić uprzężników, którzy uwijali się na jego grzbiecie – i że na pewno szybko wrócimy, więc nie powinien myśleć, iż wszystko do niego należy, nawet jeśli ma teraz medal – dokończył, wciąż zdegustowany.

Rozmowę, którą jeszcze przez jakiś czas kontynuowali, przerwał im młody chorąży, który przyszedł po Laurence'a.

– Proszę o wybaczenie, sir, ale w kwaterze głównej jest pewien dżentelmen, który chciałby się z panem zobaczyć – powiedział, po czym dodał ze zdziwieniem w głosie: – c z a r n y dżentelmen.

Równie zaskoczony Laurence musiał się zatem pożegnać szybciej, niż pierwotnie planował, i poszedł sprawdzić, o co chodzi. Kiedy wszedł do klubu oficerskiego, bez trudu rozpoznał gościa, chociaż dopiero po chwili przypomniał sobie jego nazwisko. Wielebny Erasmus, misjonarz, którego Wilberforce przedstawił mu na przyjęciu przed dwoma tygodniami – czy to naprawdę było tak niedawno?

– Jest pan tu bardzo mile widziany, ale obawiam się, że przyszedł pan w chwili, gdy mam prawdziwe urwanie głowy – powiedział, wzywając skinieniem ręki służących, którzy nie przynieśli mu jeszcze niczego do picia – Jutro opuszczamy port... może kieliszek wina?

– Wystarczy filiżanka herbaty, dziękuję – odparł Erasmus. – Kapitanie, mam nadzieję, że mi pan wybaczy, że bez uprzedzenia naprzykrzam się panu w takim momencie. Byłem u pana Wilberforce'a dziś rano, kiedy dotarł do niego pański list z przeprosinami i wiadomością, że wyrusza pan do Afryki. Przybyłem prosić, żeby wziął mnie pan ze sobą w tę podróż.

Zakłopotany Laurence milczał przez chwilę. Miał prawo zaprosić pewną liczbę gości. Był to przywilej zarówno kapitanów transportowanych smoków, jak i kapitana samego okrętu. Ale sytuacja nie była tak prosta, gdyż mieli płynąć na pokładzie *Allegiance*, pod kapitanem, który chociaż był jednym z najbliższych przyjaciół Laurence'a, a kiedyś nawet jego pierwszym oficerem, zawdzięczał niemałą część majątku rodzinnym plantacjom w Indiach Zachodnich. Plantacjom, na których pracowali niewolnicy. Nawet sam Erasmus, uświadomił sobie z niepokojem Laurence, mógł kiedyś harować na tych właśnie polach; miał wrażenie, że niektóre z posiadłości ojca Rileya były na Jamajce.

Podczas ostatniej podróży Laurence nie zdołał się w porę powstrzymać i powiedział otwarcie, co sądzi o handlu niewolnikami, budząc niechęć Rileya, która niestety ochłodziła trochę ich przyjaźń. Narzucenie mu teraz pasażera, którego sama obecność mogła być uznana za milczącą kontynuację ich kłótni, wyglądałoby na zamierzony afront.

– O ile pamiętam – zaczął wolno Laurence – powiedział pan, że porwano pana z Luandy, prawda? My zmierzamy do Kapsztadu, znacznie dalej na południe. To nie będzie pański kraj.

– Żebracy nie mogą grymasić – odpowiedział prosto Erasmus – a ja modliłem się tylko o możliwość powrotu do Afryki. Jeśli Bóg otworzył przede mną drogę wiodącą do Kapsztadu, nie mogę odmówić.

Nie prosił więcej, tylko czekał niecierpliwie, nie spuszczając z Laurence'a spojrzenia swych ciemnych oczu.

– W takim razie jestem do pańskich usług – powiedział w końcu Laurence, jak oczywiście musiał – jeśli tylko będzie pan gotowy na czas; wyruszamy z odpływem.

– Dziękuję panu, kapitanie. – Erasmus wstał i uścisnął mu energicznie dłoń. – Bez obaw, nie spóźnię się. W nadziei na pańską zgodę moja żona poczyniła już wszystkie przygotowania i teraz jest już pewnie w drodze z całym naszym ziemskim dobytkiem, a nie ma tego zbyt wiele.

– W takim razie mam nadzieję, że zobaczymy się jutro rano – powiedział Laurence – w porcie w Dover.

Allegiance, który czekał na nich w ten chłodny słoneczny poranek, wyglądał dziwnie przysadziście ze swymi nagimi masztami, stengami i rejami rozłożonymi na pokładzie. Potężne łańcuchy kotwicy dziobowej oraz pomocniczej cicho poskrzypywały z każdym ruchem kołyszącego się na fali okrętu. Zawinął do portu przed czterema tygodniami, co trochę zdziwiło Laurence'a, który uświadomił sobie, że gdyby jednak popłynęli do domu na pokładzie *Allegiance*, dotarliby do Anglii niewiele później niż drogą lądową przez Azję.

– Nie narzekaj na swoje opóźnienia – powiedział Riley, ściskając mu mocno rękę na powitanie, ledwie Laurence zdążył zejść z grzbietu Temeraire'a. – Ogromnie się cieszę, że stoicie tu obaj żywi i zdrowi, a wasze szkielety nie zostały na jakiejś himalajskiej przełęczy. No i przywieźliście nam Kazilika. Tak, słyszałem o niej. Trudno było nie usłyszeć. Cała flota gada tylko o niej i podobno okręty z blokady kolejno przepływają blisko Guernsey, żeby wszyscy mogli sobie popatrzeć przez lunety, jak zionie ogniem na tę kupę starych skał. Cieszę się także, że znowu popłyniemy razem – ciągnął. – Chociaż będziecie tym razem bardziej stłoczeni, postaramy się ścieśnić, by było wam w miarę wygodnie. Będzie siedem smoków z załogami, tak?

Powiedział to wszystko tak przyjaznym tonem i z taką troską, że Laurence' a ogarnęło przykre uczucie, iż jest wobec niego nieuczciwy. Aby je rozwiać, powiedział szybko:

– Tak, będziemy w komplecie, ale muszę jeszcze o czymś ci powiedzieć. Zabrałem ze sobą pasażera z rodziną. On jest misjonarzem, który chce się dostać do Kapsztadu, i zwrócił się do mnie z tą prośbą dopiero wczoraj po południu... to wyzwoleniec.

Pożałował swych słów już w chwili, gdy je wypowiedział; początkowo chciał przedstawić tę sprawę bardziej oględnie, ale poczucie winy sprawiło, że zrobił to w sposób nietaktowny i niedelikatny. Riley milczał.

– Przykro mi, że nie mogłem cię uprzedzić – dodał Laurence, próbując przeprosić.

– Rozumiem – odparł Riley – oczywiście możesz zaprosić, kogo tylko chcesz.

Dotknąwszy ręką kapelusza, odszedł bez słowa.

Nie zachował żadnych pozorów uprzejmości wobec wielebnego Erasmusa, kiedy ten wszedł na pokład niedługo potem, i nie odpowiedział nawet na jego powitanie. Laurence byłby obrażony, gdyby tak potraktowano jakiegokolwiek z jego gości, a tym bardziej duchowego. Kiedy jednak zobaczył żonę pastora, która została w szalupie z dwojgiem małych dzieci, a nikt nawet nie przygotowywał ławki bosmańskiej, żeby przenieść ich na pokład, miał dosyć.

– Łaskawa pani – krzyknął, wychylając się za burtę – proszę zachować spokój i trzymać dzieci. Podniesiemy was na pokład w jednej chwili. Proszę tylko, żeby się pani niczego nie bała. – Wyprostowawszy się, powiedział: – Temeraire, podnieś tę łódź, z łaski swojej, żeby dama mogła wejść na pokład.

– Oczywiście, będę bardzo ostrożny – odparł Temeraire i wychyliwszy się za burtę statku – dobrze zrównoważonego przez leżącego po drugiej stronie Maksimusa, który chociaż wychudł, wciąż był bardzo ciężki – chwycił łódź swoją ogromną przednią łapą i wyciągnął ją z wody. Przerażeni wioślarze wrzasnęli, a dwie małe dziewczynki przylgnęły do matki, która zachowała stoicki wyraz twarzy, nie okazując lęku. Cała operacja trwała zaledwie chwilę, po czym Temeraire postawił łódź na smoczym pokładzie.

Laurence podał rękę pani Erasmus. Przyjęła ją w milczeniu i zszedłszy na pokład, wyjęła z szalupy kolejno obie córeczki, a potem kufer podróżny i torbę na ramię. Była wysoką kobietą o surowej twarzy, dość okazałej posturze i znacznie ciemniejszej skórze od skóry swego męża. Włosy miała upięte i owiązane zwykłą, białą chustą. Jej dwie córeczki, w idealnie białych fartuszkach, pouczone krótko, że mają być cicho i nie wchodzić nikomu w drogę, stały obok niej, trzymając się mocno za rączki.

– Roland, może zaprowadzisz naszych gości do ich kajuty – powiedział Laurence cicho do Emily, w nadziei, że jej obecność doda otuchy obu dziewczynkom.

Nadszedł już czas, kiedy z żalem musiał zrezygnować z prób ukrywania jej płci. Przez ostatnie półtora roku jej figura, którą najwyraźniej odziedziczyła po matce, naturalną koleją rzeczy się zmieniła, i było jasne, że wkrótce nikogo się już nie da oszukać. Musiał zatem po prostu nauczyć się nie zwracać uwagi na ewentualne pytania i zaczepki i być dobrej myśli. Na szczęście to, co Erasmusowie pomyślą sobie o niej lub o Korpusie, nie miało żadnego znaczenia, jako że mieli zostać w Afryce.

– Nie ma się czego bać – poinformowała Emily niefrasobliwie obie dziewczynki, widząc ich szeroko otwarte oczy – w każdym razie nie smoków. Za to w czasie naszej ostatniej podróży przeżyliśmy kilka strasznych sztormów. – Ta ostatnia informacja wcale ich nie uspokoiła i kiedy szły za nią do kajuty, wyglądały bardzo potulnie.

Laurence zwrócił się do porucznika Franksa, dowodzącego załogą łodzi, który nie wykrztusił ani słowa od czasu, gdy wylądował między siedmioma smokami, niezależnie od tego, że większość z nich spała.

– Jestem pewny, że Temeraire chętnie pomoże panu teraz zabezpieczyć szalupę – powiedział, ale kiedy młodzian wyjąkał tylko coś żałośnie, zrobiło mu się go żal i dodał: – A może ma pan jeszcze jeden kurs do brzegu?

Franks z ulgą przytaknął, a Laurence kazał Temeraire'owi posadzić łódź z powrotem na wodzie.

Zszedł potem pod pokład, do swojej kajuty, znacznie pomniejszonej od ostatniej podróży, jako że podzielono ją przegrodami, tak by stworzyć małe kabinki dla jeszcze pięciu kapitanów. W tej, którą mu przydzielono, było jedno z okien dziobowych, dzięki czemu była lepsza od wielu kajut, w jakich mieszkał podczas swej służby w marynarce.

Nie musiał długo czekać; Riley przyszedł, zapukał – zupełnie niepotrzebnie, bo drzwi były otwarte – i poprosił o chwilę rozmowy.

– Wystarczy, panie Dyer – powiedział Laurence do młodego gońca, który układał właśnie jego rzeczy. – Niech pan sprawdzi, proszę, czy Temeraire czegoś nie potrzebuje, a potem może się pan zająć lekcjami.

Kiedy chłopiec wyszedł, zamykając za sobą drzwi, Riley zaczął chłodno:

– Mam nadzieję, że jesteś zadowolony z warunków.

– Jestem – odparł krótko Laurence.

Nie chciał rozpoczynać kłótni, wolał zostawić to Rileyowi.

– W takim razie przykro mi powiedzieć – zaczął Riley, który wcale nie wyglądał, jakby mu było przykro, był za to aż blady z gniewu – przykro mi powiedzieć, że otrzymałem meldunek, w który bym pewnie nie uwierzył, gdybym nie widział wszystkiego na własne oczy...

Na razie nie mówił głośno, ale w połowie jego zdania otworzyły się drzwi i do środka zajrzała Catherine Harcourt.

– Proszę o wybaczenie – powiedziała – ale próbowałam pana znaleźć przez ostatnie dwadzieścia minut, kapitanie Riley; ten okręt jest tak cholernie duży. Oczywiście to nie znaczy, że się na to skarżę. Jesteśmy panu bardzo zobowiązani za to, że dzięki panu możemy odbyć tę podróż.

Riley wydukał jakąś ogólnikową i uprzejmą odpowiedź, patrząc cały czas na czubek jej głowy. Podczas ich pierwszego spotkania, które trwało nieco dłużej niż dzień, i był to dzień po bitwie, nie rozpoznał w niej kobiety. Catherine była szczuplejsza od Jane i kiedy ściągnęła do tyłu zaplecione w warkocz włosy, ze swoją miłą, ogorzałą od słońca i wiatru twarzą, i zadartym piegowatym nosem, ktoś niczego nie podejrzewający łatwo mógł ją wziąć za młodzieńca. Tajemnica wyszła na jaw podczas podróży do Chin i Riley był bardzo wstrząśnięty oraz zgorszony tym odkryciem.

– I mam nadzieję – dodał – że jest pani wygodnie... że pani kajuta... – przerwał, nie wiedząc, jak się do niej oficjalnie zwrócić.

– Och, moje bagaże są już gdzieś na pokładzie i myślę, że je w końcu znajdę – odpowiedziała szybko Catherine, albo nieświadoma zakłopotania Rileya, albo celowo nie poświęcając mu uwagi. – To jest nieważne. Chodzi mi o te balie z nasączonym olejem piaskiem, na który Lily mogłaby położyć głowę. Jest mi bardzo przykro, że pana kłopoczę, ale nie mamy pojęcia, gdzie je zmagazynowano. Musimy mieć je blisko smoczego pokładu, na wypadek gdyby zaczęła kichać. Wtedy trzeba je szybko zmieniać.

Ponieważ kwas Longwinga mógł szybko przeżreć cały kadłub okrętu i zatopić go, problem ten naturalnie zajął natychmiast całą uwagę jego kapitana, i Riley odpowiedział jej niezwłocznie, zapomniawszy chwilowo o kłopotliwej sprawie, która go sprowadziła do tej kajuty. Doszli do porozumienia, że balie powinny być zmagazynowane w kambuzie pod smoczym pokładem, a kiedy już to ustalili, Catherine skinęła głową, podziękowała mu i dodała przyjaźnie:

– Czy zje pan z nami dziś kolację?

Była to dość kłopotliwa uprzejmość, choć Catherine miała oczywiście prawo go zaprosić. Formalnie rzecz biorąc, była zwierzchnikiem Laurence'a, który wraz z Temeraire'em nadal należał do formacji Lily, chociaż działał niezależnie od tak dawna, że już niemal o tym zapomniał.

Powiedziała to jednak tak niezobowiązującym tonem, że nie poczuła się urażona, kiedy Riley odrzekł:

– Dziękuję, ale obawiam się, że muszę być dziś wieczorem na pokładzie.

Było to taktowne usprawiedliwienie, które przyjęła do wiadomości i skinąwszy na pożegnanie głową, zostawiła go znowu sam na sam z Laurence'em.

Podjęcie na nowo przerwanej przez Catherine rozmowy szło im początkowo nieskładnie, zwłaszcza że gniew, który ich początkowo ogarnął, nieco przygasł, ale wspólnym wysiłkiem stanęli w końcu na wysokości zadania, gdy po wymianie kilku w miarę umiarkowanych w tonie zdań Riley rzucił:

– I mam nadzieję, że nigdy już nie zobaczę, jak członkom załogi tego okrętu przeszkadza się tak otwarcie, przykro mi to powiedzieć, w wykonywaniu ich obowiązków, i to nie tylko za zgodą, ale i za poduszczeniem...

– A ja z m o j e j strony, kapitanie Riley – wszedł mu gładko w słowo Laurence – byłbym zadowolony, gdybym już nigdy więcej nie był świadkiem tak pogardliwego traktowania pasażerów przez członków załogi jednego z okrętów Jego Królewskiej Mości, nie tylko nie mieszczącego się w ogólnie pojmowanych kategoriach uprzejmości, ale i zagrażających bezpieczeństwu tych pasażerów... nie powiem już, że taka zamierzona zniewaga...

Nie upłynęło dużo czasu, a kłócili się tak zajadle, jak można się było spodziewać po dwóch przywykłych do rozkazywania mężczyznach o donośnych głosach, których dawna bliska znajomość ułatwiała im poruszanie tematów wywołujących najbardziej dramatyczne reakcje przeciwnika.

– Nie możesz twierdzić – powiedział w pewnej chwili Riley – że nie wiedziałeś, jakie procedury obowiązują w takich sytuacjach; nie możesz się tym tłumaczyć. Doskonale znasz swoje obowiązki. Świadomie napuściłeś swoją bestię na moich marynarzy, bez zezwolenia. Mogłeś poprosić o ławkę bosmańską...

– Gdybym pomyślał – przerwał mu Laurence – że taka prośba jest k o n i e c z n a na rzekomo dobrze dowodzonym okręcie, kiedy na pokład ma wejść dama...

– Wygląda na to, że inaczej rozumiemy znaczenie tego słowa – odparował Riley, szybko i sarkastycznie.

Kiedy jednak dotarło do niego, co powiedział, jego mina zdradziła, że jest tym bardzo zażenowany, ale Laurence nie miał najmniejszego zamiaru czekać, aż cofnie te słowa, i powiedział gniewnie:

– Sprawiłoby mi prawdziwą przykrość, gdybym był zmuszony imputować jakikolwiek nieszlachetny motyw... jakiś egoistyczny wzgląd, który by skłonił dżentelmena do wygłoszenia uwag tak niedopuszczalnych na temat charakteru i przyzwoitości żony pastora, i matki; kobiety całkowicie mu nie znanej, która w żadnym razie nie mogła zasłużyć na jego wzgardę...

W tej chwili otworzyły się drzwi, bez pukania, i ukazał się w nich Berkley. Umilkli natychmiast, zjednoczeni oburzeniem na znak tak absolutnego lekceważenia ich prywatności i wszelkich nakazów pokładowej etykiety. Berkley nie zwrócił najmniejszej uwagi na ich spojrzenia. Był nieogolony i wymizerowany; Maksimus nie mógł zasnąć po krótkim locie na transportowiec, a Berkley spał nawet krócej od swego smoka.

– Na pokładzie słyszymy każde cholerne słowo – powiedział bez ogródek. – Jeszcze chwila, a Temeraire zerwie deski i wsadzi tu nos. Na litość boską, dajcie sobie po gębach gdzieś po cichu i skończcie z tym.

Nie posłuchali tej rady, bardziej stosownej dla dwóch uczniaków niż dorosłych mężczyzn, ale tak nieskrywana nagana siłą rzeczy zakończyła kłótnię; Riley poprosił o wybaczenie i natychmiast wyszedł.

– Muszę cię prosić, żebyś odtąd była pośrednikiem między nami a kapitanem Rileyem – powiedział Laurence do Catherine jakiś czas później, kiedy trochę ochłonął, chodząc energicznym krokiem po kajucie. – Wiem, że zgodnie z naszymi ustaleniami powinno to do mnie należeć, ale pojawiły się pewne problemy...

– Oczywiście, Laurence, nie musisz nic więcej mówić – przerwała mu praktycznym tonem, co wcale nie poprawiło nastroju Laurence'a, bo niedyskrecja awiatorów często doprowadzała go do lekkiej desperacji; tak mocno przyswoił sobie bowiem zasadę, że n a l e ż y udawać, że się czegoś nie słyszy, nawet jeśli jest to całkowicie słyszalne, iż nie wiedział, jak reagować na ich szczerość – i zaproszę go na prywatną kolację, zamiast wspólnej z nami wszystkimi, nie będzie więc żadnych kłopotów. Jestem jednak pewna, że migiem załagodzicie tę sprawę. Nic nie jest warte kłótni, kiedy mamy przed sobą trzy miesiące podróży... chyba że chcecie nam dostarczać tematów do plotek.

Laurence w żadnym razie nie pragnął stać się przedmiotem rozmów, ale wiedział, że jej nadzieje są niestety bezpodstawne. Wprawdzie nie powiedzieli sobie z Rileyem niczego niewybaczalnego, ale podczas kłótni padło wiele takich słów, których się nie da zapomnieć, z czego duża część z jego własnych ust, jak sobie ze smutkiem uświadomił, i jeśli nawet nie musieli się w przyszłości całkowicie unikać, to było mało prawdopodobne, żeby kiedykolwiek powrócili do dawnych koleżeńskich stosunków. W pewnej chwili przyszło mu do głowy, że może jednak wina leżała po jego stronie, gdyż wciąż myślał o Rileyu jako o swoim podwładnym i na zbyt wiele sobie pozwalał.

Wszedł na smoczy pokład i usiadł przy Temerairze, gdy załoga *Allegiance* przygotowywała się do podniesienia kotwicy. Te znajome krzyki i nawoływania brzmiały w jego uszach dziwnie obco, a on sam poczuł się tak oderwany od życia na okręcie, jakby był to zupełnie inny świat, prawie jakby nigdy nie był oficerem Królewskiej Marynarki.

– Popatrz tam, Laurence – odezwał się Temeraire.

Na południe od portu widać było małą grupę smoków lecących od strony kryjówki. Oceniając po kierunku ich lotu, Laurence domyślił się, że zmierzają w kierunku Cherbourga. Nie miał pod ręką lunety, a one były niewiele większe od stada ptaków z tej odległości, zbyt wielkiej, żeby odróżnić ich indywidualne cechy i oznaczenia, ale gdy tak leciały, jeden z nich, uniesiony najwyraźniej entuzjazmem, wystrzelił mały język ognia, żółtopomarańczowy na tle błękitnego nieba. Iskierka wyruszyła z garścią dzikich smoków na swój pierwszy prawdziwy patrol. To najlepiej oddawało miarę desperacji tych, których zostawiali za sobą.

– Kiedy w końcu odpłyniemy, Laurence? – zapytał Temeraire, który z niecierpliwością oczekiwał początku rejsu. – Jeśli miałoby nam to pomóc szybciej wyruszyć, chętnie pomogę, w każdej chwili – dodał i odwrócił się, żeby popatrzeć na Dulcię, która leżała na jego grzbiecie, pogrążona w niespokojnym śnie. Co jakiś czas kaszlała żałośnie, często nie otwierając nawet oczu.

Ona i Lily, leżąca z głową pogrążoną aż po jadowe wyrostki kostne w piasku, który wypełniał wielką drewnianą balię, i tak były w znacznie lepszym stanie od reszty smoków. Biedny Maksimus doleciał na okręt łatwymi, krótkimi etapami, a i tak zrobił to z wielkim trudem. Oddano mu cały drugi koniec smoczego pokładu i spał już na nim, nie zważając na gorączkową krzątaninę ludzi, którzy biegali wokół niego, przygotowując transportowiec do wypłynięcia w morze. Przy nim leżał wycieńczony Nitidus, a dwa Yellow Reapery, Immortalis i Messoria, które przytuliły się do obu boków rozciągniętej na środku pokładu Lily, zmieniły kolor na kremowy.

– Mógłbym migiem wciągnąć tę kotwicę, znacznie szybciej niż oni – nie poddawał się Temeraire.

Stengi i reje wciągnięto już na górę, i załoga podniosła właśnie kotwicę pomocniczą. Na handszpaki masywnego kabestanu mogło napierać jednocześnie czterstu ludzi i wszyscy oni byli potrzebni do wyrwania ogromnej kotwicy dziobowej. Mimo dokuczliwego zimna marynarze na pokładzie już rozebrali się do pasa, przygotowując się do tego zadania. Temeraire z pewnością mógłby być im bardzo pomocny, ale Laurence nie miał złudzeń co do tego, z jakim przyjęciem spotkałaby się obecnie taka oferta.

– Tylko byśmy im przeszkadzali – odparł. – Poradzą sobie szybciej bez nas. – Położył rękę na boku smoka i odwróciwszy głowę od mozolących się marynarzy, skierował wzrok na otwarty ocean.

Część II

Rozdział 6

Och – stęknął dziwnym głosem Temeraire, po czym pochylił się do przodu i zwymiotował gwałtownie na ziemię przed sobą, wyrzucając śmierdzącą masę, w której pośród głównie żółtawej mierzwy można było rozpoznać kawałki bananowych liści, kozie rogi, skorupy orzechów kokosowych i długie zielone pasma splecionych morskich wodorostów, pomieszane z zupełnie już nierozpoznawalnymi fragmentami zmiażdżonych kości i strzępami skóry.

– Keynes! – ryknął Laurence, uskoczywszy w ostatniej chwili, i z gniewem zwrócił się do dwóch lekarzy, którzy podali smokowi to ostatnie lekarstwo: – Idźcie stąd i zabierzcie ze sobą tę bezwartościową miksturę.

– Nie, zostaniemy, jeśli łaska, i jeszcze raz przeanalizujemy skład – odparł Keynes, po czym podszedł ostrożnie do kotła, który przynieśli, i pochylił się, żeby powąchać jego zawartość. – Środek przeczyszczający może się jeszcze przydać. Może po prostu daliśmy go za dużo. Czy przedtem miałeś mdłości? – zapytał Temeraire'a, który tylko jęknął cicho i zamknął oczy. Leżał osłabiony, odczołgawszy się nieco od byłej zawartości swojego żołądka, która parowała nawet w gorącym powietrzu tego upalnego dnia. Laurence zakrył usta i nos chusteczką i skinieniem ręki rozkazał dwóm wielce niechętnym członkom załogi naziemnej, żeby natychmiast zakopali smocze wymiociny.

– Zastanawiam się, czy to nie był skutek działania protei – powiedział z roztargnieniem Dorset i pogrzebawszy w kotle kijem, wyłowił resztki kolczastego kwiatu. – Nie przypominam sobie, żebyśmy używali przedtem tych kwiatów jako składnika. Roślinność Prowincji Przylądkowej jest jedyna w swoim rodzaju. Muszę posłać dzieci, żeby przyniosły mi trochę okazów.

– Chociaż cieszę się, że mogliście zobaczyć taką osobliwość, on tego z pewnością nigdy przedtem nie jadł – warknął Laurence. – Może tak zastanowilibyście się, co powinniśmy robić dalej, żeby on się znowu nie pochorował.

Podszedł do Temeraire'a, nie chcąc, żeby wyrwały mu się jeszcze jakieś słowa zdradzające jego zły humor i frustrację. Położył dłoń na wolno unoszącym się i opadającym pysku, a smok poruszył krezą, próbując okazać w ten sposób odwagę.

– Roland, przynieś z Dyerem trochę morskiej wody z portu – powiedział Laurence, po czym wziął szmatę i zanurzywszy ją w zimnej wodzie, oczyścił pysk i szczęki Temeraire'a.

Byli w Kapsztadzie od dwóch dni i przez cały czas eksperymentowali. Temeraire chętnie wąchał i połykał wszystko, co mu dawano, jeśli tylko istniała najmniejsza szansa, że to może być lekarstwo, i wytężał pamięć. Jak dotąd wszystkie te próby nie zakończyły się żadnym godnym uwagi sukcesem, a ostatni epizod Laurence był gotów uznać za kompletną porażkę, niezależnie od tego, co mogli twierdzić obaj lekarze. Nie wiedział, jak im odmówić, ale miał wrażenie, że kolejno wypróbowują najróżniejsze mikstury miejscowych znachorów, nie mając w gruncie rzeczy żadnych podstaw do nadziei, i lekkomyślnie narażają zdrowie Temeraire'a.

– Czuję się już dużo lepiej – odezwał się Temeraire, ale kiedy to mówił, miał zamknięte ze zmęczenia oczy.

Następnego dnia nie chciał nic jeść, tylko powiedział tęsknie:

– Chętnie napiłbym się herbaty, jeśli nie będzie to zbyt wielki kłopot.

Gong Su przygotował mu jej wielki garnek, zużywając tygodniowy zapas, a potem, ku jego zgorszeniu, Laurence wrzucił do niej całą głowę cukru. Temeraire wypił herbatę z wielką przyjemnością, kiedy ostygła, a potem stanowczo oświadczył, że w pełni doszedł do siebie. Mimo to wyraźnie sposępniał, kiedy zasapani Emily i Dyer wrócili z targowiska, taszcząc w siatkach i paczkach nowe zakupy, które śmierdziały z odległości dziesięciu jardów.

– Zobaczmy, co tu mamy – powiedział Keynes i wraz z Gong Su zaczęli przeglądać te sprawunki, przeważnie miejscowe warzywa, wśród których szczególnie rzucał się w oczy długi owoc wyglądający jak przerośnięta bulwa pochrzynu.

Gong Su podniósł go z powątpiewaniem i walnął nim w ziemię; nie pękła nawet skóra. Dopiero kiedy zaniósł owoc do zamkowej kuźni, udało mu się go rozbić młotem.

– To z drzewa kiełbasianego – wyjaśniła Emily. – Może nie jest jeszcze zupełnie dojrzały. Kupiliśmy dziś także trochę hua jiao od Malajczyka, który ma tu stragan – dodała, pokazując Laurence'owi mały koszyk czerwonych pieprznych nasion, które Temeraire tak bardzo polubił.

– A nie było żadnych grzybów? – zapytał Laurence.

Miał na myśli obrzydliwie śmierdzący grzyb, który wszyscy doskonale pamiętali z ostatniej wizyty w Kapsztadzie. Smród, jaki się rozszedł po całym zamku, kiedy go ugotowali, był tak ohydny, że budowla przez jakiś czas nie nadawała się do zamieszkania. Laurence podzielał instynktowną wiarę wszystkich marynarzy w to, że lekarstwo musi być nieprzyjemne w smaku i zapachu, i dlatego największe nadzieje wiązał właśnie z tymi grzybami. Jednak na pewno rosły one dziko, nie uprawiane, gdyż żaden człowiek przy zdrowych zmysłach nie włożyłby czegoś takiego do ust, i jak dotąd nie udało im się ich kupić, chociaż proponowali za nie duże sumy.

– Spotkaliśmy chłopca, który mówi trochę po angielsku, i powiedzieliśmy mu, że jeśli przyniesie nam trochę, zapłacimy za nie złotem – odezwał się słabym głosem Dyer.

Pierwszy okaz przyniosła im grupka tubylczych dzieci, głównie jako osobliwość.

– Może łupiny nasion w połączeniu z innymi owocami – zasugerował Dorset, który przyglądał się hua jiao, mieszając je palcem. – Przydadzą się także do innych potraw.

Keynes prychnął i otrzepawszy dłonie, podniósł się, po czym skinął głową do Gong Su.

– Nie, dajmy odpocząć jego wnętrznościom jeszcze przez jeden dzień i wyrzućmy te niezdrowe świństwa. Jestem coraz bardziej przekonany, że sam klimat musi to w nich wypalić, jeśli w ogóle ma być jakaś korzyść z tego przedsięwzięcia.

Kijem, którego używał do przewracania warzyw, dźgnął ziemię, twardą, zaschniętą na kilka cali w głąb, której powierzchnię porastała tyko krótka, żółta trawa o długich, pajęczo cienkich korzeniach. Choć był już marzec, miejscowe lato trwało w najlepsze, a upalna pogoda zmieniała nagą ziemię w spieczony kamień, nad którym w środku dnia drgało żarem powietrze.

Temeraire, który przebudził się ze swojej pokrzepiającej drzemki, otworzył jedno oko.

– Tu jest przyjemnie, ale niewiele cieplej niż na dziedzińcu w Loch Laggan – powiedział z powątpiewaniem, zresztą sugestia Keynesa i tak nie była zbyt zadowalająca, jako że tej kuracji nie można było wypróbować do przybycia pozostałych smoków.

A na razie byli na lądzie sami, chociaż *Allegiance* spodziewano się już lada dzień. Gdy tylko okręt znalazł się w odległości lotu od Prowincji Przylądkowej, Laurence posadził na grzbiecie obu lekarzy i garść najpotrzebniejszych ludzi z niezbędnymi zapasami i wyruszył z nimi w drogę, żeby jak najszybciej przystąpić do desperackich prób znalezienia lekarstwa.

To nie była tylko wymówka: w ich rozkazach znalazło się jednoznaczne stwierdzenie „bez chwili zwłoki", a chrapliwy kaszel Maksimusa był niczym ostroga stale wbijającą się w ich boki. Jednak Laurence w głębi serca bynajmniej nie żałował, że opuścił pokład *Allegiance*. Kłótnia wcale nie poszła w zapomnienie. Nie pogodził się z Rileyem.

Laurence podejmował próby załagodzenia sytuacji. Pierwszy raz, po trzech tygodniach podróży, zatrzymał się pod pokładem, gdy się przypadkowo mijali, i zdjął kapelusz, ale Riley jedynie dotknął swego i poszedł dalej, zaczerwieniwszy się gwałtownie. Usztywniło to Laurence'a na kolejny tydzień, na tyle długo, by zdążył odrzucić propozycję przydziału okrętowego mleka, kiedy koza, którą zabrał ze sobą, straciła swoje i została rzucona smokom na pożarcie.

Potem, kiedy żal znowu zwyciężył, zwrócił się do Catherine:

– Może powinniśmy zaprosić kapitana i jego oficerów na kolację?

Powiedział to na pokładzie, tak głośno, że każdy, kto był ciekaw, mógł go usłyszeć, kiedy więc zaproszenie zostało wysłane, musiało być zrozumiane jako oferta pokojowa. Ale chociaż Riley przyszedł wraz ze swoimi oficerami, przez cały posiłek był całkowicie zamknięty w sobie, niemal nie brał udziału w rozmowie, z wyjątkiem chwil, kiedy to Catherine zwracała się do niego, i prawie przez cały czas nie unosił głowy znad talerza. Jego oficerowie nie odzywali się oczywiście, nie pytani przez niego lub innych kapitanów, i cała kolacja przebiegła w dziwnej, przygaszonej atmosferze. Nawet młodsi awiatorzy w końcu umilkli, ogarnięci nieprzyjemnym uczuciem, że ze swymi manierami nie pasują do tak oficjalnego przyjęcia.

Wobec tej długotrwałej kłótni między oficerami, marynarze, którzy nigdy nie robili sekretu ze swej niechęci do smoków i awiatorów, teraz jeszcze mniej się z tym kryli. Oczywiście strach sprawiał, że nawet ci, którzy odbyli z Laurence'em i Temeraire'em ostatnią podróż, trzymali emocje na wodzy. Siedem smoków to nie jeden, a nagłe ataki kaszlu i kichania, które szarpały tymi biednymi istotami i pozbawiały je sił, czyniły je tylko bardziej nieprzewidywalnymi i przerażającymi w oczach zwykłych marynarzy, których trudno było zmusić do wejścia na fokmaszt, gdyż stał zbyt blisko tych straszliwych bestii.

Co gorsze, oficerowie nie ganili ich zbyt ostro za tę opieszałość, co w końcu doprowadziło do rezultatów, których można się było spodziewać. Podczas wykonywania zwrotu przez sztag w pobliżu Zielonego Przylądka marynarze tak niemrawo poruszali się po smoczym pokładzie, że za późno przystąpili do przekładania na nowy hals kliwrów oraz sztakseli i manewr się nie udał. Przyhamowany przez pracujące wstecznie żagle rejowe okręt zatrzymał się, a potem zaczął płynąć do tyłu i dopiero po wyłożeniu steru na przeciwną burtę odwrócił się kadłubem do bajdewindu, po czym ruszył do przodu. Całe to zamieszanie rozdrażniło smoki, wywołując u niektórych ataki kaszlu, a potem to, co było chwilową uciążliwością, niemal skończyło się tragedią, gdy Nitidus stoczył się z grzbietu Temeraire'a i uderzył w głowę Lily.

Jej śliska balia pełna oleistego piasku przesunęła się majestatycznie do krawędzi smoczego pokładu, po czym spadła do oceanu.

– Za burtę, najdroższa, wystaw głowę za burtę – krzyknęła Catherine, a jej załoga co do jednego popędziła do kambuza po nową balię. Lily z ogromnym wysiłkiem rzuciła się do przodu i trzymając się niepewnie na krawędzi pokładu, wystawiła głowę nad fale. Wygiąwszy grzbiet w pałąk, próbowała tłumić kaszel, a kapiące z jej kostnych wyrostków krople kwasu, zwiewane przez wiatr na pokrytą smołą burtę okrętu, spływały po niej dymiącymi i syczącymi strużkami.

– Czy mam spróbować zabrać cię z okrętu? – zapytał z niepokojem Temeraire, na wpół rozłożywszy skrzydła. – Zdołasz wejść na mój grzbiet?

Byłoby to bardzo ryzykowne nawet w najlepszych warunkach, ze smokiem, któremu nie kapałby ze szczęk trujący kwas, i dlatego Laurence'owi nie spodobał się ten pomysł.

– Temeraire – zawołał – sprawdź, czy możesz zrobić tutaj dziurę w pokładzie.

Chciał tylko, żeby smok spróbował wyrwać parę desek, ale Temeraire odwrócił głowę, otworzył eksperymentalnie pysk nad miejscem, które mu wskazał Laurence, i wydał nieco mniej donośną, zdławioną wersję swojego ryku. Pękły cztery deski, a z jednej wypadł sęk i zleciał do kambuza, prosto na głowy przerażonych kucharzy.

Dziura była niemal odpowiednio szeroka. Po kilku chwilach gorączkowej pracy powiększyli ją jeszcze, po czym Temeraire sięgnął w dół i wydobył balię. Lily wcisnęła szczękę w piasek i zaczęła kasłać. Ten atak był dłuższy i gorszy niż zwykle, gdyż początkowo próbowała go powstrzymać. Oleisty piasek syczał, dymił i śmierdział oparami kwasu, a przez dziurę o poszarpanych, pełnych drzazg brzegach, które zagrażały brzuchom smoków, wypływała z kambuza para.

– Ale cholerny wstyd – powiedział gniewnie i wcale nie cicho Laurence – zupełnie tak, jakbyśmy płynęli na jakiejś francuskiej łajbie.

Dawno już przyszło mu do głowy, że halsowanie pod wiatr tak wielką i ciężką jednostką nie jest najlepszym pomysłem. Lepsze byłyby staroświeckie zwroty przez rufę, zwłaszcza gdy okręt dodatkowo obciążało tak wiele smoków.

Riley pojawił się już wcześniej na pokładzie rufowym i po całym okręcie niosły się jego wściekłe krzyki. Żądał wyjaśnień od Owensa, oficera wachtowego, i wydawał swoim ludziom nowe rozkazy. Ale głos Laurence'a był także donośny. Kiedy jego słowa dobiegły Rileya, ten przerwał na chwilę swoją tyradę, a potem dokończył ją jeszcze bardziej opryskliwie.

Riley przeprosił za incydent, sztywno i oficjalnie, tylko Catherine, przydybawszy ją pod smoczym pokładem, kiedy tam zeszła pod koniec dnia. Jej warkocz się rozplótł, twarz miała brudną od dymu i sadzy i była bez płaszcza, bo zwinęła go i podłożyła Lily pod szczękę w miejscu, gdzie ocierała ją naga krawędź balii. Kiedy ją zatrzymał, wyprostowała się, przeczesała dłonią włosy, rozpuszczając je zupełnie, tak że opadły i okoliły jej twarz. Riley, który niewątpliwie starannie przygotował swoją mowę, zapomniał, o czym miał mówić, i wydukał tylko nieskładnie:

– Proszę o wybaczenie... bardzo żałuję...

Przerwał i stał zmieszany w milczeniu, aż ona odezwała się zmęczonym głosem:

– Tak, oczywiście, proszę tylko, żeby to się nie powtórzyło, i chciałabym, żeby cieśle z samego rana dokonali koniecznych napraw. Dobranoc.

Minęła go i poszła do swojej kajuty.

Nie miała nic złego na myśli, ale była zmęczona i chciała się położyć spać. Jednak dla kogoś, kto jej nie znał i nie wiedział, że nigdy nie uciekała się do dwuznaczności i że gdyby chciała kogoś zrugać, zrobiłaby to wprost, zabrzmiało to dość uszczypliwie. Może też Riley był po prostu zawstydzony. Tak czy owak, od wczesnego rana, zanim jeszcze awiatorzy wstali, wszyscy cieśle okrętowi już pracowali na smoczym pokładzie, bez narzekania, ale za to sporo się pocąc, zwłaszcza od chwili, gdy smoki się obudziły i z dużym zainteresowaniem zaczęły śledzić postępy robót. Do końca dnia nie tylko naprawili szkody, ale w miejscu dziury umieścili także gładki luk, na wypadek gdyby trzeba było powtórzyć operację.

– Tak, to się nazywa dobra robota – powiedziała Catherine, chociaż Laurence uznał, że jest to mała rekompensata za wcześniejsze zaniedbanie, i gdy patrząc na niego, dodała: – Powinniśmy mu za to podziękować – nic nie odpowiedział. A kiedy poszła zaprosić Rileya znowu na kolację, znalazł sobie wymówkę, żeby nie wziąć udziału w tym posiłku.

To był koniec wszelkich nadziei na pojednanie. Przez resztę podróży utrzymywali chłodny dystans, ograniczając się do wymiany pozdrowień i obojętnych gestów, kiedy mijali się na pokładzie lub pod nim. Zdarzało się to zresztą coraz rzadziej, gdyż oficerowie Królewskiej Marynarki byli zakwaterowani na rufie. Dla Laurence'a podróż na okręcie, z którego kapitanem wszedł w tak otwarty i zaciekły konflikt, była bardzo przykrym doświadczeniem, zwłaszcza że siłą rzeczy wciągnięci do niego zostali także oficerowie *Allegiance*. Ci, którzy nigdy z nim nie służyli, traktowali go oziębłe, a pozostali sztywnieli na jego widok z zakłopotania. Te stale powtarzające się i irytujące upokorzenia, których doznawał ze strony załogi okrętu, codziennie odświeżały w nim nie tylko ból z powodu kłótni, ale i urazę do Rileya.

Była jednak jedna dobra strona tej sytuacji; odizolowany od życia okrętowego, zbliżył się do swoich towarzyszy z Korpusu i zaczął sobie przyswajać ich zwyczaje. Dzięki temu płynął tym razem, nie tylko w teorii, ale i praktyce, jako prawdziwy awiator. Było to dla niego zupełnie nowe doświadczenie i sam się zdziwił, stwierdziwszy, że mu się to podoba. Mieli mało obowiązków; do południa każdego dnia wszystkie zwierzęta na posiłki dla smoków były już zarżnięte, pokład wyszorowany piaskowcem, szkolne prace kadetów sprawdzone, i wszyscy mogli robić, co im się żywnie podobało, pod warunkiem że robili to na smoczym pokładzie lub w swoich sześciu małych kajutach pod nim.

– Czy masz coś przeciwko temu, żebyśmy usunęli tę przegrodę, Laurence? – zapytał Chenery trzeciego dnia podróży; Laurence pisał właśnie listy w swojej kajucie, powróciwszy do zwyczaju, który ostatnio poważnie zaniedbał. – Chcemy wstawić stolik do kart, ale jest tu okropnie ciasno.

Była to dziwna prośba, ale się zgodził i wcale tego potem nie żałował. Miło było mieć większą przestrzeń mieszkalną, nawet ze współlokatorami, i pisać listy, słuchając ich karcianych rozmów. Wkrótce przyjęło się jako stała zasada, że członkowie ich załóg usuwali przegrody bez pytania, jeszcze zanim oni się ubrali, i wstawiali je tylko na noc.

Posiłki prawie zawsze jadali razem, w wesołej hałaśliwej atmosferze, z Catherine pełniącą honory gospodyni. Nikt nie przestrzegał żadnych zasad etykiety, młodsi oficerowie zasiadali przy stole raczej w kolejności, w jakiej przychodzili, a nie według rang, a na koniec wszyscy wznosili toast na pokładzie, po czym wypijali kawę i wypalali cygaro w towarzystwie swoich smoków, które dostawały napój z korzeniami przeciwko kaszlowi, przynoszący im niewielką, ale jednak jakąś ulgę. A po kolacji Laurence czytywał Temeraire'owi. Od czasu do czasu były to teksty łacińskie lub francuskie, które Temeraire tłumaczył innym smokom.

Laurence założył, że z uwagi na swoją wiedzę Temeraire jest wyjątkiem wśród smoków. Aby się lepiej dostosować do upodobań pozostałych, ograniczał się początkowo do dzieł literackich ze swojej małej biblioteczki, a dopiero po jakimś czasie przeszedł do traktatów naukowych, które Temeraire tak lubił, a przez które on sam brnął z takim trudem. Zgodnie z jego oczekiwaniami większość z nich nie zainteresowała towarzystwa, ale pewnego dnia, kiedy czytał szczególnie nużącą rozprawę z geometrii sferycznej o kołach wielkich, ze zdumieniem usłyszał, jak Messoria przerywa mu sennym głosem:

– Proszę, przeskocz trochę dalej. Nie musimy słuchać dowodu; dla każdego jest jasne, że to prawda.

Smoki nie miały żadnych problemów ze zrozumieniem tego, że krótszą drogę do przepłynięcia ma statek, którego kurs jest linią krzywą, czyli łukiem koła wielkiego, a nie prostą, czego sam Laurence nie mógł pojąć przez dobry tydzień, kiedy jeszcze podczas służby w marynarce uczył się do egzaminu na porucznika. Następnego wieczoru czytanie przerwali mu Nitidus i Dulcia, rozpoczynając z Temeraire'em spór o postulaty Euklidesa, z których jeden, ten mówiący o liniach równoległych, był ich zdaniem całkiem niedorzeczny.

– Nie twierdzę, że jest poprawny – zaprotestował Temeraire – ale musicie go zaakceptować i iść dalej. Cała nauka jest na nim zbudowana.

– To jaki z niej pożytek! – palnął Nitidus, tak wzburzony, że zatrzepotał skrzydłami i uderzył ogonem w bok Maksimusa, który mruknął coś z wyrzutem, ale się całkowicie nie obudził. – Wszystko musi być zupełnie do niczego, jeśli opiera się na fałszu.

– Ten postulat nie jest b ł ę d n y – odparł Temeraire – jest tylko nie tak oczywisty jak pozostałe...

– Jest błędny, całkowicie błędny – krzyknął stanowczo Nitidus.

Dulcia podjęła spokojniejszym tonem:

– Zastanów się przez chwilę. Jeśli ty wystartujesz z Dover, a ja z miejsca o tej samej szerokości geograficznej, znajdującego się trochę na południe od Londynu, i polecimy dokładnie na północ, to na pewno spotkamy się na biegunie, jeśli oczywiście nie popełnimy jakichś błędów, wytyczając nasze kursy. Jaki zatem ma sens twierdzenie, że równoległe linie nigdy się nie przetną?

– Cóż – odparł Temeraire, drapiąc się po czole – to z pewnością prawda, ale zaręczam wam, że postulat ma sens, kiedy się weźmie pod uwagę wszystkie użyteczne wyniki obliczeń i matematyczne wnioski, do których można dojść, poczynając od takiego założenia. Przecież cała konstrukcja tego okrętu, na którym płyniemy, jest w swym podstawowym zamyśle oparta na nim.

Ta informacja sprawiła, że nerwowy Nitidus zaczął się podejrzliwie przyglądać *Allegiance*.

– Załóżmy jednak – kontynuował Temeraire – że moglibyśmy rozpocząć bez tego założenia albo przyjmując założenie przeciwne...

I wszystkie smoki, pochyliwszy głowy nad piaskowym stołem Temeraire'a, przystąpiły do opracowywania własnej geometrii, ignorując te reguły, które uznały za błędne. Rozwijanie teorii szybko stało się dla nich grą o wiele bardziej zajmującą od większości rozrywek, jakim zwykle się oddawały, a te z nich, które słuchały, nagradzały brawami szczególnie pomysłowe rozwiązania, jakby to były jakieś występy artystyczne.

W niedługim czasie przekształciło się to w ogromny, obejmujący szeroki zakres zagadnień projekt, który pochłaniał uwagę nie tylko smoków, ale i oficerów. Wkrótce Laurence musiał wciągnąć do pracy tę garstkę awiatorów, którzy mieli ładny charakter pisma, gdyż smoki rozwijały swoją umiłowaną teorię szybciej, niż on był stanie notować to, co mu dyktowały. Bardzo im się podobało, że ich dzieło będzie miało fizyczną postać, i nalegały, by wykonać osobne kopie dla każdego z nich. Kiedy je otrzymały, odnosiły się do nich mniej więcej tak samo, jak Temeraire odnosił się do swoich ukochanych klejnotów.

Któregoś dnia Laurence podsłuchał przypadkiem, jak Catherine mówi do Lily:

– Każę dla ciebie zrobić z tego piękną książkę, oprawioną

tak jak te, które czyta wam Laurence, jeśli tylko będziesz codziennie jadła trochę więcej. No, proszę, jeszcze kilka kęsów tego tuńczyka.

Kiedy niemal wszystko inne zawiodło, ta próba przekupstwa poskutkowała.

– Cóż, może jeszcze odrobinę – powiedziała Lily z heroiczną miną, po czym dodała: – a czy może też mieć złoty grzbiet, jak ta?

Jednak mimo ich odwagi i dobrego nastroju, który poprawiły nowe zainteresowania, smoki wciąż kaszlały, wypluwając stopniowo płuca. Rejs, który w innej sytuacji wyglądałby jak wycieczkowy, przebiegał w przygnębiającej atmosferze, pogarszającej się każdego ranka, kiedy awiatorzy wychodzili na pokład i zaganiali załogi do usuwania krwawych śladów nocnych cierpień ich smoków, i każdego wieczoru, kiedy usiłowali zasnąć przy akompaniamencie dobiegających z góry chrypliwych odgłosów. W ich hałaśliwej wesołości było coś wymuszonego i gorączkowego, jakaś chęć radowania się na przekór dręczącemu lękowi: coś jak granie na lirze, gdy płonie Rzym.

Takie nastroje utrzymywały się nie tylko wśród awiatorów. Riley oprócz politycznych mógł mieć także inne powody, żeby krzywić się na obecność wielebnego Erasmusa na okręcie, ponieważ oprócz niego na pokładzie znalazło się wielu innych pasażerów, przeważnie wmuszonych kapitanowi przez Admiralicję, i na dodatek mających dużo bagażu. Część z nich wysiadła na Maderze, żeby tam przesiąść się na statki płynące do Indii Zachodnich lub Halifaksu, ale pozostali zmierzali do Prowincji Przylądkowej, gdzie mieli rozpocząć życie osadników, lub do Indii. Chociaż Laurence na ogół nie był skłonny do pochopnych sądów o zupełnie obcych ludziach, podejrzewał, że wszyscy oni zdecydowali się na niepewny los emigrantów ze strachu przed inwazją.

163

Miał pewne podstawy do swych podejrzeń, gdyż zdarzyło mu się podsłuchać przypadkowo rozmowę kilku pasażerów, którzy wyszli na nawietrzną część pokładu rufowego, żeby zaczerpnąć powietrza. Mówili o niewielkich szansach na pokój, a imię Bonapartego wymawiali z wyraźnym lękiem.

Ponieważ smoczy pokład był odseparowany od reszty okrętu, awiatorzy nie mieli bezpośredniego kontaktu z pasażerami, którzy zresztą nie próbowali się wcale zaprzyjaźnić, ale wielebny Erasmus kilka razy przyszedł do Laurence'a na kolację. Pastor nie rozpuszczał oczywiście żadnych plotek, ale raz zapytał:

– Kapitanie, czy pańskim zdaniem inwazja jest całkowicie pewna?

W jego głosie słychać było ciekawość świadczącą o tym, że ten problem musiał często być przedmiotem rozmów pasażerów, z którymi zwykle jadał.

– Powiedziałbym, że pewne jest, że Bonaparte chciałby tego s p r ó b o w a ć – odparł Laurence – a ponieważ jest tyranem, może robić, co chce. Jeśli jednak ośmieli się podjąć drugą próbę, kiedy pierwsza zakończyła się tak dotkliwą porażką, na pewno zostanie znowu odparty.

Była to patriotyczna przesada, ale nie zamierzał publicznie mówić prawdy o ich szansach.

– Miło mi to słyszeć – powiedział Erasmus i po chwili zadumy dodał: – To, że wszystkie szlachetne hasła wolności i braterstwa, które rewolucja francuska umieściła na swoich sztandarach, tak szybko zatonęły w krwi i złocie, musi być, jak myślę, potwierdzeniem doktryny o grzechu pierworodnym. Człowiek jest nim obarczony od początku życia i nie może osiągnąć stanu łaski, walcząc jedynie z niesprawiedliwościami świata, nie dążąc jednocześnie do Boga i nie przestrzegając Jego przykazań.

Lekko zakłopotany Laurence podał Erasmusowi kompot ze śliwek, zamiast mu przytaknąć, co, jak miał wrażenie, byłoby nieuczciwe. Z zażenowaniem przypomniał bowiem sobie, że przez większą część roku nie uczestniczył w nabożeństwach. Niedzielne na pokładzie, podczas których wielebny Britten, kapelan okrętowy, wygłaszał kazania monotonnym głosem z wyraźnym brakiem zarówno natchnienia, jak i trzeźwości, niezbyt poprawiały tę statystykę, gdyż Laurence często musiał siadać obok Temeraire'a i pilnować go, żeby nie przerywał.

– Czy sądzi pan – zaryzykował – że smoki też są obarczone grzechem pierworodnym?

To pytanie dręczyło go od czasu do czasu, zwłaszcza że nawet w najmniejszym stopniu nie udało mu się zainteresować Temeraire'a Biblią. Co więcej, czytanie Pisma Świętego skłaniało smoka do zadawania tak bluźnierczych pytań, że Laurence szybko z tego zrezygnował, ogarnięty przesądnym lękiem, że spowoduje przez to jeszcze większą katastrofę.

Erasmus zastanowił się nad jego pytaniem, po czym wyraził opinię, że nie są.

– Gdyż Biblia z pewnością wspomniałaby o tym, gdyby oprócz Adama i Ewy owoc zjadł także któryś z nich. I chociaż pod pewnymi względami przypominają węże, Pan powiedział wężowi, że na brzuchu będzie pełzał, podczas gdy smoki są stworzeniami latającymi i ten nakaz nie może ich dotyczyć – dodał przekonująco, dzięki czemu Laurence ze znacznie lżejszym sercem wyszedł wieczorem na pokład namawiać Temeraire'a, żeby jeszcze trochę zjadł.

Chociaż Temeraire nie był chory, przejmował się ogromnie stanem pozostałych smoków i, zawstydzony swoim apetytem, którego one nie podzielały, zaczął odmawiać jedzenia. Laurence prosił i namawiał go, nie cofając się przed pochlebstwami, ale bez większego skutku, aż w końcu na pokład wyszedł Gong Su i w kwiecistym stylu wygłosił po chińsku mowę – z której Laurence zrozumiał jedno słowo na sześć, ale Temeraire z pewnością całość – zgłaszając swoją rezygnację. Był zawstydzony, mówił, że to, co gotuje, nie jest już zadowalające, i długo rozwodził się na temat plamy na honorze swoim, swojej rodziny, a także swojego nauczyciela, której to plamy nigdy nie da się zmyć, po czym zapowiedział, iż przy najbliższej okazji wróci do domu, by być jak najdalej od miejsca swojej porażki.

– Ale to jest bardzo dobre, naprawdę, tylko nie jestem teraz głodny – zaprotestował Temeraire.

Gong Su nie przyjął jednak tego tłumaczenia, uznając je wyłącznie za grzeczną wymówkę, i dodał:

– Dobra potrawa powinna rozbudzić twój apetyt, nawet gdy nie jesteś głodny!

– Ale ja m a m apetyt, tylko... – przyznał w końcu Temeraire.

Popatrzywszy ze smutkiem na swoich śpiących towarzyszy, westchnął, gdy Laurence powiedział łagodnym tonem:

– Mój drogi, głodząc się, w niczym im nie pomagasz, a w gruncie rzeczy nawet szkodzisz, gdyż powinieneś być w pełni sił, kiedy dotrzemy na Przylądek.

– Wiem, ale to takie przykre jeść i jeść, kiedy wszyscy pozostali przestali i śpią; nie mogę się pozbyć uczucia, że podkradam im jedzenie, o którym nie wiedzą – odparł Temeraire, co było o tyle zdumiewającym wyjaśnieniem, że dopóki pozostałe smoki były zdrowe i zazdrośnie strzegły swego jedzenia, podkradał im je bez najmniejszych oznak wyrzutów sumienia. Po tej rozmowie zaczęli podawać mu posiłki w mniejszych porcjach przez cały dzień, także kiedy inne smoki nie spały, a on nigdy już nie okazywał niechęci do jedzenia.

Martwił się jednak nadal stanem swoich towarzyszy, podobnie jak Laurence, a ich nastrój pogarszał się w miarę podróży na południe. Ostrożny Riley trzymał się blisko wybrzeża i chociaż nie zawinęli do Cape Coast, Luandy czy Benguei, widzieli te porty z oddali. Widok mrowia zapełniających je białych żagli mógłby nastrajać do pogodnych myśli, gdyby nie coś innego, co natychmiast przypominało o prowadzonym tam nikczemnym handlu. Były to rekiny, mnóstwo rekinów, które niczym stada psów ochoczo podążały za okrętem, nauczone, że na trasach statków niewolniczych pożywienia nigdy nie brakuje.

– Co to za miasto? – zapytała nagle Laurence'a pani Erasmus.

Wyszła zaczerpnąć powietrza z córkami, które paradowały dumnie po pokładzie pod jednym parasolem, choć raz nie pilnowane przez matkę.

– Benguela – odpowiedział Laurence, zaskoczony, że zwróciła się do niego z tym pytaniem.

Przez blisko dwa miesiące żeglugi ani razu się do niego nie odezwała. Trzymała się na ogół z boku, unikając spojrzeń innych ludzi, i mówiła po angielsku, jeśli w ogóle zdecydowała się coś powiedzieć, z silnym portugalskim akcentem. Laurence wiedział od Erasmusa, że uzyskała wolność tuż przed ich ślubem i nie zawdzięczała tego wspaniałomyślności swojego pana, ale jego pechowi. Ów dżentelmen, właściciel ziemski z Brazylii, udał się w interesach do Francji na pokładzie statku handlowego, który został zdobyty przez Anglików na Atlantyku. Kiedy pryz dotarł do Portsmouth, ona i inni niewolnicy zostali wyzwoleni.

Stała wyprostowana, mocno trzymając się relingu, chociaż doskonale znosiła kołysanie i wcale nie potrzebowała oparcia. Patrzyła na miasto przez długi czas, nawet gdy jej córeczki znudziły się paradowaniem po pokładzie i zapomniawszy zarówno o parasolu, jak i dobrych manierach, zaczęły się wdrapywać na liny razem z Emily i Dyerem.

Laurence przypomniał sobie, że z Bengueli bardzo dużo statków niewolniczych pływało do Brazylii, ale nie zapytał jej o to. Zamiast tego, gdy w końcu się odwróciła, podał jej ramię, proponując, że odprowadzi ją pod pokład, i zapytał, czy nie napiłaby się czegoś dla orzeźwienia. Pokręciwszy tylko lekko głową, nie przyjęła żadnej z tych propozycji, po czym jednym słowem przywołała córki do porządku. Speszone porzuciły zabawę i wraz z matką zeszły pod pokład.

Za Benguelą nie było już więcej portów niewolniczych, zarówno z powodu wrogości, z jaką tubylcy odnosili się do tego handlu, jak i niegościnności wybrzeża, ale męcząca atmosfera na pokładzie wcale się nie poprawiła. Żeby od tego uciec, Laurence i Temeraire wzbijali się często w powietrze i lecieli w stronę wybrzeża Afryki to porośniętego nieprzebytymi lasami, to znów wylewającego się daleko w morze jęzorami żółtego piasku i kamieni. Potem zaczął się pas bezkresnej pomarańczowej pustyni, która regularnie tonęła w gęstej mgle, co budziło czujność żeglarzy. Niemal co godzinę oficer wachtowy wołał stłumionym przez tę mgłę głosem, który przez to brzmiał dziwnie słabo, jakby dochodził z dużej odległości, żeby sondowali dno oceanu przed okrętem. Czasem udawało im się dostrzec na brzegu grupki czarnych ludzi, którzy obserwowali ich z pełną nieufności uwagą, ale na ogół panowała tam cisza, przerywana tylko przez krzyki ptaków.

– Laurence, przecież stąd na pewno możemy dotrzeć do Kapsztadu szybciej niż okręt – powiedział pewnego dnia Temeraire, zmęczony przygnębiającą atmosferą, która nadal panowała na *Allegiance*.

Jednak od tego portu dzielił ich jeszcze blisko miesiąc żeglugi, a kraj był zbyt niebezpieczny, żeby ryzykować tak długą podróż nad lądem. Afrykański interior, dziki i niemal niemożliwy do przebycia, pochłonął już całe zastępy ludzi. Zniknęło też w nim bez śladu wiele smoków kurierskich, które uległy pokusie skrócenia sobie drogi i opuszczenia trasy nadbrzeżnej. Mimo to propozycja Temeraire'a miała swoje zalety, gdyż dawała szansę wcześniejszego opuszczenia okrętu, na którym czuli się tak źle, i wcześniejszego rozpoczęcia badań, które były celem wyprawy.

Po krótkim namyśle Laurence podjął decyzję, że jednak wyruszą wcześniej, kiedy tylko znajdą się w takiej odległości od Kapsztadu, którą da się pokonać w jeden dzień lotu, choćby bardzo forsownego. Wobec takiej perspektywy Temeraire'a nie trzeba było specjalnie namawiać do jedzenia i długich, mało ciekawych lotów wokół okrętu, dla odzyskania pełni sił. Nikt się też nie sprzeciwił ich planom.

– Jeśli tylko jesteś zupełnie pewny, że dotrzecie tam bezpiecznie – powiedziała Catherine, ale jasne było, iż to zastrzeżenie jest tylko czystą formalnością, gdyż wszyscy awiatorzy pragnęli, żeby poszukiwania lekarstwa rozpoczęły się jak najszybciej.

– Oczywiście zrobisz, jak uważasz – odparł Riley, nie patrząc na Laurence'a, gdy został przez niego oficjalnie poinformowany. Zamiast tego pochylił się nad mapami i udawał, że coś oblicza. Nie miało to większego sensu, gdyż Laurence doskonale wiedział, że Riley, nie napisawszy najpierw liczb na kartce papieru, nie potrafił ich w głowie nawet dodać.

– Nie zabiorę ze sobą całej załogi – zapowiedział Laurence Ferrisowi, który sposępniał, ale nawet on zbyt mocno nie protestował.

Oczywiście polecą Keynes i Dorset, a także Gong Su: kucharze księcia Yongxinga w czasie ich poprzedniej wizyty w Kapsztadzie z wielkim zapałem eksperymentowali z miejscowymi produktami, z którymi lekarze wiązali największe nadzieje na odtworzenie lekarstwa.

– Czy sądzisz, że uda ci się przyrządzić te składniki w taki sam sposób, jak oni to zrobili? – zwrócił się Laurence do Gong Su.

– Nie jestem cesarskim kucharzem! – zaprotestował Chińczyk i wprawiając Laurence'a w wielką konsternację, wyjaśnił, że kuchnia na południu Chin, skąd pochodził, jest zupełnie inna. – Zrobię, co w mojej mocy, ale nie wiem, czy to wystarczy – powiedział na koniec. W porywie patriotyzmu lokalnego dodał: – Chociaż to, co oni tam na północy gotują, zwykle nie jest zbyt dobre.

Postanowiono, że Roland i Dyer, którzy dzięki swej niewielkiej wadze nie obciążą zbytnio smoka, zostaną pomocnikami kucharza, i będą biegać na miejscowe targowiska po najróżniejsze towary. Poza tym Laurence załadował na grzbiet Temeraire'a skrzynkę złota i oprócz szabli, pistoletów, dwóch czystych koszul i pary pończoch tylko najbardziej niezbędny bagaż.

– Wcale nie czuję ciężaru – zapewniał go coraz bardziej niecierpliwy Temeraire. – Jestem pewny, że mógłbym lecieć całymi dniami.

Niecierpliwił się tak, ponieważ Laurence chciał zachować ostrożność i zmusił sam siebie, a także innych, do odczekania jeszcze tygodnia, po którym to czasie znaleźli się w odległości mniej niż dwustu mil od celu. Pokonanie takiego dystansu w jeden dzień było zadaniem bardzo trudnym, ale już nie niemożliwym.

– Jeśli pogoda utrzyma się do rana – odparł Laurence.

Ostatnią osobą, którą zaprosił i która ku jego zdziwieniu przyjęła to zaproszenie, był wielebny Erasmus wraz z rodziną.

– Kapitan Berkley prosił, żebym państwu przekazał, iż będzie szczęśliwy, mogąc mieć was na pokładzie jako swoich gości – powiedział Laurence.

Ujął to bardziej elegancko od Berkleya, bo ten rzeczywiście odburknął tylko:

– Tak, oczywiście, do cholery. Co za nonsensowne formalności. Przecież nie wyrzucimy ich za burtę, co?

– Ale jesteście moimi osobistymi gośćmi – mówił dalej Laurence – i jeśli wolicie udać się z nami, chętnie was zabiorę.

– Hannah, może wolałabyś nie lecieć? – zapytał Erasmus, spoglądając na żonę.

Uniosła głowę znad małej książeczki w ojczystym języku, której fragmenty powtarzała po cichu, poruszając tylko ustami.

– Ależ skąd – odpowiedziała.

Bez żadnej oznaki lęku wdrapała się z córkami na grzbiet Temeraire'a. Usadowiła się tam wygodnie, besztając dziewczynki, które nie potrafiły ukryć niepokoju.

– Zobaczymy się w Kapsztadzie – powiedział Laurence Ferrisowi i zasalutował Harcourt.

Temeraire jednym silnym skokiem wzbił się w powietrze i już po chwili lecieli nad połyskującym w dole oceanem, pchani przez mocny wiatr z tyłu.

O świcie, po dniu i nocy lotu, zobaczyli zatokę i płaski szczyt Góry Stołowej, która niczym forteca wznosiła się za miastem. Lśniła złociście w promieniach wschodzącego słońca, które padały na jej pożłobioną ścianę i dwa mniejsze, postrzępione szczyty, widoczne po obu jej stronach. Tętniące życiem miasto wypełniało całkowicie półksiężyc równego terenu u podnóża góry. W jego środku znajdował się maślanożółty Zamek Dobrej Nadziei o murach w kształcie pięcioramiennej gwiazdy. Z niego to właśnie oddano armatni salut na powitanie nadlatującego smoka.

Plac apelowy, na którym ulokowano Temeraire'a, leżał obok zamku, ledwie kilka smoczych długości od piaszczystej plaży, na której z szumem rozbijały się morskie fale. Ta bliskość oceanu była trochę niedogodna podczas przypływu, kiedy od morza wiał silny wiatr, ale poza tym zapewniała miłą ochłodę w upalne letnie dni. Chociaż dziedziniec zamku był na tyle rozległy, że w razie zagrożenia mógł pomieścić kilka smoków, nie byłaby to sytuacja przyjemna zarówno dla stacjonujących w zamkowych koszarach żołnierzy, jak i samego Temeraire'a. Na szczęście od ich ostatniej wizyty podczas podróży do Chin stan placu apelowego uległ znacznej poprawie. Chociaż smoki kurierskie nie latały już na tak długich trasach, przed *Allegiance* wysłano szybką fregatę z rozkazami zawiadamiającymi tymczasowego gubernatora, generała porucznika Greya, zarówno o ich przybyciu, jak i, w głębokiej tajemnicy, o celu ich pobytu. Generał poszerzył plac tak, żeby zmieściła się na nim cała smocza formacja, i otoczył go niskim płotem.

– Nie obawiam się, że ktoś wam będzie dokuczał czy też w inny sposób dawał się we znaki, ale być może przeszkodzi to gapiom i uciszy te cholerne krzyki – powiedział do Laurence'a, nawiązując do protestów kolonistów, którym nie podobało się przybycie smoka z załogą. – Dobrze, że przylecieliście wcześniej. Będą mieli trochę czasu, by przywyknąć do tej myśli, zanim pojawi się tu jeszcze sześć smoków. Słuchając, jak zawodzą, można by pomyśleć, że nigdy nie słyszeli o takich formacjach.

Grey, który sam przybył na Przylądek dopiero w styczniu, pełnił obowiązki gubernatora i wkrótce miał być zastąpiony przez earla Caledona, a przez tę tymczasowość swojego urzędu nie cieszył się zbyt wielkim autorytetem. Nękały go liczne troski, których po przybyciu Temeraire'a wcale nie ubyło. Mieszkańcy miasta odnosili się z niechęcią do brytyjskich okupantów, a osadnicy, którzy mieli gospodarstwa w głębi kraju i wzdłuż wybrzeża, gardzili nimi, jak zresztą i każdą władzą ograniczającą ich swobodę. Swobodę, która była im bardzo droga i za którą swoim zdaniem zapłacili wystarczająco wysoką cenę, biorąc na swoje barki ryzyko przesuwania granicy w głąb dzikiego kontynentu.

Pojawienie się formacji smoków wzbudziło w nich głębokie podejrzenia, zwłaszcza że nie można im było zdradzić prawdziwego celu tej wizyty. Dzięki niewolniczej sile roboczej, tanio dostępnej we wcześniejszym okresie rozwoju kolonii, osadnicy zaczęli lekceważyć pracę fizyczną. Ich gospodarstwa, winnice i stada rozrosły się, gdyż mieli do dyspozycji tłumy robotników. Niewolników nie eksportowano z Przylądka. Osadnicy na ogół potrzebowali ich więcej, niż mogli dostać: najlepiej Malajów lub zakupionych w Afryce Zachodniej, ale nie gardzili też pracą koczowników z ludu Khoi, rdzennych mieszkańców tych ziem, którzy chociaż w ścisłym znaczeniu tego słowa nie byli „niewolnikami", mieli niewiele więcej od nich swobody, a ich zarobki nie były warte tego słowa.

Zapewniwszy sobie w ten sposób pozycję absolutnej mniejszości w kraju, koloniści dokładali teraz wszelkich starań, żeby utrzymać spokój w swych posiadłościach, stosując politykę ostrych ograniczeń i surowych kar. Niezadowolenie, które się wciąż wśród nich tliło, miało swe źródło w tym, że poprzedni rząd brytyjski wprowadził zakaz torturowania niewolników. Na peryferiach miasta wciąż jeszcze można było zobaczyć wiszące na szubienicy ciała nieszczęśników, które zgodnie z barbarzyńskim zwyczajem pozostawiano tam ku przestrodze innych. Koloniści byli również dobrze poinformowani o toczącej się od lat kampanii o zniesienie niewolnictwa, która budziła ich oburzenie, gdyż w razie zwycięstwa pozbawiłaby ich nowych dostaw siły roboczej. Nie było też im obce nazwisko lorda Allendale'a, jako jednej z najważniejszych postaci tego ruchu.

– I jakby tego było mało – powiedział Grey zmęczonym głosem, kiedy spędzili już na miejscu kilka dni – przywieźliście ze sobą tego cholernego misjonarza. Teraz jedna połowa miasta myśli, że handel niewolnikami został już zakazany, a druga, że ich niewolnicy zostaną niedługo wyzwoleni i dostaną wolną rękę, by wymordować ich we własnych łóżkach. A wszyscy uważają, że waszym zadaniem jest wprowadzić to w życie. Muszę pana poprosić, kapitanie, żeby mnie pan przedstawił temu jegomościowi. Należy go ostrzec, żeby uważał na to, co mówi. To prawdziwy cud, że go jeszcze nie zadźgano gdzieś na ulicy.

Ersamus i jego żona zamieszkali w małej placówce Londyńskiego Towarzystwa Misyjnego, niedawno opustoszałej po śmierci ostatniego lokatora, który zmarł na malarię, i bardzo zaniedbanej. Nie było tam jeszcze ani szkoły, ani kościoła, tylko mały domek, ozdobiony przez kilka wybujałych drzew, i spłachetek nagiej ziemi wokół niego, który w zamierzeniu miał być ogrodem warzywnym i w którym pani Erasmus pracowała właśnie w towarzystwie córek oraz kilku młodych miejscowych kobiet, uczących się, jak należy palikować pomidory.

Na widok Laurence'a i Greya wyprostowała się i powiedziawszy coś cicho dziewczętom, zostawiła je w ogrodzie, po czym wprowadziła obu gości do domu. Zbudowano go w stylu holenderskim, miał gliniane ściany i widoczne na górze grube belki, które podtrzymywały dach. Okna i drzwi były otwarte na oścież, żeby wywietrzał zapach wapna, którym świeżo pobielono ściany. Wnętrze domu było jedną długą izbą, podzieloną na trzy części. W jednej z nich siedział Erasmus pośrodku grupki kilkunastu tubylczych chłopców, pokazując im litery alfabetu, które pisał na tabliczce.

Wstał na widok Laurence'a i Greya, powitał ich, a chłopców posłał na dwór, żeby się pobawili. Wypadli z domu z radosnym krzykiem, a pani Erasmus zniknęła w kuchni, skąd zaraz dobiegł brzęk czajnika i garnków.

– Dużo pan tu już zdziałał jak na trzy dni pobytu – zaczął Grey, patrząc na hordę chłopców z pewnym niepokojem.

– Panuje tu wielki głód wiedzy, a także Ewangelii – odparł z uzasadnioną satysfakcją Erasmus. – Ich rodzice przychodzą wieczorem, kiedy skończą prace na polach. Odprawiłem już nasze pierwsze nabożeństwo.

Poprosił ich, by usiedli, ale ponieważ były tam tylko dwa krzesła, byłoby to dla nich krępujące, więc grzecznie odmówili.

– Przejdę od razu do rzeczy – powiedział Grey. – Obawiam

się, że były pewne skargi. Pewne skargi – powtórzył z zażenowaniem, choć Erasmus nic nie powiedział. – Powinien pan rozumieć, że tę kolonię zajęliśmy całkiem niedawno, a tutejsi osadnicy to trudni ludzie. Zbudowali własne gospodarstwa i dorobili się majątków, wiec nie całkiem bezpodstawnie uważają się za panów swego losu. Ich zdaniem... – znowu przerwał, a potem nagle, jakby się zdecydował skoczyć na głęboką wodę, rzucił: – Krótko mówiąc, dobrze by było, gdyby pan nieco ograniczył swoją działalność. Być może nie potrzeba panu aż tylu uczniów... niech pan wybierze trzech, czterech, najbardziej obiecujących, a reszta niech wróci do pracy. Poinformowano mnie, że są potrzebni, że nie można się tak łatwo bez nich obejść – dokończył słabym głosem.

Erasmus wysłuchał go bez słowa, po czym odparł:

– Rozumiem pańską sytuację i wiem, że jest trudna. Bardzo mi przykro mi, ale nie mogę pójść panu na rękę.

Grey czekał, ale pastor nie powiedział nic więcej i nie zaproponował żadnych ram dla negocjacji. Grey popatrzył na Laurence'a, trochę bezradnie, a następnie odwrócił się i rzekł:

– Będę z panem szczery. Jeśli będzie pan się upierał przy swoim, nie będę mógł panu zapewnić bezpieczeństwa.

– Nie przybyłem tutaj, żeby żyć bezpiecznie, ale po to, by nieść słowo Boga – odparł Erasmus, uśmiechnięty i nieporuszony.

W tej samej chwili jego żona wniosła tacę z herbatą.

– Łaskawa pani – zwrócił się do niej Grey, kiedy nalewała napój do filiżanek na stole – usilnie proszę, żeby wpłynęła pani na męża. Błagam, niech pani weźmie pod uwagę bezpieczeństwo waszych dzieci.

Uniosła gwałtownie głowę. Chusta, którą nosiła, pracując na dworze, zsunęła się i ściągnąwszy do tyłu jej włosy, odsłoniła na jej czole zabliźnione piętno, inicjały jej byłego właściciela, niewyraźne, ale wciąż czytelne, i nałożone na starszy tatuaż o abstrakcyjnym wzorze.

Popatrzyła na męża.

– Pokładamy ufność w Bogu, Hannah, i godzimy się z Jego wolą – powiedział łagodnie.

Skinęła głową i nie odpowiedziawszy Greyowi, wyszła w milczeniu do ogrodu przed domem.

Nie było już oczywiście nic do dodania. Grey westchnął, kiedy zabierali się do wyjścia, i powiedział:

– Wygląda na to, że muszę postawić straż przed pańskim domem.

Wilgotny wiatr, który wiał z południowego wschodu, spowijając chmurami Górę Stołową, przycichł tego wieczoru, a następnego dnia w południe obserwator z zamku dostrzegł *Allegiance* i zapowiedział jego przybycie strzałem z działa sygnałowego. Do tego czasu atmosfera podejrzliwości i wrogości ogarnęła już całe miasto, chociaż i w mniej napiętej sytuacji pojawienie się okrętu byłoby dla mieszkańców wydarzeniem niepokojącym.

Na zaproszenie Greya Laurence przyglądał się manewrom żaglowca z przyjemnie chłodnego przedpokoju w górnej części zamku, i kiedy go oglądał z tak nowej dla siebie perspektywy, nie mógł się oprzeć przytłaczającemu wrażeniu, że reprezentuje on jakąś przerażającą siłę. Wrażenie to wywoływał nie tylko sam ogrom okrętu, ale i lufy jego potężnych trzydziestodwufuntówek spoglądających gniewnie z otworów strzelniczych oraz istna horda smoków, zwiniętych na pokładzie i trudnych do policzenia z tej odległości, gdyż leżały tak posplatane ze sobą, że nie można było odróżnić, gdzie kończy się ogon jednego, a zaczyna głowa drugiego.

Wpłynął wolno do portu, przyćmiewając swoją wielkością wszystkie inne statki, a kiedy oddał salut zamkowi, grzmot jego armat odbił się od zbocza góry i przetoczył przez miasto, w którym zapadła martwa cisza. Zanim okręt rzucił kotwice, z ulic znikły kobiety i dzieci.

Jak niewiele rzeczywistych powodów do obaw mieli ci wszyscy ludzie, Laurence zobaczył, kiedy zszedł na brzeg i powiosłował na *Allegiance*, żeby pomóc w manewrach, które miały na celu przeniesienie smoków na brzeg. Przez długą podróż w ciasnocie zesztywniały im wszystkim kończyny i chociaż okręt pokonał tę całą drogą w dobrym czasie, to i tak każdego dnia z tych ponad dwóch miesięcy coraz bardziej opadały z sił. Zamek zbudowano kilka kroków od piaszczystej plaży, a plac apelowy leżał obok niego, ale nawet ten krótki lot był teraz dla smoków bardzo wyczerpujący.

Nitidus i Dulcia, najmniejsze z nich, miały polecieć w pierwszej kolejności, żeby większe miały więcej miejsca do startu. Oba smoki wzięły kilka głębokich wdechów i skoczyły dzielnie z pokładu. Ich krótkie skrzydła biły ospale i wolno, ledwie utrzymując je w powietrzu, tak że prawie zadrapały brzuchami o niski płot wokół placu apelowego. Wylądowały ciężko i osunęły się bezwładnie na ciepłą ziemię, tak zmęczone, że nawet nie złożyły skrzydeł. Messoria i Immortalis, które miały być następne, wstały na nogi z takim trudem, że Temeraire, który obserwował je z niepokojem z placu, zawołał:

– Zaczekajcie, proszę, zaraz przylecę i was przeniosę.

I rzeczywiście przeniósł je oba kolejno na grzbiecie, nie zważając na zadrapania i powierzchowne rany, które zostawiły ich pazury, kiedy trzymały się go kurczowo, żeby zachować równowagę.

Lily trąciła delikatnie nosem leżącego na pokładzie Maksimusa.

– Tak, leć już, ja tam będę za chwilę – odpowiedział sennie, nie otworzywszy nawet oczu.

Lily mruknęła z niezadowoleniem, wyraźnie zatroskana.

– Przetransportujemy go tam, nie obawiaj się – powiedziała tonem łagodnej perswazji Catherine i Lily dała się w końcu namówić do założenia kagańca specjalnie przygotowanego dla niej na czas przelotu; obejmował ciasno jej głowę, utrzymując pod pyskiem wielką metalową misę z oleistym piaskiem.

Riley wyszedł na pokład, żeby ich pożegnać. Catherine odwróciła się do niego i podając mu rękę, powiedziała:

– Dziękuję ci, Tom. Mam nadzieję, że odwiedzisz nas na lądzie.

Ujął niezdarnie jej dłoń i pochylił się nad nią, wykonując coś pośredniego między ukłonem a uściśnięciem ręki, po czym wycofał się sztywno, przez cały czas unikając wzroku Laurence'a.

Catherine postawiła nogę na relingu i wskoczyła na grzbiet Lily. Chwyciła się uprzęży i smoczyca rozłożyła wielkie skrzydła, od których jej gatunek wziął swoją nazwę: ciemnobłękitne z pomarańczowymi szpicami i okolone przez czarno-białe fale. W pełni rozłożone dwukrotnie przewyższały długość jej ciała i gdy tylko wzniosła się w powietrze, niemal nie musiała nimi uderzać, tylko poszybowała dostojnie, bez większego wysiłku.

Lily i Catherine doleciały na plac, nie wysypując po drodze zbyt wiele piasku ani nie roniąc kwasu na zamkowe blanki czy też nabrzeże. Na pokładzie został tylko Maksimus. Berkley powiedział coś do niego cichym głosem i ogromny Regal Copper podniósł się z głośnym westchnieniem; nawet wielki *Allegiance* zakołysał się lekko na wodzie. Smok niezdarnie, jakby cierpiał na zapalenie stawów, zrobił dwa kroki w stronę krawędzi pokładu i znowu westchnął. Rozłożył na próbę skrzydła, ale zaraz je opuścił, podobnie jak głowę.

– Mógłbym spróbować – krzyknął z brzegu Temeraire.

Nie było to jednak realne; Maksimus nawet w tym stanie był od niego dwa razy cięższy.

– Jestem pewny, że mi się uda – wychrypiał Maksimus, po

czym pochylił głowę, kaszlał przez chwilę i wypluł zielonkawą flegmę za burtę. Poza tym nie ruszył się z miejsca.

Temeraire smagał przez chwilę ogonem powietrze, po czym podjął decyzję i zamiast unieść się w powietrze skoczył do wody. Podpłynął do okrętu, chwycił się przednimi łapami burty i uniósłszy głowę nad reling, powiedział:

– To nie jest bardzo daleko. Proszę, skocz do wody. Jestem pewny, że razem zdołamy dopłynąć do brzegu.

Berkley popatrzył pytająco na Keynesa, który odparł:

– Sądzę, że odrobina morskiej wody mu nie zaszkodzi, a może nawet trochę pomóc. Jest dosyć ciepła, a o tej porze roku będziemy mieli jeszcze cztery godziny słońca. To wystarczy, żeby wysechł.

– Cóż, a zatem skacz do wody – powiedział szorstko Berkley i poklepawszy Maksimusa po boku, odsunął się.

Smok przykucnął niezgrabnie, po czym wyciągnął przednie łapy i rzucił się do morza. Masywne łańcuchy kotwiczne zaskrzypiały głośno w proteście, gdy *Allegiance* odrzucony siłą tego skoku przechylił się w drugą stronę, a fale, które wypiętrzyły się do wysokości dziesięciu stóp, runęły na stojące na kotwicy w pobliżu lżejsze jednostki, niemal przewracając część z nich.

Maksimus otrząsnął wodę z głowy i na przemian zanurzając się i wynurzając, przepłynął kawałek drogi, po czym zatrzymał się; wyporność pęcherzy płucnych utrzymywała go na powierzchni, ale zaczął się niepokojąco przechylać.

– Oprzyj się o mnie i popłyniemy razem – powiedział Temeraire, który podpłynął, żeby go podtrzymać.

Posuwali się powoli w stronę brzegu, aż w końcu dno gwałtownie uniosło się im na spotkanie. Kłęby białego piasku wzbiły się z niego niczym dym i Maksimus mógł się zatrzymać na odpoczynek, wciąż do połowy zanurzony w wodzie i zalewany falami rozbijającymi się o jego boki.

– W wodzie jest przyjemnie – wykrztusił mimo kolejnego ataku kaszlu – Wcale nie czuję się tu zmęczony.

Wciąż jednak musiał wyjść na brzeg, co nie było łatwym zadaniem, i udało mu się je wykonać tylko dzięki temu, że posuwał się wolno, krótkimi etapami, z całą pomocą, jakiej mógł mu udzielić Temeraire oraz zaczynający się właśnie przypływ. Mimo to ostatnie kilkanaście jardów przeczołgał się niemal na brzuchu.

Tutaj dali mu odpocząć i przynieśli najsmaczniejsze kęsy z obiadu, który Gong Su przygotowywał przez cały dzień z myślą o rozbudzeniu apetytu smoków po wysiłku, na jaki musiały się zdobyć, żeby się przedostać na brzeg. Były to miejscowe krowy o tłustym i kruchym mięsie, pieczone na rożnie i mocno przyprawione pieprzem oraz solą, co miało pobudzić przytępione przez chorobę zmysły smoków.

Maksimus zjadł trochę, wypił kilka łyków wody, którą przyniesiono mu w wielkiej balii, po czym znowu zapadł w męczący, przerywany kaszlem półsen. Przespał tak na brzegu całą noc, nie zważając na fale poruszające jego ogonem niczym łodzią na łańcuchu. Dopiero wczesnym rankiem, kiedy powietrze było jeszcze chłodne, udało im się go nakłonić do pokonania reszty drogi do placu apelowego. Ułożyli go tam w najlepszym miejscu, na samym skraju, wśród młodych drzew kamforowych, gdzie miał zarówno trochę cienia, jak i słońce, i był bardzo blisko studni, którą wykopano, żeby zapewnić im łatwy dostęp do wody.

Kiedy Maksimus już się wygodnie ułożył, Berkley zdjął kapelusz, podszedł do koryta z wodą, wypił kilka łyków, które zaczerpnął w złożonych dłoniach, a następnie otarł czerwoną, spoconą twarz.

– To dobre miejsce – powiedział z pochyloną głową – naprawdę dobre. Będzie mu tutaj wygodnie... – przerwał, nie dokończywszy zdania, i poszedł do zamku, gdzie wszyscy zjedli w milczeniu śniadanie.

Nie omawiali żadnych spraw, bo też nie było o czym mówić; wszyscy wiedzieli, że bez lekarstwa Maksimus nigdzie się już z tego miejsca nie ruszy i że być może ta podróż do krańca Afryki była jego ostatnią.

Rozdział 7

N|a pokładzie *Allegiance* liczyli każdy dzień, niecierpliwili się i martwili. Teraz, po dotarciu na miejsce, mogli tylko siedzieć i czekać, podczas gdy lekarze metodycznie przeprowadzali swoje eksperymenty i z nikim nie dzielili się wnioskami. Temeraire'owi podawano coraz to nowe z miejscowych produktów rolnych, które próbowano też czasem na jednym z chorych smoków, i odrzucano je jako nieprzydatne. Nie obserwowano żadnych pozytywnych skutków, a przy jednej okazji system trawienny Temeraire'a został znowu tak zaburzony, że wspólną smoczą latrynę trzeba było natychmiast zasypać i wykopać nową. Na starej szybko wyrosła gęsta trawa i jasnoróżowe kwiaty, których ku irytacji wszystkich nie można było wykorzenić i które przyciągnęły roje os zajadle broniących swego nowego terytorium.

Laurence nie powiedział tego otwarcie, ale w głębi serca uważał, że te wszystkie eksperymenty przeprowadzano bez większej wiary w ich powodzenie i że miały one tylko zająć uwagę awiatorów, podczas gdy Keynes czekał, aż klimat zrobi swoje. Niemniej jednak Dorset prowadził skrzętnie notatki zawierające informacje o każdej próbie, i trzy razy dziennie obchodził wszystkie smoki, wypytując z bezduszną obojętnością, ile każdy z nich kaszlał od ostatniego obchodu, co go bolało i ile zjadł. Odpowiedź na to ostatnie pytanie była zawsze niezadowalająca.

Pewnego dnia pod koniec pierwszego tygodnia Dorset skończył wypytywać kapitana Warrena o stan Nitidusa, zamknął swój notatnik i odszedł, żeby porozmawiać z Keynesem i pozostałymi lekarzami.

– Pewnie są bardzo mądrzy, ale jeśli nadal będą skrywać przed nami wnioski z tych swoich tajnych narad, dam w końcu któremuś po nosie – powiedział Warren, przyłączając się do pozostałych awiatorów siedzących przy stole do kart, który ustawiono w wielkim namiocie na środku placu apelowego. Gra była zwykłą fikcją, która miała przez te dni bezczynności zająć ich myśli. Przez większość czasu nie mogli się jednak na niej skupić, zwłaszcza gdy obserwowali pogrążonych w dyskusji lekarzy.

Keynes unikał ich zręcznie jeszcze przez dwa dni, a kiedy w końcu dopadli go w jakimś kącie, żądając, żeby zadał im jakiś raport, powiedział opryskliwie:

– Jeszcze za wcześnie, żeby coś powiedzieć.

Przyznał jednak, że dostrzegają pewne oznaki poprawy, którą przypisują nie tyle jedzeniu, ile wpływowi klimatu: smoki mają nieco większy apetyt i mniej kaszlą.

– Przewiezienie tutaj całego Korpusu nie będzie fraszką – odezwał się Little, kiedy się uspokoili po pierwszym wybuchu radości. – Ile mamy w sumie transportowców?

– Chyba siedem, jeśli *Lyonesse* opuściła już suchy dok – odparł Laurence.

Zapadło milczenie, które zaraz przerwał stanowczym głosem:

– Zastanówmy się, w gruncie rzeczy wcale nie potrzebujemy studziałowych okrętów do przewożenia smoków. Transportowce zbudowano głównie z myślą o dostarczaniu ich na front. – Nie było to tak do końca przeinaczenie faktów, ale tylko dlatego, że pominąwszy wojnę, trudno było znaleźć inny powód, by zadawać sobie niezmiernie kosztowny trud przewożenia smoków z miejsca na miejsce. – Zamiast tego możemy załadować je na barki w Gibraltarze i posłać trasą wzdłuż wybrzeża w osłonie fregat, które odpędzałyby Francuzów.

Brzmiało to dość dobrze, ale wszyscy wiedzieli, że chociaż taka operacja nie była z gruntu nierealna, przeprowadzenie jej w skali całego Korpusu było jednak mało prawdopodobne. Może powrócą z uratowanymi smokami własnej formacji, ale taka kuracja będzie najpewniej niedostępna dla większości ich towarzyszy.

– Lepsze to niż nic – powiedział lekko wyzywającym tonem Chenery – i więcej niż mieliśmy do tej pory. Nie ma w Korpusie człowieka, który nie skorzystałby z takiej szansy, gdyby ją dostał.

Jasne jednak było, że nie każdy dostanie taką szansę. Władze na pewno nie będą szczędziły pieniędzy i trudu, żeby uratować Longwingi i Regal Coppery, inne ciężkie smoki bojowe oraz te rzadszych ras. Jednak pozostałych – pospolitych Yellow Reaperów, szybko rozmnażających się Winchesterów, starszych smoków, z którymi mogą być kłopoty po śmierci ich kapitanów, czy też tych, które po prostu gorzej latają – brutalna, polityczna kalkulacja nie pozwoli zaliczyć do grona wartych ocalenia. Pozostawione własnemu losowi, zapomniane i nieszczęśliwe, będą umierały w najbardziej odległych i izolowanych miejscach kwarantann, jakie uda się znaleźć.

Ten mroczny obraz kładł się cieniem na ich ostrożną jeszcze radość, a najgorzej odczuwali to Sutton i Little, gdyż ich smoki były Yellow Reaperami, a Messoria miała już czterdzieści lat. Ale nawet ta świadomość niesprawiedliwości losu nie mogła całkowicie zgasić nadziei awiatorów. Spali bardzo mało tej nocy, licząc, jak często smoki kaszlą, żeby przekazać te dane Dorsetowi, a rano Nitidus dał się dość łatwo przekonać do wypróbowania skrzydeł. Laurence i Temeraire polecieli z nim i Warrenem, dla towarzystwa i na wypadek gdyby mały Pascal's Blue, który ochryple dyszał i od czasu do czasu kasłał, zbyt szybko opadł z sił.

Nie dolecieli zbyt daleko. Głód pastwisk i drewna odarł z drzew cały obszar u podstawy Góry Stołowej i jej satelickich szczytów. Rosła tam tylko skarłowaciała trawa, a same zbocza, konglomerat ułożonych tarasowo szarych i żółtych skał, wyglądały jak stare kamienne mury, utrzymywane razem przez trawę i zielony mech oraz gliniastą ziemię w roli zaprawy. Zatrzymali się tam, żeby odpocząć na porośniętej krzakami ziemi, w cieniu niemal pionowego urwiska. Kiedy wylądowali, w zaroślach rozległ się głośny szelest, po czym wypadło z nich stado małych futrzanych zwierząt, podobnych do brązowych borsuków, i rzuciło się w panice do ucieczki.

– To bardzo dziwna góra – odezwał się Temeraire, unosząc głowę, żeby lepiej obejrzeć długą krawędź wznoszącego się nad nimi szczytu, obciętego tak równo, jakby dokonano tego za pomocą noża.

– Tak, och, bardzo... i jak tu gorąco – wymamrotał sennie Nitidus, po czym wsunął głowę pod skrzydło, żeby się zdrzemnąć.

Pozwolili mu pospać na słońcu, a potem Temeraire ziewnął i poszedł za jego przykładem. Laurence i Warren stali, patrząc w dół, na zatokę i na *Allegiance*, który z tej odległości wyglądał jak statek zabawka pośród mrówek. Zgrabny pięciokąt zamku jaśniał żółcią na tle ciemnego gruntu, a nieruchome smoki na placu obok niego zdawały się małymi grudkami ziemi.

Warren zdjął rękawicę i grzbietem dłoni otarł pot z czoła, rozmazując na nim brud.

– Pewnie wróciłbyś do floty, gdyby to na ciebie trafiło, co? – zapytał.

– Gdyby mnie zechcieli – odparł Laurence.

– Pewnie można by kupić oficerski patent w kawalerii – ciągnął Warren. – Jeśli Bonaparte nadal będzie załatwiał sprawy po swojemu, to żołnierze będą potrzebni jeszcze przez wiele lat. Ale tego się nie da porównać.

Milczeli przez chwilę, rozważając niewesołe perspektywy, wobec których stanie tak wielu ludzi po śmierci ich smoków.

– Laurence – podjął po chwili Warren – ten gość Riley, jaki on jest? To znaczy, normalnie. Wiem, że ostatnio mieliście coś do siebie.

Laurence był zaskoczony bezpośredniością tego pytania, ale mimo to odpowiedział:

– Jest dżentelmenem i jednym z najlepszych oficerów, jakich znałem. Nie mogę powiedzieć na niego złego słowa.

Zaczął się zastanawiać, co mogło skłonić Warrena do zadania tego pytania. Teraz, gdy *Allegiance* miał czekać w porcie, aż smoki będą gotowe do powrotu, Riley oczywiście przychodził do zamku i kilka razy zjadł kolację z generałem Greyem. Laurence zawsze znalazł sobie jakąś wymówkę, ale Catherine i inni kapitanowie chętnie brali w nich udział. Może wybuchła jakaś kłótnia i to pytanie było jej konsekwencją. Laurence miał nadzieję, że Warren rozwinie temat, ale on go po prostu zmienił i zaczął się głośno zastanawiać, czy wiatr zmieni kierunek, zanim ruszą w drogę powrotną. Ciekawość Laurence'a pozostała zatem niezaspokojona, a słowa kapitana Nitidusa rozbudziły tylko w jego sercu na nowo żal z powodu kłótni z Rileyem, której już zapewne nie da się załagodzić i która zakończyła ich przyjaźń.

– Nitidus wydaje się być w lepszej formie, prawda? – mruknął Temeraire do Laurence'a konfidencjonalnym głosem, słyszalnym tylko w promieniu dwudziestu stóp, kiedy zbierali się do powrotu.

Laurence mógł odpowiedzieć szczerze, że też tak myśli, a kiedy wylądowali na placu apelowym, mały smok zjadł dwie kozy, czyli niemal tyle, ile normalnie jadał, zanim znowu położył się spać.

Następnego dnia Nitidus nie chciał jednak powtórzyć ćwiczeń, a Dulcia zdołała przelecieć tylko połowę przebytej przez niego drogi, po czym opadła na ziemię, żeby odpocząć.

– Ale schrupała jednego z tutejszych wołów i roczne cielę – powiedział Chenery, nalewając sobie do szklanki sporą porcję whisky z wodą – a to cholernie dobry znak. Od sześciu miesięcy nie zjadła tak dużo za jednym posiedzeniem.

Następnego dnia żadne z nich nie chciało polecieć, tylko siadały niemal zaraz po tym, gdy namówiono je do wstania, i prosiły, żeby je od tego zwolnić.

– Jest za gorąco – poskarżył się Nitidus i poprosił o więcej wody.

Dulcia powiedziała bardziej żałośnie:

– Wolałabym trochę jeszcze pospać, jeśli pozwolicie.

Keynes przyłożył filiżankę do jej piersi, posłuchał, po czym wyprostował się i pokręcił głową. Żadnego z pozostałych smoków nie dało się namówić do tego, by choć krokiem ruszył się z miejsca, w którym spał. Kiedy sprawdzono bardziej dokładnie zapiski sporządzane przez awiatorów, okazało się, że chociaż ich podopieczni rzeczywiście mniej kaszlą, nie jest to d u ż o mniej, a ceną za tę poprawę, jak wkrótce zauważyli zaniepokojeni obserwatorzy, zdawała coraz większa apatia i skłonność do zapadania w letarg. Z powodu wielkich upałów smoki popadały w senne otępienie i nie chciały się ruszać. Zainteresowanie nowym otoczeniem zbladło, a krótkotrwały wzrost apetytu spowodowany był najwyraźniej tym, że jedzenie dostępne na brzegu było o wiele lepsze od tego, które dostawały na ostatnich etapach podróży.

– Wcale tego nie żałuję – mamrotał zgarbiony nad stołem Sutton, wprawdzie do siebie, ale tak głośno, że nie można było tego nie usłyszeć. – Jak w tych okolicznościach mógłbym czegokolwiek żałować?

Mówił to z tak ogromnym bólem, jakby to jego skryta radość, że Messoria może być wyleczona, kiedy inne smoki zostaną porzucone na pewną śmierć, była przyczyną niepowodzenia. Little był tak blady i zdesperowany, że Chenery zaprowadził go do swojego namiotu i spoił rumem do nieprzytomności.

– Choroba rozwija się wolniej – oznajmił Keynes pod koniec drugiego tygodnia. – To nie jest szczegół bez znaczenia – dodał, starając się ich trochę pocieszyć.

Laurence poleciał z Temeraire'em na daleką wyprawę i przetrzymał go na plaży przez całą noc, żeby oszczędzić innym kapitanom bólu, jaki musieli czuć, porównując zdrowego Niebiańskiego z własnymi smokami. Sam też czuł się fatalnie, wstydząc się swojego szczęścia. Nigdy nie zamieniłby zdrowia Temeraire'a na zdrowie pozostałych smoków i chociaż wiedział, że inni kapitanowie zrozumieliby go doskonale i każdy z nich czułby to samo w stosunku do swego partnera, nie mógł się pozbyć jakiegoś irracjonalnego wrażenia, że brak postępów w zwalczaniu choroby jest karą za jego egoizm.

Rano zobaczyli w porcie nowe żagle: szybka fregata *Fiona* przypłynęła w nocy z wiadomościami. Catherine otworzyła wolno kopertę i odczytała imiona: Auctoritas, Proliksus, Laudabilis, Repugnatis. Wszystkie te smoki zmarły w okresie od Nowego Roku.

Laurence także otrzymał list, od matki:

Wszystkich ogarnęło przygnębienie. Jesteśmy bezradni, przynajmniej na rok, a może i dłużej, jeśli rząd znowu upadnie. Wniosek przeszedł przez Izbę Gmin, ale Izba Lordów znowu go odrzuciła, mimo wszystkiego, co w tej sprawie uczyniono, i niezwykle porywającej Mowy pana Wilberforce'a, która powinna poruszyć serce każdego człowieka godnego tego miana. Przynajmniej gazety są z nami i przedstawiają to odrażające wydarzenie z całym Oburzeniem, na jakie ono zasługuje. W „Timesie" czytamy: „Ci wszyscy, którzy się sprzeciwili wnioskowi, którzy nie przejmują się Przyszłością, mogą spać spokojnie tej Nocy. Inni będą próbowali zasnąć, wiedząc z całą pewnością, że spadnie na nich ogromny ciężar ludzkiego Cierpienia i Smutku i że za to wszystko będą musieli kiedyś zapłacić, jeśli nie na tym Świecie, to w następnym", a to tylko jedno z wielu słusznych Oskarżeń...

Złożył list i wsunął go do kieszeni płaszcza. Nie miał ochoty czytać go dalej i razem z innymi wyszedł w milczeniu z jadalni.

Zamkowe koszary były tak obszerne, że wszyscy spokojnie by się w nich pomieścili, ale wobec stałych, choć wolniejszych, zdaniem Keynesa, postępów choroby, kapitanowie woleli przebywać blisko swych słabnących podopiecznych. Inni oficerowie oraz członkowie załóg nie chcieli dać się prześcignąć w okazywaniu troski i tak na placu wyrósł mały obóz składający się z mniejszych i większych namiotów, w których spędzali całe dni i noce, przeczekując w koszarach tylko deszcze, nie padające zbyt często. Dzięki temu łatwiej im było odpędzać miejscowe dzieciaki, które pamiętając Temeraire'a z jego zeszłorocznej wizyty, nie bały się już tak bardzo smoków i od czasu do czasu dokonywały inwazji na plac. Wymyśliły teraz zabawę polegającą na wzajemnym podjudzaniu się, aż któryś, doprowadzony do ostateczności drwinami pozostałych, wskakiwał na plac i rzucał się biegiem między śpiącymi smokami, po czym uciekał w bezpieczne miejsce, żeby wysłuchać gratulacji rówieśników.

Tym coraz śmielszym eskapadom położył ostatecznie kres Sutton, kiedy pewnego dnia jeden z chłopców klepnął w biegu po boku Messorię, wyrywając ją z rzadkiego ostatnio, głębokiego snu. Obudzona tak niespodziewanie, parsknęła i uniosła czujnie

190

głowę, a wystraszony o wiele bardziej od niej winowajca upadł na ziemię i zaczął wycofywać się jak krab, na rękach i piętach, szurając pośladkami po piasku.

Sutton wstał od stołu do kart, podszedł do chłopca i chwyciwszy go za ramię, podniósł na nogi.

– Przynieś mi rózgę, Alden – rzucił do swojego gońca.

Wyciągnąwszy potykającego się intruza poza teren placu, wychłostał go porządnie, podczas gdy pozostałe dzieci rozproszyły się i odbiegłszy na pewną odległość, przyglądały się temu zza krzaków. Krzyki pechowego chłopca w końcu przycichły, przechodząc w szloch, i Sutton wrócił do stołu.

– Proszę o wybaczenie, panowie – powiedział i bez większego zapału podjęli przerwaną grę. Tego dnia nikt więcej już nie wtargnął na plac.

Jednak kiedy następnego ranka Laurence obudził się tuż po świcie i wyszedł z namiotu, usłyszał dobiegające od bramy odgłosy zawziętej kłótni między dwiema grupami starszych chłopców, którzy szarpali się i kopali, wrzeszcząc w różnych językach. Garstka Malajów i niechlujnie ubranych Holendrów walczyła z mniejszą gromadką czarnych Khoi, rdzennych mieszkańców Przylądka. Było to coś nowego, gdyż przedtem nie było między nimi niezgody, kiedy wdzierali się na plac. Na nieszczęście ich kłótnia obudziła smoki, które przez to zaczęły kaszleć o godzinę wcześniej niż zwykle, a Maksimus, który bardzo się męczył w nocy, jęknął głośno i boleśnie. Sutton wyskoczył z namiotu, czerwony z wściekłości, a Berkley zacząłby płazować chłopców szablą, gdyby na drodze nie stanął mu porucznik Ferris z rozłożonymi szeroko ramionami. Jednocześnie z kotłującej się gromady wydostali się Emily oraz Dyer.

– Nie chcieliśmy tego – wykrztusiła przez dłoń, którą próbowała zatrzymać płynącą z nosa krew – tylko że i ci, i ci przynieśli...

Jakby to było zaplanowane przez jakiegoś złego ducha, obie grupy w tym samym czasie, po tygodniach poszukiwań, znalazły grzyby i teraz spierały się, która z nich jako pierwsza pokaże zdobycz. Ogromne kapelusze miały po ponad dwie stopy średnicy i nawet w naturalnym stanie śmierdziały jak diabli.

– Poruczniku Ferris, proszę tu zaprowadzić spokój, jeśli łaska – rozkazał podniesionym głosem Laurence – i niech pan da im do zrozumienia, że wszystkim zapłacimy. Nie ma potrzeby robić takiego zamieszania.

Mimo prób przekazania im tych zapewnień upłynęło jeszcze trochę czasu, zanim udało się rozdzielić rozjątrzonych chłopców, którzy wprawdzie nie znali swoich języków, ale dobrze rozumieli, co sobie chcą nawzajem powiedzieć, a w każdym razie rozumieli wystarczająco dużo, żeby podtrzymywać złość, i którzy kopali się i tłukli nawet wtedy, gdy odciągano ich od siebie. Nagle jednak przestali: Temeraire, który także się obudził, wyciągnął głowę ponad niskim płotem i wąchał właśnie z przyjemnością kapelusze grzybów, które obie strony pozostawiły w trawie, kiedy przystąpiły do rozstrzygnięcia sporu siłą ramion.

– Ach, mm – zamruczał smok i przełknął ślinę.

Pomimo wcześniejszej brawury chłopcy nie odważyli się podbiec do niego i zabrać mu grzyby spod pyska, ale wszyscy połączyli się w jednym krzyku protestu, bojąc się, że zaraz zostaną obrabowani, a w rezultacie dali się w końcu przekonać, iż nie mają powodów do kłótni, i przyjęli zapłatę, wyliczoną w złotych monetach. Obie strony dostały ich dokładnie tyle samo.

Reprezentacja holendersko-malajska trochę narzekała, gdyż ich okaz był większy i miał trzy kapelusze na jednym trzonie, o jeden więcej od grzyba przyniesionego przez Khoi, ale gniewne i wielce wymowne spojrzenie Suttona szybko ich uciszyło.

– Przynieście ich więcej, to znowu wam zapłacimy – powiedział Laurence, ale w oczach chłopców nie zobaczył nadziei, a raczej zniechęcenie. Popatrzyli z lekką urazą na jego zawiązaną sakiewkę, po czym rozbiegli się, żeby toczyć spory o podział łupu, tym razem już w ramach każdej z grup.

– Czy one mogą być jadalne? – zapytała z powątpiewaniem Catherine głosem stłumionym przez chusteczkę, którą przycisnęła do ust, kiedy zabrała się do oglądania grzybów, dużo większych od normalnych, nieforemnych i dziwnie wybrzuszonych, a także bladych jak brzuch ryby i nakrapianych brązowymi cętkami.

– Pamiętam je dobrze, były bardzo smaczne – odparł Temeraire i z wyraźnym żalem pozwolił zabrać grzyby Gong Su, który niósł je ostrożnie, trzymając jak najdalej od siebie, na dwóch bardzo długich kijach.

Pamiętając o tym, czego nauczyło ich doświadczenie, zamiast udać się do zamkowej kuchni, zawiesili kocioł na trzech palach na wolnym powietrzu. Gong Su pokierował ludźmi przygotowującymi pod nim duże ognisko i ustawił obok drabinę, z której miał zamiar mieszać zawartość drewnianą warząchwią na długiej rączce.

– To była chyba czerwona papryka, a może zielona – podpowiadał Temeraire, gdy Chińczyk przeglądał zawartość szkatułki z przyprawami, zastanawiając się, jak odtworzyć przepis na potrawę z tych dziwnych grzybów. – Nie pamiętam dokładnie – dodał przepraszająco.

Keynes wzruszył ramionami i powiedział:

– Uduś to wszystko i miejmy to z głowy. Jeśli mielibyśmy polegać na tym, że uda wam się odtworzyć jakąś kombinację przypraw wymyśloną rok temu przez pięciu kucharzy, to równie dobrze możemy zaraz wracać do Anglii.

Dusili grzyby przez cały poranek, przy czym Temeraire często pochylał się nad kotłem, wąchał jego zawartość z miną konesera win oceniającego bukiet i wysuwał kolejne propozycje, aż w końcu zlizał trochę obrzydliwej mazi z warząchwi i ogłosił sukces.

– A przynajmniej wydaje mi się podobne w smaku i jest bardzo dobre – dodał, choć nie było przy nim żadnych słuchaczy. Wszyscy wycofali się już na obrzeże polany, ale nawet tam dusili się w okropnych wyziewach i ledwie go usłyszeli. Biedna Catherine dostała gwałtownych mdłości i wciąż wymiotowała w zaroślach.

Zatkali nosy i zanieśli potrawę Maksimusowi, któremu wyraźnie zasmakowała i nawet wsadził pazur do kotła, żeby go przechylić i wylizać do czysta. Potem ogarnęła go senność, ale kiedy się obudził, był w tak dobrym nastroju, że zjadł wszystkie delikatne koźlęta, które Berkley kupił mu na obiad, licząc na to, że mogą się przydać, choć tak naprawdę nie spodziewając się tego, i poprosił o więcej. Znowu jednak zasnął, zanim udało się to załatwić.

Berkley chciał go obudzić, żeby dać mu kolejne koźlę, i jego własny lekarz zgodził się z nim, ale Dorset ostro się temu sprzeciwił, argumentując, że smok i tak zjadł już za dużo i że proces trawienia może zakłócić lecznicze działanie potrawy. Szybko przerodziło się to w kłótnię, tak gwałtowną, jak to było możliwe, gdy ludzie sprzeczają się szeptem, aż w końcu Keynes, odrzucając argumenty ich obu, powiedział:

– Dajcie mu teraz pospać, ale potem, po każdej porcji grzybów, będziemy mu dawać tyle jedzenia, ile tylko zdoła w siebie wepchnąć. Jeśli ma przeżyć, musi odzyskać wagę. Nie można przecenić znaczenia tej kwestii. Dulcia nie jest tak wychudła. Jutro wypróbujemy tę potrawę także na niej, bez jedzenia.

– Ja to jadłem z wołem, a może antylopą – wtrącił rozrzewniony Temeraire, wąchając ze smutkiem pusty kocioł. – Było tam dużo tłuszczu, to pamiętam dobrze... tłuszcz z sosem grzybowym, a więc może to był jednak wół. Miejscowa rasa miała na grzbiecie dziwaczny, tłusty garb.

Temeraire zjadł tę potrawę tylko raz, ale Keynes podzielił ich skromny zapas grzybów na części i poczynając od następnego ranka, Maksimus i Dulcia dostawali ją przez trzy kolejne dni. Laurence pamiętał, że po tej miksturze Temeraire był przez jakiś czas bardzo śpiący, i to samo stało się z Maksimusem, ale trzeciego dnia Dulcia zaniepokoiła ich wszystkich, gdyż niespodziewanie ogarnęło ją szalone podniecenie i chciała natychmiast wybrać się na długą wyprawę. Tak długą, że na pewno było to ponad jej siły i nie mogło być korzystne dla jej zdrowia.

– Mogę, jestem zdrowa, jestem zdrowa! – krzyczała, machając skrzydłami, po czym zaczęła podskakiwać, uciekając po całym placu apelowym przed lekarzami, którzy próbowali ją dogonić i uspokoić.

Chenery więcej tu przeszkadzał, niż pomagał, gdyż od czasu, gdy rozwiały się ich nadzieje na dobroczynny wpływ klimatu, on i kapitan Little całymi dniami byli na wpół pijani, i teraz, mimo ostrzeżeń Keynesa, który nie krył pesymizmu, najchętniej wskoczyłby na grzbiet smoczycy i poleciał z nią, dokąd ich oczy poniosą.

Dulcia dała się w końcu przekonać do pozostania na ziemi, skuszona parą jagniąt, pospiesznie przyrządzonych przez Gong Su, który przyprawił je pieprznymi nasionami, tak lubianymi przez Temeraire'a. Tym razem nikt już nie sugerował, że nie powinna jeść, i pożarła je tak łapczywie, iż spryskała strzępkami mięsa całe żerowisko, choć zwykle pożywiała się z pewną wykwintnością.

Temeraire obserwował ją z zazdrością. Nie dość, że nie miał okazji posmakować samej potrawy z grzybów, to jeszcze po tych wszystkich eksperymentach jego żołądek był nadal rozstrojony. Dlatego też Keynes zalecił mu mało urozmaiconą dietę, opartą na pieczonym bez przypraw mięsie, które w najmniejszym stopniu nie zadowalało jego podniebienia.

– Cóż, ale przynajmniej znaleźliśmy w końcu to lekarstwo, prawda? – mruknął do Laurence'a.

Dulcia po skończeniu posiłku zasnęła i niemal natychmiast zaczęła głośno chrapać, trochę przy tym poświstując, co i tak było ogromną poprawą, jako że ostatnio w ogóle nie mogła oddychać przez nos. Keynes podszedł do Laurence'a, usiadł ciężko obok niego na kłodzie i wycierając chusteczką spoconą, czerwoną twarz, powiedział zdegustowany:

– Starczy tej egzaltacji. Czy nikt z was niczego się jeszcze nie nauczył? Jej płuca wcale nie są czyste.

W nocy niebo zaciągnęło się ciemnymi chmurami i kiedy się rano obudzili, od pewnego czasu lał już deszcz, a przemoknięta ziemia zmieniła się w śliskie błoto. Mimo to powietrze nadal było nieprzyjemnie parne i kleiło się do skóry niczym pot. Dulcia, której się znowu pogorszyło, była oklapnięta i zmęczona po szaleństwach poprzedniego dnia, i jak wszystkie smoki więcej niż zwykle kichała. Nawet Temeraire wzdychał i otrząsał się, żeby się pozbyć wody z grzbietu i wszystkich zagłębień ciała, w których się zbierała.

– Tęsknię za Chinami – mruknął w pewnej chwili, jedząc bez apetytu swój wilgotny obiad; w tych warunkach Gong Su nie był w stanie obsmażyć prawidłowo antylopy.

– To musi być coś innego i my to znajdziemy, Laurence – powiedziała Catherine, podając mu filiżankę kawy, kiedy podszedł do stołu śniadaniowego w zamku.

Mechanicznie wziął filiżankę i usiadł z nimi. Jedli w milczeniu, słychać było brzęk talerzy i sztućców. Nikt nawet nie puścił dookoła solniczki ani o nią poprosił. Chenery, zwykle dusza towarzystwa, miał sińce pod oczami, jakby został pobity po twarzy, a Berkley wcale nie przyszedł na śniadanie.

W pewnej chwili do środka wszedł Keynes i zaczął tupać

nogami, żeby oczyścić buty z błota. Na jego przesiąkniętym wodą płaszczu widać było ślady białego śluzu.

– No dobrze – powiedział poważnym głosem – musimy mieć więcej tych grzybów.

Zmyleni jego tonem, popatrzyli na niego bez zrozumienia, a on odpowiedział im ostrym spojrzeniem, po czym niechętnie dodał:

– Maksimus może znowu oddychać.

Po tych słowach wszyscy popędzili do drzwi.

Keynes bardzo się wahał, zanim dał im tę iskrę nadziei, i zdecydowanie odmawiał odpowiedzi na pytania, które mogłyby ją nadmiernie rozdmuchać. Wszyscy stojący przy głowie Maksimusa mogli jednak usłyszeć świst powietrza przechodzącego przez jego nos, i to samo dotyczyło Dulci. Oba smoki wciąż jeszcze kaszlały i kaszlały, ale wszyscy awiatorzy zgodzili się, że brzmiało to zupełnie inaczej. Przekonywali się nawzajem, że jest to zbawienny i produktywny kaszel, a nie ten okropny flegmisty charkot z głębi płuc, który ciągnął się bez końca.

Dorset wciąż prowadził swoje codzienne notatki i wraz z pozostałymi lekarzami przeprowadzał kolejne eksperymenty. Sporządzili rodzaj sosu z zielonych bananów i miąższu orzechów kokosowych i podali go Lily, która wypiła na próbę łyk i zdecydowanie odrzuciła resztę. Messoria dała się namówić do położenia się na jednym boku i na drugim roztopili całą baterię świec. Miało to ogrzać jej płuca, ale nie przyniosło żadnego efektu, jeśli nie liczyć długich strumieni zastygłego wosku na jej skórze. Pewnego dnia przy bramie pojawiła się drobniutka, siwowłosa matrona Khoi, która przyciągnęła balię do prania niemal swoich rozmiarów, po brzegi wypełnioną jakimś preparatem z małpich wątrób. Łamanym holenderskim zdołała im jakoś przekazać, że przyniosła im remedium na wszystkie choroby. Kiedy wypróbowali to na Immortalisie, zjadł bez entuzjazmu jeden kawałek i zostawił resztę. Mimo to musieli za wszystko zapłacić, gdyż na tę resztę rzuciła się Dulcia, która sprzątnęła wszystko, wylizała balię do czysta i poprosiła o więcej.

Jej apetyt rósł bardzo szybko, w miarę jak wracał jej zmysł smaku, i każdego dnia kaszlała coraz mniej. Pod koniec piątego niemal zupełnie przestała, jeśli nie liczyć sporadycznego pokasływania. Maksimus kaszlał trochę dłużej, ale w środku nocy pod koniec tygodnia wszystkich obudziły dobiegające z oddali ryki, krzyki przerażonych ludzi i odgłosy wystrzałów. Wybiegli w panice z namiotów i zobaczyli, jak Maksimus próbuje wśliznąć się niezauważenie na plac, co mimo dokładanych przez niego starań nie mogło się oczywiście skończyć powodzeniem. Tym bardziej że w okrwawionych szczękach niósł wołu. Zorientowawszy się, że jest obserwowany, połknął go pospiesznie niemal w całości, po czym zaczął udawać, że nie ma pojęcia, o czym oni mówią, powtarzając, że poszedł tylko na spacer rozprostować nogi, żeby mu się potem lepiej spało. Ślad jego ogona na ziemi dosłownie spryskanej krwią doprowadził ich do pobliskiej obory, teraz na wpół zawalonej, wybiegu dla krów otoczonego zniszczonym ogrodzeniem i właścicieli bliskich apopleksji ze złości i przerażenia, opłakujących utratę cennego stada wołów.

– To dlatego, że wiatr zmienił kierunek i one zapachniały tak smakowicie – przyznał się w końcu Maksimus, kiedy przedstawiono mu dowody – i tak dawno nie jadłem już świeżej krowy, bez tego gotowania i przypraw.

– Ach, ty śmieszny pacanie, przecież wiesz, że dostaniesz, co tylko zechcesz – powiedział Berkley bez śladu gniewu, poklepując go i głaszcząc. – Jutro dostaniesz dwie.

– I żeby mi nie było żadnego cholernego wymawiania się od jedzenia za dnia, skoro włóczysz się po nocy niczym rozszalały lew, szukając okazji do napchania brzucha – dodał bardziej opryskliwie Keynes, zdegustowany i wyglądający bardzo niechlujnie ze swoim nocnym zarostem; raz wreszcie, po niemal całym tygodniu przesiadywania nocami przy chorych smokach, położył się spać o rozsądnej godzinie i ta pobudka wcale go nie ucieszyła. – Nie mogę pojąć, dlaczego nie pomyślałeś o tym, żeby komuś powiedzieć.

– Nie chciałem budzić Berkleya, bo on ostatnio źle się odżywiał – odparł poważnym tonem Maksimus, a Berkley, który rzeczywiście stracił kilka kolejnych funtów od czasu, gdy przybyli do Afryki, zaczął się tak śmiać, że aż się popłakał.

Od następnego dnia karmili Maksimusa tak jak w Anglii, głównie świeżo zabitym bydłem, którego mięso czasem tylko przyprawiali lekko solą, a on zaczął pochłaniać miejscowe stada – i pustoszyć ich sakiewki – w prawdziwie niezwykłym tempie, aż w końcu musieli namówić Temeraire'a do polowań na dzikie bawoły, których ogromne stada wędrowały po trawiastych wyżynach na północ od Przylądka. W opinii zasmuconego Maksimusa nie były one jednak tak smaczne.

Wtedy nawet Keynes przestał udawać powściągliwego i wszyscy całkowicie zaangażowali się w desperackie poszukiwania nieszczęsnych grzybów, gdyż miejscowe dzieciaki zrezygnowały z dalszych prób jako nie rokujących szans powodzenia. Pomimo wszelkich obietnic składanych im przez Laurence'a i innych kapitanów, przyrzekających, że nie będą szczędzić grosza, chłopcy nie mieli już ochoty poświęcać czasu na bezowocne ich zdaniem poszukiwania.

– Pewnie moglibyśmy sami to zrobić – powiedziała wtedy z wahaniem Catherine.

Rano następnego dnia Laurence oraz Chenery wyruszyli z grupą swoich ludzi na tereny bardziej odległe od miasta, a przez to mniej przeczesane przez zbieraczy. Zabrali ze sobą Dorseta, który miał pomóc w identyfikacji grzybów. Inni kapitanowie nie chcieli opuścić chorych smoków, a Berkley wyraźnie nie nadawał się do długiej wędrówki po dziczy, chociaż zaproponował, że poleci z nimi.

– Nie ma potrzeby, stary – odparł wesołym tonem Chenery, bardzo wesołym. Od wyzdrowienia Dulci był tak szczęśliwy, że niemal bez przerwy miał ochotę tańczyć po stole z radości i gdyby usłyszał najmniejszą nawet zachętę, zrobiłby to w jednej chwili. – Na pewno sobie poradzimy, a ty lepiej tu zostań i jedz razem z nim. On ma rację, trzeba cię podkarmić.

Zdjął płaszcz, owiązał czoło chustką, żeby pot nie spływał mu na twarz, i uzbroił się w ciężką kawaleryjską szablę, którą znalazł w zamkowej zbrojowni. Tak dziwacznego stroju nie powstydziłby się żaden pirat, ale gdy Chenery wszedł na polanę i zobaczył Laurence'a, który czekał na niego w mundurze, krawacie i kapeluszu, popatrzył na niego z wielce powątpiewającą miną. Mniej więcej taką jak ta, którą na jego widok zrobił Laurence i którą, jako człowiek bardziej taktowny, usiłował ukryć.

Smoki wzbiły się w powietrze i zostawiwszy Górę Stołową za sobą, ruszyły na północ. Przeleciały nad zatoką, mijając po drodze *Allegiance*, a kiedy dotarły do ciemnozielonych płycizn i złocistych piasków plaży na drugim brzegu, zmieniły kurs na północno-wschodni, kierując się ku długiemu grzbietowi Kasteelbergu, samotnej góry wznoszącej się nad urodzajnym, środkowym obszarem Przylądka, ostańca pasm górskich, które ciągnęły się trochę dalej w głębi lądu.

Dulcia z Chenerym wysunęła się na czoło i po wymianie przesyłanych z werwą sygnałów poprowadziła ich poza pas osiedli i gospodarstw, kierując się w głąb coraz bardziej bezludnych pustkowi. Narzuciła przy tym takie tempo, że Temeraire miał spore trudności, żeby za nią nadążyć, a i tak przez cały czas była poza zasięgiem głosu. W końcu, około południa, wylądowała niechętnie na brzegu rzeki jakieś dziesięć mil za górą, na której zboczu pierwotnie planowali się zatrzymać.

Laurence wątpił w sens tak dalekiej wyprawy, gdyż grzyby najpewniej występowały naturalnie tylko na Przylądku, a oni nie wiedzieli niczego o terytorium, na którym się znaleźli. Ale Dulcia była tak szczęśliwa, że nie miał serca powiedzieć im, co naprawdę myśli. Smoczyca wyciągała radośnie skrzydła do słońca i piła wodę z rzeki tak łapczywie, że widać było, jak spływa w głąb jej gardła. W pewnej chwili wygięła szyję do tyłu i spryskała się cała w ekstatycznym uniesieniu, a Chenery roześmiał się jak mały chłopiec i przycisnął policzek do jej przedniej łapy.

– Czy to są lwy? – zapytał zaciekawiony Temeraire, siedząc ze złożonymi skrzydłami i nasłuchując gniewnych ryków dobiegających z buszu. Różne od dudniących niczym grzmoty piorunów ryków smoków, były niskimi, lekko chropawymi odgłosami, i zapewne wyrażały protest z powodu inwazji na ich terytorium. – Nigdy nie widziałem lwa – dodał Temeraire, i było raczej mało prawdopodobne, że zobaczy, przynajmniej dopóki będzie to zależało od lwów: niezależnie od tego, jak mogą być rozzłoszczone, na pewno nie odważą się zbliżyć do smoków.

– Czy one są bardzo duże? – zapytała zaniepokojona Dulcia. Pomimo tego, iż towarzyszył im oddział strzelców, których zabrali dla ochrony, ani ona, ani Temeraire nie byli zachwyceni, że członkowie ich załóg będą poruszać się pieszo po tym terenie. – Może powinniście zostać z nami.

– A jak mamy zobaczyć grzyby z powietrza? – odezwał się Chenery. – Wy sobie tu odpocznijcie i może coś zjedzcie, a my w mig wrócimy. Jeśli natrafimy na lwy, damy sobie radę; mamy sześć karabinów, moja droga.

– A jeśli tam będzie s i e d e m lwów? – zapytała niezbyt przekonana Dulcia.

– Wtedy użyjemy naszych pistoletów – odrzekł wesoło Chenery, pokazując jej swój, który zaraz naładował na nowo, żeby ją uspokoić.

– Zapewniam was, że żaden lew nie zbliży się do nas na odległość strzału – powiedział Laurence do Temeraire'a. – Uciekną, gdy tylko usłyszą pierwszy strzał, a jeśli będziemy was potrzebować, wypuścimy racę.

– Cóż, no to idźcie, pod warunkiem że będziecie ostrożni – odparł niepocieszony Temeraire i położył się, układając głowę na przednich łapach.

Szabla Chenery'ego bardzo się przydała, gdy zaczęli wycinać drogę w głąb lasu, gdzie zdaniem Dorseta istniała największa szansa znalezienia grzybów, które w chłodnej i wilgotnej glebie powinny mieć doskonałe warunki rozwoju. Wszystkie zwierzęta, które widzieli, smukłe antylopy i ptaki, szybko uciekały, wystraszone hałasem, jaki robili, przedzierając się przez zarośla. Podszycie tego lasu było niewiarygodnie gęste, pełne wysokich, ciernistych krzaków, których poukrywane zdradziecko wśród zielonych liści i ostre jak igły kolce miały po trzy cale długości. Niemal przez cały czas walczyli z pnączami i łamali lub wycinali gałęzie. Krótkie chwile wytchnienia mieli tylko wtedy, gdy od czasu do czasu trafiali na ścieżki wydeptane przez jakieś wielkie zwierzęta, które podczas marszu poodzierały z kory drzewa. Z obawy przed spotkaniem z tymi zwierzętami, najpewniej słoniami, Dorset nie pozwalał im podążać zbyt długo tymi dróżkami; poza tym wątpił, czy uda im się znaleźć grzyby na otwartej przestrzeni.

W porze obiadu byli już bardzo rozgrzani i zmęczeni i wszyscy, bez wyjątku, mieli krwawe zadrapania. Wtedy Dyer, który ucierpiał najmniej dzięki temu, że wciąż był małym, chudym chłopcem, krzyknął tryumfalnie. Rzuciwszy się płasko na brzuch, wczołgał się pod jeden z ciernistych krzaków, po czym wycofał, trzymając grzyb, który rósł przy pniu martwego drzewa.

Był to mały okaz, pokryty grudkami ziemi i z tylko dwoma kapeluszami, ale ten sukces natychmiast przywrócił im siły. Wznieśli okrzyk na cześć Dyera, wypili po szklaneczce grogu i rzucili się na poszukiwania.

– Jak myślisz – wysapał zdyszany Chenery, przerąbując się przez zarośla – ile czasu nam zajmie zbieranie tych grzybów dla wszystkich smoków w Anglii, jeśli będziemy musieli szukać ich w taki...

Zza krzewu, w którym wycinał drogę, dobiegły ciche trzaski przypominające skwierczenie kropelek wody rzuconych na gorący tłuszcz i niski odgłos, jakby kaszlnięcie.

– Bądźcie ostrożni... ostrożni – syknął Dorset, powtarzając to słowo, gdy Riggs przesunął się w tamtą stronę. Libbley, pierwszy oficer Chenery'ego, wyciągnął rękę i Chenery podał mu szablę. – Tam mogą być...

Umilkł. Libbley wsunął szablę w zarośla, żeby odciąć splątany mech, a Riggs rozsunął rękami gałęzie i wszyscy ujrzeli masywny łeb dużego zwierzęcia, które przypatrywało im się jakby w zamyśleniu. Było szare, miało dwa wielkie rogi na pysku, małe świńskie oczka, czarne i lśniące, a jego dziwnie ukształtowana górna warga cały czas się poruszała, gdyż ani na chwilę nie przestało przeżuwać. Nie dorównywało wielkością smokom, ale w porównaniu z wołami, a nawet miejscowymi bawołami, było wręcz ogromne i tak masywnie zbudowane, że sprawiało bardzo groźne wrażenie, zwłaszcza iż jego gruba skóra wyglądała jak pancerz.

– Czy to jest słoń? – zapytał ściszonym głosem Riggs, odwróciwszy głowę.

W tej samej chwili zwierzę parsknęło i zaatakowało. Poruszało się zadziwiająco szybko jak na tak ciężkie stworzenie, łamiąc i tratując zarośla, z głową nisko pochyloną, tak że rogi były wysunięte do przodu. Podniosły się krzyki, ale Laurence zachował tyle przytomności umysłu, by w ostatniej chwili złapać Dyera i Emily za kołnierze i pociągnąć oboje za drzewa. Dopiero potem sięgnął po pistolet i szablę. Za późno, zwierzę, pędząc jak szalone w obranym przez siebie kierunku, znikło już w zaroślach, i ani jeden z nich nie zdążył wystrzelić.

– Nosorożec – powiedział spokojnym tonem Dorset – Czytałem, że są krótkowzroczne i łatwo wpadają w złość. Kapitanie Laurence, czy może mi pan dać swoją chustę?

Dopiero wtedy Laurence spojrzał w jego kierunku i zobaczył, że Dorset zajmuje się pilnie nogą Chenery'ego, z której płynie obfity strumień krwi: złamana gałąź wbiła mu się w udo.

Dorset rozciął nogawkę jego spodni wielkim dwuostrzowym nożem chirurgicznym, przeznaczonym do zabiegów na delikatnych błonach smoczych skrzydeł, sprawnie podwiązał uszkodzoną żyłę, po czym owinął udo chustą. Laurence tymczasem rozkazał innym, żeby z gałęzi drzew i płaszczy zrobili nosze.

– To tylko lekkie zadrapanie – zapewniał gorączkowo Chenery – proszę, nie niepokójcie smoków.

Zobaczywszy, że Dorset pokręcił przecząco głową, Laurence przestał zwracać uwagę na protesty Chenery'ego i wystrzelił niebieską racę.

– Leż spokojnie – powiedział do kapitana Dulcii – jestem pewny, że one zaraz tu będą.

Niemal w tej samej chwili przesunął się po nich wielki cień smoczych skrzydeł. Podświetlona z góry sylwetka Temeraire'a była zupełnie czarna na tle słońca, a jej kontur oślepiająco jasny. Drzewa i krzewy zatrzeszczały, łamiąc się pod jego ciężarem, a potem smok, węsząc, wsunął między nich głowę, wielką czerwonawą głowę z dziesięcioma zakrzywionymi ciosami koloru kości słoniowej w górnej wardze. To wcale nie był Temeraire.

– Chroń nas, Chryste – wyszeptał mimowolnie Laurence, sięgając po pistolet. Nawet nie wyobrażał sobie, że kiedykolwiek zobaczy tak wielkiego dzikiego smoka. Bestia była niewiele mniejsza od Temeraire'a, silnie zbudowana, o szerokich barkach i potężnej klatce piersiowej. Jej czerwono-brązowe ciało zdobiły żółte i szare plamy, a łeb i grzbiet podwójny grzebień zębatych wyrostków. – Jeszcze jedna raca, Riggs, jeszcze jedna...

Riggs wystrzelił, a dziki smok syknął z irytacją i machnął łapą, zbyt późno, próbując trafić w racę, która przemknęła obok niego i rozbłysła w górze błękitnym światłem. Znowu zwrócił głowę w ich stronę, a źrenice jego żółto-zielonych oczu zwęziły się. Rozwarł szczęki, obnażając zęby, i wtedy przez korony drzew przebiła się Dulcia, krzycząc: „Chenery, Chenery". Kiedy zobaczyła, co im grozi, rzuciła się jak szalona na znacznie większego dzikiego smoka.

Zaskoczony gwałtownością jej zuchwałego ataku, czerwono-brązowy smok cofnął się w pierwszej chwili, ale zaraz potem uderzył z zadziwiającą szybkością, chwycił zębami jej skrzydło i potrząsnął nią kilka razy. Zaskrzeczała z bólu, ale kiedy ją puścił, najwyraźniej usatysfakcjonowany, że dostała nauczkę, skoczyła znowu na niego z obnażonymi zębami, nie zważając na krew pokrywającą czarną pajęczyną błonę jej skrzydła.

Dziki smok cofnął się o kilka kroków, zwalając zadem jeszcze parę drzew, i syknął na nią z miną, która wyrażała raczej zdumienie niż złość. Ustawiła się między nim a ludźmi i rozłożywszy skrzydła, stanęła na tylnych łapach, żeby być jak największą, po czym wyciągnęła przed siebie przednie łapy z odsłoniętymi pazurami. Wyglądała jak zabawka obok jego masywnego cielska, ale on zamiast zaatakować, usiadł na zadzie i przednią łapą podrapał się po nosie w geście zakłopotania. Było w tym coś niemal ludzkiego. Laurence widział niejeden raz, jak Temeraire z niechęcią podejmował walkę z mniejszymi stworzeniami, świadomy swojej przewagi nad nimi, ale z drugiej strony mniejsze smoki zwykle nigdy nie atakowały dużo większych od siebie bez wsparcia innych, dzięki którym bój mógłby być bardziej wyrównany. Tylko strach o bezpieczeństwo jej kapitana skłonił Dulcię do takiego postępku.

Chwilę później padł na nich cień Temeraire'a i dziki smok uniósł gwałtownie głowę, naprężył mięśnie barków i wzbił się w powietrze na spotkanie nowego, bardziej godnego siebie przeciwnika. Laurence nie widział zbyt dobrze, co tam się działo, chociaż desperacko wyciągał szyję. Ponadto musieli się teraz zmagać z Dulcią, która tak bardzo pragnęła zobaczyć Chenery'ego i ocenić, jak poważna jest jego rana, że napierała na nich i przeszkadzała lekarzowi.

– Gotowe, teraz go załadujemy – powiedział Dorset, klepiąc ją energicznie po piersi, aż się cofnęła. – Umieśćcie go w uprzęży brzusznej, tylko pamiętajcie, że musi być dobrze przypięty – dodał, a oni pospiesznie zaczęli przymocowywać prowizoryczne nosze do pasów.

Tymczasem w górze dziki smok latał po ciasnych łukach i to rzucał się na Temeraire'a, to odskakiwał, posykując na niego i pyrkając jak czajnik z gotującą się wodą. Temeraire zawisł w powietrzu, jak to potrafią robić tylko chińskie smoki, postawił krezę i wciągnął głęboko powietrze, rozdymając klatkę piersiową. Dziki smok natychmiast odleciał jeszcze o kilka długości skrzydeł, powiększając odległość między nimi, i pozostał tam, aż Temeraire wydał swój straszliwy, grzmiący ryk. Wstrząśnięte jego siłą drzewa zrzuciły grad starych liści i gałęzi uwięzionych w koronach. Wraz z nimi spadło trochę brzydkich owoców w kształcie kiełbas, które z głuchym odgłosem wbijały się głęboko w ziemię wokół nich. Skrzydłowy Chenery'ego, Hyatt, zaklął głośno, gdy jeden z nich odbił się od jego barku. Laurence starł kurz i pyłek kwiatowy z twarzy i mrużąc oczy, popatrzył w górę: dziki smok, któremu ten pokaz siły wyraźnie zaimponował, po chwili wahania zawrócił i szybko zniknął im z oczu.

Załadowali Chenery'ego z nie mniejszym pośpiechem i natychmiast ruszyli w drogę powrotną do Kapsztadu. Podczas lotu Dulcia ustawicznie opuszczała głowę w stronę brzucha, żeby sprawdzić, jak on się czuje. Wyładowali go w ponurych nastrojach na dziedzińcu, już rozpalonego gorączką, skąd został wniesiony do zamku, gdzie miał go zbadać lekarz gubernatora. Laurence tymczasem wziął niepozornego grzyba, który był jedynym owocem ich całodziennego trudu.

Keynes oglądał go przez jakiś czas z posępną miną i w końcu powiedział:

– Nitidus. Jeśli w tych lasach, nawet tak blisko, można się natknąć na dzikie smoki, musimy mieć małego smoka, który będzie was tam przenosił, a Dulcia nie ruszy się stąd, dopóki Chenery jest tak ciężko chory.

– Te grzyby rosną ukryte w krzakach – odparł Laurence. – Nie możemy ich szukać z grzbietu smoka.

– Nie możecie też dawać się tratować nosorożcom albo zjadać dzikim smokom – odburknął Keynes. – Jeśli podczas poszukiwań tego lekarstwa będziemy tracić więcej smoków, niż uda nam się wyleczyć, to na niewiele nam się ono zda, kapitanie – dodał i ciężkim krokiem poszedł z grzybem do Gong Su, który miał go odpowiednio przyrządzić.

Warren przełknął ślinę, kiedy usłyszał o postanowieniu Keynesa, i odezwał się cichym głosem:

– To Lily powinna dostać...

– Nie będziemy się kłócić z lekarzami, Micah – przerwała mu stanowczo Catherine. – To pan Keynes musi podejmować takie decyzje.

– Kiedy zbierzemy ich wystarczająco dużo – powiedział spokojnie Keynes – będziemy mogli rozpocząć eksperymenty mające na celu zbadanie, jak duża powinna być dawka lekarstwa. Jednak w obecnej sytuacji musimy jak najszybciej postawić smoki na nogi, żeby miały siły na dalsze poszukiwania, i wcale nie jestem pewny, czy tak mały grzyb pomógłby Lily. Maksimus jeszcze przez kilka tygodni będzie w stanie wykonywać jedynie krótkie loty.

— Doskonale rozumiem, panie Keynes, nie mówmy już więcej o tym – odparła Catherine.

Tak więc Nitidus dostał lekarstwo, a Lily nadal żałośnie kaszlała. Catherine przesiadywała przy niej całymi nocami, głaszcząc ją po pysku i nie zważając na zagrożenie, jakie stanowiły dla niej rozpylane wokół kropelki kwasu.

Rozdział 8

Całkowicie nieprawdopodobne... absolutnie niemożliwe – odpowiedział ostrym tonem Dorset, kiedy dwa tygodnie później zdesperowana Catherine zasugerowała, że zebrali już wszystkie okazy grzybów, jakie rosły na świecie.

Nitidus podczas choroby cierpiał mniej od większości smoków, chociaż narzekał dużo częściej, i wrócił do zdrowia nawet szybciej od Dulcii. Pomimo to wciąż miał skłonność do nerwowego pokasływania, chociaż fizycznie nie było to już konieczne.

– Dziś rano znowu mi się kręciło w głowie – skarżył się niespokojnie, a kiedy indziej drapało go lekko w gardle lub bolały mięśnie barków.

– Tego należało się spodziewać – powiedział w końcu Keynes, ledwie tydzień po podaniu Nitidusowi pierwszej dawki lekarstwa – skoro miesiącami leżałeś bez ruchu. – Weź go jutro na wycieczkę i dosyć już tego jęczenia – rzekł do Warrena i odszedł.

Po tym zachęcającym zezwoleniu natychmiast wznowili poszukiwania zahamowane przez wypadek Chenery'ego, ograniczając się do obszaru samego Przylądka. W ciągu dwóch następnych tygodni jednak nie mogli się pochwalić żadnym sukcesem, nie natknęli się też na żadnego dzikiego smoka. Ogarnięci desperacją zbierali też grzyby innych gatunków, podobnych z wyglądu do tych, których szukali. Dwa z nich okazały się trujące dla miejscowych gryzoni o puszystym futerku, którym Dorset podał przyrządzoną z nich miksturę.

Keynes szturchnął palcem małe, skręcone w agonii ciała i potrząsnął głową.

– Nie można podjąć takiego ryzyka. Masz cholerne szczęście, że nie otrułeś tym Temeraire'a, kiedy prowadziłeś pierwsze eksperymenty.

– Co zatem mamy robić, do diabła? – zapytała zdenerwowana Catherine. – Jeśli nie ma ich więcej...

– Będzie ich więcej – zapewnił ją Dorset.

Kontynuował swoje codzienne wyprawy na targowisko, gdzie zmuszał drobnych handlarzy i właścicieli stoisk do przyglądania się rysunkowi przedstawiającemu grzyba, który wykonał ołówkiem i tuszem, z wielką dbałością o szczegóły. Jego wytrwałość została nagrodzona, kiedy jeden z coraz bardziej zdesperowanych kupców, Khoi, którego znajomość holenderskiego i angielskiego ograniczała się do kilku słów i umiejętności liczenia do dziesięciu, co zwykle wystarczało, żeby mógł sprzedać towary, pojawił się w końcu przed bramą placu apelowego wraz z wielebnym Erasmusem. Czarny kaznodzieja miał mu pomóc w położeniu kresu tym nieustannym najściom.

– O ile dobrze zrozumiałem, on mówi, że te grzyby nie rosną na Przylądku – tłumaczył Erasmus – ale Xhosa...

Umilkł, gdyż przerwał mu handlarz Khoi, który niecierpliwie powtórzył to słowo zupełnie inaczej, włączając na początku osobliwe mlaśnięcie. Przypomniało ono Laurence'owi niektóre dźwięki, które występowały w języku durzagh, tak trudne do wypowiedzenia.

– W każdym razie – podjął Erasmus po kolejnej nieudanej próbie prawidłowego powtórzenia nazwy – chodzi mu o plemię, które żyje na wybrzeżu, ale dalej stąd. Ci ludzie często wybierają się w głąb lądu i mogą wiedzieć, gdzie rosną te grzyby.

Podążając tym tropem, Laurence szybko się jednak przekonał, że nawiązanie jakiegokolwiek kontaktu może być niezwykle trudne. Koczownicy, którzy żyli najbliżej Przylądka, wycofywali się coraz dalej i dalej od holenderskich osad i gospodarstw po tym, jak przed ośmiu laty odparto ostatnią falę ich napadów, w dużej mierze sprowokowanych. Utrzymywali teraz z kolonistami kruchy i często zrywany rozejm, i tylko na samej granicy dochodziło do kontaktów między obu stronami.

– A i to – poinformował Laurence'a pan Rietz, podczas rozmowy, którą obaj prowadzili w równie łamanym niemieckim – za cenę bydła, które nam kradną. Dwa razy na miesiąc tracimy krowę lub więcej mimo tych wszystkich rozejmów, które podpisują.

Był jednym z naczelników Swellendamu, jednej z najstarszych osad Prowincji Przylądkowej, a jednocześnie wysuniętej najdalej w głąb lądu ze wszystkich. Zbudowano ją u stóp łańcucha gór, które do pewnego stopnia utrudniały dzikim smokom napady. Winnice i ziemie uprawne otaczały schludne, bielone wapnem domy, z których tylko garść była większa i silnie ufortyfikowana. Osadnicy mieli się na baczności przed dzikimi smokami, które często przelatywały nad górami i porywały bydło i przeciwko którym wybudowali w środku osady mały fort broniony przez dwie sześciofuntówki, i żywili urazę do swoich czarnych sąsiadów, na których temat Rietz jeszcze dodał:

– Wszyscy Kafrowie są łajdakami i radzę wam, żebyście trzymali się od nich z daleka. To dzikusy co do jednego i jest bardziej prawdopodobne, że raczej zamordują was we śnie, niż zrobią coś pożytecznego.

Powiedziawszy tyle, głównie pod wpływem niewypowiedzianej, choć wcale przez to nie mniejszej groźby, jaką była już sama obecność Temeraire'a na peryferiach miasteczka, uznał, że to wystarczy, i w żadnym razie nie zamierzał im w niczym

211

więcej pomagać. Siedział więc w milczeniu przez jakiś czas, aż Laurence w końcu się poddał i pozwolił mu wrócić do jego ksiąg rachunkowych.

– To są rzeczywiście bardzo piękne krowy – powiedział Temeraire ze zdrowym podziwem, kiedy Laurence do niego wrócił. – Nie można winić dzikich smoków za to, że je porywają. One przecież nie wiedzą, że tego nie wolno robić, a te krowy po prostu siedzą sobie w zagrodach i nikt nie ma z nich pożytku. Jak znajdziemy tych Xhosa – zmienił temat – jeśli osadnicy nam nie pomogą? Może moglibyśmy polatać i ich poszukać?

Laurence wiedział jednak, że wtedy nie znaleźliby nawet śladu ludzi, którzy na pewno mieli się na baczności przed smokami, gdyż w tym samym stopniu co osadnicy mogli stać się ich ofiarami.

Generał Grey prychnął gniewnie, kiedy Laurence, szukając jakiegoś wyjścia z tej sytuacji, wrócił do Kapsztadu i powtórzył mu rozmowę z Rietzem.

– Tak, wydaje mi się, że jeśli znajdziecie jakiegoś Xhosa, usłyszycie od niego tę samą skargę, tyle że skierowaną przeciwko osadnikom. Oni nieustannie kradną sobie nawzajem bydło, a wspólnym głosem mówią tylko wtedy, gdy skarżą się na dzikie smoki. To beznadziejna sprawa – dodał – bo osadnicy potrzebują więcej ziemi na pastwiska, bardzo jej potrzebują, i nie mogą jej dostać. Kłócą się więc z tubylcami o tę, którą pozostawiły im dzikie smoki.

– Czy nie można nad nimi jakoś zapanować? – zapytał Laurence.

Nie wiedział, jak w Afryce radzono sobie z dzikimi smokami. W Wielkiej Brytanii utrzymywano je na terenach rozpłodowych, dostarczając im regularnie jedzenie.

– Nie, tu jest po prostu za dużo dzikich zwierząt – odpowiedział Grey. – W każdym razie nie dają się skusić do pozostawienia osiedli w spokoju, a próbowano już tego wiele razy. Co roku kilku zapaleńców pcha się w głąb lądu, ale raczej nie znajdują tam szczęścia. – Wzruszył ramionami. – Większość z tych naszych poszukiwaczy przygód znika bez śladu i oczywiście wina spada na rząd, który oskarża się o bezczynność. Ale ludzie nie chcą zrozumieć, jakie to by było kosztowne i trudne. Zapewniam pana, że nie podjąłbym się zadania opanowania tutaj większego terytorium bez przynajmniej sześciu smoków i dwóch kompanii artylerii polowej.

Laurence skinął głową. Rzeczywiście było mało prawdopodobne, żeby Admiralicja przysłała gubernatorowi taką pomoc w obecnej sytuacji albo, jeśli już o to chodzi, w bliskiej przyszłości. Nawet jeśli pominąć chorobę, która tak osłabiła Korpus Powietrzny, nie ulegało wątpliwości, że każde znaczące siły będą przede wszystkim wykorzystane w wojnie z Francją.

– Będziemy musieli sobie sami z tym poradzić – powiedziała Catherine, kiedy wieczorem poinformował ją ponurym głosem o swoim niepowodzeniu. – Wielebny Erasmus na pewno może nam w tym pomóc. Potrafi rozmawiać z tubylcami, a ten handlarz być może będzie wiedział, gdzie ich szukać.

Laurence i Berkley poszli prosić go o pomoc do misji, która tymczasem bardzo się zmieniła. Poletko przy domu było teraz pięknym ogrodem warzywnym, pełnym krzaków pomidorów i papryki. Pracowało w nim kilka dziewcząt Khoi w skromnych czarnych sukienkach, które przywiązywały łodygi pomidorów do palików; inne siedziały pod rozłożystym drzewem mimozowym i szyły coś z wielkim zapałem, podczas gdy pani Erasmus i jeszcze jedna dama, biała kobieta, czytały im na zmianę Biblię przetłumaczoną na ich język.

Wnętrze domu zostało niemal w całości oddane uczniom, skrobiącym mozolnie na tabliczkach z łupków, gdyż papier był zbyt drogi, żeby używać go do takich ćwiczeń. Erasmus wyszedł z gośćmi na zewnątrz, gdyż w środku nie było miejsca, w którym mogliby porozmawiać, i oznajmił:

– Nie zapomniałem o tym, co pan dla nas zrobił, kapitanie, i chętnie bym wam pomógł. Jest jednak wielce prawdopodobne, że pokrewieństwo między językami Khoi i Xhosa jest mniej więcej takie, jak między francuskim a niemieckim, a ja nie znam jeszcze dobrze nawet pierwszego. Hannah radzi sobie o wiele lepiej i oboje pamiętamy trochę nasze ojczyste języki, ale te będą tu nawet mniej przydatne, gdyż oboje wywodzimy się z plemion żyjących daleko na północ.

– Mimo to ma pan o wiele większe szanse od każdego nas, żeby się z nimi dogadać – rzucił dość obcesowo Berkley. – Porozumienie się z nimi nie powinno być tak cholernie trudne. Zachowaliśmy kawałek tego grzyba i możemy im go pokazywać, żeby wiedzieli, czego chcemy.

– Ponieważ sąsiadują z Khoi – wtrącił Laurence – to na pewno są wśród nich tacy, którzy mówią trochę ich językiem, co powinno umożliwić panu nawiązanie z nimi jakiegoś kontaktu. Możemy tylko prosić – dodał – żeby pan spróbował. Jeśli się panu nie powiedzie, to będziemy po prostu w tej samej sytuacji, w jakiej jesteśmy obecnie.

Erasmus zatrzymał się przy bramie ogrodowej. Patrzył przez chwilę na swoją żonę czytającą dziewczętom, po czym powiedział cicho i w zamyśleniu:

– Nie słyszałem jeszcze, żeby ktoś głosił Ewangelię ludowi Xhosa.

Ponieważ ekspansja w głąb lądu była niemożliwa, a przynajmniej poważnie utrudniona, osadnicy przesuwali się wolno, lecz stale, wzdłuż wybrzeża na wschód od Kapsztadu. Rzeka Tsitsikamma, odległa o jakieś dwa dni lotu, była teraz teoretycznie granicą między terytoriami holenderskim i ludu Xhosa. Teoretycznie, gdyż poza zatoką Plettenberg nie było żadnych osad białych, a jeśli Xhosa czaili się w buszu tuż za opłotkami najdalej położonych wiosek, o czym wielu osadników było święcie przekonanych, robili to tak skrycie, że nikt tego tak naprawdę nie potrafił sprawdzić. Ale odepchnięto ich za rzekę podczas ostatnich walk, a że tworzyła ona wygodną linię na mapie, nazwano ją w traktacie granicą.

Podczas lotu Temeraire trzymał się wybrzeża, dziwnie pięknych klifów pokrytych gęstą roślinnością, a miejscami liszajami jasnoczerwonych, kremowych i brązowych skał, oraz złocistych plaż, na których miejscami roiło się od przysadzistych pingwinów, zbyt małych, żeby wystraszył je ich przelot: smoki się nimi nie żywiły. Pod koniec drugiego dnia przelecieli nad laguną Knysna, chronioną przez wąskie ujście do oceanu, i późnym wieczorem dotarli do brzegu rzeki Tsitsikamma, płynącej z głębi lądu głębokim, zielonym od bujnej roślinności korytem.

Rano, przed przekroczeniem rzeki, przywiązali do dwóch długich kijów białe prześcieradła jako znak, że przybyli z pokojowymi intencjami i chcą pertraktować, i przymocowali je na każdym ze skrzydeł Temeraire'a. Lecieli ostrożnie nad terytorium Xhosa, aż zobaczyli polanę na tyle dużą, że mogli zostawić Temeraire'a w pewnej odległości z tyłu, i przedzieloną przez wąski, rwący strumień. Nie był on poważną przeszkodą, ale jednak jakąś tam granicą, która mogła wzbudzić poczucie bezpieczeństwa u kogoś stojącego po drugiej stronie.

Oprócz dość pokaźnej liczby złotych gwinei Laurence, licząc na to, że skusi tubylców, zabrał bogaty asortyment rzeczy, których powszechnie używano w lokalnym handlu wymiennym, przede wszystkim kilka naszyjników z muszelek kauri nanizanych na jedwabne nici. W niektórych częściach kontynentu służyły jako środek płatniczy, a na Przylądku były wysoko cenione jako biżuteria, chociaż na Temerairze nie zrobiły wrażenia. Muszelki były za mało kolorowe, za mało błyszczące i nie opalizowały, więc nie obudziły jego natury chomika; ze znacznie większym zainteresowaniem zerkał na skromny naszyjnik z pereł, który ofiarowała dla dobra sprawy Catherine.

Wszystkie te rzeczy załoga rozłożyła na wielkim kocu, na tyle blisko strumienia, żeby były dobrze widoczne dla obserwatora z drugiego brzegu. Temeraire położył się dalej, próbując wyglądać możliwie niegroźnie, i zaczęli czekać na jakąś reakcję tubylców. Laurence nie był nadmiernym optymistą. Narobili wprawdzie sporo hałasu, ale teren był bardzo rozległy: lecieli przez dwa dni, żeby dotrzeć do tej rzeki.

Spędzili tę noc na brzegu i nie doczekali się żadnej reakcji. Drugi dzień także minął bez szczególnych wydarzeń, jeśli nie liczyć tego, że Temeraire udał się na polowanie i przyniósł cztery antylopy, które upiekli na kolację. Niezbyt im to zresztą wyszło: Gong Su został w obozie, żeby karmić pozostałe smoki, a młody Allen, który miał obracać rożen, zamyślił się i zapomniał o tym, mięso było zatem przypalone z jednej strony i nieapetycznie surowe z drugiej. Temeraire powąchał je i postawił z dezaprobatą swoją krezę; stawał się, jak zauważył ze smutkiem Laurence, coraz bardziej wybredny w jedzeniu, co dla żołnierza było dość niefortunnym przyzwyczajeniem.

Powoli mijał trzeci dzień, upalny i parny od samego rana, a coraz bardziej zniechęceni ludzie stopniowo milkli. Emily i Dyer skrobali coś bez entuzjazmu na swoich tabliczkach, a Laurence zmuszał się od czasu do czasu do krótkich spacerów, żeby nie zasnąć. Temeraire ziewnął potężnie, po czym położył głowę na łapach i zachrapał. O pierwszej po południu zjedli obiad: tylko chleb z masłem i trochę grogu, ale w tym upale nikt nie miał ochoty na więcej, nawet po klapie, jaką była kolacja z poprzedniego dnia. Słońce bardzo powoli, jakby niechętnie, zniżało się nad horyzontem; dzień się dłużył.

– Czy jest pani wygodnie? – zapytał Laurence, kiedy przyniósł pani Erasmus kolejną filiżankę grogu.

Jej córeczki zostały w zamku pod opieką służącej, a ona sama siedziała w małym namiocie, który ustawili dla niej, żeby miała cień. Usłyszawszy pytanie, skinęła głową i wzięła od niego filiżankę, jak zwykle sprawiając wrażenie, że nie dba zupełnie o wygodę. Oczywiście była to cecha niezbędna u żony misjonarza, podążającej za mężem po całym świecie, ale Laurence nie mógł się pozbyć uczucia, że zmuszanie jej do znoszenia takiego upału, i to w sytuacji, kiedy najwyraźniej nie może się do niczego przydać, jest czystym barbarzyństwem. Nie skarżyła się, ale nie mogła się jej podobać podróż na grzbiecie smoka, jakkolwiek dobrze ukrywała lęk, a teraz, chociaż słońce świeciło tak wściekle, że widać je było nawet przez skórę namiotu, miała na sobie suknię z ciemnego materiału, zapiętą pod samą szyją i z długimi rękawami.

– Przepraszam, że naraziliśmy panią na to wszystko – powiedział. – Jeśli do jutra nic się nie wydarzy, to chyba będziemy musieli uznać, że nasza próba zakończyła się niepowodzeniem.

– Będę się modlić o szczęśliwsze zakończenie – odparła swoim głębokim, opanowanym głosem, nie unosząc głowy.

W miarę jak zbliżał się zmierzch, moskity śpiewały coraz radośniej, choć nie zbliżały się do Temeraire'a; muchy były mniej rozsądne. Kształty drzew powoli wtapiały się już w mrok, kiedy Temeraire nagle się obudził i powiedział:

– Laurence, ktoś tam idzie.

W tej samej chwili na przeciwległym brzegu strumienia zaszeleściła trawa i z półmroku wyłonił się bardzo drobny człowiek. Miał gołą głowę i był nagi, jeśli nie liczyć małego koca, udrapowanego dość swobodnie na jego ciele dla zachowania skromności. W ręku trzymał włócznię assegai o długim wąskim ostrzu, a przez drugie ramię miał przewieszoną raczej chudą antylopę.

Nie przeszedł przez strumień. Zerkając nieufnie na Temeraire'a, wyciągnął lekko szyję, żeby przyjrzeć się wyłożonym na kocu towarom, ale wyraźnie nie zamierzał iść dalej.

– Wielebny, zechce pan mi towarzyszyć – powiedział cichym głosem Laurence i ruszył przed siebie.

Ferris podążył za nimi, chociaż go o to nie poproszono. Laurence zatrzymał się przy kocu i podniósł najbardziej wyszukany z naszyjników kauri, który miał kształt obroży wykonanej z sześciu lub siedmiu sznurów na przemian jasnych i ciemnych muszelek, poprzedzielanych złotymi paciorkami.

Przeszli przez strumień, który w tym miejscu był płytki i nie sięgał ponad cholewy ich butów. Laurence, patrząc na oszczep, ukradkiem położył dłoń na rękojeści pistoletu: wchodząc na przeciwny brzeg, mogli być narażeni na atak. Jednak myśliwy cofnął się tylko w stronę lasu, gdy wyszli z wody, tak że w słabym świetle gasnącego dnia był niemal niewidoczny na tle zarośli i łatwo mógł zniknąć w ciemności. Laurence pomyślał, że ten człowiek ma dużo więcej niż oni powodów do lęku, stojąc samotnie w obliczu tak dużej grupy, zwłaszcza że za nimi był jeszcze Temeraire, który przykucnął jak kot na tylnych łapach i niespokojnie śledził rozwój sytuacji.

– Sir, proszę pozwolić mi to zrobić – powiedział Ferris tak tęsknie, że Laurence bez sprzeciwu podał mu naszyjnik.

Trzymając go na dłoniach, młody porucznik ruszył ostrożnie w stronę myśliwego, który zawahał się, wyraźnie walcząc z pokusą, po czym wyciągnął do nich ręce z antylopą. Miał przy tym lekko zmieszaną minę, jakby nie uważał tego za uczciwą wymianę.

Ferris pokręcił głową, a potem nagle zesztywniał, gdyż zarośla za myśliwym zaszeleściły. Był to jednak tylko mały chłopiec, nie więcej niż sześcio- lub siedmioletni, który rozchylił rękami liście, żeby móc zerkać na nich wielkimi, zaciekawionymi oczami. Myśliwy odwrócił się i powiedział coś ostro do niego głosem, który stracił nieco na surowości, gdy w połowie reprymendy kilka razy się załamał. Laurence uświadomił sobie, że on wcale nie był skarłowaciały, tylko wciąż jeszcze rósł. Był chłopcem ledwie o kilka lat starszym od tego, który się ukrywał.

Mały chłopiec zniknął w jednej chwili, gdy gałęzie zamknęły się nad jego głową, a starszy odwrócił się znowu w stronę Ferrisa z wyrazem wyzywającej czujności na twarzy; tak mocno zacisnął dłoń na drzewcu assegai, że jego kłykcie przybrały kolor jasnego różu.

– Niech pan mu powie, proszę, jeśli to możliwe, że nie chcemy wyrządzić im krzywdy – powiedział Laurence cicho do Erasmusa.

Nie zastanawiał się zbytnio nad tym, co mogło ich tutaj zwabić i skłonić do podjęcia ryzyka, którego inni z ich klanu woleli zapewne uniknąć; myśliwy był bardzo wychudzony, a na twarzy młodszego chłopca nie było nawet śladu dziecięcej pulchności.

Erasmus skinął głową, zbliżył się do myśliwego i spróbował nawiązać kontakt, posługując się tymi kilkoma słowami z dialektu Khoi, które znał. Bez powodzenia. Powróciwszy zatem do bardziej pierwotnych form komunikacji, pastor poklepał się po piersi i podał swoje imię. Chłopiec odpowiedział, że nazywa się Demane. Ta wzajemna prezentacja przyczyniła się przynajmniej do tego, że trochę się uspokoił: nie wyglądał już tak, jakby w każdej chwili miał się rzucić do ucieczki, i pozwolił zbliżyć się Ferrisowi, który chciał mu pokazać małą próbkę grzyba.

Demane krzyknął z obrzydzeniem i cofnął się gwałtownie. Nie bez powodu, gdyż po tak upalnym dniu aromat zamkniętego w skórzanej torbie grzyba wcale się nie poprawił. Młodzieniec zaśmiał się, rozbawiony własną reakcją, pomyślał przez chwilę, po czym wrócił. Kiedy jednak wskazali kolejno na grzyb i na naszyjnik, popatrzył na nich z konsternacją i nic nie wskazywało na to, że zrozumiał, czego od niego chcieli; chociaż ciągle dotykał z tęsknym wyrazem twarzy muszelek, ujmując je palcem wskazującym i kciukiem i obracając.

– Myślę, że on nie może uwierzyć, by ktoś chciał je wymienić na coś takiego – powiedział półgłosem Ferris, starając się trzymać głowę jak najdalej od torby.

– Hannah – odezwał się Erasmus, zaskakując Laurence'a, który nie zauważył, że pani Erasmus podeszła do nich.

Demane wyprostował się, szybko opuścił rękę, którą dotykał muszelek, zachowując się jak uczeń przyłapany na czymś przez nauczycielkę, i odsunął się od niej. Mówiła do niego przez jakiś czas swoim cichym głosem, wymawiając słowa wolno i wyraźnie. Następnie wzięła grzyba od Ferrisa i chciała go podać chłopcu. Demane skrzywił się z niechęcią, ale ona władczym gestem przełamała jego opór. Kiedy ostrożnie wziął od niej grzyba, chwyciła go za nadgarstek ręki, w której go trzymał, i wyciągnęła ją do Ferrisa. Ferris z kolei wyciągnął rękę z naszyjnikiem i odegrał scenę wymiany. Teraz wszystko stało się zrozumiałe.

Z zarośli pisnął cienki głosik; Demane odpowiedział uspokajająco, po czym zaczął potoczyście mówić do pani Erasmus. Była to mowa pełna dziwnych mlaśnięć, płynących tak szybko, że Laurence nie mógł sobie wyobrazić, jak ten chłopak je wytwarza. Pani Erasmus słuchała go z uwagą i marszcząc czoło, próbowała zrozumieć. W pewnej chwili zaniósł grzyba pod drzewo, uklęknął, położył go przy jego pniu, po czym udał, że go wyrywa i rzuca na ziemię.

– Nie, nie – krzyknął Ferris i w ostatniej chwili uratował bezcenną próbkę, którą chłopak chciał podeptać bosą stopą.

Demane obserwował jego zachowanie ze zdumioną miną.

– On mówi, że krowy po tym chorują – wyjaśniła pani Erasmus.

Gesty chłopaka były wystarczająco zrozumiałe; grzyby zostały uznane za szkodliwe, więc wyrywano je wszędzie tam, gdzie zostały znalezione, co mogło tłumaczyć rzadkość ich występowania. Nie było w tym nic dziwnego, gdyż współplemieńcy Demane utrzymywali się z hodowli bydła, ale zatrwożony Laurence zaczął się zastanawiać, gdzie powinni szukać wielkich ilości grzybów, niezbędnych dla ich celów, jeśli od pokoleń utrwaliła się praktyka usuwania ich jak szkodliwych chwastów.

Pani Erasmus mówiła coś dalej do chłopca, po czym wzięła grzyba i zaczęła udawać, że go głaszcze, by pokazać, jak bardzo jest dla nich cenny.

— Kapitanie, czy ktoś z załogi mógłby przynieść mi garnek? – zapytała.

Kiedy spełniono jej życzenie, włożyła do środka grzyba i wykonała kilka ruchów, jakby coś mieszała. Demane popatrzył na Laurence'a i Ferrisa z powątpiewaniem, ale potem wzruszył wymownie ramionami, uniósł rękę i zakreślił nią łuk od horyzontu do horyzontu.

— Jutro – przetłumaczyła, a chłopiec wskazał na ziemię, gdzie stali.

— Czy on myśli, że znajdzie nam do jutra trochę tych grzybów? – zapytał z przejęciem Laurence, ale albo nie potrafiła przetłumaczyć pytania, albo nie zrozumiała odpowiedzi, i tylko pokręciła po chwili bezradnie głową. – Cóż, pozostaje nam tylko być dobrej myśli; niech mu pani powie, jeśli to możliwe, że wrócimy tutaj.

Następnego dnia o tej samej porze tuż przed zmierzchem chłopcy znowu wyszli z buszu, tyle że tym razem młodszy, całkiem nagi, truchtał tuż za Demane. Mieli też ze sobą małego psa, wychudzonego kundla o sierści w żółte i brązowe łaty.

Pies stanął na brzegu strumienia i zaczął przenikliwie szczekać na Temeraire'a, podczas gdy starszy chłopiec, przekrzykując ten jazgot, próbował negocjować cenę za usługi zwierzęcia. Laurence przyjrzał mu się z powątpiewaniem, ale Demane wziął znowu kawałek grzyba, zbliżył go do nosa psa, po czym ukląkł i zasłonił mu oczy. Młodszy z chłopców odbiegł tymczasem od nich, ukrył grzyba w wysokiej trawie i wrócił. Demane puścił wtedy psa i ostrym głosem wydał mu rozkaz. Zwierzę jednak natychmiast zaczęło znowu szczekać wściekle na Temeraire'a, nie zważając na polecenia swego pana, aż ten, wyraźnie zakłopotany, chwycił kij i zdzielił je nim po zadzie. Jednocześnie syknął coś wściekle do kundla i podsunął mu pod nos torbę, w której przechowywali grzyba. W końcu, dość niechętnie, pies pobiegł susami przez trawy, wrócił z grzybem w pysku i położył go u stóp Laurence'a, machając z entuzjazmem ogonem.

Uznawszy najprawdopodobniej, że przybysze są głupcami, a w każdym razie ludźmi bardzo bogatymi, Demane wzgardził muszelkami kauri i dał do zrozumienia, że woli, by mu zapłacono bydłem, ewidentnie głównym źródłem bogactwa wśród Xhosa. Negocjacje otworzył od żądania dwunastu łbów.

– Niech mu pani powie, że dostaną jedną krowę za tydzień pracy – odparł Laurence. – Jeśli doprowadzą nas do miejsca, gdzie będzie dużo grzybów, rozważymy przedłużenie umowy, a jeśli im się nie uda, odstawimy ich tutaj i tutaj dostaną zapłatę.

Demane przechylił głowę i przyjął tę skromniejszą ofertę, niemal zachowując kamienną twarz; ale szeroko otwarte oczy młodszego chłopca, który miał na imię Sipho, i z rozgorączkowaniem szarpał rękę Demane, zdradziły Laurence'owi, że i tak zrobił kiepski interes.

Kiedy młody Xhosa zbliżył się do niego z szarpiącym się psem w rękach, Temeraire postawił krezę.

– Jest bardzo hałaśliwy – rzekł z dezaprobatą.

Kundel wyszczekał równie nieuprzejmą odpowiedź, jak można było sądzić po tonie, i spróbował się wyrwać z rąk swojego pana, który był nie mniej wystraszony. Pani Erasmus, starając się go skłonić, żeby podszedł bliżej, wyciągnęła rękę i poklepała przednią łapę Temeraire'a. Chciała pokazać, że nie ma się czego bać, ale nie była to chyba najlepsza zachęta, gdyż zwróciła uwagę chłopaka na potężne pazury smoka. Demane chwycił bardziej zaciekawionego niż zaniepokojonego Sipho i pchnął go za siebie, drugą ręką przycisnął wijącego się psa mocniej do piersi i kręcąc głową, wyraził głośno swój sprzeciw. Nie trzeba było tłumacza, żeby zrozumieć, iż nie ma najmniejszego zamiaru podejść bliżej do smoka.

Temeraire przechylił głowę.

– To bardzo interesujące dźwięki – powiedział i powtórzył jedno ze słów, naśladując mlaski i cmoknięcia lepiej od każdego z nich, ale i tak nie do końca prawidłowo.

Sipho zaśmiał się zza pleców Demane i wypowiedział to słowo jeszcze raz; po kilku powtórkach Temeraire rzekł:

– Och, już wiem!

Jego mlaskanie brzmiało jednak trochę dziwnie, gdyż dobiegało nieco głębiej z jego gardła niż dźwięki wytwarzane przez chłopców, którzy po tej krótkiej lekcji dali się stopniowo namówić do wejścia na grzbiet Temeraire'a.

Laurence nauczył się sztuki przewożenia zwierząt na grzbiecie smoka od Tharkaya, kiedy byli razem na Wschodzie. Tajemnica polegała na tym, żeby przed załadowaniem najpierw zamroczyć je opium. Teraz jednak nie mieli żadnego narkotyku, a zatem trochę powątpiewając w powodzenie tego eksperymentu, złamali po prostu siłą opór skowyczącego psa, wnieśli go na grzbiet Temeraire'a i przywiązali rzemieniami. Wił się i szarpał, próbując zerwać tę prowizoryczną uprząż, wykonał też kilka nieudanych skoków. Wszystko się zmieniło, kiedy Temeraire wzbił się w powietrze. Kundel zaskomlał kilka razy z podniecenia, po czym usiadł na zadzie z otwartym pyskiem i wywieszonym językiem, tłukąc zawzięcie ogonem z zachwytu. Wyglądał na o wiele bardziej zadowolonego od swego niespokojnego pana, który jedną ręką trzymał się kurczowo uprzęży, a drugą obejmował Sipho, chociaż obaj byli dobrze przypięci za pomocą karabińczyków.

– Robisz tu prawdziwy cyrk – powiedział Berkley, parsknąwszy przy tym śmiechem, zdaniem Laurence'a zupełnie niepotrzebnie, kiedy wylądowali na polanie i wypuścili psa; natychmiast zaczął ganiać po całym placu apelowym i szczekać na smoki. One ze swojej strony były trochę zainteresowane, do czasu gdy ugryzł zbyt zaciekawioną Dulcię w delikatny koniuszek pyska, na co zareagowała gniewnym syknięciem; kundel zaskomlał i uciekł, szukając wątpliwego schronienia u boku Temeraire'a, który popatrzył w dół z irytacją i spróbował go odepchnąć. Bez powodzenia.

– Proszę, uważaj na to stworzenie; nie mam pojęcia, gdzie moglibyśmy dostać inne i jak je wyuczyć – powiedział Laurence i Temeraire, mrucząc coś z niezadowoleniem, pozwolił psu położyć się przy sobie.

Tego wieczoru Chenery przykuśtykał, by zjeść z nimi kolację na placu apelowym i uspokoić Dulcię, że dochodzi już do zdrowia. Utrzymywał, że ma dosyć leżenia w łóżku, przygotowali więc radosne przyjęcie, którego głównym daniem była pieczona wołowina podlana optymizmem i winem, którym raczyli się bardzo swobodnie; być może zbyt swobodnie, bo krótko po tym, jak panowie zapalili cygara, Catherine zaklęła i odeszła na bok, żeby zwymiotować.

Ostatnio dość często jej się to przydarzało, ale ten napad mdłości był szczególnie męczący. Odwrócili grzecznie głowy i za chwilę ponownie dołączyła do nich przy ognisku z ponurą miną. Warren zaproponował jej jeszcze trochę wina, ale pokręciła głową i tylko przepłukała usta wodą, którą wypluła na ziemię, a potem popatrzyła na nich wszystkich i powiedziała posępnym tonem:

– Cóż, panowie, przepraszam za niedelikatność, ale jeśli mam przez cały czas tak się czuć, lepiej żebyście dowiedzieli się już teraz. Obawiam się, że nawaliłam... Powiększam się.

Laurence dopiero po chwili uświadomił sobie, że gapi się na nią z niedopuszczalnie niegrzecznym wyrazem twarzy. Zamknął natychmiast usta i starając się trzymać prosto, z całych sił walczył z pokusą popatrzenia na twarze pozostałych pięciu kapitanów, którzy siedzieli dookoła ogniska.

Berkley i Sutton, obaj starsi od niego przynajmniej o dziesięć lat, traktowali Catherine jak wujowie. Warren także był starszy i pasował do swojego dość nerwowego smoka, Nitidusa, dzięki stateczności i sile charakteru, przez co trudno było wyobrazić go sobie jako namiętnego kochanka, zwłaszcza w ich obecnej sytuacji. Chenery był pogodnym młodym mężczyzną, całkowicie pozbawionym poczucia przyzwoitości, ale jeśli wydawał się przystojny, zawdzięczał to raczej swojej skłonności do śmiechu i naturalnemu, zawadiackiemu urokowi, a nie wyglądowi, gdyż miał dość wąskie ramiona, pociągłą twarz o ziemistej cerze i proste włosy koloru słomy. Z uwagi na swoją osobowość był chyba najbardziej prawdopodobnym kandydatem, chociaż Little, kapitan Immortalis, jego rówieśnik, mimo nieco haczykowatego nosa był przystojniejszy, ze swoimi niebieskimi oczami i falującymi ciemnymi włosami, które zgodnie z modnym ostatnio, poetyckim stylem były trochę za długie. Laurence podejrzewał jednak, że to ostatnie było w większym stopniu skutkiem braku troski o wygląd zewnętrzny niż próżności, a sam Little był raczej wstrzemięźliwy niż rozwiązły.

Był jeszcze oczywiście pierwszy oficer Catherine, porucznik Hobbes, poważny młody mężczyzna, ledwie o rok od niej młodszy, ale Laurence nie mógł uwierzyć, żeby związała się z podwładnym, nie bacząc na te wszystkie kłopoty, jakich mogłoby to jej przysporzyć w dowodzeniu załogą. Nie, to musi być jeden z nich. Laurence kątem oka zdołał zobaczyć, że przynajmniej Sutton i Little mieli do pewnego stopnia zaskoczone miny i że przyglądali mu się z tą samą podejrzliwością, której on nie potrafił w sobie stłumić, i to bardziej otwarcie.

Laurence był boleśnie świadomy, że akurat on nie ma najmniejszego prawa ganić Catherine za to, co zrobiła. Sam wykazał się takim samym brakiem rozwagi i nigdy nawet się nie zastanawiał, co powie, czy też jak postąpi, gdyby stanęli z Jane wobec podobnego problemu. Nie potrafił sobie wyobrazić reakcji ojca, a nawet matki, na taki związek: z kobietą o kilka lat od niego starszą, która ma nieślubne dziecko i nie pochodzi z żadnej znaczącej rodziny. Jednak musiałby się z nią ożenić; każdy inny krok byłby zniewagą dla kobiety, która zasługiwała na jego szacunek z uwagi na swoje urodzenie oraz jako towarzyszka broni, i naraziłby ją oraz dziecko na społeczne potępienie.

– Cóż, to cholerny pech – odezwał się w końcu Berkley, odkładając widelec. – Kto jest ojcem?

– Och, Tom, to znaczy kapitan Riley – odparła swobodnie Catherine, a Laurence zaczerwienił się za nich wszystkich. – Dziękuję ci, Tooke – dodała, wyciągając rękę po filiżankę herbaty, którą przyniósł jej młody goniec.

Tę noc spędził bezsennie, gdyż z zewnątrz dobiegało nieustanne i irytująco przenikliwe szczekanie psa, a w głowie miał prawdziwy zamęt: nie mógł się zdecydować, czy powinien porozmawiać z Rileyem, a jeśli tak, to w jakim charakterze.

Czuł się do pewnego stopnia odpowiedzialny za honor Catherine i jej dziecka, co było być może irracjonalne, kiedy ona zdawała się zupełnie tym nie przejmować. Ale chociaż o n a mogła nie dbać o to, jak opinią cieszy się wśród ludzi, także innych awiatorów, Laurence doskonale wiedział, że R i l e y nie podziela tego lekceważenia dla społecznych konwenansów. Całe to jego dziwne skrępowanie, które okazywał pod koniec podróży, świadczyło o nieczystym sumieniu; z całą pewnością od początku nie akceptował pomysłu, że kobiety mogą być oficerami, i Laurence ani przez moment nie uważał, iż w konsekwencji romansu jego pogląd na tę sprawę mógł ulec zmianie. Riley skorzystał tylko z okazji, kiedy się nadarzyła, i w pełni świadomie wdał się w coś, co z jego punktu widzenia musiało oznaczać zrujnowanie życia kobiecie. Był to postępek egoistyczny, jeśli nie nikczemny, i zasługiwał na najostrzejsze potępienie. Jednak Laurence nie miał żadnych podstaw, żeby się w to mieszać; każda próba doprowadziłaby tylko do skandalu, zresztą jako awiatorowi i tak nie wolno mu się było pojedynkować.

Do tego wszystkiego miał jeszcze jeden powód do rozmowy z Rileyem, a mianowicie taki, żeby przekazać mu wiadomość o istnieniu dziecka, o czym tamten równie dobrze mógł wcale nie wiedzieć. Jane Roland w najmniejszym stopniu nie przejmowała się nieślubnym pochodzeniem Emily. Sama przyznała, że nie widziała jej ojca od chwili poczęcia, nie uważała też, żeby miał on cokolwiek wspólnego z dzieckiem i jakiekolwiek do niego prawa. Catherine najwyraźniej podzielała ten pogląd i okazywała ten sam brak wrażliwości. Przed wydarzeniami tego wieczoru Laurence nie zastanawiał się zbytnio nad tą pragmatyczną bezwzględnością, ale gdy teraz postawił się na miejscu Rileya, poczuł, że zasłużył on zarówno na to, by poznać sytuację ze wszystkimi jej komplikacjami, jak i na szansę stawienia jej czoła.

Laurence wstał niezdecydowany i zmęczony i bez większego zapału zabrał się do przygotowań do ich pierwszej wyprawy z psem. Kiedy kundel zobaczył, że się krzątają przy Temerairze, nie czekał, aż go wniosą na jego grzbiet, tylko wskoczył sam i usadowił się dumnie u podstawy jego szyi, w miejscu, gdzie zwykle siadał Laurence, po czym zaczął gorliwie szczekać, przynaglając ich do pośpiechu.

– Czy on nie może lecieć na Nitidusie? – zapytał zdegustowany Temeraire i wygiąwszy do tyłu szyję, groźnie zasyczał. Poufałość jednak już zrodziła lekceważenie; pies zamerdał tylko ogonem.

– Nie, nie; nie chcę go – odrzekł Nitidus, okrywając się w geście sprzeciwu skrzydłami. – Jesteś większy i w ogóle nie czujesz jego ciężaru.

Temeraire położył krezę płasko na karku i zamruczał coś pod nosem.

Przelecieli znowu nad górami i znaleźli miejsce na obóz po drugiej stronie łańcucha, gdzie nie było już osad kolonistów, na stoku częściowo obnażonym przez lawinę kamienną, dzięki czemu smoki mogły w miarę łatwo wylądować. Nitidus zdołał się wcisnąć między dwa drzewa, wykorzystując lukę powstałą po trzecim, zwalonym przez głazy, ale Temeraire musiał przygotować sobie lądowisko, udeptując mniejsze krzewy, które zdążyły już wyrosnąć na tym miejscu. Długie i cienkie kolce akacji łatwo przechodziły między jego łuskami i wbijały się w ciało, tak że przesunął się kilka razy to w jedną, to w drugą stronę, zanim w końcu stanął w miarę pewnie na nogach i pozwolił wszystkim zejść ze swojego grzbietu. Kiedy znaleźli się na ziemi, wycięli resztę krzaków i zaczęli stawiać namioty.

Gdy rozbijali obóz, pies był prawdziwym utrapieniem, przeszkadzając im, dokazując i strasząc brązowo-białe bażanty, które uciekały przed nim w popłochu. Jednak w pewnym momencie nagle ucichł i stanął w miejscu, a jego smukłe ciało zesztywniało z podniecenia. Porucznik Riggs uniósł karabin do ucha i wszyscy zamarli, pamiętając o nosorożcach, ale po chwili spomiędzy drzew wyszło stado pawianów. Największy z nich, siwy samiec o długim pysku i lśniącym, jaskrawoczerwonym zadzie, którego nie sposób było nie dostrzec, usiadł i zaczął się im przyglądać z wyraźną złością. Potem stado powoli odeszło i tylko najmniejsze, wciąż trzymające się futra matek, odwracały głowy i wpatrywały się w nich z ciekawością.

Rosło tam mało wielkich drzew; gęste podszycie tworzyła głównie żółta trawa wyższa od człowieka, która wypełniała każdą wolną przestrzeń między kolczastymi krzewami. Powyżej cienkie drzewa rozpościerały gałęzie, które nie dawały jednak żadnej osłony przed słońcem. Było parno i gorąco, w powietrzu unosiły się tumany kurzu, kawałków wyschniętej trawy i suchych liści oraz chmary małych, głośno świergoczących ptaków.

Pies prowadził ich wijącą się chaotycznie drogą, która wiodła przez cierniste podszycie lasu; sam o wiele łatwiej od nich przedzierał się przez dziko splątane krzaki i między uschniętymi drzewami. Demane od czasu do czasu zachęcał go do większego wysiłku, pouczając i krzycząc, ale na ogół kundel miał pełną swobodę działania. Młodzi Xhosa szli tuż za nim, szybciej niż reszta z nich, i czasem znikali gdzieś w przedzie z pola widzenia. Wołali wtedy swymi młodymi, czystymi głosami pozostałych, niecierpliwie nakłaniając ich do pośpiechu, aż w końcu, w samo południe, kiedy Laurence po raz któryś wydostał się z trudem z gęstwiny krzaków, zobaczył, że Sipho trzyma w wyciągniętej dumnie ręce grzyba.

– Jest już o wiele lepiej, ale jeśli będzie je znajdować w tym tempie, to nazbieranie zapasu tylko dla reszty smoków z naszej formacji zajmie nam tydzień – powiedział Warren tego wieczoru, podając Laurence'owi szklaneczkę porto przed jego małym namiotem, gdzie usiedli na starym pniu i gładkim kamieniu.

W drodze powrotnej do obozu pies znalazł jeszcze trzy grzyby, wszystkie tak małe, że sami by ich nie zauważyli. Zerwali je oczywiście z radością, ale wiedzieli, że nie wystarczy ich do sporządzenia potrzebnych ilości leczniczej mikstury.

– Tak, co najmniej – odparł zmęczonym głosem Laurence; bolały go nogi, nienawykłe do takiego wysiłku. Wyciągnął je z trudem w stronę małego ogniska, dymiącego z powodu zielonych gałązek, które się w nim paliły, ale też przyjemnie hipnotyzującego.

Temeraire i Nitidus dobrze wykorzystali wolny czas i postarali się poprawić warunki obozowania. Udeptali ziemię na stoku, wyrównując ją, i wyrwali kilka drzew oraz krzaków, żeby mieli więcej wolnej przestrzeni. Temeraire z pewną mściwością rzucił jedną najeżoną kolcami akację daleko w dół zbocza, gdzie widniała teraz uwięziona w koronach drzew, z wielką bryłą ziemi wokół wiszących w powietrzu korzeni.

Dostarczyli także dwie antylopy na obiad dla wszystkich, a raczej mieli taki zamiar; ale godziny oczekiwania bardzo im się dłużyły i z braku czegoś lepszego do roboty zjedli w końcu większość tej zdobyczy. Kiedy ludzie wrócili pod koniec dnia, smoki oblizywały pyski nad nędznymi resztkami mięsa.

– Przykro mi, ale tak długo was nie było – powiedział przepraszającym tonem Temeraire.

Na szczęście Demane pokazał im, jak można łapać miejscowe bażanty, zaganiając je do trzymanej sieci, i dzięki nim, szybko upieczonym na rożnie, oraz sucharom, kolacja była nawet dość smaczna; mięso ptaków wykarmionych najwyraźniej na nasionach trawy i jagodach nie miało żadnego nieprzyjemnego zapaszku.

Po kolacji smoki ułożyły się na obrzeżu obozowiska. Taka ochrona wystarczyła, żeby ustrzec ich przed wszystkimi nocnymi zagrożeniami. Członkowie obu załóg położyli się spać na legowiskach z trawy i gałęzi krzaków, wykorzystując płaszcze jako poduszki, lub grali w kości czy też karty, podając szeptem wysokość stawek, i tylko od czasu do czasu wyrywał się któremuś z nich okrzyk radości lub rozczarowania. Chłopcy, którzy jedli jak wilki i już wyglądali, jakby przybyło im po kilka funtów, wyciągnęli się na ziemi u stóp pani Erasmus, która przekonała ich do tego, żeby włożyli luźne drelichowe spodnie, uszyte przez dziewczęta z misji. Jej mąż metodycznie kładł przed nimi sztywne obrazki, po jednym naraz, przedstawiające różne przedmioty, które mieli identyfikować w swoim języku, nagradzając ich cukierkami, podczas gdy ona zapisywała te odpowiedzi w swoim dzienniku.

Warren leniwie grzebał długim kijem w ognisku, a Laurence doszedł do wniosku, że wreszcie są na tyle daleko od innych, że spełnione są warunki konieczne dla zachowania dyskrecji i że może porozmawiać z kapitanem Nitidusa o nurtujących go problemach, niezależnie od tego, jak będzie to dla niego krępujące.

– Nie, nie wiedziałem o dziecku – odpowiedział Warren, który sposępniał, ale nie był nawet w najmniejszym stopniu zmieszany pytaniem. – To kiepska sprawa. Niech Bóg broni, żeby się jej tutaj coś złego przydarzyło; ta mała, która jest u ciebie gońcem, to jedyna dziewczyna, jaką mamy, a ona nie jest jeszcze pod żadnym względem gotowa, żeby zostać kapitanem, nawet gdyby Lily ją zechciała. No i chciałbym wiedzieć, co, do diabła, powinniśmy zrobić z Ekscidiumem, gdyby to samo przydarzyło się Roland. Pani admirał nie może biegać z brzuchem i rodzić drugie dziecko teraz, kiedy Bonaparte stoi na drugim brzegu kanału, gotowy w każdej chwili rzucić nam rękawicę. Mam cholerną nadzieję, że przedsięwziąłeś jakieś środki ostrożności, co? Ale jestem pewny, że Roland zna się na rzeczy – dodał, nie czekając na odpowiedź.

Bardzo dobrze zrobił, gdyż Laurence'owi nigdy jeszcze nie zadano pytania, na które miałby mniejszą ochotę odpowiedzieć;

tym bardziej że rzuciło ono światło na pewne zwyczaje Jane, o które nigdy jakoś nie zapytał, i wyjaśniło, dlaczego tak regularnie zaglądała do kalendarza.

– Proszę, nie zrozum mnie źle – podjął Warren, źle zinterpretowawszy nieruchomy wyraz twarzy Laurence'a. – Wcale nie chcę się wymądrzać; wypadki się zdarzają, a Harcourt miała prawo być roztargniona. Te ostatnie miesiące były straszne dla nas wszystkich, ale pomyśl, co ją czekało w razie, gdyby stało się najgorsze. Co by się z nią wtedy stało, do diabła? Połowa pensji wystarczyłaby jej na życie, ale pieniądze nie uczyniłyby z niej kobiety szanowanej. To dlatego zapytałem cię wtedy o tego gościa. Zastanawiałem się, czy w razie śmierci Lily mogliby się pobrać.

– Ona nie ma rodziny? – zapytał Laurence.

– Nikt jej nie został, nikt wart wspomnienia. Jest córką starego Jacka Harcourta... on był porucznikiem na Fluitare – odpowiedział Warren. – Przeciął rzemienie w drugim roku, cholerna szkoda, ale przynajmniej wiedział już wtedy, że przyznano jej Lily. Jej matka była dziewczyną spod Plymouth, z wioski leżącej w pobliżu tamtejszej kryjówki. Umarła na gorączkę, kiedy Catherine zaczynała raczkować, i żaden z krewnych nie chciał jej przyjąć pod swój dach. To dlatego trafiła pod opiekę Korpusu.

– A zatem, w tych okolicznościach... – powiedział Laurence – Wiem, że to wyglądałoby na cholerną nadgorliwość, ale jeśli ona nie ma rodziny, to czy ktoś nie powinien z nim porozmawiać? To znaczy, o dziecku – dodał z zakłopotaniem.

– A co on miałby zrobić w tej sprawie? – odparł Warren. – Jeśli to będzie dziewczynka, co daj Boże, Korpus z radością ją przyjmie, a jeśli chłopiec, to myślę, że zamiast tego będzie mógł pójść na morze; tylko po co? Tam jego nieślubne pochodzenie może mu tylko zaszkodzić, a w Korpusie syn pani kapitan prawie na pewno dostanie smoka, jeśli tylko wykaże się jakimiś zaletami.

– Ale właśnie o to mi chodzi – rzekł Laurence, zdziwiony, że został tak źle zrozumiany. – Nie ma powodu, żeby to dziecko było nieślubne; oni przecież mogą się pobrać.

– Aha – mruknął jeszcze bardziej zdumiony Warren. – Ależ Laurence, nie; to nie ma sensu, przecież musisz to widzieć. Gdyby została bez smoka, mogłoby to być jakieś rozwiązanie, ale dzięki Bogu nie musimy już o tym rozmyślać ani o niczym podobnym – tu z zadowoleniem wskazał podbródkiem szczelnie zamknięte pudełko z owocami ich dziennej pracy, które rano miało być przeniesione do Kapsztadu. – Nie mógłby być zadowolony z żony, która musi wykonywać rozkazy Admiralicji i dbać o smoka. On pełniłby służbę na jednym końcu świata, ona na drugim, i pewnie widywaliby się raz na sześć lat albo o rzadziej. Ha, ha!

Laurence nie był zbytnio zadowolony, słysząc, jak Warren tak szczerze wyśmiewa jego jeszcze nie w pełni skrystalizowane zamiary, tym bardziej że sam czuł, iż w tej lekceważącej odpowiedzi jest coś racjonalnego. Położył się zatem spać, nie podjąwszy żadnej decyzji.

Rozdział 9

P anie Keynes – odezwała się ostrym tonem Catherine, przekrzykując podniesione głosy pozostałych – może będzie pan tak dobry i powie nam, czy ma pan lepszą propozycję od tej, którą przedstawił pan Dorset.

W miarę jak nabierali doświadczenia, zbierali coraz więcej grzybów, a Nitidus codziennie latał z ich zdobyczami do Kapsztadu. Kiedy tam wrócili, po bardzo męczącym tygodniu, Lily była już po kilku dawkach leczniczej mikstury, podobnie jak Messoria i Immortalis, a w magazynie pozostał jeszcze mały, cuchnący zapas grzybów. Dwa z nich były zakonserwowane w oleju, dwa w alkoholu, dwa tylko owinięte papierem i ceratą, a wszystkie starannie zapakowano w skrzyniach wraz z recepturami na lekarstwo. Miały być wysłane do Anglii na *Fionie*, która czekała w porcie na powrót poszukiwaczy i ich raport. Okręt był już gotowy do drogi i zaplanowano, że wyruszy z pierwszym odpływem.

Jednak podczas kolacji nie wyczuwało się nastrojów tryumfu, tylko umiarkowanej satysfakcji; wiedzieli, że zebrane przez nich z takim wysiłkiem grzyby wystarczą w najlepszym razie dla trzech smoków; sześciu, jeśli lekarze w Dover zaryzykują podzielenie dawek lekarstwa na pół lub podadzą je mniejszym stworzeniom, a i to tylko przy założeniu, że wszystkie trzy metody konserwacji okażą się skuteczne i grzyby zachowają własności lecznicze. Dorset chciał także niektóre ususzyć, ale było ich za mało na ten ostatni eksperyment.

– Cóż, nie zbierzemy dużo więcej, chyba że wynajmiemy armię ludzi i psów; a jeśli mi powiecie, gdzie ich szukać, będę wielce zobowiązany – odezwał się Warren, opróżniając szklankę i zaraz ją napełniając na nowo z butelki, którą dla wygody trzymał w drugiej ręce. – Nemachaen to mądry mały zwierzak – miał na myśli psa, który dostał to pompatyczne imię po lwie, dzięki uprzejmości młodych chorążych, zgłębiających właśnie na chybił trafił dzieła literatury klasycznej – ale po całym dniu przebijania się przez ten cholerny las znajdujemy jeden lub dwa grzyby, a potrzebujemy ich dziesiątki.

– Musimy mieć więcej poszukiwaczy – powiedział Laurence.

Groziło im jednak, że stracą tych, których już mieli; tydzień, na który się umówili, minął, i Demane dał do zrozumienia, iż on i Sipho chcieliby już wrócić do wioski z wygrodzeniem. Laurence, chociaż gryzło go sumienie, udał, że nie rozumie tych znaków, i zamiast tego zaprowadził chłopca do zagrody w pobliżu zamku, gdzie stała przeznaczona dla niego krowa: wielka, piękna mleczna krowa z sześciomiesięcznym cielakiem, który skubał obok niej trawę. Demane prześliznął się między listwami ogrodzenia i dotknął jej brązowego boku z ostrożnym, jakby lekko zmąconym nieufnością zachwytem. Popatrzył na cielaka, a potem na Laurence'a z pytaniem wyraźnie wypisanym na twarzy. Laurence skinął głową, dając mu do zrozumienia, że dostanie także to zwierzę, jeśli zostanie trochę dłużej. Uciszywszy w ten sposób protesty Demane, Laurence odszedł w poczuciu, że zachował się jak kawał drania; miał wielką nadzieję, że chłopcy nie mają krewnych, którzy się o nich zamartwiają, chociaż odniósł wrażenie, że są sierotami i nikt raczej o nich nie dba.

– To idzie zbyt wolno – powiedział Dorset, bardzo stanowczo pomimo swego jąkania. – Zdecydowanie za wolno. To całe szukanie... Tylko pomożemy ostatecznie wyplenić te grzyby. Tutejsi ludzie niszczą je systematycznie od dawna; nie możemy liczyć na to, że znajdziemy ich dużo w pobliżu Kapsztadu. Kto wie, od ilu lat wykopują je tutejsi pasterze. Musimy się wyprawić dalej, gdzie być może rośnie ich jeszcze...

– To czysta spekulacja – warknął Keynes – i nie można na jej podstawie rekomendować tak ryzykownej wyprawy w nieznane. Jaka odległość cię zadowoli? Przypuszczam, że na całym kontynencie nie ma miejsca, w którym od czasu do czasu nie wypasano by bydła. Mamy narazić na niebezpieczeństwo formację smoków, które dopiero co wyzdrowiały, i kierując się tak złudną nadzieją, wyruszyć w głąb dziczy? To byłoby czyste szaleństwo...

Spór był coraz gorętszy i w krótkim czasie włączyli się wszyscy obecni przy stole. Dorset jąkał się tak mocno, że trudno go było zrozumieć, a Gaiters i Waley, lekarze z załóg Maksimusa i Lily, opowiedzieli się po stronie Keynesa przeciwko niemu. Przekrzykiwali się nawzajem, aż w końcu Catherine wstała i oparłszy dłonie na blacie stołu, uciszyła ich wszystkich.

– Rozumiem pańskie obawy – dodała spokojniejszym tonem, patrząc na Keynesa – ale nie przybyliśmy tutaj po to, żeby znaleźć lekarstwo tylko dla naszych smoków. Zna pan ostatnie doniesienia; do marca umarło dziewięć, a do tej pory pewnie więcej, i to w sytuacji, kiedy nie możemy sobie pozwolić na stratę nawet jednego. – Zmierzyła Keynesa spokojnym spojrzeniem. – Czy jest jakaś nadzieja?

Milczał przez chwilę, wyraźnie niezadowolony, po czym spuścił wzrok i burknął opryskliwie, że rzeczywiście w głębi lądu jest szansa na lepsze zbiory. Usłyszawszy to, skinęła głową i powiedziała:

– W takim razie podejmiemy to ryzyko i cieszmy się, że nasze smoki czują się na tyle dobrze, że mogą to zrobić.

Jeszcze nie mogło być mowy o wysłaniu Maksimusa, który dopiero niedawno zaczął próbować latać, machając potężnie skrzydłami i wzbijając tumany kurzu. Często kończyło się to tak, że całkowicie wyczerpany padał na ziemię; miał trudności z właściwym wybiciem, co było konieczne przy wznoszeniu się w powietrze, chociaż gdy już się wzniósł, potrafił się przez jakiś czas utrzymać w górze.

Pewnego dnia Keynes, który obserwował te próby, pokręcił głową i zaczął obmacywać wydatne boki smoka.

– Odzyskujesz wagę, ale rozkłada się ona nierówno. Czy wykonujesz swoje ćwiczenia? – zapytał; Maksimus zapewnił, że wykonuje. – Cóż, jeśli nie możesz latać, musimy ci znaleźć miejsce do chodzenia – odparł Keynes.

Tak więc Maksimus zaczął okrążać miasto, tam i z powrotem, kilka razy dziennie: była to jedyna wolna i wystarczająco dla niego rozległa przestrzeń, jako że nie mógł wspinać się zbyt wysoko na zbocza gór, gdyż zaraz zsuwał się w dół razem z małymi lawinami.

Nikt nie był zadowolony z takiego rozwiązania: to było śmieszne, gdy smok wielkości fregaty przechadzał się w kółko niczym piesek na spacerze, a na domiar złego Maksimus skarżył się na twardą ziemię i kamienie, które utykały między jego pazurami.

– Na początku ich nie zauważam – tłumaczył się smutnym głosem, gdy gońcy Berkleya hakami, nożami i szczypcami usiłowali wydłubać je spod twardej, zgrubiałej skóry okrywającej pazury – nie czuję ich, dopóki nie utkną całkiem głęboko, i wtedy aż trudno wyrazić, jakie to się staje dokuczliwe.

– Dlaczego zamiast tego nie popływasz? – zapytał Temeraire. – Woda tutaj jest bardzo przyjemna i może udałoby ci się złapać wieloryba.

Ten pomysł znacznie poprawił nastrój Maksimusa i rozwścieczył rybaków, zwłaszcza właścicieli dużych łodzi, którzy przyszli całą gromadą, żeby zaprotestować.

– Jest mi cholernie przykro, że sprawiamy wam kłopot – powiedział do nich Berkley. – Może pójdziecie ze mną i sami mu powiecie, że się wam to nie podoba?

Maksimus kontynuował swoje morskie wycieczki, w spokoju, i codziennie można go było zobaczyć, jak pływa po zatoce. Niestety, ku jego wielkiemu rozczarowaniu sprytne wieloryby, delfiny i foki trzymały się z dala od niego: niezbyt mu smakowały tuńczyki, a zwłaszcza rekiny, które od czasu do czasu rzucały się na niego w jakichś napadach szaleństwa, sprowokowanych zapewne przez ślady krwi lub resztki mięsa z jego ostatniego posiłku. Raz przyciągnął nawet jednego, żeby im pokazać, potwora długości dziewiętnastu stóp, ważącego blisko dwie tony, z wydłużonym, pełnym zębów pyskiem. Kiedy Maksimus wyciągnął rekina z wody i położył przed nimi na placu apelowym, ryba zaczęła się wściekle rzucać, kłapiąc szczękami i zgrzytając zębami. Zanim Dulcia przyszpiliła ją do ziemi pazurami przedniej łapy, zdążyła jeszcze zbić z nóg Dyera, dwóch chorążych i jednego żołnierza piechoty morskiej.

Messoria i Immortalis, starsze smoki, z wielkim zadowoleniem wylegiwali się na placu i spali w słońcu, po krótkich lotach, które odbywali w ramach codziennych ćwiczeń; ale gdy tylko Lily przestała kaszleć, ogarnęło ją to samo gorączkowe ożywienie, które przedtem okazywała Dulcia. Nie mogąc sobie znaleźć miejsca na placu apelowym, zaczęła się domagać natychmiastowego działania. Jeśli jednak miała dokądkolwiek polecieć, powinno to być bardzo daleko, gdzie kichając lub pokasłując, co jeszcze jej się przydarzało od czasu do czasu, nie opryskiwałaby nikogo w dole swoim kwasem. Keynes, ignorując ukradkowe gesty, którymi niemal wszyscy oficerowie usiłowali dać mu do zrozumienia, żeby ją jeszcze przetrzymał na ziemi, oświadczył, iż może latać, dodając:

– Najlepiej będzie, jeśli poleci jak najszybciej; ta energia, która ją rozpiera, jest nienaturalna i musi ją wyładować.

– Może jednak... – odezwał Laurence, wyrażając niechęć podzielaną prywatnie przez wszystkich kapitanów, którzy jak jeden mąż zaczęli sugerować loty nad oceanem, wzdłuż malowniczego wybrzeża i z powrotem, innymi słowy, niezbyt wyczerpujące ćwiczenia.

– Mam nadzieję – powiedziała Catherine, zaczerwieniwszy się aż po korzonki włosów – że nikt nie będzie marudził; bardzo nie lubię marudzenia.

Następnie powtórzyła, że zamierza dołączyć do grupy poszukiwawczej, wraz z Dulcią i Chenerym, który także oświadczył, iż jest już całkowicie zdrowy. Wprawdzie Dulcia trochę oponowała, ale ostatecznie zgodziła się, gdy obiecał, że na jej grzbiecie będzie opatulony grubym płaszczem, a pod stopami ułoży sobie rozgrzaną cegłę.

– Przecież to tylko lepiej, jeśli polecimy w większej gromadzie: będziemy mogli zorganizować kilka grup i przeszukać większy teren – powiedział Chenery. – Nie potrzebujemy też tak bardzo psa, jeśli mamy raczej szukać dużych pól tych grzybów, a nie pojedynczych sztuk. Na wypadek gdyby któryś z nas natknął się na dzikie smoki, dobrze jest mieć więcej naszych w zasięgu głosu, a twoi tubylcy pomogą nam uniknąć kłopotów ze zwierzętami.

Laurence poprosił Erasmusa i jego żonę o pomoc, i na początek rozmowy, jako zaliczkę na poczet zapłaty, wcisnął Demane naszyjnik z muszelek kauri. Mimo to chłopiec sprzeciwił się gwałtownie i zaczął się skarżyć podniesionym głosem.

– On nie chce lecieć tak daleko, kapitanie – przetłumaczyła pani Erasmus. – Mówi, że ten kraj należy do smoków, które przybędą i nas zjedzą.

– Proszę mu powiedzieć, że nie ma powodu, dla którego

dzikie smoki miałyby być na nas złe; spędzimy tam tylko trochę czasu, żeby zebrać więcej grzybów, a nasze smoki nas ochronią, jeśli pojawią się jakieś kłopoty – odparł Laurence.

Wskazał ręką smoki, które teraz prezentowały się naprawdę imponująco. Od kiedy doszły do zdrowia, nawet te starsze z nich, które nie przyswoiły sobie zwyczaju kąpania się, były często myte w ciepłym oceanie, aż ich łuski nabrały połysku. Dobrze naoliwione rzemienie uprzęży nabrały giętkości i także błyszczały, a łączące je metalowe pierścienie tak wypolerowano, że wręcz skrzyły się w blasku słońca.

Sam plac apelowy był dokładnie zagrabiony i wysprzątany, a doły z odpadkami zasypano. Wszystko, jeśli pominąć resztki kilku kóz, których kości Dulcia i Nitidus ogryzali właśnie w zamyśleniu, było w takim porządku, jakby spodziewali się inspekcji admirała. Tylko Maksimus, który nie wrócił jeszcze do dawnej formy, pływał w oceanie w pewnej odległości od brzegu, to unosząc się, to opadając na falach, a w promieniach zachodzącego słońca, w których skąpana była cała okolica, jego pomarańczowo-czerwona skóra lśniła świeżym blaskiem. Pozostałe smoki tryskały energią i zapałem; ponieważ wychudły podczas choroby, były po tygrysiemu smukłe, a ich na nowo rozbudzone apetyty były wręcz nienasycone.

– I to jest kolejny powód, dla którego dobrze by było, gdybyśmy na tę wyprawę wyruszyli wszyscy razem – powiedział Chenery, kiedy Demane, zmęczony próbami przekazania swych obiekcji za pośrednictwem tłumaczy, dał się w końcu przekonać i wyraził niechętną zgodę. – Grey to porządny gość i nie mówi nam jeszcze tego prosto w oczy, ale mieszkańcy zaczynają się naprawdę burzyć. Nie chodzi tylko o samą obecność smoków; jesteśmy dla nich zbyt wielkim ciężarem. Zwierzyna łowna jest coraz bardziej płochliwa, a co do bydła, to nikogo już prawie nie stać na jedzenie wołowiny, gdyż ceny bez ustanku rosną. Lepiej będzie, jeśli przeniesiemy się w głąb dziczy, gdzie będziemy sobie radzić sami, nikogo nie irytując.

Ostatecznie postanowiono, że zostaną trzy smoki: Maksimus, by kontynuować rekonwalescencję, oraz Messoria i Immortalis, którzy mieli dużo spać i polować na zwierzynę dla niego. Ustalono też, że Temeraire i Lily wyprawią się w głąb lądu na odległość możliwą do pokonania w jeden dzień intensywnego lotu, wraz z małymi Nitidusem i Dulcią, których zadaniem będzie transportowanie zdobyczy do Kapsztadu, może co drugi dzień, i dostarczanie im z powrotem najnowszych wiadomości.

Spakowali się i wyruszyli o świcie, w pewnym nieładzie, jak to się często zdarzało awiatorom. Na pokładzie kołyszącej się na falach w porcie *Fiony* trwały gorączkowe przygotowania do wypłynięcia w morze, co miało nastąpić następnego dnia. *Allegiance* stał na kotwicy trochę dalej; Laurence wiedział, że niedługo zmieni się wachta, ale poza tym na pokładzie panował spokój. Riley nie wyszedł na brzeg, a on do niego nie napisał. Odwrócił głowę od okrętu i spojrzał w kierunku gór, postanowiwszy odłożyć tę sprawę na później z niejasnym uczuciem, że zostawia ją do rozstrzygnięcia losowi. Kiedy wrócą z grzybami, nieważne, jaką ich ilością, może nie będzie już o czym mówić. Wyruszą w drogę powrotną do domu na pokładzie *Allegiance*, a Catherine nie będzie mogła w nieskończoność ukrywać swego stanu; Laurence miał wrażenie, że już się nieco zaokrągliła.

Lily narzuciła szybkie tempo i już wkrótce, niesieni sprzyjającym wiatrem, zostawili za sobą Górę Stołową. Jeśli pominąć kilka chmur przytulonych do jej zboczy, pogoda była dobra, sprzyjająca lotowi, a poza tym wszyscy czuli ogromną ulgę, że znowu są razem. Lily leciała na czele, Temeraire z tyłu, a Dulcia i Nitidus na skrzydłach formacji, tak że ich cień padający na ziemię miał kształt rombu, który sunął po równych rzędach ciągnących się w dole winnic.

Trzydzieści mil na północny wschód od zatoki minęli potężne wypiętrzenia szarego granitu w pobliżu Paarl, ostatniej osady w tym kierunku. Nie zatrzymali się, tylko lecieli dalej, między coraz wyższymi górami. Przelatując nad krętymi przełęczami, widzieli od czasu do czasu samotne obejścia nieustraszonych farmerów, ukryte w zagłębieniach terenu między górskimi zboczami. Pola były zbrązowiałe od słońca, a domów osłoniętych drzewami, o dachach pokrytych brązową i zieloną farbą, bez lunety niemal nie można było dostrzec.

Po południu zatrzymali się w jednej z górskich dolin, żeby zaspokoić pragnienie i omówić kierunek dalszego lotu; od ponad półgodziny nie widzieli żadnych pól uprawnych.

– Proponuję, żebyśmy lecieli jeszcze przez godzinę lub dwie, a potem zatrzymajmy się w pierwszym obiecującym miejscu i zacznijmy poszukiwania – powiedziała Catherine. – Pewnie nie ma takiej możliwości, żeby pies wywąchał te grzyby z góry? Ich smród jest taki silny.

– Nawet najlepiej wyszkolony wyżeł nie podejmie tropu lisa z końskiego grzbietu, a tym bardziej z grzbietu lecącego smoka – odparł Laurence.

Byli jednak w powietrzu ledwie jeden obrót klepsydry, kiedy pies zaczął wściekle szczekać, próbując się jednocześnie uwolnić ze swojej uprzęży. W ciągu ostatnich dni opiekę nad nim przejął stopniowo Fellowes, który odnosił się z dezaprobatą do chaotycznych metod Demane i nauczył się właściwego podejścia do psów od ojca, łowczego. Dawał małemu stworzeniu kawałek świeżego mięsa za każdym razem, gdy znalazło dla nich grzyba; teraz rzucało się z wielkim entuzjazmem na poszukiwanie, gdy tylko wyczuło w powietrzu nawet najlżejszy ślad ich zapachu.

Ledwie Temeraire zdążył wylądować, a pies uwolnił się z rzemieni, zsunął z jego grzbietu i zniknął w wysokiej trawie w miejscu, gdzie stok ostro wznosił się ku górze. Byli w szerokiej dolinie, bardzo ciepłej, otoczonej ze wszystkich stron górami i wciąż zielonej: wszędzie rosły drzewa owocowe w dziwnie równych rzędach.

– Och, ja też je czuję – powiedział niespodziewanie Temeraire.

Kiedy Laurence zsunął się z jego barku, też przestał się dziwić rozgorączkowaniu psa: zapach był bardzo silny i unosił się w powietrzu niczym miazmat.

– Sir – zawołał Ferris, który podszedł do zbocza góry.

Pies był wciąż niewidoczny, ale dobiegało do nich jego szczekanie, w którym pobrzmiewał także pogłos echa. Laurence podszedł do Ferrisa i zobaczył na wpół zakryty przez zarośla otwór, szczelinę w ziemi i wapiennej skale. Pies ucichł, a chwilę później wygramolił się z dziury z ogromnym, absurdalnie dużym grzybem w pysku, tak dużym, że kundel potykał się na jego trzecim kapeluszu, który wlókł między nogami.

Otwór miał niemal pięć stóp wysokości, a od wejścia w głąb jaskini prowadziła łagodna pochyłość. Smród był niezwykle intensywny. Laurence pchnął w górę plątaninę pnączy i mchu, która wisiała nad szczeliną niczym kurtyna, i wszedł do środka. Oczy mu łzawiły od dymu z pochodni, którą Ferris zrobił na poczekaniu z gałęzi i szmat. Gdzieś w głębi jaskini musiał być drugi otwór, bo przewiew był tak silny, jakby znaleźli się w kominie. Ferris popatrzył na niego z miną wyrażającą zarówno niedowierzanie, jak i radość, a kiedy jego oczy przywykły do mroku, Laurence sam ujrzał jakby pagórkowate dno jaskini i ukląkł, żeby go dotknąć: dosłownie całą jego powierzchnię pokrywały grzyby, zatrzęsienie grzybów.

– Nie ma chwili do stracenia – rzekł Laurence. – Jeśli się pospieszysz, może złapiemy *Fionę* jeszcze w porcie; jeśli okaże się, że już wypłynęła, musisz ją dogonić... W najgorszym razie będzie w okolicy Zatoki Paternoster.

Wszystkie załogi uwijały się jak w ukropie; trawa została udeptana, sieci ładunkowe Temeraire'a i Lily rozłożono na ziemi, każdą torbę i skrzynię opróżniono, żeby było miejsce na grzyby. Małe o kremowej barwie dzieliły jaskinię z wielkimi monstrami o dwóch lub trzech kapeluszach oraz także dużymi, czarnymi, które rosły gęsto obok siebie, ale zbieracze nie próbowali nawet ich rozróżniać; na sortowanie będzie czas później. Nitidus i Dulcia już znikały w dali, objuczone workami, które ich sylwetkom, rysującym się na tle nieba, nadawały osobliwie guzowaty wygląd.

Laurence wydobył z torby mapę wybrzeża i pokazywał Temeraire'owi kurs, którym prawdopodobnie będzie płynęła *Fiona*.

– Leć tak szybko, jak tylko będziesz mógł, i sprowadź tu więcej ludzi – mówił. – Messorię i Immortalisa też, jeśli tylko będą w stanie tu przylecieć. I powiedz Suttonowi, żeby poprosił gubernatora o wszystkich, którzy nie są mu w tej chwili potrzebni w zamku, samych żołnierzy, i żeby nikt im nie pisnął ani słowa o lataniu.

– Zawsze może ich upić, jeśli zajdzie taka potrzeba – podpowiedział Chenery, nie uniósłszy nawet głowy; siedział obok sieci, prowadząc rejestr wrzucanych do nich grzybów, które liczył, poruszając ustami oraz palcami. – Można ich ululać do nieprzytomności, pod warunkiem że kiedy już ich tu dostarczysz, będą mogli poruszać nogami i rękami.

– Aha, i przynieś beczki – dodała Catherine, która siedziała na pniaku z wilgotną chustą na czole: usiłowała pomagać w zbieraniu, ale nie mogła znieść smrodu grzybów. Po drugim ataku wymiotów, czego wszyscy słuchali z wielką przykrością, Laurence'owi udało się ją przekonać, żeby wyszła z jaskini i posiedziała na zewnątrz. – To znaczy, jeśli Keynes będzie zdania, że lepiej by było, gdybyśmy zakonserwowali grzyby tu, na miejscu. Poza tym olej i spirytus.

– Ale mi się nie podoba, że mamy was tu zostawić – powiedział Temeraire, z lekkim uporem w głosie. – Co będzie, jeśli znowu napadnie na was ten wielki dziki smok albo jakiś inny? Albo lwy: jestem pewny, że słyszę lwy i że są niezbyt daleko.

Nie było słychać niczego oprócz głosów małp, które pokrzykiwały gdzieś daleko z wierzchołków drzew, i ptasiego jazgotu.

– Będziemy zupełnie bezpieczni – odparł Laurence. – Nie zagrożą nam tu ani smoki, ani lwy. Mamy kilkanaście karabinów i jeśli tylko skryjemy się w jaskini, będziemy powstrzymywać je w nieskończoność. W tym otworze nie zmieści się nawet słoń, a co dopiero smok, my zaś nie damy się wywabić na zewnątrz.

– Ale Laurence – mruknął ciszej Temeraire, zniżywszy głowę, żeby przeprowadzić bardziej, jak mu się zdawało, poufną rozmowę. – Lily powiedziała mi, że Harcourt nosi jajo. Przynajmniej o n a powinna polecieć z nami, a nie zrobi tego, jeśli ty odmówisz.

– Nich cię diabli z tymi kombinacjami – warknął Laurence, rozjątrzony wyrachowaniem tego apelu. – Pewnie uknuliście to we dwoje, co?

Temeraire miał na tyle przyzwoitości, żeby przybrać skruszoną minę, ale tylko trochę skruszoną. Lily darowała sobie nawet i to i zrezygnowawszy z podstępów, zwróciła się do Catherine:

– Proszę, proszę, leć ze mną.

– Na litość boską, wystarczy już tego namawiania – odpowiedziała Catherine. – Poza tym znacznie lepiej będę się czuła tutaj, siedząc w chłodnym cieniu, a nie latając tam i z powrotem i obciążając cię niepotrzebnie, kiedy mogłabyś zamiast tego dostarczyć tu dodatkową parę rąk. Nie, nie musisz brać żadnego człowieka – dodała – tylko leć tak szybko, jak tylko zdołasz, a im wcześniej wyruszysz, tym szybciej tu wrócisz.

Wkrótce sieci ładunkowe były pełne i Temeraire wraz z Lily wyruszyli wreszcie w drogę, do końca smętnie narzekając.

– Mamy już prawie pięćset – rzekł tryumfalnie Chenery, unosząc głowę znad swego notatnika – a większość to duże, wspaniałe okazy. Wystarczy ich na lekarstwo dla połowy Korpusu, jeśli tylko przetrwają podróż.

– Damy im całe stado tych cholernych krów – powiedział Laurence do Ferrisa, mając na myśli Demane i Sipho, którzy teraz odpoczywali, wyciągnięci na ziemi przy wejściu do jaskini, pogwizdując na łodygach trawy i nie zwracając najmniejszej uwagi na wielebnego Erasmusa, usiłującego czytać im pouczający traktat dla dzieci, swoją pierwszą próbę tłumaczenia na ich język. Jego żona pomagała tymczasem w zbieraniu grzybów.

Ferris otarł rękawem czoło i odparł zdławionym głosem:

– Tak jest, sir.

– Musimy zebrać ich więcej, niż byłoby potrzeba świeżych – odezwał się Dorset, który do nich dołączył. – Jeśli podczas podróży zakonserwowane grzyby utracą część leczniczej mocy, zwiększone dawki powinny wyrównać ten ubytek. Na razie wystarczy, przestańcie zbierać: jeśli ludzie nadal będą słabnąć w tym tempie, niedługo nie będzie nikogo, kto mógłby je wynosić.

Szaleńcze początkowo tempo pracy już osłabło, gdy minęło pierwsze podniecenie związane z odkryciem i koniecznością jak najszybszego załadowania zdobyczy na smoki. Wielu członków załóg wyglądało niewyraźnie, niektórzy głośno wymiotowali w trawie.

Ponieważ z namiotów zrobili worki na grzyby i nie było mowy, żeby mogli spać w jaskini, oczyścili dokładnie ziemię przed nią, wyrąbując siekierami i szablami cierniste zarośla. Z materiału, który w ten sposób uzyskali, zbudowali niskie ogrodzenie wokół polanki, kolczaste i wystarczająco trudne do pokonania, żeby zatrzymać mniejsze zwierzęta, a kilka grup wyszło nazbierać suchego drewna na ognisko.

– Panie Ferris – powiedział Laurence – musimy teraz wyznaczyć warty, a kiedy już wszyscy odpoczną, przystąpimy do pracy na zmiany: powinniśmy ją wykonywać bardziej efektywnie.

Uznali, że piętnaście minut w tej wilgotnej, ciemnej pieczarze, w której jedynym źródłem światła jest wąska szczelina na początku, będzie wystarczająco długim czasem. Oprócz smrodu samych grzybów czuło się tam nieprzyjemną woń przypominającą zapach wilgotnego obornika oraz kwaśny odór świeżych wymiocin, którymi sami wzbogacili atmosferę. W miejscach, gdzie zebrali już grzyby, podłoże uginało się dziwnie sprężyście pod nogami, niemal jakby wyłożono je matami.

Laurence kolejny raz wyszedł chwiejnym krokiem na świeże powietrze z pełnymi rękami, a zaraz za nim z jaskini wynurzył się Dorset, który nie niósł żadnych grzybów. Kiedy Laurence złożył swoje przed ludźmi, których wyznaczono do sortowania, Dorset pokazał mu prostokątny kawałek zbitej trawy i łajna, który oderwał z warstwy pokrywającej dno jaskini. Laurence popatrzył na to z miną, która świadczyła, że nic nie rozumie.

– To łajno słoni – wyjaśnił Dorset, rozrywając kawałek na mniejsze – i także smoków.

– Skrzydła, dwa stopnie na zachód od północy. – Drżący głos Emily Roland zabrzmiał wysoko i ucichł, zanim Laurence w pełni zrozumiał treść ostrzeżenia.

Na polanie zapanowało gorączkowe zamieszanie, po czym wszyscy rzucili się szukać schronienia w jaskini. Laurence odszukał wzrokiem wielebnego Erasmusua i dzieci, ale zanim ktoś pomyślał, żeby pociągnąć go do pieczary, Demane, rzuciwszy szybkie spojrzenie na nadlatującego smoka, poderwał brata z ziemi, i uciekł z nim w zarośla, a pies popędził za nimi. Jego szczekanie dobiegło dwa razy, z coraz większej odległości, po czym przeszło w skomlenie, jakby ktoś zacisnął mu pysk, i w końcu zupełnie ucichło.

– Zostawcie grzyby, zabierajcie karabiny – krzyknął Laurence, przyłożywszy dłonie do ust, żeby w panującym tumulcie lepiej go słyszano.

Sam chwycił swoją szablę i pistolety, które przedtem położył na ziemi, żeby nie przeszkadzały mu w noszeniu grzybów, podał rękę pani Erasmus i pomógł jej zejść do jaskini, obok strzelców, którzy zajęli już pozycje przy wejściu. Wkrótce reszta ludzi też była już w środku, przy czym wszyscy tłoczyli się i rozpychali, żeby być bliżej szczeliny i płynącego z niej świeżego powietrza. To przepychanie trwało to do chwili, gdy z głuchym łomotem i tak ciężko, że ziemia aż zadrżała, wylądował smok. Złożył skrzydła i zaraz potem zbliżył pysk do otworu jaskini.

Był to ten sam dziki smok, którego już spotkali: czerwono- -brązowy z dziwnymi ciosami koloru kości słoniowej w pysku. Kiedy wściekle zaryczał, poczuli mdlący zapach smoczego oddechu, zabarwiony odorem gnijącego mięsa z jego starych posiłków.

– Trzymajcie się, chłopcy – krzyczał przy wejściu Riggs – trzymajcie się, czekajcie, aż... – aż smok zmienił pozycję i ukazał im otwartą paszczę. Wtedy to zagrzmiała salwa wymierzona w miękkie ciało jego pyska.

Smok wrzasnął wściekle i gwałtownym ruchem odrzucił głowę do tyłu. Jednocześnie zaczął szarpać pazurami krawędzie szczeliny, usuwając mniejsze kamyki i większe kawałki skały, które się obluzowały; na ukrytych we wnętrzu ludzi posypał się pył ze sklepienia. Laurence odszukał wzrokiem panią Erasmus. Stała w milczeniu i tylko opierała się o ścianę dla równowagi; jej ramiona były nienaturalnie sztywne. Pokasłujący strzelcy naładowali pospiesznie karabiny, ale smok już się nauczył i nie odsłaniał im kolejnego celu. Wcisnął przednią łapę do szczeliny i zaczepił pazurami o jej wewnętrzną krawędź, po czym zaczął uderzać w skałę całym ciałem. Komora trzęsła się, a huk uderzeń zagłuszał krzyki przerażonych ludzi.

Laurence wyciągnął szpadę, skoczył do przodu, i kilka razy ciął pazury, a potem zaczął dźgać twarde, pokryte łuskami ciało, na którym zatrzymywało się ostrze głowni, ale nie jej czubek; Warren był obok niego, a Ferris nieco dalej w mroku. Smok znowu zaryczał i poruszył pazurami, powalając ich tak łatwo, jakby pacnął komary. Jeden z twardych i ostrych pazurów prześliznął się po fraku mundurowym Laurence'a tuż nad jego brzuchem. Pchnięty z ogromną siłą, padł ciężko na sprężyste dno jaskini i zobaczył jeszcze na koniuszku jednego z pazurów, gdy smok wyciągał łapę ze szczeliny, długą zieloną nić wyrwaną ze szwu.

Warren chwycił Laurence'a za ramię i słaniając się na nogach, odsunęli się od wejścia. Zapach dymu prochowego, gorzki i drażniący, nałożył się na zgniło-słodki smród grzybów. Już po chwili Laurence ledwie mógł oddychać w tej gęstym od ohydnych odorów powietrzu, a ze wszystkich stron dobiegały do niego jęki ludzi, którzy wymiotowali tak gwałtownie, jakby to się działo na dolnym pokładzie statku podczas bardzo silnego sztormu.

Dziki smok nie ponowił ataku natychmiast. Kiedy się podkradli ostrożnie do wejścia, żeby wyjrzeć na zewnątrz, zobaczyli, że usadowił się na polance przed jaskinią, na nieszczęście tak daleko, że był poza zasięgiem skutecznego strzału, a jego żółto-zielone oczy przez cały czas wpatrywały się złowrogo w szczelinę. Lizał poranioną łapę i wykrzywiał w grymasach pysk, odsłaniając ząbkowane zęby i zakrywając je ponownie wargami. Od czasu do czasu wypluwał na ziemię trochę krwi, ale było jasne, że nie odniósł większych obrażeń. Kiedy go obserwowali, uniósł do góry łeb i z jego pyska znowu się wyrwał grzmiący, gniewny ryk.

– Sir, moglibyśmy nasypać prochu do butelki – wysapał Calloway, strzelec z jego załogi, który podczołgał się do Laurence'a – albo mieszankę błyskową. Może to go wystraszy. Mam tutaj woreczek...

– Nie odstraszymy tego cudownego stworzenia małym błyskiem i hukiem petardy, w każdym razie nie na długo – powiedział Chenery, który wyciągał szyję, żeby lepiej przyjrzeć się ich wrogowi. – Mój Boże! Jeśli się nie mylę, ma co najmniej piętnaście ton. Nie do wiary: piętnastotonowy dziki smok!

– Powiedziałbym, że jest bliższy dwudziestu, na nasze nieszczęście – rzekł Warren.

– Lepiej zachowajmy na później to, co pan ma, panie Calloway – powiedział Laurence do strzelca. – Jeśli go odstraszymy na chwilę, niewiele nam to da; musimy poczekać na powrót smoków i wesprzeć je naszym ogniem.

– Chryste, jeśli Nitidus i Dulcia przylecą tu pierwsze... – jęknął Warren i nie musiał kończyć; małe smoki będą rozpaczliwie próbowały im pomóc, choć nie miały żadnych szans w starciu z wielkim przeciwnikiem.

– Nie; będą bardzo obciążone, pamiętasz? – wtrąciła Catherine. – To je spowolni; ale jak będą walczyć, kiedy tu dotrą...

– Boże, nie martwmy się na zapas, jeśli łaska – przerwał jej Chenery. – Ten olbrzym nie był ćwiczony do walki powietrznej. Nawet jeśli nie przybędą Messoria i Immortalis, cztery smoki z Korpusu poradzą sobie z nim w okamgnieniu. Musimy tu tylko poczekać, aż one przylecą.

– Kapitanie – odezwał się Dorset, który podszedł do nich, potykając się po drodze. – Ja... ja chciałbym zwrócić pańską uwagę... na dno jaskini... na to podłoże...

– Tak – odparł Laurence, przypomniawszy sobie próbkę, którą Dorset pokazał mu wcześniej, próbkę łajna słoni i smoków zebraną z dna pieczary, do której żadne z tych stworzeń nie mogłoby wejść. – Chce pan powiedzieć, że gdzieś w głębi tej jaskini jest jeszcze jedno wejście, przez które mógłby do nas dotrzeć?

– Nie, nie – odparł Dorset. – Gnój został tu rozłożony. Celowo – dodał, widząc ich konsternację. – Te grzyby są tu hodowane.

– Co, chce pan powiedzieć, że ktoś je uprawia? – zapytał Chenery. – Na jaką cholerę komuś to paskudztwo?

– Czy to prawda, że tam jest łajno smoków? – zapytał Laurence.

W tej samej chwili cień, który padł na wejście jaskini, zwrócił ich uwagę na to, co działo się na zewnątrz. Wylądowały tam dwa kolejne smoki, mniejsze, ale zadbane, z uprzężami wykonanymi ze sznurów, a z ich grzbietów zeskakiwało właśnie kilkunastu ludzi uzbrojonych we włócznie assegai.

Nowo przybyli zatrzymali się w odległości przekraczającej zasięg skutecznego strzału z karabinu i naradzali się. Po krótkim czasie jeden z nich podszedł ostrożnie bliżej wejścia i coś do nich krzyknął. Laurence popatrzył na Erasmusa, który pokręcił bezradnie głową i spojrzał na żonę; stała nieruchomo, patrząc na zewnątrz. Przez cały czas przyciskała do ust i nosa chusteczkę, chroniąc się przed smrodem, teraz jednak opuściła ją i zbliżywszy się nieco do wyjścia, powiedziała niepewnie:

– Mówią, żeby wyjść, jak mi się zdaje.

– Jasne – odparł Chenery, ocierając twarz rękawem. – Jestem pewny, że nic bardziej by się im nie podobało; może im pani powiedzieć, żeby się...

– Panowie – przerwał mu pospiesznie Laurence, gdyż Chenery najwidoczniej zapomniał, do kogo mówi – przecież to nie są dzikie smoki, to oczywiste. Mają uprzęże. Jeśli wtargnęliśmy na tereny uprawne tych ludzi, popełniliśmy błąd i powinniśmy im to jakoś wynagrodzić.

– Co za fatalne zrządzenie losu – zgodziła się z nim Catherine. – Przecież chętnie byśmy za te grzyby zapłacili. Proszę pani, czy wyjdzie pani na zewnątrz i porozmawia z nimi? Zrozumiemy, oczywiście, jeśli pani odmówi.

– Chwileczkę – odezwał się cichym głosem Warren i złapał Catherine za rękaw. – Przypominam, że nie słyszeliśmy, by ktokolwiek wrócił z interioru; ginęli kurierzy i całe ekspedycje. A ile osiedli uległo zniszczeniu właśnie w tym rejonie, na północ od Przylądka? Jeśli te smoki nie są dzikie, to ci ludzie mogą być za wszystko odpowiedzialni; nie możemy im ufać.

Pani Erasmus popatrzyła na męża.

– Jeśli ich nie ułagodzimy – odrzekł – na pewno rozgorzeje bitwa, kiedy wrócą wasze smoki, bo one zaatakują, lękając się o wasze bezpieczeństwo. Naszym chrześcijańskim obowiązkiem jest zabieganie o pokój, jeśli to tylko możliwe.

Jego żona skinęła głowa i powiedziała cicho:

– Pójdę tam.

– Moi państwo – odezwał się Warren – ponieważ nie ma tu naszych smoków, to, jak sądzę, jestem wśród nas najwyższym rangą oficerem.

Było to dosyć bałamutne stwierdzenie, gdyż pominąwszy oficerów flagowych, o starszeństwie w Korpusie decydowała ranga smoka. Laurence'a, który przybył z floty i przywykł do panujących w niej sztywnych zasad zależności służbowej, ten system często dezorientował, a nawet irytował, ale było to pragmatyczne ustępstwo wobec rzeczywistości: smoki miały własną hierarchię i dwudziestoletni opiekun Regal Coppera, któremu inne smoki były instynktownie posłuszne, miał na polu bitwy większą władzę od trzydziestoletniego weterana na grzbiecie Winchestera.

– Proszę, bez takich nonsensów... – zaczęła niecierpliwie Catherine.

Wtrącił się porucznik Hobbes, jej pierwszy oficer, mówiąc z lekkim wyrzutem:

– To wszystko bzdury. Nie pójdziecie tam, żadne z was, i powinniście być mądrzejsi. Ja i porucznik Ferris będziemy towarzyszyć pastorowi i jego małżonce, za ich zgodą, a jeśli wszystko pójdzie dobrze, spróbujemy przyprowadzić jednego z tych gości, żeby z wami porozmawiał.

Takie rozwiązanie wcale się Laurence'owi nie podobało, ale przynajmniej nie zagrażało niczym Catherine. Pozostali kapitanowie mieli na twarzach wypisane poczucie winy, ale się nie sprzeciwili. Strzelcy zajęli pozycje przy wejściu, kryjąc otwartą przestrzeń po obu stronach. Pani Erasmus przyłożyła dłonie do ust i krzyknęła ostrzegawczo, po czym na zewnątrz wyszli kolejno Hobbes i Ferris, z pistoletami skierowanymi lufami w dół, gotowi w każdej chwili wyciągnąć szpady.

Obcy cofnęli się o kilka kroków. Włócznie trzymali swobodnie, też skierowane ku ziemi, ale tak, że w każdej chwili mogli zacząć nimi rzucać. Byli wysokimi mężczyznami, wszyscy, z bardzo krótkimi wełnistymi włosami i skórą tak czarną, że w promieniach słońca miała wręcz granatowy odcień. Ich ciała osłaniały tylko przepaski na biodra w kolorze głębokiej purpury, ozdobione frędzlami, które wyglądały jak złote paciorki, a na nogach mieli sznurowane sandały ze skóry.

Nie wykonali żadnego groźnego gestu, więc Hobbes odwrócił się i przywołał gestem ręki wielebnego Erasmusa, który wygramolił się z jaskini, po czym pomógł wyjść żonie. Dołączyli do poruczników i pani Erasmus zaczęła mówić, powoli i wyraźnie. Po chwili wyciągnęła rękę i pokazała obcym grzyba, którego wyniosła z jaskini. Czerwono-brązowy smok pochylił się nagle i zbliżywszy do niej głowę, coś powiedział; popatrzyła prosto na niego, zaskoczona, ale niezbyt wystraszona, a on gwałtownie odrzucił głowę do tyłu i krzyknął skrzekliwie. Nie był to ani ryk, ani warknięcie; Laurence nigdy jeszcze nie słyszał tak dziwnego głosu dobiegającego z gardła smoka.

Jeden z czarnych wojowników chwycił panią Erasmus za ramię i przyciągnął ją do siebie. Drugą ręką odchylił gwałtownie jej głowę do tyłu i odsunął włosy, zasłaniające bliznę i tatuaż. Erasmus i Hobbes rzucili się do przodu, żeby ją uwolnić. Wojownik puścił ją bez oporu i zrobił krok w stronę Erasmusa, po czym zaczął mówić coś szybko do niego cichym głosem, pokazując palcem jego żonę. Ferris chwycił ją w ramiona, gdy się cofała, wyraźnie wstrząśnięta, i podtrzymał ją.

Erasmus rozłożył ręce w uspokajającym geście i odpowiedział coś, starając się jednocześnie ustawić między żoną a wojownikiem. Najwyraźniej nie został zrozumiany; pokręcił głową i spróbował ponownie, tym razem w języku Khoi. Tego także nie zrozumiano, więc na koniec, z pewnym wahaniem, postanowił podjąć jeszcze jedną próbę. Poklepał się po piersi i powiedział: „Lunda". Smok warknął wściekle, a wojownik bez żadnego ostrzeżenia uniósł swoją włócznię i jednym płynnym ruchem wbił ją w ciało Erasmusa.

Hobbes wystrzelił i mężczyzna padł. Erasmus, z wyrazem jedynie lekkiego zaskoczenia na twarzy, osunął się na kolana, zaciskając dłoń na drzewcu włóczni, która tkwiła tuż ponad jego mostkiem. Usłyszawszy ochrypły z przerażenia krzyk żony, odwrócił głowę w jej kierunku i spróbował unieść rękę, która jednak opadła bezwładnie: zaraz potem on sam także padł na ziemię.

Kiedy Ferris na wpół niósł, na wpół ciągnął panią Erasmus z powrotem do jaskini, czerwono-brązowy smok skoczył na nich; Hobbes padł, brocząc krwią, pod jego pazurem. Ferris wepchnął właśnie panią Erasmus prosto w ich ramiona, kiedy smok rzucił się znowu na wejście, rycząc wściekle, szarpiąc pazurami szczelinę i wstrząsając całym, pustym w środku wzgórzem.

Laurence chwycił za ramię Ferrisa, który stracił równowagę i wpadł do środka; po jego twarzy i koszuli płynęła wąska strużka krwi. Catherine i Warren trzymali panią Erasmus.

– Panie Riggs – zawołał Laurence, przekrzykując dochodzący z zewnątrz hałas – trochę ognia; i panie Callowey, proszę o te flary, jeśli łaska.

Wypalili kolejną salwę prosto w pysk smoka i niebieską racę, co przynajmniej zmusiło go do odsunięcia się; dwa mniejsze smoki przyskoczyły do niego i zaczęły go odciągać od jaskini, mówiąc coś do niego ostrymi, przenikliwymi głosami. W końcu odszedł, ciężko dysząc, i przysiadł po drugiej stronie polany.

– Panie Turner, czy wie pan, która godzina? – zapytał Laurence oficera sygnałowego, kasząc: przewiew nie usunął jeszcze zupełnie chmury dymu pozostawionej przez racę.

– Przepraszam, sir, zapomniałem obrócić klepsydrę – odpowiedział zawstydzony chorąży – ale jest po czwartej po południu.

Temeraire i Lily wylecieli po pierwszej. Czterogodzinny lot, na miejscu rozładunek i załadunek, oraz ewentualnie poszukiwanie *Fiony*. Wniosek był prosty: upłynie jeszcze sporo czasu, zanim wyruszą w drogę powrotną.

– Musimy wystawić warty i spróbować trochę pospać – powiedział Laurence do Catherine i Warrena; Dorset zajął się panią Erasmus i poprowadził ją w głąb jaskini. – Myślę, że możemy ich powstrzymać przy szczelinie, ale musimy być czujni...

– Sir – odezwała się Emily Roland – bardzo przepraszam, ale pan Dorset kazał powiedzieć panu, że do jaskini napływa dym, z tylnej części.

W tylnej ścianie jaskini, wyżej niż mogli sięgnąć, odkryli wąski otwór. Kiedy Laurence stanął na szerokich ramionach Pratta, przez strużkę czarnego dymu zobaczył pomarańczową poświatę ogniska, które wojownicy rozpalili, żeby ich wykurzyć. Zeskoczył na ziemię i odszedł, żeby zrobić miejsce Fellowesowi oraz Larringowi, dowódcy załogi naziemnej Catherine, którzy ze swymi ludźmi próbowali zatkać ten otwór fragmentami uprzęży, własnymi kurtkami i koszulami. Niezbyt im się to jednak udawało, a czas działał przeciwko nim; w jaskini już niemal nie można było oddychać, a ponieważ jednocześnie rosła temperatura, smród stawał się wręcz nie do zniesienia.

– Nie utrzymamy się tu zbyt długo – powiedziała zachrypniętym, ale opanowanym głosem Catherine, kiedy Laurence wrócił do przedniej części jaskini. – Myślę, że musimy się stąd wyrwać, dopóki jeszcze możemy, i spróbować zgubić ich w lesie.

Smoki tymczasem zebrały kolczaste zarośla, które oni przedtem usunęli, żeby przygotować teren na obozowisko, i ułożyły je wokół wejścia do jaskini w stosy wyższe od człowieka. Same zajęły pozycje za tą barierą i osłonięte przed ogniem karabinów, blokowały im drogi ucieczki. Szansa, że uda im się przebić, była niezmiernie mała, ale nie mieli innego wyjścia.

– Moja załoga jest najliczniejsza – odezwał się Laurence – i mamy osiem karabinów. Mam nadzieję, że zgodzicie się, że to my powinniśmy uderzyć jako pierwsi, a reszta ruszy naszym śladem. Panie Dorset, może będzie pan tak miły i poczeka z panią Erasmus, aż oczyścimy drogę. Jestem pewny, że pan Pratt panu pomoże – dodał.

Uzgodnili pospiesznie kolejność, w jakiej będą wychodzić, a po ustaleniu kierunku na kompasach wyznaczyli miejsce spotkania w lesie. Laurence dotknął chusty, upewniając się, że jest dobrze zawiązana, i włożył mundur, wyrównując złote belki na ramionach. Jego kapelusz gdzieś zginął.

– Warren, Chenery, Harcourt, zawsze do usług – rzekł, ściskając im dłonie. Ferris i Riggs przykucnęli w gotowości przy wejściu z naładowanymi pistoletami w rękach. – Panowie – zwrócił się do nich, wyciągnął szablę i wybiegł na zewnątrz, słysząc za sobą krzyk na cześć Boga i króla Jerzego.

Rozdział 10

Laurence potknął się, gdy silne ręce podniosły go z ziemi i zaczęły wlec; nogi go nie słuchały, a kiedy, pchnięty, poleciał do przodu, zaraz się pod nim załamały i runął na twarz obok pozostałych jeńców. Wrzucano ich do sieci bardzo podobnej do tych, które sami wykorzystywali do przenoszenia ładunków, wykonanej jednak z grubszego, bardziej szorstkiego powrozu i wyraźnie przeznaczonej raczej do transportu bagażu, a nie ludzi. Kilka gwałtownych szarpnięć i znaleźli się w powietrzu, podwieszeni pod brzuchem czerwono-brązowego smoka. Ciasno stłoczeni leżeli jedno na drugim, a ich ręce i nogi zwisały przez dziury między dość przypadkowo zawiązanymi węzłami. Sieć, zawieszona na dość długich linach, kołysała się nieprzyjemnie przy każdej zmianie kierunku wiatru lub lotu, przy każdej nagłej zmianie wysokości.

Nie było strażników, którzy mieliby ich pilnować, nie założono też im żadnych więzów, ale i tak byli całkowicie unieruchomieni i nie mogli ani zmienić pozycji, ani porozmawiać. Laurence leżał na dole sieci z twarzą przyciśniętą do szorstkich sznurów, które od czasu do czasu ocierały mu skórę; ale był wdzięczny losowi za możliwość oddychania świeżym powietrzem pomimo kapiącej z góry krwi i tego, że podczas kołysania zataczał szersze łuki. Dyer leżał przyciśnięty do niego. Laurence objął chłopca, żeby go asekurować; oka sieci były nierówne, niektóre dość duże, i drobny goniec łatwo mógłby spaść.

Rannych wrzucono razem z tymi, którzy nie odnieśli obrażeń. Młody skrzydłowy z załogi Chenery'ego, paskudnie poszarpany pazurami, leżał z głową na ramieniu Laurence'a, a krew sącząca się wolno z kącika jego ust przesiąkała przez materiał munduru kapitana. Umarł w nocy i w miarę jak upływały kolejne godziny lotu, jego zwłoki stopniowo sztywniały. Laurence nie mógł rozpoznać nikogo więcej z leżących wokół niego ludzi. Czuł tylko anonimowy nacisk czyjegoś buta na kark i czyjeś kolano, które unieruchomiło jego własne tak, że miał zgiętą do tyłu nogę.

Widział przelotnie panią Erasmus w tej strasznej chwili zamieszania, kiedy zaczęły na nich spadać rzucane z drzew sieci; z całą pewnością żyła, kiedy ją odciągano na bok. Nie chciał o tym myśleć; nie mógł nic zrobić, a poza tym nie wiedział, co spotkało Catherine, i ta niepewność ogromnie mu ciążyła.

Nie zatrzymali się na żaden postój. Trochę spał, a przynajmniej ukojony wiatrem i wahadłowym ruchem sieci, całkiem podobnym do kołysania się statku na wzburzonym morzu, popadł w stan na pograniczu snu i świadomości. Tuż po świcie smok gwałtownie zwolnił, po czym, szybując jak ptak, zniżył lot i dosyć twardo wylądował, podskakując kilka razy, zanim ostatecznie postawił przednie łapy na ziemi.

Sieć została opuszczona, niezbyt delikatnie, po czym wojownicy szybko ich posortowali, poszturchując żyjących drzewcami włóczni i wynosząc zwłoki. Laurence za żadne skarby świata nie wstałby na nogi, gdyż kolano dosłownie mu płonęło od powracającej do niego krwi, ale uniósł głowę i zobaczył leżącą trochę dalej Catherine. Była blada, miała zamknięte oczy i krew na twarzy. Na jej mundurze, blisko rękawa, były także dwa zakrwawione rozdarcia, ale nie zdjęła go, tylko zapięła na wszystkie guziki;

włosy miała wciąż zaplecione w warkocz i nic nie świadczyło o tym, żeby była ciężko ranna.

Nie mieli czasu na nic więcej: każdemu spryskano twarz odrobiną wody, po czym smok stanął nad nimi i czarni wojownicy szybko, bez ceregieli powrzucali ich do sieci. Znowu ruszyli w drogę. Za dnia kołysanie było gorsze niż w nocy, gdyż było ich teraz mniej i sieć huśtała się na wszystkie strony przy każdej, nawet najmniejszej zmianie kierunku. Służba w Korpusie hartowała żołądki, ale mimo to po stłoczonych ciałach spływały wymiociny, a w powietrzu czuć było gorzki smród żółci. Laurence starał się jak najdłużej oddychać przez usta i odwracał twarz do sznurów, kiedy i jemu zbierało się na wymioty.

Nie udało mu się zasnąć przez cały dzień. W końcu, pod wieczór, znowu wylądowali i tym razem wreszcie powyciągano ich z sieci, pojedynczo lub po dwóch, osłabionych i chorych. Następnie powiązano ich, za ręce i kostki u nóg, tworząc ludzki łańcuch, którego końce przywiązano z kolei do dwóch drzew. Dopiero wtedy wojownicy, którzy ich pojmali, przynieśli wodę w ociekających bukłakach, świeżą i przepyszną, lecz za każdym razem zbyt szybko odsuwali je od ich spragnionych ust; Laurence zatrzymał ostatni łyk na swym wyschniętym języku tak długo, jak tylko mógł.

Kiedy trochę doszedł do siebie, pochylił się i popatrzył wzdłuż szeregu jeńców. Nie dostrzegł Warrena, ale Catherine spojrzała na niego i nieznacznie skinęła głową. Ferris i Riggs wyglądali w miarę dobrze, a Emily, która była na samym końcu, oparła głowę o drzewo, do którego była przywiązana. Po drugiej stronie Dyera był Chenery, który sprawiał najgorsze wrażenie. Głowa opadła mu na ramię, usta miał otwarte z wyczerpania, na jego twarzy widniał wielki siniak, a dłoń zacisnął na udzie, jakby dokuczała mu stara rana.

Laurence stopniowo uświadomił sobie, że dochodzący zza

jego pleców bulgocący szmer jest w istocie szumem płynącej wody. Byli blisko rzeki, ale nie mógł się odwrócić, żeby na nią popatrzeć, przez co jeszcze bardziej dawało mu się we znaki niezaspokojone pragnienie. Znajdowali się na trawiastej polanie; zerknąwszy w bok, Laurence zobaczył wielkie kamienie otaczające wyrównany teren i palenisko poczerniałe od częstego używania. Przypuszczalne było to obozowisko łowieckie, regularnie wykorzystywane.

Wielka czerwono-brązowa bestia położyła się po przeciwnej stronie paleniska i zmrużywszy oczy, zasnęła. Dwa pozostałe smoki wzbiły się znowu w powietrze. Jeden był zielono nakrapiany, drugi ciemnobrązowy, oba miały jasne, lekko opalizujące podbrzusza, które szybko wtopiły się w kolor ciemniejącego już nieba.

Po polanie przechadzała się długonoga siewka, wyjadając z ziemi nasiona i świergocząc; był to wysoki, metaliczny dźwięk przypominający głos, jaki wydaje mały dzwonek uderzony młoteczkiem. Mniejsze smoki wróciły po niedługim czasie, niosąc cztery martwe antylopy: dwie z nich złożyły z szacunkiem przed czerwono-brązowym smokiem, który rozerwał je i pożarł z apetytem; jedną się podzieliły, a ostatnią dostali wojownicy, którzy szybko ją oskórowali i podzielili na kawałki, które wrzucili do wielkiego kotła z już parującą wodą.

Kiedy ich kolacja była gotowa, wojownicy skupili się po jednej stronie paleniska i zjedli ją w milczeniu, wybierając palcami kawałki mięsa z miseczek. W pewnej chwili jeden z nich wstał, podszedł do kotła i kiedy sobie nabierał dokładkę, trochę potrawy wylało się do ognia. Woda zasyczała, płomienie skoczyły w górę i w ich blasku Laurence zobaczył po drugiej stronie ogniska panią Erasmus, która siedziała obok wielkiego smoka z miseczką w dłoni i jadła, powoli i spokojnie. Rozpuszczone włosy okalały jej twarz, zupełnie pozbawioną wyrazu. Suknię miała rozdartą.

Po swoim posiłku kilku wojowników podeszło do jeńców i nakarmili ich tym, co zostało: był to rodzaj owsianki ugotowanej na rosole z mięsa. Nie było tego zbyt dużo, a poza tym czuli się upokorzeni, jedząc jak z koryta z miseczek trzymanych przy ich twarzach i nie mogąc otrzeć resztek ściekających im z podbródków. Laurence zamknął oczy i jadł, a kiedy Dyer chciał zostawić trochę rosołu w miseczce, powiedział do niego:

– Wyświadczysz mi przysługę, jeśli zjesz wszystko. Nie wiadomo, kiedy nas znowu nakarmią.

– Dobrze, sir – odparł Dyer – ale jestem pewny, że gdy znowu wsadzą nas do sieci, wszystko zwrócę.

– Mimo wszystko jedz – rzekł Laurence.

Był wdzięczny losowi, że ich porywacze najwyraźniej nie zamierzają ruszać natychmiast w dalszą drogę. Zamiast tego rozpostarli na ziemi koce i przynieśli długi pakunek; położyli go na kocach i rozwinęli. Laurence rozpoznał ciało człowieka, który zamordował Erasmusa i zginął z ręki Hobbesa. Uroczyście umyli go wodą przyniesioną ze źródła i zawinęli w skóry niedawno zabitych antylop. Zakrwawioną włócznię położyli obok niego, być może jako trofeum. Potem jeden z nich przyniósł bęben, inni pozbierali suche patyki z ziemi lub po prostu zaczęli klaskać lub tupać nogami, i wybijając rytm rękami oraz stopami, zaintonowali monotonną pieśń, która brzmiała jak nieustający krzyk; kiedy jeden kończył, żeby zaczerpnąć tchu, podejmował ją drugi.

Było już zupełnie ciemno, a oni wciąż śpiewali. Chenery otworzył oczy i popatrzył na Laurence'a.

– Jak daleko twoim zdaniem zalecieliśmy? – zapytał.

– Noc i dzień lotu w niezłym tempie; stale na północny wschód, jak mi się zdaje – odpowiedział cichym głosem Laurence. – Nic więcej nie potrafię powiedzieć. Jak myślisz, jaką szybkość on rozwija, ten duży?

Chenery przyglądał się przez chwilę czerwono-brązowemu smokowi, po czym pokręcił głową.

– Rozpiętość skrzydeł równa długości ciała, dość smukły; tak na oko trzynaście węzłów; może czternaście.

– W takim razie ponad trzysta mil – policzył Laurence i ogarnęło go przygnębienie; trzysta mil i żadnego śladu, który pokazywałby drogę.

Gdyby Temeraire i pozostałe smoki mogli ich dogonić, nie lękałby się o wynik starcia, nie z tą niezorganizowaną bandą. Jednak na tym ogromnym kontynencie mogli zniknąć tak łatwo, jakby zostali zabici i pochowani, i zmarnować resztę życia w niewoli.

Już teraz mieli niewielką szansę dotarcia pieszo do Przylądka, nawet gdyby nikt ich nie ścigał, co było mało prawdopodobne. Jeśli ruszyliby na zachód w stronę wybrzeża i unikając wszystkich naturalnych niebezpieczeństw, a także znajdując wodę i żywność konieczne do utrzymania się przy życiu podczas mniej więcej miesięcznej wędrówki, zdołaliby dotrzeć do oceanu; to co dalej? Może udałoby im się zbudować jakąś tratwę lub pirogę. Laurence nie uważał się za kogoś w rodzaju Cooka lub Bligha, ale przypuszczał, że mógłby z małą załogą dopłynąć do portu, jeśli udałoby im się uniknąć sztormów i niebezpiecznych prądów, i sprowadzić pomoc dla reszty uciekinierów. Sporo tych „jeśli", pomyślał, warunków, których spełnienie jest wielce nieprawdopodobne i których liczba tylko wzrośnie, kiedy zostaną przeniesieni dalej w głąb kontynentu. A tymczasem ogarnięty paniką Temeraire będzie ich szukał w interiorze, narażając się na najgorsze niebezpieczeństwa.

Laurence przekręcił nadgarstki, usiłując poluźnić więzy, ale sznury były silne, ciasno uplecione i nie poddawały się.

– Sir – odezwał się Dyer – mam nóż kieszonkowy.

Uroczystość pogrzebowa dobiegała końca; małe smoki zaczęły kopać grób. Scyzoryk był niezbyt ostry, a sznury twarde; Laurence musiał piłować przez dłuższy czas, żeby uwolnić jedną rękę. Cienka drewniana rękojeść ślizgała się w spoconej dłoni, gdy przyciskał ostrze noża do więzów krępujących nadgarstek. W końcu mu się udało i przekazał scyzoryk Chenery'emu, gdyż po oswobodzeniu jednej ręki mógł rozsupłać węzły między nim a Dyerem.

– Ciszej, panie Allen – powiedział do chorążego, który z jego drugiej strony niezdarnie szarpał węzły sznura łączącego go z jednym ze skrzydłowych Catherine.

Wojownicy usypali nad grobem mały kurhan, położyli się i zasnęli, zanim połowa jeńców zdołała się wyplątać z więzów. Z ciemności dobiegały głośne pochrząkiwania i ryki hipopotamów. Czasami dochodziły z bardzo bliska i wtedy któryś ze smoków unosił sennie głowę, nasłuchiwał przez chwilę, po czym wydawał groźny pomruk, uciszając wszystko dookoła.

Pracowali teraz z większym pośpiechem, a ci, którzy się już uwolnili, starali się pomagać innym. Laurence podszedł do Catherine, która swymi szczupłymi palcami szybko sobie poradziła z najgorszymi węzłami, i kiedy razem rozwiązali Pecka, człowieka z jej załogi, wyszeptał do niej cicho:

– Zabierz, proszę, innych do lasu i nie czekaj na mnie; muszę spróbować uwolnić panią Erasmus.

Skinęła głową i wcisnęła mu do ręki scyzoryk, tak już stępiony, że zupełnie bezużyteczny, ale przydatny jako wsparcie moralne. Następnie wszyscy, jeden po drugim, przekradli się po cichu do lasu, starając się oddalić od obozowiska. Wszyscy z wyjątkiem Ferrisa, który podczołgał się do Laurence'a.

– A broń? – zapytał szeptem.

Laurence pokręcił głową. Niestety, wojownicy złożyli ich karabiny razem z resztą bagażu, który leżał przy głowie jednego z chrapiących smoków; nie było żadnej możliwości, żeby się do nich zbliżyć. Wystarczająco trudne było przekradanie się między śpiącymi wojownikami, którzy wyczerpani leżeli w różnych pozycjach na ziemi: każde zwykłe senne sapnięcie wydawało mu się wielokrotnie głośniejsze, a trzaski dopalających się wolno w ognisku polan brzmiały w jego uszach jak grzmoty piorunów. Nogi wciąż miał słabe i czasem uginały się pod nim tak bardzo, że niemal dotykał kolanami ziemi; musiał się wtedy podpierać na rękach.

Pani Erasmus leżała z dala od mężczyzn, po drugiej stronie paleniska, bardzo blisko łba wielkiego czerwono-brązowego smoka, który niemal całkowicie otoczył ją swymi przednimi łapami. Spała skulona w kłębek, z rękami podłożonymi pod głową, ale ku uldze Laurence'a nie wyglądała na ranną. Szarpnęła się, kiedy przycisnął dłoń do jej ust, ale przestała drżeć, gdy tylko go rozpoznała; skinęła głową, a on cofnął rękę i pomógł jej wstać.

Skradali się ostrożnie i powoli, obchodząc wielką łapę. Czerwony blask ogniska odbijał się w pazurach smoka, a nozdrza rozchylały się w regularnym rytmie oddechu, ukazując różowe wnętrze. Przeszli dziesięć kroków, jedenaście, kiedy ciemna powieka się uniosła się i spojrzało na nich żółte oko.

Smok zerwał się w jednej chwili i zaryczał.

– Uciekajcie! – krzyknął Laurence, popychając panią Erasmus i Ferrisa.

Jego nogi nie zareagowały tak szybko, a jeden z wojowników, których obudził ryk, skoczył na niego i chwyciwszy za kolana, powalił na ziemię. Zaczęli się mocować w trawie i piasku blisko ogniska, a Laurence liczył już tylko na to, że w ten sposób osłoni ucieczkę i opóźni pościg. To była nieładna walka, przypominająca ostatnie rundy pijackiej bijatyki, kiedy obie strony są pokrwawione i chwieją się na nogach; obaj byli wyczerpani, a słabość Laurence'a zrównoważyła dezorientacja jego przeciwnika, tak nagle wyrwanego z głębokiego snu. Przekręciwszy się na plecy, Laurence zdołał otoczyć ramieniem szyję wojownika, chwycił drugą ręką za nadgarstek pierwszej i przyciągnął go z całej siły do piersi; jednocześnie obutą stopą podciął drugiego przeciwnika, który chwycił włócznię.

Ferris popchnął panią Erasmus w stronę lasu, z którego wybiegło kilkunastu awiatorów, żeby pomóc jej i Laurence'owi.

– Lethabo! – krzyknął smok.

Niezależnie od tego, czy to była groźba czy co innego, pani Erasmus zatrzymała się i obejrzała; zobaczyła, że smok atakuje Ferrisa.

Krzyknęła na znak sprzeciwu, wróciła biegiem na miejsce, gdzie Ferris padł na ziemię, rozpaczliwie próbując uchylić się przed uderzeniem, i rzuciła się przed niego, unosząc do góry rękę; ogromna łapa, która już spadała, zatrzymała się w powietrzu i smok postawił ją znowu na ziemi przed kobietą.

Tym razem wojownicy, ucząc się na własnych błędach, wystawili straże i związali ich bliżej ogniska: dla każdego było jasne, że drugiej próby ucieczki nie będzie. Dwa małe smoki zagoniły ich z powrotem do obozowiska z pogardliwą łatwością i wprawą świadczącą o dużej praktyce; przy okazji spłoszyły małe stado antylop i zjadły późną kolację, żeby zrekompensować sobie trud. Nie złapały tylko Ketteringa, jednego ze strzelców Catherine, oraz Pecka i Bailesa, jej dwóch uprzężników. Ci dwaj ostatni jednak nad ranem wrócili zniechęceni do obozu i poddali się. Powiedzieli, że Kettering podczas próby przeprawy przez rzekę został zabity przez hipopotama; ich blade twarze wyrażały taką grozę, że nikt nie pytał o szczegóły.

– To było moje imię – wyjaśniła pani Erasmus, trzymając w dłoniach filiżankę z czerwoną herbatą. – Lethabo. To było moje imię, kiedy byłam dziewczynką.

Początkowo nie wolno jej było podchodzić do nich i rozmawiać, ale tak długo prosiła, że w końcu przyprowadzono do niej Laurence'a, który musiał podskakiwać, gdyż miał związane zarówno ręce, jak i nogi. Jeden z wojowników stał przez cały czas na straży, pilnując, żeby nawet nie próbował jej dotykać. Ich rozmowie przysłuchiwał się też czerwono-brązowy smok, nie spuszczając z Laurence'a ani na chwilę złowrogiego spojrzenia.

– A więc ci ludzie pochodzą z twojego plemienia? – zapytał.

– Ludzie, nie. Myślę, że są z plemienia spokrewnionego z moim, może sprzymierzonego. Nie jestem tego pewna, ale oni rozumieją to, co mówię. Tylko... – przerwała na chwilę, po czym powiedziała: – Sama tego dobrze nie rozumiem, ale Kefentse – tu skinęła głową w stronę wielkiej, górującej nad nimi bestii – mówi, że jest moim pradziadkiem.

Zaskoczony Laurence wyraził przypuszczenie, że może źle to zrozumiała albo przetłumaczyła.

– Nie – odparła – nie; nie pamiętam dobrze wielu słów, ale wzięto mnie do niewoli wraz z innymi i niektórych z nas sprzedano razem. Wszystkich starszych mężczyzn nazywaliśmy dziadkami. To był wyraz szacunku. A zatem dobrze pamiętam to słowo i jestem pewna jego znaczenia.

– Czy pamięta pani swój ojczysty język na tyle dobrze, żeby mu wytłumaczyć, że nie chcieliśmy zrobić niczego złego? – zapytał Laurence. – Że tylko szukaliśmy grzybów...

Spróbowała to powiedzieć, przerywając i wyraźnie szukając odpowiednich słów, ale smok parsknął z lekceważeniem, zanim skończyła. Wsunął natychmiast swoją wielką łapę między nich, patrząc gniewnie na Laurence'a, jakby ten ją czymś obraził, i powiedział coś do wojowników. Ci w jednej chwili chwycili Laurence'a i powlekli go do reszty jeńców.

– Cóż – odezwał się Chenery, kiedy Laurence'a znowu do niego przywiązano – to brzmi trochę obiecująco. Przypuszczam, że kiedy ona będzie znowu mogła z nim porozmawiać, to zdoła go przekonać. A tymczasem pocieszajmy się myślą, że oni przynajmniej nie mają zamiaru nas zabić. Gdyby było inaczej, już by to zrobili i oszczędzili sobie kłopotu pilnowania nas.

Jednakże powód, dla którego zachowali do tej pory życie, był całkowicie niejasny; nikt nie podjął żadnej próby przesłuchania ich, a Laurence był coraz bardziej skonsternowany, w miarę jak lecieli dalej i dalej, nad obszarami tak rozległymi, że nie mogły być terytorium małego plemienia, nawet takiego, które posiadało smoki. Mógłby pomyśleć, że krążą, by zgubić pościg, ale słońce za dnia i Krzyż Południa w nocy temu przeczyły: ich kurs był stały. Przez cały czas lecieli na północny wschód, i jeśli odbijali od tego kierunku, to tylko po to, żeby znaleźć bardziej dogodne miejsce na nocleg lub uzupełnić zapasy wody.

Wczesnym rankiem następnego dnia zatrzymali się przy szerokiej rzece, niemal pomarańczowej od błota, które wzbijało się z dna. Żyło w niej wiele hałaśliwych hipopotamów, które z zadziwiającą szybkością uciekały przed małymi smokami, zanurzając się całkowicie w wodzie i wykonując gwałtowne uniki. W końcu smoki osaczyły jednego z dwóch stron i wyciągnęły na brzeg, gdzie został dorżnięty. Wojownicy byli już tak pewni siebie, że rozwiązali kilku jeńców, żeby pomogli w uciążliwej pracy rozbierania mięsa wielkiego zwierzęcia. Dyer i Tooke, najmłodszy goniec Catherine, otrzymali zadanie noszenia wody. Biegali tam i z powrotem dość chętnie, ale naczynia napełniali z pewnym niepokojem: na drugim brzegu rzeki leżał wielki krokodyl, który nie spuszczał z nich swoich zielonych oczu. Jego mięso najwyraźniej nie było pokusą dla smoków, gdyż nie zdradzał najmniejszych oznak strachu.

Smoki drzemały na słońcu z głowami ułożonymi na przednich łapach, a ich ogony poruszały się leniwie, rozpędzając ogromne roje much, które się wokół nich gromadziły. Pani Erasmus mówiła coś do ucha Kefentse; w połowie zdania uniósł się gwałtownie i ostrym tonem zaczął zadawać jej pytania. Cofnęła się i tylko kręciła odmownie głową. W końcu umilkł i siedząc na zadzie, zwrócił wzrok na południe; wyglądał przy tym jak wizerunek z tarczy herbowej. Po jakimś czasie ułożył się znowu na ziemi i powiedziawszy do niej coś jeszcze, zamknął oczy.

– No cóż, nie musimy pani chyba pytać, co on myśli o wypuszczeniu pani – powiedział Chenery, kiedy podkradła się do nich.

– Nie – odparła cicho, żeby nie obudzić smoków – i sytuacja się tylko pogorszyła. Mówiłam o moich córkach i Kefantse myśli teraz tylko o tym, żeby po nie wrócić.

Laurence zawstydził się, czując przypływ nadziei w związku z sytuacją, która mogła w niej budzić jedynie głęboką obawę; ale taka próba zakończyłaby się przynajmniej tym, że reszta formacji poznałaby tożsamość ich porywaczy.

– Zapewniam panią – powiedział – że każde takie żądanie będzie odrzucone z najwyższą pogardą. Jestem pewny, że nasi oficerowie i generał Grey będą uważali, że pani dzieci są pod ich opieką.

– Kapitanie, pan nie rozumie – odparła. – Sądzę, że on będzie gotów zaatakować całą kolonię, żeby je dostać. On myśli, że tam może być więcej jego skradzionych krewnych, między niewolnikami.

– Życzę im szczęścia, jeśli tego spróbują – rzekł Chenery. – Może być pani spokojna o dziewczynki. Nawet jeśli ci ludzie mają w domu jeszcze kilka takich ślicznotek jak ten pani dziadek, do rozgryzienia takiego orzecha jak zamek trzeba czegoś więcej. Mają tam dwudziestoczterofuntówki, nie wspominając już o działach pieprzowych i pełnej formacji smoków. Może zechce zamiast tego wrócić z nami do Anglii, co? – dodał z przebłyskiem radosnego optymizmu. – Jeśli tak bardzo panią polubił, powinna go pani do tego przekonać.

Wkrótce jednak stało się jasne, że nawet jeśli Kefentse miał jeszcze coś innego na myśli, kiedy nazwał się jej pradziadkiem, to przede wszystkim uważał, iż jest od niej starszy; chociaż jej wydawało się teraz, że pamięta jak przez mgłę dzień, w którym on wykluł się z jaja.

– Niezbyt dobrze, ale jestem tego prawie pewna – powiedziała. – Byłam wtedy bardzo mała, ale pamiętam wiele dni ucztowania i prezenty; pamiętam też, że często go potem widywałam w wiosce.

Jak domyślił się Laurence, z tego właśnie powodu nie bała się smoków; porwano ją jako dziewczynkę mniej więcej dziewięcioletnią, na tyle już dużą, że zdążyła pozbyć się instynktownego lęku przed tymi stworzeniami.

Kefentse, pamiętający ją tylko jako dziecko, nie tylko nie był skłonny słuchać jej poleceń, ale widząc, jak ona stara się zapewnić im wolność, wywnioskował, że jest ich marionetką, zmuszoną albo strachem, albo podstępem do kłamania w ich interesie, co go jeszcze bardziej rozłościło.

– Proszę, żeby pani go już więcej nie próbowała przekonywać – powiedział Laurence. – Musimy być wdzięczni za to, że chociaż panią otoczył ochroną. Wolałbym, żeby nie podejmowała pani kolejnych bezowocnych prób, które mogłyby go skłonić do ponownego rozważenia swoich uczuć wobec pani.

– Nigdy mnie nie skrzywdzi – odparła z dziwnym przekonaniem, wynikającym być może z odrodzenia się jakiegoś dziecięcego zaufania.

Po zjedzeniu na śniadanie reszty pieczonego hipopotama wzbili się znowu w powietrze i po kilku godzinach lotu, tuż przed zmrokiem, wylądowali obok niezbyt wielkiej wioski. Polana, na której się znaleźli, była pełna bawiących się dzieci, które rozwrzeszczały się z radości na ich widok i zaczęły biegać wokół smoków, trajkocząc coś do nich bez najmniejszych oznak strachu;

chociaż na więźniów zerkały bardzo nerwowo. Po drugiej stronie polany rosła rozłożysta akacja, dająca przyjemny cień, a pod nią stała dziwna mała wiata. Wznosiła się na kilka stóp nad ziemię, a w jej wnętrzu leżało smocze jajo pokaźnych rozmiarów. Wokół niej siedziały kobiety z moździerzami i tłukły w nich zboże. Na widok przybyszów zeskakujących z mniejszych smoków wszystkie odłożyły narzędzia, wstały i poklepawszy kolejno jajo, jakby do niego coś mówiły, ruszyły ich powitać.

Z wioski wyszło kilku mężczyzn, żeby uścisnąć ręce wojownikom i powitać smoki. Na drzewie wisiał pokryty misternymi rzeźbami róg wykonany z ciosu słonia. Jeden z mieszkańców wsi ściągnął go w dół i zadął kilka razy, wysyłając przeciągłe, dźwięczne sygnały. Wkrótce potem na polanie wylądował jeszcze jeden smok, średniej wagi, mniej więcej dziesięciotonowy, w delikatnym odcieniu zieleni z żółtymi łatami i mnóstwem czerwonych kropek na piersi i barkach oraz dwiema parami długich przednich zębów, które wystawały mu z górnej i dolnej szczęki. Dzieci bały się tego przybysza jeszcze mniej niż pozostałych i natychmiast zgromadziły się wokół jego przednich łap, a nawet zaczęły się wspinać na jego ogon i szarpać go za skrzydła. Wszystko to znosił cierpliwie, nie przerywając rozmowy ze smokami, które przybyły z wizytą.

Wszystkie cztery, w towarzystwie swoich opiekunów i ludzi z wioski, usiadły dookoła tak pieczołowicie chronionego smoczego jaja. Wraz z nimi usiadła także stara kobieta, która wyróżniała się spośród innych swoim strojem. Miała spódnicę ze zwierzęcych skór, długie sznury czerwonych paciorków i wiele nałożonych na siebie naszyjników ze zwierzęcych pazurów i także kolorowych paciorków. Pozostałe kobiety przyniosły im na obiad wielki garnek parującej owsianki, ugotowanej raczej na mleku, a nie rosole; z zielonymi warzywami przyrządzonymi z czosnkiem i suszonym zakonserwowanym w soli mięsem: nieco twardym, ale smacznie przyprawionym.

Jeńcy też dostali miseczki z tą potrawą i choć raz rozwiązano im ręce, żeby mogli jeść samodzielnie. Wojownicy zmniejszyli trochę czujność w tak dużym towarzystwie, dzięki czemu pani Erasmus, wykorzystując tę atmosferę radosnej krzątaniny, zdołała znowu wymknąć się Kefentse i przyłączyć się do Laurence'a oraz pozostałych. Czerwono-brązowy smok zajął honorowe miejsce obok jaja i dostał wielką krowę do zjedzenia; a gospodarze najwyraźniej czekali z rozpoczęciem wieczornej uroczystości, aż on skończy. Dopiero wtedy, gdy wyniesiono resztki jego uczty, a ziemię przed nim posypano świeżym piaskiem, który miał wchłonąć krew, dziwnie ubrana stara kobieta podniosła się na nogi i stanąwszy przed jajem, zaczęła śpiewać i klaskać.

Widzowie podjęli rytm, klaszcząc i wybijając go na bębnach, i śpiewali razem z nią refreny; każda zwrotka była inna, bez rymów lub jakichś prawidłowości, które Laurence mógłby wychwycić.

– Ona mówi, ona opowiada jaju... – zaczęła pani Erasmus, patrząc w ziemię, i w skupieniu wsłuchując się w słowa pieśni. – Opowiada mu o jego życiu. Mówi mu, że był założycielem wioski, że przywiódł ich w bezpieczne strony, do pięknej krainy za pustynią, gdzie nie docierają porywacze. Był wielkim myśliwym i własnymi rękami zabił lwa, który napadał na bydło. Brakuje im jego mądrości podczas narad i musi jak najszybciej wrócić do nich: to jego obowiązek...

Laurence patrzył na to, co się przed nim działo, całkowicie zbity z tropu. Stara kapłanka skończyła pieśń i doprowadziła do jaja kolejno kilku mężczyzn z wioski, którzy z niewielką pomocą z jej strony wyrecytowali swoje wersy.

– Mówią, że są jego synami – przetłumaczyła pani Erasmus – i że nie mogą się doczekać dnia, kiedy znowu usłyszą jego głos.

Jeden z mężczyzn przyniósł zawinięte w powijaki niemowlę, żeby poklepało swoją małą rączką skorupę jaja.

– To jest jego wnuk, który urodził się po jego śmierci – wyjaśniła pani Erasmus. – Oczywiście to są jakieś pogańskie przesądy – dodała, ale niepewnie.

Potem głos zabrały smoki; miejscowy zwrócił się do jaja jak do starego przyjaciela, na którego powrót czeka z niecierpliwością, a mniejsze, pochodzące z dalekiej granicy, mówiły o przyjemnościach polowania i latania, o tym, jaką radością jest widok potomków żyjących bezpiecznie i w dobrobycie. Kefentse milczał, aż kapłanka zaczęła go łajać i namawiać do tego, żeby się odezwał. W końcu uległ i swoim głębokim głosem przekazał raczej ostrzeżenie, a nie słowa otuchy, mówiąc o tym, czym grozi niedopełnienie obowiązków, o swojej rozpaczy, gdy wrócił do opustoszałej wioski, o dymie gasnących pożarów, pustych domach, swoich dzieciach leżących nieruchomo i nie odpowiadających na jego wołania, i hienach przemykających się chyłkiem między stadami krów.

– Szukał i szukał, aż dotarł na brzeg i tam, nad oceanem, zrozumiał... zrozumiał, że nas nie odnajdzie – tłumaczyła pani Erasmus, a kiedy Kefentse opuścił głowę i jęknął, głucho i boleśnie, nagle wstała, podeszła do niego i położyła rękę na jego pysku.

Następnego ranka przygotowania do odlotu przebiegały dość ospale, gdyż wszyscy, zarówno ludzie, jak i smoki, nie żałowali sobie, podczas trwającej do późna w nocy zabawy, jakiegoś warzonego trunku. Skutkiem tego wszyscy poruszali się wolno i z wyraźnym trudem, a jeden z małych zielonych smoków ziewał tak szeroko i przeciągle, że Laurence'owi wydawało się, iż szczęki zaraz wyskoczą mu z zawiasów.

Na polanę przyniesiono plecione kosze, tak duże, że każdy

musiało nieść dwóch mężczyzn. Wszystkie były pełne jedzenia: twardej, suszonej fasoli, jasnożółtej w czarne kropki, czerwono--brązowego sorgo, małych cebul, żółtych i purpurowych, i ostro przyprawionego, suszonego mięsa. Wojownicy z ich oddziału przyjęli tę daninę, kiwając głowami, po czym przykryli kosze plecionymi pokrywami i powiązali je silnymi cienkimi sznurami z kory. Kosze, połączone w pary, zawieszono następnie na szyjach mniejszych smoków, które pochyliły głowy, żeby ułatwić ten załadunek.

Przez cały czas jeńcy byli pod czujną strażą, którą rozstawiono także na obrzeżach wioski; pełnili ją młodzi chłopcy z dużymi krowimi dzwonkami, za pomocą których w każdej chwili mogli podnieść alarm. Wszystko to było smutną konsekwencją pazerności handlarzy niewolników, którzy, kiedy skończyły się dostawy jeńców branych do niewoli podczas wojen między królestwami z wybrzeża, zaczęli napadać i porywać ludzi nawet bez pretekstu sporu o jakieś terytorium, jedynie po to, by zdobyć więcej towaru. Te wyprawy z każdym rokiem docierały coraz dalej w głąb kontynentu i związane z nimi zagrożenie najwyraźniej obudziło czujność mieszkańców wioski.

Musiała być to jednak zupełnie nowa sytuacja, jako że wioska nie została zbudowana z myślą o obronie, i była jedynie zbiorowiskiem ładnych małych chat z gliny i kamieni, pokrytych słomianymi dachami. Były okrągłe, otwarte na niemal jednej czwartej ich obwodu, żeby dym z palenisk mógł się swobodnie wydostawać na zewnątrz, i jako takie nie zapewniały ochrony przed grasującymi bandami, którym celem było porywanie lub zabijanie ludzi. Rzeczywiście nie widać tu było zbyt wielkich bogactw, których mieliby chronić. Małe stado bydła i kóz pasło się leniwie poza granicami wioski pod opieką grupki starszych dzieci. Pola były dobrze utrzymane i dawały plony wystarczające do utrzymania wszystkich przy życiu, a pewnie i trochę wyższe.

Część kobiet i starszych mężczyzn nosiła ładne ozdoby z kości słoniowej i złota oraz stroje w jaskrawych kolorach. Jednak w sumie nie było tam niczego, co mogłoby rozbudzić chciwość zwykłego rabusia, z wyjątkiem samych mieszkańców, ludzi spokojnych, zdrowych i dobrze zbudowanych; i świadomość tego zagrożenia zmuszała ich do zachowania ostrożności.

– Tutaj nikogo jeszcze nie ukradziono – poinformowała ich pani Erasmus. – Ale z wioski odległej o dzień lotu porwano troje dzieci. Jedno się ukryło i uciekło porywaczom, żeby ostrzec innych; i tak przodkowie... smoki, złapały ich wszystkich. – Umilkła na chwilę, po czym podjęła dziwnie spokojnym głosem. – To dlatego handlarze niewolników zabili całą moją rodzinę, jak sądzę; tych za młodych i za starych do sprzedania. Żeby nikt nie powiedział Kefentse, w jakim kierunku poszliśmy.

Wstała i odeszła na bok, żeby popatrzeć na wioskę. Najmniejsze dzieci bawiły się pod opieką babć, młodsze kobiety pracowały razem, miażdżąc ziarna sorgo na mąkę i śpiewając. Jej ciemna, zapięta pod szyją suknia, zakurzona i podarta, nie pasowała do ich barwnych, choć nieskromnych strojów. W pewnej chwili Kefentse uniósł głowę i zaczął ją obserwować z pełną niepokoju, zazdrosną uwagą.

– Musiał być bliski szaleństwa – powiedział Chenery półgłosem do Laurence'a. – To tak, jakby w jednej chwili stracił kapitana i całą załogę. – Pokręcił głową. – To koniec, bez dwóch zdań. On nigdy nie pozwoli jej odejść.

– Może ona sama znajdzie jakąś okazję, żeby mu się wymknąć – odparł ponuro Laurence, robiąc sobie gorzkie wyrzuty, że wciągnął w to wszystko ją i Erasmusa.

Przez następny dzień i noc nie zatrzymali się ani razu, jeśli nie liczyć krótkich postojów na zaspokojenie pragnienia, i Laurence'a ogarniało coraz większe przygnębienie, gdy patrzył na bezkresne przestrzenie suchych, pustynnych pustkowi, które przesuwały się pod nimi, na przeplatające się ze sobą czerwono-brązowe piaski i pasma suchego buszu, na rozległe, pozbawione wszelkiego życia słone depresje. Lecieli nadal na północny wschód, posuwając się coraz dalej w głąb kontynentu i coraz bardziej oddalając się od wybrzeża; ich wątłe nadzieje na ucieczkę lub ratunek zgasły już zupełnie.

W końcu zostawili za sobą pustkowia, a pustynia ustąpiła miejsca łagodniejszemu i bardziej przyjemnemu dla oka krajobrazowi, którego głównymi elementami były zielone drzewa i żółta ziemia porośnięta gęstymi trawami. Późnym rankiem brzuch smoka zadudnił nad nimi głośnym, powitalnym rykiem, na który natychmiast odpowiedziało kilka głosów z naprzeciwka. Zaskoczeni jeńcy popatrzyli w tamtą stronę i oczom ich ukazał się zadziwiający widok: po sawannie sunęło wolno ogromne stado słoni, które rwały po drodze krzaki i zwisające niżej gałęzie drzew, znosząc potulnie nadzór dwóch smoków i mniej więcej trzydziestu ludzi, podążających bez pośpiechu za nimi.

Pasterze nieśli długie kije z grzechotkami, za pomocą których kierowali stadem. Nieco dalej, mniej więcej ćwierć mili za stadem, pracowały pilnie kobiety, rozrzucające wielkie kupy gnoju pozostawione przez słonie i sadzące młode krzewy; pracując, śpiewały jakąś rytmiczną pieśń.

Jeńców wypuszczono z sieci. Na widok tych wielkich, poruszających się ospale zwierząt Laurence niemal zapomniał o zaspokojeniu pragnienia. Jako oficer marynarki dwukrotnie odwiedził Indie i raz widział potężnego starego słonia, który niósł na grzbiecie miejscowego dostojnika i jego świtę. Ważył mniej więcej sześć ton, ale największy z tych, które Laurence teraz oglądał, przewyższał go wagą co najmniej o połowę i dorównywał rozmiarami Nitidusowi oraz Dulcii, a wielkie ciosy sterczące mu z głowy jak dzidy miały na oko po trzy stopy długości. Inny z tych olbrzymów oparł głowę o młode, ale dość duże drzewo i zwalił je z trzaskiem na ziemię; zadowolony ze swego sukcesu, przeszedł leniwym krokiem wzdłuż pnia i bez pośpiechu zaczął zjadać delikatne gałązki z korony.

Po krótkiej rozmowie z Kefentse smoki pilnujące stada wzbiły się w powietrze i oddzieliły od niego trzy słonie: starsze zwierzęta, jak można było sądzić po długości ciosów, i bez młodych. Kiedy po trosze poganiane, po trosze zachęcane znalazły się za linią pasterzy i pod wiatr w stosunku do reszty stada, Kefentse i jego dwaj towarzysze rzucili się umiejętnie na nie: pojedynczymi ciosami szponów tak szybko pozabijali słonie, że żaden nie zdążył wydać dźwięku, który mógłby zaniepokoić stado. Smoki zjadły swój posiłek łakomie, pomrukując z zadowoleniem, a kiedy skończyły, z traw wychynęły hieny, które zajęły się krwawymi resztkami i chichotały przez całą noc.

Przez dwa następne dni nie było godziny, żeby nie natknęli się na inne smoki, które pozdrawiały ich z daleka; w dole widać też było coraz więcej wiosek, a od czasu do czasu małe fortyfikacje z murami z gliny i kamieni. W końcu zobaczyli w dali ogromny pióropusz białego dymu, jakby na sawannie szalał wielki pożar, i cienką srebrzystą linię, wijącą się po ziemi.

„Mosi oa Tunya", wyjaśniła pani Erasmus, była nazwą celu ich podróży i oznaczała „dym, który grzmi". Rzeczywiście cichy początkowo, nieustanny pomruk zaczął przybierać na sile, gdy Kefentse skierował się prosto w stronę pióropusza.

Wąska lśniąca wstążka na ziemi zmieniła się szybko w wielką rzekę. Bardzo szeroka, toczyła wody wolno, podzielona na wiele kanałów, które wiły się razem między skalistymi i trawiastymi wyspami w stronę wąskiego pęknięcia w ziemi, gdzie rzeka, nagle spieniona, rzucała się w dół z jednostajnym grzmotem, tworząc wodospad, a w zasadzie wodospady, które swym ogromem przewyższały wszystko, co Laurence mógł sobie wyobrazić. Rozpadlina, do której spadała rzeka, tonęła w tak gęstych tumanach pyłu wodnego, że nie widać było dna.

Kefentse zanurkował w nią, choć była tak wąska, że wydawało się, iż się w niej nie zmieści, a kiedy się przebił przez pierwsze kłęby wodnego pyłu, jego skóra zalśniła wilgocią. Laurence, przyciśnięty mocno do sieci, starł wodę z twarzy, tygodniowego zarostu, i zmrużywszy oczy, patrzył na ostro zygzakujący i stopniowo rozszerzający się kanion, do którego wlecieli.

Jego zbocza na dole porastał gęsty las, a szmaragdowa zieleń tropikalnej roślinności sięgała niemal do połowy ich wysokości, gdzie nagle się kończyła, a skalne ściany, prawie pionowe i gładkie, wznosiły się aż do rozciągającej się na górze równiny. Błyszczały przy tym jak wypolerowany marmur i tylko w niektórych miejscach niczym blizny po ospie znaczyły je ziejące dziury jaskiń. Dopiero po jakimś czasie Laurence uświadomił sobie, że nie patrzy na jaskinie, ale wielkie, zwieńczone łukami wejścia do wysoko sklepionych komór, a właściwie sal, wykutych w skale i sięgających daleko w głąb góry. Ściany urwiska nie lśniły jak wypolerowany marmur; one b y ł y z wypolerowanego marmuru, albo kamienia równie dobrego: gładkiego, żyłkowanego, z dużą ilością ozdób ze złota i kości słoniowej, osadzonych bezpośrednio w skale i układających się w fantastyczne wzory.

Monumentalne fasady wokół wejść do tych komór, wyższe od Opactwa Westminsterskiego i katedry św. Pawła, jedynych budowli, z którymi Laurence mógł je porównać, pokrywały rzeźby i wspaniałe ornamenty w żywych kolorach, tworzące dziwnie abstrakcyjne wzory. Między wejściami biegły wąskie schody z poręczami wyrzeźbionymi z kamienia i wygładzonymi przez wszechobecny pył wodny.

Kefentse leciał teraz wolno, żeby uniknąć kolizji: w kanionie roiło się od smoków. Jedne latały tam i z powrotem między komorami, przenosząc kosze lub pakunki, a czasem ludzi, inne spały przy wejściach do jaskiń lub na występach skalnych. Wszędzie, na schodach i w salach, widać było rozmawiających lub pracujących ludzi, zarówno mężczyzn jak i kobiety, ubranych w zwierzęce skóry lub stroje w olśniewająco jaskrawych kolorach indygo, ochry i czerwonym, które przyjemnie kontrastowały z ich ciemnobrązową skórą; wielu z nich miało też na szyjach kunsztowne złote łańcuchy. Ich głosy mieszały się, lecz nie były zbyt donośne, gdyż ponad wszystkie wybijał się nieustający grzmot wody.

Rozdział 11

Kefentse zrzucił ich dość brutalnie w jednej z mniejszych jaskiń wykutych w skalnej ścianie: sam nie zmieściłby się w środku, więc tylko balansował na krawędzi wylotu, czekając na odczepienie sieci. Kiedy to się stało, wytrząsnął jeńców na podłogę, wciąż związanych, i natychmiast odleciał, zabierając ze sobą biedną panią Erasmus i pozostawiając im samym zadanie uwolnienia się z więzów. Nie było tam żadnej ostrej krawędzi, która mogłaby im w tym pomóc; ściany jaskini zostały dokładnie wygładzone. Ostatecznie Dyer, Emily i Tooke zdołali jakoś oswobodzić małe dłonie z pęt i zaczęli pomagać innym.

Z czterech załóg zostało ich w sumie trzydzieścioro. Nie byli stłoczeni, nie można też było nazwać warunków, jakie zastali w tym więzieniu, nieznośnymi: na podłodze była gruba warstwa suchej słomy, dzięki czemu nie musieli leżeć na twardym kamieniu, i pomimo wciąż upalnego dnia na zewnątrz, w komorze panował przyjemny chłód. Dziura na nieczystości została wykuta w skale przy tylnej ścianie i musiała być połączona z jakimś kanałem ściekowym, ale otwór był zbyt wąski, żeby się do niego dostać. Z tyłu odkryli także mały basen, stale zasilany przez strużkę wody spływającej do niego kanalikiem. Był głęboki do pasa i na tyle duży, że można było w nim pływać. Wprawdzie kilka machnięć rękami wystarczało, by go przepłynąć w poprzek, ale było jasne, że w żadnym razie nie umrą z pragnienia.

Było to dziwne więzienie, bez strażników i krat, ale łatwiej dałoby się uciec z najlepiej strzeżonej twierdzy niż z niego; do ich jaskini nie wiodły żadne schody, a zaraz za wylotem ziała przepaść. Sądząc po rozmiarach całości i wykutym w skale gotyckim sklepieniu nad ich głowami, mogło to być wygodne pomieszczenie dla małego smoka. Niemniej w tym, co smok uznałby za przyjemne i przestronne lokum, oni czuli się nieswojo, jak dzieci, które zawędrowały do domu olbrzyma.

Dorset żył, ale miał okropnie posiniaczoną twarz i od czasu do czasu przyciskał rękę do piersi, jakby żebra lub samo oddychanie sprawiało mu ból.

– Pan Pratt nie żyje, kapitanie – poinformował Laurence'a. – Jest mi bardzo przykro, ale to pewne: usiłował zasłonić panią Erasmus i ta bestia rozcięła go aż do biodra.

To była wielka strata, zarówno z uwagi na umiejętności kowala, jak i jego ogromną siłę.

Zastanawiali się nad tym, jak wielkie ponieśli straty, ale nie potrafili tego z całą pewnością ustalić. Hobbes zginął na ich oczach, a Laurence widział martwego Hyatta, skrzydłowego Chenery'ego; porucznik Libbley, oficer Chenery'ego, pamiętał, że padł także Waley, ich lekarz; ale kilkunastu innych zostało wyciągniętych z sieci i porzuconych po pierwszej nocy, kiedy reszta była zbyt chora i otumaniona, by ich rozpoznać w słabym świetle, a jeszcze więcej zostało martwych na polu walki. Wszyscy mieli nadzieję, że komuś, może kilku szczęśliwcom, udało się wymknąć w ogólnym zamieszaniu, dzięki czemu znany jest przynajmniej przybliżony kierunek, w jakim ich wywieziono. Nikt nie widział Warrena.

– Ale mam wielką nadzieję, że Sutton będzie miał na tyle zdrowego rozsądku, żeby wrócić na Przylądek – powiedziała Catherine. – Nikt nie jest w stanie sobie wyobrazić, że zabrano nas tak daleko; wymęczą się, nadenerwują i nie znajdą najmniejszego śladu. Musimy jakoś przesłać im wiadomość. Ci ludzie wiedzą już coś o karabinach, zauważyłeś? Musi istnieć jakiś handel, muszą być kupcy, którzy nie mogą się oprzeć pokusie przybycia w te strony. Przecież oni mają tu tyle kości słoniowej, że nie wiedzą, co z nią robić, jeśli osadzają ją w skale.

Podeszli ostrożnie do wylotu jaskini, żeby znowu popatrzeć na kanion. Pierwsze wrażenie, jakie wywarł na nich jego ogrom i przepych, nie mogło się zupełnie zatrzeć, ale w tym miejscu, w pewnej już odległości od wodospadu, blisko końca zamieszkanej części jaru, nieco zbladło; fasadą ich więzienia była zwykła, nieozdobiona żadnymi ornamentami skała, chociaż pierwotną ścianę tak wygładzono, że nawet małpa nie zdołałaby się po niej wspiąć.

Chenery wychylił się poza krawędź i przeciągnął ręką po ścianie tak daleko w dół, jak tylko mógł sięgnąć, po czym wstał zniechęcony.

– Nawet palca nie ma o co zaczepić; nie wydostaniemy się stąd, chyba że wyrosną nam skrzydła.

– W takim razie lepiej odpocznijmy, dopóki możemy – powiedziała Catherine, przybrawszy praktyczny ton – a jeśli panowie będziecie łaskawi się odwrócić, to ja się wykąpię.

Wczesnym rankiem obudził ich nieprzyjemny dźwięk, który najłatwiej można było porównać do bzyczenia roju bardzo podnieconych końskich much. Chociaż niebo było już błękitne, promienie słońca nie przeniknęły jeszcze w głąb krętego kanionu, a gładka skała przy wylocie jaskini wciąż lśniła poranną rosą.

Po drugiej stronie wąwozu uwijały się dwa smoki, wykonując dość osobliwą pracę. Latały tam i z powrotem, ciągnąc na przemian szarą linę, grubą jak okrętowa, która była owinięta wokół jednego końca olbrzymiego żelaznego wału, obracając nim bez przerwy. Drugi koniec wału tkwił we wnętrzu tylko częściowo wydrążonej komory i to stamtąd dobiegało to dokuczliwe bzyczenie. Ze środka wylatywały także kłęby kurzu i kredowego pyłu, pokrywając smoki, tak że były całe żółto-brunatne, a od czasu do czasu jeden lub drugi odwracał głowę i potężnie kichał, nie gubiąc jednak rytmu.

W pewnej chwili głośny trzask zapowiedział następny etap pracy: grad małych i wielkich kamieni posypał się z otworu komory do wielkiego wora rozpostartego poniżej na ramie. Smoki wyciągnęły wał i jeden nich uczepił się nierównego, jeszcze nie wypolerowanego urwiska, podtrzymując mechanizm, a drugi przysiadł na krawędzi wejścia i wygarnął ze środka komory głazy i kawałki strzaskanej skały. Kiedy ta operacja dobiegła końca, przyleciał trzeci smok, mniejszy, i zabrał napełniony wór, a dwa pierwsze powróciły do drążenia.

Tymczasem w innej jaskini, znajdującej się niemal dokładnie nad nimi i już głęboko zatopionej w zboczu, także wrzała praca. Roiło się tam od ludzi, kamieniarzy, którzy wygładzali wszystkie nierówności, a melodyjny szczęk ich młotków stukających w skałę niósł się daleko ponad przepaścią.

Pracowali bardzo pilnie przez cały ranek, a około południa skończyli. Kiedy wszystkie narzędzia, łącznie z wielkim wiertłem, zostały złożone na stertę w jaskini, nadleciały smoki, żeby zabrać ludzi, którzy bez żadnych uprzęży osobistych i najmniejszych oznak strachu wskakiwali zręcznie na ich grzbiety, skrzydła, łapy, i przylgnąwszy po prostu do nich lub trzymając się kilku plecionych pasów, byli przenoszeni z powrotem do bardziej zasiedlonej części kanionu.

Przez ten cały czas nikt więźniów nie odwiedził. Niektórzy mieli jeszcze w kieszeniach trochę sucharów i suszonych owoców, ale nie starczyłoby ich nawet na posiłek dla jednego człowieka.

Wmusili je wszystkie Catherine, która najpierw zdecydowanie odmówiła i uległa dopiero wtedy, gdy Dorset zaczął nalegać, że musi je zjeść ze względów zdrowotnych.

Robotnicy nie powrócili, ale nad równiną po przeciwnej stronie kanionu pojawiło się kilka smoków niosących spore ilości drewna, z którego ułożyły stos na wielkie ognisko. Potem jeden z nich pochylił głowę i wypuścił z pyska płomień, zapalając całość. Nie był to być może wielki strumień ognia, ale też w tych okolicznościach większy nie był potrzebny.

– Och, jaka szkoda – mruknął cicho Chenery, co było i tak dość powściągliwym komentarzem do sytuacji.

Ich nastrój się jeszcze bardziej pogorszył, gdy przyleciała kolejna para smoków, niosąc części ciał trzech lub czterech słoni, starannie nadziane na długie żelazne pręty, żeby je upiec nad ogniem. Wiatr wiał od nich w stronę jaskiń. Laurence musiał wytrzeć usta chusteczką, dwa razy, gdyż nawet kryjąc się w głębi komory, nie można było uciec od tortury, jaką był ten smakowity zapach. Jeszcze większe przygnębienie ogarnęło ich wtedy, gdy smoki, skończywszy się posilać, zaczęły rzucać opalone i potrzaskane kości do gęstej dżungli, która porastała stoki na dole kanionu, a w odpowiedzi z dołu dobiegły zaraz warknięcia i skowyty, lwów, być może, albo dzikich psów; następnej przeszkody podczas ewentualnej ucieczki.

Upłynęły kolejne dwie godziny, albo niemal dwie, jeśli wierzyć pękniętej klepsydrze, którą Turnerowi udało się ocalić, kiedy ich pojmano; zaczynało się ściemniać. Smoki przylatywały do wielu zwyczajnych jaskiń w pobliżu, przynosząc sieci pełne ludzi, których wytrząsały do środka, tak jak to zrobił Kefentse z awiatorami: opanowały sztuczkę, która polegała na tym, że tylnymi łapami stawały na krawędzi wylotu komory, a pazurami przednich chwytały się krawędzi wykutych ponad wejściem, i tak czekały, aż ich jeźdźcy odczepią sieć. Dzięki temu nie musiały się wciskać do mniejszych jaskiń. Gdyby nie całkowity brak troski o wygodę ludzi w sieciach, przypominałyby trochę smoki przenoszące pasażerów, które Laurence widział w Chinach.

Kiedy te transporty się skończyły, zobaczyli lecącego ku nim małego smoka z wieloma koszykami zawieszonymi na barkach. Zatrzymywał się przy kolejnych wejściach do jaskiń, zostawiając za każdym razem kilka ładunków, aż w końcu dotarł do nich. Na jego grzbiecie siedział jeden człowiek, który najpierw ich policzył, po czym odwiązał trzy koszyki i odleciał.

W każdym była zimna, gęsta masa sorgo ugotowanego na mleku. Choć niezbyt smaczne, było to przynajmniej sycące, nawet jeśli wielkość porcji zawiodła ich oczekiwania.

– Jeden koszyk na dziesięciu ludzi – powiedziała Catherine, licząc wyloty jaskiń – a więc w tej dużej jest mniej więcej pięćdziesięciu: muszą tu mieć blisko tysiąc więźniów, porozdzielanych po tych jaskiniach.

– Prawdziwe Newgate – podsumował Chenery – ale mniej wilgotne, za co należy być wdzięcznym losowi. Czy myślicie, że oni zamierzają nas sprzedać? To by było niezłe rozwiązanie, gdyby wysłali nas na Przylądek, a nie do jakiegoś francuskiego portu; i gdyby nie traktowali nas nazbyt surowo.

– Może nas zjedzą – bąknął w zamyśleniu Dyer, a jego piskliwy głos zabrzmiał nadzwyczaj wyraźnie, gdyż wszyscy pozostali byli zajęci kolacją.

Zapadła ogólna cisza.

– To na wskroś niedorzeczne przypuszczenie, panie Dyer; nie chcę więcej słyszeć takich makabrycznych spekulacji – odparł zbity z tropu Laurence.

– Och, tak jest, sir – powiedział lekko zaskoczony Dyer i nie zdradzając żadnych oznak niepokoju, wrócił do posiłku; niektórzy z młodszych chorążych lekko pozielenieli i musiała upłynąć pełna minuta, zanim głód przezwyciężył ich chwilowe mdłości.

Linia słonecznego światła pięła się w górę po przeciwnej ścianie i w końcu znikła za krawędzią; w wąskim kanionie zmierzch zapadł bardzo wcześnie. Z braku innych zajęć położyli się spać, kiedy niebo było jeszcze błękitne, a o świcie następnego ranka, po niespokojnej nocy, obudziło ich dokuczliwe bzyczenie wiertła, które nagle coś stłumiło.

– Sir, sir... – wydyszał Dyer prosto w ucho Laurence'a.

To był Kefentse; wsunął głowę w otwór ich jaskini tak daleko, jak tylko mógł, zasłaniając światło i tłumiąc dobiegające z zewnątrz odgłosy. Była z nim pani Erasmus, trudna do rozpoznania w tubylczym stroju, który dostała, i tak obciążona biżuterią, jakby groziło jej, że gdzieś odleci. W uszach miała kolczyki, na przedramionach i ramionach złote bransolety w kształcie zwiniętych węży, na szyi ciężki naszyjnik z kawałków złota poprzedzielanych kością słoniową, ciemnozielonymi nefrytami i rubinami, z pewnością warty co najmniej pięćdziesiąt tysięcy funtów, a jedwabny turban na jej głowie wieńczył osadzony w złocie szmaragd wielkości kurzego jaja.

Większość tubylczych kobiet, które widzieli ze swego punktu obserwacyjnego, noszących wodę lub wieszających pranie na schodach, miała na sobie tylko swego rodzaju skórzane spódniczki, sięgające kolan, ale zupełnie odsłaniające piersi: co budziło lekko tylko skrywane zainteresowanie młodszych oficerów. Może stroje codzienne i oficjalne różniły się stylem albo pani Erasmus nakłoniła ich, żeby dali jej coś innego, dość, że miała na sobie długą spódnicę z białej bawełny, a na niej jeszcze jedną sztukę bawełnianej, jaskrawo kolorowej tkaniny, owiniętej wokół ciała i misternie pofałdowanej na ramionach.

Potrzebowała pomocy, żeby zejść z grzbietu Kefentse.

– Chcieliby, żebym założyła tego jeszcze więcej, ale wtedy nie mogłabym już zupełnie chodzić: to własność plemienia – wyjaśniła, ale jej niepewna mina świadczyła, że to unik. Po chwili milczenia dodała cichym głosem: – Przepraszam: Kefentse przyleciał tu po to, żeby zabrać naszego wodza na rozmowę z królem.

Catherine była blada, ale opanowana.

– Jestem tu najwyższym rangą oficerem, proszę pani; może mnie zabrać – powiedziała.

– Niech idzie do diabła – warknął Chenery. – Laurence, losujemy?

Podniósł małą gałązkę, przełamał ją na dwie części i ułożywszy w dłoni tak, że górne końce były równo, a dolne ukryte, wyciągnął rękę do Laurence'a.

W pazurach Kefentse było przynamniej o wiele wygodniej niż przedtem w sieci, a nastrój Laurence'a dodatkowo poprawiała świadomość, że nie wygląda tak najgorzej; poprzedniego dnia nie brakowało im czasu, który wykorzystał, żeby się doprowadzić do jako takiego porządku. Za pomocą gąbki obmył w wodzie z basenu swój mundurowy frak i dokładnie wyprał spodnie oraz bieliznę. Nie ogolił się, ale na to nie można już było nic poradzić.

Grzmot wodospadów stale się nasilał, powiększał się też obszar porośnięty gęstą dżunglą. W końcu dolecieli do zakrętu kanionu bardzo blisko wodospadów. Laurence zobaczył tam wielką jaskinię o wejściu trzykrotnie szerszym od innych i opartym na filarach. Kefentse zanurkował i wleciał do środka. Nie zatrzymawszy się nawet, rzucił go bezceremonialnie na wilgotną podłogę, po czym bardziej ostrożnie postawił na niej panią Erasmus.

Laurence, który przygotował się w duchu na takie poniżenia, wstał lekko tylko zirytowany, ale to uczucie natychmiast ustąpiło miejsca niepokojowi. Przy prawej ścianie komory był prowizoryczny warsztat, najwyraźniej założony całkiem niedawno, a na rozwiniętych na podłodze plecionych matach, oprócz karabinów odebranych awiatorom, leżało sześćdziesiąt lub siedemdziesiąt muszkietów, porozkładanych na części; i gorzej, znacznie gorzej: sześciofuntowa armata, której łoże było pęknięte, ale nie zniszczone, i baryłka z prochem. Pracowała tam mała grupka wojowników, którzy rozkładali właśnie na części karabin i zadawali ostrym tonem pytania mężczyźnie siedzącemu przed nimi na stołku w pozie świadczącej o przygnębieniu; jego plecy, zwrócone w stronę Laurence'a, znaczyło kilka krwawych pręg po uderzeniach bata, na których roiło się już od much.

Młody człowiek, który z wielką uwagą nadzorował ich pracę, odszedł od nich, gdy wylądował Kefentse, i zbliżył się do niego. Był wysoki, a jego pociągła twarz zdawała się tchnąć smutkiem, ale wynikało to raczej z układu kości policzkowych, niż było wyrazem prawdziwego uczucia. Miał wąski nos i wąską czarną brodę wokół pełnych ust. Towarzyszyła mu mała eskorta wojowników o nagich klatkach piersiowych, ubranych w spódniczki ze skóry i zbrojnych w krótkie włócznie. Od innych odróżniały go gruby naszyjnik ze złota z frędzlami, które wyglądały jak pazury jakiegoś wielkiego kota, i peleryna z lamparciej skóry, udrapowana na ramionach: był silnie zbudowany, a jego spojrzenie świadczyło o inteligencji.

Laurence ukłonił się, ale młodzieniec go zignorował i popatrzył w drugą stronę wielkiej sali. Z komory znajdującej się w głębi wyszło wielkie stworzenie o złoto-brązowej skórze i purpurowych, jak u istoty królewskiej krwi, spodnich powierzchniach skrzydeł. Było w pełnym rynsztunku bojowym, w którym wyglądało tak imponująco jak smok z czasu wypraw krzyżowych. Ciężkie żelazne płyty osłaniały wrażliwe części klatki piersiowej, a misternie wykonana kolczuga chroniła brzuch. Na kostnych wyrostkach wzdłuż jego kręgosłupa były żelazne osłony, podobnie jak na pazurach; na tych ostatnich widać było także ślady krwi. Pani Erasmus dała Laurence'owi do zrozumienia, że ma przed sobą króla, Mokhachane, i jego najstarszego syna, Moshueshue.

Króla... czy królową? Laurence był w rozterce; stał w odległości nie większej niż pół długości ciała króla i widział, że jest on z całą pewnością smoczycą... która ułożyła się właśnie w pozycji sfinksa na podłodze i mierzyła go chłodnym spojrzeniem bursztynowych oczu. Młodzieniec, Moshueshue, usiadł na drewnianym tronie, który mu przyniesiono i postawiono obok smoczycy; potem na drewnianych stołkach za nim usadowiło się kilka starszych kobiet: pani Erasmus zidentyfikowała je jako żony króla.

Kefentse pochylił głowę z szacunkiem i zaczął mówić, najwyraźniej zdając relację ze swojej podróży i z tego, jak ich pojmał, co pani Erasmus z wielką odwagą ośmieliła się zakwestionować w kilku punktach, wypowiadając się na ich korzyść; próbowała jednocześnie pomóc Laurence'owi zrozumieć oskarżenia, jakie przeciwko nim wniesiono. To, że ukradli lek uprawiany do użytku poddanych króla, było jeszcze najmniejszym z ich przestępstw. Najpoważniejszym było to, że naruszyli granice, dokonując najazdu w towarzystwie swoich przodków, za których Kefentse uważał smoki formacji, i w sojuszu z wrogimi plemionami kradli ich dzieci, czego najlepszym dowodem było to, iż podróżowali z człowiekiem z ludu Lunda, powszechnie znanych porywaczy...

Pani Erasmus przerwała na chwilę, po czym dokończyła łamiącym się głosem:

– ...on ma na myśli mojego męża.

Przez chwilę nie była w stanie dalej tłumaczyć. Przycisnęła do twarzy fałdę swego stroju, a zaniepokojony Kefentse pochylił się nad nią i zaczął coś mówić łagodnym tonem, po czym zasyczał i kłapnął wściekle zębami na Laurence'a, kiedy on chciał podać jej ramię.

– Lek wzięliśmy tylko z konieczności, ponieważ nasze smoki były chore, a poza tym nie wiedzieliśmy, że grzyby są przez kogoś uprawiane – odrzekł Laurence.

Nie wiedział jednak, jak się bronić przed pozostałymi zarzutami. Nie mógł zaprzeczyć, że sprowadzili smoki, bo sprowadzili, a to równie dobrze mogło być zrozumiane jako roszczenie terytorialne. Brytyjczycy i Holendrzy także byliby zaskoczeni, gdyby się dowiedzieli, że ich kolonia uchodziła za niegodną uwagi do chwili przybycia tam formacji.

No i pod żadnym względem nie był przygotowany do usprawiedliwienia praktyki handlu niewolnikami ani nie mógł zaprzeczyć, że prowadzono go na życzenie białych ludzi. I chociaż odrzucał niektóre ze stawianych im zarzutów – „Nie, dobry Boże, oczywiście, że ich nie jemy" – do obrony przed innymi brakowało mu argumentów. Na dodatek w pewnej chwili przypomniał sobie okropny incydent ze statkiem *Zong*, z którego wrzucono do morza ponad stu niewolników, żeby uzyskać pieniądze za ubezpieczenie, i zaczerwienił się z poczucia winy i ze wstydu za swój kraj; nawet jeśli do tego momentu nie uważali go za kłamcę, ten rumieniec sprawił, że na takiego wyglądał.

Mógł tylko powtarzać, że sam nigdy nie handlował niewolnikami, ale nie był wcale zaskoczony, kiedy zobaczył, że te wyjaśnienia nie robią na nich żadnego wrażenia, nawet gdy pani Erasmus potwierdziła jego słowa, uzupełniając je zapewnieniami o całkowitej niewinności swojego męża; zarzut był najwyraźniej zbyt poważny, żeby takie jednostkowe zachowania mogły coś zmienić.

Nie okazali żadnego współczucia z powodu choroby, która zmusiła awiatorów do poszukiwania lekarstwa; Laurence odniósł raczej wrażenie, że uważali ją za zasłużoną karę, gdyż nie dostrzegali jakiejś szczególnej różnicy między Brytyjczykami a ich smokami, i mimo wszystkich prób wyjaśnienia, podejmowanych przez Laurence'a, byli coraz bardziej wzburzeni.

W pewnej chwili smoczyca odwróciła się i przywołała Laurence'a skinieniem ogona. W odpowiedzi na to poprowadzono go w głąb komory, gdzie zobaczył niski stół ogromnych rozmiarów, sięgający ledwie jego kolan, ale o długości i szerokości mniej więcej dwunastu stóp. Kobiety zdjęły drewniane pokrywy, odsłaniając pustą przestrzeń o głębokości może stopy; wyglądało to jak coś w rodzaju gabloty. Wewnątrz leżała dziwna płaskorzeźba o kształcie kontynentu afrykańskiego. To była mapa, ogromna mapa z dokładnie oddaną rzeźbą terenu. Widać było wyżyny, góry z brązu, pustynie ze złotego pisku, dżungle z odłamków szlachetnych kamieni i rzeki ze srebra. Pośród tego wszystkiego Laurence dostrzegł, ku swej wielkiej konsternacji, pęk białych piór przedstawiający wodospady. Zatknięto go niemal w połowie drogi między najbardziej na południe wysuniętym końcem kontynentu, gdzie leżał Kapsztad, i wystającym ostro Rogiem Afryki. Nawet gdy obawiał się najgorszego, Laurence nie myślał, że przeniesiono ich tak daleko w głąb interioru.

Nie pozwolili mu patrzeć na to zbyt długo, tylko pociągnęli go na drugą stronę, gdzie stół całkiem niedawno przedłużono; drewno było ciemniejsze, a fragmenty mapy wykonano tylko z miękkiego, pomalowanego wosku. W pierwszej chwili nie wiedział, co o tym sądzić, aż, na podstawie względnego położenia, domyślił się, że błękitny owal na górze kontynentu musi przedstawiać Morze Śródziemne, a reszta Europę: kontury Hiszpanii, Portugalii i Włoch były zniekształcone, a cały kontynent jakby skurczony. Sama Brytania była tylko zbieraniną niewielkich, białawych grudek w górnym rogu. Alpy i Pireneje oddano w przybliżeniu poprawnie, ale Ren i Wołga dziwnie meandrowały i były o wiele mniejsze, niż je pamiętał z map.

– Chcą, żeby pan to wszystko narysował poprawnie – przetłumaczyła pani Erasmus.

Jeden z ludzi księcia wręczył mu rylec; Laurence mu go oddał. Mężczyzna powtórzył instrukcje w swoim języku, wolno i wyraźnie, jakby Laurence był niedorozwiniętym dzieckiem; i ponownie spróbował wcisnąć mu rylec do ręki.

– Bardzo przepraszam; nie zrobię tego – powiedział Laurence, odtrącając rękę tamtego; mężczyzna rzekł coś głośno i uderzył go w twarz. Laurence zacisnął usta i nie odezwał się, choć serce waliło mu jak szalone. Pani Eramus odwróciła się i powiedziała coś natarczywym tonem do Kefentse, ale smok pokręcił głową.

– Ponieważ dostałem się do niewoli w wyniku działania, które muszę uznać za akt wojny, odmawiam odpowiedzi na jakiekolwiek dalsze pytania – oświadczył Laurence.

Moshueshue pokręcił głową, a król-smoczyca pochyliła się i wbiła w Laurence'a spojrzenie skrzących się ze złości oczu. Jej głowa była tak blisko, że spostrzegł, iż to, co wziął u Kefentse za ciosy, było w istocie rodzajem biżuterii: pierścieniami z kości słoniowej ze złotymi obręczami, które zawieszono w przekłutej górnej wardze niczym kolczyki w uchu. Parsknęła, owiewając go gorącym oddechem, i obnażyła zęby, ale on zbyt dużo czasu spędził blisko Temeraire'a, żeby go to wystraszyło. Przymknęła więc gniewnie oczy, cofnęła głowę i powiedziała zimnym tonem:

– Schwytano cię jako złodzieja i porywacza w naszym kraju; będziesz odpowiadał na pytania albo... – tu pani Erasmus przerwała tłumaczenie i powiedziała: – Kapitanie, będzie pan wychłostany.

– Brutalne traktowanie w żaden sposób nie wpłynie na zmianę mojego postanowienia – odparł Laurence – i proszę o wybaczenie, jeśli będzie pani zmuszona do patrzenia na to.

Jego odpowiedź jeszcze bardziej rozjątrzyła smoczycę; Moshueshue położył rękę na jej przedniej łapie, mówiąc coś uspokajająco, ale ona poruszyła się niecierpliwie i odepchnęła go. Zaczęła mówić niskim, dudniącym głosem i tak szybko, że pani Erasmus zdołała przetłumaczyć tylko fragmenty:

– Ty mówisz nam o brutalnym traktowaniu, ty, porywacz i najeźdźca... odpowiecie za to... wytropimy was wszystkich, roztrzaskamy jaja waszych przodków.

Skończyła i trzasnąwszy gwałtownie ogonem nad grzbietem, wydała rozkazy. Kefentse wyciągnął przednią łapę po panią Erasmus; zanim ją wyniósł, rzuciła jeszcze Laurence'owi spojrzenie pełne niepokoju, o którym chciałby myśleć, że jest bezpodstawny, ale właśnie wtedy dwaj wojownicy chwycili go za ręce, a trzeci rozciął mu mundur oraz koszulę. Kiedy zmuszono go do ulęknięcia, strzępy ubrania wciąż zwisały mu z ramion.

Skierował wzrok w stronę wyjścia i przed jego oczami otworzył się najpiękniejszy widok, jaki kiedykolwiek oglądał: słońce, które niedawno wstało, wciąż było nisko na niebie za wodospadami i przeświecało, małe i jasne, przez gnane podmuchami wiatru chmury wodnego pyłu. Potoki wzburzonej do czystej bieli wody przewalały się z nieustającym rykiem przez próg, a ze ścian kanionu, na których udało im się zakorzenić, swe splątane gałęzie wyciągały ku nim spragnione wilgoci drzewa. Gdzieś na skraju jego pola widzenia majaczyła zwiewna, niematerialna zapowiedź tęczy.

Widział ludzi, którzy znosili bez krzyku tuzin uderzeń; często wymierzanych na jego własny rozkaz, co przypominał sobie po każdym smagnięciu. Jednak po dziesiątym ten argument stracił swoją siłę, a on, jak katowane zwierzę, próbował już tylko wytrzymać ból, który nie ustawał między uderzeniami, tylko przypływał i odpływał. Jedno uderzenie spadło krzywo; wojownik trzymający prawą rękę Laurence'a zaklął, gdyż, jak można było sądzić po odgłosie, rzemień trafił także w jego dłoń, i głośno, ale dość dobrodusznie, poskarżył się chłoszczącemu. Bat nie przecinał skóry, ale pręgi po jakimś czasie popękały i po żebrach Laurence'a spłynęła krew.

Nie był zupełnie nieprzytomny, kiedy inny smok odniósł go do jaskini, tylko znajdował się gdzieś bardzo daleko, a przez jego zdarte niemal do żywego ciała gardło nie wydostawał się żaden dźwięk. Był za to wdzięczny losowi, a raczej byłby, gdyby zdawał sobie z tego sprawę; gdyż w innym razie znowu zacząłby krzyczeć, kiedy kładli go twarzą na podłodze, chociaż nikt nawet nie dotknął jego poszarpanych pleców. Sen nie chciał przyjść, ale zastąpiła go jakaś mroczna nieobecność myśli. Tkwił w tym stanie przez jakiś czas, po czym stopniowo, pogrążając się krok po kroku w coraz bardziej nieprzeniknionej ciemności, stracił przytomność.

Ktoś przyłożył mu do ust naczynie z wodą. Ostrym, rozkazującym tonem Dorset powiedział, że ma pić; przyzwyczajenie do posłuszeństwa pomogło Laurence'owi zdobyć się na ten wysiłek. Znowu zapadł w półświadomość, w której trwał przez długi czas. W pewnej chwili wydało mu się, że wypił jeszcze trochę więcej wody. Innym razem śnił, że usta wypełniają mu się słoną krwią, a kiedy dławiąc się, otworzył oczy i spojrzał półprzytomnie, zobaczył Dorseta, który wyciskał rosół ze szmatki prosto do jego ust. Przełknął kilka łyków i znowu zapadł w gorączkowe sny.

– Laurence, Laurence – wołał Temeraire przez mgłę dziwnie głuchym głosem.

Ferris syczał mu do ucha:

– Kapitanie, m u s i się pan obudzić, m u s i pan, on myśli, że pan nie żyje...

W jego głosie słychać było taki strach, że Laurence spróbował coś powiedzieć, żeby go pocieszyć, ale nie udało mu się wymówić poprawnie tych kilku słów. Chwilę później usłyszał, jak przez sen, straszliwy ryk i wydało mu się, że zatrzęsła się ziemia; potem wszystko znikło, a on sam pogrążył się w przyjaznej ciemności.

Rozdział 12

K iedy ponownie otworzył oczy, zobaczył kubek z czystą
wodą, który trzymała przy jego ustach Emily Roland.
Dorset klęczał na podłodze obok niego i lekko go unosił,
trzymając w pasie. Laurence zdołał wziąć kubek do ręki i zbliżyć
go do ust, rozlewając przy tym trochę wody; był słaby jak starzec
i cały drżał. Leżał na brzuchu na cienkim sienniku ze słomy
przykrytej koszulami, nagi do pasa; i był potwornie głodny.

– Nie za dużo od razu – mówił Dorset, podając mu małe
kuleczki z gotowanego sorgo, jedną po drugiej.

Przekręcili go na bok, żeby mógł jeść.

– Temeraire? – zapytał z pełnymi ustami, zastanawiając się,
czy to był tylko sen.

Nie mógł swobodnie ruszać rękami: rany na plecach pokryły
się już strupami, ale gdy raz sięgnął za daleko do przodu, jedna
z nich się otworzyła i po skórze pociekła mu świeża krew.

Dorset nie odpowiedział od razu.

– Czy on tu był? – zapytał Laurence ostrzejszym tonem.

– Laurence – odezwała się Catherine, klękając przy nim –
proszę nie denerwuj się; chorowałeś przez tydzień. On tu był,
ale obawiam się, że go odpędzili; jestem pewna, że nic mu się
nie stało.

– Wystarczy; musisz spać – rzekł Dorset.

Mimo że naprawdę nie chciał, Laurence uległ i wykonał to polecenie; zresztą obraz świata i tak już zacierał mu się w oczach.

Kiedy się obudził, na zewnątrz był dzień, a w jaskini oprócz Emily, Dyera i Tooke'a nikogo nie było.

– Zabrali ich do pracy, sir, na polach – wyjaśniła dziewczynka. Dali mu trochę wody i niechętnie, na skutek jego nalegań, pomogli mu wstać i podejść do wylotu jaskini.

Ścina urwiska po przeciwnej stronie była popękana, a widoczne na niej plamy ciemnej smoczej krwi przybrały w słońcu barwę przypalonej pomarańczy.

– To nie jego, sir, a przynajmniej niewiele – powiedziała szybko Emily, patrząc z niepokojem na Laurence'a.

Nie mogła mu powiedzieć wiele więcej. Nie wiedziała, jak Temeraire ich odnalazł, ani czy był sam, nie miała też pojęcia, w jakim był stanie: kiedy się pojawił, nie mieli zbyt wiele czasu na rozmowę. Wykorzystał to, że o każdej porze w kanionach roiło się od smoków, i przez kilka chwil udawało mu się uchodzić za jednego z ich chmary. Był jednak zbyt duży i zbyt odróżniał się od reszty barwą, żeby umknąć ich uwagi, a kiedy wsunął głowę do jaskini, żeby zobaczyć Laurence'a, natychmiast wszczęto alarm.

Temeraire'owi udało się dotrzeć tak daleko tylko dlatego, że ich porywacze najwyraźniej nie przewidzieli możliwości wtargnięcia innych smoków do swojego bastionu; ale teraz nad ich celą był już strażnik: kiedy Laurence, krzywiąc się z bólu, uniósł głowę, żeby spojrzeć w górę, zobaczył jego ogon zwisający poza krawędzią urwiska.

– Moim zdaniem oznacza to także, że im zwiał – powiedział pocieszająco Chenery, kiedy późnym popołudniem wrócił z innymi z pracy. – Potrafi prześcignąć lub wymanewrować połowę smoków z Korpusu, Laurence; jestem pewny, że im się wymknął.

Laurence chciałby w to wierzyć mocniej, niż wierzył; upłynęły już trzy dni, od kiedy przestał majaczyć, i wiedział doskonale, że gdyby Temeraire mógł, nie bacząc na przeciwieństwa, podjąłby kolejną próbę; i może p o d j ą ł, i gdzieś z dala od nich znowu został ranny, albo gorzej...

Laurence'a nie zabrano następnego ranka, innych wraz z resztą jeńców wysłano do pracy na słoniowych polach, gdzie, ku wielkiemu zadowoleniu młodych kobiet zwykle wykonujących tę pracę, mieli rozrzucać nawóz.

– Nonsens, to byłby dla mnie wielki wstyd, gdybym nie dała sobie rady z tym – powiedziała Catherine – co nie jest ponad siły tych wszystkich dziewcząt. Wiele z nich jest w bardziej zaawansowanej ciąży ode mnie, a ja zostałam tak wychowana, że nie boję się żadnej pracy. Poza tym jestem w świetnej formie, tak naprawdę lepszej niż byłam. Ale ty byłeś bardzo chory, Laurence, i powinieneś słuchać doktora Dorseta. Leż nieruchomo, kiedy oni po nas przylecą.

Była bardzo stanowcza, podobnie jak Dorset; ale nie było ich tylko trochę ponad godzinę, kiedy przyleciał inny smok, wyraźnie po Laurence'a, gdyż jeździec, wydając kategorycznym tonem rozkazy, wskazywał na niego. Emily i Dyer byli gotowi odciągnąć go w głąb jaskini, ale smok był małym stworzeniem, niewiele większym od kurierskiego, i łatwo mógł wejść do środka. Laurence wstał z trudem i dla przyzwoitości włożył jedną z poplamionych potem i krwią koszul, z których zrobiono jego siennik.

Smok zaniósł go do tej samej wielkiej sali: króla tam nie było, ale warsztat, który wyglądał teraz jak mała kuźnia, pracował pełną parą pod kierownictwem księcia Moshueshue; kowale odlewali właśnie kule karabinowe, wspomagani przez jeszcze jednego smoka, który regularnie podsycał ogień w piecu, wypuszczając z pyska wąskie płomienie i rozżarzając nimi węgle do białości. Udało im się jakoś zdobyć kilka form do kul, na podłodze leżało też więcej karabinów, poznaczonych tu i tam krwawymi odciskami palców. W całym pomieszczeniu było bardzo duszno, chociaż dwa mniejsze smoki machały energicznie skrzydłami, starając się wywołać przewiew; ale książę wyglądał na zadowolonego.

Zaprowadził Laurence'a z powrotem do mapy. Od czasu, gdy ją ostatnio widział, na północy została trochę poprawiona, ale największa zmiana zaszła na zachodzie. Za pustym obszarem, który miał przedstawiać Atlantyk, nakreślono przybliżone kształty amerykańskich kontynentów: najbardziej uwidoczniony był wielki port Rio de Janeiro, a wyspy Indii Zachodnich zaznaczono trochę zbyt daleko na północy. Laurence stwierdził z zadowoleniem, że mapa jest tak niedokładna, iż nie można jej użyć do nawigacji. Był już daleki od swego początkowego przekonania, że ludzie, którzy ich porwali, nie mogą zagrozić istnieniu kolonii; mieli zbyt wiele smoków.

Kiedy zobaczył panią Erasmus, którą także tam sprowadzono, przygotował się w duchu na kolejne przesłuchania, ale Moshueshue nie powtórzył żądań króla, nie sięgnął też do jego brutalnych metod wymuszania posłuszeństwa. Zamiast tego służący podali Laurence'owi napój, dziwnie słodki, z wyciśniętych owoców, wody i kokosowego mleka, a pytania księcia dotyczyły spraw ogólnych i handlu, w szerokim zakresie. Pokazał Laurence'owi belę perkalu, z całą pewnością pochodzącą z angielskich tkalni, i kilka butelek taniej, sądząc po zapachu, whisky.

– Sprzedajecie te rzeczy Lunda – powiedział – a czy te również? – dodał, pokazując karabiny.

– Niedawno toczyli z nimi wojnę – powiedziała szybko pani Erasmus, dodając swoje wyjaśnienia na końcu tego, co tłumaczyła: zwycięska bitwa rozegrała się o dwa dni lotu od wodospadów. – Na północny zachód stąd, jak sądzę – dorzuciła i poprosiła Moshueshue o zgodę na pokazanie mu tego miejsca na wielkiej mapie kontynentu. Było rzeczywiście na północny zachód od wodospadów, wprawdzie wciąż daleko w głębi lądu, ale jednocześnie w odległości zaledwie kilku dni lotu od portów Luanda i Benguela.

– O tych Lunda dowiedziałem się dwa tygodnie temu – powiedział Laurence. Nigdy przedtem o nich nie słyszałem. Sądzę, że mogą mieć te towary od portugalskich kupców, którzy handlują na wybrzeżu.

– A czy chcecie tylko niewolników, czy też weźmiecie w zamian inne rzeczy? Lek, który ukradliście, czy może...

Moshueshue skinął ręką i jedna z kobiet przyniosła pudełko szlachetnych kamieni, tak absurdalnie wspaniałych, że nawet nizam nie mógłby oderwać od nich wzroku: wypolerowane szmaragdy przesypywały się z diamentami jak szklane kulki, a samo pudełko było ze złota i srebra. Inna kobieta ostrożnie przyniosła wysoką, osobliwą wazę, wykonaną z plecionego drutu, na który ponawlekano koraliki, tworzące wyszukane, egzotyczne wzory, a jeszcze inna ogromną maskę, niemal tak wysoką jak ona sama, wyrzeźbioną z ciemnego drewna i inkrustowaną kością słoniową oraz szlachetnymi kamieniami.

Laurence zastanawiał się przez chwilę, czy to było pomyślane jako inny rodzaj zachęty.

– Handlarze byliby tym zainteresowani, jestem o tym przekonany. Ja sam nie jestem kupcem. My bardzo chętnie zapłacilibyśmy... zapłacimy za lek takimi towarami, jakie zechcesz.

Moshueshue skinął głową i skarby odniesiono na bok.

– A... armaty? – Użył angielskiego słowa i wymówił je całkiem poprawnie. – Albo wasze łodzie, które przepływają ocean?

Laurence ocenił, że klejnotów z tego pudełka wystarczyłoby na zakup i wyposażenie całej flotylli statków handlowych, ale nie sądził, by rząd patrzył przychylnym okiem na realizację takiego planu, dlatego odpowiedział ostrożnie:

– One są droższe, z uwagi na trudność ich budowy, i nie na

wiele wam się zdadzą bez ludzi, którzy potrafią je obsługiwać. Ale można znaleźć marynarzy, którzy zechcieliby podjąć u was służbę. Takie porozumienie jest zawsze możliwe, jeśli między naszymi krajami będzie panował pokój.

Laurence uznał, że dalej już się nie może posunąć w swych dyplomatycznych wysiłkach; miał nadzieję, że jako wskazówka jego słowa nie zostaną niewłaściwie zrozumiane. Intencje Moshueshue były zresztą oczywiste; nie było nic dziwnego w tym, że on, bardziej niż król, wziął sobie do serca korzyści wynikające z nowoczesnej broni, które na poziomie karabinów łatwiej było zauważyć ludziom niż smokom, i chciał uzyskać do niej dostęp.

Moshueshue oparł rękę na mapie-stole i patrzył na nią przez chwilę w zadumie. W końcu uniósł głowę i powiedział:

– Mówisz, że sam nie zajmujesz się handlem niewolnikami, ale inni z twojego plemienia to robią. Czy możesz mi powiedzieć, kim oni są i gdzie ich można znaleźć?

– Przykro mi to powiedzieć, ale zajmuje się tym zbyt wielu ludzi, żebym mógł znać ich nazwiska i inne szczegóły na ich temat – odparł zakłopotany Laurence, żałując gorzko, że nie może zupełnie szczerze powiedzieć, iż handel ten został już zakazany. Dodał więc tylko, że wierzy, iż stanie się to już niebawem; co zostało odebrane mniej więcej z takim zadowoleniem, jakiego się spodziewał.

– Sami położymy temu kres – oświadczył książę głosem tym bardziej złowieszczym, że nie słychać w nim było żadnej groźby. – Ale to nie zadowoli naszych przodków. – Umilkł na chwilę, po czym powiedział: – Wy jesteście jeńcami Kefentse. Chce was wymienić na innych członków swojego plemienia. Czy możesz doprowadzić do takiej wymiany? Lethabo mówi, że to niemożliwe.

– Powiedziałam im, że większości z pozostałych nie uda się

odnaleźć – dodała cicho pani Erasmus. – To było blisko dwadzieścia lat temu.

– Może gdyby przeprowadzić dochodzenie, udałoby się ustalić, gdzie są ci, którzy jeszcze żyją – powiedział z powątpiewaniem Laurence. – Będą jakieś rachunki sprzedaży i, jak sądzę, część z nich wciąż może przebywać w majątkach tych samych ludzi, którzy ich kupili jako pierwsi... jak pani myśli?

Milczała przez chwilę, po czym odparła:

– Kiedy mnie sprzedano, trafiłam do służby domowej. Ci na polach nie żyli zbyt długo, większość z nich. Kilka lat, może dziesięć. Nie ma zbyt wielu starych niewolników.

Laurence nie próbował nawet podawać w wątpliwość tego, co powiedziała, i zorientował się, że nie przetłumaczyła własnych słów; najpewniej dlatego, żeby ochronić go przed gniewem, który mogły wywołać. Najwyraźniej powiedziała jednak wystarczająco dużo, żeby przekonać o niewykonalności takiego zadania Moshueshue, który pokręcił z rezygnacją głową.

– Jednakże – spróbował Laurence – chętnie wykupilibyśmy się z niewoli, gdybyś, panie, nawiązał kontakt z naszymi towarzyszami na Przylądku, i zabrali z nami twojego posła do Anglii, żeby nawiązać pokojowe stosunki między naszymi krajami. Ja mogę dać słowo, że zrobię wszystko, co w mojej mocy, by odnaleźć krewnych Kefentse...

– Nie – przerwał mu Moshueshue. – Nie mogę nic zrobić w tej sprawie, nie teraz. Przodkowie są zbyt wzburzeni; nie tylko Kefentse został bez dzieci, rozgniewani są nawet ci, którzy nie stracili swoich. Mój ojciec miał wybuchowe usposobienie, kiedy był człowiekiem, ale od kiedy zmienił swoje życie, wpada w złość jeszcze łatwiej. Może potem.

Nie powiedział po czym, tylko wydał rozkazy obecnym w sali smokom. Jeden z nich pochwycił natychmiast Laurence'a i nie dając mu szansy powiedzenia niczego więcej, wyniósł na zewnątrz.

Smok nie poleciał jednak z powrotem do jaskini-więzienia, tylko skręcił w stronę wodospadów i wzniósł się na wysokość płaskowyżu, po którym płynęła wielka rzeka. Laurence trzymał się podwiniętych pazurów, kiedy lecieli wzdłuż jej brzegów, a potem ponad jeszcze jednym z wielkich stad słoni. Poruszali się jednak zbyt szybko, żeby mógł stwierdzić, czy wśród podążających za zwierzętami ludzi są jego towarzysze. W końcu oddalili się na taką odległość, że grzmot wodospadów przycichł, chociaż wciąż widać było chmurę pyłu wodnego, wiszącą stale nad nimi i wskazującą ich położenie. W dole nie było żadnych dróg, ale w regularnych odstępach czasu Laurence zaczął zauważać kamienne kopce na kręgach oczyszczonej ziemi, które mogły służyć jako drogowskazy; po kolejnych dziesięciu minutach lotu wyrósł przed nimi ogromny amfiteatr.

Jedyną budowlą, z którą Laurence mógł go porównać, było rzymskie Koloseum. Zewnętrzna ściana, zbudowana całkowicie z kamiennych bloków, tak dobrze dopasowanych, że nie było widać żadnej zaprawy, która by je trzymała razem, miała owalny kształt i było w niej tylko kilka wejść na samym dole, utworzonych z wielkich kamiennych płyt, nałożonych jedna na drugą jak w tych starych kamiennych kręgach w Anglii. Amfiteatr stał na trawiastej równinie, pusty, jak można się było spodziewać po jakiejś starożytnej, niewykorzystywanej przez nikogo ruinie, i tylko parę lekko wydeptanych dróżek wskazywało, którędy do wejść chodzili ludzie, głównie od rzeki, gdzie Laurence zobaczył kilka prostych łódek przywiązanych do wbitych w ziemię pali.

Kiedy jednak przelecieli nad ścianą zewnętrzną, stwierdził, że w środku nic nie wskazywało na to, by amfiteatr był niewykorzystywany. Tą samą metodą, z dobrze dopasowanych bloków skalnych, wzniesiono tam szereg tarasów, pokrytych kamiennymi płytami, poukładanymi dość nieregularnie. Nie było tam równych rzędów siedzeń, natomiast wąskie schody dzieliły teatr na sektory z raczej chaotycznie rozmieszczonymi lożami dla ludzi, pełnymi drewnianych ław i stołków, nieraz ozdobionych pięknymi rzeźbami, i otaczającymi je wielkimi boksami dla smoków. Na wyższych poziomach były skromniejsze, otwarte trybuny, a sektory oddzielały od siebie tylko liny. W samym środku tego wszystkiego znajdowała się owalna, trawiasta arena z trzema wielkimi kamiennymi platformami, a na ostatniej z nich był więzień ze zwieszoną głową, Temeraire.

Smok, który przyniósł Laurence'a, postawił go przed platformą ze zwykłą bezceremonialnością, urażając go w obolałe plecy. Usłyszawszy jego stłumione syknięcie, Temeraire zawarczał, ale głos, który wydał, był dziwnie zduszony. Laurence przyjrzał mu się bliżej i zrozumiał dlaczego. Smok miał na pysku paskudny żelazny kaganiec, który wyglądał jak wielki kosz i był umocowany na jego głowie za pomocą wielu grubych rzemieni; mógł do pewnego stopnia poruszać szczękami, ale nie zdołałby zaryczeć. Szyję na samej górze obejmowała mu gruba żelazna obroża, od której odchodziły trzy liny, uplecione, jak Laurence teraz widział, z drutów, a nie sznurów. Liny te były przymocowane do trzech osadzonych w kamieniu pierścieni, rozmieszczonych w jednakowej odległości od siebie, co całkowicie unieruchomiło Temeraire'a.

– Laurence, Laurence – powiedział Temeraire, wyciągając ku niemu szyję o te kilka cali, na jakie pozwoliły mu liny.

Laurence podszedłby do niego natychmiast, ale smok, który go przyniósł, postawił między nimi łapę: to było zakazane.

– Proszę, nie porań się, mój drogi; nic mi nie jest – zawołał Laurence i zacisnąwszy zęby, wyprostował się; bał się, że Temeraire zrobi sobie krzywdę, szarpiąc linami; obręcz już wrzynała mu się w szyję. – Mam nadzieję, że nie jest ci zbyt niewygodnie.

– Och, to nic – odparł Temeraire, dysząc z przygnębieniem,

które zadawało kłam jego słowom – nic, kiedy znowu cię widzę. Tylko że nie mogę się poruszać i nikt nie przychodził porozmawiać ze mną, a więc niczego nie wiedziałem. Tego, czy dobrze się czujesz, czy jesteś ranny; kiedy cię ostatnio widziałem, byłeś taki dziwny.

Cofnął się wolno i ostrożnie o krok i usiadł, wciąż ciężko dysząc. Po chwili pokręcił lekko głową, na ile pozwoliły mu liny.

– I trudno się w tym je – dodał dzielnie – a woda smakuje rdzą, ale to nieważne. Jesteś pewny, że dobrze się czujesz? Nie wyglądasz dobrze.

– Nic mi nie jest i bardzo się cieszę, że cię widzę – odparł Laurence rzeczowym tonem, chociaż tak naprawdę z trudem stał na nogach – chociaż nie znajduję słów, żeby wyrazić moje zdziwienie; byliśmy absolutnie pewni, że nikt nas nigdy nie odnajdzie.

– Sutton powiedział, że nigdy was nie odnajdziemy, latając na oślep po całym kontynencie – odrzekł cichym, gniewnym głosem Temeraire – i że powinniśmy wrócić do Kapsztadu. Ale ja mu odparłem, że to jeden wielki nonsens, bo chociaż szukanie was w głębi kontynentu rzeczywiście może być bezowocne, to już zupełnie nieprawdopodobne jest to, że znajdziemy was na Przylądku. I tak zaczęliśmy pytać o drogę...

– O drogę? – zapytał zbity z tropu Laurence.

Okazało się, że Temeraire radził się miejscowych smoków, które żyjąc dalej na południu, nie zetknęły się jeszcze z handlarzami niewolników i dlatego nie były zbyt wrogo nastawione do obcych.

– Kilka razy podarowaliśmy im wyjątkowo ładne krowy, które, przykro mi to powiedzieć, Laurence, wzięliśmy bez zezwolenia od kilku osadników, a więc, jak sądzę, musimy im za nie zapłacić, kiedy już wrócimy do Kapsztadu – dodał Temeraire z taką pewnością siebie, jakby nic nie stało na przeszkodzie ich powrotowi. – Początkowo trudno im było zrozumieć, czego od nich chcemy, ale niektóre z nich rozumiały do pewnego stopnia język Xhosa, którego się trochę nauczyłem od Demane i Sipho. Potem, kiedy się zbliżyliśmy, nauczyłem się podstaw ich mowy; nie jest bardzo trudna i w wielu elementach przypomina durzagh.

– Ale, wybacz mi; nie chcę, żeby to zabrzmiało tak, jakbym był niewdzięczny – odezwał się Laurence – Ale grzyby? Co z lekiem? Czy zostało tam coś jeszcze?

– Te, które zebraliśmy, zostawiliśmy na *Fionie* – odparł Temeraire – a jeśli to nie wystarczy, Messoria i Immortalis mogą zabrać resztę, bez nas – dokończył wyzywająco – więc Sutton nie ma prawa narzekać, że postanowiliśmy ruszyć na poszukiwania; i może sobie schować swoje rozkazy.

Laurence postanowił się z nim nie sprzeczać; nie chciał go dodatkowo martwić i irytować, a poza tym Temeraire odniósł tak nieprawdopodobny sukces, że na pewno nie byłby skłonny słuchać żadnych krytycznych uwag dotyczących swojej niesubordynacji, bez której to wszystko nie byłoby możliwe. Takie szalone, karkołomne przedsięwzięcia nieodmiennie wieńczy albo tryumf, albo całkowita katastrofa, pomyślał Laurence; szybkość i zuchwalstwo czasem przynoszą korzyść.

– Gdzie są Lily i Dulcia? – zapytał.

– Ukryły się na równinach – odparł Temeraire. – Umówiliśmy się, że najpierw ja spróbuję, bo jestem taki duży, że mógłbym was wszystkich zabrać; a jeśli coś poszłoby źle, to one wciąż byłyby wolne. – Poruszył ogonem w geście, który był w połowie oznaką irytacji, a w połowie niepokoju. – Wtedy wydawało mi się to bardzo sensowne, ale nie pomyślałem, że jeśli coś pójdzie naprawdę źle, nie będę im mógł pomóc w planowaniu – dodał żałosnym tonem – i teraz nie wiem, co one chcą zrobić, chociaż jestem pewny, że coś wymyślą – ale to ostatnie powiedział z pewnym powątpiewaniem.

I trudno mu się było dziwić; gdy rozmawiali, pojawiły się smoki, lecące nieprzerwanym sznurem. W wielkich koszach na grzbietach niosły mężczyzn, kobiety, a nawet dzieci, i wysadzały ich wszystkich na trybunach i przy lożach. Było ich dużo, więcej, niż Laurence spodziewał się zobaczyć. Porządek, w jakim ci ludzie zajmowali miejsca, wyraźnie podyktowany był przez ich stan posiadania. Siedzący na najniższych poziomach mieli na sobie wielce wyszukane stroje, przepyszne skóry i tak dużo kosztowności, że byłoby to wręcz prostackie, gdyby nie olśniewające piękno tej biżuterii. Smoki były bardzo różnorodne, tak pod względem wielkości, jak i kształtów, trudno też było dostrzec wśród nich jakieś cechy świadczące o przynależności do konkretnych ras, może z wyjątkiem tego, że te, które siedziały blisko siebie, miały podobne ubarwienie, a łaty na ich skórach tworzyły podobne wzory. Jednak przy tej całej różnorodności jedno było niezmienne: wrogie spojrzenia, jakimi zarówno smoki, jak i ludzie mierzyli ze wszystkich stron Laurence'a i Temeraire'a. Poirytowany Temeraire postawił krezę, najlepiej jak potrafił przy tych wszystkich krępujących jego głowę rzemieniach, i mruknął:

– Co oni się tak wszyscy gapią? Myślę, że są wielkimi tchórzami i dlatego trzymają mnie w więzach.

Następnie zaczęli przybywać żołnierze, przynoszeni przez smoki, które miały na sobie więcej płyt pancernych niż ozdób, i wielu z nich było w zakrwawionych ubiorach. Nie był to jednak dowód niechlujności, gdyż wyraźnie włożyli je celowo i nosili z dumą. Wiele plam było świeżych, jakby przybyli prosto z pola niedawnej bitwy, o której mówiła pani Erasmus. Żołnierze ustawili się w równych szeregach wokół areny wielkiego stadionu, a służący zaczęli pokrywać dużą środkową scenę futrami, skórami lwów i lampartów, i w taki sam sposób udrapowali drewniany tron. Po chwili wniesiono bębny i Laurence odetchnął z ulgą, kiedy głośno zagrzmiały, odciągając od nich spojrzenia widzów: przybyli król i książę.

Żołnierze zaczęli uderzać krótkimi włóczniami w tarcze, a smoki wyryczały swój własny salut, który przetaczał się ogłuszającymi falami przez amfiteatr, podczas gdy król i książę zajmowali miejsca na środkowym podium. Kiedy się już usadowili, mały smok z dziwnym naszyjnikiem z futrzanych ogonów na szyi stanął na tylnych łapach obok podium i odchrząknąwszy, zadziwiająco szybko uspokoił cały tłum; cisza, która nagle zapadła, była tak głęboka, że już jego drugi oddech był wyraźnie słyszalny. A potem rozpoczął coś pośredniego między opowieścią a pieśnią, nie rymowaną, ale śpiewaną monotonnym głosem w takt rytmu wybijanego na tylko jednym małym bębnie.

Temeraire przechylił głowę, próbując to zrozumieć; ale kiedy popatrzył na Laurence'a i chciał coś powiedzieć, pilnujący ich smok spojrzał na niego z takim oburzeniem, że zakłopotany Temeraire zrezygnował. Pieśń skończyła się już po zachodzie słońca i wtedy, przy wtórze ogłuszającego aplauzu, z jakim przyjęto występ małego smoka, wokół podium zapalono pochodnie. Z tego, co udało się zrozumieć Temeraire'owi, była to najwyraźniej historia czynów króla i jego przodków, i ogólniej wielu zebranych w amfiteatrze plemion, wygłoszona całkowicie z pamięci i obejmująca jakieś siedem pokoleń.

Laurence zaniepokoił się na myśl o celu tego zgromadzenia, gdyż po ceremonii otwarcia szybko zaczęły się gniewne przemowy, witane rykami aprobaty i waleniem w tarcze.

– To wszystko nieprawda – powiedział z oburzeniem podczas jednej z nich Temeraire, który wychwycił kilka słów. Jeden pięknie przystrojony smok, szaro-czarny, średniej wagi, z szerokim kołnierzem z lamparcich skór opasanych złotymi taśmami, stanął przed nim i mówił coś, znacząco gestykulując. – I tak nie chciałbym twojej załogi; mam swoją – odparł Temeraire. Dla większości tych mówców on i Laurence byli najwyraźniej żywymi dowodami na to, że zagraża im wielkie niebezpieczeństwo.

Kolejny smok był tak stary, że jego dotknięte zaćmą oczy były zupełnie zmętniałe, a szpony na końcach skrzydeł wlokły się po ziemi. Wyprowadziła go na arenę mała grupka mężczyzn o surowych rysach twarzy, których loża, na najniższym poziomie, została pusta po ich wyjściu: nie mieli ze sobą rodziny. Nikt się nie odezwał, gdy sunący powoli smok dotarł do podium i podciągnął się na nie z wysiłkiem. Uniósł trzęsącą się głowę i zaczął mówić cienkim, łamiącym się głosem. Nie była to mowa, ale raczej lament, który uciszył cały tłum, i sprawił, że kobiety przyciągnęły do siebie dzieci, a smoki owinęły niespokojnie ogonami członków swoich plemion; jeden z towarzyszących staremu smokowi mężczyzn zapłakał cicho, zakrywając dłońmi twarz, a inni udawali, że tego nie widzą.

Kiedy stary smok skończył i wrócił wolno na swoje miejsce, do przodu wystąpiło kilku żołnierzy, którzy kolejno zaczęli wygłaszać swoje mowy. Jeden z wodzów, potężny mężczyzna z wydatnym torsem, po drodze, zrzucił niecierpliwym gestem skórę lamparta, którą miał zarzuconą na ramiona. Kiedy mówił, gestykulował tak energicznie, że jego skóra lśniła potem w świetle pochodni, a wygłaszane z wielkim żarem argumenty docierały do najwyższych rzędów. Co jakiś czas uderzał też pięścią w dłoń i wskazywał na Temeraire'a. Jego słowa zostały przyjęte nie tylko z aplauzem, ale spotkały się też z powszechną aprobatą, czemu słuchacze dali wyraz, kiwając głowami: ostrzegał ich, że jeśli nie podejmą natychmiast działań, przybędzie jeszcze wiele takich smoków.

Noc ciągnęła się powoli, ponura i długa, a kiedy zmęczone dzieci pozasypiały, część smoków zabrała je wraz z ich matkami. Ci, którzy zostali, wciąż przemawiali, schodząc na niższe trybuny, w miarę jak robiło się na nich miejsce, a ich głosy były coraz bardziej zachrypnięte. Znużenie uwolniło w końcu Laurence'a od lęku; nie zostali dotąd ukamienowani i nie użyto wobec nich żadnej przemocy, jeśli pominąć słowa, a jego plecy płonęły i pulsowały coraz większym bólem, odzierając go z resztek energii, tak że nie miał nawet sił, żeby się bać. Mimo to niełatwo mu było tak stać pod pręgierzem oskarżeń, choć na szczęście dla siebie większości z nich nie rozumiał; wyprostowawszy się tak bardzo, jak tylko mógł, starał się ignorować te wszystkie krzyki i znaleźć pociechę, patrząc ponad głowami najwyżej siedzących widzów. Jednak nie patrzył, żeby coś w i d z i e ć, jego wzrok nie był skupiony, i dlatego zanim ze zdumieniem uświadomił sobie, że tam, w najwyższym rzędzie pustych teraz siedzeń przycupnęła Dulcia, smoczyca musiała do niego przez dłuższy czas energicznie machać skrzydłami.

Była tak mała, a jej zielonkawe ubarwienie na tyle pospolite, że mogła uchodzić za jednego ze zgromadzonych w amfiteatrze smoków, których uwaga i tak była skupiona na mówcach. Kiedy zobaczyła, że przykuła wzrok Laurence'a, wyprostowała się i uniosła w przednich łapach postrzępioną, szarą płachtę. Laurence na początku nie miał pojęcia, co to jest, a potem uświadomił sobie, że widzi skórę słonia z trzema dziurami, starannie wyciętymi w kształcie flag sygnałowych przekazujących prostą wiadomość: „Jutro". Kiedy to zrozumiał i skinął głową, Dulcia szybko znikła w ciemności.

– Och, mam nadzieję, że najpierw przylecą tutaj i uwolnią mnie – mruknął Temeraire, rozdrażniony perspektywą akcji ratunkowej, w której on nie będzie miał nic do powiedzenia. – Tu jest tak dużo smoków; mam nadzieję, że one się dobrze zastanowią i nie zrobią czegoś zbyt pochopnie.

– Och, ja także! – powiedziała z niepokojem Catherine, kiedy Laurence wrócił do nich, wymęczony wielogodzinnym staniem w obliczu wrogiego tłumu.

Odeszła natychmiast do wylotu jaskini, żeby popatrzeć na ich strażnika. Smok leżał ze spuszczoną głową na występie skalnym w pozycji, która świadczyła o tym, że nie jest zbyt zadowolony z zadania, które mu powierzono; w oddali wciąż było słychać bębny i nic nie wskazywało na to, żeby feta miała się szybko skończyć.

Do ucieczki mogli się przygotować jedynie w najbardziej ogólny sposób, pijąc tyle wody, ile mogli w sobie zmieścić, i dokładnie się myjąc, ale wszyscy przystąpili do tych zadań z większą energią, niż na to zasługiwały.

– Rany, znowu coś się dzieje – odezwała się Catherine, wykręcając wodę z włosów i masując kark.

Tak się niefortunnie złożyło, że jej ciąża zaczynała już być widoczna i nie mogła dopiąć spodni, które zmuszona była przewiązywać kawałkiem sznurka, jaki pozostał z czasów, gdy byli krępowani; zakrywała to wszystko koszulą, którą zaczęła nosić luźno. – Gdyby to tylko była dziewczynka! Już nigdy, nigdy nie będę taka nieostrożna.

Dzięki korzystnemu zbiegowi okoliczności mogli się porządnie wyspać, gdyż kamieniarze nie wrócili rano do pracy; może po nocnym świętowaniu dostali wolny dzień. Niezależnie od przyczyny więźniowie choć raz nie zostali obudzeni o samym świcie. Nie przyleciał też żaden smok, żeby zabrać ich do pracy na polach ani, co nie było już tak miłe, żeby przynieść im jedzenie. Musieli się zatem pogodzić z myślą, że próbę ucieczki podejmą o pustych żołądkach.

Przez cały dzień kanionem latało jeszcze sporo smoków, ale z nadejściem zmroku ich aktywność zmalała, a kobiety wróciły wcześniej do swych jaskiń, niosąc na głowach kosze pełne prania i śpiewając.

Wszyscy oczywiście spodziewali się, że smoki przyjdą im na ratunek w nocy, co było racjonalne, ale nie wiedząc tego na pewno, przeżyli cały dzień w napięciu i nieustannym lęku. Nie potrafili też zapanować nad pragnieniem wyglądania na zewnątrz z wylotu jaskini, co mogło tylko wzbudzić podejrzenia. Wraz z zachodem słońca ogarnęło ich gorączkowe podniecenie; nikt się nie odzywał, wszyscy natężali słuch, aż wreszcie, tuż po tym, gdy zapadł zmrok, usłyszeli w dali ciężki łopot ogromnych skrzydeł Lily, przypominający trzepot wielkich żagli.

Czekali wszyscy, aż ten odgłos się zbliży i zobaczą jej głowę w wejściu do jaskini, ale nic takiego się nie stało. Dało się jedynie słyszeć kichnięcie, potem jeszcze jedno i trzecie, a na koniec coś w rodzaju kaszlnięcia, po czym łopot jej skrzydeł się oddalił. Skonsternowany Laurence popatrzył na Catherine, ale ona podeszła do wylotu jaskini i skinieniem ręki przywołała go oraz Chenery'ego do siebie. Usłyszeli ciche skwierczenie, jakby boczku na zbyt gorącej patelni, i poczuli ostry, kwaśny zapach. Na podłodze obok wejścia do jaskini zobaczyli też kilka dziur wypełnionych wciąż pieniącym się kwasem.

– Popatrzcie – powiedziała cicho Catherine – zrobiła nam uchwyty dla dłoni. – Wskazała wąskie, ledwie widoczne smużki dymu unoszące się ze ściany urwiska.

– Cóż, powiedzmy, że uda nam się zejść na dół, ale co zrobimy, kiedy się już tam znajdziemy? – odezwał się Chenery.

Laurence nie podzielał jego optymizmu co do pierwszej części zdania. Na polecenie instruktora Celeritasa w Loch Laggan odbył szkolenie wspinaczkowe, mniej więcej dwadzieścia lat później, niż zaczynała je większość awiatorów, i nauczył się dzięki temu utrzymywać równowagę na grzbiecie smoka na tyle dobrze, żeby się nie kompromitować w oczach członków załogi; ale wspominał te chwile, gdy piął się po ścianie niczym chrząszcz, często trzymając się tylko jedną ręką lub mając oparcie dla tylko jednej nogi, bez żadnej przyjemności, a wtedy miał karabińczyki.

– Jeśli pójdziemy kanionem w kierunku przeciwnym do wodospadów, to w końcu wyjdziemy poza ich terytorium – odparła Catherine. – Sądzę, że smoki nas tam znajdą.

Czekanie zmieniło się w prawdziwą mękę: nie mogli zacząć schodzić na dół, dopóki kwas nie wgryzł się zupełnie w skałę. Poczucie czasu pomagała im zachować uratowana klepsydra i Krzyż Południa, przemierzający wolno niebo nad ich głowami. Laurence dwukrotnie sprawdzał, czy Turner nie zapomniał obrócić klepsydry, ale za każdym razem była niemal pełna. Potem całą siłą woli zmusił się do tego, by zamknąć oczy. Do wsunięcia rąk pod pachy, żeby się ogrzały, nie musiał się zmuszać; był pierwszy tydzień czerwca i noc zrobiła się nadspodziewanie chłodna.

– Sir, już dziewiąta – szepnął wreszcie Turner, a syczenie kwasu też już ucichło.

Aby się upewnić, że jest już bezpiecznie, wsadzili gałązkę w jedną dziur, które kwas wyżarł przy wejściu; miała dobre dwa cale głębokości, a kiedy wyciągnęli patyczek, okazało się, że z wyjątkiem samego końca, który trochę dymił, nie ma na nim żadnych śladów.

– A jego ogon wcale się nie rusza, sir – zawiadomił szeptem Dyer, kiedy wychylił się szybko z jaskini, żeby popatrzeć w górę na pilnującego ich smoka.

– Myślę, że już można – orzekła Catherine, kiedy ostrożnie wytarła krawędź wejścia szmatą. – Panie Ferris, może pan zaczynać. Panowie: żadnych więcej rozmów, krzyków, nawet szeptów.

Ferris związał buty sznurowadłami i zawiesił je na szyi tak, żeby opadały mu na plecy i nie przeszkadzały w schodzeniu. Następnie zatknął za pas kilka garści słomy, którą wyścielono jaskinię, wysunął na zewnątrz głowę i sięgnąwszy ręką w dół, obmacał ostrożnie ścianę. Popatrzył w górę i pokiwał głową, po czym przerzucił nogi przez krawędź. Po chwili zniknął, a kiedy Laurence zaryzykował szybkie spojrzenie w dół, Ferris był już tylko ciemną plamą piętnaście stóp niżej na ścianie urwiska i poruszał się tak szybko i zwinnie, jakby się na tej skale urodził.

Z dołu nie dobiegały żadne krzyki, nikt też nie machał na alarm, mimo to wytężali słuch, a Turner wciąż miał przed sobą klepsydrę. Upłynęło piętnaście minut, potem dwadzieścia i wciąż nic nie zapowiadało katastrofy. Do krawędzi podszedł Libbley, pierwszy oficer Chenery'go, i zniknął za nią, zsuwając się w dół podobnie jak Ferris. Po nim zaczęli schodzić chorążowie i skrzydłowi, szybciej, po dwóch i trzech naraz; Lily spryskała ścianę skrupulatnie i uchwyty dla rąk oraz punkty oparcia dla nóg były na niej szeroko rozrzucone.

Zszedł Chenery, a krótko po nim Catherine ze swoim skrzydłowym Drew. Większość młodszych awiatorów była już na dole.

– Pójdę z panem, kapitanie, i będę panu pokazywał, gdzie stawiać stopy – powiedział bardzo cicho Martin, którego płowe włosy pociemniały od brudu. – Niech mi pan da swoje buty. – Laurence skinął w milczeniu głową i podał mu buty, które Martin związał ze swoimi.

Ręka Martina pokierowała jego stopę do jednej z wąskich szczelin, płytkiego zagłębienia w skalnej ścianie, w którym było miejsce tylko na palce nogi. Oparcie dla drugiej znalazło się nieco na prawo. Laurence ostrożnie zsunął się poza krawędź, macając jedną ręką ścianę w poszukiwaniu jakiegoś uchwytu. Nie widział urwiska pod sobą, gdyż jego własne ciało zasłaniało tę odrobinę światła, które dawały gwiazdy, i mógł polegać tylko na zmyśle dotyku. Skała, do której przylgnął policzkiem, była zimna, własny oddech brzmiał niezwykle głośno w jego uszach, jakby był pod wodą; nic nie widząc ani nie słysząc, przycisnął się tak mocno do ściany urwiska, jak tylko mógł.

Drgnął wystraszony, kiedy Martin znowu dotknął jego kostki, czekając, aż przesunie nogę niżej. Laurence pomyślał, że nie będzie w stanie zrezygnować z jednego punktu oparcia. Zmusił się, żeby to zrobić, ale nic się nie stało. Zrobił kolejny wdech i jego noga w końcu się poruszyła. Martin pociągnął ją delikatnie w dół, tak że duży palec muskał lekko powierzchnię skały, do następnego otworu.

Druga stopa, potem pierwsza ręka, a następnie druga, automatycznie. Kiedy się poruszał, schodziło mu się dość łatwo, ale gdy tylko się zatrzymywał, żeby odpocząć, zmuszenie się do ponownego przesunięcia nogi lub ręki przychodziło mu niezmiernie trudno. Bolały go plecy, a także nieustannie napięte mięśnie ud. Piekły go też trochę koniuszki palców; starał się nie myśleć, czy w otworach pozostały jeszcze jakieś śladowe ilości kwasu, i nie ufał też na tyle sile swego chwytu, żeby trzymając się tylko jedną ręką, wytrzeć drugą w szmatę, zwisającą bezużytecznie u jego pasa.

Obok niego, trochę niżej, schodził Bailes, uprzężnik Dulcii. Był krępym mężczyzną i poruszał się bardzo ostrożnie; członkowie załóg naziemnych zwykle nie uczestniczyli w walce i mieli mniejszą wprawę we wspinaczce. Nagle dziwnie stęknął i wyszarpnął rękę z otworu w ścianie. Laurence spojrzał w dół i zobaczył jego twarz, którą z otwartymi ustami przycisnął do skały, tłumiąc okropny, niski jęk, oraz rękę drapiącą gorączkowo kamień. Drapiącą i zostawiającą na nim strzępy ciała; przez koniuszki palców przezierała już biel kości. Chwilę później Bailes odrzucił gwałtownie w bok drugą rękę i odpadł od ściany; przez moment widać było jego obnażone w grymasie bólu i zaciśnięte zęby.

Z dołu dobiegł trzask łamiących się gałęzi. Dłoń Martina, trzymająca jego kostkę, nie poruszyła się, ale lekko zadrżała. Laurence nie próbował nawet spojrzeć w górę, tylko przycisnął twarz do skały i oddychał jak najciszej. Jeśli zostali odkryci, nic nie można było zrobić; jedno machnięcie przedniej łapy smoka zmiotłoby ich ze ściany.

Kiedy w końcu ruszyli w dół, Laurence kątem oka dostrzegł poblask półprzezroczystej skały, być może żyły kwarcu, który nie wchłaniał kwasu, a więc mogło się go tam trochę zebrać. Jakiś czas później, kilka wieków później, w pobliżu przeleciał szybko smok. Leciał dużo wyżej i Laurence poczuł podmuch powietrza wzbudzony uderzeniami jego skrzydeł i usłyszał ich łopot. Ręce miał skostniałe z zimna i obtarte do żywego mięsa. Pod palcami zaczął wyczuwać kępki trawy, a po zejściu jeszcze kilku stóp po nieco już mniej stromym stoku, natrafił piętą na korzeń drzewa i uświadomił sobie, że są już prawie na dole. Pod nogami mieli ziemię, a kolczaste krzaki czepiały się ich ubrań. Martin poklepał go po kostce, po czym obaj się odwrócili, usiedli i tak ześliznęli się w dół, a kiedy mogli już wstać, włożyli buty. Słyszeli szum rwącej gdzieś poniżej nich rzeki, a przed sobą mieli gęstą plątaninę drzew i pnączy o twardych skórach. W powietrzu unosił się czysty zapach płynącej wody i wilgotnej ziemi. Na wszystkich liściach były kropelki rosy i już wkrótce ich koszule tak dokładnie przemokły, że zrobiło im się jeszcze bardziej zimno. Był to zupełnie inny świat od brunatnych urwisk nad ich głowami.

Uzgodnili przedtem, iż nie będą na siebie zbyt długo czekać, ale małymi grupami od razu pójdą w dół kanionu w nadziei, że nawet jeśli na tym etapie ucieczka zostanie odkryta, przynajmniej niektórym uda się zbiec. Winston, jego uprzężnik, czekał trochę dalej, robiąc przysiady dla rozprostowania nóg. Byli tam jeszcze młody Allen, nerwowo przygryzający kciuk, i jego kolega, chorąży Harley. Ruszyli w pięciu, podążając wzdłuż podnóża urwiska. Ziemia była miękka, a przez bujną, pełną soków roślinność łatwiej się im było przedzierać niż przez suchy busz, nawet jeśli od czasu do czasu potykali się o pnącza. Allen, który ostatnio sporo urósł i był dosyć niezdarny, zaczepiał o nie niemal bez przerwy swoimi długimi jak u źrebaka nogami. Nie poruszali się zatem zupełnie bezszelestnie, zwłaszcza że niekiedy nie mogli ominąć przeszkód i musieli ciągnąć pnącza, by je poluźnić i w ten sposób się przez nie przedostać, czemu towarzyszyły jęki protestu gałęzi, z których one zwisały.

– Och. – Harley zamarł i bardzo cicho wypuścił powietrze.

Popatrzyli w tamtą stronę i oczy spojrzały na nich: kocie, jasnozielone. Przyglądali się przez chwilę lampartowi, a on przyglądał się im. Nikt się nie poruszył. Potem lampart odwrócił głowę i rozpłynął się w ciemności, samotny i nieporuszony tym spotkaniem.

Szli coraz szybciej, wciąż podążając w dół kanionu, aż w końcu dżungla przerzedziła się i zupełnie zanikła w miejscu, gdzie rzeka dzieliła się na dwie odnogi płynące osobnymi korytami. Tam, przez ostatnią połać lasu, Laurence dostrzegł Lily i Temeraire'a, którzy czekali niecierpliwie na wąskim brzegu i lekko się sprzeczali.

– A jeśli chybiłaś? – mruknął pod nosem Temeraire, niespokojnym i trochę krytycznym tonem, próbując jednocześnie wypatrzyć coś w dżungli. – Mogłaś trafić w wylot jaskini albo niektórych członków naszych załóg.

Lily wyraźnie się najeżyła, słysząc tę sugestię, a jej oczy zapłonęły pomarańczowym ogniem.

– Wcale nie muszę być blisko, żeby trafić w ś c i a n ę – odparła, tłumiąc irytację, a potem pochyliła się gwałtownie do przodu, gdy na mokrym zboczu ukazała się Harcourt i zeszła do niej niepewnym krokiem. – Catherine, Catherine; och, czy dobrze się czujesz? Czy jaju nic się nie stało?

– Mniejsza o jajo – odpowiedziała Catherine, opierając głowę o pysk Lily. – Spokojnie, najdroższa; to była tylko drobna uciążliwość, ale tak się cieszę, że cię widzę. Byłaś taka sprytna!

– Tak – potwierdziła z samozadowoleniem Lily – i w istocie było to łatwiejsze, niż myślałam; nikt nie zwrócił na mnie uwagi, a ten smok na górze, który powinien was pilnować, spał.

Temeraire zapomniał już o swych drobnych zastrzeżeniach i trącał Laurence'a pyskiem, także uszczęśliwiony; na szyi, ku swemu wyraźnemu niezadowoleniu, wciąż miał grubą żelazną obręcz, z której zwisały kawałki lin, poczerniałe i łamliwe na końcach, gdzie kwas Lily osłabił metal do tego stopnia, że razem udało im się je pozrywać.

– Ale nie możemy zostawić tu pani Erasmus – powiedział do niego Laurence.

Ledwie skończył to mówić, wylądowała wśród nich Dulcia, na której grzbiecie, trzymając się mocno uprzęży, siedziała pani Erasmus.

Lecieli ostrożnie, lecz szybko, do domu, a bogata, dobrze zagospodarowana kraina dostarczała im żywności: Temeraire brutalnie i błyskawicznie oddzielał słonie od stad, nie zwracając uwagi na małe, pilnujące je smoki, które wykrzykiwały gniewne przekleństwa, ale nie śmiały ruszyć w pościg, kiedy usłyszały jego ryk. Lily raz gwałtownie zawróciła, gdy w mijanej przez nich wiosce zobaczyła osobnika, którego można było zaliczyć do kategorii ciężkich smoków bojowych, i rzuciwszy mu rykiem wyzwanie, plunęła z niezawodną precyzją w gałąź rozłożystego baobabu obok niego. Jej kwas przepalił konar, który z trzaskiem spadł mu na barki. Smok odskoczył i wyraźnie przemyślał jeszcze raz sprawę ewentualnego pościgu; kiedy popatrzyli do tyłu, zobaczyli, jak ostrożnie obwąchuje i odciąga grubą gałąź, wielką jak całe drzewo, poza polanę.

Awiatorzy upletli z trawy prowizoryczne sznury, którymi się wzajemnie powiązali, a w czasie lotu wpychali nogi pod pasy uprzęży. Dlatego też, kiedy zatrzymywali się, żeby uzupełnić zapasy wody, wszyscy schodzili bardzo niezdarnie i masowali uda, żeby przywrócić w nich obieg krwi. Na pustyni, nad którą lecieli niemal bez przerwy, pełnej jasnych skał i żółtego piasku, często widywali małe zwierzątka, które w złudnej nadziei na deszcz wystawiały ciekawie głowy ze swoich norek, gdy padał na nie cień mknących w górze smoków. Temeraire zabrał całą załogę Dulcii z wyjątkiem samego Chenery'ego, a także część ludzi Lily. Posuwali się z największym możliwym pośpiechem i jeszcze przed świtem szóstego dnia podróży, po przelocie nad górami, dotarli do wąskiej, nadbrzeżnej kolonii i tam, gdzie grzmiały działa na Przylądku, zobaczyli płomienie pożarów.

Wąskie słupy dymu kładły się na zboczach Góry Stołowej, spychane tym samym silnym wiatrem od morza, który przeniósł ich szybko przez zatokę i który podsycał ognie w całym mieście, utrudniając jednocześnie wypłynięcie z portu desperacko halsującym statkom. Działa z zamku przemawiały bez przerwy, co jakiś czas dochodził też z portu grzmot salw burtowych *Allegiance*, którego pokład zasnuwał się wtedy szarym dymem prochowym, spływającym następnie nad wodę.

Maksimus walczył w powietrzu nad okrętem: boki miał wciąż zapadłe, ale nieprzyjacielskie smoki i tak trzymały się od niego z daleka i uciekały przed jego atakami. Po bokach miał Messorię i Immortalisa, a osłaniany przez nie Nitidus rzucał się gwałtownie do przodu, nękając cofającego się wroga. Jak dotąd udawało im się ochronić okręt, ale pozycja była nie do obrony; starali się jedynie utrzymać ją na tyle długo, żeby przyjąć tych, których można było ocalić. W porcie roiło się od łodzi pełnych ludzi, którzy usiłowali dotrzeć do *Allegiance*, żeby znaleźć na nim schronienie.

Kiedy podlecieli bliżej, Berkley zasygnalizował z grzbietu Maksimusa: „Trzymamy się dobrze, ratujcie żołnierzy". Przemknęli więc obok, kierując się ku oblężonemu zamkowi; wokół niego widać było duże oddziały włóczników, kryjących się pod wielkim tarczami z bawolich skór i żelaza. Wielu ich towarzyszy leżało martwych pod murami, paskudnie poszarpanych przez kartacze i kule karabinów; jeszcze inne trupy pływały w fosie. Nie udało im się zdobyć zamku bezpośrednim atakiem, ale ci, którzy uszli z niego z życiem, wycofali się do ruin, w które pobliskie domy zamienił ogień dział, i teraz, osłonięci przed kulami armatnimi i karabinowymi, czekali ze straszną cierpliwością na powstanie wyłomu w murach.

Jeszcze inne zwłoki leżały paskudnie rozciągnięte na placu apelowym. Był to żółto-brązowy smok, z zamglonymi oczami i ciałem na wpół rozerwanym przez siłę, z jaką uderzył w ziemię, oraz z ziejącą raną w boku po armatniej kuli, która go strąciła; zakrwawione strzępy jego skóry widać było na trawie nawet w promieniu stu jardów.

W powietrzu było około trzydziestu smoków, które teraz atakowały z większej wysokości, zrzucając nie bomby, ale wielkie głazy, i rozrzucając worki wąskich żelaznych ostrzy, płaskich, trójkątnych i tak ostrych, że wbijały się nawet w kamień. Gdy Temeraire wylądował na dziedzińcu, Laurence zobaczył ostrza, które wystawały wszędzie z ziemi, jakby ktoś posiał w niej zęby; zobaczył też wielu martwych żołnierzy.

Król-smoczyca Mokhachane stała u podnóża Góry Stołowej, poza zasięgiem armatniego strzału, i śledziła posępnie przebieg walki, unosząc od czasu do czasu skrzydła w geście żalu, gdy trafiony zostawał któryś z jej ludzi lub smoków. Oczywiście była w niezbyt zaawansowanym wieku, więc wszystkie instynkty pchały ją na pole bitwy. Wokół niej kręciło się sporo ludzi, a jeszcze inni biegali z rozkazami do oddziałów zgrupowanych pod murami. Laurence nie dostrzegł u jej boku księcia.

Samo miasto było w zasadzie nietknięte, choć ulice i tak opustoszały. Zaatakowany został tylko zamek; na dziedzińcu tu i tam widać było duże głazy z plamami krwi, i inne, za którymi ciągnęły się linie roztrzaskanych cegieł, czerwonych pod pokrywającą je żółtą farbą. Żołnierze byli w większości na murach, gdzie zalewając się potem, obsługiwali działa, a w koszarach obok zamku zgromadził się wielki tłum osadników, mężczyzn, kobiet i dzieci, którzy zbici w gromadki oczekiwali na powrót łodzi.

Pani Erasmus zeskoczyła z grzbietu Temeraire'a natychmiast po wylądowaniu, prawie nie trzymając się uprzęży. Generał Grey, który pospieszył ich powitać, popatrzył na nią ze zdumieniem, gdy minęła go bez słowa.

– Poszła po dzieci – wyjaśnił Laurence, zsunąwszy się na ziemię. – Musimy was stąd zabrać, natychmiast; *Allegiance* nie utrzyma portu zbyt długo.

– Ale kim ona jest, do diabła? – zapytał Grey, a Laurence uświadomił sobie, że w swoim tubylczym stroju była dla niego nie do poznania. – I niech szlag trafi tych cholernych dzikusów; nie możemy trafić żadnej z tych bestii, gdy trzymają się tak wysoko, nawet z działa pieprzowego. Wkrótce zwalą mury, jeśli zamek wcześciej sam się nie rozsypie. Nie zbudowano go z myślą o tym, że ma powstrzymać trzy kompanie smoków. Skąd one się wzięły?

Nie czekając na odpowiedź, odwrócił się, żeby wydać rozkazy. Jego adiutanci biegiem ruszyli organizować wycofanie się załogi z twierdzy, zdyscyplinowany odwrót, podczas którego żołnierze przed porzuceniem dział mieli je zagwoździć i wyrzucić baryłki z prochem do fosy. Fellowes z resztą załogi naziemnej pobiegł po uprząż bojową smoków, którą na szczęście złożono w kuźni. Wrócili szybko z sieciami bagażowymi, podwieszanymi pod brzuchami, i wszystkimi pasami z karabińczykami, które mogli znaleźć.

– Z płytami pancernymi sobie nie poradzimy, sir, jeśli on nie pójdzie tam i sam ich nie podniesie – zameldował zdyszany, kiedy zaczęli pospiesznie podwieszać sieci pod brzuchami Temeraire'a i Lily.

Dulcia wzniosła się w powietrze ze strzelcami uzbrojonymi w pieprzowe granaty, żeby choć przez krótki czas utrzymać nieprzyjaciela z dala od nich.

– Zostawiamy je – zdecydował Laurence; to nie będą długie zmagania, ale szybkie przeloty z ludźmi na okręt, i w tej sytuacji nie warto obciążać smoków płytami, zwłaszcza że wróg nie ma broni palnej.

Temeraire przykucnął, żeby ułatwić pierwszej grupie żołnierzy wdrapanie się do sieci; poganiani przez oficerów, wchodzili tam, potykali się, jedni bladzi i spoceni ze strachu, a inni oszołomieni hałasem i dymem. Laurence teraz gorzko żałował, że nie poprosił Fellowesa jeszcze w Anglii, by przygotował chińską jedwabną uprząż transportową, dzięki której mogliby zabrać dużo więcej ludzi, niż normalnie mieściło się w sieci ładunkowej, przewidzianej dla trzydziestu osób, podczas gdy tak ciężki smok jak Temeraire zdołałby przenieść nawet dwieście w jednym przelocie na *Allegiance*.

Mimo wszystko udało im się upchać pięćdziesięciu żołnierzy i mieli nadzieję, że sieć ich utrzyma podczas tak krótkiego lotu.

– My tu... – zaczął Laurence, zamierzając powiedzieć, że wrócą, ale przerwał mu ostrzegawczy wrzask Dulcii.

Temeraire podskoczył i w samą porę wzbił się w powietrze: trzy nieprzyjacielskie smoki, używając sieci wykonanej z grubych lin, przyniosły ogromny głaz, w przybliżeniu wielkości słonia, i puściły go z góry. Rozbił delikatną kopułę wieży dzwonniczej, czemu towarzyszył dźwięczący brzęk dzwonu, i w tumanie kurzu oraz gradzie roztrzaskanych cegieł i kamieni przetoczył się przez krótkie przejście bramy, po czym uderzył w kratę, która jęknęła głośno i runęła na ziemię.

Temeraire pomknął na *Allegiance*, wysadził ludzi na smoczym pokładzie, po czym pospiesznie wrócił na brzeg. Wojownicy przedarli się przez wąskie, zasypane gruzem przejście bramy i nie zważając na ogień karabinów żołnierzy, których zebrał tam Grey, uderzyli na nich z krzykiem. Kiedy zepchnęli obrońców do tyłu, część włóczników rzuciła się ku stojącym na murach działom. Otoczywszy obsadzone jeszcze stanowiska, zaczęli zabijać artylerzystów krótkimi, gwałtownymi pchnięciami włóczni. Działa milkły jedno po drugim i już wkrótce smoki się zbliżyły i krążąc w górze niczym złowieszcze kruki, czekały na chwilę, kiedy ucichnie ostatnie z nich, a one będą mogły wylądować.

Temeraire stanął dęba na dziedzińcu, zawarczał i jednym machnięciem przedniej łapy powalił kilkunastu napastników.

– Temeraire, działa – krzyknął Laurence. – Rozwal działa, które oni zdobyli...

Napastnicy przechwycili do tego czasu trzy działa, których obsługi nie zdążyły zagwoździć, i próbowali odwrócić pierwsze z nich w stronę dziedzińca, żeby móc strzelać do Temeraire'a i Lily. Temeraire po prostu położył przednią łapę na łożu armaty i zepchnął ją wraz z sześcioma trzymającymi się jej wojownikami z parapetu muru; wpadła do fosy z głośnym pluskiem, a próbujący ją ratować ludzie poddali się w końcu i wypłynęli na powierzchnię wody.

Lily, która wylądowała za Temeraire'em, żeby zabrać kolejną grupę żołnierzy, plunęła kwasem: drugie działo zaczęło syczeć i dymić, po czym lufa spadła z głuchym odgłosem na parapet muru, gdyż zwęglone drewniane łoże błyskawicznie się rozsypało, i zaczęła się toczyć jak śmiertelnie niebezpieczny kręgiel, przewracając ludzi i rozpryskując wszędzie kwas, którego rozbryzgi syczały na cegłach i kamieniach.

Ziemia pod ich nogami zadrżała tak gwałtownie, że Temeraire zachwiał się i opadł z powrotem na cztery łapy: spadł kolejny masywny głaz i roztrzaskał fragment zewnętrznego muru po przeciwnej, niebronionej stronie dziedzińca. Przez wyłom wdarła się nowa fala wojowników, szybciej niż ludzie Greya zdążyli się obrócić, by stawić im czoło, i uderzyła na tych, którzy wciąż bronili zrujnowanego wejścia do zamku. Strzelcy na grzbiecie Temeraire'a otworzyli szybki, nieregularny ogień do nacierającej masy; chwilę później wojownicy dopadli żołnierzy i zaczęli się z nimi wściekle zmagać. Zapadła dziwna cisza, gdyż działa się już prawie nie odzywały, a ciche stękanie i sapanie walczących mężczyzn oraz jęki rannych przerywały tylko sporadyczne strzały z karabinów lub pistoletów.

Na całym dziedzińcu zapanowało wielkie zamieszanie; żołnierze, nie mający otwartej drogi odwrotu ani wyraźnie oznaczonej linii obrony, biegali we wszystkich kierunkach, to próbując uniknąć walki, to znów jej szukając, pośród przestraszonych zwierząt, koni, krów i owiec. Sprowadzono je do zamku, gdyż spodziewano się dłuższego oblężenia, i zamknięto w zagrodzie na mniejszym, drugim dziedzińcu; doprowadzone do szału przez odgłosy bitwy i widok latających nad ich głowami smoków, wyrwały się za ogrodzenie i biegały w popłochu po całym terenie, co kończyło się zwykle tak, że łamały nogi lub karki, chyba że jakimś trafem udawało im się wydostać poza mury zamku.

W tym tłumie Laurence ku swemu zdumieniu zobaczył Demane, trzymającego się z ponurą determinacją obroży obiecanej mu krowy, która ryczała ze strachu i rzucała się, starając się pozbyć jego niewielkiego ciężaru; ciągnęła go w sam środek zawieruchy, a cielak próbował podążać za nią. Sipho stał w sklepionym przejściu łączącym oba dziedzińce zamku, gryząc swoją małą pięść z wyrazem przerażenia na twarzy, po czym podjąwszy nagle decyzję, pogonił za bratem i pochylił się, żeby chwycić koniec postronka, który wlókł się za krową.

Dwóch obrońców zakłuło właśnie bagnetami jednego z wrogów, kiedy minęła ich krowa ciągnąca obu chłopców; jeden z żołnierzy wyprostował się, otarł krew z twarzy, ciężko dysząc, i krzyknął:

– Cholerni złodzieje, nie mogli poczekać, aż ostygniemy...

Demane zobaczył go, puścił krowę i rzucił się w stronę brata. Sipho upadł, przyciśnięty jego ciałem, a bagnety błysnęły, uderzając w dół. Nie było nawet czasu na to, żeby coś krzyknąć, żeby próbować ich powstrzymać. Chwilę później bitewna zawierucha porwała żołnierzy gdzie indziej, a na ziemi zostały dwa małe, zakrwawione ciała. Krowa, potykając się na gruzach muru, wydostała się przez wyłom na zewnątrz, a cielak pokłusował za nią.

– Panie Martin – powiedział Laurence, bardzo cicho.

Martin skinął głową i poklepał Harleya po ramieniu; obaj spuścili się po uprzęży na dół, szybko przebiegli przez dziedziniec i przynieśli chłopców, żeby ich umieścić w sieci Temeraire'a. Demane był bezwładny, a Sipho, cały zalany krwią brata, cicho płakał, opierając głowę o ramię Harleya.

Garść wojowników wpadła między zebranych w koszarach osadników i rozpoczęła się chaotyczna walka. Napastnicy odpychali kobiety i dzieci, czasem rzucając je na ściany, ale tylko dlatego, że chcieli je usunąć z drogi. Bez żadnych oporów zabijali natomiast mężczyzn, podczas gdy osadnicy strzelali na oślep z karabinów i pistoletów, trafiając zarówno swoich, jak i wrogów. Puste łodzie wracały na brzeg po kolejnych pasażerów, ale wioślarze nie chcieli do niego dobić, mimo wściekłych przekleństw sterników, niosących się po wodzie.

– Panie Ferris i panie Riggs, zróbcie tam trochę miejsca, z łaski swojej – krzyknął Laurence i zsunął się na dół, żeby zastąpić Ferrisa przy ładowaniu do sieci wycofujących się żołnierzy.

Ktoś wręczył mu pistolet i ładownicę, wciąż lepkie od krwi poprzedniego właściciela. Laurence przewiesił ją sobie przez ramię i rozerwał zębami papierowy ładunek. Nabił pistolet i wyciągnął szablę; jeden z wojowników rzucił się na niego, ale on nie zdążył nawet wystrzelić. Temeraire dostrzegł niebezpieczeństwo, wykrzyknął jego imię i chlasnął pazurem włócznika, powalając go na ziemię i zrzucając trzech niezdecydowanych żołnierzy, którzy próbowali wejść do jego sieci.

Laurence zacisnął zęby i pozwolił się zasłonić zwartemu szeregowi członków swojej załogi naziemnej; podał pistolet Fellowesowi i zaczął pomagać przy wchodzeniu do sieni coraz bardziej zdesperowanym, spieszącym ze wszystkich stron ludziom.

Lily, która nie mogła zabrać tylu pasażerów i była już w pełni obciążona, wzbiła się w powietrze i po drodze splunęła na wojowników przechodzących przez wyłom w murze, wypełniając go dymiącymi i poskręcanymi trupami. Musiała jednak lecieć na okręt, a ci z włóczników, którzy przeżyli, szybko zasypali gruzem resztki kwasu.

– Sir – wysapał zdyszany Ferris, kiedy już wrócił na miejsce; rękę zatknął za pas, a jego rozcięta wzdłuż ramienia koszula zabarwiała się na jasnoczerwony kolor – załadowaliśmy ich wszystkich, jak myślę; to znaczy osadników, tych, którzy zostali.

Oczyścili dziedziniec z nieprzyjaciół, a Temeraire zabił jeszcze tych, którzy zdobyli działa i próbowali zrobić z nich użytek; chociaż z fortecy strzelało jeszcze tylko kilka armat, ich nieregularny ogień wciąż nie pozwalał zbliżyć się nieprzyjacielskim smokom. Łodzie okrętowe odpływały w morze, a marynarze, nie bacząc na to, że mogą nadwerężyć plecy, wiosłowali z najwyższym pośpiechem. Koszary, które zostawili za sobą, były zalane krwią, a tam, gdzie fale rozbijały się na plaży, ciała czarnych i białych mężczyzn zgodnie unosiły się i opadały w różowej pianie.

– Panie Turner, niech pan z łaski swojej sprowadzi tu generała i da sygnał do odwrotu – rozkazał Laurence i odwrócił się, żeby pomóc pani Erasmus wejść na grzbiet Temeraire'a.

Ferris właśnie ją przyprowadził razem z córkami, które, wciąż w swych fartuszkach, pobrudzonych i poznaczonych sadzą, trzymały się kurczowo jej spódnicy.

– Nie, kapitanie, dziękuję panu – powiedziała.

W pierwszej chwili jej nie zrozumiał i zaczął się zastanawiać, czy nie odniosła jakiejś rany, czy nie zdawała sobie sprawy z tego, że łodzie już odpłynęły. Na widok jego miny pokręciła głową.

– Kefentse przyleci po mnie. Powiedziałam mu, że odnajdę córki i będę na niego czekała w zamku. To dlatego pozwolił mi odejść.

Popatrzył na nią zdumiony.

– Łaskawa pani – odparł – on nie może nas ścigać, w każdym razie nie przez dłuższy czas, nie z brzegu. Jeśli się pani boi, że znowu panią pochwyci...

– Nie – powiedziała znowu, bez emocji. – My zostajemy. Niech się pan o nas nie martwi – dodała. – Ci ludzie nas nie skrzywdzą. Zbrukanie ostrzy włóczni krwią kobiet to dla nich dyshonor, a poza tym jestem pewna, że Kefentse będzie tu lada moment.

Allegiance już podnosił kotwice, a jego działa ryknęły z nowym wigorem, żeby oczyścić niebo nad okrętem przed postawieniem żagli. Na murach ostatni artylerzyści opuścili stanowiska i biegli co sił w nogach do Temeraire'a.

– Laurence, musimy lecieć – powiedział Temeraire bardzo niskim i donośnym głosem, wykręcając jednocześnie głowę na wszystkie strony; jego kreza była całkowicie nastroszona i nawet stojąc na ziemi, instynktownie wciągał powietrze bardzo głęboko, a mięśnie jego klatki piersiowej były coraz bardziej napięte. – Lily nie zdoła ich wszystkich powstrzymać zupełnie sama; muszę jej pomóc.

Lily była ich jedyną ochroną przed nieprzyjacielskimi smokami, które teraz, gdy z bliska widziały rezultaty działania jej kwasu, czuły przed nią zdrowy respekt. Nie ulegało jednak wątpliwości, że lada chwila ją otoczą i ściągną na dół; albo odciągną daleko od zamku, żeby inne smoki z ich grupy mogły się rzucić z góry na Temeraire'a, który na ziemi był zupełnie bezbronny.

Na dziedziniec wlewały się nowe tłumy wojowników, zajmując oddany przez żołnierzy teren. Trzymali się poza zasięgiem łap Temeraire'a, ale ustawiwszy się w półokręgu wzdłuż muru, powoli go otaczali. Osobno każdy z nich nie stanowił dla niego żadnego zagrożenia, ale gdyby wszyscy jednocześnie rzucili się na niego ze swoimi włóczniami, mogliby go zmusić do gwałtownego wzbicia się w powietrze, a w górze Laurence widział już, jak niektóre ze smoków, zręcznie manewrując wokół Lily i poniżej niej, przygotowywały się, żeby go powitać swoimi pazurami. Nie było czasu, żeby przekonywać panią Erasmus; a poza tym Laurence, widząc wyraz jej twarzy, doszedł do wniosku, że nie da się jej łatwo namówić.

– Łaskawa pani – zaczął – pani mąż...

– Mój mąż nie żyje – przerwała mu stanowczym tonem – a moje córki zostaną tu wychowane na dumne dzieci Tswana, a nie na żebraczki w Anglii.

Nie mógł na to znaleźć żadnej odpowiedzi. Ona była wdową bez zobowiązań wobec kogokolwiek oprócz siebie samej. Nie miał prawa zmuszać jej do powrotu. Popatrzył na trzymające się jej dziewczynki. Miały wynędzniałe twarzyczki i były zbyt wyczerpane, żeby się dłużej bać.

– Sir, to już wszyscy – powiedział zza jego pleców Ferris, patrząc na nich z niepokojem.

Kiedy nic nie odpowiedział, skinęła mu głową na pożegnanie, po czym podniosła młodszą z dziewczynek i umieściła ją sobie na biodrze. Położyła rękę na ramieniu starszej i ruszyła w stronę wysokiego ganku rezydencji gubernatora, omijając trupy, którymi zaścielony był cały dziedziniec, i przechodząc nad tymi, które tarasowały jej drogę na biegnących łukiem schodach.

– No dobrze – powiedział Laurence i odwróciwszy się, podciągnął się na grzbiet smoka.

Nie było już więcej czasu, Temeraire stanął na tylnych łapach i wybił się z rykiem w powietrze. Nieprzyjacielskie smoki rozproszyły się w popłochu, uciekając przed boskim wiatrem, a najbliższe, krzycząc przeraźliwie z bólu, zaczęły opadać na ziemię. Lily i Dulcia dołączyły do niego i cała trójka pomknęła w stronę *Allegiance*, który, pod pełnymi żaglami, jaskrawobiałymi na tle oceanu, wypływał już z portu, kierując się na Atlantyk.

Pośród ruin na dziedzińcu zaczęły lądować smoki, dzieląc się od razu biegającym wolno bydłem i innymi zwierzętami. Pani Erasmus stała wyprostowana na szczycie schodów, trzymając na biodrze jedną córkę, a drugą obejmując ręką. Wszystkie patrzyły ku niebu nad wodą, skąd, krzycząc radośnie, leciał już ku nim uszczęśliwiony Kefentse.

Część III

Rozdział 13

Nie przeszkadzam? – zapytał z zakłopotaniem Riley; nie mógł zapukać, gdyż nie było drzwi. Na statku było bardzo dużo kobiet i żeby zapewnić im choć odrobinę wygody, usunięto wszystkie przegrody, tak że koję Laurence'a od koi Chenery'ego po jednej stronie i Berkleya po drugiej oddzielały tylko niewielkie postrzępione płachty płótna żaglowego. – Czy poświęcisz mi chwilę, na smoczym pokładzie?

Oczywiście rozmawiali już z konieczności, w tych pierwszych chaotycznych godzinach, kiedy wszyscy oficerowie, zjednoczeni we wspólnym wysiłku, starali się uspokoić siedem smoków, płaczące dzieci, rannych i kilkuset nieprzewidzianych pasażerów, a także opanować zamieszanie, nieuniknione na ogromnym okręcie, który wypłynął bez żadnych przygotowań i musiał walczyć z silnym przeciwnym wiatrem. Na domiar złego pokład wciąż był zarzucony dużymi kamieniami, które służyły wrogom jako pociski.

Mimo tej całej zawieruchy Laurence znalazł chwilę, żeby odszukać wzrokiem Rileya, który z obawą przyglądał się nowo przybyłym i którego niepokój wyraźnie zmalał, gdy zobaczył Catherine wydającą głośno rozkazy swojej załodze. Jednak po jakimś czasie wyraz ulgi na jego twarzy zastąpiła konsternacja, a potem niedowierzanie. Przyszedł w końcu na smoczy pokład, utrzymując, że konieczne jest inne rozmieszczenie smoków w celu zwiększenia stateczności okrętu, i przy okazji przyjrzał się lepiej Catherine. Dobrze się stało, że Laurence zrozumiał, o co mu tak naprawdę chodzi, gdyż Riley przekazał swoją prośbę tak niejasno, iż spełnienie jej wymagałoby przeprowadzenia skomplikowanej operacji przeniesienia Maksimusa na przód pokładu, z Lily najwyraźniej na jego grzbiecie, i ułożenia Temeraire'a wzdłuż lewego relingu. Skończyłoby się to najpewniej tym, że połowa smoków wylądowałaby w wodzie, a okręt zacząłby pływać w kółko.

– Chętnie się przejdę – odpowiedział teraz Laurence.

Poszli na górę w milczeniu; do pewnego stopnia wymuszonym, jako że Laurence musiał iść za Rileyem wąskimi przejściami, gdyż tylko tyle miejsca pozostało wewnątrz okrętu. Dla stłoczonych w nim pasażerów przeznaczono pokład rufowy, na który mogli wychodzić, żeby zaczerpnąć powietrza i pospacerować, i dlatego na smoczym pokładzie można było mieć więcej prywatności niż w jakimkolwiek innym miejscu na *Allegiance*, jeśli tylko komuś nie przeszkadzała obecność wścibskich na ogół smoków.

Jednak w tej chwili niemal się nie ruszały; Temeraire, Lily i Dulcia spali, wyczerpani rozpaczliwą ucieczką, jak również gorączkowymi chwilami na jej końcu, i nie przeszkadzało im donośne chrapanie Maksimusa. To bardzo dobrze, że byli tak zmęczeni, by usnąć bez jedzenia, gdyż było go bardzo mało, i nie będzie więcej, dopóki okręt nie zawinie do jakiegoś portu po zaopatrzenie; kiedy się obudzą, będą musieli łapać ryby na śniadanie.

– Obawiam się – odezwał się nieśmiało Riley, przerywając milczenie, gdy szli wzdłuż relingu – że będziemy musieli uzupełnić zapasy wody w Bengueli. Jest mi z tego powodu bardzo przykro, gdyż wiem, że może to być dla ciebie bolesne. Zastanawiam się, czy zamiast tego nie powinniśmy spróbować dotrzeć na Świętą Helenę.

Port na Świętej Helenie nie był portem niewolniczym, a sama wyspa leżała z dala od ich kursu. Propozycja Rileya była w istocie przeprosinami i Laurence doskonale to zrozumiał.

– Nie rekomendowałbym takiego rozwiązania – odpowiedział natychmiast. – Wschodnie wiatry łatwo mogłyby nas zwiać do Rio i chociaż samo lekarstwo oraz wieści o utracie Przylądka pewnie nas wyprzedzą w drodze do Anglii, nasza formacja wciąż będzie tam bardzo potrzebna.

Riley przyjął ten gest z wdzięcznością i przechadzali się przez chwilę po pokładzie, po raz pierwszy od długiego czasu czując się dobrze w swoim towarzystwie.

– Oczywiście nie możemy tracić czasu – podjął Riley – a jeśli chodzi o mnie, to mam wystarczająco wiele powodów, żeby wrócić do domu jak najszybciej... A przynajmniej tak myślałem, dopóki nie uświadomiłem sobie, że ona zamierza być uparta. Wybacz mi szczerość, Laurence, ale będę wdzięczny za przeciwne wiatry przez całą drogę, jeśli to tylko będzie oznaczało, że nie przybędziemy na miejsce, zanim ona za mnie nie wyjdzie.

Inni awiatorzy już zaczęli mówić o jego zachowaniu, które uważali za donkiszotowskie, nie szczędząc uszczypliwych słów, a Chenery posunął się nawet do uwagi:

– Jeśli on nie przestanie prześladować biednej Harcourt, trzeba będzie coś z tym z r o b i ć; ale jak go przekonać, żeby się odczepił?

Laurence miał więcej współczucia dla Rileya i rozumiał jego trudną sytuację. Był trochę wstrząśnięty, kiedy Catherine, stanąwszy wobec prostego wyboru, odmówiła poślubienia kapitana *Allegiance*, i tym bardziej żałował śmierci wielebnego Erasmusa, gdyż był pewny, że jego ciepła, a jednocześnie przekonująca obrona instytucji małżeństwa mogłaby wpłynąć na zmianę jej decyzji. Pan Britten, oficjalny kapelan pokładowy, przydzielony przez Admiralicję, nie potrafiłby znaleźć moralnego argumentu, który przekonałby kogokolwiek, nawet gdyby udało im się utrzymać go przez dłuższy czas w stanie trzeźwości.

– Ale przynajmniej jest wyświęcony – powiedział Riley – więc nie byłoby z tym żadnych trudności; wszystko byłoby całkowicie legalne. Ale ona nie chce o tym słyszeć. I nie może powiedzieć, jeśli chce być sprawiedliwa – dodał, nieco wyzywająco – że to dlatego, że jestem jakimś draniem, bo nie próbowałem mówić o tym przedtem; to nie było tak, jakbym... to nie j a byłem tym, który... – urwał i zakończył żałośnie: – ...i nie wiedziałem, jak zacząć. Laurence, czy ona ma jakichś krewnych, którzy mogliby ją do tego nakłonić?

– Nie, jest zupełnie sama na świecie – odparł Laurence. – I musisz wiedzieć, Tom, że ona nie może opuścić służby; Lily jest nie do zastąpienia.

– Cóż – powiedział z ociąganiem Riley – jeśli nie będzie można znaleźć nikogo innego, kto mógłby przejąć to stworzenie – w tej sprawie Laurence nawet nie próbował wyprowadzać go z błędu – ale to nie ma znaczenia. Nie jestem łajdakiem, który ją opuści w takiej sytuacji. A gubernator powiedział, że pani Grey bardzo chętnie przyjmie ją pod swoją opiekę. To bardzo szlachetne z ich strony, nie uważasz? Gest wykraczający poza wszystko, czego można by oczekiwać, który ogromnie ułatwi jej życie w Anglii; oni mają znajomości w najlepszych kręgach. Ale to oczywiście będzie możliwe tylko po naszym ślubie, a ona nie chce posłuchać głosu rozsądku.

– Może się boi niechęci twojej rodziny – zasugerował Laurence, choć powiedział to raczej po to, żeby go pocieszyć niż z przekonania. Był bowiem pewien, że Catherine nie zastanawiała się nad uczuciami rodziny Rileya i że nie poświęci im nawet jednej myśli, jeśli zdecyduje się za niego wyjść.

– Już jej obiecałem, że oni zrobią wszystko, co należy, i tak się stanie – odparł Riley. – Nie chcę powiedzieć, że będzie to związek, który ich ucieszy, ale mam swój kapitał i mogę się ożenić, z kim zechcę, nie narażając się na oskarżenia o brak rozwagi. Przypuszczam nawet, że mojego ojca wcale to nie obejdzie, jeśli tylko urodzi się chłopiec; żona mojego brata dała mu tylko córki, ostatnią cztery lata temu, a cały majątek jest ordynacją – zakończył i uniósł ręce w geście desperacji.

– Ale to wszystko nonsens, Laurence – odpowiedziała równie zirytowana Catherine, kiedy się do niej zwrócił. – On oczekuje, że ja zrezygnuję ze służby.

– Mam wrażenie – powiedział Laurence – że już mu uświadomiłem, iż jest to całkowicie niemożliwe, a on się z tym pogodził, chociaż nie był zachwycony; ty natomiast musisz mieć świadomość – dodał – bardzo konkretnych i ważnych konsekwencji wynikających z faktu istnienia ordynacji.

– Nic z tego nie rozumiem – odparła. – Czy tu chodzi o majątek jego ojca? Co to ma wspólnego ze mną lub dzieckiem? Przecież on ma starszego brata, prawda, żonatego i dzieciatego?

Laurence, który nie tyle uczył się prawa spadkowego, ile wyssał jego reguły z mlekiem matki, popatrzył na nią ze zdumieniem, a potem pospiesznie wytłumaczył jej, że majątek rodowy, jako niepodzielny i niezbywalny, jest dziedziczony w linii męskiej i jej dziecko, jeśli to będzie chłopiec, przejmie go po śmierci stryja.

– Jeśli odmówisz, jeśli uniemożliwisz mu objęcie ojcowizny – mówił dalej Laurence – moim zdaniem znacznej, przejdzie ona w ręce jakiegoś dalekiego krewnego, który może zupełnie nie dbać o interesy bratanic Rileya.

– To wszystko jest takie głupie – odparła – ale rozumiem; i przypuszczam, że mały czułby się pokrzywdzony, gdyby dorósł, wiedząc, kim mógłby być. Mam jednak nadzieję, że to nie będzie chłopiec, tylko dziewczynka; i jaki pożytek będzie miał wtedy z niej lub ze mnie? – Westchnęła, potarła grzbietem dłoni czoło i w końcu powiedziała: – Och, co się przejmuję; przecież zawsze może się ze mną rozwieść. No dobrze, ale jeśli to dziewczynka, będzie się nazywała Harcourt – dodała zdecydowanie.

Ślub został chwilowo odłożony, gdyż brakowało niemal wszystkiego, co nadawałoby się na weselną ucztę, i musieli poczekać do czasu, aż uzupełnią zapasy. Twarda konieczność już kilka razy zmusiła ich do zbliżenia się do brzegu, a że na ich mapach nie było żadnej bezpiecznej przystani wzdłuż zachodniego wybrzeża, do której *Allegiance* mógłby zawinąć, dwadzieścia mil otwartego oceanu, jakie ostrożny Riley starał się utrzymać między okrętem a lądem, pokonywały codziennie smoki. Obwieszone powiązanymi ze sobą beczułkami na wodę, próbowały znaleźć jakąś bezimienną rzekę, która gdzieś w okolicy wpadałaby do morza.

Zbliżywszy się do Bengueli, minęli piętnastego czerwca dwa statki o poczerniałych burtach i tak postrzępionych oraz niechlujnie wyglądających żaglach, że nawet piraci wstydziliby się wciągnąć je na maszty. Wzięli je za jednostki innych uciekinierów z Przylądka, którzy postanowili płynąć na wschód ku Świętej Helenie. *Allegiance* nie stanął w dryfie, żeby udzielić im pomocy; nie mieli nadmiernych zapasów wody ani żywności, a poza tym mniejsze statki szybko się od nich oddaliły, jakby ich załogi obawiały się, nie bez racji zresztą, że będą musiały oddać część zaopatrzenia lub ludzi.

– Dużo bym dał za dziesięciu dobrych marynarzy – powiedział poważnym tonem Riley, patrząc, jak znikają na horyzoncie; nie wspomniał, co by dał za odpowiednią ilość czystej wody. Smoki już zlizywały rano rosę z żagli, a reszta ludzi otrzymywała tylko połowę racji.

Najpierw, z daleka, zobaczyli wciąż się unoszący dym, pochodzący z nieustannie tlących się kłód wilgotnego drewna, z których ułożono ogromne ogniska i które, kiedy zbliżyli się do portu, okazały się kadłubami statków ściągniętych z morza na plażę. Pozostało z nich niewiele więcej niż kile i fragmenty wręgów wyglądające jak żebra wielorybów, które rzuciły się na brzeg, żeby tam umrzeć. Fortyfikacje holenderskiej faktorii leżały w gruzach.

Nigdzie nie było widać śladu życia. Przy wytoczonych, nabitych działach i pod czujnym nadzorem smoków wypatrujących najmniejszych nawet oznak zagrożenia na brzeg ruszyły szalupy, pełne pustych beczułek na wodę. Wróciły wkrótce, a marynarze wiosłowali nawet szybciej, mimo cięższego ładunku. W kabinie Rileya porucznik Wells zdał nerwowo raport:

– Ponad tydzień temu, sir, jak sądzę – mówił. – W niektórych domach było gnijące jedzenie, a to, co zostało z fortu, jest zupełnie zimne. Znaleźliśmy duży grób wykopany na polu za portem; musi w nim leżeć co najmniej sto ciał.

– To nie mogła być ta sama banda, która zaatakowała nas w Kapsztadzie – powiedział Riley, kiedy porucznik skończył. – To niemożliwe. Czy smoki mogłyby przylecieć tu tak szybko?

– Tysiąc czterysta mil w czasie krótszym niż tydzień? Nie, jeśli zamierzały zaraz potem walczyć, a najpewniej w ogóle nie – odpowiedziała Catherine, odmierzając palcami odległość na mapie; siedziała w fotelu, gdyż Riley zdołał ją przekonać, by podróż do domu odbyła w jego wielkiej kabinie na rufie okrętu. – Ale wcale nie musiały tu przylecieć. Przy wodospadach było wystarczająco dużo smoków dla jeszcze jednego oddziału tej samej wielkości, a nawet i dziesięciu, jeśli już o to chodzi.

– Cóż, nie chcę krakać – odezwał się Chenery – ale nie widzę żadnego powodu, żeby nie ruszyli też na Luandę, jeśli już tu byli.

Po kolejnym dniu żeglugi zbliżyli się do drugiego portu; Dulcia i Nitidus poleciały tam, bijąc energicznie skrzydłami, gdyż wiał przeciwny wiatr, i wróciły jakieś osiem godzin później, znalazłszy *Allegiance* w ciemności dzięki zapalonym na masztach latarniom.

– Całe miasto doszczętnie spalone – relacjonował Chenery, wychylając łapczywie kubek grogu, który mu wręczono. – Nie widzieliśmy żywej duszy, a wszystkie studnie są pełne smoczego gówna; och, bardzo przepraszam.

Stopniowo uświadamiali sobie rozmiar katastrofy: utracono nie tylko Kapsztad, ale i dwa największe porty w Afryce. Gdyby celem nieprzyjaciół było przejęcie kontroli nad tymi miastami, najpierw musieliby podbić leżące po drodze terytoria; ale jeśli zamierzali dokonać tylko zniszczeń, taka długa i wyczerpująca kampania wcale nie była potrzebna. W sytuacji, gdy nie było żadnych sił powietrznych, które mogłyby im się przeciwstawić, smoki bez trudu przelatywały nad liniami obronnymi lub zebranymi wojskami, przenosząc na grzbietach lekką piechotę. Wraz z nią uderzały potem na nieszczęsne miasta, które ściągnęły na siebie ich gniew.

– Zabrali wszystkie działa – dodał cicho Warren. – I kule; znaleźliśmy jaszcze, w których były przechowywane. Sądzę, że zabrali też cały proch; w każdym razie my nie widzieliśmy, żeby zostało go tam choć trochę.

Przez następne dni żeglugi kursem wzdłuż wybrzeża towarzyszyły im dymy pogorzelisk, których zwiastunem były zwykle osmalone, ledwo trzymające się na wodzie statki pełne uchodźców usiłujących dotrzeć do jakiegoś bezpiecznego miejsca. Kapitan Riley nie próbował nawet zawijać do tych portów, polegając raczej na smokach, które wykonywały krótkie loty na brzeg po wodę. Po dwóch tygodniach takiej podróży zbliżyli się do Cape Coast. Riley uważał, że ich obowiązkiem jest przynajmniej policzenie zabitych w tym brytyjskim porcie, a poza tym mieli nadzieję, iż dzięki fortyfikacjom, starszym i bardziej rozbudowanym niż w innych miastach, ktoś jednak ocalał.

Wzniesiony z kamienia zamek, który służył też jako kapitanat portu, był niemal nietknięty, jeśli nie liczyć wielkich dziur w nadpalonym dachu; działa, które były wycelowane w morze, a więc zupełnie nieprzydatne do obrony przed atakiem z góry, znikły, podobnie jak stosy kul z dziedzińca. Dość szybko ustalili, że od uderzenia na Cape Coast minęły co najmniej trzy tygodnie; *Allegiance*, zależny od zmiennych wiatrów i prądów, nie mógł utrzymać stałej szybkości, z jaką poruszały się smoki, i nie nadążał za falą ataków.

Podczas gdy Riley kierował utworzonymi z załogi okrętu ekipami, które przystąpiły do przygnębiającego ekshumowania i liczenia zabitych z masowego grobu, Laurence i inni kapitanowie smoków podzielili między siebie porośnięte gęstą dżunglą zbocza wzgórz, które otaczały ruiny miasta, i wyruszyli na polowanie w nadziei, że znajdą tam tyle dzikiej zwierzyny, że starczy jej dla wszystkich: świeże mięso było bardzo potrzebne, gdyż zapasy solonej wieprzowiny prawie się wyczerpały, a smoki były niemal przez cały czas głodne. Temeraire jako jedyny spośród nich naprawdę lubił ryby, ale nawet on wspomniał raz tęsknym głosem, że chętnie zjadłby „kilka delikatnych antylop, dla odmiany, a słoń byłby już szczytem marzeń: one są tak soczyste i tłuste".

Jak się okazało, zdołał zaspokoić głód, zjadając dwa małe bawoły o czerwonawej skórze, a strzelcy zabili jeszcze sześć, czyli tyle, ile mógł łatwo zanieść z powrotem na okręt w swoich pazurach.

– Mają nieco dziwny zapaszek, ale nie nieprzyjemny; może Gong Su spróbuje udusić jednego z odrobiną suszonych owoców – powiedział zamyślony Temeraire, grzebiąc rogami jednego z bawołów między zębami. Kiedy skończył, położył je starannie na ziemi, a po chwili postawił krezę. – Wydaje mi się, że ktoś tu idzie.

– Na litość boską, jesteście białymi? – dobiegł z lasu krzyk, dość cichy.

Na polanę wyszła mała grupa brudnych, wyczerpanych ludzi. Wszyscy chwiali się na nogach, a kiedy członkowie załogi dali im swoje manierki z grogiem i brandy, obsypali ich budzącymi litość podziękowaniami.

– Nie śmieliśmy mieć nadziei, kiedy usłyszeliśmy strzały – powiedział ich przywódca, pan George Case z Liverpoolu, który wraz ze swym partnerem Davidem Milesem i garścią współpracowników nie zdołał na czas uciec przed katastrofą.

– Od czasu gdy na miasto spadły te potwory, ukrywaliśmy się w lesie – dodał Miles. – Dopadły wszystkie statki, które płynęły zbyt wolno, i porozbijały je lub spaliły, po czym odleciały. A my siedzieliśmy tu prawie bez kul. Byliśmy już bliscy rozpaczy: myślę, że w ciągu tygodnia wszyscy by nam umarli z głodu.

Laurence zrozumiał, o czym on mówi, dopiero wtedy, gdy Miles zaprowadził go do prowizorycznej zagrody ukrytej w lesie, w której była ich ostatnia grupa, około dwustu niewolników.

– Kupieni, rachunki zapłacone, i już następnego dnia mieliśmy ich ładować na statek – powiedział Miles i z wyrazem filozoficznej rezygnacji na twarzy splunął na ziemię, podczas gdy jeden z wynędzniałych, zagłodzonych niewolników o popękanych z pragnienia wargach popatrzył na nich z zagrody i zaczął na migi błagać o wodę.

Smród ludzkich odchodów był okropny. Zanim pokonała ich słabość, niewolnicy próbowali kopać w zagrodzie małe dołki, ale z powodu łańcuchów, które łączyły ich kostki, nie mogli się od siebie oddalać. Ćwierć mili dalej płynął strumień, który uchodził do oceanu. Case i jego ludzie nie wyglądali na spragnionych lub bardzo głodnych; nad ogniskiem, które tliło się jakieś dwadzieścia stóp od zagrody, widać było reszki antylopy.

– Jeśli udzielicie nam pożyczki na podróż, spłacimy ją na Maderze – powiedział Case, po czym z miną świadczącą o tym, że postanowił być hojny, dodał: – Albo, jeśli wam to bardziej odpowiada, kupcie ich na miejscu: damy wam dobrą cenę, możecie być tego pewni.

Laurence z najwyższym wysiłkiem stłumił odpowiedź, która cisnęła mu się na usta; najchętniej dałby temu człowiekowi w twarz. Temeraire nie miał podobnych oporów; dysząc z gniewu, chwycił po prostu bramę przednimi łapami, wyrwał ją i rzucił na ziemię.

– Panie Blythe – powiedział groźnie Laurence – proszę z łaski swojej zdjąć kajdany tym ludziom.

– Tak jest, sir – odparł Blythe i chwycił narzędzia.

Handlarze niewolników patrzyli na to z otwartymi ze zdumienia ustami.

– Na Boga, co robicie? – zapytał w końcu Miles, a Case zaczął krzyczeć, że ich zaskarży, że ich na pewno poda do sądu.

Laurence miał w końcu tego dosyć i odwróciwszy się do nich, powiedział zimnym tonem:

– Czy mamy was tu zostawić, żebyście mogli przedyskutować tę sprawę z tymi dżentelmenami?

Usłyszawszy tę niedwuznaczną groźbę, obaj natychmiast się zamknęli.

Rozkuwanie niewolników było długim i przygnębiającym procesem: ludzie ci byli połączeni żelaznymi łańcuchami i dodatkowo każda czwórka była jeszcze powiązana grubym sznurem, który oplatał ich szyje; kilku miało nogi przykute do grubych kłód, co uniemożliwiało im wstawanie.

Kiedy Blythe ich uwalniał, Temeraire próbował nawiązać z nimi rozmowę, ale oni mówili nie znanym mu językiem i cofali się z przerażeniem, gdy zbliżał do nich głowę; nie należeli do ludu Tswana, ale do jakiegoś miejscowego plemienia, które nie miało tak bliskich związków ze smokami.

– Dajcie im mięso – powiedział Laurence do Fellowesa.

To nie wymagało tłumaczenia i najsilniejsi spośród byłych niewolników natychmiast zaczęli rozpalać ogniska i podpierać słabszych, żeby mogli żuć suchary, które rozdali im Emily i Dyer z pomocą Sipho. Wielu z tych nieszczęśników wolało od razu uciec, mimo widocznego osłabienia. Jeszcze zanim mięso znalazło się na rożnach, blisko połowa znikła w lesie, żeby jak najszybciej wrócić do domu, jak przypuszczał Laurence; nikt nie miał pojęcia, jak daleka czekała ich droga.

Temeraire zesztywniał z obrzydzenia, gdy handlarze niewolników znaleźli się na jego grzbiecie. Po chwili, zirytowany ich szeptami, odwrócił głowę, kłapnął zębami i powiedział groźnym tonem:

– Mówcie tak dalej o Laurensie, a sam was tu zostawię; powinniście się wstydzić, a jeśli jesteście za głupi, by wiedzieć dlaczego, to przynajmniej siedźcie cicho.

Członkowie załogi też przyglądali im się z wielką dezaprobatą.

– Niewdzięczne sukinsyny – wyraził pod nosem swoją opinię Bell, kiedy przygotowywał dla nich prowizoryczne uprzęże.

Laurence był bardzo zadowolony, kiedy w końcu wyładował ich na pokładzie i zobaczył, jak znikają pośród innych pasażerów *Allegiance*. Pozostałe smoki miały więcej szczęścia podczas polowania, a Maksimus tryumfalnie złożył na pokładzie dwa niewielkie słonie, z których stada sam zjadł już trzy; oznajmił, że są bardzo smaczne, na co Temeraire lekko westchnął, ale przeznaczono je już na weselną uroczystość, której mimo smutnych okoliczności nie można już było dłużej odkładać, jeśli panna młoda miała chodzić pewnym krokiem po pokładzie kołyszącego się okrętu.

Ceremonia przebiegła w atmosferze lekkiego zamieszania, chociaż Chenery z charakterystyczną dla siebie wzgardą dla wszelkich zasad grzeczności dopilnował trzeźwości celebransa, zaciągnąwszy go poprzedniej nocy na smoczy pokład i nakazawszy Dulcii, żeby nie pozwoliła mu się ruszyć nawet na krok. Rano kapelanowi Brittenowi, całkowicie trzeźwemu i skamieniałemu ze strachu, gońcy Catherine przynieśli na smoczy pokład czystą koszulę i śniadanie i oczyścili na miejscu resztę jego ubrania, żeby nie miał żadnego pretekstu do zejścia na dół i wzmocnienia się codzienną porcją brandy.

Jednak Catherine nie pomyślała o konieczności uszycia sukni, a Rileyowi nawet nie przyszło do głowy, że ona może jej nie mieć. W rezultacie musiała wyjść za mąż w spodniach i fraku mundurowym, przez co ceremonia wyglądała dość dziwnie, a uczestniczące w niej pani Grey i kilka innych dostojnych matron z Kapsztadu czerwieniły się z zażenowania. Sam Britten, nieprzywykły do trzeźwości, wyglądał na bardzo zdezorientowanego i jąkał się częściej niż zwykle. Na domiar złego, kiedy zapytał obecnych, czy ktoś sprzeciwia się temu związkowi, Lily, mimo wielu uspokajających rozmów, które przeprowadziła z nią Catherine, wysunęła głowę ze smoczego pokładu, ku przerażeniu zebranych gości, i zapytała:

– Czy mogę?

– Nie, nie możesz! – krzyknęła Catherine.

Lily westchnęła, zdegustowana, i zwróciwszy jaskrawopomarańczowe oko na Rileya, powiedziała:

– No dobrze, ale jeśli będziesz niemiły dla Catherine, wrzucę cię do morza.

Małżeństwo nie rozpoczęło się może pod najlepszymi auspicjami, ale mięso słoni było rzeczywiście wyśmienite.

Obserwator z bocianiego gniazda dostrzegł światło latarni na Lizard Point dziesiątego sierpnia, kiedy wpłynęli w końcu na kanał. Zobaczył też z lewej ćwiartki dziobowej ciemną masę Anglii i kilka świateł mijających ich w drodze na wschód: nie były to okręty z blokady. Riley rozkazał zgasić ich własne światła i zmienił kurs na południowo-wschodni, uważnie studiując swoje mapy. Kiedy nadszedł poranek, z mieszanymi uczuciami żalu i zadowolenia stwierdzili, że znaleźli się dokładnie za konwojem, który składał się z ośmiu statków, sześciu handlowych oraz dwóch eskortujących je fregat, i niewątpliwie zmierzał do Hawru. Zgodnie z prawami wojny mogli zaatakować każdy z nich i wziąć jako pryz, i zrobiliby to natychmiast, gdyby były w ich zasięgu. Niestety, płynęły w odległości dobrych dziesięciu mil, a kiedy ich załogi dostrzegły *Allegiance*, pospieszenie powciągały ma maszty więcej żagli i cały konwój zaczął uciekać.

Laurence oparł się na relingu obok Rileya i tęsknie obserwował oddalające się statki nieprzyjaciela. Od czasu gdy opuścili Anglię, kadłub *Allegiance* nie został prawidłowo oskrobany i jego dno było okropnie obrośnięte. W rezultacie w najbardziej sprzyjających warunkach okręt nie osiągał nawet ośmiu węzłów, a nawet fregata na końcu konwoju płynęła z szybkością co najmniej jedenastu.

Kreza Temeraire'a, który także obserwował francuskie statki, drżała z podniecenia.

– Jestem pewny, że moglibyśmy ich dopaść – powiedział w pewnej chwili. – Na pewno moglibyśmy ich dogonić; najpóźniej do południa.

– Rozwinęli żagle pomocnicze – odezwał się Riley, obserwujący fregatę.

Płynący dość wolno okręt, który najwidoczniej czekał, aż jednostki będące pod jego ochroną znajdą się przed nim, wyraźnie przyspieszył.

– Nie przy tym wietrze – odpowiedział smokowi Laurence. – Ty mógłbyś, ale my nie mamy twojego pancerza. Tak czy owak, nie udałoby nam się ich wziąć: do wieczora *Allegiance* będzie poza zasięgiem wzroku, a bez załóg pryzowych pouciekaliby nam w nocy.

Temeraire westchnął i ułożył głowę na przednich łapach. Riley złożył lunetę.

– Panie Wells, niech pan będzie łaskaw wziąć kurs na północny wschód – rozkazał.

– Tak jest, sir – odpowiedział ze smutkiem Wells i odwrócił się, żeby wykonać polecenie.

Jednak w tej samej chwili fregata prowadząca konwój wykonała nagły i ostry zwrot na południe, czemu towarzyszyła gorączkowa krzątanina marynarzy na rejach, dobrze widoczna przez lunetę. Cały konwój zmieniał kurs, jakby zamierzali płynąć teraz obok Wysp Normandzkich do Granville. Było to bardzo ryzykowne posunięcie i Laurence nie mógł zrozumieć, co mogło ich do tego skłonić, chyba że dostrzegli przed sobą okręt z blokady. Skądinąd dziwiło go, że do tej pory żadnego z nich nie widzieli, i tłumaczył to sobie tym, że może ostatnio jakiś sztorm zepchnął całą flotę blokującą francuskie porty w głąb kanału.

Allegiance miał teraz przewagę, gdyż płynął kursem przecinającym im drogę, a nie bezpośrednio w ich ogonie.

– Równie dobrze możemy się jeszcze przez jakiś czas trzymać tego kursu – powiedział z wystudiowanym spokojem Riley i ku milczącemu, ale ewidentnemu zadowoleniu załogi podjął pościg.

Gdyby tylko ten drugi okręt, którego jeszcze nie widzieli, był dostatecznie szybki! Wystarczyłaby nawet pojedyncza fregata, wzmocniona bliską i złowrogą obecnością *Allegiance*, którego załoga, jeśli tylko byłby on na horyzoncie w kulminacyjnym momencie pogoni, miałaby prawo do części pryzowego.

Przeszukiwali wzrokiem ocean, omiatając go niecierpliwie lunetami, bez powodzenia, aż w końcu Nitidus, który co jakiś czas wzbijał się w powietrze, wylądował i powiedział zdyszanym głosem:

– To nie okręt; to smoki.

Wytężyli wzrok, ale zbliżające się punkciki niemal przez cały czas ginęły w chmurach. Ale nadlatywały naprawdę szybko i nim minęła godzina, konwój znowu zmienił kurs: teraz próbowali już tylko dostać się pod osłonę francuskich dział rozlokowanych wzdłuż wybrzeża, nie przejmując się ryzykiem, że silny wiatr od rufy może zepchnąć statki na brzeg. Odległość między nimi a *Allegiance* znacznie już zmalała.

– Czy t e r a z możemy już lecieć? – zapytał Temeraire, rozglądając się dookoła; wszystkie smoki czekały podniecone i wyciągając szyje, obserwowały francuskie statki.

Laurence złożył lunetę i odwróciwszy się, powiedział:

– Panie Ferris, załoga bojowa na stanowiska, proszę. – Kiedy Emily wyciągnęła rękę po lunetę, żeby ją odnieść, Laurence popatrzył na nią z góry i dodał: – Kiedy skończysz, Roland, mam nadzieję, że ty i Dyer przydacie się porucznikowi Ferrisowi jako obserwatorzy.

– Tak jest, sir – odpowiedziała, a w zasadzie pisnęła z trudem, i pomknęła, żeby schować lunetę.

Kiedy wróciła, Calloway dał jej i Dyerowi po pistolecie, a Fellowes sprawdził ich uprzęże, zanim oboje wdrapali się na grzbiet Temeraire'a.

– Nie rozumiem, dlaczego ja mam wyruszyć jako ostatni – mruknął z rozdrażnieniem Maksimus, gdy załogi Temeraire'a i Lily zajmowały miejsca na ich grzbietach; Dulcia i Nitidus były już w powietrzu, a Messoria i Immortalis szykowały się do startu.

– Bo jesteś wielkim klocem i dopóki pokład nie opustoszeje, nie ma na nim miejsca, żeby włożyć ci uprząż – odparł Berkley. – Siedź spokojnie, to oni szybciej odlecą.

– Nie kończcie walki, póki ja tam nie dotrę, proszę – krzyknął za nimi Maksimus, a jego niski, grzmiący głos stopniowo cichł, w miarę jak oddalali się od okrętu.

Temeraire bił skrzydłami z całych sił, wyprzedzając pozostałe smoki, i choć raz Laurence nie zamierzał go powstrzymywać. W sytuacji, gdy wsparcie było pod ręką, nie było powodów, żeby nie wykorzystać jego szybkości; musieli tylko przez jakiś czas nękać i trochę spowolnić konwój, żeby na miejsce zdążyła dotrzeć reszta pościgu, co powinno skłonić nieprzyjaciół do poddania się.

Jednak niemal w tej samej chwili, gdy Temeraire dogonił konwój, chmury nad prowadzącą fregatą nagle rozjarzyły się w płomiennej erupcji jakby armatniego wystrzału. Z tej jaśniejącej niezdrowym, żółtym blaskiem kotłowaniny wypadła lotem nurkowym Iskierka, ciągnąc za sobą strzępy mgły i dymu, i prosto przed dziób pierwszego okrętu posłała długi, wygięty w łuk strumień ognia. Zaraz za nią z chmur wynurzył się Arkady oraz reszta dzikich smoków i zaczęły wszystkie latać tam i z powrotem wzdłuż konwoju, przeraźliwie pohukując i krzycząc. Przez cały czas były w zasięgu dział przeciwnika, ale to, co wyglądało na lekkomyślność z ich strony, wcale nią nie było, gdyż poruszały się tak szybko, że prawdopodobieństwo trafienia było minimalne, natomiast podmuch ich skrzydeł wprawiał żagle w łopot, spowalniając statki.

– Och! – mruknął niepewnie Temeraire, gdy minęły go, mknąc jak szalone, i zawisł w powietrzu.

Iskierka krążyła nad fregatą, wrzeszcząc do załogi, żeby się poddali, natychmiast poddali, bo jak nie, to ich spali, spali na popiół, i niech nie myślą, że tego nie zrobi. Dla podkreślenia wagi swoich słów puściła kolejny strumień ognia prosto do wody, tuż obok burty okrętu.

To ostatecznie przekonało załogę fregaty. Bandera natychmiast opadła, a reszta statków konwoju potulnie poszła za tym przykładem. Laurence, który spodziewał się, że brak załóg pryzowych może być przyczyną wielu trudności, ze zdumieniem stwierdził, że nie było ich wcale: dzikie smoki bez zwłoki zajęły się pryzami z wprawą owczarków zaganiających stado. Kłapiąc zębami na sterników i trącając dzioby statków, dawały niedwuznacznie do zrozumienia, że mają jak najszybciej wziąć kurs na Anglię. Najmniejsze z dzikich smoków, Gherni i Lester, wylądowały na pokładach statków, niemal śmiertelnie przerażając biednych marynarzy.

– Och, to wszystko to jej pomysły – powiedział smętnie Granby, ściskając rękę Laurence'a na dziobie *Allegiance*, kiedy wszystkie jednostki spotkały się w połowie drogi i ruszyły razem kursem do Dover. – Nie chciała przyjąć do wiadomości, że to flota powinna dostawać wszystkie pryzy; i obawiam się, że przekabaciła tę cholerną bandę dzikusów. Jestem pewny, że każe im latać po kryjomu w nocy nad kanałem, szukać zdobyczy i nie składać raportów, jeśli coś dostrzegą. Potem, kiedy jej powiedzą, udaje, że po prostu przyszło jej do głowy, by polecieć w takim to a takim kierunku. Są tak dobrzy jak najlepsze załogi pryzowe, a wszyscy marynarze zachowują się tak potulnie jak panienki, kiedy jeden z nich przysiądzie na pokładzie.

Reszta dzikich smoków pozostała w powietrzu, pokrzykując donośnie w swoim dziwnym języku i radośnie się bawiąc. Natomiast Iskierka wepchnęła się na pokład *Allegiance*, a konkretnie na miejsce przy relingu na prawej burcie, gdzie bardzo lubił drzemać Temeraire. Nie była kruszynką: uzyskawszy pełny wzrost i wagę podczas tych kilku miesięcy, które upłynęły od dnia, gdy widzieli ją ostatnio, była teraz bardzo długa, a ciężkie sploty jej ciała, dorównującego długością ciału Temeraire'a, zwisały ze wszystkiego, co znalazło się na jej drodze, co było wielce uciążliwe.

– Tu jest za mało miejsca dla ciebie – powiedział nieuprzejmie Temeraire, spychając nosem zwój jej ciała, który ułożyła na jego grzbiecie, i wyciągając łapę z drugiego. – Nie rozumiem, dlaczego nie możesz polecieć z powrotem do Dover.

– Sam sobie leć do Dover, jeśli chcesz – odparowała Iskierka, machnąwszy lekceważąco koniuszkiem ogona. – Ja leciałam przez cały ranek, a poza tym muszę mieć oko na moje pryzy. Zobacz, ile ich jest – dodała rozradowanym głosem.

– To są nasze wspólne pryzy – zwrócił jej uwagę Temeraire.

– Tak, żeby być w zgodzie z prawem, będziemy się pewnie musieli z wami podzielić – odparła protekcjonalnym tonem – ale wy nie zrobiliście niczego. Przylecieliście za późno i mogliście się tylko przyglądać.

Temeraire instynktownie czuł, że miała rację, zamiast więc się z nią spierać, przygarbił się i z nadąsaną miną zaczął się w milczeniu zastanawiać nad sytuacją.

Iskierka, której dobrego nastroju nic nie mogło zakłócić, szturchnęła go nosem.

– Popatrz, jak wspaniale wygląda mój kapitan – dodała, dorzucając jeszcze węgla do ognia, ku wielkiemu zażenowaniu biednego Granby'ego.

Rzeczywiście wyglądał tak wspaniale, że aż trochę śmiesznie, w ociekającym złotem uniformie, z szablą o także pozłacanej rękojeści u pasa, z absurdalnie wielkim brylantem wmontowanym w głowicę, którą teraz starał się za wszelką cenę zasłonić dłonią.

– Za każdym razem gdy zdobędzie kolejny pryz, awanturuje się całymi dniami, jeśli czegoś od niej nie przyjmę – wymamrotał, zaczerwieniony po uszy.

– A ile ich zdobyła? – zapytał Laurence, z lekkim powątpiewaniem.

– Och... pięć, od kiedy zajęła się tym na poważnie, niektóre z nich to konwoje jak ten – odparł Granby. – Poddają się jej niemal natychmiast, gdy tylko puści trochę ognia; i nie mamy zbyt wielkiej konkurencji. Pewnie tego nie wiecie, ale nie byliśmy w stanie utrzymać blokady.

Ta wiadomość wywołała prawdziwe poruszenie.

– To przez te francuskie patrole – mówił dalej Granby. – Nie wiem, jak mogli tego dokonać, ale przysiągłbym, że na wybrzeżu mają co najmniej o sto smoków więcej, niż powinni mieć. Czekają tylko, aż znikniemy z pola widzenia, i uderzają na okręty blokady. Zrzucają na nie bomby, a że jesteśmy jeszcze za słabi, by chronić je przez cały czas, flota musi działać w grupach, żeby okręty mogły się nawzajem bronić. Cholernie dobrze, że już wróciliście do domu.

– P i ę ć pryzów – mruknął pod nosem Temeraire.

Jego nastrój wcale się nie poprawił, kiedy dotarli do Dover, gdzie na górującym nad klifami cyplu Iskierka miała wielki pawilon z ciemnego kamienia, wilgotniejący od pary tryskającej z jej kostnych wyrostków i z pewnością zbyt gorący w letnich upałach. Mimo to Temeraire patrzył na to z oburzeniem, zwłaszcza kiedy ona, ogromnie z siebie zadowolona, ułożyła się wygodnie w środku, tak by jej jaskrawoczerwone i fioletowe sploty wyglądały korzystnie na tle ciemnych kamieni, i poinformowała go, że może tam spać, jeśli nie będzie mu wygodnie na jego polanie.

Temeraire nadął się i bardzo chłodnym głosem odparł:

– Nie, dziękuję.

Kiedy jednak dotarł na polanę, nie zaczął nawet polerować swojego wisiora, w czym zwykle szukał pociechy, tylko się nadąsał i schował głowę pod skrzydło.

Rozdział 14

ODRAŻAJĄCA RZEŹ NA PRZYLĄDKU
Tysiące zabitych! Cape Coast zniszczone!
Luanda i Benguela spalone!

Upłynie jeszcze jakiś czas, zanim zostaną zebrane wszystkie Relacje, które ostatecznie potwierdzą najgorsze obawy zarówno Krewnych, jak i Wierzycieli, na całych Wyspach, co do rozmiaru Katastrofy, która na pewno doprowadziła do Ruiny kilku z naszych najwybitniejszych obywateli, niszcząc wiele ich Przedsięwzięć, i okryła nas żałobą z powodu najpewniej tragicznego Losu naszych dzielnych Poszukiwaczy Przygód oraz szlachetnych Misjonarzy. Pomimo Sporów terytorialnych, związanych z Wojną z Francją, które ostatnio uczyniły z nas Nieprzyjaciół, składamy wyrazy najgłębszego współczucia tym pogrążonym w żałobie Rodzinom z Królestwa Holandii, które w Osadnikach z Kolonii Przylądkowej straciły swoich najbliższych Krewnych. Głosy nas wszystkich muszą się zjednoczyć w potępieniu tej w najwyższym stopniu odrażającej i niczym nie sprowokowanej Napaści, dokonanej przez brutalne i dzikie Bestie, podbechtane przez tubylców, zazdrosnych o owoce trudu uczciwych Chrześcijan...

Laurence złożył gazetę z Bristolu i rzucił ją na stolik obok dzbanka do kawy, karykaturą do dołu. Widać na niej było rozdętą bestię z wyszczerzonymi zębami i podpisem „Afryka", która najwyraźniej miała być smokiem, i kilku nagich, roześmianych tubylców o czarnych obliczach, wpychających włóczniami do jego otwartej paszczy małą grupkę kobiet i dzieci, podczas gdy te żałosne ofiary wznosiły ręce w modlitwie i krzyczały: „Czyż nie macie litości", co można było przeczytać na długiej wstędze wychodzącej z ich ust.

– Muszę zobaczyć się z Jane – powiedział. – Spodziewam się, że jeszcze dziś wyruszymy do Londynu; jeśli nie jesteś zbyt zmęczony.

Temeraire wciąż zastanawiał się nad swoim ostatnim wołem, niezbyt pewny, czy chce go zjeść czy też nie. Wcześniej wziął sobie trzy, ogarnięty łakomstwem po ograniczeniach, z jakimi musiał się godzić podczas podróży.

– Nie mam nic przeciwko temu, żebyśmy polecieli – odparł – a może nawet wyruszylibyśmy trochę wcześniej i zobaczyli n a s z pawilon; teraz już na pewno nie ma żadnych powodów, żeby nie zbliżać się do terenów objętych kwarantanną.

Jeśli nawet nie przynieśli pierwszych wiadomości o totalnej katastrofie w Afryce, gdyż w drodze do domu wyprzedziło ich wiele szybszych jednostek, z pewnością przynieśli najbardziej interesujące i najpełniejsze. Przed ich przybyciem nikt w Anglii nie miał bowiem najmniejszego pojęcia o tym, kim jest ten tajemniczy i nieprzejednany nieprzyjaciel, który całkowicie oczyścił afrykańskie wybrzeża z białych. Laurence, Harcourt i Chenery napisali oczywiście raporty, w których przedstawili swoje doświadczenia, i przekazali je fregacie, która minęła ich w pobliżu Sierra Leone, a także drugiej na Maderze; ale ostatecznie okazało się, że dotarły one na miejsce ledwie kilka dni przed ich przybyciem. Zresztą oficjalne sprawozdania, nawet długie, napisane w wolnych chwilach, których nie brakowało podczas miesiąca spędzonego na morzu, nie mogły w żadnym razie zadowolić władz, głośno domagających się informacji o tak wszechogarniającej katastrofie.

Przynajmniej Jane nie chciała, żeby marnowali czas na ponowne przedstawienie jej faktów.

– Jestem pewna, że będziecie mieli tego aż nadto przed ich lordowskimi mościami – powiedziała. – Będziecie musieli stawić się przed nimi oboje, i Chenery też, choć zważywszy na okoliczności, może uda mi się jakoś ciebie z tego wyplątać, Harcourt, jeśli chcesz.

– Nie, pani admirał, dziękuję – odpowiedziała Catherine, rumieniąc się. – Nie chcę żadnego specjalnego traktowania.

– Och, ja chętnie przyjmę każdy przejaw specjalnego traktowania, obu rękami – odpowiedziała Jane. – Przynajmniej zmusi ich to do tego, żeby w końcu dali nam nowe krzesła. Wyglądasz bardzo mizernie.

Jane dla odmiany wyglądała znacznie lepiej niż wtedy, gdy Laurence ją widział po raz ostatni. Wprawdzie w jej włosach było więcej siwych pasemek, ale na jej twarzy, pełniejszej niż przedtem, niemal nie widać było dawnych trosk, które zastąpiły oznaki świadczące o powrocie do latania: zaczerwienione od wiatru policzki i lekko spierzchnięte wargi. Zmarszczyła czoło, patrząc na Catherine, która mimo opalenizny miała podkrążone oczy i niezdrową cerę.

– Czy wciąż masz mdłości? – zapytała.

– Niezbyt często – odpowiedziała Catherine, niezbyt szczerze; Laurence widział, jak często biegała do relingu na *Allegiance*. – I jestem pewna, że teraz, kiedy już nie jesteśmy na morzu, poczuję się lepiej.

Jane pokręciła z dezaprobatą głową.

– W siódmym miesiącu czułam się lepiej niż kiedykolwiek

w życiu. Za mało przybrałaś na wadze. To bitwa jak każda inna, Harcourt, i musimy dopilnować, żebyś wyszła z niej zwycięsko.

– Tom chce, żebym poszła w Londynie do lekarza – powiedziała Catherine.

– Nonsens – odparła Jane. – Potrzebujesz dobrej położnej; wydaje mi się, że moja wciąż jest w uprzęży, tu w Dover. Odszukam ją dla ciebie. Byłam z niej cholernie zadowolona, mówię ci. Dwadzieścia dziewięć godzin porodu – dodała z tą samą satysfakcją, z jaką weterani wspominają swoje wojny.

– Och – westchnęła Catherine.

– Powiedz, czy często ci się... – zaczęła Jane.

Laurence krótko potem zerwał się na nogi, podszedł do map kanału rozłożonych na biurku i skupił na nich swoją uwagę, próbując, z pewną desperacją, nie słuchać dalszej części ich rozmowy.

Wszystko było od tego lepsze, nawet mapa, choć było to zapewne świadectwem jego przewrażliwienia, gdyż przedstawiona na niej sytuacja była tak zła, iż gorszej nie mógł sobie wyobrazić. Całe francuskie wybrzeże kanału było upstrzone oznaczeniami, z których niebieskie reprezentowały oddziały ludzi, a białe smoki: wokół Brestu stacjonowało co najmniej pięćdziesiąt tysięcy żołnierzy; drugie pięćdziesiąt tysięcy pod Cherbourgiem; pod Calais siły jeszcze o połowę większe; a między tymi pozycjami rozlokowano mniej więcej dwieście smoków.

– Czy te liczby są pewne? – zapytał Laurence, kiedy kobiety skończyły swoją rozmowę i dołączyły do niego przy stole.

– Nie, niestety – odparła Jane. – On ma jeszcze więcej; w każdym razie smoków. To są tylko oficjalne szacunki. Powys upiera się, że on nie jest w stanie wykarmić tak wielu smoków, znajdujących się tak blisko siebie, kiedy my blokujemy porty; ale wiem, że one tam są, niech je szlag trafi. Dostaję wiele raportów od zwiadowców, którzy widzą więcej smoków, niż ich powinno być, a flota donosi mi, że jedzą tylko te, które sami złapią. To wynik gwałtownego wzrostu cen. Nawet nasi rybacy pływają na drugą stronę kanału, żeby tam sprzedać swoje połowy.

Po chwili dodała:

– Są jednak i dobre strony tej sytuacji. Gdyby nie była tak poważna, na pewno trzymaliby was na Whitehall przez miesiąc, wypytując o sprawy afrykańskie, a tak będę was mogła stamtąd wyciągnąć po jednym lub najwyżej dwóch dniach cierpień.

Laurence został, kiedy Catherine wyszła. Jane napełniła mu znowu kieliszek.

– Tobie też przydałby się z miesiąc urlopu, Laurence – powiedziała. – Masz za sobą ciężkie przeżycia, jak się dowiaduję. Czy zostaniesz na kolacji?

– Wybacz – odparł. – Temeraire chce polecieć do Londynu, dopóki jeszcze jest widno.

Chciał z nią porozmawiać, ale nie bardzo wiedział, co miałby jej powiedzieć, i dlatego, zamiast stać jak słup, wolał przeprosić i zrezygnować z kolacji.

Wybawiała go z kłopotu, powiedziawszy:

– Jestem ci bardzo wdzięczna, nawiasem mówiąc, za to, co zrobiłeś dla Emily. Wysłałam już list do Powysa w Dowództwie Sił Powietrznych z prośbą o zatwierdzenie jej i Dyera jako chorążych, i nie sądzę, żeby był z tym jakiś kłopot. Pewnie nie masz jeszcze na oku jakichś chłopców, którzy mogliby zająć ich miejsca, co?

– Właściwie to mam – odparł, przygotowując się w duchu na sprzeciw. – Chciałbym wziąć tych, których przywiozłem z Afryki.

Po ucieczce z Kapsztadu Demane przeleżał wiele tygodni w malignie, a jego bok, w który wszedł bagnet, spuchł pod wąską, ropiejącą raną, jakby pod skórą był nadmuchany pęcherz.

Sipho, pogrążony w takiej rozpaczy, że nawet się nie odzywał, spędzał przy nim cały czas i odchodził od jego koi tylko po wodę lub kleik, którym cierpliwie, łyżka po łyżce, karmił brata. Południowoafrykański brzeg szybko zniknął za prawą burtą, a wraz z nim znikła nadzieja, że odnajdą jakichś krewnych, którym mogliby przekazać chłopców. Wiele dni później lekarz okrętowy poinformował Laurence'a, że Demane wyzdrowieje.

– To pańska zasługa – powiedział Laurence, zastanawiając się jednocześnie, co w tej sytuacji ma zrobić z chłopcami. Do tego czasu *Allegiance* minął już Benguelę i nie było mowy, żeby zawrócił.

– Nie ma o czym mówić – odparł pan Raclef. – Tego rodzaju rany są zawsze śmiertelne lub powinny być; jedyne, co mogłem dla niego zrobić, to pilnować, żeby było mu wygodnie. – I odszedł, mrucząc coś pod nosem, jakby był lekko obrażony tym, że tak oczywista diagnoza okazała się mylna.

Pacjent uparł się, żeby okazała się mylna do końca, i jako żywy dowód odporności, jaką ma się w młodym wieku, bardzo szybko odzyskał wagę, którą stracił podczas choroby, a na dokładkę przytył jeszcze o kilka funtów. Lekarz zwolnił go z izby chorych, jeszcze zanim przekroczyli równik, i obu braci umieszczono wśród innych pasażerów w malutkim, oddzielonym zasłonami kąciku, w którym było ledwie tyle miejsca, że dało się tam rozwiesić ich jeden mały hamak: starszy chłopiec był nieufny i wymógł na bracie, że zamiast spać razem, będą na zamianę pełnić straż.

Niebezpodstawnie obawiał się tłumu uchodźców z Przylądka, którzy patrzyli na chłopców z ledwie tłumioną złością, uważając ich za reprezentantów Kafrów, których obarczali winą za zniszczenie ich domów. Wszelkie próby tłumaczenia osadnikom, że Demane i Sipho pochodzą z zupełnie innego ludu i to nie ich pobratymcy zaatakowali kolonię, były zupełnie bezcelowe. Nie chcieli tego słuchać, a kiedy chłopców umieszczono wśród nich, zareagowali na to z wielkim oburzeniem. Szczególnie głośno wyrażali je starszy sklepikarz i robotnik rolny, których kąciki skrócono o kilka cali, żeby wygospodarować miejsce dla nowo przybyłych.

Jak było do przewidzenia, pod pokładem doszło wkrótce do kilku przepychanek z synami osadników. Skończyły się one jednak dość szybko, gdy stało się oczywiste, że chłopiec, nawet niedawno bardzo chory, który w ciągu kilku ostatnich lat polegał wyłącznie na swych łowieckich umiejętnościach i często rywalizował o posiłek z lwami oraz hienami, nie jest najbardziej wskazanym przeciwnikiem dla młokosów, których doświadczenie kończyło się na szkolnych bijatykach. Zaprzestali zatem zaczepek, ograniczając się do dokuczania, skrytego podszczypywania i poszturchiwania, pozostawiania przy hamaku złośliwych pułapek z nieczystości i wielce pomysłowego wykorzystywania najrozmaitszych robaków. Kiedy Laurence trzeci raz ujrzał chłopców śpiących na smoczym pokładzie, przytulonych do boku Temeraire'a, nie wysłał ich już z powrotem na dół.

Wszelkie lęki, jakie przedtem budził w nich Temeraire, szybko przeminęły, gdyż był on teraz niemal jedyną znaną im istotą i dosłownie jedyną spośród wszystkich na okręcie, która choć trochę opanowała ich język; niemałe znaczenie miało też to, że w jego towarzystwie nic im nie groziło ze strony ich prześladowców. Już wkrótce chłopcy wspinali się po jego grzebiecie z taką samą wprawą jak inni młodsi oficerowie, a dzięki jego pomocy opanowali podstawy angielskiego, tak że krótko po opuszczeniu Cape Coast Demane mógł przyjść do Laurence'a i zapytać:

– Czy teraz jesteśmy twoimi niewolnikami? – Powiedział to spokojnie, ale zaciśnięta na relingu dłoń zdradzała jego napięcie.

Głęboko wstrząśnięty Laurence popatrzył na niego, a chłopiec dodał:

– Nie pozwolę, żebyś odebrał mi Sipho.

W jego głosie, choć wyzywającym, pobrzmiewała nutka desperacji, która wskazywała na to, że doskonale rozumie, iż nie ma takiej mocy, by obronić siebie i brata przed takim losem.

– Nie – odparł natychmiast Laurence; to, że chłopiec uważa go za porywacza, było dla niego strasznym ciosem. – Oczywiście, że nie; jesteście... – przerwał, nie wiedząc, kim oni właściwie są, i dokończył nieprzekonująco: – W żadnym razie nie jesteście niewolnikami. Masz moje słowo, że nie zostaniecie rozdzieleni.

Demane nie wyglądał na zbytnio pokrzepionego tą deklaracją.

– Oczywiście, że nie jesteście niewolnikami – powiedział Temeraire lekceważącym tonem i ze znacznie lepszym skutkiem – należycie do mojej załogi.

Założył to z góry, kierując się wrodzonym mu instynktem posiadania, pomimo oczywistej niepraktyczności takiego układu. Zmuszony do rozważenia tej sytuacji Laurence uświadomił sobie, że nie widzi jednak innego rozwiązania, dzięki któremu chłopcy zyskaliby poważanie, także wśród swoich rodaków, należne im za usługi, jakie wyświadczyli całemu Korpusowi Powietrznemu.

Nikt nie mógł ich nazwać dżentelmenami z urodzenia czy wykształcenia, a Laurence był boleśnie świadomy, że podczas gdy Sipho jest posłusznym i pogodnym chłopcem, Demane jest zbyt niezależny i należy raczej oczekiwać, że będzie uparty jak osioł, jeśli nie wręcz agresywny, w stosunku do każdego, kto chciałby go namówić do zmiany sposobu bycia. Jednak nie mógł pozwolić na to, żeby spodziewane trudności przeszkodziły mu osiągnąć cel: wywiózł ich z domu, oderwał od krewnych, których tam mogli mieć, i odebrał im pozycję, jaką mieli w swoim świecie. Jeśli się ostatecznie okaże, że nie ma żadnego sposobu odstawienia ich do Afryki, to on nie może uciec przed odpowiedzialnością za powstałą sytuację; w końcu świadomie się do tego przyczynił, dla dobra Korpusu i swojej misji.

– Kapitanowie mogą wybierać, kogo chcą; zawsze tak było – odpowiedziała Jane – ale nie powiem, że nie będzie w związku z tym wrzawy. Możesz być pewny, że gdy tylko promocje zostaną wydrukowane w „Gazette", zaczną napływać protesty od wielu rodzin. Obecnie mamy więcej wyszkolonych chłopców, niż jest dla nich miejsc, a ty wyrobiłeś sobie opinię dobrego nauczyciela. Rodzice chcą, by ich latorośle trafiły pod twoje skrzydła, nawet jeśli niezbyt podoba im się myśl, że będą służyć na ciężkim smoku bojowym: to dosyć pewna droga do awansu na porucznika, jeśli przedtem się nie przetnie rzemieni.

– Przecież to oczywiste, że muszę okazać specjalne względy tym, którzy tyle poświęcili w naszej służbie – odpowiedział – a Temeraire już uważa ich za członków swojej załogi.

– Tak, ale wszyscy niezadowoleni powiedzą, że mogłeś ich sobie wziąć jako osobistych służących lub najwyżej przyjąć do załogi naziemnej – odrzekła. – Ale niech ich wszystkich diabli wezmą; będziesz miał swoich chłopców, a jeśli ktoś będzie miał jakieś uwagi na temat ich urodzenia, zawsze możesz oświadczyć, że w swoim rodzinnym kraju byli książętami, i raczej nikt nie zdoła ci dowieść kłamstwa. Tak czy owak – dodała – wpiszę ich do ksiąg, po cichu, i będziemy mieć nadzieję, że nikt nie zwróci na to uwagi. Chcesz, żebym ci wyznaczyła trzeciego? Temeraire może mieć w załodze jeszcze jednego.

Oczywiście się zgodził, a ona pokiwała głową.

– Dobrze; przyślę ci najmłodszego wnuka admirała Gordona i to uczyni z niego twojego najzagorzalszego orędownika, zamiast najgłośniejszego krytyka: nikt nie ma więcej czasu na pisanie listów i wszczynanie awantur od emerytowanych admirałów, zapewniam cię.

Sipho bardzo chciał pokazać, że się cieszy, kiedy zostali poinformowani o swoim awansie; Demane był trochę podejrzliwy.

– My nosić wiadomości? I latać na smoku?

– I załatwiać inne sprawy – dodał Laurence.

Zaczął się zastanawiać, jak wytłumaczyć słowo „sprawy".

Zanim coś wymyślił, wyręczył go Temeraire, który powiedział:

– To są drobne nudne rzeczy, których nikt nie lubi robić.

Słowa smoka wcale nie rozwiały podejrzeń chłopca.

– Kiedy będę miał czas na polowanie? – zapytał.

– Myślę, że wcale nie będziesz polować – odparł zbity z tropu Laurence.

Dopiero po dłuższej wymianie zdań Demane zrozumiał, że będą dostawać jedzenie i otrzymają ubrania: oczywiście na koszt Laurence'a, gdyż kadeci nie pobierali żołdu, a oni nie mieli rodziny, która by ich utrzymywała.

– Nie możecie chyba myśleć, że dalibyśmy wam umrzeć z głodu; co do tej pory jedliście?

– Szczury – odparł zwięźle Demane, dzięki czemu Laurence zrozumiał, poniewczasie, dlaczego na okręcie brakowało tych uroczych stworzeń, nad czym wielce ubolewali midszypmeni, których były tradycyjną zdobyczą – ale teraz jesteśmy znowu na lądzie i wczoraj w nocy zabiłem dwa z tych małych – i zrobił gest pokazujący długie uszy.

– Chyba nie na terenach zamku Dover? – zapytał Laurence, ale bez większej nadziei, gdyż na pewno okolic kryjówki, z której roztaczał się zapach tak wielu smoków, zające raczej unikały. – Nie wolno ci tego robić, bo jeszcze cię zamkną za kłusownictwo.

Nie był do końca pewny, że udało mu się przekonać Demane, ale uznał to w końcu za osobiste zwycięstwo i przekazał obu chłopców pod nadzór Roland i Dyera, którzy przez jakiś czas mieli ich zapoznawać z nowymi obowiązkami.

Odbyli krótki lot do terenów objętych kwarantanną i pawilonu, który zbudowano w dolinie, rezygnując z dobrego widoku na korzyść osłony przed wiatrem. Pawilon nie był pusty: w środku spały, wciąż od czasu do czasu pokasłując, dwa wychudzone i wycieńczone Yellow Reapery, oraz bezwładny mały Greyling, nie Volly, ale Celoksia.

– W drodze do Gibraltaru, jak sądzę – odparł Meeks, kapitan Celoksii, na ich pytanie o Volly'ego – jeśli znowu nie zasłabł – dodał z goryczą. – Nie chcę się ciebie czepiać, Laurence; Bóg wie, że zrobiłeś wszystko, co mogłeś, i więcej. Ale oni w Admiralicji zdają się myśleć, że to tak, jakby założyć z powrotem koło do wozu, i chcą, żebyśmy natychmiast latali po wszystkich starych trasach. Do Halifaksu i z powrotem, z postojem na Grenlandii oraz transportowcu zakotwiczonym w połowie północnych pięćdziesiątek, zalewanym lodowatą wodą przy każdej fali. Nic dziwnego, że ona znowu kaszle. – Pogłaskał czule pysk małej smoczycy, która żałośnie kichnęła.

Podłoga pawilonu była przyjemnie ciepła, a chociaż palenisko ogrzewające kamienne płyty nieco dymiło, dzięki temu, że nie było ścian zewnętrznych, wiatr wszystko wywiewał na zewnątrz. Była to prosta, praktyczna budowla, wcale nie elegancka i pozbawiona ozdób, i Temeraire mógłby w niej spać, chociaż nie można było jej nazwać przestronną, w każdym razie nie przy jego rozmiarach. Przyglądał się jej przez jakiś czas z widocznym rozczarowaniem i wyraźnie nie miał ochoty zostać tam dłużej. Zanim załoga zdążyła zejść, żeby rozprostować kości, oznajmił, iż chce ruszyć w dalszą drogę. Kiedy już zostawili pawilon za sobą, leciał w milczeniu, z oklapniętą kryzą.

Laurence próbował go pocieszyć, wspominając o chorych smokach, które nawet teraz, latem, znalazły tam schronienie.

– Jane powiedziała mi, że zimą umieszczali tam nawet po dziesięć naraz – mówił – tak było zimno i wilgotno; a lekarze są pewni, że dzięki temu udało się uratować życie wielu smokom.

Temeraire tylko coś mruknął pod nosem.

– Cóż, cieszę się, że okazał się przydatny – powiedział obojętnym tonem; tak odległe w czasie sukcesy, których na dodatek nie widział, najwyraźniej nie były satysfakcjonujące. – To wzgórze jest paskudne – dodał – i to także; nie podoba mi się. – Zwykle interesowało go wszystko, zwłaszcza rzeczy odbiegające od normy, które radośnie wskazywał Laurence'owi, a teraz nie zadowalał go nawet krajobraz.

Wzgórza rzeczywiście b y ł y dziwne; nieregularne, porośnięte gęstą trawą, osobliwie przyciągały wzrok, kiedy nad nimi przelatywali.

– Och – wyrwało się nagle Emily na przednim stanowisku obserwacyjnym. Wyciągnąwszy szyję ponad barkiem Temeraire'a, przyjrzała im się dokładniej, po czym zacisnęła szybko usta, zażenowana gafą, jaką popełniła, odzywając się, kiedy nie miała do przekazania żadnego ostrzeżenia. Temeraire zwolnił.

– Och – powiedział ze smutkiem.

Dolina była ich pełna: nie wzgórz, ale kopców usypanych nad ciałami smoków w miejscach, gdzie oddały ostatnie tchnienie. Tu i tam widać było wystający z darni róg lub kolec; albo białą krzywiznę kości szczękowej, odkrytej przez mały fragment osuniętej ziemi. Nikt się nie odezwał. Laurence zobaczył, że Allen sięgnął w dół i zacisnął dłoń na karabińczykach, które pobrzękiwały tam, gdzie były przypięte do uprzęży. Lecieli w milczeniu ponad tym zielonym pustkowiem, a cień Temeraire'a przepływał po kościach zmarłych.

Wciąż się nie odzywali, kiedy Temeraire dotarł do londyńskiej kryjówki, i ogromnie przygaszeni przystąpili do rozładowywania tej odrobiny bagażu, który ze sobą przywieźli. Część ludzi znosiła pakunki, które miały być złożone po drugiej stronie polany, a Winston i Porter, uprzężnicy, nie sprzeczali się jak zwykle, kto z nich ma się zająć uprzężą brzuszną, tylko bez słowa podeszli do niej razem.

– Panie Ferris – powiedział Laurence, celowo podniesionym głosem – kiedy doprowadzicie wszystko do jako takiego porządku, może pan dać wszystkim wolne, do jutrzejszej kolacji, jeśli na przeszkodzie nie staną jakieś nie cierpiące zwłoki obowiązki.

– Tak jest, sir; dziękujemy, sir – odparł Ferris, próbując mówić równie głośno; niezbyt mu to wyszło, ale ludzie wzięli się nieco żwawiej do pracy, a Laurence był pewny, że po nocnych hulankach szybko otrząsną się z przygnębienia.

Podszedł do Temeraire'a i pogłaskał go pocieszająco po pysku.

– C i e s z ę s i ę, że okazał się przydatny – powtórzył cicho smok i położył się na ziemi.

– Chodźmy, chciałbym, żebyś coś zjadł – powiedział Laurence. – Lekki obiad, a potem ci poczytam, jeśli chcesz.

Jednak Temeraire nie znalazł zbytniej pociechy w filozofii, a nawet matematyce, i rozdłubywał bez entuzjazmu jedzenie do chwili, gdy nagle postawił krezę, uniósł głowę i położył zazdrośnie przednią łapę na swojej krowie. Wszystko to spowodował Volly, który wylądował z impetem na polanie, wznosząc za sobą chmurę kurzu.

– Temrer – zawołał radośnie, szturchnął go głową w bark i obrzucił krowę tęsknym spojrzeniem.

– Nie dajcie się nabrać – powiedział James, zsuwając się z jego grzbietu. – Kwadrans temu, kiedy czekałem na pocztę w Hyde Parku, zjadł bardzo ładną owcę. Jak się masz, Laurence? Jak widzę, wciąż jesteś w miarę brązowy. Proszę, to dla ciebie.

Laurence z zadowoleniem wziął od niego paczkę listów dla swojej załogi, z jednym na górze zaadresowanym do niego.

– Panie Ferris – powiedział, przekazując mu pakunek do rozdzielenia między ludzi. – Dziękuję ci, James; mam nadzieję, że u ciebie wszystko w porządku.

Volly nie wyglądał tak źle, jak można się było spodziewać po wysłuchaniu relacji Meeksa, chociaż miał ślady zabliźnionych ran wokół nozdrzy i lekko schrypnięty głos. Nie przeszkodziło mu to w rozpoczęciu rozwlekłej i nieco chaotycznej opowieści, w której wyliczał radośnie Temeraire'owi owce i kozy, które ostatnio zjadł, i wspominał swój tryumf z początków epidemii, kiedy to zapłodnił j a j o.

– O, to wspaniale – odparł Temeraire. – A kiedy wykluje się młode?

– W listopadzie – poinformował go z zachwytem Volly.

– To on tak mówi – wtrącił James – chociaż lekarze nie mają pojęcia; jeszcze nie stwardniało, a poza tym to byłoby za wcześnie. Ale te wspaniałe stworzenia czasem zdają się to trafnie wyczuwać.

Lecieli do Indii.

– Jutro albo może pojutrze, jeśli pogoda dopisze – dorzucił beztrosko James.

Temeraire przechylił głowę.

– Kapitanie James, czy mógłby pan zabrać list ode mnie? Do Chin – dodał.

James podrapał się po głowie, zaskoczony taką prośbą. O ile Laurence wiedział, Temeraire był jedyny w swoim rodzaju pośród brytyjskich smoków także pod tym względem, że pisał listy; tak naprawdę niewielu awiatorów przyswoiło sobie tę umiejętność.

– Mogę go zabrać do Bombaju – odezwał się w końcu kapitan Volly'ego – i myślę, że tam będzie można znaleźć jakiegoś kupca, który udaje się do Chin; ale oni pływają tylko do Kantonu.

– Jestem pewny, że gdy przekażą ten list miejscowemu gubernatorowi, już on dopilnuje, by go doręczono – powiedział Temeraire z uzasadnioną pewnością siebie; prawdopodobnie gubernator uzna, iż jest to poczta cesarska.

– Jednak nie powinniśmy was opóźniać z powodu osobistej korespondencji – wtrącił Laurence, który miał lekkie poczucie winy, nawet jeśli James zdawał się podchodzić do planu swego lotu z pewną beztroską.

– Och, nie przejmuj się – odparł James. – Wciąż nie podobają mi się szmery w jego płucach, lekarzom także. Skoro ich lordowskie moście nie są skłonne się tym martwić, ja też nie będę się martwił tym, czy dotrę na miejsce tak szybko, jak by oni sobie tego życzyli. Chętnie zostanę tu jeszcze przez kilka dni, żeby on się trochę podtuczył i wypoczął. – Poklepał Volly'ego po boku i poprowadził go na inną polanę, a mały Greyling podążył za nim ochoczo, niemal jak wierny pies, jeśli można sobie wyobrazić psa wielkości słonia.

List był od matki, ale został ofrankowany: był to mały, ale cenny znak, że ojciec zaaprobował jego wysłanie. Zawierał odpowiedź na jego ostatni list:

Jesteśmy wstrząśnięci Wieściami, które przesłałeś nam z Afryki i które pod wieloma względami są gorsze od relacji ukazujących się w Gazetach, i modlimy się o Pociechę dla chrześcijańskich dusz dotkniętych przez tę Katastrofę, ale nie możemy się pozbyć Wrażenia, którego Odraza do tak strasznych Gwałtów nie jest w stanie całkowicie zatrzeć, że Bóg nie zawsze odkłada rozliczenie Grzeszników do Dnia Sądu Ostatecznego i że z Jego woli Złoczyńcy mogą doczekać się kary jeszcze na tym świecie; Lord Allendale uważa to za Karę, która spadła na nasz kraj za odrzucenie Wniosku. Bardzo mu się spodobała twoja Opinia, że tych Tswana (jeśli dobrze to napisałam) być może da się ułagodzić, wprowadzając Zakaz; i mamy nadzieję, że Przerwa w tym niegodziwym handlu, jaka siłą rzeczy musi teraz nastąpić, wkrótce doprowadzi do tego, iż Warunki życia tych Nieszczęśników, którzy wciąż cierpią w Jarzmie niewoli, wkrótce się poprawią i staną się bardziej ludzkie.

Zakończyła mniej fortunnie, pisząc:

...i pozwoliłam sobie dołączyć do listu małe Świecidełko, którego zakup sprawił mi przyjemność, ale które do niczego mi się nie przyda. Mam natomiast nadzieję, że spodoba się Młodej Damie, w której Edukację, jak wspomniał mi twój Ojciec, tak bardzo się zaangażowałeś.

Był to piękny sznur granatów, osadzonych w złocie; jego matka miała tylko jedną wnuczkę, pięciolatkę, oprócz trzech synów i teraz już pięciu wnuków, i między gęsto zapisanymi liniami listu łatwo można było wyczytać tęskną nutę.

– To jest bardzo ładne – ocenił Temeraire, zerkając na granaty pożądliwym okiem, chociaż sznura nie dałoby się założyć nawet na jeden z jego pazurów.

– Tak – odparł ze smutkiem Laurence, po czym zawołał Emily i wręczył jej naszyjnik. – Moja matka ci to przesyła.

– To bardzo miłe z jej strony – powiedziała Emily, zadowolona, choć jednocześnie nieco skonsternowana, ale i skłonna jak najszybciej zapomnieć o tym uczuciu, żeby spokojnie cieszyć się prezentem. Podziwiała go przez chwilę, przesuwając w dłoniach, a potem, po chwili zastanowienia, trochę niepewnie zapytała: – Czy powinnam do niej napisać?

– Może ja wyrażę jej twoje podziękowanie w mojej odpowiedzi – odrzekł Laurence; list od dziewczynki mógł się spodobać jego matce, ale to tylko pogłębiłoby nieporozumienia, a jego ojciec z pewnością przyjąłby taki gest z dezaprobatą jako wyraz oczekiwania na formalne uznanie, co nigdy nie mieściło się w jego wyobrażeniach o odpowiedzialności wobec nieślubnych dzieci; a nie było łatwego sposobu wytłumaczenia mu, że nie ma absolutnie żadnych podstaw do takich obaw.

Laurence ze zdziwieniem stwierdził, jak trudno jest napisać ten list w taki sposób, żeby nie pogłębić zaistniałego nieporozumienia, nie pomijając jednocześnie nagich faktów: że doręczył prezent i usłyszał podziękowanie, co już samo w sobie zdradzało, iż widział Emily niedawno, a z szybkości, z jaką odpowiedział, można było wywnioskować, że zdarzało się to regularnie. Zastanawiał się też, jak mógłby wyjaśnić tę sytuację Jane. W pewnej chwili przebiegła mu przez głowę niejasna i nieco przygnębiająca myśl, że ona uznałaby ją za wielce zabawną, za coś, czego nie należy brać na poważnie; i że byłoby jej zupełnie obojętne, co inni... Tu jego pióro zawisło nad kartką, powstrzymane przez myśli, ponieważ oczywiście b y ł a matką nieślubnego dziecka. W oczach świata nie była przyzwoitą kobietą i nie tylko z powodu tajemnicy, jaką poza Korpusem otaczano płeć kapitanów Longwingów, nigdy nie będzie mógł jej przedstawić swojej matce.

Rozdział 15

J ane – zaczął Laurence – czy wyjdziesz za mnie?
– Ależ nie, mój drogi – odparła zaskoczona, unosząc głowę znad krzesła, na którym sznurowała buty. – Wydawanie
ci rozkazów byłoby dość kłopotliwe, gdybym złożyła ślubowanie
posłuszeństwa. To nie byłaby wygodna sytuacja. Ale to bardzo
miłe, że mnie poprosiłeś – dodała i wyprostowawszy się, pocałowała go mocno, po czym włożyła frak mundurowy.

Nieśmiałe pukanie do drzwi uniemożliwiło mu powiedzenie
czegokolwiek więcej: jeden z gońców Jane przyszedł z wiadomością, że powóz czeka przy bramie kryjówki, więc musieli iść.

– Ucieszę się, kiedy wrócimy do Dover; co za okropne ba-
gno – powiedziała Jane, ocierając rękawem pot z czoła, gdy wyszli z małego budynku koszar: do wszystkich atrakcji Londynu
należało jeszcze dodać upał, duszne i parne powietrze, z niczym
nieporównywalny fetor miasta i mieszaninę, jaką zapachy z obór
tworzyły z gryzącym smrodem małej kryjówki, pełnej teraz
smoczego łajna.

Laurence powiedział coś o upale i podał jej machinalnie swoją
chusteczkę. Nie potrafił sprecyzować, co czuje. Jego oświad-
czyny były raczej wynikiem jakiegoś głębszego impulsu, a nie
świadomej, przemyślanej decyzji; nie zamierzał tego powiedzieć,
z pewnością jeszcze nie teraz, i nie w taki sposób. Wybrał ab-

surdalny moment na zadanie tego pytania, niemal jakby chciał usłyszeć odmowę; ale wcale nie czuł ulgi.

– Przypuszczam, że przetrzymają nas do wieczora – powiedziała Jane, mając na myśli ich lordowskie mości.

Zdaniem Laurence'a była to jednak raczej optymistyczna ocena; on myślał, że najprawdopodobniej będą ich trzymać przez całe dni i nie wypuszczą, jeśli Bonaparte nie będzie tak uprzejmy, że bez żadnego ostrzeżenia rozpocznie inwazję na wyspy.

– Muszę więc zajrzeć do Ekscidiuma, zanim pojedziemy; wczoraj wieczorem nic nie zjadł, dosłownie nic, i muszę go przekonać, żeby dziś się poprawił.

– Nie musisz na mnie krzyczeć – wymamrotał Ekscidium, nie otwierając nawet oczu. – Jestem bardzo głodny.

Nie mógł jednak się otrząsnąć z senności, nie miał nawet sił, żeby trącić ją nosem w rękę. Chociaż naturalnie jako jeden z pierwszych dostał lekarstwo sporządzone z grzybów przywiezionych z Kapsztadu przez fregatę, wcale jeszcze nie wyzdrowiał. Do czasu gdy pojawił się ratunek, choroba poczyniła już znaczne spustoszenia w jego organizmie i dopiero w ostatnich tygodniach lekarze uznali, że może opuścić niewygodne doły w piasku, które były jego domem przez ponad rok. Mimo wciąż wielkiego osłabienia uparł się jednak, że poleci do Londynu, zamiast pozwolić, by Jane udała się tam na Temerairze, i teraz płacił za swoją dumę skrajnym wyczerpaniem; od czasu, gdy po południu poprzedniego dnia przybyli na miejsce, nic nie robił, tylko spał.

– W takim razie spróbuj trochę zjeść, dopóki tu jestem, żebym była spokojna – odrzekła Jane.

Odeszła na obrzeże polany, żeby nie narazić swojego najlepszego fraka i spodni na ochlapanie krwią świeżo zarżniętej owcy, którą pasterze z kryjówki pospiesznie przynieśli i położyli przed Ekscidiumem. Następnie równie szybko porąbali ją na kawałki, które smok zaczął metodycznie przeżuwać, w miarę jak wkładali mu je do pyska.

Laurence wykorzystał tę okazję, żeby na chwilę opuścić Jane, i poszedł na sąsiednią polanę, gdzie, mimo wczesnej godziny, Temeraire był już bardzo zajęty pisaniem listu na swych dwóch stołach piaskowych. Pracował nad relacją przedstawiającą przebieg choroby, jak również sposób jej leczenia, którą zamierzał wysłać do swojej matki w Chinach, na wypadek gdyby któregoś dnia wybuchła tam podobna epidemia.

– Tak napisaliście znak *Lung*, że bardziej przypomina *Chi* – powiedział surowym tonem, rzuciwszy okiem na pracę koterii swoich sekretarzy: Emily i Dyera, którzy z niezadowoleniem dowiedzieli się, że wysoka ranga chorążych wcale nie zwalania ich od nauki, oraz Demane i Sipho, którym było zupełnie obojętne, czy uczą się chińskiego pisma czy czegokolwiek innego.

Laurence pomyślał nagle, że może lepiej by było, gdyby ją zapytał tego dnia, gdy decydowali o losie chłopców. Byli wtedy razem, zamknięci w pokoju przez niemal godzinę, podczas której nikt im nie przeszkadzał. Może wtedy, jeśli pominąć skrupuły związane z poruszaniem tak intymnej kwestii w jej służbowym gabinecie, był bardziej sprzyjający moment na taką rozmowę. Albo może lepiej by było, gdyby poprosił ją o rękę ostatniej nocy, kiedy zostawiwszy śpiące smoki, udali się razem na spoczynek do budynku koszar; czy też, co mogło być jeszcze lepszym posunięciem, gdyby poczekał kilka tygodni, aż skończy się rozgardiasz związany z ich przybyciem do domu. Tak poniewczasie rozum podpowiadał mu, jak lepiej mógłby wystąpić z oświadczynami, co do których wcale nie był przekonany.

Jej odmowa była tak rzeczowa i szybka, że nie dawało mu to zbyt wielkiej nadziei, iż usłyszy inną odpowiedź, jeśli w przyszłości ponowi swoje pytanie. W normalnych okolicznościach powinien to uznać za wystarczający powód do zakończenia ich związku, ale sposób, w jaki mu odmówiła, sprawił, że zachowałby się jak kapryśne dziecko, gdyby okazał, iż jej słowa go zraniły, albo prawił jej morały. Mimo to dręczyło go przygnębiające uczucie, że stało się coś ważnego, że jest... nieszczęśliwy. Może przekonując Catherine do zalet stanu małżeńskiego, przekonał sam siebie i mimowolnie zapragnął się ustatkować.

Temeraire zakończył kolejną linię na stole piaskowym i kiedy uniósł przednią łapę, żeby Emily mogła ostrożnie wymienić go na drugi, zauważył Laurence'a.

– Już jedziecie? – zapytał. – Czy wrócicie bardzo późno?

– Tak – odparł, a Temeraire pochylił głowę i popatrzył na niego pytająco. – Nic się nie stało – powiedział Laurence i położył rękę na jego pysku. – To nic takiego; opowiem ci później.

– Może lepiej by było, żebyś tam nie jechał – zasugerował Temeraire.

– To absolutnie wykluczone – odrzekł Laurence. – Pani Roland, może posiedzi pani z łaski swojej dziś przy Ekscidiumie i spróbuje przekonać go, żeby trochę więcej zjadł.

– Tak jest, sir. Czy mogę wziąć ze sobą dzieci? – powiedziała Emily z wyżyn swych dwunastu lat, mając na myśli Demane i Sipho, z których starszy uniósł z oburzeniem głowę, usłyszawszy, jak ich nazwała. – Wieczorami uczę ich czytać i pisać po angielsku – dodała z ważną miną, co napełniło Laurence'a lękiem co do wyników tego przedsięwzięcia, gdyż sama pisała jak kura pazurem.

– Bardzo dobrze – odparł, pozostawiając obu chłopców ich losowi – jeśli tylko Temeraire ich nie potrzebuje.

– Nie; już prawie skończyliśmy, a potem Dyer może mi poczytać – odrzekł Temeraire. – Laurence, jak myślisz, czy mamy jeszcze w zapasie tyle grzybów, że mógłbym wysłać próbkę razem z listem?

– Mam nadzieję; Dorset powiedział mi, że w jakiś sposób

udało im się założyć ich uprawy, gdzieś w szkockich jaskiniach, a więc nie trzeba reszty konserwować i przechowywać z myślą o przyszłych potrzebach – odpowiedział Laurence.

Powóz był stary, niezbyt wygodny i okropnie turkotał po ulicach, które tak blisko kryjówki nie były w najlepszym stanie. Chenery, zwykle tak pełen energii, siedział w milczeniu i pocił się; Harcourt była bardzo blada, choć z powodu bardziej prozaicznego niż niepokój, i w połowie drogi poprosiła zduszonym głosem, żeby się zatrzymali, po czym zwymiotowała na ulicę.

– Tak, teraz czuję się o wiele lepiej – powiedziała, wyprostowawszy się, a kiedy wychodzili z powozu, wyglądała już tylko nieco niepewnie i nie przyjęła ramienia Laurence'a na krótką drogę przez dziedziniec do budynku Admiralicji.

– Może kieliszek wina, zanim tam wejdziemy? – zaproponował cichym głosem Laurence, ale ona pokręciła głową.

– Nie, łyknę tylko odrobinę brandy – odpowiedziała i przechyliwszy małą flaszkę, którą miała ze sobą, zwilżyła wargi.

W sali posiedzeń powitali ich nowy Pierwszy Lord oraz inni przedstawiciele Administracji: Laurence wiedział, że podczas ich nieobecności rząd znowu się zmienił z powodu różnic zdań dotyczących kwestii emancypacji katolików i władzę ponownie objęli torysi. U szczytu stołu, z poważną miną, której wyraz psuły nieco zbyt obwisłe policzki, siedział teraz lord Mulgrave i pociągał lekko koniec nosa; torysi nie cenili Korpusu, w żadnych okolicznościach.

Był tam jednak także Nelson, który na przekór ogólnej atmosferze wstał, kiedy tylko weszli do sali, i pozostał w tej pozycji, aż z krzeseł podnieśli się pozostali dżentelmeni, co zrobili z pewnym skrępowaniem; po czym podszedł do Laurence'a, uścisnął mu rękę w wielce uprzejmy sposób i poprosił, żeby go przedstawić.

– Jestem pełen podziwu – oświadczył, gdy Laurence zaprezentował go Catherine – a zarazem pokory, pani kapitan Harcourt, po przeczytaniu pani relacji. Przywykłem – dodał z uśmiechem – myśleć o sobie dobrze i polubiłem pochwały, którymi czasem jestem obsypywany. Sam to przyznaję! Ale przykładów takiej odwagi, jakiej dała pani dowody, nie potrafię sobie przypomnieć po całym życiu spędzonym w służbie dla kraju. Ale, ale, każemy pani stać, a pani pewnie czegoś by się napiła.

– Och... nie, niczego – wykrztusiła Catherine, tak czerwona z zażenowania, że jej piegi wyglądały jak blade plamki. – Niczego, dziękuję, sir; i to też nie było nic takiego, zapewniam pana, nic, czego nie zrobiłby ktoś inny; czego nie zrobiliby moi towarzysze – dodała, odmawiając przyjęcia zarówno poczęstunku, jak i pochwały.

Lord Mulgrave nie wyglądał na nadzwyczaj zadowolonego, że ktoś, nawet Nelson, uzurpował sobie pierwszeństwo, które było jego prerogatywą. Musiał oczywiście zaoferować krzesło Catherine i siłą rzeczy pozostałym. Przez chwilę słychać było szuranie drewnianych nóg, po czym nowo przybyli usiedli obok siebie po jednej stronie stołu, naprzeciw lordów z marynarki, ale wciąż nie miało to charakteru przygotowania do przesłuchania przed sądem wojskowym.

Najpierw każde z nich przedstawiło swoje podsumowanie wydarzeń, co samo w sobie było bardzo nużące, a do tego doszło jeszcze uzgadnianie tych relacji: Chenery utrzymywał, że podróż do wodospadów, którą odbyli jako jeńcy, trwała dziesięć dni; Laurence twierdził, że dwanaście, a Catherine, że jedenaście. Próby usunięcia tych różnic trwały blisko godzinę i wymagały sprawdzenia kilku map, wydobytych z archiwum przez sekretarzy, z których żadna nie zgadzała się z pozostałymi co do wielkości interioru.

– Sir, lepiej by było, gdybyśmy zapytali o to nasze smoki – powiedział w końcu Laurence, unosząc głowę znad czwartej z nich, kiedy ostatecznie zgodzili się jedynie, że gdzieś w środku była pustynia i że lot trwał nie mniej niż dziewięć dni. – Ręczę, że Temeraire jest w stanie dobrze ocenić odległość, którą przeleciał, i chociaż one nie podążały dokładnie naszym kursem, jestem pewny, że przynajmniej może nam powiedzieć, gdzie są granice pustyni, którą przekroczyliśmy, i gdzie płyną większe rzeki.

– Hm – mruknął Mulgrave, niezbyt zachęcająco, przesuwając palcem kartki raportu. – Cóż, na razie dajmy sobie z tym spokój i przejdźmy do problemu niesubordynacji. Jeśli dobrze zrozumiałem, te trzy smoki zignorowały rozkazy kapitana Suttona, który polecił im wrócić do Kapsztadu.

– Nie nazwałabym tego w żadnym razie niesubordynacją – odpowiedziała Jane. – Bardziej znaczące jest to, że cała trójka w ogóle chciała słuchać; i że smoki nie popędziły natychmiast jak szalone w głąb interioru, kiedy tylko dowiedziały się o porwaniu ich kapitanów. To dowód niezwykłej dyscypliny, zapewniam panów, i więcej niż w tych okolicznościach mogłabym się po nich spodziewać.

– W takim razie chciałbym wiedzieć, jak inaczej można by to nazwać – odezwał się siedzący nieco dalej lord Palmerston. – Odmowa wykonania bezpośredniego rozkazu...

– Och... – Jane niemal machnęła niecierpliwie ręką, ale w porę się pohamowała. – Dwudziestotonowego smoka nie można sobie podporządkować innymi metodami, jak tylko perswazją. W każdym razie ja nie znam innych. A jeśli one nie cenią kapitanów tak bardzo, żeby dla nich odmówić wykonania rozkazu, nie będą wcale posłuszne; nie ma więc co narzekać. Równie dobrze moglibyśmy oskarżyć o niesubordynację statek, ponieważ nie chce płynąć, kiedy nie ma wiatru. Rozkazywanie smokom jest mniej więcej tak samo skuteczne jak rozkazywanie okrętom.

Laurence spuścił wzrok. W Chinach widział tak dużo smoków, które bez żadnych kapitanów czy też opiekunów utrzymywały idealną dyscyplinę, że wiedział, iż przedstawiona przez Jane obrona jest dosyć naciągana. Sam nie znał lepszego słowa od niesubordynacji dla określenia zachowania Temeraire'a i obu smoczyc, i nie był skłonny tak łatwo o tym zapomnieć; w pewien sposób sugestia, że smoki nie wiedziały, co robią, wydawała mu się nawet obraźliwa. To, że Temeraire znał swoje powinności, było dla Laurence'a zupełnie oczywiste; to, że świadomie zlekceważył rozkazy Suttona, tylko dlatego że nie miał ochoty ich wykonać, także nie ulegało wątpliwości. Równie pewne było też to, że swoje nieposłuszeństwo uważał za usprawiedliwione i naturalne, nie wymagające nawet żadnego tłumaczenia, i że byłby bardzo zaskoczony, gdyby ktoś n a p r a w d ę oczekiwał od niego innego zachowania; ale nigdy nie uchylałby się od odpowiedzialności.

Jednakże prowadzenie tak subtelnych rozważań wobec tak nieprzyjaźnie nastawionych słuchaczy, którzy mogli zażądać wymierzenia smokom jakiejś irracjonalnej kary, nie wydało się Laurence'owi czymś nazbyt roztropnym; nawet jeśli miał ochotę zaprzeczyć Jane. Milczał więc podczas krótkiej i dość ostrej wymiany zdań na ten temat, która zaraz potem nastąpiła i która zakończyła się bez rozstrzygnięcia, kiedy Jane powiedziała:

– Bardzo chętnie wygłoszę im kazanie na ten temat, jeśli wasze lordowskie moście sobie tego życzą. Mogę też postawić je przed sądem wojskowym, jeśli wydaje się to panom sensowne i jeśli uważacie, że w obecnej chwili właśnie w ten sposób najlepiej wykorzystamy dany nam czas.

– Panowie – odezwał się Nelson – myślę, że nie będzie to dla nikogo z tu obecnych zaskoczeniem, kiedy powiem, że zwycięstwo jest zawsze najlepszym usprawiedliwieniem, a szukanie potem dziury w całym wydaje mi się czymś bardzo niestosownym. Sukces ekspedycji dowodzi, że była udana.

– Ładny mi sukces – odparł gorzkim tonem admirał Gambier – po którym niezwykle ważna kolonia nie tylko została przez nas utracona, ale i legła w ruinach, podobnie jak wszystkie porty wzdłuż wybrzeża Afryki; doprawdy wielce chwalebne osiągnięcie.

– Nikt chyba nie mógł oczekiwać, że oddział złożony z siedmiu smoków zdoła utrzymać kontynent afrykański, walcząc przeciwko chmarom liczącym setki – powiedziała Jane – a poza tym powinniśmy być wdzięczni za informacje, które uzyskaliśmy dzięki wyrwaniu z niewoli naszych oficerów.

Gambier nie zaprzeczył jej otwarcie, ale prychnął i zaczął wypytywać o inne małe rozbieżności w raportach. W miarę upływu czasu stopniowo stało się jasne, na podstawie jego pytań, jak również lorda Palmerstona, że obaj podejrzewają, iż więźniowie świadomie sprowokowali inwazję, a potem zmówili się, żeby to ukryć. Jak tego dokonali ani też jakie były ich motywy, obaj panowie nie sprecyzowali, dopóki na koniec Gambier nie dodał ironicznym tonem:

– A jest nim oczywiście handel niewolnikami, któremu się tak gwałtownie sprzeciwiali; chociaż, jak każdy wie, tubylcy na tym kontynencie praktykowali go od niepamiętnych czasów, znacznie poprzedzających pojawienie się na ich brzegach Europejczyków; a może powinienem powiedzieć, oczywiście to oni są t y m i, którzy sprzeciwiali się temu handlowi. Sądzę, że pan ma bardzo zdecydowane poglądy w tej sprawie, kapitanie Laurence, nie mylę się?

Laurence odparł tylko:

– Nie, nie myli się pan, sir. – Nie dodał nic więcej, gdyż nie miał zamiaru dodawać obroną powagi temu oskarżeniu.

– Czy nie mamy nic pilniejszego do omówienia – odezwała się Jane – skoro musimy tracić czas na rozważania o możliwości, że duża grupa oficerów zorganizowała porwanie samych siebie, tracąc przy okazji kilkunastu bliskich towarzyszy, by zachowując się obraźliwie wśród obcych ludzi, z których języka nie znali ani słowa, sprowokować ich do natychmiastowego uderzenia na kolonię? Co, jak przypuszczam, mieli przeprowadzić w jeden dzień, gdyż, jak wszyscy wiedzą, z zapewnieniem zaopatrzenia dla setek smoków nie ma żadnych kłopotów.

Przesłuchanie, które w dużej mierze koncentrowało się na najróżniejszych szczegółach, lordowie zakończyli z ponurymi minami po kolejnej godzinie, kiedy zrozumieli, że nie skłonią nikogo do przyznania się. Nie było podstaw do rozprawy przed sądem wojennym, jako że nie utracono ani jednego smoka, a jeśli ich lordowskie moście chciałyby procesu za utratę Kapsztadu, musiałyby także oskarżyć lorda Greya, a na to z pewnością nie było przyzwolenia społecznego. Byli z tego powodu bardzo niezadowoleni, a Laurence'owi i innym kapitanom nie pozostało nic innego, jak siedzieć i słuchać ich narzekań.

Zaproponowano kilka planów odzyskania portów, z których ani jeden nie miał nawet najmniejszych szans powodzenia. Jane była zmuszona przypomnieć ich lordowskim mościom, z kiepsko ukrywaną irytacją, serię klęsk, jakimi zakończyły się wszystkie próby założenia kolonii w obliczu zorganizowanego powietrznego oporu: baty, które dostali Hiszpanie w Nowym Świecie; całkowite zniszczenie Roanoke; katastrofy w Majsurze.

– Do zdobycia i utrzymania Kapsztadu przez czas konieczny na zabezpieczenie i umocnienie fortu, jeśli go jeszcze nie rozebrali, potrzebowalibyście sześć formacji smoków i tyle okrętów, żeby ich salwa burtowa liczyła co najmniej dwadzieścia ton – powiedziała. – A potem musielibyście zostawić tam dwie z tych formacji z silną artylerią i aż nie chce mi się myśleć, z ilu żołnierzami; i jakoś zaopatrywać ten garnizon co miesiąc, jeśli nieprzyjaciel nie wpadłby wcześniej na prosty pomysł atakowania statków zaopatrzeniowych dalej na północy.

Nie było więcej propozycji.

– Panowie, wiecie już, że nie widzę podstaw do kwestionowania liczb podanych przez admirał Roland – zaczął Nelson – nawet jeśli nie jestem takim pesymistą co do naszych szans powodzenia. Ale nawet połowy tych sił nie da się łatwo zgromadzić, a już z pewnością nie potajemnie. Nie da się ich także przetransportować z któregokolwiek cywilizowanego portu do Afryki bez wiedzy floty, a w istocie bez jej współdziałania w tej sprawie. Mogę za to ręczyć. – Jeśli nie jesteśmy w stanie odebrać Przylądka – mówił dalej – ani ustanowić jakiegokolwiek innego punktu oparcia na kontynencie afrykańskim, powinniśmy się pocieszać myślą, że nie może tego także zrobić żaden inny kraj. Francja z pewnością nie może do tego aspirować. Nie zaprzeczę, że Napoleon jest zapewne w stanie zdobyć każde miejsce na ziemi między Calais a Pekinem, jeśli tylko dotrze do niego drogą lądową; ale jeśli musi się tam udać wodą, jest zdany na naszą łaskę. Co więcej, posunę się nawet dalej. Nie przestając opłakiwać strasznych strat, jakie ponieśliśmy, w majątku i ludziach, w rezultacie tej dzikiej i niczym nie sprowokowanej napaści, oświadczam, że z punktu widzenia s t r a t e g i i stało się coś korzystnego i że jestem bardzo zadowolony, iż odtąd nie musimy już bronić naszych posiadłości na Przylądku. Mówiliśmy już przedtem, panowie, w tych samych murach, o wszystkich wydatkach i trudnościach związanych ze wzmacnianiem naszych fortyfikacji w Afryce oraz patrolowaniem długiego wybrzeża w obliczu niebezpieczeństwa francuskiego desantu: wydatkach i trudnościach, które spadną teraz na barki naszych tubylczych wrogów.

Laurence nie miał najmniejszego zamiaru spierać się z nim, ale nie mógł pojąć, dlaczego Admiralicja miałaby się w ogóle bać takiego desantu. Francuzi nigdy nie przejawiali najmniejszej ochoty zajęcia Kapsztadu, który, choć w ogóle był cennym portem, dla nich, dopóki trzymali Île de France u wschodnich wybrzeży Afryki, nie miał większego znaczenia, a poza tym był twardym orzechem do zgryzienia; mieli wystarczająco dużo kłopotów z utrzymaniem tych zamorskich posiadłości, które już do nich należały.

Mulgrave pociągnął lekko nos, nie komentując słów Nelsona.

– Pani admirał Roland – zaczął w końcu z ociąganiem, jakby nie lubił wymawiać jej stopnia – proszę z łaski swojej powiedzieć, jakie są nasze obecne siły nad kanałem.

– Od Falmouth do Middlesbrough mamy osiemdziesiąt trzy zdolne do walki smoki – odpowiedziała – i jeszcze dwadzieścia, które mogę w razie konieczności rzucić do boju. Wśród nich jest siedemnaście ciężkich, trzy Longwingi, Kazilik i Niebiański. W Loch Laggan mamy kolejne czternaście, niedawno wyklute i przechodzące szkolenia, ale dość już duże, żeby można je w razie potrzeby wykorzystać, i oczywiście więcej na wybrzeżu Morza Północnego. Mielibyśmy spore trudności z wykarmieniem ich, gdyby działania trwały dłużej niż jeden dzień, ale byłyby wielce pomocne.

– Jak ocenia pani nasze szanse, gdyby on podjął kolejną próbę inwazji z wykorzystaniem statków powietrznych, jak to zrobił w bitwie pod Dover? – zapytał Nelson.

– Gdyby nie przejmował się tym, że połowa z nich zostanie na morskim dnie, mógłby wylądować z resztą na naszym terenie, ale nie zalecałabym mu takiego posunięcia – odparła Jane. – Milicja będzie podpalać te statki, gdy tylko miną nasze linie. Nie; prosiłam o rok, który wprawdzie jeszcze nie upłynął, ale dzięki temu lekarstwu odzyskaliśmy siły szybciej. Teraz, gdy Lily i Temeraire są w pełnej formie bojowej, mogę zapewnić, że Francuzi nie będą mogli zaatakować nas drogą powietrzną.

– Tak, lekarstwo – powiedział Nelson. – Ufam, że jest bezpieczne. Czy nie ma możliwości, że ktoś je ukradnie? Dotarły do mnie wieści o jakimś incydencie...

– Proszę nie obwiniać tego biedaka – przerwała mu Jane. – To czternastoletni chłopiec, a jego Winchester był w bardzo ciężkim stanie. Krążyły plotki, przykro mi to mówić, że lekarstwa jest za mało, ponieważ początkowo podawaliśmy je dość ostrożnie, żeby się dowiedzieć, jaka może być minimalna dawka, i dopiero potem zaczęliśmy je wlewać w dużych ilościach w ich gardła. Nic złego się nie stało, a on sam się przyznał, niemal natychmiast, kiedy powiadomiłam o kradzieży wszystkich kapitanów. Postawiliśmy potem straż przy zapasach, żeby nikt inny nie uległ pokusie, i rzeczywiście nikt potem tam już nie myszkował.

– Ale jeśli jednak doszłoby do kolejnej próby – nie ustawał Nelson. – Może warto byłoby wzmocnić straże, a nawet wznieść jakieś fortyfikacje?

– Po nakarmieniu tymi grzybami każdego cholernego smoka w Brytanii i koloniach zostało ich już tak mało, że gdyby ktoś chciał je ukraść, ryzyko by mu się nie opłacało – odrzekła Jane. – Oczywiście są jeszcze te, których hodowlę udało się dżentelmenom z Towarzystwa Królewskiego założyć w Loch Laggan; jeśli o nie chodzi, to chciałabym zobaczyć kogoś, kto odważy się spróbować wynieść je ze środka kryjówki.

– Bardzo dobrze; a zatem, panowie – powiedział Nelson, odwracając się do pozostałych – widzicie, że w rezultacie tych wydarzeń, choć samych w sobie tak godnych ubolewania, możemy być teraz pewni, że tylko my mamy to lekarstwo.

– Przepraszam – odezwał się skonsternowany Laurence, który zaczął się domyślać, do czego to zmierza – czy jest jakiś powód, żeby myśleć, że ta choroba przeniosła się na kontynent? Czy francuskie smoki zaczęły chorować?

– Mamy taką nadzieję – odparł Nelson – chociaż nie dostaliśmy jeszcze potwierdzenia; ale dwa dni temu wysłaliśmy im tego szpiegowskiego kuriera, Plein-Vite'a, którego schwytaliśmy, i już niedługo spodziewamy się otrzymać wiadomość, że ich smoki zaraziły się tą chorobą.

– Przynajmniej tyle dobrego może wyniknąć z tego cholernego bałaganu – powiedział Gambier, na co pozostali zareagowali pomrukiem aprobaty. – Miło byłoby zobaczyć minę Korsykanina, kiedy jego smoki zaczną kaszleć krwią.

– Sir – zdołał wykrztusić Laurence, a siedząca obok niego Catherine, blada z przerażenia, przycisnęła dłoń do ust. – Sir, muszę zaprotestować przeciwko...

Miał wrażenie, że się dusi. Pamiętał małą Sauvignon, która dotrzymywała Temeraire'owi towarzystwa przez ten straszny tydzień, kiedy oni wszyscy myśleli, że nie ma już żadnej nadziei; kiedy on sam spodziewał się w każdej chwili zobaczyć s w o j e g o smoka kaszlącego krwią.

– Mogłam się tego, do cholery, spodziewać – powiedziała Jane, wstając. – A więc to dlatego wysłaliście ją do Eastbourne i nie chcieliście jej trzymać z naszymi chorymi smokami; wspaniały, psiakrew, pomysł. Powiedzcie mi, czy następnym razem wyślemy do ich portu zadżumiony statek albo zatrujemy ich konwoje ze zbożem? Jak banda cholernych pętaków...

Oburzony Mulgrave wyprostował się na krześle i warknął:

– Pani się zapomina.

Natomiast admirał Gambier dorzucił:

– Tak to jest, kiedy...

– Do cholery z tobą, Gambier, chodź tu i powiedz mi to – rzuciła Jane, kładąc dłoń na rękojeści szpady, po czym rozpętała się taka awantura, że nawet stojący za drzwiami żołnierze piechoty morskiej pochylili lękliwie głowy.

– Nie możecie tego zrobić – krzyczał Laurence. – Wasza Wysokość, poznałeś Temeraire'a, rozmawiałeś z nim; to niemożliwe, żebyś uważał je za bezmyślne stworzenia, za bydlęta, które można ot tak wydać na rzeź...

– To jakaś babska czułostkowość i głupota... – utrzymywał Palmerston, popierany przez Gambiera i Warda.

– ...nieprzyjaciel – ciągnął tymczasem podniesionym głosem Nelson, próbując przekrzyczeć tę wrzawę – i musimy wykorzystać okazję, która się nadarzyła, żeby zniwelować różnicę między ich siłami powietrznymi a naszymi....

To jak Admiralicja wprowadziła w życie swój podstępny plan, świadczyło dobitnie, że spodziewała się sprzeciwu i postanowiła go uniknąć. Po fakcie też nie mieli ochoty wysłuchiwać kazań i kiedy Jane podniosła jeszcze bardziej głos, ich tolerancja się skończyła.

– ...a także to – krzyczała Jane – że się o tym dowiaduję dwa dni po wydarzeniu; kiedy największy matoł powinien wpaść na to, że gdy tylko Bonaparte zorientuje się, co się dzieje, gdy tylko zobaczy, że jego smoki zaczynając chorować, ruszy na nas natychmiast; natychmiast, jeśli nie jest gamoniem... a wy ciągniecie mnie tutaj z Dover, z dwoma Longwingami i jednym Niebiańskim, i cholerny kanał jest otwarty jak Rotten Row...

Mulgrave wstał i skinieniem ręki rozkazał wartownikom, żeby otworzyli drzwi.

– W takim razie nie możemy was tu zatrzymywać – powiedział, dość lodowatym tonem, i dodał, widząc, że Jane chce mówić dalej: – Może pani odejść – po czym wręczył jej formalne rozkazy dotyczące obrony kanału, papiery, które Jane zgniotła w dłoni, wypadając z sali jak burza.

Catherine, blada jak ściana, z wyjątkiem warg, które tak zagryzła, że stały się ciemnoczerwone, oparła się ciężko na ramieniu Chenery'ego, kiedy wychodzili. Nelson, który poszedł za nimi, zatrzymał Laurence'a w korytarzu, położywszy mu rękę na ramieniu, po czym zaczął do niego mówić. Laurence początkowo nie bardzo rozumiał, o co chodzi, aż w końcu dotarło do niego, że chodzi o wyprawę do Kopenhagi, którą admirał zaproponował i której celem miałoby być przechwycenie stojącej w tym porcie duńskiej floty.

– Bardzo bym chciał mieć pana ze sobą, kapitanie – zakończył – i Temeraire'a, jeśli można by was wyłączyć z obrony kanału na co najmniej tydzień.

Laurence wpatrywał się w niego, oszołomiony i zbity z tropu jego swobodnym zachowaniem. Nelson przecież poznał Temeraire'a, rozmawiał z nim, nie mógł tłumaczyć się niewiedzą. Może nawet nie był pomysłodawcą tego eksperymentu, ale nie sprzeciwił się jego realizacji, choć jego sprzeciw mógłby na wszystkim zaważyć, na pewno by zaważył.

Milczał, a atmosfera, początkowo pełna napięcia, stała się wręcz przytłaczająca. W końcu Nelson powiedział, nieco bardziej wyniośle:

– Niedawno wrócił pan z długiej podróży i na pewno jest pan zmęczony po tym przesłuchaniu, które od początku uważałem za niepotrzebną stratę czasu. Porozmawiamy znowu jutro; przyjdę rano do kryjówki, zanim ruszycie w drogę powrotną.

Laurence dotknął kapelusza; nie miał nic do powiedzenia.

Kiedy przygnębiony wyszedł z budynku na ulicę, nic przed sobą nie widząc, ktoś dotknął jego łokcia. Spojrzał zaskoczony w dół i zobaczył przed sobą małego obdartego człowieka. Wyraz twarzy Laurence'a musiał do pewnego stopnia oddawać to, co on czuł, gdyż człowieczek wyszczerzył drewniane zęby w grymasie, który miał być uspokajającym uśmiechem. Następnie wcisnął Laurence'owi do ręki plik papierów, dotknął pukla na czole i czmychnął bez słowa.

Laurence rozłożył machinalnie kartki. Był to pozew do sądu, a skarga dotyczyła odszkodowania w wysokości dziesięciu tysięcy trzystu funtów za dwustu sześciu niewolników, z których każdy miał wartość pięćdziesięciu funtów.

Temeraire spał, oświetlony przez promienie zachodzącego słońca. Laurence nie obudził go, tylko usiadł naprzeciw niego na długiej, wyciętej z kłody ławie, która stała w cieniu sosen, i pochylił głowę. W rękach trzymał ciasno zwinięty rulon szeleszczącego papieru ryżowego z już przyklejoną pieczęcią z czerwonego wosku, który wręczył mu Dyer. Tego listu pewnie nie można było wysłać. Zbyt wielkie było niebezpieczeństwo, że zostanie przejęty przez nieprzyjaciół albo że informacje w nim zawarte jakoś trafią do Lien, która mogła jeszcze mieć sojuszników na chińskim dworze.

Polana była pusta: załoga wciąż jeszcze miała wolne. Z małej kuźni znajdującej się za drzewami dochodził rytmiczny szczęk młota Blythe'a, który naprawiał sprzączki uprzęży. Ten słaby metaliczny odgłos brzmiał dokładnie tak samo jak dziwny głos afrykańskiego ptaka krzyczącego nad rzeką, i nagle Laurence'owi wydało się, że kurz polany zatyka mu nos, przypomniał mu się zapach krwi i kwaśnych wymiocin. Poczuł też dotyk sznura wciskającego się w jego twarz, a wrażenie to było tak silne, tak nieodparte, że pomasował niespokojnie policzek, jakby spodziewał się znaleźć tam ślad, chociaż wiedział, że wszystkie dawno już znikły.

Krótko potem dołączyła do niego Jane. Zdążyła już zdjąć wspaniały frak mundurowy oraz chustę, a na jej koszuli widniały plamy krwi. Usiadła na ławie i po męsku pochyliła się do przodu, wspierając się łokciami na kolanach. Włosy wciąż miała splecione w warkocz i tylko wokół jej twarzy tańczyły na wietrze cienkie kosmyki.

– Czy mogę cię prosić o dzień wolnego? – zapytał w końcu Laurence. – Muszę się zobaczyć z moimi prawnikami w śródmieściu. Wiem, że nie potrwa to zbyt długo.

– Jeden dzień – odparła. Rozcierała w zadumie ręce, chociaż wcale nie było zimno, nawet jeśli słońce kryło się już za dachem budynku koszar. – Nie więcej.

– Na pewno ją odizolowali – powiedział cicho Laurence. – Jej kapitan widział nasze kwarantanny; gdy tylko ją zobaczył, musiał uświadomić sobie, że ona też zachorowała. Nigdy nie naraziłby innych smoków na niebezpieczeństwo.

– Och, oni to przewidzieli; nie ma obaw – odparła Jane. – Teraz już wiem wszystko. Wysłali go do domu łodzią, a jej pozwolili z daleka zobaczyć, jak odpływa. Powiedzieli jej, że wysyłają go do kryjówki pod Paryżem, gdzie stacjonują smoki kurierskie, które roznoszą pocztę. Przypuszczam, że rzuciła się prosto między nie. Och, jakie to obrzydliwe. Jestem pewna, że do dziś choroba zdążyła się już rozprzestrzenić: kurierzy wylatują stamtąd co kwadrans i równie często przylatują tam nowi.

– Jane – odezwał się Laurence. – Kurierzy Napoleona latają do Wiednia. Latają do Rosji i Hiszpanii, i po całych Prusach... pruskie smoki są zamknięte we francuskich stacjach rozpłodowych; to nasi sojusznicy, których opuściliśmy, kiedy nas potrzebowali... Francuzi docierają nawet do Stambułu, a stamtąd choroba może być rozniesiona dosłownie wszędzie.

– Tak, to bardzo sprytne – odpowiedziała, uśmiechając się krzywo. – Plan jest dobry, trudno temu zaprzeczyć. Za jednym zamachem z najsłabszych sił powietrznych w Europie stajemy się najsilniejszymi.

– Dzięki mordowi – skontrował Laurence. – To można nazwać tylko masowym mordem.

Nie było też żadnego powodu, żeby choroba zatrzymała się w Europie. W myślach rozłożył znowu te wszystkie mapy, które studiował podczas półrocznej podróży z Chin do domu; wcale nie musiał mieć ich fizycznie przed sobą. Kręty szlak, którym wtedy wracali, wydał mu się teraz drogą, którą powolna śmierć popełznie w przeciwnym kierunku. Autorzy planu uznają to za sukces, jeśli powietrzne legiony Chińczyków zostaną zdziesiątkowane. Było raczej mało prawdopodobne, żeby bez nich chińska piechota i kawaleria mogły stawić opór brytyjskiej artylerii.

Najdalsze zakątki Indii pod kontrolą, Japonia upokorzona; może też się uda podrzucić chore smoki Inkom, a wtedy ich baśniowe miasta ze złota staną wreszcie otworem.

– Jestem pewna, że w podręcznikach historii znajdą dla tego jakąś ładniejszą nazwę – powiedziała Jane. – W końcu to tylko smoki, jak wiesz; powinniśmy myśleć o tym jak o podpaleniu kilkudziesięciu okrętów w ich portach, co zrobilibyśmy z wielką ochotą.

Schylił głowę.

– A więc tak powinno się toczyć wojny – powiedział.

– Nie – odparła zmęczonym głosem. – Tak się je wygrywa. – Położyła dłonie na kolanach i wstała. – Nie mogę tu zostać. Muszę natychmiast wracać do Dover. Wezmę kurierskiego smoka; udało mi się przekonać Ekscidiuma, żeby mnie puścił. Będziesz mi potrzebny dopiero jutro wieczorem. – Położyła mu na chwilę rękę na ramieniu, po czym odeszła.

Nie poruszył się przez dłuższy czas, a kiedy w końcu uniósł głowę, zobaczył lekko błyszczące w półmroku oczy Temeraire'a, który już nie spał i przyglądał mu się w milczeniu.

– Co się stało? – zapytał cicho smok i równie cicho Laurence opowiedział mu o wszystkim.

Temeraire nie był zły, w ścisłym znaczeniu tego słowa; słuchał i stawał się coraz bardziej skupiony, a nie wściekły. Kiedy Laurence skończył, zapytał po prostu:

– Co mamy teraz zrobić?

Laurence zawahał się – nie zrozumiał smoka; spodziewał jakiejś innej reakcji – i w końcu odpowiedział:

– Mamy lecieć do Dover... – Urwał.

Temeraire cofnął głowę.

– Nie – rzekł po chwili dziwnego bezruchu. – Nie, nie to miałem na myśli.

Cisza.

– Nic nie można... żaden sprzeciw... Ona już tam poleciała – wydukał w końcu Laurence; miał wrażenie, że drętwieje mu język, i czuł się zupełnie bezsilny. – W każdej chwili spodziewamy się inwazji i mamy trzymać straż na kanale...

– Nie – przerwał mu głośno Temeraire. W jego głosie zabrzmiała zapowiedź straszliwego gromu; drżące drzewa odpowiedziały szumem. – Nie – powtórzył. – Musimy im zanieść lekarstwo. Jak możemy je zdobyć? Możemy wrócić do Afryki, jeśli to będzie konieczne...

– Mówisz o zdradzie – powiedział Laurence, bez przekonania, z dziwnym spokojem; te słowa były tylko stwierdzeniem faktu, ale takiego, który jakby go nie dotyczył.

– No i dobrze – odparł Temeraire – jeśli jestem zwierzęciem i mogę być otruty jak dokuczliwy szczur, nie można oczekiwać, że będzie mnie to obchodziło. I nie obchodzi. Nie możesz mi powiedzieć, że powinienem być posłuszny; nie możesz mi powiedzieć, że powinienem czekać bezczynnie...

– To zdrada! – przerwał mu Laurence.

Temeraire umilkł i tylko na niego patrzył. Laurence zaczął mówić cichym, zmęczonym głosem:

– To jest zdrada. Nie nieposłuszeństwo, nie niesubordynacja; to nie może... Nie ma innego słowa, którym można by to określić. Ten rząd nie jest z mojej partii; mój król jest chory i szalony; ale wciąż jestem jego poddanym. Ty nie składałeś przysięgi, ale ja to zrobiłem. – Przerwał na chwilę. – Dałem moje słowo.

Znowu przez jakiś czas milczeli. Zza drzew dochodził zgiełk głosów; niektórzy członkowie załogi wracali z przepustek i podchmieleni, trochę hałasowali. Do uszu Laurence'a najpierw dobiegł urywek sprośnej piosenki, potem głośny śmiech, ale kiedy weszli do budynku koszar, wszystko ucichło i zgasło światło ich latarni.

– W takim razie muszę polecieć sam – powiedział Temeraire, żałośnie i tak cicho, że chociaż raz trudno było zrozumieć jego słowa.

Laurence wziął głęboki wdech. Kiedy usłyszał, co powiedział smok, nagle wszystko stało się dla niego jasne. Był wdzięczny losowi, że Jane mu odmówiła i że nie sprawi jej niepotrzebnego bólu.

– Nie – rzekł, po czym podszedł do Temeraire'a i położył mu rękę na boku.

Rozdział 16

Laurence napisał do Jane krótki list. Ponieważ żadne przeprosiny niczego by tu nie zmieniły i nie chciał jej obrażać prośbą o zrozumienie, dodał tylko:

...i chciałbym wyraźnie zaznaczyć, że w żaden sposób nie zdradziłem nikomu moich zamiarów i nie otrzymałem Pomocy od moich oficerów, mojej załogi lub kogokolwiek innego; i ani nie zasługując na wybaczenie za mój Czyn, ani nie zabiegając o nie, usilnie proszę, żeby całą winą za to, co zrobiłem, obciążono wyłącznie mnie, a nie tych, których w innych okolicznościach można by oskarżyć o karygodną ślepotę, jako że moją Decyzję powziąłem ledwie kilka minut przed napisaniem tych Słów i wprowadzę ją w życie natychmiast po zapieczętowaniu listu.

Nie będę dłużej nadużywał twojej Cierpliwości, którą, jak się obawiam, wystawiłem już na bardzo ciężką próbę, proszę tylko, żebyś mi uwierzyła, pomimo tych Okoliczności.

Twój sługa uniżony, et cetera.

Złożył dwukrotnie kartkę, starannie ją zapieczętował i położył na schludnie zasłanym łóżku adresem do góry. Następnie opuścił małą kwaterę i między dwoma rzędami chrapiących ludzi wyszedł znowu na dwór.

– Jest pan wolny, panie Portis – powiedział do oficera, który pełnił wartę na obrzeżu polany. – Wezmę Temeraire'a na krótką wycieczkę; przez jakiś czas nie będziemy mieli okazji do spokojnych lotów.

– Bardzo dobrze, sir – odparł Portis, próbując ukryć ziewnięcie, i odszedł bez dodatkowych zachęt. Nie był zupełnie pijany, ale idąc do budynku koszar, lekko powłóczył nogami.

Nie było jeszcze dziewiątej. Laurence przypuszczał, że przez godzinę lub dwie nikt nie zwróci uwagi na to, że ich nie ma. Liczył na to, że skrupuły nie pozwolą Ferrisowi zbyt szybko otworzyć listu zaadresowanego do Jane i że zrobi to dopiero wtedy, gdy zacznie się naprawdę niepokoić, przez co zyskają może jeszcze godzinę; ale potem zacznie się naprawdę zażarty pościg. W kryjówce spało teraz pięć smoków kurierskich, jeszcze więcej w pobliżu Parlamentu; wszystkie należały do najszybszych w całej Brytanii. Nie tylko mogły prześcignąć ich w drodze do Loch Laggan, ale i do wybrzeża: każda kryjówka, każda bateria od Dover do Edynburga otrzyma rozkaz, żeby ich zatrzymać.

Temeraire już czekał. Przycupnął, starając się ukryć podniecenie, ale zdradzała je podniesiona kreza. Posadził Laurence'a na karku i szybko wzniósł się w powietrze, zostawiając za sobą Londyn, zbiorowisko lamp i latarni, gryzący dym z dziesięciu tysięcy kominów i światła statków poruszających się po Tamizie. Laurence zamknął oczy, czekając, aż przywykną do ciemności, po czym popatrzył na kompas, żeby podać Temeraire'owi kurs: czterysta mil na północ, północny zachód.

Dziwnie się czuł, siedząc znowu samotnie na grzbiecie Temeraire'a; obowiązki nieczęsto im pozwalały na loty dla przyjemności, które kiedyś tak lubili. Niemal nie zauważając nieznacznego ciężaru Laurence'a i najlżejszej z uprzęży, smok wzbił się na wysokość, na której powietrze już było wyraźnie rozrzedzone, i zerkał na płynące niżej chmury, dobrze widoczne na tle ciemnej ziemi. Jego rozpłaszczona kreza przylgnęła do karku, a grzbiet opływał mu świszczący wiatr, zimny na tej wysokości nawet w połowie sierpnia. Laurence owinął się szczelniej skórzanym płaszczem i wsunął ręce pod pachy. Temeraire leciał bardzo szybko, bijąc z całych sił skrzydłami, i Laurence miał wrażenie, że wręcz połykają przestrzeń.

Blisko świtu Laurence zobaczył na dalekim zachodzie słabą i dziwną łunę, oświetlającą krzywiznę ziemi, jakby słońce zamierzało wstać ze złej strony. Domyślił się, że to Manchester i jego manufaktury, a zatem przebyli sto sześćdziesiąt mil w mniej niż siedem godzin. Dwadzieścia, dwadzieścia pięć węzłów.

Krótko po brzasku Temeraire zanurkował bez słowa i wylądował na brzegu małego jeziora. Zaczął pić łapczywie, włożywszy częściowo głowę do wody, i widać było, jak kolejne łyki przesuwają się w dół jego gardła. Po chwili przerwał, ciężko dysząc, po czym napił się jeszcze.

– Och, nie; nie jestem zmęczony, w każdym razie nie b a r-d z o zmęczony, tylko strasznie mi się chciało pić – powiedział nieco zachrypłym głosem, odwróciwszy głowę do tyłu. Pomimo tych zapewnień cały drżał i przez chwilę sprawiał wrażenie oszołomionego. Opanował się jednak i już bardziej normalnym tonem zapytał: – Czy chcesz zejść na chwilę na ziemię?

– Nie; czuję się bardzo dobrze – odparł Laurence, który miał flaszkę z grogiem, a w kieszeni trochę sucharów. Nie chciał niczego; żołądek miał tak ściśnięty, że nie był w stanie przełknąć nawet małego kęsa jedzenia. – Bardzo szybko lecisz, mój drogi.

– Tak, wiem – powiedział zadowolony z siebie Temeraire. – Och! Taki szybki lot przy dobrej pogodzie, tylko we dwóch, jest przyjemniejszy od wszystkiego innego. Radowałbym się nim z całego serca, gdybym nie widział – dodał, rozglądając się ze smutkiem dookoła – że jesteś nieszczęśliwy, drogi Laurensie.

Laurence chciałby go zapewnić, że tak nie jest, ale nie potrafił. W nocy przelecieli nad Nottinghamshire; możliwe, że przelecieli nad jego domem, domem jego ojca. Pogłaskał smoka po pokrytej łuskami szyi i powiedział cicho:

– Lepiej ruszajmy; za dnia jesteśmy bardziej widoczni.

Temeraire spuścił głowę i nie odpowiedziawszy, wzbił się w powietrze.

Do Loch Laggan dotarli po kolejnych siedmiu godzinach, w porze obiadowej; Temeraire, bez ostrzeżenia czy choćby pozorów grzeczności, zanurkował prosto na żerowiska i nie czekając na pasterzy, wyciągnął z zagrody dwie zaskoczone krowy. Spadł na nie tak błyskawicznie, że nie zdążyły nawet zaryczeć. Wylądował z nimi na skalnym występie górującym nad dziedzińcem ćwiczebnym wepchnął je sobie kolejno do gardła, nie czekając nawet, aż skończy przełykać pierwszą, zanim zabrał się do drugiej. Kiedy skończył, odetchnął z ulgą i głośno beknął, a następnie zaczął z gracją zlizywać krew z pazurów, żeby je oczyścić. W pewnej chwili wzdrygnął się i przybrał minę winowajcy: ktoś ich obserwował.

Na skalnym występie, wygrzewając się w promieniach słońca, leżał Celeritas z na wpół przymkniętymi oczami. Wyglądał znacznie starzej niż wtedy, gdy odbywali szkolenie, na pozór tak dawno temu, choć od tego czasu upłynęły ledwie trzy lata; bladozielone smugi na jego ciele wyblakły, jak tkanina wyprana w zbyt gorącej wodzie, a złociste umaszczenie pociemniało, przybierając brązowawy odcień. Zakaszlał nieco ochryple, po czym powiedział:

– Widzę, że sporo urosłeś.

– Tak, jestem już tak długi jak Maksimus – odparł Temeraire – a w każdym razie niewiele krótszy; i jestem także Niebiańskim – dodał z dumą.

Przerwali szkolenie z uwagi na zagrożenie inwazją w roku 1804, kiedy Temeraire nie wiedział jeszcze, że jest przedstawicielem tej właśnie rasy, i nie zdawał sobie sprawy ze swojej osobliwej zdolności do wywoływania boskiego wiatru. Myślał wtedy, że jest Cesarskim, czyli smokiem także bardzo cennej rasy, ale nie tak niezmiernie rzadkiej jak Niebiańskie.

– Tak, słyszałem – powiedział Celeritas. – Dlaczego tu jesteś?

– Och – odrzekł Temeraire. – Cóż...

Laurence zsunął się z jego grzbietu i wystąpił do przodu.

– Proszę o wybaczenie; przybyliśmy tu z Londynu po trochę grzybów. Czy mogę zapytać, gdzie one są?

Zdecydowali się na taki bezwstydnie frontalny atak, jako rokujący największe szanse powodzenia; nawet jeśli Temeraire wydawał się teraz onieśmielony.

Celeritas prychnął.

– Pieszczą się z nimi jak z jajami: na dole, w łaźniach – odpowiedział. – Znajdziecie tam kapitana Wexlera; teraz on jest dowódcą fortu – dodał i popatrzył z zaciekawieniem na Temeraire'a, który zgarbił się zakłopotany.

Laurence z niechęcią myślał o zostawieniu go samego ze starym instruktorem, na którego pytania, podyktowane przyjazną ciekawością, będzie musiał odpowiadać kłamstwami, ale nie było czasu. Już wkrótce Celeritas zacznie się zastanawiać, dlaczego przylecieli bez załogi, a wtedy prawda o ich zdradzie wyjdzie szybko na jaw. Nawet najbardziej wytrawny kłamca nie mógłby jej długo ukrywać, a Temeraire po prostu nie potrafił kręcić.

Dziwnie było iść znowu tymi korytarzami, teraz tak dobrze już mu znanymi. Z jadalni, niczym szum dalekich katarakt, dobiegał wesoły gwar. Te głosy zdawały się go zapraszać, ale on czuł, że już nie należy do tej społeczności. Na korytarzach nie było żadnych służących, którzy najpewniej byli zajęci podawaniem do stołu. Zobaczył tylko jednego małego chłopca, który minął go z naręczem czystych serwetek, nie poświęciwszy mu drugiego spojrzenia.

Laurence nie poszedł do kapitana Wexlera, bo ten wobec braku rozkazów lub jakiegoś wiarygodnego wyjaśnienia mógł nabrać podejrzeń. Zamiast tego poszedł prosto do wąskich spiralnych schodów prowadzących w dół do łaźni, w jednej z przebieralni zdjął szybko płaszcz i buty i zostawił na półce razem ze swoją szablą. Ubrany w spodnie i koszulę, wziął prześcieradło kąpielowe i wszedł do wielkiej, wyłożonej płytkami sali. Było w niej tyle pary, że widział tylko niewyraźnie kilka sylwetek drzemiących ludzi, ale nie mógł rozpoznać żadnej twarzy. Szedł szybko, zdecydowanym krokiem, jak ktoś, kto ma konkretny cel. Nikt się do niego nie odezwał do chwili, gdy niemal już dotarł do drzwi po drugiej stronie. Wtedy to człowiek, który leżał przy nich z ręcznikiem na twarzy, odkrył ją i usiadł. Laurence go nie znał: starszy porucznik, być może, albo jeden z młodszych kapitanów, ze sterczącymi wąsami, z których skapywała woda.

– Mam prośbę – odezwał się.

– Tak? – odparł Laurence, sztywniejąc.

– Bądź tak dobry i z łaski swojej zamknij szybko drzwi, jeśli zamierzasz tam wejść – powiedział, po czym znowu się położył i zakrył twarz.

Laurence zrozumiał, o co tamtemu chodziło, kiedy otworzył drzwi do wielkiego pomieszczenia z płytkim basenem, które za nimi się znajdowało, i jego nozdrza zaatakował smród grzybów, wymieszany z gryzącym odorem smoczych odchodów. Zamknął szybko drzwi za sobą i zasłonił twarz ręką, starając się oddychać tylko ustami. Pomieszczenie było niemal puste; połyskujące wilgocią smocze jaja leżały w swoich niszach, oddzielone od reszty sali barierką z kutego żelaza, a pod nimi, na podłodze, stały wielkie donice z czarną żyzną ziemią, wzbogaconą czer-wonobrązowym nawozem ze smoczego łajna, z której niczym guziki wystawały małe kapelusze grzybów.

Straż trzymało dwóch młodych i najwyraźniej niezbyt do-świadczonych żołnierzy piechoty morskiej. Byli bardzo nieszczę-śliwi, a ich zaczerwienione z gorąca twarze miały niemal taką samą barwę jak kurtki ich mundurów. Popatrzyli na Laurence'a raczej z nadzieją niż niepokojem, licząc zapewne na to, że jego obecność oznacza jakąś odmianę ich losu. Skinął im głową na powitanie i powiedział:

– Przybyłem z Dover po więcej grzybów; wynieście proszę jedną z tych donic na zewnątrz.

Popatrzyli na siebie niepewnie i zawahali się; starszy w końcu odważył się powiedzieć:

– Sir, nie wolno nam, chyba że rozkaże nam to zrobić sam dowódca.

– W takim razie przepraszam; moje rozkazy o niczym takim nie mówią – odparł Laurence. – Bądź tak uprzejmy i potwierdź je u niego, z łaski swojej; ja tu poczekam – powiedział do młod-szego z żołnierzy, który nie czekał na powtórzenie polecenia i szybko ruszył do drzwi, ku ledwie skrywanej złości starszego: ale on miał klucz zwisający na łańcuszku z jego pasa, więc nie wolno mu było wychodzić.

Laurence czekał, aż metalowe drzwi znowu się zamkną; cze-kał; okręt skręcał powoli, ustawiając się burtą do nieprzyjaciela, którego rufa była w zasięgu wzroku; szczęk zatrzaskiwanych drzwi zabrzmiał zupełnie tak samo jak głos dzwonu. Kiedy rozległ się ten dźwięk, wymierzył wartownikowi, który wciąż patrzył gniewnym wzrokiem za odchodzącym kolegą, silny cios w głowę, tuż pod uchem.

Mężczyzna zatoczył się i osunął na jedno kolano. Na jego twarzy malowało się ogromne zaskoczenie, a usta otworzyły się bezwiednie; Laurence uderzył znowu, mocno. Skóra na jego kłykciach pękła, zostawiając krwawe smugi na kości policzkowej i szczęce żołnierza, który ciężko upadł na podłogę i znieruchomiał. Laurence stwierdził, że ma kłopoty z oddychaniem, i dopiero po chwili zdołał opanować drżenie dłoni.

Donice, wykonane z przepołowionych beczek, były różnej wielkości, przeważnie duże i nieporęczne. Laurence chwycił najmniejszą i zakrył ją prześcieradłem, które przyniósł, już gorącym i nasiąkniętym wilgocią. Wyszedł przed drugie drzwi i przemierzywszy szybkim krokiem resztę zbudowanych na planie okręgu łaźni, dotarł do przebieralni; wciąż nikogo tam nie było, ale o tej porze obiad dobiegał już końca i ludzie zapewne zaczynali odchodzić od stołów. W każdej chwili ktoś mógł go zatrzymać; nawet szybciej niż później, jeśli wartownik był sumienny i nie guzdrając się, poszedł prosto do dowódcy. Laurence wciągnął szybko buty, zarzucił płaszcz na mokre ubranie i położywszy donicę na ramieniu, zaczął się wspinać po schodach na górę. Przez cały czas drugą ręką trzymał się mocno poręczy, gdyż nie zamierzał ponieść porażki teraz, kiedy już posunął się tak daleko. Wypadł na korytarz i szybko ukrył się za rogiem, żeby doprowadzić swoje ubranie do porządku: miał nadzieję, że dzięki temu nie przyciągnie nadmiernej uwagi, mimo dziwnego ciężaru, który dźwigał na ramieniu. Smród nie został w pełni stłumiony przez zakrywającą donicę płótno, ale rozchodził się raczej za, a nie przed nim.

Gwar w jadalni rzeczywiście już przycichł; słyszał głosy dobiegające z korytarzy i minął paru służących obładowanych brudnymi talerzami. Spojrzawszy w głąb innego korytarza, przecinającego ten, którym szedł, zobaczył dwóch młodych skrzydłowych, biegnących od drzwi do drzwi i pokrzykujących radośnie jak rozbawieni chłopcy; chwilę później usłyszał odgłos kroków biegnących ludzi i nowe krzyki, brzmiące już jednak zupełnie inaczej.

Zrezygnował z ostrożności i zaczął biec, niezdarnie z powodu donicy, którą co chwilę musiał poprawiać na ramieniu, aż w końcu wypadł na skalny występ. Celeritas popatrzył na niego swymi zielonymi oczami, w których widać było konsternację i niepewność. Natomiast Temeraire wyrzucił z siebie pospiesznie:

– Proszę, wybacz mi, ale ich uczynek to jedno wielkie świństwo, a my zabieramy grzyby do Francji, żeby tam wszystkie smoki nie poumierały, i powiedz im, że Laurence wcale nie chciał tego zrobić, ale ja się uparłem.

Powiedział to bez żadnej przerwy na oddech lub znak przestankowy, po czym chwycił jedną łapą Laurence'a wraz z donicą i natychmiast wzbił się w powietrze.

Chwilę później na występ wbiegło pięciu ścigających ich ludzi; rozdzwoniły się dzwony alarmowe, a Temeraire posadził sobie Laurence'a na grzbiecie dopiero wtedy, gdy zapłonął ogień latarni, a z terenu zamku niczym dym zaczęły się wznosić chmary smoków.

– Jesteś bezpieczny? – krzyknął Temeraire.

– Leć, leć jak najszybciej – krzyknął w odpowiedzi Laurence, obwiązując rzemieniami uprzęży donicę i mocując ją przed sobą.

Temeraire wyprostował się i pomknął jak błyskawica; pościg był już blisko. Laurence nie znał smoków, które ich ścigały. Był wśród nich jeden patykowaty Anglewing, lecący niemal na czele, oraz kilka Winchesterów, które zaczynały się do nich zbliżać. Nie były zbyt groźne, ale mogły zakłócić lot Temeraire'a, dając tym samym innym szansę dogonienia ich.

– Laurence, muszę się wznieść wyżej; czy nie jest ci zimno? – zapytał Temeraire.

Laurence był cały przemoczony i już bardzo zziębnięty, mimo wiszącego na niebie słońca.

– Nie – odparł, owijając się szczelniej płaszczem.

Szczyty gór tonęły w kłębach chmur. Kiedy Temeraire w nie wleciał, na jego błyszczących łuskach, a także na sprzączkach oraz na naoliwionych i nawoskowanych rzemieniach uprzęży natychmiast wyrosły wielkie krople rosy. Smoki z pościgu nawoływały się przez chwilę, po czym rzuciły się za nimi w chmury. W gęstej mgle wyglądały jak niewyraźne, dalekie cienie, a ich głosy na przemian to rozbrzmiewały grzmiącym echem, to znów cichły, stłumione, w miarę jak ścigany przez ich widmowe kształty Temeraire wznosił się coraz wyżej w tej mlecznej pustce, w której nie można było wyróżnić żadnych kierunków.

Wyleciał z chmury tuż przed białą ścianą góry, jaskrawo kontrastującej z niebieskim niebem. Zbliżywszy się do niej jeszcze bardziej, ryknął ogłuszająco, zadając potężny cios pokrywającym stok zwałom śniegu i lodu. Laurence przylgnął do uprzęży, drżąc z zimna, gdy Temeraire zaczął się wznosić niemal pionowo w górę, a pościg, który właśnie wtedy wypadł z chmur, musiał gwałtownie zawrócić, uchodząc przed lawiną, która z narastającym grzmotem runęła na smoki: Winchestery, wrzeszcząc z przerażenia, rozpierzchły się na wszystkie strony niczym stado jaskółek.

– Na południe, prosto na południe – krzyknął do Temeraire'a Laurence, wskazując mu kierunek, kiedy przelecieli nad szczytem i zgubili ostatecznie swych prześladowców.

Nie znaczyło to jednak wcale, że są już bezpieczni. Laurence widział latarnie zapalające się kolejno wzdłuż linii wiodącej do wybrzeża; latarnie, które miały ostrzegać o inwazji, teraz niosły ostrzeżenie w drugą stronę. Alarm obejmie wszystkie kryjówki i chociaż nikt nie będzie dokładnie wiedział, co się stało, wszyscy będą próbowali ich zatrzymać. Nie mogli lecieć w żadnym z kierunków, który zaprowadziłby ich w pobliże którejś z kryjówek. Jedyną szansę ucieczki mieli nad słabiej strzeżonym odcinkiem wybrzeża Morza Północnego, w pobliżu Edynburga. Jednak

musieli być też na tyle blisko kontynentu, żeby móc do niego
dolecieć, a Temeraire już był zmęczony.

Wkrótce zapadnie noc; jeszcze trzy godziny i będą bezpieczni
w ciemnościach. Trzy godziny; Laurence otarł rękawem twarz
i skulił się.

Sześć godzin później wyczerpany Temeraire wylądował wreszcie na ziemi; przez ostatnią godzinę leciał coraz wolniej, a mia-
rowy łopot jego skrzydeł był coraz rzadszy, niczym tykanie nie
nakręconego zegara. W końcu Laurence rozejrzał się dookoła i nie
ujrzawszy w zasięgu wzroku ani jednego migoczącego światełka,
żadnego pasterskiego ogniska, a nawet pochodni, powiedział:

– Ląduj, mój drogi; musisz odpocząć.

Nie wiedział, czy wciąż są w Szkocji, czy może dotarli już do
Northumberland. Pewne było tylko to, że wylądowali w płytkiej
dolinie gdzieś na południe od Edynburga i Glasgow. Słyszał plusk
płynącej w pobliżu wody, ale byli zbyt zmęczeni, żeby jej szukać.
Poczuwszy nagle ogromny głód, zjadł wszystkie suchary i popił
resztką grogu, a potem przytulił się do szyi Temeraire'a, który
zasnął tak, jak padł na ziemię po wylądowaniu, nie złożywszy
nawet skrzydeł.

Laurence rozebrał się do naga i położył ubranie na boku
Temeraire'a, żeby ciepło smoczego ciała choć trochę je podsu-
szyło; a potem zawinął się w płaszcz i ułożył do snu. Z gór wiał
chłodny wiatr, przez co wciąż było mu zimno. Temeraire drgnął,
a potem z jego brzucha wydobył się niski, dudniący pomruk;
gdzieś w oddali rozległ się szelest, a potem stukot małych kopyt
jakiegoś przestraszonego zwierzęcia, ale smok się nie obudził.

Kiedy Laurence otworzył oczy, był już ranek, a Temeraire
z czerwonym od krwi pyskiem pożerał jednego jelenia, podczas
gdy drugi leżał martwy obok niego. Smok przełknął kolejną porcję posiłku i popatrzył z niepokojem na Laurence'a.

– To mięso na surowo jest też zupełnie dobre i mogę ci oderwać kawałek, chyba że wolisz użyć swojej szabli? – zaproponował.

– Nie; proszę, zjedz to wszystko. Ja nie pracowałem tak ciężko jak ty i mogę poczekać na obiad trochę dłużej – odparł Laurence.

Umył twarz w małym strumyku płynącym ledwie dziesięć kroków od miejsca, w którym padli, i zaczął wkładać ubranie. Temeraire próbował pazurami rozłożyć jego rzeczy na ogrzanej przez słońce skale. W rezultacie wprawdzie nie były już wilgotne, ale za to nieco porozdzierane. Laurence niezbyt się tym jednak przejął, zwłaszcza że pod jego długim płaszczem rozdarcia nie były widoczne.

Kiedy Temeraire skończył śniadanie, Laurence naszkicował linię brzegową Morza Północnego i kontynentu.

– Nie możemy lecieć zbyt daleko na południe od Yorku; to za duże ryzyko – powiedział. – Zaraz za górami kraj jest dość gęsto zasiedlony i nie uda nam się tam poruszać niepostrzeżenie za dnia, a nawet w nocy. Musimy dotrzeć do gór na wybrzeżu, w okolicach Scarborough, spędzić tam noc, a następnie przelecieć nad morzem do Holandii, której terytorium jest w tym rejonie raczej niezamieszkane, a więc możemy mieć nadzieję, że nikt nas nie zatrzyma. Potem ruszymy wzdłuż wybrzeża do Francji, licząc na to, że nie zestrzelą nas bez ostrzeżenia.

Kiedy w końcu znaleźli się w pobliżu Dunkierki, przywiązał swoją podartą koszulę do kija, robiąc z niej prowizoryczną białą flagę; i zaczął nią energicznie wymachiwać. Pomimo to na okrętach w porcie podniesiono gorączkowy alarm na widok nadlatującego Temeraire'e, co było dowodem, że sława, jaką zyskał, kiedy zatopił *Valérie*, rozeszła się naprawdę szeroko. Artylerzyści otworzyli nawet do niego ogień, ale ich wysiłki były bezowocne, gdyż leciał na wysokości przekraczającej zasięg dział.

Potem pojawiła się chmura francuskich smoków. Część z nich już kaszlała i żaden nie był w nastroju do rozmowy. Zbliżały się z wyraźnym zamiarem zaatakowania intruza, kiedy Temeraire ryknął im prosto w pyski, a potem głośno krzyknął:

– *Ârret! Je ne vous ai pas attaqué; il faut que vous m'écouter: nous sommes venus pour vous apporter du médicament.*

Podczas gdy pierwsza grupa francuskich smoków zastanawiała się nad jego słowami, zataczając wokół nich kręgi, z kryjówki nadleciała druga, rycząc wyzywająco. Obie się połączyły i powstał wielki zamęt, który starali się opanować kapitanowie, krzycząc do siebie przez tuby. W końcu sytuacja się nieco uspokoiła i po wymianie odpowiednich sygnałów Temeraire w eskorcie honorowej, na którą składało się po sześć czujnych smoków z każdej jego strony oraz tyle samo poprzedzających go i lecących za nim, skierował się ku ziemi. Kiedy wylądowali na szerokiej i ładnej łące, zapanowało początkowo lekkie zamieszanie. Francuskie smoki, które starały się ich otoczyć, przesuwały się to tu, to tam, zachowując odległość podyktowaną nie tyle strachem, ile ostrożnością, i pomrukiwały niespokojnie, gdy ich oficerowie zeskakiwali na ziemię.

Laurence odczepił rzemienie mocujące donicę i zaczął odpinać swoje karabińczyki: po obu stronach uprzęży Temeraire'a wdrapywali się już ludzie i zanim wstał, kilku z nich mierzyło do niego z pistoletów.

– Macie się poddać – powiedział z silnym francuskim akcentem młody porucznik.

– Już się poddaliśmy – odparł zmęczonym głosem Laurence i wyciągnął do niego ręce z drewnianą donicą; młodzieniec popatrzył na nią ze zdumieniem, a potem skrzywił się ze wstrętem, gdy poczuł smród. – One leczą kaszel – wyjaśnił Laurence – *la grippe, des dragonnes* – i wskazał na jednego z kaszlących smoków.

Porucznik wziął od niego donicę, nie kryjąc nieufności, i przekazał na dół. Laurence z zadowoleniem stwierdził, że nieśli ją może nie tak jak skarb, którym w rzeczywistości była, ale przynajmniej z pewną ostrożnością. Kiedy znikła mu z pola widzenia, przestając jednocześnie być przedmiotem jego troski, ogarnęło go ogromne znużenie. Schodząc na dół, wymacywał rzemienie uprzęży bardziej niezdarnie niż zwykle, aż w końcu się pośliznął i z wysokości ostatnich pięciu stóp spadł na ziemię.

– Laurence – krzyknął wystraszony Temeraire i pochylił się ku niemu; inny francuski oficer skoczył do przodu i chwyciwszy Laurence'a za ramię, odciągnął go na bok, a potem przyłożył mu lufę pistoletu do karku.

– Nic mi się nie stało – powiedział Laurence, z trudem tłumiąc kaszel; nie chciał wstrząsnąć pistoletem. – Nic mi się nie stało, Temeraire, nie musisz się...

Nie zdołał powiedzieć nic więcej, gdyż francuscy oficerowie otoczyli go ciasnym kręgiem i na wpół ponieśli, na wpół powlekli przez łąkę w kierunku linii czekających w napięciu smoków. Był jeńcem, a Temeraire, widząc, jak go zabierają, wydał cichy okrzyk protestu.

Rozdział 17

Laurence spędził noc w jednoosobowej, niewygodnej celi, która znajdowała się w podziemiach siedziby dowództwa kryjówki. Było w niej gorąco i wilgotno i brakowało powietrza; przez wąskie zakratowane okienko pod sufitem, które wychodziło na nagi plac apelowy, wpadał głównie kurz. Dali mu trochę rzadkiej owsianki i wody oraz trochę słomy na podłogę zamiast łóżka; żaden ze strażników nie wykazał jakże ludzkiej dbałości o własny interes, która pozwoliłaby polepszyć te warunki, chociaż w kieszeniach zostało mu jeszcze trochę pieniędzy.

Nie okradli go, ale ignorowali jego aluzje, reagując na nie chłodnymi, podejrzliwymi spojrzeniami i mrukliwymi odpowiedziami w potocznej francuszczyźnie, których jego ograniczona znajomość tego języka nie pozwoliła mu zrozumieć. Przypuszczał, że rozeszły się już między nimi wieści o naturze choroby i jej zjadliwości; i wiedział, że na ich miejscu byłby równie mało wyrozumiały. Wszyscy strażnicy byli starymi awiatorami, inwalidami z drewnianymi nogami lub bez którejś z rąk. Służba w więzieniu była dla nich synekurą, taką jak stanowisko kucharza na okręcie, chociaż żaden kucharz, którego kiedykolwiek Laurence znał, nie odmówiłby przyjęcia łapówki za talerz swojej brei, nawet gdyby oferował ją sam diabeł.

Nie czuł się tym jednak osobiście dotknięty; w jego sercu nie było już na to miejsca. Zaprzestał tylko tych prób, owinął się płaszczem i rzucił na siano. Spał długo i bez snów, aż obudził go szczęk miski, w której strażnicy przynieśli mu poranną owsiankę. Popatrzył na podłogę, na którą z okienka padał prostokąt światła podzielony równo przez cienie krat, i zamknął znowu oczy, nie zawracając sobie głowy wstawaniem i jedzeniem.

W południe obudziło go gwałtowne szarpanie, po czym został zaprowadzony do innego pomieszczenia, w którym wokół długiego stołu siedziało kilku starszych oficerów o ponurych twarzach. Zaczęli go dość szorstko przesłuchiwać, wypytując o grzyby, chorobę i powód, dla którego dostarczył im lekarstwo, jeśli to rzeczywiście było lekarstwo. Musiał wielokrotnie powtarzać to samo, starając się mówić szybciej w swej łamanej francuszczyźnie, a kiedy się mylił, wykorzystywali jego błędy, żeby zarzucić mu kłamstwo.

Wprawdzie padłszy ofiarą tak nikczemnego podstępu, mieli pewne prawo podejrzewać, że przybył do nich nie po to, by zapobiec jego skutkom, lecz w zupełnie innym, najpewniej równie niegodziwym celu, niemniej jednak z trudem to wytrzymywał; a kiedy zaczęli go indagować o pozycje okrętów na kanale i liczbę smoków w kryjówce w Dover, w pierwszym odruchu niemal im odpowiedział, głównie z powodu zmęczenia i zwyczaju odpowiadania na pytania, ale w porę ugryzł się w język.

– Wie pan, że możemy pana powiesić jako szpiega – powiedział chłodnym tonem jeden z oficerów, kiedy Laurence kategorycznie oświadczył, że nie będzie mówił na ten temat. – Przybył pan tu bez bandery, bez munduru...

– Jeśli macie zastrzeżenia, bo z mojej koszuli zrobiłem białą flagę, to przynajmniej moglibyście być tak uprzejmi i dać mi inną – odparł Laurence, zastanawiając się w przypływie czarnego humoru, czy następnie nie postraszą go chłostą. – Co do reszty, wolę raczej zawisnąć jako brytyjski szpieg niż zostać francuskim.

Kiedy go odprowadzili do celi, zjadł machinalnie zimną owsiankę, która czekała od rana, po czym wyjrzał przez okno i stwierdził, że niczego tam nie widać. Nie bał się, był tylko bardzo zmęczony.

Przesłuchania ciągnęły się przez tydzień, ale towarzysząca im początkowo atmosfera podejrzliwości, stopniowo, w miarę postępów prób, jakie przeprowadzili z jednym z grzybów, ustępowała, przechodząc w rodzaj ostrożnej, zabarwionej jeszcze nieufnością wdzięczności. Nawet wtedy, gdy przekonali się, że lekarstwo jest naprawdę skuteczne, oficerowie nie wiedzieli, co sądzić o czynie Laurence'a. Wciąż zadawali mu najróżniejsze pytania, a kiedy powtarzał, że przybył tylko po to, żeby dać im lekarstwo i ocalić życie smokom, mówili:

– Tak, ale d l a c z e g o?

Ponieważ nie mógł udzielić im lepszej odpowiedzi, uznali jego postępowanie za przykład donkiszoterii, z czym trudno mu było polemizować, a jego dozorcy złagodnieli do tego stopnia, że pozwalali mu kupować chleb, a od czasu do czasu potrawkę z kurczaka. Pod koniec tygodnia założyli mu kajdany na nogi i wyprowadzili na zewnątrz, żeby mógł zobaczyć Temeraire'a, który zupełnie dobrze urządził się we francuskiej kryjówce. Traktowano go z szacunkiem i oddano pod straż tylko jednego nieszczęśliwego i niewiele od niego mniejszego Petit Chevaliera, któremu nieustannie ciekło z nosa. Grzybów z jednej małej donicy nie mogło oczywiście wystarczyć dla wszystkich zarażonych smoków i chociaż najwyraźniej przekazano je już najlepszym hodowcom pieczarek w Bretanii, było oczywiste, że dopiero za kilka miesięcy lekarstwa będzie tyle, że starczy go dla wszystkich ofiar choroby. Wprawdzie mogła się ona już rozszerzyć także na inne kraje, ale Laurence miał nadzieję, że Anglia i Francja przekażą lekarstwo swoim sojusznikom, co ostatecznie doprowadzi do zaniku epidemii.

– Czuję się bardzo dobrze – powiedział Temeraire. – Smakuje mi ich wołowina i są tak uprzejmi, że ją dla mnie gotują, wiesz? Przynajmniej t u t e j s z e smoki są skłonne spróbować gotowanego jedzenia, a Validius – skinął głową w stronę Petit Chevaliera, który kichnął na potwierdzenie – wpadł na pomysł, żeby udusili nam mięso z winem. Nigdy nie rozumiałem, co w nim jest takiego dobrego, że je ciągle pijesz, ale teraz już wiem. Ma bardzo przyjemny smak.

Laurence zaczął się zastanawiać, ile butelek poświęcono na zaspokojenie głodu dwóch bardzo dużych smoków. Może nie było to wino z najlepszego rocznika, pomyślał, mając jednocześnie nadzieję, że nie przyszło im jeszcze do głów, by zacząć pić trunki nierozcieńczone w procesie gotowania.

– Cieszę się, że jest ci tu dobrze – odparł i ani słowem nie poskarżył się na warunki, w jakich sam był przetrzymywany.

– Tak, i – dodał Temeraire tonem, w którym wyraźnie pobrzmiewało samozadowolenie – chcieli, żebym im dał pięć jaj, wszystkie z wielkimi smoczycami, z których jedna zionie ogniem, ale powiedziałem im, że nie mogę – zakończył tęsknie – ponieważ oczywiście nauczyliby jaja francuskiego i doprowadzili do tego, że moje dzieci atakowałyby moich przyjaciół w Anglii; byli zaskoczeni, że nie jest mi to obojętne.

Przypomniało to Laurence'owi jego przesłuchania: najgorsze w nich było to, że Francuzi, osądzając go po czynach, uznali początkowo, że mają do czynienia ze zwykłym sprzedawczykiem, i byli bardzo zdziwieni, kiedy okazało się, że nie chce być zdrajcą. Cieszyło go, że Temeraire jest zadowolony, ale wrócił do swojej celi przygnębiony, świadomy, że smok będzie we Francji tak samo szczęśliwy jak w Anglii, a może nawet szczęśliwszy.

– Będę wdzięczny za koszulę i spodnie – powiedział Laurence – jeśli moja sakiewka to wytrzyma; nie chcę niczego więcej.

– Nalegam, żeby pozwolił mi pan załatwić dla siebie ubranie – odparł De Guignes – i natychmiast umieścimy pana w lepszej kwaterze; jestem zawstydzony – dodał, rzucając ponad ramieniem chłodne spojrzenie podsłuchującym ich rozmowę dozorcom, którzy zaraz odsunęli się od drzwi – że spotkało pana takie poniżenie, monsieur.

Laurence pochylił głowę.

– Jest pan bardzo uprzejmy; nie mam żadnych powodów do skarg na to, jak mnie traktowano, i zdaję sobie sprawę z zaszczytu, jaki mi pan uczynił, przebywając tak długą drogę, żeby mnie zobaczyć – odpowiedział spokojnie.

Ostatnio spotkali się w zupełnie innych okolicznościach: na uczcie w Chinach, gdzie De Guignes był posłem Napoleona, a Laurence wchodził w skład poselstwa od króla Anglii. Chociaż De Guignes był ich politycznym wrogiem, nie można go było nie polubić; a Laurence, nawet o tym nie wiedząc, już zaskarbił sobie jego sympatię dzięki temu, że jakiś czas przedtem dołożył sporo starań, by zachować przy życiu jego bratanka, który dostał się do niewoli po nieudanej próbie abordażu; tak że ich spotkanie, przynajmniej jeśli chodzi o sprawy osobiste, przebiegło w przyjaznej atmosferze.

Jednak to, że teraz przyjechał aż z Paryża, świadczyło o szczególnej życzliwości. Laurence wiedział, że jest więźniem niezbyt ważnym, jeśli pominąć to, że był gwarantem poprawnego zachowania się Temeraire'a, a De Guignes musiał być ogromnie zajęty. Chociaż jego poselstwu nie udało się osiągnąć pierwotnego celu, on sam odniósł spektakularny sukces: zdołał przeciągnąć Lien na stronę Napoleona i sprowadzić ją do Francji. Przeniesiono go za to, przypomniał sobie Laurence, na jakieś wyższe stanowisko w służbie dyplomatycznej; słyszał coś o tym, ale bardziej zainteresowało go nazwisko niż nowa ranga dawnego ambasadora. W każdym razie jego wygląd, piękne pierścienie na palcach i elegancja jedwabno-półciennego ubioru, świadczył o powodzeniu i wysokiej pozycji społecznej.

– To naprawdę mała rekompensata za to, co pan wycierpiał – powiedział De Guignes – i przybyłem tu nie tylko w swoim imieniu. Przynoszę panu gwarancję Jego Cesarskiej Mości, że już wkrótce Francja okaże panu wdzięczność, na którą tak bardzo pan zasłużył.

Laurence nic nie odpowiedział; wolałby zostać w swojej celi, głodzony, rozebrany do naga i zakuty w łańcuchy, niż otrzymać nagrodę za swoje czyny. Ale obawa o los Temeraire'a zamknęła mu usta: we Francji była co najmniej jedna istota, która nie tylko nie czuła żadnej wdzięczności, ale miała wszelkie powody, żeby życzyć im jak najgorzej: Lien, która, jeśli wierzyć pogłoskom, cieszyła się zaufaniem Napoleona i chętnie widziałaby, jak Temeraire cierpi najgorsze męki. Dlatego Laurence nie mógł zlekceważyć tych publicznych deklaracji o cesarskiej wdzięczności, które do pewnego stopnia zapewniały im ochronę przed nienawiścią białej smoczycy.

Miały one także bardziej bezpośredni skutek: krótko po wyjściu De Guignesa z celi Laurence'a przeniesiono do ładnej izby na górze, umeblowanej dość skromnie, ale z myślą o wygodzie, i z pięknym widokiem z okna na port, w którym roiło się od statków. Rano przyniesiono mu koszulę z bardzo cienkiego płótna i wełniane, zdobione jedwabnymi nićmi spodnie oraz czyste pończochy i bieliznę. Po południu pojawił się wspaniały płaszcz, który miał zastąpić jego własny, brudny i bardzo już zniszczony: był z czarnej skóry, z połami sięgającymi poniżej cholew jego butów, i guzikami z tak czystego złota, że już nie były zupełnie okrągłe.

Temeraire'owi bardzo spodobał się rezultat, kiedy rano znowu się zobaczyli przed podróżą do Paryża; i jeśli pominąć jego skłonność do narzekania, że Laurence nie może jej odbyć na n i m, był zupełnie zadowolony ze zmiany miejsca ich pobytu. Łypał tylko srogo na małą i wyraźnie truchlejącą na jego widok smoczycę rasy Poux-de-Ciel, która miała służyć jako środek transportu, jakby ją podejrzewał, że planuje porwać Laurence'a w jakimś nikczemnym celu. Taki środek ostrożności byłby jednak ze strony Francuzów mądrym posunięciem nawet wtedy, gdyby Laurence dał im słowo honoru, że nie uciekną, gdyż bez niego Temeraire narzuciłby takie tempo, iż ich eskorta na pewno by nie nadążyła. Zresztą i tak zostawiał ich w tyle, z wyjątkiem chwil, kiedy wracał i podlatywał do Poux-de-Ciel, żeby wymienić jakieś uwagi z Laurence'em oraz popędzić pozostałe smoki; u większości z nich występowały już pierwsze objawy choroby i dlatego były dość wyczerpane, gdy ukazała im się Sekwana.

Laurence nie był w Paryżu od pierwszego roku nowego stulecia, a zarazem ostatniego, w którym panował pokój, i nigdy przedtem nie widział go z wysokości lotu smoka; ale nawet mimo tak małej znajomości tego miasta nie mógł nie zauważyć przeobrażeń, jakim uległo, zwłaszcza że zmian dokonywano na tak ogromną skalę. Przez samo serce francuskiej stolicy wiodła teraz szeroka aleja, wciąż jeszcze w połowie niewybrukowana, przecinając wszystkie średniowieczne uliczki. Ciągnąc się od Tuileries w stronę Bastylii, była przedłużeniem Pól Elizejskich, które jednak w porównaniu z nią wyglądały jak miła wiejska dróżka. Nowa aleja była tylko o połowę węższa od ogromnego placu w Pekinie przed Zakazanym Miastem i znacznie od niego dłuższa, a zlatujące się zewsząd smoki składały na niej wielkie sterty kamieni brukowych.

Na Placu Gwiazdy wznoszono łuk tryumfalny monumentalnych rozmiarów, który wciąż w połowie był jeszcze drewnianą atrapą, a wzdłuż Sekwany powstawały nowe nabrzeża. W innych miejscach widać było głębokie wykopy, w których budowano nowe kanały ściekowe z łączonej zaprawą murarską kostki brukowej. Na obrzeżach miasta, za niedawno wzniesionym murem, stał szereg ogromnych rzeźni, a na znajdującym się obok nich wielkim placu piekło się na kilka krów; siedzący tam smok jadł właśnie jedną z nich, ogryzając ją na rożnie jak kolbę kukurydzy.

Ogrody Tuileries, poszerzone o niemal jedną czwartą mili w kierunku przeciwnym do Sekwany, wchłonęły w swe granice plac Vendôme. W ich prawym rogu, jeśli spojrzeć w kierunku pałacu, budowano na brzegu rzeki wielki pawilon z kamienia i marmuru: gmach w stylu rzymskim, ale w innej skali. Obok, na trawiastym dziedzińcu, który już ukończono, drzemała w cieniu Lien, łatwa do odróżnienia pośród innych smoków, które poukładały się wokół niej w odległości podyktowanej szacunkiem.

Wylądowali w tych ogrodach, ale nie tam, gdzie spała Lien, lecz na innym placu przed pałacem, gdzie na ich cześć pospiesznie wzniesiono prowizoryczny pawilon z drewna i płótna żaglowego. Laurence zdążył się tylko upewnić, że Temeraire dobrze się w nim czuje, a już De Guignes ujął go za ramię i z uśmiechem zaprosił do pałacu; choć się uśmiechał, trzymał go mocno, a strażnicy bardziej ścisnęli swoje karabiny: wciąż był zarazem gościem honorowym i więźniem.

Apartamenty, do których go wprowadzili, były godne księcia; mógłby z zawiązanymi oczami chodzić przez pięć minut po każdej z komnat i ani razu nie trafić na ścianę. Przyzwyczajony do ciasnych pomieszczeń Laurence stwierdził, że ich wielkość go irytuje: nocnik był daleko od toalety, łóżko zbyt miękkie i niepotrzebnie wyposażone w zasłony, które w tak gorące noce mogły tylko utrudnić sen. Kiedy stał sam pod wysokim, ozdobionym malowidłami sufitem, czuł się jak aktor grający w kiepskiej sztuce, obrzucany drwiącymi spojrzeniami widzów.

Nie wiedząc, co z sobą zrobić, usiadł przy stojącym w rogu biurku i uniósł pulpit: w środku było dużo papieru, dobre pióra, i atrament, świeży, jak się upewnił po otwarciu kałamarza. Po chwili powoli go zakręcił. Powinien napisać sześć listów, ale wiedział, że nigdy tego nie zrobi.

Na zewnątrz zapadał zmrok; ze swego okna widział pawilon na brzegu rzeki, oświetlony wieloma kolorowymi latarniami. Robotnicy już poszli; Lien leżała teraz na szczycie schodów ze skrzydłami złożonymi na grzbiecie i patrzyła na światła odbite w wodzie. W pewnej chwili odwróciła głowę i Laurence zobaczył mężczyznę, który szedł do niej szeroką alejką. Kiedy dotarł do pawilonu, wspiął się po schodach na górę; światła latarni lśniły czerwienią na mundurach żołnierzy jego gwardii, których zostawił na dole.

De Guignes przyszedł następnego ranka po śniadaniu, znowu pełen życzliwości, i zaprowadził go do Temeraire'a; straż, która im towarzyszyła, była tym razem raczej symboliczna. Temeraire już nie spał i, sądząc po tym, jak nerwowo wywijał ogonem, był bardzo wzburzony.

– Przysłała mi zaproszenie – powiedział żałosnym tonem, gdy tylko Laurence usiadł. – Nie wiem, co ona przez to rozumie; nie pójdę do niej. Wcale nie chcę z nią rozmawiać.

Zaproszenie było pięknie wykaligrafowanym chińskimi znakami zwojem, przewiązanym ozdobną kitą z czerwonych i złotych nici; Lien napisała w nim tylko, że ma zaszczyt zaprosić Lung Tien Xianga do Pawilonu Siedmiu Filarów na herbatę i odpoczynek w porze największego upału.

– Nic w tym zaproszeniu nie świadczy o nieszczerości; może to ma być jakiś gest pojednawczy z jej strony – powiedział Laurence, choć nie bardzo w to wierzył.

– Nie, na pewno nie – odparł ponuro Temeraire. – Jestem

przekonany, że jeśli tam pójdę, herbata będzie bardzo niedo-
bra, w każdym razie m o j a herbata, i będę musiał ją wypić
albo wyjść na niekulturalnego prostaka; albo ona powie coś, co
nie wyda mi się obraźliwe, dopóki nie pójdę i ponownie tego nie
przemyślę; albo będzie próbowała cię zamordować, kiedy mnie
przy tobie nie będzie: nie wolno ci nigdzie chodzić bez straży,
a jeśli ktoś będzie cię chciał zamordować, musisz mnie bardzo
głośno wołać – dodał. – Jestem pewny, że mógłbym zwalić ścianę
tego pałacu, gdybym musiał szybko do ciebie dotrzeć.

Jego ostatnie słowa sprawiły, że twarz De Guignesa zesztyw-
niała w osobliwym wyrazie; Francuz nie mógł się powstrzymać,
żeby nie zerknąć na solidną, kamienną ścianę Tuileries, górującą
nad pawilonem.

– Z głębi serca zapewniam – odezwał się, odzyskawszy pew-
ność siebie – że nikt nie jest bardziej świadomy szlachetności
waszego czynu; madame Lien jako jedna z pierwszych otrzymała
lekarstwo, które nam dostarczyliście...

– Och – mruknął z niezadowoleniem Temeraire.

– ...i jak cały nasz naród, wita was z otwartymi rękami – dokończył mężnie De Guignes.

– Bzdury – powiedział Temeraire. – Ani trochę w to nie wie-
rzę; a poza tym i tak jej nie lubię, nawet jeśli ona jest szczera,
może więc sobie zatrzymać to swoje zaproszenie i herbatę; i swój
pawilon też – dodał, machnąwszy zazdrośnie ogonem.

De Guignes kaszlnął dyskretnie i nie próbował go dalej przekonywać; zamiast tego powiedział:

– Przekażę w takim razie twoje przeprosiny; tak czy owak
możecie być bardzo zajęci przygotowaniami, jako że jutro rano
Jego Cesarska Mość chce was poznać i przekazać wam podziękowania narodu. Pragnie, byście wiedzieli, że bardzo żałuje, że
to spotkanie odbędzie się w warunkach podyktowanych przez
reguły wojny; i że ze swojej strony wita was jak braci, a nie

jeńców – dodał, rzucając im spojrzenie zarazem taktowne i wymowne. Była w nim delikatna sugestia, że wcale nie muszą być jeńcami, jeśli tylko zechcą.

W jego słowach, wypowiedzianych poważnym tonem, pobrzmiewało wyrachowanie, które, żeby oddać sprawiedliwość jego delikatności, skrył pod lekko obojętną miną; tak że zaakceptowanie propozycji wymagało jedynie skinienia głową. Laurence zamiast tego spojrzał w bok, żeby ukryć niesmak, jaki to w nim wzbudziło; ale Temeraire odpowiedział:

– Jeśli on nie chce, żebyśmy byli jeńcami, to jako cesarz może nas przecież wypuścić. Nie będziemy walczyć przeciwko naszym przyjaciołom w Anglii, jeśli o to wam chodzi.

De Guignes uśmiechnął się, niczym nie zdradzając, czy poczuł się urażony czy też nie.

– Jego Cesarska Mość nigdy nie zachęcałby was do popełnienia jakiegokolwiek haniebnego czynu.

Piękna opinia, tyle że w tej sprawie Laurence był skłonny obdarzyć Bonapartego mniej więcej takim samym zaufaniem jak lordów z Admiralicji, a nawet mniejszym. De Guignes wstał z wdziękiem i dodał:

– Mam nadzieję, że mi teraz wybaczycie, ale muszę się zająć innymi obowiązkami; sierżant Lasalle i jego ludzie odprowadzą pana do pańskiej kwatery na obiad, kapitanie, kiedy już skończycie waszą rozmowę.

Po czym zostawił ich samych, żeby mogli zastanowić się nad jego mglistymi sugestiami.

Przez chwilę się nie odzywali; Temeraire kreślił coś w zadumie pazurem na ziemi.

– Przypuszczam, że nie możemy tu zostać – mruknął w końcu, nieco zawstydzony – nawet jeśli nie będziemy walczyć, co? Myślałem, że moglibyśmy wrócić do Chin, ale wtedy zostawilibyśmy wszystko w Europie tak jak jest. Jestem pewny, że mogę cię ochronić przed Lien, i być może mógłbym pomóc w budowie tej drogi; albo mógłbym pisać książki. Podoba mi się tutaj – dodał. – Można spacerować, tutaj w ogrodach lub na drodze, i spotykać ludzi.

Laurence popatrzył na dłonie, ale nie znalazł w nich odpowiedzi. Nie chciał martwić Temeraire'a ani przysparzać mu zgryzot, ale znał swój los od chwili, gdy obaj zdecydowali się na to ryzykowne przedsięwzięcie. Milczał jeszcze przez chwilę, po czym w końcu powiedział spokojnym głosem:

– Mój drogi, mam nadzieję, że tu zostaniesz i będziesz robił to, co zechcesz; albo że Bonaparte pozwoli ci wrócić do Chin, jeśli tego zapragniesz. Ale ja muszę wrócić do Anglii.

Temeraire zawahał się, po czym odparł:

– Ale oni cię powieszą...

– Tak – potwierdził Laurence.

– Ja nie pozwolę, nigdy im na to nie pozwolę – rzucił Temeraire. – Laurence...

– Dopuściłem się zdrady – podjął Laurence. – Nie dodam teraz tchórzostwa do tej zbrodni ani nie pozwolę, żebyś mnie osłaniał przed konsekwencjami moich czynów. – Odwrócił wzrok; Temeraire milczał i cały drżał; ciężko mu było na niego patrzeć. – Nie żałuję tego, co zrobiliśmy – powiedział po chwili spokojnym głosem. – Nie podjąłbym się tego, gdybym nie był gotów za to umrzeć; ale nie zamierzam żyć jako zdrajca.

Temeraire wzdrygnął się i przykucnął, skierowawszy niewidzące spojrzenie gdzieś przed siebie. Przez jakiś czas trwał tak w całkowitym bezruchu.

– A jeśli tu zostaniemy – odezwał się w końcu – oni powiedzą, że zrobiliśmy to we własnym interesie... że przywieźliśmy lekarstwo dla nagrody, żeby móc potem pędzić przyjemne życie tutaj lub w Chinach; albo że byliśmy tchórzami i myśleliśmy, że Napoleon wygra wojnę, a sami nie chcieliśmy walczyć. Nigdy nie przyznają, że to o n i zawinili; a my poświęciliśmy nasze szczęście, by naprawić to, co w ogóle nie powinno się zdarzyć.

Laurence nie uzasadnił tak swojej instynktownej decyzji; nie potrzebował, by wiedzieć, co musi zrobić. W gruncie rzeczy było mu obojętne, co ludzie będą myśleć o jego czynie.

– Wiem, co będą o tym myśleć – powiedział – i nie sądzę, żeby cokolwiek mogło zmienić te opinie; gdyby to miało dla nas jakieś znaczenie, nie powinniśmy w ogóle tu przybywać. Nie wracam po to, żeby zrobić polityczny gest, ale dlatego, że tak musi być; jeśli po dokonaniu takiego czynu można myśleć o zachowaniu choć odrobiny honoru.

– Cóż, nie dałbym za honor nawet guzika – odparł Temeraire – ale zależy mi na życiu naszych przyjaciół i na tym, żeby ci lordowie zaczęli się wstydzić tego, co zrobili; co zapewne nigdy nie nastąpi, ale może zawstydzą się inni, jeśli nie dostarczy się im tak wygodnego pretekstu do zapomnienia o całej sprawie. – Pochylił głowę. – Dobrze; powiemy mu, że się nie zgadzamy, a jeśli nas nie uwolni, możemy uciec i wrócić, bez niczyjej pomocy.

– Nie – krzyknął Laurence, cofając się gwałtownie. – Mój drogi, nie ma w tym żadnego sensu; lepiej wróć do Chin. Oni cię po prostu uwiężą na terenach rozpłodowych i nigdy już nie będziesz wolny.

– Aha! Jasne! Ja mam uciekać, ale ty nie, chociaż zrobiłeś to dla mnie, chociaż gdybym nie ja, nawet byś o tym nie pomyślał? – odparł podniesionym głosem Temeraire. – Nie; jeśli oni chcą zabić ciebie, będą też musieli zabić m n i e; jestem tak samo winny, jeśli nie bardziej, i na pewno nie pozwolę ci umrzeć, dopóki sam żyję. A jeśli oni nie zechcą wykonać egzekucji na mnie, będę leżał przed parlamentem, dopóki nie zmienią zdania.

W eskorcie żołnierzy Gwardii Cesarskiej, wspaniałych i spoconych w wysokich, czarnych bermycach i niebiesko-białych mundurach, poszli razem przez ogrody do wielkiego pawilonu. Lien leżała na brzegu rzeki, obserwując ruch na Sekwanie, a kiedy się zbliżyli, odwróciła głowę i skłoniła ją uprzejmie na powitanie; Temeraire zesztywniał, a z głębi jego gardła wydobył się niski pomruk.

Pokręciła głową z dezaprobatą na ten przejaw złych manier.

– Nie kręć na mnie głową – zariposował Temeraire – ponieważ nie zamierzam udawać, że jesteśmy przyjaciółmi. Zachowuję się tak, bo nikogo nie chcę oszukiwać.

– Co to za oszustwo, kiedy ty wiesz, że nie jesteśmy przyjaciółmi, wiem to ja – wytknęła mu Lien – i wszyscy, którym ufamy? Nie oszukałbyś nikogo z tych, którzy o tym wiedzą, chyba że woleliby tego nie dostrzegać; ale przez twoje prostackie zachowanie dowiadują się o tym także inni i wprawia ich to w zakłopotanie.

Temeraire usiadł, mrucząc coś pod nosem, i przysunął się tak blisko, jak tylko mógł, do podenerwowanych gwardzistów, starając się osłaniać Laurence'a. Po chwili przyniesiono misę z herbatą, którą powąchał podejrzliwie, po czym nią wzgardził, oraz szklankę zimnego napoju z owoców, którą Laurence chętnie przyjął. Od rzeki wiał wietrzyk, który miło chłodził skórę, ale dzień był wciąż gorący.

W pewnej chwili żołnierze stanęli na baczność, a potem na ścieżce ukazał się Bonaparte w towarzystwie swojej straży osobistej i gromady sekretarzy, z których jeden nawet podczas marszu zapisywał desperacko list dyktowany mu przez cesarza. Ostatnie słowa zostały dodane, gdy dotarli do schodów, po czym Napoleon odwrócił się, przeszedł przez dwie grupy gwardzistów, którzy pospiesznie usuwali mu się z drogi, i chwyciwszy Laurence'a za ramiona, pocałował go w oba policzki.

– Wasza Cesarska Mość – wykrztusił Laurence, dość słabym głosem.

Widział już raz cesarza, krótko i z ukrycia, kiedy Bonaparte oglądał pole bitwy pod Jeną, i był wtedy pod wrażeniem intensywności jego spojrzenia i graniczącego z okrucieństwem wyrazu niecierpliwego wyczekiwania na twarzy, który przywodził na myśl jastrzębia szykującego się do ataku. Teraz Napoleon wpatrywał się w niego nie mniej intensywnie, ale w jego oczach było też coś innego, łagodniejszego. Cesarz nabrał także trochę ciała, a jego twarz była nieco bardziej zaokrąglona niż wtedy, na tamtym wzgórzu.

– Przejdźmy się – powiedział Bonaparte i pociągnął go za rękę w stronę wody, gdzie ich spacer w zasadzie się skończył, gdyż Laurence musiał tylko stać i słuchać cesarza, który chodził przed nim tam i z powrotem, gestykulując energicznie. – Co sądzisz o tym, co zrobiłem z Paryżem? – zapytał, wyciągając rękę w kierunku widocznej z dala chmury smoków pracujących przy budowie nowej drogi. – Tylko niewielu ludzi miało okazję widzieć moje projekty tak jak ty, z powietrza.

– Niezwykłe dzieło, Wasza Cesarska Mość – odparł szczerze Laurence, żałując, że nie może powiedzieć nic innego, gdyż to, co zobaczył, rzeczywiście mu się spodobało. Takie roboty, pomyślał z przygnębieniem, można było zrealizować tylko w państwie rządzonym przez tyrana, a poza tym tak jak wszystkie dzieła Napoleona charakteryzował je ogromny rozmach oraz swobodne, twórcze podejście do tradycji. – Całkowicie zmieni charakter miasta.

Bonaparte skinął głową, zadowolony z tej uwagi, po czym powiedział:

– Miasto będzie jednak tylko lustrem odbijającym zmiany w charakterze n a r o d o w y m, do których zamierzam doprowadzić. Nie pozwolę na to, żeby ludzie nadal bali się smoków. Przekonam wszystkich, że jeśli ich lęk wynika z tchórzostwa, jest haniebny, a jeśli jego źródłem są przesądy, jest odrażający. To tylko przyzwyczajenie, które nie wynika z żadnych racjonalnych względów i które można oraz należy przełamać. Dlaczego Pekin miałby być lepszy od Paryża? Zbuduję najpiękniejsze miasto na świecie, zarówno dla ludzi, jak i smoków.

– To bardzo szlachetny cel – powiedział cichym głosem Laurence.

– Ale ty się z nim nie zgadzasz – rzucił Bonaparte; Laurence drgnął, zaskoczony tym nagłym atakiem. – Ty nie zostaniesz tutaj i nie zobaczysz, jak tego dokonam, chociaż masz dowody perfidii rządu oligarchów, chociaż wiesz, że nie ma takiej niegodziwości, do której oni by się nie posunęli; zresztą nie może być inaczej – dodał cesarz, bardziej w formie oświadczenia niż próby przekonywania – kiedy pieniądze stają się główną siłą napędową państwa: gdzieś w tle powinna być jakaś siła moralna, jakieś dążenie do doskonałości, a nie tylko do bogactwa oraz bezpieczeństwa.

Laurence nie miał zbyt wielkiego mniemania o dążeniach Bonapartego, jego nienasyconym pragnieniu sławy oraz władzy, które zdobywał kosztem życia tak wielu ludzi i wolności całych narodów, ale nie próbował się spierać. Zresztą trudno byłoby mu przedstawić jakikolwiek argument, gdyż nie widział sposobu przerwania monologu, który Bonaparte kontynuował z wyraźną przyjemnością i swadą. Przechodził swobodnie z tematu na temat, mówiąc o filozofii i ekonomii, o głupocie urzędników, a także o różnicach, które opisał szczegółowo, szermując zupełnie niezrozumiałymi dla Laurence'a argumentami filozoficznymi, między despotyzmem Burbonów a swoim cesarstwem: o n i byli tyranami, pasożytami utrzymującymi się u władzy dzięki zabobonom i wyłącznie dla własnej przyjemności; o n był obrońcą Republiki i sługą narodu.

Laurence wytrzymał to wszystko, niczym mała skała zalewana wodą podczas powodzi, a kiedy wicher ucichł, powiedział:

– Wasza Cesarska Mość, jestem żołnierzem, a nie mężem stanu; i wiem tylko, że kocham mój kraj. Przybyłem tu, ponieważ był to mój obowiązek jako chrześcijanina i człowieka; teraz mam obowiązek wrócić.

Bonaparte przyjrzał mu się, marszcząc czoło z niezadowoleniem. Było to groźne spojrzenie tyrana, które jednak szybko złagodniało, kiedy zbliżył się do Laurence'a i chwycił go za ramię.

– Źle rozumiesz swój obowiązek – powiedział, starając się, żeby zabrzmiało to przekonująco. – Stracisz życie. W porządku, powiesz zapewne, ale tu nie chodzi tylko o ciebie. Masz młodego smoka, który jest ci całkowicie oddany i darzy cię bezgranicznym zaufaniem. Czego to człowiek nie może dokonać, kiedy ma takiego przyjaciela, takiego doradcę, wolnego od wszelkiej zawiści i zupełnie nie dbającego o własne interesy? To on uczynił ciebie tym, kim teraz jesteś. Pomyśl, gdzie byś teraz był, gdyby nie to zrządzenie losu, dzięki któremu zdobyłeś jego serce?

Na morzu, zapewne, lub w domu, pomyślał Laurence: być może w małej posiadłości w Anglii, z żoną i dzieckiem; Edith Woolvey, z domu Galman, urodziła pierwsze przed czterema miesiącami. Awansując co jakiś czas, przesuwałby się w górę listy stopni oficerskich, a teraz pełniłby zapewne służbę na którymś z okrętów blokady, pływając tam i z powrotem między Brestem a Calais. Byłoby to dobre, uczciwe życie, tak dalekie od zdrady, jak Ziemia od Księżyca. Nigdy nie prosił o nic innego ani niczego innego nie oczekiwał.

Ta wizja była piękna w swej niewinności i pewnie by żałował wyboru, którego dokonał, gdyby nie to, że w ogrodach tego domu nie było miejsca dla śpiącego na słońcu smoka.

– Nie jesteś chorobliwie ambitny – podjął Bonaparte – i tym lepiej. Pozwól, że zaproponuję ci przejście w stan spoczynku. Nie chcę cię obrazić, oferując ci fortunę. To będzie tylko tyle, żeby starczyło na twoje i jego utrzymanie. Dom na wsi, stado bydła. Nie poprosimy cię nigdy o nic, czego sam nie chciałbyś dać. – Jego dłoń zacisnęła się mocniej, kiedy Laurence chciał się odsunąć. – Czy twoje sumienie będzie bardziej czyste, kiedy skażesz go na niewolę? Bardzo długą niewolę – dodał ostrym tonem. – Oni mu nie powiedzą, kiedy cię zgładzą.

Laurence wzdrygnął się, a trzymający go za ramię Bonaparte to poczuł i poszedł za ciosem.

– Czy myślisz, że oni będą mieli jakieś opory przed podrobieniem twojego podpisu na listach? Wiesz, że nie będą, a zresztą te listy będą mu odczytywane na głos. Tylko kilka słów... że czujesz się dobrze, że o nim myślisz i masz nadzieję, że jest posłuszny; będą go więzić skuteczniej niż żelazne sztaby. Będzie czekał i trwał w nadziei przez wiele lat, zaniedbany, często głodny i zmarznięty, nie wiedząc o tym, że ciebie już dawno powiesili. Czy naprawdę chcesz go skazać na taki los?

Laurence wiedział, że cesarz mówił to, kierując się wyłącznie własnym interesem: jeśli nie mógł przekonać Temeraire'a do współdziałania, nawet w kwestii rozpłodu, byłby zadowolony, gdyby odebrał go przynajmniej Brytyjczykom; i prawdopodobnie liczył na to, że z czasem uda mu się go namówić do czegoś więcej. Świadomość tego nie przyniosła jednak Laurence'owi żadnej pociechy; nie miało dla niego znaczenia, że Bonaparte nie był bezinteresowny, kiedy najprawdopodobniej miał także rację.

– Sir – zaczął niepewnie – chciałbym, żeby udało ci się go przekonać do pozostania... ale ja muszę wrócić.

Te słowa musiał z siebie wydusić. Mówił przez zaciśnięte gardło, jak człowiek, który biegł pod górę, przez długi czas: od tej chwili na polanie, od chwili, gdy opuścili Londyn. Ale teraz góra była przeszłością; dotarł na sam szczyt i stał tam, ciężko dysząc i nie mając już nic więcej do powiedzenia. Popatrzył na Temeraire'a, który czekał niespokojnie wewnątrz otwartego pawilonu. Przyszło mu do głowy, że może powinien powierzyć mu swój los, zamiast dać się odprowadzić do tego luksusowego więzienia w pałacu; jeśli zginie przy tej okazji, nie będzie to miało większego znaczenia.

Bonaparte rozpoznał to spojrzenie; puścił ramię Laurence'a, odwrócił się od niego i zmarszczywszy czoło, zaczął chodzić tam i z powrotem. W końcu zatrzymał się i powiedział:

– W obliczu takiej determinacji nic nie mogę zrobić. Twoja decyzja to wybór Regulusa i szanuję cię za to. Będziesz miał swoją wolność... Musisz ją mieć – dodał – co więcej, do Calais udasz się w eskorcie oddziału mojej Starej Gwardii; formacja Accendare odstawi was pod białą flagą na drugą stronę kanału: i cały świat się dowie, że Francja potrafi docenić człowieka honoru.

W kryjówce w Calais panował wielki ruch: niełatwo było zapanować na czternastoma smokami, a sama Accendare, poirytowana i zmęczona kaszlem, łatwo traciła panowanie nad sobą. Laurence odwrócił wzrok od tego całego zamieszania, myśląc z przygnębieniem, że chciałby już wracać; mieć za sobą te wszystkie czcze uroczystości: orły, flagi, wypolerowane na wysoki połysk sprzączki i świeżo wyprasowane francuskie mundury. Wiatr wiał w stronę Anglii; czekano na ich grupę, gdyż po wymianie listów uzgodniono już rozejm. Będą tam smoki i łańcuchy: może nawet Jane lub Granby, albo ludzie zupełnie obcy, którzy nie wiedzą o nim nic oprócz tego, że popełnił niewybaczalną zbrodnię. Jego rodzina na pewno wie już o wszystkim.

De Guignes zwijał rozłożoną na stole mapę Afryki; Laurence pokazał mu położenie doliny, w której znaleźli zapas grzybów. Nie było to nic zasadniczo gorszego od tego, co już zrobił: grzyby rosły, ale Bonaparte nie chciał czekać, jak przypuszczał Laurence, albo bał się, że zbiory będą nieudane. Zamierzali bez zwłoki wysłać ekspedycję. W porcie już przygotowywano do drogi dwie smukłe fregaty, a z La Rochelle, jak usłyszał, miała wypłynąć trzecia. Francuzi liczyli na to, że przynajmniej jeden z tych okrętów zdoła się przemknąć przez blokadę i po dotarciu do celu jego załoga albo podstępem, albo drogą negocjacji zdobędzie zapas grzybów, które będzie można natychmiast wykorzystać. Laurence miał tylko nadzieję, że nie dostaną się wszyscy do niewoli, ale nawet gdyby tak się stało, to nie miało to już wielkiego znaczenia: lekarstwo jest znane i z czasem się rozpowszechni; smoki nie będą już umierać. Myśląc o tym, odczuwał niemałą satysfakcję, nawet jeśli była ona nieco gorzka.

Obawiał się jakiejś ostatniej próby przekupstwa lub innego rodzaju nacisków, ale De Guignes, dając tym samym dowód wielkiej wrażliwości, nawet nie poprosił go, żeby coś powiedział, tylko wyjął zakurzoną butelkę brandy i nalał mu solidną porcję.

– Za nadzieję na pokój między naszymi narodami – wzniósł toast.

Laurence z grzeczności zwilżył usta, ale zimny posiłek zostawił nietknięty; a kiedy uzyskał zgodę, wyszedł na zewnątrz do Temeraire'a.

Temeraire nie brał udziału w ogólnym zamieszaniu; siedział spokojnie z boku, patrząc na morze: z tego miejsca białe klify angielskiego brzegu były wyraźnie widoczne. Laurence oparł się o niego i zamknął oczy.

– Błagam cię, żebyś tu został – powiedział. – Jeśli wrócisz, w niczym mi nie pomożesz i nie przysłużysz się swojej sprawie. Wszyscy uznają to tylko za ślepą lojalność.

Temeraire milczał przez chwilę, po czym odparł:

– Jeśli się zgodzę, to czy powiesz im, że zabrałem cię wbrew twojej woli i zmusiłem do zrobienia tego?

– Dobry Boże, nigdy – odparł Laurence i wyprostował się gwałtownie, urażony pytaniem; zbyt późno zorientował się, do czego to doprowadzi.

– Napoleon powiedział, że jeśli zostanę, będziesz mógł im tak powiedzieć, jeśli zechcesz – ciągnął Temeraire – i oni być może darują ci wtedy życie. Ale ja mu odparłem, że ty nigdy czegoś takiego nie powiesz, a więc ta rada jest nieprzydatna; i dlatego możesz przestać mnie namawiać. Nigdy nie zgodzę się tu zostać, kiedy oni będą próbowali cię powiesić.

Laurence pochylił głowę i przyznał mu w duchu słuszność; nie uważał, że Temeraire p o w i n i e n zostać, ale pragnął, by to zrobił i był szczęśliwy.

– Obiecaj mi w takim razie, że nie dasz się trzymać w nieskończoność na terenach rozpłodowych – powiedział cichym głosem. – Nie dłużej niż do Nowego Roku, chyba że pozwolą mi ciebie odwiedzić.

Był zupełnie pewny, że stracą go przed dniem Świętego Michała.

Wybrane fragmenty książki
Krótka historia Królestwa Tswana
w trzech tomach

Sipho Tsuluka Dlamini
[1838]

LONDYN, CHAPMAN I HALL Sp. z o.o.

W niniejszym dziele przedstawiono historię Królestwa Tswana od jego początków do dnia dzisiejszego oraz pełny opis geograficzny jego terytorium, ze szczególnym uwzględnieniem stolicy w Mosi oa Tunya, jak również wiele interesujących komentarzy na temat miejscowych zwyczajów.

Stopniowy proces konsolidacji ludów Tswana i Sotho doprowadził do zacieśnienia luźnej konfederacji organizacji plemiennych, ukształtowanej pierwotnie, według relacji plemiennych historyków, na całym obszarze południowej części kontynentu pod koniec pierwszego tysiąclecia w rezultacie powszechnej migracji na południe i wschód, której powodu nie znamy. Być może jej celem było poszukiwanie nowych terenów łowieckich, wymuszone przez wzrost populacji ludzi i smoków.

Przypuszcza się, że hodowla słoni została zapoczątkowana

krótko po zakończeniu tej wielkiej migracji, kiedy presji głodu nie można już było łagodzić przez dalszą ekspansję o charakterze koczowniczym; wyniki badań dzieł artystów rzeźbiących w kości słoniowej świadczą o sukcesie projektu hodowlanego, w którego rezultacie udomowione zwierzęta stały się potulne jak bydło i znacznie większe od swych dzikich odpowiedników. Najlepszą tego ilustracją jest zbiór przechowywanych w stolicy par ciosów, z których każda należała do największego słonia z danego pokolenia i po pokryciu misternymi rzeźbami została podarowana królowi, pełniącemu wówczas głównie funkcje ceremonialne. (...)

Te plemiona, pierwotnie zjednoczone tylko przez więzy krwi, zrozumiały dla wszystkich dialekt oraz pewne wspólne zwyczaje i praktyki religijne, z których najbardziej godna uwagi jest oczywiście wiara w odrodzenie się człowieka przez wstępowanie jego duszy w ciało smoka, zaczęły bliżej współpracować w celu wspólnego zarządzania stadami słoni, co było zadaniem wymagającym dużo większej siły roboczej od tej, którą można było zorganizować w ramach jednego plemienia. (...) Dalszej centralizacji sprzyjał rosnący od siedemnastego wieku popyt na kość słoniową i złoto, który pojawił się w głębi afrykańskiego interioru kilka dziesięcioleci wcześniej, nim zapotrzebowanie na niewolniczą siłę roboczą osiągnęło taki poziom, by przezwyciężyć niechęć bardziej agresywnych plemion łowców niewolników do zapuszczania się na smocze terytorium; i przyczynił się, od połowy osiemnastego wieku, do gwałtownego rozwoju kopalnictwa złota (przedsięwzięć najbardziej produktywnych, w opinii władz Tswana, gdy realizuje je wspólnymi siłami co najmniej dziesięć smoków, czyli więcej niż należy do niemal każdego pojedynczego plemienia) i handlu kością słoniową, której na początku obecnego stulecia wysyłano na wybrzeże około sześćdziesięciu tysięcy funtów rocznie. Europejscy kupcy wywozili ją dalej, nie podejrzewając nawet, że została pozyskana dzięki, a nie wbrew, smokom, które wzbraniały im dostępu do wnętrza kontynentu. (...)

O Mosi oa Tunya

Wodospady Mosi oa Tunya, tak słusznie wysławiane przez wszystkich, którzy je widzieli, pomimo swego piękna nie były dogodnym miejscem osadnictwa dla ludzi, którzy nie mogli łatwo poruszać się kanionami, i w swoim naturalnym stanie nie oferowały też prawdziwego schronienia dzikim smokom; podziwiane i odwiedzane od czasu do czasu albo z uwagi na malowniczość widoków, albo dla wykonania jakichś obrzędów religijnych, były wciąż niezagospodarowane i niezamieszkane, kiedy dotarły tam pierwsze ludy Sotho-Tswana i szybko uczyniły z nich ceremonialną stolicę, która stała się kolejnym czynnikiem spajającym plemiona. (...) Smoki-przodkowie pragnęli zdobyć wygodniejsze schronienia, więc podjęto pierwsze próby drążenia jaskiń, których pozostałości, czyli najświętsze i najbardziej prymitywne z komór, można wciąż oglądać przy wodospadach, na dolnej części urwisk, (...) i które, dzięki zdobytym przy okazji doświadczeniom, okazały się później fundamentem rozwoju kopalnictwa złota. (...)

Należy tu dodać kilka słów na temat wiary w odrodzenie, zwłaszcza wobec wyrażanych na jej temat w brytyjskiej prasie opinii pełnych najlepszych intencji misjonarzy, którzy w swej żarliwości zbyt pochopnie zaliczyli ją do czysto pogańskich zabobonów. Zabobonów, które powinny być jak najszybciej wykorzenione i zastąpione przez chrześcijaństwo. (...) Okazuje się, że żaden Tswana nie wyobraża sobie, iż człowiek odradza się w sposób n a t u r a l n y, jak na przykład utrzymują buddyści czy hinduiści, i jeśli ktokolwiek zostawiłby wybrane smocze jajo w dziczy, by zgodnie z sugestią pana Dennisa „wykazać poganom absurdalność ich wierzeń" przez udowodnienie, że smoczątko, które się wykluje, nie będzie nic pamiętało z poprzedniego życia, w najmniejszym stopniu nie zmieniłby poglądów tubylców. Uznaliby oni jedynie, że takie zaprzepaszczenie smoczego jaja jest przykładem marnotrawstwa i zarazem aktem antyreligijnym, a także obrazą dla duchów ich przodków.

Doskonale rozumieją, że dziki smok żyjący gdzieś na pustyni, podobnie jak zwykła krowa, nie jest odrodzonym człowiekiem, i nie widzą w tym żadnej sprzeczności ze swymi wierzeniami. Namówienie ducha przodka do ponownego przyjęcia postaci materialnej wymaga cierpliwego przekonywania i przestrzegania odpowiednich rytuałów; a kiedy już do tego dojdzie, przekonanie, że smok jest rzeczywiście odrodzonym człowiekiem, staje się dogmatem wiary, tym trudniejszym do obalenia, że przyjmują go zarówno ludzie, jak i smoki, i ma tak wielkie praktyczne znaczenie dla całego plemienia.

Smoki-przodkowie są poważnym źródłem siły roboczej i wojskowej, a dzięki temu, że spełniają także rolę strażników historii poszczególnych plemion oraz ich legend, nie odczuwa się specjalnie braku słowa pisanego. Co więcej, każde plemię bardzo starannie rozważa kwestię przyszłości jaj swoich smoków-przodków, wspólnej własności wszystkich członków, które mogą być wykorzystane do reinkarnacji jednego z nich, jeśli był tak wartościowym człowiekiem, żeby zasłużyć sobie na ten honor, albo, co zdarza się częściej, wymienione z jakimś dalekim plemieniem, za pośrednictwem skomplikowanej sieci powiązań. Ta sieć, którą można szukającym odpowiedniego jaja przekazać informacje o jego istnieniu, jest także czynnikiem jednoczącym plemiona, nie pozwalającym na to, żeby się od siebie oddaliły, jak mogłoby się stać, gdyby pozwolono im żyć w izolacji. Nie ignoruje się też kwestii pochodzenia smoków, jak mogliby się spodziewać ci, którzy wyobrażają sobie, że mamy tu do czynienia z rodzajem prymitywnych wierzeń; wręcz przeciwnie, taka wymiana jaj służy ustanowieniu więzów typu rodzinnego między plemieniem otrzymującym i przekazującym, bardzo podobnych do tych, jakie powstają w wyniku małżeństw dynastycznych. (...)

Mokhachane I *(cz)*, wódz Sotho, panował na stosunkowo małym terytorium, które okazało się ważne z uwagi na to, że, położone na południowych krańcach plemiennych obszarów Sotho-Tswana, stykało się z terenami zajmowanymi przez lud Xhosa, dzięki czemu docierały tam okrężną drogą informacje o rozrastających się osadach Holendrów na Przylądku. Tradycyjnie utrzymywano też pewne kontakty z atakowanymi ze wszystkich stron królestwami Monomotapa, potomkami budowniczych Wielkiego Zimbabwe, które leżą na wschodnim wybrzeżu Afryki.

Pod koniec ubiegłego wieku nawiązano ściślejsze stosunki z tymi królestwami, do czego przyczyniły się głównie namowy syna władcy, Moshueshue I *(cz)*, od najmłodszych lat wykazującego się mądrością, której jego imię stało się synonimem. Stosunki te nabrały wielkiego znaczenia po śmierci Mokhachane *(cz)*, zabitego podczas wyprawy wojennej w roku 1798, kiedy to Moshueshue udało się wynegocjować warunki nabycia jaja wielkiego smoka z królewskiej linii Monomotapa, w którego ciele miał się odrodzić jego ojciec; rządy Monomotapa słabły w tym czasie pod narastającym naciskiem portugalskich poszukiwaczy złota, grasujących wzdłuż wschodniego wybrzeża, i potrzebowały złota oraz posiłków wojskowych, które Moshueshue mógł im dostarczyć, w wyniku negocjacji z sąsiednimi plemionami Tswana. (...)

Nabycie tak potężnego smoka w połączeniu z osiągnięciem przez Moshueshue wieku męskiego, co usunęło ostatnie bariery, jakie powstrzymywały innych wodzów przed traktowaniem go jako im równego, w krótkim czasie zapewniło plemieniu dominującą rolę w najbardziej na południe wysuniętej części ziem Tswana. W rezultacie wypraw, które zorganizował Moshueshue, Mokhachane I *(s)* łatwo zapewnił sobie pozycję dominującą wśród smoków-przodków sąsiednich plemion, a wkrótce potem udało im się założyć kilka nowych kopalń, zarówno złota, jak i kamieni szlachetnych. Stały wzrost bogactwa, a także coraz większy szacunek, jakim się cieszyli, umożliwiły im osiągnięcie w krótkim czasie prymatu nad innymi plemionami i wysunięcie, w roku 1804, roszczeń do centralnej siedziby w Mosi oa Tunya oraz tytułu królewskiego.

W tym czasie było już jasne, że napady łowców niewolników, którzy od kilku lat systematycznie naruszali granice terytoriów Tswana, nie są tylko przypadkowymi incydentami. W niemałym stopniu wpłynęło to na gotowość mniejszych plemion do formalnego podporządkowania się władzy centralnej, w nadziei na przygotowanie wspólnej odpowiedzi na te napady i zdecydowane ich odparcie. Był to zresztą argument, którego Moshueshue nie omieszkał wysuwać w swych starannie przemyślanych zabiegach o podporządkowanie sobie plemiennych wodzów, którzy w innych okolicznościach mogliby się opierać z powodów dumy. Faktyczne i ceremonialne rządy Mokhachane I ostatecznie ugruntowały się po zdobyciu Kapsztadu i najazdach na Wybrzeże Niewolnicze w roku 1807, a sami Tswana na ten właśnie rok datują założenie swego królestwa. (...)

Podziękowania

Pośród wielu prac omawiających historię kontynentu afrykańskiego w okresie przedkolonialnym wyróżniają się przegląd podstawowych źródeł *African Civilization Revisited* Basila Davidsona oraz wydana przez UNESCO *General History of Africa*, które były bezcenną pomocą podczas pisania tej książki. Jestem także ogromnie wdzięczna przewodnikom w obozach firmy Ker & Downey w delcie Okawango w Botswanie za to, że dzielili się ze mną swoją wiedzą oraz tolerowali zadawane bez końca pytania. Szczególne podziękowania należą się naszemu wspaniałemu kierownikowi obozu w Okuti, Paulowi Molosengowi.

Powieść *Imperium kości słoniowej* okazała się pod pewnymi względami najtrudniejszą do napisania ze wszystkich dotychczasowych książek o Temerairze i muszę podziękować z głębi serca moim wszystkim beta czytelnikom za ich heroiczną pracę niemal pod groźbą pistoletu, jako że dałam im tylko weekend na napisanie komentarzy do maszynopisu, po czym natychmiast zabrałam się do wprowadzania korekt. Należą do nich: Holly Benton, Sara Booth, Alison Feeney, Shelley Mitchell, Georgina Paterson, Meredith Rosser, L. Salom, Kellie Takenaka i Rebecca Tushnet. Jestem także bardzo wdzięczna Betsy Mitchell, Emmie Coode i Jane Johnson, moim cudownym redaktorkom, oraz mojej agentce Cynthii Manson.

I jak zawsze, zawsze, wyrazy wdzięczności i miłości kieruję do Charlesa, mojego pierwszego i najukochańszego czytelnika.